Ernst Wiechert

# Die
# Jeromin-Kinder

Band 1

Ernst Wiechert

# Die
# Jeromin-Kinder

## Band 1

Roman
in zwei Bänden

RAUTENBERG

Umwelthinweis:
Dieses Buch und der Umschlag wurden auf chlorfrei
gebleichtem Papier gedruckt.
Die Einschrumpffolie – zum Schutz vor Verschmutzung –
ist aus umweltverträglichem und recyclingfähigem
PE-Material.

Grafik Umschlag:
SILBERWALD – Agentur für visuelle Kommunikation,
Rimpar
www.silberwald.biz
Druck und Verarbeitung:
Himmer GmbH Druckerei & Verlag, Augsburg
www.himmer.de
3. Auflage 2018
Genehmigte Lizenzausgabe 2009
für Verlagshaus Würzburg GmbH & Co. KG, Würzburg
Rautenberg Verlag
Internet: www.verlagshaus.com
© by F. A. Herbig Verlagsbuchhandlung GmbH, München
ISBN 978-3-8003-3155-0

*„Um Gott her ist schrecklicher Glanz."*
(Hiob 37)

# I

Die Frauen von Sowirog kehrten in ihr Dorf zurück. Sie hatten zum Wochenmarkt in der Kreisstadt das Wenige getragen, was sie im Haushalt erübrigt hatten: etwas Butter, etwas Sahne, ein paar Pfund Fische aus dem See. Und Gogun, der Fröhliche, der „Kranichräuber", hatte in einem strohgefüllten Leiterwagen ihre Ferkel hingefahren.

Mit ihm hatten sie auch zurückkehren wollen, denn es war ein zwei Meilen langer Weg. Aber der Fröhliche war schon um die Mittagszeit betrunken gewesen. „Ihr Goldenen", hatte er gesagt und sie der Reihe nach geküsst. „Noch ein Stündchen, ihr Goldenen. Ein einziges kleines Stündchen!" Und obwohl seine Frau ihn mit einem Stein, den sie in ihr rotes Taschentuch gebunden hatte, in den Rücken geschlagen hatte, „um ihm den Nebel aus dem Kopf zu treiben", hatte er plötzlich auf beiden Händen vor aller Augen auf dem Marktplatz gestanden, hatte die eisenbeschlagenen Absätze hoch in der Luft zusammengeschlagen und dazu mit einer hellen Stimme sein Lieblingslied gesungen: „Zigánuschka, Zigánuschka, Zigánuschka moija …"

Da hatten sie sich abgewendet, weil sie den Text des Liedes kannten, und waren noch einmal durch die Straße mit den großen Schaufenstern gegangen. Sie hatten mit müden Augen auf die Schätze geblickt, die dort, unerreichbar für sie, lagen, und nur Gina, die junge Frau des Waldarbeiters Bojar, die ihr erstes Kind erwartete, war plötzlich mit einem zornigen Wort die Steintreppe hinaufgeeilt und nach einer Weile mit einer Kinderklapper wieder zurückgekommen, einem zerbrechlichen, kostbaren Ding, hell wie Elfenbein, mit roten und blauen Blumen, die wie ein wunderbarer Kranz um die Rundung liefen. Trotzig hatte sie das Spielzeug in die Höhe gehalten, sodass die Blumen in der Sonne wie lebendig glühten, indes ihr Kindermund schon wie im Weinen zuckte; aber als die alte höhnische Stimme der Mutter Kroll etwas von einer Krone sagte, die man nächstens den Kätnerkindern auf das Haar setzen werde, hatte sie nur böse aufgelacht und gesagt: „Besser vertan als vertrunken!" Als sie nach zwei Stunden wieder am Markt angekommen waren, hatte Gogun auf der Deichsel des Wagens gesessen wie auf einem schmalen Sattel, die Peitsche in der Rechten, die Flasche in der Linken. „Noch ein halbes Stündchen, ihr Goldenen!", hatte er gebeten. Aber Marthe Jeromin, die wie eine Nonne unter ihnen war in ihrem schwarzen Kleid und dem weißen Kopftuch, hatte sich schroff umgedreht und war die Straße hinuntergegangen, die an der Kaserne vorbei ins offene Land führte. Und da war ihnen nichts übrig geblieben, als ihr zu folgen, wie sie ihr immer folgten, obwohl sie sie nicht liebten und sie immer noch eine Fremde war, aus den litauischen Mooren, wo sie Meineide schworen und farbige Kreuze auf den Kirchhöfen hatten.

Vor der Kaserne hatten sie noch einmal warten müssen, weil das Bataillon von einer Übung zurückkehrte und gerade in das geöffnete Tor bog. Die Klänge der Regimentskapelle erfüllten die schmale Straße mit Hall und Dröhnen, eine betäubende Woge von Silber und Gold, die sich an den Häusern brach und über den Köpfen der Wartenden zusammenschlug. Der Schritt der genagelten Stiefel schlug auf das Pflaster nieder, die Gewehrläufe schimmerten über dem verstaubten Blau der Uniformen, und sie standen und starrten regungslos mit verwirrten Augen auf diese Schlange des Glanzes, die sich prächtig und drohend vor ihnen in das Tor hineinwand, ein Gesicht dem nächsten, ein Glied dem andern gleichend, ja, als seien die Gesichter nur helle, leblose Flecken, die Glieder nur dünne Ringe unter einer bläulichen Haut und das Ganze dem Menschlichen und ihnen Vertrauten schon nicht mehr angehörig, eine drohende Kraft, die sich in eine unbekannte Höhle zurückwand.

Ihnen gegenüber, nur durch den schimmernden Zug von ihnen getrennt, hielt der Major und blickte über die Helmspitzen unter sich auf die Gruppe der wartenden Frauen. Er kannte diese demütigen und gebeugten Gestalten aus den Walddörfern in der Runde, die so viele Söhne für des Kaisers Rock geboren, und es befremdete ihn, dass vor ihnen eine dunkle, nonnenhafte Frau stand, hochgewachsen und schmal, mit strengem, abweisendem

Gesicht, aus dem die grauen Augen durch ihn hindurch-, ja über ihn hinwegsahen, als stehe er wie ein Zaun in ihrem Wege.

Und noch als er hinter dem Bataillon her sein Pferd in das Tor lenkte, streifte er mit einem Seitenblick das dunkle Gesicht über dem herabgeglittenen weißen Kopftuch, das die Augen nicht nach ihm wandte, sondern geradeaus auf die nun freigewordene Straße blickte, einem Ziele zugewendet, das still und nüchtern in der Ferne der dunklen Wälder liegen mochte.

„Ein schöner Herr ...", sagte eine ergriffene Stimme hinter ihr. „Fast so wie der Kaiser ..."

„Und beinahe so schön wie dein Gonschor mit den krummen Beinen", kam die spottende Antwort.

Und dann gingen sie endlich die Straße aus der Stadt hinaus, zwischen Häusern, die immer niedriger und seltener wurden, an der Abdeckerei vorbei, über der eine Wolke bösen Geruches hing, an der Windmühle auf dem Hügel über dem See vorbei, bis das freie Feld weit und grün sie umschloss.

Sie schoben die Kopftücher zurück und atmeten tief. Schön war die Stadt, ein Ort des Glanzes und des Reichtums, der Wunder und Verheißungen. Soldaten marschierten über ihre gepflasterten Straßen, ein Denkmal mit einem eisernen Adler stand hoch und feierlich über dem Markt, hinter spiegelnden Fenstern lagen die Schätze der Welt. Aber die Füße schmerzten in den ungewohnten Schuhen, das Geld verschwand aus dem zugeknöpften Taschentuch, und die Männer betranken sich, sowie man sie aus den Augen verlor.

Leicht ging es sich nun im Staub des Sommerweges, der sich warm zwischen die Zehen legte, gut war der Geruch der jungen Birkenblätter und schön und vertraut der Ruf der Kiebitze, die über ihren Nestern kreisten. Und wusste man auch nie, was einen zu Hause erwartete, eine verlaufene Ziege, ein angebrannter Topf, der Mann, der im Kruge lärmte, oder das Kleinste, das einen Knopf verschluckt hatte: Das Haus würde doch dastehen, das gebeugte Dach, die blinden Fenster. Der See würde glänzen, der Birnbaum auf dem steinigen Ackerrain blühen, die Kraniche auf den Moorwiesen rufen. Ohne Glanz war das Leben, mit schmerzendem Rücken ging man durch die Tage, auf der Schwelle saß die Sorge als Gast. Aber doch umschloss ein Zaun das Leben, ein Hund wachte, und Kinder wuchsen aus dem Gröbsten herauf, Blut vom eigenen Blut, die für einen Sarg sorgen würden und für ein Holzkreuz auf dem schmalen Hügel unter den alten Fliederbüschen und dem Holunder, in dem die Drosseln zur Herbstzeit lärmten.

Sie verließen die Chaussee, und die alte Landstraße stieg mit ihnen die Hänge zu den großen Wäldern hinauf. Weiße Frühjahrswolken zogen wie schwere Schiffe über ihnen dahin, und ihr Schatten legte sich kühlend auf ihre heißen Stirnen. Der Löwenzahn blühte, die Erde roch feucht und warm.

Sie hatten vier Stunden zu gehen, und einige Mal rasteten sie auf einer der Lichtungen, auf der Grabenböschung, wo die Eidechsen über ihre nackten Füße glitten. Sie brachen von den Semmeln ab, die sie in ihren Körben trugen, vorsichtig die Krümel sammelnd, und tranken aus der blauen Blechkanne den kalten Kornkaffee. Sie beredeten die Stadt und das Dorf, den Wald und den See. Sie beredeten den Krugwirt Czwallinna, ob er wohl das Kind seiner Magd umgebracht habe, und den Gemeindevorsteher, ob er zwei oder drei Säcke mit Talern verborgen habe. Sie beredeten den Förster und den Gendarmen, den Fischereiaufseher und den Pfarrer, und nicht zuletzt den allmächtigen Herrn von Balk, dem der See gehörte und die Waldweide, die Torfbrüche und das Schilf, ja, dem sie fast alle gehörten mit Schuld und Zinseslast, Männer und Frauen und Mädchen. Besonders aber die Mädchen. Und der doch nicht der schlechteste Herr war. Nicht schlechter als der Kaiser, der ihre Söhne nahm, oder der Landrat, der ihre Groschen als Steuer nahm, oder der Tod, der sie alle nahm.

Sie beredeten es ohne Bitterkeit. Es war das Unabänderliche, das schon die Nacken ihrer Großväter und Großmütter gebeugt hatte und auch die Nacken ihrer Enkelkinder beugen würde. Aber aus gebeugtem Munde konnte man scherzen, über den schweren gelben Mantel des Herrn von Balk etwa, der ihm bis auf die Füße reichte, oder wie er seine Frau auf dem Mistwagen

14

über die Grenze seiner Äcker fahren ließ, wenn er ihr „Dornen-kronengesicht" nicht mehr ansehen konnte, wie er zu sagen pflegte.

Immer blieben die Augen still, auch beim Scherzen, und die Hand der Sorge blieb auf ihren Schultern, und die Falten blieben in ihren strengen Gesichtern. Aber wenn sie aufstanden, die Schuhe in der Hand und den Korb über dem Arm, sahen sie doch aus, als könnten alle Landräte und Gendarmen und Krugwirte der Welt sie nicht bis in die Erde hineinbeugen. Ihre Stirnen konnten den Acker berühren und ihre Knie den Staub der Straße, aber tiefer hinein gehörten nur die Toten, die sich nicht mehr wehren konnten.

Es gab Böse unter ihnen, wie die Mutter Kroll, die auf ihrem Ausgedinge lebte, aber eine Herrin blieb über Sohn und Schwiegertochter, mit harter Hand und hartem Herzen. Es gab Prahlerische und Törinnen, wie die Frau des krummbeinigen Gonschor, und kindlich Träumende und Trotzende wie Gina Bojar. Aber sie lebten doch zu dicht beisammen, als dass sie eine Welt der Täuschung vor einander hätten aufrichten können. Es gab Neid und Feindschaft in dem kleinen Dorf, Streit und Versöhnung; aber es gab keine Geheimnisse. Zu dicht stießen Giebel und Fenster aneinander. In Hass und Liebe waren sie nackend und bloß, und das einzelne Schicksal war auch des Dorfes Schicksal.

Und wie sie nun wieder aufstanden und sich auf den Weg machten, vom Staub umweht und der schon sinkenden Sonne beglänzt, ein müder und gebeugter Zug, auf dessen Schultern alle Tagewerke ihres Lebens zu liegen schienen, sahen sie doch aus wie Schwestern desselben Glaubens und desselben Schicksals, von der gleichen Hand geformt, von dem gleichen Befehl gelenkt.

Auch Marthe Jeromin, so still und abseits sie sich hielt. Vielleicht konnte man gegen einen Mann und seine Kinder leben, wenn es nottat. Aber gegen ein Dorf konnte man nicht leben. Es bestand nicht aus dem ungeschriebenen Gesetz der Lebenden, sondern aus dem Gesetz der Toten. Vieler Toter, die über Jahrhunderte zurück in der sandigen Erde lagen, auf dem Grunde des Sees und in den Mooren an seinem Rande. Deren Gesichter zerfallen waren, aber deren Hände noch immer des Nachts an die niedrigen Türen pochten, wenn jemand aufstehen wollte gegen ihr Gesetz. Die Hütten zerfielen, die Dächer sanken ein, und viele Male waren Krieg und Pest, waren Mord und Brand über sie dahingegangen, sodass nur die verkohlten Schächte der Schornsteine gegen den roten Himmel gestanden hatten. Aber immer war jemand übrig geblieben, der aus seinem Blut aufgestanden war oder aus den Höhlen des Waldes zurückgekrochen kam. Der sich an den glühenden Balken wärmte und von Wurzeln und Rinde seine Nahrung gewann. Und von ihm war die Auferstehung ausgegangen. Auch hatte er das Gesetz bewahrt. Die Kätner fielen, die Kinder, das Vieh. Aber das Dorf fiel nicht. Aus Brache und Ödland wuchs wieder das Korn, die Schwalben kehrten zurück, der Flieder blühte über den zerstreuten Särgen. Stolze Geschlechter sanken dahin und kamen nicht wieder, aber die Armen kamen immer wieder. Sie waren fruchtbar wie die Erde, und ihren Samen trug der Wind, wie er den Samen der Erde über die Öde trug.

Während die Kiebitze über den Mooren schrien, dachte Marthe, dass sie sieben Kinder geboren hatte, und eines davon war ein Krüppelkind. Und eines war böse wie ein Wolf und eines finster und stolz. Und keines kam zu ihr, wie der junge Vogel in sein Nest kommt. „Frau Mutter", hatte der Wolf gestern zu ihr gesagt. „Frau Mutter, dürfen wir auf den Hof gehen und Atem schöpfen?" Sie hatte zugeschlagen, hart und genau, wie immer, wenn der lodernde Zorn ihr in die Augen schoss, aber der Schlag hatte sein Lächeln nicht ausgelöscht, das wie ein Aussatz um seine Mundwinkel saß.

„Frau Mutter", lachte sie bitter und blickte auf Ginas gesegneten Leib. „Wenn sie jung sind, denken sie, dass eine Klapper eines Kindes Herz gewinnt, aber wenn sie aufhören, jung zu sein, erkennen sie, dass sie nur der Schacht sind, aus dem es aufwärts steigt. Das Fremde, das ganz für sich ist. Von einem fremden Mann und fremden Ahnen. Dann büßen sie die Lust, und manchmal war es nicht einmal die Lust … getrieben wie die Kreatur und ärmer als sie, denn die Kreatur ist wenigstens ohne Scham …"

Sie blickte über die Schonungen hin, ob der Rauch des Meilers schon zu sehen wäre, wo ihr Mann die Kohlen für den Herrn von Balk brannte. Das war nun sein Tagwerk. Über den Netzen träumen, die der Großvater instand hielt; oder am Meiler liegen und dem Rauch nachsehen, der weiß oder blau über die Wipfel stieg; oder die Bäume fallen im königlichen Forst. Und einmal hatte sie gedacht, dass er ein Herr sein würde über Menschenherzen, mit seinen stillen Augen und der leisen Gewalt des Wortes, die ihm gegeben war und mit der er sie verzaubert hatte zwischen den dunklen Mooren ihrer Heimat. Aber der Wind unter seinen Flügeln war erstorben, und wie ein kranker Vogel suchte er sein Brot im Gebüsch. Sie hatten keinen Stolz hier und keine Wildheit. Sie waren Kinder des Waldes, und der Wald machte dumpf und still. Er war der große Zauberer, der die Netze auswarf und mit seinen kühlen Händen die Menschenherzen aus den Fäden nahm.

Die Sonne stand schon hinter dem Walde, als sie den Rauch des Dorfes rochen und Kiewitt sahen, der mit seiner alten Kuh den Pflug durch das Ödland zog. Sie hatten seinen Namen im Dorf vergessen und nannten ihn Kiewitt, wegen seiner hellen Stimme und weil er den Kopf zwischen die Schultern duckte, bevor er sprach. Er war derjenige, der die Gemeinschaft des Dorfes verlassen hatte, ein Sektengläubiger und Abseitiger, von dem sie sagten, er sei mit sechzig Jahren mit Moorwasser noch einmal getauft worden. Der Herr von Balk hatte ihm ein Stück Moorland gegeben, wo es an die Heide grenzte, und dort hatte er seine Hütte gebaut und seinen Herd gemauert. Er flocht Körbe und Fischreusen, Netze und Peitschenstiele, und alle Geheimnisse des Waldes waren ihm kund. Er war kein Gerechter, sondern ein Leidender, und man sagte, dass er den Tod sehe, wenn er am Waldrand stehe und über die Rohrdächer des Dorfes blickte.

„Kiewitt, komm mit!", riefen die Kinder, und auch Gina rief es, als die kleine, gebeugte Gestalt in der Furche stand und

geduldig wartete, bis die Kuh ihre Füße wieder langsam voreinander setzte.

Aber er schüttelte nur stumm den Kopf, deutete mit der
Hand auf die gepflügte Erde und beugte sich dann herab, wobei
er die rechte Hand an sein Ohr legte, als wolle er die Rufenden
ermahnen, auf eine Stimme unter der Erde zu lauschen. Dann
zog die Kuh wieder an, und sie sahen, wie die Griffe des Pfluges
seine Arme hin und her warfen. So viele Wurzeln und Steine
barg der Boden.

Da gingen sie weiter, Gina mit stillem Gesicht, und es war
nicht nötig, dass die alte Frau Daida mahnend sagte: „Beuge
dich, junge Frau, beuge dich!"

Auf der letzten Höhe sahen sie die dünne Rauchsäule des
Meilers, und Marthe nickte ihnen zu, bevor sie zwischen den
Wacholderbüschen verschwand. Sie wollte sehen, ob ihr Jüngster
wieder am Meiler lag und seine Zeit vertat. Er und Maria hielten
zum Vater, stille Kinder, die vor einem harten Wort erschraken.
Sein Blut, nicht das ihrige, aber sie wusste nicht, ob sie es anders
wünschen sollte.

Der Meiler war eine Laune des Herrn von Balk. Die Kohle
ging zu den Schmieden und Bäckern der Umgegend, aber es kam
ihm nicht auf die Kohle an. Es kam ihm auf das Geheimnis an,
das Ort und Tätigkeit umspann, und dass der stille Mann mit
dem alten Namen Jeromin in seinen Diensten stand. Immer
wenn er durch das Dorf kam, hielt sein hochrädriger Wagen vor
dem Haus mit dem alten Ahorn, und immer verlangte er, Frau
Marthe zu sprechen. Aber oft ließ sie sagen, sie habe keine Zeit,
und wenn sie Zeit zu haben meinte, sah sie über ihn hinweg,
wie sie über den Offizier am Kasernentor hinweggesehen hatte.
Es gab Weniges, auf dem sie ihre Augen ruhen ließ.

Doch kam er immer wieder. Unter allen Demütigen, die
im Dorfe lebten, wo die Frauen noch seinen Ärmel zu küssen
liebten, ragten diese beiden Stolzen auf wie die Pappeln über die
Uferweiden: der Großvater Jeromin, der die Netze in seinem See
stellte und von dem die Leute sagten, dass er schon Napoleon aus
Russland habe zurückkehren sehen, und Marthe, die Frau seines

Sohnes. Für beide war er nichts als ein Bild wie andre Bilder, die im Raum der Welt aufgehängt waren, und beider Augen gingen durch ihn hindurch, als suchten sie die Wand hinter ihm, in die der Nagel seines Lebens eingeschlagen war.

Einmal sah Marthe sich um, ob er nicht zwischen den Büschen stehe wie ein Wolf um die Abenddämmerung. Aber dann ging sie ruhig weiter. Männer waren nicht zu fürchten, solange man sie nicht begehrte. Und sie begehrte nicht mehr.

„Die meisten von uns", sagte Jakob Jeromin zu seinem Sohn, „bleiben wie Fallholz, das der Sturm und Schnee von den Bäumen brachen. Sie liegen, wo sie gefallen sind, und werden wieder zu Erde. Die Armen haben keine Flügel. Und einige sind wie der Rauch, der aus dem Meiler steigt. Die Menschen sehen ihnen nach, aber der Wind verweht sie. Aber einige sind wie das Holz, das dort unter der Erde glüht. Sie werden Kohle, und sie bewegen die Welt."

Wunderbar war es, dem Vater zuzuhören. Man verstand nicht immer, was er sagte. Wie Wasser im Fließ glitt es vorbei, dunkel über die Schwärze des Grundes. Aber es rauschte und zog dahin, Schatten und Licht, Raum und Stille. Es war schöner, als was der Pfarrer sagte, und anders, als wenn die Mutter sprach. Nur der Großvater konnte noch so sprechen, aber bei ihm wusste man nicht, ob er nicht im Traume spreche, denn seine Augen waren oft geschlossen, und seine Worte fielen so langsam wie die Nebeltropfen vom Ahorn im Herbst.

Sie lagen auf der Lichtung, den Kopf an die Mooswand der Hütte gelehnt, und sahen zu, wie der Meiler rauchte. Ihre Gesichter waren schwarz unter dem hellen Haar, das des Vaters von der Arbeit und das des kleinen Jons, weil er es heimlich mit den Kohlenresten der alten Meiler eingerieben hatte, um zu sein, wie der Vater war. Er war Jons Ehrenreich getauft, aber des zweiten Namens schämte er sich. Die Mutter musste wohl nicht klug gewesen sein, als sie ihn sich ausgedacht hatte, und die Leute im Dorf hatten die Köpfe zusammengesteckt. Der Vater hatte geschwiegen, wie er meistens tat, und erst in diesem Frühjahr, als er Jons in der Schule angemeldet und der alte Lehrer

Stilling gesagt hatte, dass es ein schöner Name sei, hatte der Vater gemeint, dass es besser sei, die Leute gaben einen solchen Namen beim Begräbnis statt bei der Taufe. „Denn wer weiß von uns", hatte er hinzugesetzt, „ob er am Ende seines Lebens Ehrenreich heißen wird?"

Ja, das wisse Wohl nur der liebe Gott, hatte der Lehrer nachdenklich gesagt.

„Und was ist das, die Welt bewegen, Vater?", fragte Jons.

„In der Schule werden sie dir sagen, dass es die Kaiser und Könige sind, die die Welt bewegen", erwiderte Jakob. „Aber du musst das nicht glauben. Sie werfen Steine in das Wasser, aber sie schöpfen es nicht. Sie verbrennen, aber es bleibt nur Asche unter ihren Füßen, nicht Kohle. Christus hat die Welt bewegt und viele nach ihm. Er hat Blinde geheilt und Tote auferweckt. Er hat die Herzen bewegt. Und nur wer die Herzen bewegt, bewegt die Welt."

„Und der Großvater, hat er die Welt bewegt?"

„Der Großvater hat Speise für die Armen gefangen, ein ganzes Leben lang. Und auch Petrus war nicht mehr als ein Fischer. Und einmal, als ich ein Kind war, ist ein Mensch erschlagen worden in diesem Wald. Ein Förster. Wir haben alle gewusst, wer es getan hat, aber niemand hat es gesehen, und er hat es geleugnet und die Tat gerühmt, denn der Förster war ein strenger Mann gewesen, eine Zuchtrute über den Armen. Aber dann ist der Großvater zu ihm gegangen und hat in sein Herz gesprochen. Man hat den andern schreien und fluchen hören, sodass die Leute auf der Straße gestanden haben, alle vor ihren Türen, wie vor einem Gewitter, das Hagel bringt. Aber dann ist er leise geworden, immer leiser, und zuletzt ist der Großvater mit ihm aus der Tür getreten. Der andre hat wie ein alter Mann ausgesehen, grau und mit blinden Augen, aber der Großvater hat geleuchtet wie Jakob nach dem Kampf mit dem Engel, und er hat den anderen die Straße entlang geführt wie ein Kind, bis zum Hause des Gemeindevorstehers, und die Menschen haben kein Wort gesprochen, wie sie vorübergegangen sind. Und dort hat der andere bekannt, dass er es gewesen ist, und sie haben ihn fortgebracht vor den Richter. Viele Jahre ist er fort gewesen, in einem Haus, wo Eisenstangen vor den Fenstern sind, und dann ist er fortgezogen von hier, und keiner weiß, wohin seine Füße ihn getragen haben … ein einfacher Mann war der Großvater, geringer als Pfarrer und Richter, nichts als ein Fischer, aber damals hat er die Welt bewegt!"

In seinem dunklen, mageren Gesicht unter dem hellen Haar leuchteten seine Augen, als habe er selbst den Kampf mit dem Engel geführt, und seine grobe, rußige Hand war wie die Hand eines Propheten, als er sie aufhob und sagte: „Auch die Armen können eine Krone tragen, Jons. Vergiss es nicht, wenn du groß bist und deine Hände an ein Werk legst!"

„Und du selbst, Vater?", fragte Jons, blass vor Erregung.

Aber Jakob lächelte sein stilles, trauriges Lächeln. „Nein, Jons", sagte er freundlich. „Ich habe nichts bewegt. Nur Worte und Gedanken vielleicht. Ihr seid sieben, und da habe ich keine Zeit gehabt."

Jons dachte lange nach. „Aber Michael?", fragte er dann. „Wird es nicht vielleicht Michael sein?"

Michael war der älteste seiner vier Brüder, siebzehn Jahre alt, düster und schweigsam wie ein Novemberwald. Der Knecht beim Gemeindevorsteher war und kaum mehr als ein spöttisches Lächeln für den sechsjährigen Jons übrig hatte, aber dem er mit einer zärtlichen, scheuen Liebe ergeben war, wie dem Ritter Roland, dem in der Todesstunde sein Horn zersprang, und von dem Christean, der Bruder mit den Krücken, ihm erzählt hatte.

Der Vater legte ihm die schwarze Hand leise auf die Stirn. „Lass es gut sein, Jons", sagte er. „Ich glaube nicht, dass es Michael sein wird, aber wir wissen es nicht. Jeder von euch kann Ehrenreich heißen, wenn sie Sand auf eure Augen schütten werden."

Aber Jons wusste, dass es nicht jeder von ihnen sein konnte. Und er wusste auch, weshalb der Vater eben geseufzt hatte. Gotthold würde es nicht sein können. Er quälte die jungen Katzen und warf mit Steinen nach den Hunden, die an der Kette lagen. Und auf den Pfad zu den Booten hatte er Glasscherben gestreut, am Abend, bevor Jons barfuß zum Großvater gelaufen war. Und er war es auch gewesen, der „Frau Mutter" gesagt hatte. Nein, nicht jeder, und es wäre besser gewesen, die Mutter hätte ihm nicht diesen Namen gegeben. Denn vielleicht wartete der Vater am meisten auf ihn. Und er hatte doch eben erst begonnen, zur Schule zu gehen.

Der schwarze Fichtenwald stand hoch und regungslos um die Lichtung, und die dünne Rauchsäule aus dem Meiler stieg so gerade wie ein Stab aus ihr empor. Wenn man die Augen halb schloss, konnte man meinen, dass sie bis zu der weißen Wolke reiche, die langsam über den Himmel schwamm, und wenn man Michael wäre, der die Habichtshorste ausnahm, würde man an diesem Stab vielleicht bis in die Wolke klettern können. Dann würde man das Dorf sehen und den See, das Schloss des Herrn von Balk und die Moore, und vor allem die großen, schwarzen Wälder, in denen der Förster erschlagen worden war, bei dessen Tode der Großvater die Welt bewegt hatte.

Die Kiebitze riefen auf dem Moor, und manchmal ging ein leises, hohes Sausen über den Wald. Dann rieselten die trockenen Fichtennadeln herab, oder ein Zapfen schlug mit dumpfem Laut ins Moos, Aber es war niemand gewesen, nur der Wind, und man brauchte die Augen nicht zu öffnen, auf deren Lidern die warme Sonne lag. Manchmal stand auch der Vater leise auf und schlich sich zum Meiler, wo er niederkauerte und in die unsichtbare Glut zu lauschen schien. Oder er hielt eine Stange in den Händen; und zwischen den leise gehobenen Wimpern sah er schwarz und riesig aus, ein Zauberer des Waldes, der die Bäume kochte, als eine dunkle Speise für alles, was unter den Wurzeln und dem Moose lebte.

Die Mutter aber war in der Stadt und Gotthold auf dem See, und kein Leid konnte geschehen, gar kein Leid. Und es war noch so viel Zeit, bis man die Welt bewegen musste, so viel Zeit. Länger als bis Weihnachten und bis zum nächsten Geburtstag, und vielleicht erst dann, wenn die vier Reiter erscheinen würden, von denen der Großvater sprach, wenn er am Wasser saß um die Abendzeit und der hohle Wind den Regen anzeigte, den man noch nicht sah. Jons musste wohl geschlafen haben, denn als er die Augen öffnete, stand die Sonne schon als ein rotes Feuer hinter dem Wald. Der Vater war nicht zu sehen, aber der Speer war fort, mit dem er die Hechte in den Moorgräben schlug, um die Laichzeit, und auf der Schwelle der Hütte lagen Tafel und Fibel für ihn bereit und das grobe Brot mit der blauen Kanne für die Vespermahlzeit.

Es verlangte ihn sehr, hinzugehen, wo er den Vater wusste, aber er nahm doch die Tafel auf die Knie, den Griffel in die rechte Hand und das Brot in die linke. Niemand brauchte ihn zu seiner Pflicht zu treiben. Auch den Vater trieb niemand, und doch war sein Meiler noch nie erloschen.

Was er schrieb und las, war nur ein Spiel, denn längst hatte Christean ihn gelehrt, was Herr Stilling ihnen als große Wunder wies. Aber man konnte es so schreiben, dass es von dem nicht zu unterscheiden war, wie es in der Fibel stand, und es war schön, Herrn Stillings große Hand lobend auf seinem Haar zu fühlen. Sie war fast so wie des Vaters Hand. Wie der Mutter Hand auf seinem Haar sich anfühlen mochte, wusste er nicht.

Als er fertig war, ging er um den Meiler herum, eine Stange in der Hand, einen Schilfhalm mit einer ausgehöhlten Eichel wie eine Pfeife im Munde, die Augenbrauen zusammengezogen, die junge Stirn streng gefaltet. Der Herr von Balk sollte wissen, dass an seinem Meiler alles in Ordnung war.

Eine Weile sahen sie ihm beide zu, von verschiedenen Seiten. Der Vater, der gegen die Sonne stand, den Speer über der Schulter, das Netz mit den Hechten in der Hand. Und die Mutter zwischen den Wacholderbüschen, so dunkel und schmal, als sei auch sie dort gewachsen. Jakob lächelte auf seine stille Weise, ohne die Lippen zu bewegen, so wie ganz alte Leute lächeln, wenn sie zusehen, wie das Spiel des Lebens immer mit denselben bunten Reifen beginnt, und er mochte wohl nachgrübeln, ob dieses als das Einzige seiner Kinder einmal den Namen Ehrenreich führen würde, den die Hoffart oder ein wilder, schmerzlicher Stolz an seinen unbewussten Anfang gebunden hatte. Die Mutter, den Korb über dem Arm, das weiße Tuch um den Nacken, mit einer strengen Verlorenheit im Blick, in dem Missbilligung und widerwillige Rührung sich mischten. Ein spielendes Kind, das ein Großer sein wollte, und ein Großer, der ein Kind war, beide geringen Spielen hingegeben, an Worten sich entzündend, die vor zweitausend Jahren schon gesprochen worden waren, die unendliche Male und von unzähligen Lippen wiederholt worden waren, die man mit dem Tode besiegelt hatte, und die doch den Armen keine Speise und den Reichen kein Gericht gegeben hatten. Nichts, das man greifen konnte und halten, sondern an dem man sich nur berauschen konnte wie an Träumen, um dann mit müden Knien die steinige Straße fortzusetzen.

Nein, auch er würde nicht Ehrenreich heißen. Auch an ihm würde der Name vertan worden sein als an der letzten Hoffnung ihres Leibes, weil fremdes Blut zu dem ihrigen geflossen war, Waldblut und Träumerblut. Ein Pfarrer würde er vielleicht werden, der an den Betten der Sterbenden saß, ein Meister der Worte, der die Kirchen erfüllte, ohne Brot in den Händen, ohne Schwert, ja selbst ohne Pflug und Spaten. Ein Diener würde er sein, aber kein Herr, ein Knecht und ein Hirte, ob auch die Großen der Erde sich flüchtig vor ihm neigen würden.

Und nach diesem wollte sie nicht mehr gebären, außer von einem fremden Manne. Aber sie würde ihn hassen, weil sie seiner bedürfen würde und die Natur dem Weibe versagt hatte, aus seinem eigenen Blute allein das Kind zu formen, das es ersehnte.

„Die Mutter …", sagte Jons und nahm die Schilfpfeife aus dem Munde. Aber er lief ihr nicht entgegen und lehnte nur langsam die Stange gegen den Meiler. Auch flog sein Blick schnell in der Runde umher, ob der Vater nicht zu sehen sei.

„Er steht drüben mit dem Netz", sagte Marthe nicht ohne Spott. „Bald seid ihr wieder zusammen."

Sie setzte sich müde auf die Schwelle der Hütte, stellte den Korb neben sich und schob achtlos Tafel und Fibel zur Seite.

„Es ist schon alles fertig, was ich aufhabe", sagte Jons schüchtern. Sie warf einen flüchtigen Blick auf die Tafel und nickte. „Der Kaiser trägt eine Krone auf seinem Haupt", las sie leise. Und nach einer Weile: „Ja, der eine eine Krone und der andere

Asche …" Sie faltete die Hände um die Knie und blickte über Jons hinweg in den Abend. Es roch nach Harz, nach Kien und Rauch, und es war wohl ein schöner Platz für einen, der Frieden geschlossen hatte mit dem Leben. Sie nickte Jakob zu und fuhr fort, über den Meiler hinaus in den dunklen Fichtenwald zu blicken.

Sie standen beide vor ihr, unruhig und bedrückt, ob sie auch alles recht gemacht hätten. Aber sie war wohl nur müde und weit fort mit ihren Gedanken wie immer.

„Hat er euch gut gefahren?", fragte Jakob endlich.

„Er war betrunken, und wir mussten gehen."

„O Mutter, so weit … zwei Meilen … hatte sie keinen Stein im Taschentuch?"

„Ja, sie hatte einen Stein, aber es half nichts. Zwei Meilen sind nicht weit."

„Ein paar Hechte sind da", meinte Jakob. „Es wird den Vater freuen … und vielleicht auch dich."

Sie sah gedankenlos auf das Netz und nickte. Dann nahm sie aus dem Korb die Semmeln, die immer in Reihen zu fünf zusammengebacken waren, und reichte jedem von ihnen eine.

„Ich muss nun gehen", sagte sie. „Ihr bleibt wohl die Nacht hier."

Ja, für Jons wäre es wohl schöner, erwiderte Jakob verlegen. Der Harzgeruch sei gesund, und wo sie nun fünf in einer Kammer zusammen schliefen, wäre die Luft am Morgen nicht sehr gut. Vielleicht dass sie noch eine Kammer anbauen können im Sommer …

Sie war schon aufgestanden, strich ihr Kleid glatt und sah ihn nachdenklich an. „Kammern, an denen man sechs Jahre baut, werden nie gebaut, Jakob", sagte sie. „Und nach ein paar Jahren haben wir ja auch Platz genug."

Sie bückte sich noch einmal, legte zwei von den Hechten ins Moos, sagte „Gute Nacht!" und ging in den Wald hinein. Ihr Kleid verschmolz mit der Schwärze der Schatten, und nur das weiße Kopftuch war noch eine Weile zu sehen.

Sie sahen ihr beide nach, seufzten beide, sodass der andre es nicht hören sollte, und gingen dann an ihre Arbeit. Jakob blieb vor dem Meiler stehen, die Hände um die rußige Stange gelegt, und Jons holte Wasser, machte Feuer, setzte den Kochtopf auf und nahm die Fische aus, still und ordentlich wie ein Erwachsener. Als sie aßen, kam schon der schmale Frühlingsmond herauf und warf die Schatten auf ihre Hände. Die Kiebitze riefen immer noch, und von der hohlen Eiche klagte der Kauz. Sie hörten den Brunnen aus dem Dorf, wie der alte Balken sich ächzend neigte und wieder in die Höhe stieg, und die Haubentaucher auf dem See. Es war alles fern und fast unwirklich, und nur der Meiler war nahe, wärmend und vertraut. Es war alles gut zwischen ihnen, kein Unfriede und kein Geheimnis. Unter der Decke glühte das Holz, und der Vater würde wachen, dass der Brand nicht nach außen schlug. Der Vater konnte mehr, als die Mutter meinte. Er war der Herr des Waldes, mehr als der Herr von Balk, und wie er dastand, das Mondlicht auf dem hellen Haar und die Stange wie einen Speer im Arm, war er wohl wie ein König Löwenherz, allein im fremden Land, nur von seinem treuen Sänger Blondel bewacht.

Dann bat der Vater, ihm noch etwas zu lesen. Sie zündeten den Kienspan über dem Herde an, und der Vater schob ihm das große Buch hin. „Schlage es nun auf, wo du willst", sagte er.

Die rußende Flamme ging unruhig über die großen Buchstaben, die sich zu so seltsamen Worten fügten, und die Worte zu so seltsamem Sinn, aber Jons wusste, dass er zu lesen hatte, wenn sie am Meiler waren, und seine kleine, helle Stimme gab sich gern an die großen Worte hin, die den Wald zu erfüllen schienen und wie erzene Schilde zwischen den Bäumen standen. Glanz und Gewalt gingen von ihnen aus, wie von Wetterwolken, die in den Wald hinabschlugen, und am Ende fiel es sanft wie Regen über das Herz, als läge man im trockenen Laub des Jägers und draußen rausche es warm und fruchtbar auf das Hüttendach.

„Siehe, es wird ein König regieren", las er, „Gerechtigkeit anzurichten, und Fürsten werden herrschen, das Recht zu handhaben. Dass ein jeglicher unter ihnen sein wird wie eine Zuflucht vor dem Wind, und wie ein Schirm vor dem Platzregen, wie die Wasserbäche am dürren Ort, wie der Schatten eines großen Felsen im trockenen Lande …"

Sein Finger folgte achtsam den Buchstaben, und zuerst war seine Stimme leise und wie erschrocken vor den großen Bildern. Aber dann, als er sah, dass niemand ihn argwöhnisch oder schadenfroh ansah, wie manchmal in der Schule, dass sie beide ganz allein waren im großen Wald unter dem weißen Mond; dass nur der Vater ihm gegenüber saß, den Kopf in die Hände gestützt und die blauen Augen fast ehrfürchtig auf ihn gerichtet: Da hob seine Stimme sich immer lauter und freudiger, wiewohl er nicht verstand, was hinter den großen Bildern gemeint war, und als er geendet hatte, saß er so still wie der Vater und formte mit den Lippen noch einmal lautlos die letzten Verse nach: „Aber Hagel wird sein den Wald hinab, und die Stadt danieden wird niedrig sein. Wohl euch, die ihr säet allenthalben an den Wassern, und die Füße der Ochsen und Esel frei gehen lasset."

Er wusste schon, wie das war: „Hagel den Wald hinab" und wenn Kiewitt „an den Wassern säte."

„Das war der Prophet Jesaja, im zweiunddreißigsten Kapitel", sagte er ernsthaft, wie er den Pfarrer hatte sagen hören.

Der Vater nickte und schloss vorsichtig das Buch. „Vielleicht wird es so sein, Jons", sagte er. „Und das Recht wird in der Wüste wohnen und Gerechtigkeit auf dem Acker hausen …"

„Und ist keine Gerechtigkeit auf dem Acker, Vater?"

„Nicht so viel, wie es sein sollte, Jons. Sie nehmen zu viel von uns, mehr als sie von den Herren nehmen. Sie sagen, dass der Kaiser es braucht, wie er unsre Söhne braucht, aber du musst nicht immer glauben, was sie sagen. Du darfst auch nicht immer sagen, was du glaubst. Sie hören es nicht gern."

„Aber ist nicht der Kaiser mein Pate, Vater, und hat er nicht die Tasse geschenkt, die unter dem Spiegel steht?"

„Ja, es war so eine Sache, Jons", sagte Jakob und schrieb mit dem schwarzen Finger Buchstaben auf den Tisch. „Der Landrat hatte mich bestellt, und es war in der Erntezeit und vier Meilen Weges. Ich wurde in seine Stube geführt, und er stand da, selbst wie ein Kaiser, und hielt eine Rede, vom allergnädigsten Kaiser und Herrn, und dass er allergnädigst geruht habe, uns diese Tasse zu schenken. Und da er tat, als sei nur der arme Mann aus Lehm gemacht, und ich an den Roggen dachte, den nun keiner einfahren würde, drehte ich die Tasse in der Hand und sagte, dass ein Durstiger noch nicht satt werde, wenn man ihm einen Becher schenke, und dass die großen Herren immer denken, dass die armen Leute Kinder sind, die zu weinen aufhören, wenn man ihnen ein Bild vor die Augen hält. Da wurde er zornig und ergrimmte, wie es in der Bibel heißt, und sagte viel von Undank und von der neuen Zeit, und es hätte nicht viel gefehlt, so hätte er mir die Tasse wieder fortgenommen. Aber die hielt ich nun, denn von vier Meilen soll man auch etwas zurückbringen, und da steht sie nun unter dem Spiegel. Aber ich weiß nicht, Jons, ob der Kaiser nun noch dein Pate ist."

Er blickte sorgenvoll auf die unsichtbaren Buchstaben, die sein Finger schrieb, aber in den Augenwinkeln lächelte er schon. Auch sei der alte Landrat tot, und vielleicht wisse der neue gar nichts mehr davon. Und Jons sollte immer daran denken, dass man sich vor den Menschen nicht fürchten sollte. Auch vor den Kaisern und Königen nicht.

Aber Jons war noch immer dabei, sich auszumalen, wie der Vater vor dem Landrat gestanden habe, wie David vor dem Riesen Goliath, und noch als er auf seinem Lager von trockenem Laube lag, die harte Decke über sich, versuchte er, es auszudenken, ob er selbst so vor Herrn Stilling stehen könnte, oder vor dem Herrn von Balk, dessen Nase wie ein Habichtsschnabel war, und erst als der Mond in die offene Tür trat und einen silbernen Balken auf die Feuerstätte legte, fielen seine Augen wieder auf den Meiler und die dünne Rauchsäule, die immer noch wie ein Atem gen Himmel stieg und die nun auf eine wunderbare Weise von Mondlicht durchleuchtet war. Wenn er die Hand bewegte, rührte sich leise das Laub unter ihm, und er dachte an die alten Eichen, an denen es gehangen hatte, an Michael, der es auf seinem Rücken zur Hütte getragen hatte, stumm und ohne Lächeln, und dem er vielleicht die Tasse schenken könnte, die vom Kaiser gekommen war, weil er sonst nichts zu schenken hatte außer ein paar Muscheln und einem Habichtskopf, den er in einem Ameisenhaufen verbarg.

Draußen ging der Vater um die Hütte, der Vater, der ein Held war, ohne Furcht vor den Mächtigen, und manchmal fiel sein Schatten schwer und lauschend über die Schwelle … morgen früh würde Maria ihn abholen, die Schwester, die immer gut zu ihm war und die der Vater so gern auf den Schultern trug, wenn niemand es sah … und Herr Stilling würde ihn loben, Ehrenreich Jeromin … und ein jeglicher unter ihnen würde sein wie ein … wie ein Hagel den Wald hinab … nein, wie eine Zuflucht vor dem Wind … eine Zuflucht vor der Mutter und dem Wind … ja …

Indes war die Mutter beim Abendlicht in das Dorf gekommen. Sie stand noch ein paar Minuten unter den alten Kiefern am Waldrand und blickte auf die braunen Rohrdächer, auf den Balken des Brunnens und den See, der sich rötlich glänzend in die Wälder zog. Aus allen Schornsteinen stieg der Rauch in die Höhe, und sie glaubte die Armut der Herde zu schmecken, an denen die müden Frauen nun standen. Ein verlorenes Dorf, mit einer staubigen Straße, die sich in Wald und Öde verlief. Sowirog, das heißt der Eulenwinkel, und nicht mehr war es als das. Kein Strom zog dem Haff und dem Meere zu, kein Möwenschrei zerschnitt die dumpfe Stille, kein Segel glitt leuchtend in die Ferne hinaus. Eine Gefangene war sie seit zwanzig Jahren, gefangen von Mann und Kindern und dem Tagwerk grauer Alltage. Sie hatte sich verkauft an einen Traum, und beim Morgengrauen war der Traum verflogen. Nicht jeder fand am Meiler sein Glück.

Ihr Haus stand abseits, dicht über dem See. Der alte Ahorn blühte schon und warf seinen Schatten auf Hof und Garten. Aus dem Küchenfenster fiel ein rötliches Licht in den Abend. Jemand saß auf der Bank vor dem Hause und glitt nun, als die Hoftür knarrte, lautlos um das Haus. Das war Michael, ihr Ältester.

Einen Augenblick lehnte sie sich müde gegen den Zaun, mit geschlossenen Augen und das Herz voll Leid. Keines ihrer Kinder war ihr so ähnlich im Wesen und Form, und keines

29

floh so hartnäckig vor ihr wie dieses. In seiner Kindheit hatte ihre Hand schwer auf seiner Wildheit gelegen, obwohl es doch ihre eigene Wildheit war, und nun war er so ferne von ihr wie ein Stein auf dem Grunde des Sees. Ferner noch als dem Vater und den Geschwistern und dem ganzen Dorf, ein Mensch aus einem anderen Lande, und sie wusste so viel von ihm wie von dem Baum, auf dem zur Nacht die Reiher saßen.

Aber von welchem ihrer Kinder wusste sie mehr, als was ihnen über die Lippen oder aus den Augen trat? Wusste sie, welche Gedanken der Mann am Meiler in seinem Herzen trug?

Hinter dem kleinen Flur war die Küchentür geöffnet, und sie blieb noch im Dunkeln stehen, wie vor einer rötlichen Bühne, auf der sie spielten. Das Feuer brannte im Herd, und sie sah Maria mit ihren sanften Bewegungen an den Töpfen und Ringen beschäftigt. Auch ihr Haar war hell wie das Jakobs, und hätte sie ein weißes Kopftuch getragen, so wäre sie wie eine kleine Frau gewesen, die das Essen für die Ihrigen bereitete.

Nun setzte sie den Deckel wieder auf den großen Topf und drehte sich vom Herde ab. „Und als er an den See kam", sagte sie, „da war der See ganz schwarzgrau, und das Wasser hob sich von unten auf und roch auch ganz faul. Da stand er am Ufer und sagte:

,Manntje, Manntje, Timpe Te,
Buttje, Buttje in der See,
mine Fru, de Ilsebill,
will nich so, as ik wol will.'

,Na, was will sie denn?', sagte der Butt. ,Ach', sagte der Mann, ,sie will König werden.' ,Geh man hin, sie ist es schon', sagte der Butt."

Ihre Stimme war dunkel und klingend, eine zärtliche und verzaubernde Stimme, und Marthe konnte sehen, wie die Gesichter ihr regungslos zugewendet waren. Das der kleinen Gina mit der harten Falte zwischen den Augen, das schöne, helle, sorglose Gesicht Friedrichs und das blasse, schwermütige des kleinen Krüppels. Und auch der Großvater, der vor der Herdtür saß, hatte die Netznadel sinken lassen und die weißblauen Augen auf sie gerichtet, von denen man nicht wusste, ob sie schon erblindet waren oder ob sie bis auf den Grund des Wassers sehen konnten.

Nur Gotthold konnte sie nicht sehen, aber sie hörte nun seine Stimme, rau und viel zu alt für seine vierzehn Jahre, eine Stimme, die wie ein stumpfes Messer durch den niedrigen Raum schnitt. „Das wäre das Richtige für sie", sagte die Stimme, „König zu werden, König von Sowirog …"

Die anderen begriffen es wohl nicht, denn Maria verstummte, und bis auf den Großvater wendeten sie alle ihre Gesichter in die Ecke, aus der die Worte gekommen waren, aber Marthe begriff es, und sie trat rasch über die Schwelle.

„Die Mutter!", rief Christean, und alle Gesichter wandten sich ihr zu. Nur der Großvater behielt seine Augen auf Marias Lippen, als warte er darauf, dass sie fortfahre, von der Frau zu erzählen, die ein König werden wollte.

„Nimm die Hechte aus, Gotthold", sagte Marthe zu der dunklen Ecke hin, „Auch Königskinder müssen arbeiten."

Sie sah ihm zu, wie er mit seinem bösen Lächeln aus der Ecke herauskam, ein schönes Kind mit dunklen Augen, die ohne Ausdruck über ihre nackten Füße glitten. Wie ein Schatten verschwand er aus der Tür, das Netz mit den Hechten in der Hand.

„Absalom, Absalom", sagte der Großvater, ohne seine Augen von Marias Gesicht zu wenden.

Sie schwiegen alle bedrückt, während Marthe den Korb auspackte. Für alle hatte sie etwas mitgebracht, und alle bedankten sich, aber es schien, als sei der Raum nun verlassen, ohne Feuer und Märchen. Nur Christean fragte, ob sie bei Jons und dem Vater gewesen sei und ob der Meiler noch immer so gut rieche wie früher.

Dann saßen sie alle um den großen Tisch und aßen.

Ob Michael nicht da gewesen sei, fragte Marthe. Ja, um die Abendzeit, aber er habe nur Feuer für seine Pfeife geholt und dann still auf der Hausbank gesessen. Sie sagten im Dorf, dass Grünheids Stier wild geworden sei und den Bauern unter sich gehabt habe, aber dass Michael mit einem Forkenstiel das Tier so über die Nase geschlagen habe, dass sie es ruhig in den Stall hätten führen können.

„Ist … etwas geschehen?", fragte Marthe.

Nein, die Kalmusfrau habe ihm einen Trank gegeben, und abends sei er schon wieder im Wald.

„Nein, Michael meine ich", sagte Marthe.

O nein, Michael sei nichts geschehen. Michael könne überhaupt nichts geschehen. Aber im Dorfe sagten sie, dass es schade sei, dass der Schulze so davongekommen sei. Gotthold habe es gehört.

Ja, Gotthold hörte immer solche Dinge. Das wusste sie. Aber ihre Hände zitterten, und sie legte sie in den Schoß, damit niemand es sehe.

„Aber der Großvater … Großvater hat einen Hecht gefangen", sagte Christean, „der ist so groß wie ein … wie ein Haifisch."

Er stieß beim Sprechen an und wiederholte hin und wieder die Worte, wobei er seine kleinen Krücken auf die Erde stieß, aber seine hellen Augen, traurig wie Vogelaugen, hingen voller Anbetung am Großvater.

Doch hörte Michael ihn nicht. Er hörte selten, was die Menschen sprachen. Er hörte, was die Vögel sprachen und das Schilf, und manche sagten, er höre, was die Fische sprächen. Sein Gesicht war so braun wie die Rinde des Ahorns über dem Giebel und ebenso voller Falten und Risse, aber sein weißes Haar hing voll und schlicht bis auf den Rockkragen herunter, und aus seinen Augen war kein Alter abzulesen. Nur waren sie weit von den Menschen fort, so weit wie der Anfang seines Lebens von der Gegenwart, und wer ihren Blick empfing, meinte in ein leeres Haus zu sehen, in dem vieles geschehen war, woran nur die Alten sich dunkel erinnern konnten. Christean, der vieles sagte, was die anderen nicht so sagen oder nur denken konnten, hatte einmal gemeint, dass Moses auf dem Berge Nebo so gestanden habe wie der Großvater auf dem Hügel über dem See.

„Waren sie fröhlich am Meiler, Tochter?", fragte er nun und sah sie an.

Immer noch verwirrten seine Augen sie, die einzigen Augen im Dorf, vor denen es keine Wände gab. Aber dann erwiderte sie ruhig, dass sie still gewesen seien wie immer und dass sie wohl immer fröhlich seien, wenn sie allein zusammen sein könnten.

Er nickte und schob seinen Teller zurück. „Eine Frau am Abend", sagte er, „soll sein wie das Abendrot über dem Walde. Eine Verheißung für Mensch und Tier."

Sie hob unmerklich die Schultern und stand auf. ‚Von ihm kommt es‘, dachte sie in plötzlicher Erbitterung. ‚All dies Fromme und Gerechte, das Schweigen und das Urteil. Von ihm allein, und unser Leben lang ist er der Herr gewesen. Er steht da, als sei er tausend Meilen und hundert Jahre fort, aber er setzt den Fuß auf jeden Zorn. Er ist wie sein Gott Jehova, der alles sieht, aber ihn sieht keiner, er ist nur da.‘

Nach dem Abwaschen ließ sie sich noch die Aufgaben zeigen und die Lieder und Sprüche aufsagen. Bei Gina musste sie einhelfen, aber die Worte wurden ihr bitter im Munde, als sie das stille, zugeschlossene Gesicht sah, mit der Falte über der Nasenwurzel. Die Arme waren ihr müde, und die Buchstaben verschwammen vor ihren Augen.

Sie ging noch einmal hinaus, um nach der Kuh zu sehen. Ruhig leuchteten die Sterne, und unter dem Mond riefen die ziehenden Vögel. Ein Hund bellte am Moor, dort wo der Pflug nun still in Kiewitts Ödland lag. Die Rauchsäule des Meilers war nicht zu sehen, und verlassen sahen Wald und Erde aus. Sie lehnte den Kopf an die Stallwand, hinter der die Kette der Kuh leise klirrte, und sah zum Monde auf. War dies nun das Leben? Für alle Frauen, die einmal geliebt hatten? Kam niemals mehr etwas zu ihnen, das sie das andere vergessen ließ, dies Tagwerk voller Last und Bitterkeit? Dieses Fremdsein unter Mann und Kindern? Diese schreckliche Verlorenheit unter dem kalten Mond?

Sie wusste, dass es nicht antworten würde, dass es nur in Märchen antwortete, aber sie blieb doch noch stehen, weil der

Kopf so still an der Stallwand lag und das Mondlicht so tief in ihre Augen fiel. ‚Mine Fru, de Ilsebill ...‘, dachte sie. Aber das war es doch nicht. Sie konnte nicht im Keller leben wie die anderen, das würde es vielleicht sein. Aber wusste sie denn, ob Jakob im Keller lebte? Er und die anderen?

Sie blieb stehen, bis sie fröstelte und die Eulen aus dem Walde riefen. Dann erst ging sie hinein.

Der Großvater saß noch am Fenster, aufrecht und gerade, die Hände mit den blauen Adern im Schoß gefaltet. Er sah nicht auf. Er blickte weiter ins Feuer mit seinen blassen Augen, die so viel gesehen hatten, und als er sprach, wusste sie nicht, ob die Stimme aus seinem Körper kam oder von weit her.

„Der Mond macht die Herzen krank, Tochter“, sagte er. „In der Bibel steht nirgends geschrieben, dass der Mond auf den Heiland geschienen hätte.“

„Ach, Herr Vater“, erwiderte sie mit der alten, feierlichen Anrede des Landes, „ich wünschte, er schiene in meine toten Augen ...“

Auch jetzt sah er nicht auf. „Es wird die Zeit kommen“, sagte er, „wo du in viele tote Augen sehen wirst. Warte so lange mit deinem Wunsch, Tochter.“

Sie nickte wie gehorsam und sah noch einmal in die Kammer der Kinder. Der Mond legte ein schmales silbernes Tuch auf die Dielenbretter, und aus dem Dunklen hörte sie den ruhigen Atem der Schlafenden. Es war wie in einer Kirche, wo im Schatten die Särge standen, und es graute ihr vor der Stille. Sie konnte keines der Gesichter erkennen, und sie lauschte nur, ob sie den Atem jedes Einzelnen vernehme.

In ihrer Kammer saß sie noch auf dem Bettrand, nachdem sie ihre Füße gewaschen hatte, und flocht ihr Haar. Morgen würde sein, was alle Tage und Jahre gewesen war, und niemals würde etwas anderes sein. Noch ein paar Jahre, dann waren die Kinder fort, und einmal würde Michael sie auf das Altenteil schicken. Dort konnte sie dann spinnen und weben, das Totenhemd und vielleicht etwas für die Enkel. Und zusehen, wie Sommer und Winter kam und wieder von dannen ging. Wildgänse und Kraniche, und ab und zu eine Hochzeit oder ein Begräbnis. Und dann würde sie sich ausstrecken und schlafen können, ohne dass die Sonne auf ihren Augenlidern sie weckte.

Der Mond schien auf ihr Gesicht, als sie sich endlich niederlegte. Es war wie versteint von Gram. Ihre Gedanken gingen noch einmal in ihr Elternhaus, und sie versuchte, schon in der Mühe beginnenden Traumes, sich zu erinnern, mit welchen Puppen sie damals gespielt hatte. Aber sie hatte niemals mit Puppen gespielt.

Um die Mitternacht, als die Eulen in das Dorf kamen, hörte sie im halben Schlaf einen Wagen die Dorfstraße entlangfahren und eine heisere, traurige Stimme, die ganz allein in der weiten Nacht vor sich hinsang: „Zigánuschka, Zigánuschka, Zigánuschka moija …"

Aber sie wusste nicht mehr, ob es Wirklichkeit war oder Traum.

# II

Von dem Dorfe Sowirog hat noch keine Chronik erzählt. Die Chronik erzählt nicht von verlorenen Dörfern. Sie liegen an den Seen und Mooren jenes östlichen Landes, mit grauen Dächern und blinden Fenstern, mit alten Ziehbrunnen und ein paar wilden Birnbäumen auf den steinigen Ackerrainen. Der große Wald umschließt sie, und ein hoher Himmel mit schweren Wolken wölbt sich über ihnen. Eine sandige Straße zieht zwischen ihren verlassenen Gartenzäunen entlang. Sie kommt aus den weiten Wäldern und verschwindet wieder zwischen ihnen. Der Postbote geht auf ihr entlang und häufiger noch der Gendarm, und manchmal zieht ein Hochzeitszug bunt und lärmend durch ihre tiefen Geleise.

Aber meistens liegt sie schweigend da, und die jungen Birken werfen ihre dünnen Schatten auf die verschilften Gräben. Sie bewahrt nichts von dem, was einmal auf ihr zum Leben oder zum Tode gezogen ist. Sie hat keine Kreuze und keine Gedenksteine. Sie ist eine namenlose Straße.

Und so sind auch die Dörfer. Sie sind so klein, dass ihre Namen nur auf den Karten verzeichnet sind, die der Soldat im Manöver braucht, und auch dort nicht einmal mit Sicherheit. Sie tragen Namen von einem fremden, traurigen Klang, alte Namen sogar, aber schon hinter der Kreisgrenze kennt sie niemand. Sie sind wie Gräber aus den Zeiten lang vergessener Kriege, eingesunken, mit verwischter Schrift. Im Frühling, wenn die Kirschen- und Birnbäume blühen und der Flieder auf dem kleinen Kirchhof, können sie lieblich aussehen von ferne, vom andern Ufer des Sees etwa, aber der Frühling ist rasch und wild in dieser Landschaft. Er nimmt die Farbe, so rasch er sie gegeben hat, und dann sinkt wieder alles ins Graue zurück, unter einem riesigen Himmel, der mit gewaltigen Wolken über das Wesenlose sich spannt. Und wenn die Schneestürme von Osten über die Wälder kommen, decken sie alles zu, Straße und Graben, Giebel und Zaun. Wie gestorben sind dann die Dörfer unter einem ungeheuren Abendrot, und nur der schmale Pfad, der zu den Holzschlägen in die Wälder führt, zeigt an, dass Menschenfüße dort gegangen sind.

Von Sowirog stand in einer alten Urkunde zu lesen, dass es ein Beutnerdorf gewesen war, das heißt eine Gründung des Ritterordens zum Ernten wilden Honigs und wohl noch zur Wahrnehmung anderer Pflichten, von denen nichts geschrieben stand. Auch war der Name Jeromin schon in jenen dunklen Jahrhunderten aufgezeichnet. Doch war das alles, und niemand wusste, was seit jener Zeit an Krieg und Pest, an Unheil und Grauen über das Dorf gekommen war. Polen, Litauer oder Tatern, und wahrscheinlich alle nacheinander. Nur von Hungersnot war noch ein dunkles Gerede im Gange, als man aus Baumrinde Brot backte, und von der Pest, die niemanden verschont hatte als einen Hirten namens Michael. Der mit dem Rest der Herde auf die Waldhügel geflohen war und dann ein neues Geschlecht begründet hatte, reinen oder unreinen Blutes.

Auch lebten die Bewohner von Sowirog nicht in der Vergangenheit. Der Tag begann ihnen, sobald die Sterne verblassten, und endete, wenn sie wieder über den Wäldern aufstiegen. Und er gab ihnen, mit Schweiß und Mühe, nicht mehr als das nackte Leben. Der steinige Acker trug ihre Kartoffeln und ihren Roggen, das Moor ihren Torf, der Seerand ihr Heu. Der Herr von Balk gab ihnen die Waldweide für die magere Kuh, der Forstfiskus Arbeit und ein wenig Holz, und was ihnen nicht gegeben wurde, nahmen sie sich, in dunklen Nächten, denn kein Pfarrer konnte ihnen glaubhaft machen, dass den Armen nur das Himmelreich gehöre.

Sie waren demütig und gebeugt, und in ihren Augen war noch abzulesen, wie die Jahrhunderte über sie hinweggegangen waren. Aber mitunter brach es doch aus den Fugen ihres Lebens heraus, ein dumpfer Zorn und ein wilder Hass gegen Welt und Gott, die ihr Spiel mit ihnen getrieben hatten, die sie enterbt und enteußert hatten, geschlagen und verflucht, und die doch ihren Zins einforderten. Geld und Söhne, Gebet und Hymne, Laster und Fron. Zuerst fluchten sie, und dann weinten sie, und am nächsten Morgen, beim Sternenlicht, nahmen sie wieder die Axt auf die Schulter und gingen in die Holzschläge, einer hinter dem andern, mit Lappen um die Füße, während der Frost die Bäume spaltete und das Eis auf den Seen schrie.

Manchen erschlug ein fallender Baum, und mancher erstarrte am Wegrand, wenn er betrunken von der Lohnzahlung heimkam. Mancher schlich nachts in die Wälder und kam spät zurück, einen Sack auf der Schulter und erbebend vor jedem Eulenschrei. Und alle sprachen von Wald und See als von „ihrem" Wald und „ihrem" See. Förster und Fischereiaufseher waren nicht ihre Freunde, und den Helm des Gendarmen erkannten sie schon am Horizont.

Niemals war jemand aus ihrer Mitte aufgestiegen und hatte Landschaft oder Provinz mit seinem Namen erfüllt. Das Los war ihnen dunkel gefallen, von Kindheit an, und im Dunkeln schritten sie ihren Weg aus. Manchmal gewann einer einen weittönenden Namen als ein gefährlicher Wilddieb, als ein Fischräuber oder Holzstehler. Aber der Name verklang hinter vergitterten Fenstern, und sein Ruhm war mit seinem Tode dahin. Keiner von ihnen, außer dem Großvater Michael, hatte die „Welt bewegt", wie Jakob sagte. Kein Landrat, kein Pfarrer, kein Lehrer war aus ihrer Mitte aufgestiegen, kein Denker neuer Dinge, kein Prophet einer neuen Liebe. Und aller Überfluss an jungen Söhnen, die kein Erbe zu empfangen hatten, verschwand in den westlichen Städten des Reiches, versank in den Bergwerken unter der Erde, vergaß die Wälder und Moore und bezahlte Lohn und Gewinn mit der Friedlosigkeit der im Dunkeln Lebenden, mit der Zugehörigkeit zur Masse der Hadernden, die ihnen doch fremd blieb bis zur Todesstunde.

Kamen sie nach vielen Jahren einmal in die Heimat zurück, als ein kurzer Besuch für das staunende Dorf, in städtische Kleider gepresst, mit Frauen, die dumm und hochmütig auf die Armut blickten, so standen sie heimatlos am Ufer des Sees, wie lebenslang Eingekerkerte, die das Licht vergessen hatten. Sie rühmten ihren Verdienst und ihr Leben, sie prahlten von dem, was sie dort vorstellten, aber ihre Worte klangen hohl und falsch, und mancher schlich sich in der Dämmerung zu dem wilden Birnbaum am Ackerrain, wo seine Kindheit begraben lag, und blickte in Schwermut und dumpfer Trauer auf das karge Land, das auch ihm verheißen worden war und das er hingegeben hatte um ein Linsengericht.

Sie lasen keine Zeitung, und was im Kreise und in der Welt geschah, kam zu ihnen nur durch den Mund des Lehrers, der für sie der Moses in der Wüste war. Zwar hatten sie auch solche gesehen, die an der Öde ihrer Welt verzweifelt waren und als stille und wilde Trinker ihr Leben dahinbrachten. Oder solche, die in Hass und Verbitterung ihre Herzen zuschlossen, Menschenfeinde, die hart und kalt wie erbarmungslose Richter vor den verstörten Kindern standen und die man nicht mehr sah, wenn die Schulglocke um die Mittagszeit geläutet hatte. Aber die meisten unter ihnen waren doch von der Weisheit der Armut und der Einsamkeit erfüllt, freundlich eingeschlossen in ihre Welt, und das stille Licht, das sie durch ihre verlassenen Jahre trugen, leuchtete den Großen wie den Kleinen, ein zitterndes, kärgliches Licht, aber es fiel doch in manche trübe Stunde als ein tröstender Schein und gab Herz und Hand an ihre Not, während der Pfarrer aus dem fernen Kirchdorf schon aus einer düsteren, feindlichen Fremde kam, seine Worte über sie hinstreute und wieder verschwand.

Es gab solche unter ihnen, die ihre Bienen pflegten, und solche, die am Abend bei offenen Fenstern auf ihrer Geige spielten. Solche, die in den Hügeln nach alten Waffen gruben, und solche, die mit einer grünen Trommel über der Schulter in den Wäldern verschwanden, um nach Pflanzen zu suchen. Aber alle hatten sich in dem Gleichmaß der Tage einen kleinen Altar errichtet, vor dem sie beteten, einen Nachglanz jugendlicher Tage, in denen sie davon geträumt hatten, Führer und Propheten ihrer Dörfer zu werden, ein Brunnen der Liebe oder eine Fackel der Tat, und alle Armen und Gebeugten aus der Not ihres Lebens hinaufzuführen auf die reinen Höhen des Wissens, der Liebe, der Fröhlichkeit. Sie hatten alle verzichtet. Ihre Träume waren verwelkt, ihre Kränze hingen immer noch unter den Sternen.

Ihre großen Worte waren kleiner geworden, weil nur die kleinen Worte über die Schwelle fanden. Aber eines war ihnen langsam aufgegangen, wovon man ihnen auf dem Seminar nie etwas gesagt hatte: das Leben. Die Armut und die Bürde, die Größe und Heiligkeit des Lebens. Auch des kleinsten und niedrigsten, des verlassensten und verachtetsten. Und wenn sie den Sinn ihres eigenen Lebens bedachten, am Ende ihres Dienstes oder Daseins, so wollte es ihnen manchmal scheinen, als sei er unter allen Zweifeln und Rätseln doch zu finden, ein schlichter und bescheidener Sinn, aber doch kein Umsonst, kein Irrtum, keine Sinnlosigkeit.

Herr Stilling hatte es früher erkannt als viele seiner Vorgänger. Auch er hatte seine Träume und Kränze gehabt, aber das trockene Brot, bei dem er aufgewachsen war, armer Waldarbeiter Kind, hatte ihm dazu geholfen, dass sie nicht in einem fernen Nebel glänzten. Auch ihm war die Forderung tief ins Herz gefallen, als er sie zum ersten Mal vernommen hatte, dass der Mensch edel, hilfreich und gut zu sein habe, aber ungleich vielen anderen machte er nicht den Text einer Predigt daraus, sondern meinte, dass man das Wort des großen Dichters auch erfülle, wenn man beim Kalben einer Kuh helfe, bei Krankheit und Trübsal, bei Trunksucht und Unfrieden, und dass auch in den ärmsten Dörfern langsam verstanden werde, ob jemand nach der Schrift tue oder nur nach ihr rede.

So war er, lange bevor sein Haar sich weiß gefärbt hatte, einer der Ihrigen geworden. Vor dem nichts verborgen zu werden brauchte, weil er doch alles sah, auch das im Dunkeln Geschehende. Der ihre wenigen Briefe schrieb und die vielen Kinder begrub. Und der alles umsonst tat, das Gute wie das Mühevolle. Der Einzige unter ihnen, der ganz reinen Herzens war und an dem sie ahnten, dass es noch eine bessere Welt geben müsse als die ihrige, wenn sie ihnen auch für immer verschlossen bleiben würde.

Er hatte seine Frau begraben, und sein Sohn war übers Meer gegangen, fort von dem stillen Leben, das er für ihn bereitet hatte, verschollen an einer unbekannten, glühenden Küste, eine

Mahnung für ihn, dass das Böse sich leichter vererbe als das Gute und dass auch im reinen Herzen die dunklen Kräfte lebendig seien, die Gott von Kains Geburt an ausgestreut hatte unter die Menschen. Eine Schwester führte ihm das Haus, die so fromm war, dass es schmerzte, die von dem Dorfe nur als von Sodom sprach und mitunter wie ein Racheengel von Haus zu Haus ging, wenn es einen verbotenen Fischzug gegeben hatte, ein Trinkgelage oder eine Prügelei. Sie war verwachsen, mit großen sanften Augen und hieß Elise, aber Gogun nannte sie „Frau Elias", weil der Geist über sie kommen könne und sie dann umgehe, um die Baalspriester zu schlachten.

Während solcher Kreuzzüge ging Herr Stilling in die Wälder und Moore, einen kleinen Spaten in der Hand und die grüne Trommel auf dem Rücken, und schon hinter dem zweiten Hause begann er die Leute von Sowirog fröhlich und verstohlen zu warnen, dass die Heidenbekehrerin unterwegs sei, damit sie hinter den Gartenzäunen auf die Felder entfliehen könnten. In der Hauptstadt der Provinz lebte ein Professor mit einem berühmten Namen, zu dessen Füßen viele Studenten saßen, und für ihn grub und sammelte und erforschte er alles, was unter den hohen Fichten oder zwischen den Moorgräben wuchs, aus lange vergangenen Zeiten, als noch das Eis über dem Lande gelegen hatte oder der Steppenwind über die Öde gestrichen war.

Empfing er Brief und Dank von dort, so schien ihm sein bescheidenes Leben angeknüpft an das große Gewebe der Welt, ja es war ihm, als sei er ein Schüler jener Großen der Forschung und als trage auch er seinen demütigen Teil dazu bei, dass die Flamme der Wissenschaft nicht erlösche, sondern von Hand zu Hand gereicht werde, bis zu den fernen Grenzen hin, die Gottes Weisheit dem Menschensinn gesteckt habe.

Oft hatte er bei diesen Wanderungen einen seiner Schüler bei sich, von dem er glaubte, dass sein Geist sich erwecken und in Zukunft für ein Leben entzünden lassen werde, das aus dem Dunkel des Dorfes aufsteigen werde wie ein Stern. Was er von seinem kümmerlichen Gehalt ersparte, legte er auf einer Kasse der Kreisstadt an, Zins und Zinseszins, so heimlich, dass selbst Elise nichts davon wusste, und das Ganze nannte er die „Nobel-Stiftung", dazu bestimmt und ausersehen, dem Ersten der Dorfkinder den Weg in die Welt des Geistes zu öffnen, das nach dem Willen des Schicksals mit dem begabt worden war, das er an Gaben des Verstandes und Herzens dafür als nötig erachtete.

Doch waren jahrzehntelang nur Stifter und Stiftung da, während das Dorf durchaus eines Jungen ermangelte, der geeignet gewesen wäre, ihre Segnungen zu empfangen. Und erst ein paar Jahre waren vergangen, seit Stilling nach langer Beobachtung und Prüfung, und auch dann nicht leichten Herzens, einen seiner Schüler gefragt hatte, ob er ihm erlauben würde, für ihn zu sorgen und ihn auf die hohe Schule zu schicken, von wo er dann den Weg zu einem hohen Amte wählen könne, dem eines Seelsorgers oder eines Menschenarztes, oder was ihm sonst erstrebenswert erscheinen werde.

Sie hatten am Rand des Moores gesessen, Orchideen und Sonnentau vor sich ausgebreitet, in einer warmen herbstlichen Sonne, die das Harz noch einmal von den Fichten herunterrinnen ließ. Der Altweibersommer war durch die blaue Luft gesegelt, und an allen niedrigen Birken des Moores waren seine Schleier aufgehängt gewesen. Fern hatte das Dorf gelegen, fern die ganze Welt, und in der stillen Stunde war es gewesen, als säßen sie verzaubert am Rande der Erde und trügen den Wunschring am Finger, der nun einem von ihnen ein unbekanntes Reich aufschließen sollte.

Aber der, für den er gedacht war, gab den Ring still zurück. Er wollte nicht. Er wollte Dorf und See und Wald nicht verlassen, nicht die Armut und die Fron, den Kienspan am Herde und den Schweiß auf dem Acker. Er wusste, dass das andere schön sein würde, ein Wunder wie aus einem Märchenbuch, ein Glanz auf dem Namen seines Geschlechtes, und er glaubte auch, dass er den Weg bezwingen würde, der dort auf ihn wartete.

Aber er wollte nicht. Er konnte es mit Worten nicht gut erklären, wie er seine ganze Jugend lang ein einsilbiges, ja düsteres Kind gewesen war. Er wusste nur, dass es nicht gut für ihn sein würde, nicht das Richtige. Dass dies alles hier ihn nicht losließe, obwohl er wenig Freude davon erwartete. Dass er dem Herrn Lehrer sehr dankbar sei, mehr als er sagen könne, aber dass er glaube, ihm sei ein schwerer und früher Tod bestimmt, und den wolle er lieber hier sterben als in einem fremden Land.

Es hatte merkwürdig geklungen aus einem so jungen Munde, und doch hatte der Lehrer geschwiegen, als er in das junge, zugeschlossene Gesicht gesehen hatte. „Es ist gut", hatte er gesagt, „und wir wollen beide nicht darüber sprechen."

Dieser Junge war Michael gewesen, und in der Nacht, als Stilling schlaflos gelegen und zugehört hatte, wie die Äpfel in seinem Garten auf das Gras fielen, war ihm gewesen, als sei dieses Haus der Jeromins vielleicht dazu bestimmt, den Namen des Dorfes noch einmal weit hinauszutragen in die Landschaft. Nur wusste er nicht, ob der Name leuchten oder brennen würde, und wenn er an die sieben Kinder dachte, die diesen Namen trugen, wusste er es noch weniger.

Doch hatte er von da an mit noch größerer Aufmerksamkeit in die Augen der Sieben geblickt, die er je nach ihren Taten oder Äußerungen die sieben Raben, die sieben Schwäne oder die sieben Geißlein zu nennen pflegte. Alle waren schöne Kinder, drei von einer dunklen und vier von einer hellen Schönheit, aber er wusste, dass Schönheit eine Gefahr war, ob sie nun über dunklem oder über hellem Scheitel lag. Es war deutlich zu sehen, dass in Michael, Gotthold und Gina das Blut der Mutter lebendig war, ein fremdes, trauriges Blut, das nach großen, wilden Dingen trachtete und mit dem Leben in Hader lag. So wie in den vier anderen das Blut der Jeromins lebte, ein stilles, träumerisches Blut, das in den Weg der Weisheit und Entsagung münden konnte, aber auch in den des zärtlichen Spiels, einer geheimnisvollen Frömmigkeit oder eines bloßen Dahintreibens und einer blinden Hörigkeit.

Oft stand er am Morgen unter der großen Linde des Schulhofes und sah den Kindern entgegen, die aus dem Dorf und den Abbauten langsam oder hastig dem Klang der kleinen Glocke zustrebten. Er kannte alle ihre Schicksale und die Schicksale ihrer

Väter und Großväter, und es war ihm, als könne er mit einem leisen Griffel die Linien aller Geschlechter nachziehen, wie sie durch die Zeiten hin sich verschlangen und verwirrten, auflösten und auf den Weg mündeten, der ihnen vorgezeichnet war. Die Linien der Gonschors und Daidas, der Goguns und Glumsdas, der Grünheids und Pionteks. Wie gutes Blut sich mit schlechtem mischte, Wildes und Stumpfes, und wie einiges in seine Hand gegeben war, dass er bessere, kläre und leite, Weniges nur und vielleicht nur für kurze Jahre, aber das Ganze doch nicht ohne Hoffnung und Sinn.

Auch die Jerominkinder sah er ankommen, Michael allein, Gotthold allein und Gina manchmal noch vor dem Tor zögern, umkehren und hinter den Gärten im Moor verschwinden.

Aber die anderen kamen zusammen, eine kleine Karawane mit dem alten Kinderwagen, den Maria schob und in dem Christean mit seinem alten Gesicht saß, die Krücken aufrecht zwischen den Händen, die ernsten Augen zu den Wolken aufgehoben, die groß und feierlich über die Dächer zogen. Vor ihnen her ging Friedrich, immer mit wirrem Haar und meistens eine Weidenflöte an den Lippen, auf der er Lieder blies, die niemand kannte, ein Rattenfänger aus der Sage, dem die Mädchen nachsahen, ganz unbewusst seines Wesens, aber manchmal, inmitten seines Liedes, abwesend und in eine stille Traurigkeit versinkend, aus der er mit ernstem Gesicht erwachte, ein Träumender, der sich fast ängstlich nach den andern und dem Wagen umsah.

Aber nun, seit dem letzten Frühjahr, am Ende des Zuges Jons Ehrenreich, ernst und fast feierlich, ein kleiner Messknabe, der zu dem Priester und dem Sakrament schritt. Auf ihm blieben des Lehrers Augen am längsten haften, noch während Friedrich behutsam und unter Scherzen den kleinen Krüppel aus dem Wagen hob und ihn in die Klasse trug. Er wollte nicht mehr hoffen, seit seine einzige Hoffnung zerstört worden war, aber manchmal, bei der Ankunft auf dem Hofe und während des Unterrichtes, wollte ihm bei aller Ängstlichkeit des Urteils doch scheinen, als sei diese breite, klare Kinderstirn über den tief liegenden hellen Augen anders geformt als die andern Stirnen, ein schönes Gehäuse über einem reinen Kern, und seine Fragen, die er an Jons richtete, waren anders als die üblichen Fragen, manchmal voller Fallen und Listen, Fragen, bei denen er selbst den Atem anhielt und vor denen Jons doch immer bestand, zögernd meistens und nach langem Nachdenken, aber doch bestand, und nach denen er tief Atem holte, wenn die alte Hand sich auf sein Haar legte und die alte Stimme freundlich sagte: „Das war brav, Jons Ehrenreich, das war brav …"

Und es kam dazu, noch in diesem ersten Frühjahr, dass Jons auf eine andere Weise auffiel als durch die Gewecktheit seines Geistes. Es gab damals noch in allen Dörfern der Provinz die geistliche Schulaufsicht, als einen Überrest der Zeit, in der die Theologie als die Meisterin und Krone aller Wissenschaften gegolten hatte. Nun war der Pfarrer des Kirchdorfes, zu dem Sowirog gehörte, ein nicht ungütiger, aber langsam bitter gewordener Mensch, der es müde war, das Evangelium über einen dornigen Acker zu sprechen, auf dem er nichts wachsen sah als Diebstahl, Trunkenheit, Prozesssucht und Heimtücke. Sein Leben schien ihm vertan, und da er sich nicht für einen unzureichenden Diener des Herrn halten wollte, so blieb ihm nur übrig, seine Gemeinde für sündige Böcke zu halten, für ein Teufelsgeschlecht, in Wäldern und Mooren gezeugt, aufsässig und widerspenstig, eine Rotte Korah, die nicht der Liebe, sondern der Zuchtrute bedürfe.

Und kam er in die kleinen Dorfschulen seines Bezirkes, so sahen seine Augen in allen den Kinderaugen, die zu ihm aufgeschlagen waren, nicht Scheu und Ehrfurcht oder auch nur ein dumpfes Verwundern, sondern er sah hinter ihnen die Augen ihrer Väter und Mütter, ihrer Vor- und Nachfahren, Augen, die sich ein Leben lang scheu und widerstrebend zur Seite gewendet hatten, wenn er an ihr Gewissen geklopft hatte, und sein Blick, ohne Liebe, erkältete alle Bereitwilligkeit zur Antwort und zur Freude, sodass es nicht lange dauerte, bis er den Lehrer mit düsterem Kopfnicken in die gleiche Reihe der Schuldigen zu stellen schien, als einen ungetreuen Arbeiter im Weinberg des Herrn, von dessen sauren Früchten sie sich nun alle miteinander seufzend überzeugen könnten. Manche empörten sich, und manche taten, als merkten sie es nicht. Herr Stilling aber hatte in solchen Stunden ein paarmal eines der Gleichnisse aus dem Neuen Testament besprochen, in denen von der großen Liebe erzählt wurde, die der Herr von seinen Gläubigern verlangte, und wenn er dann mit seiner alten, schon etwas zitternden Hand über sein weißes Haar strich, den Pfarrer wie gedankenverloren lange ansah und sagte: „Ja, so sollten wir alle tun, und die Großen noch mehr als die Unmündigen", so pflegte der Pfarrer seine Prüfung bald zu beenden, in unbehaglichen Gedanken, ob diese Predigt etwa ihm gegolten habe, und in seinem Wagen mit dem mageren Trost sich helfend, dass dieser alte Mann ja nun bald sein Amt in jüngere und wohl ehrfurchtvollere Hände legen werde.

Diesmal aber hatte Stilling kein besonderes Gleichnis ausgesucht, sondern es war alles von selbst gekommen. Auf der Landstraße vor dem Dorf war der Pfarrer dem Gendarmen Korsanke begegnet, dessen Sohn er zu Ostern eingesegnet hatte. Korsanke war zu Pferde, den Helm auf dem runden Kopf, und sein gutmütiges Gesicht hatte dem Wagen unbehaglich entgegengesehen, denn er war nicht allein gewesen. An seinem linken Steigbügel, mit einem dünnen Lederriemen an das Eisen gebunden, war der Kätner und Waldarbeiter Daida geschritten, ein kleiner, gebeugter Mann, schon mit grauen Haaren, und hatte ohne Verlegenheit, ja mit einer fast spöttischen Neugierde dem Pfarrer entgegengeblickt.

Korsanke war niemals ein böser Mensch gewesen. Er wusste, wie das Leben in diesen Dörfern war, wusste, was Hungerzeiten und Hungerjahre waren und wie ein Klafter Holz oder ein Hase die dunklen Hütten für eine Weile hell und glücklich machen konnten. Aber er war ein alter Unteroffizier, der seinen Eid geschworen hatte, und ein Haftbefehl war ein Befehl, an dem nichts zu rütteln war. Und Hasen in der Schlinge zu fangen, dazu in der Schonzeit, war eben auch kein gutes Handwerk. Es gab ein paar Monate, und damit war es überstanden.

Aber es war nicht angenehm, dass er nun den Pfarrer traf. Es ging wohl auch etwas über seine Dienstbefugnisse hinaus, das mit der Lederleine am Steigbügel, doch waren die verschilften Gräben schmal, der Wald dahinter dicht und sumpfig, und wenn die Leute Dummheiten machten und verschwanden, gab es Scherereien und schließlich einen Rüffel. Aber es war nicht angenehm, und er hoffte nur, der Pfarrer würde sich an seinem militärischen Gruß genügen lassen und dann zur Seite sehen.

Aber der Pfarrer war weit davon entfernt, zur Seite zu sehen, und auch Daida hielt den Schritt an und sah lächelnd zum Wagen hinauf, als erwarte er sich einen schönen geistlichen Zuspruch auf seine unbequeme Reise.

So musste Korsanke erklären, und der Pfarrer hielt eine Predigt aus dem Stegreif, die der Gendarm achtungsvoll mit anhörte, wobei der Zweifel ihn plagte, ob er nun dabei den Helm abnehmen müsse oder nicht. Daida aber blickte mit unschuldigen Augen zu dem Zürnenden empor und schloss dann die Szene mit der unerwarteten Bemerkung, dass er sich herzlich bedanke. So schön habe der Herr Pfarrer gesprochen, und es sei nur schade, dass der Herr Förster die Predigt nicht mit angehört habe. Sie würde ihm so gut getan haben, über alle Maßen gut.

Worauf Korsanke höflich die Achseln zuckte und mit seinem Gefangenen Abschied nahm.

In der Schule nun, ohne sich Böses zu denken, begann der Pfarrer mit einem Bericht über diese Begegnung und einer Erläuterung des siebenten Gebotes, wobei es ihm nur recht war, dass alle Augen sich verstohlen auf die fünf Daidakinder richteten, die unglücklich auf ihre Bänke niederblickten. Dann erst bat er den Lehrer, mit der Religionsstunde zu beginnen.

Herr Stilling war dem allem schweigend gefolgt, und niemand hätte von seinem stillen Gesicht Billigung oder Tadel ablesen können. Und auch als er nun Christean aufrief, das Gleichnis vom großen Schuldner zu erzählen, geschah es ohne eine andere Absicht, als dem Stundenplan des Tages zu folgen. Aber als Christean seine hellen Augen in dem alten Gesicht auf den Pfarrer richtete, wie er es der Ehrfurcht vor dessen Amt angemessen hielt, und mit seiner schönen Stimme zu sprechen begann: „Darum ist das Himmelreich gleich einem Könige, der mit seinen Knechten rechnen wollte", war es dem Pfarrer doch, als werde hier wieder etwas Besonderes für ihn ausgesucht, und er ließ seine Augen forschend zwischen den Sprechenden und dem Lehrer hin und her gehen.

Aber erst, als er nach den letzten Worten und einem kleinen Stillschweigen den Lehrer mit einer Handbewegung warten ließ und die Frage stellte, ob sie nun wüssten, was ein Schalksknecht sei und ob einer von ihnen einen solchen kenne, geschah das allen Unerwartete und ganz Unerhörte, dass allein unter allen der kleine Jons seine Hand hob und, vom Pfarrer aufgerufen, laut und ohne Zweifel sagte: „Der Kaiser!"

Selbst Stilling sah für eine Weile ratlos in das junge Gesicht, aber dann, bevor der Pfarrer die Hände noch beschwörend erhoben hatte, fragte er schon mit seiner ruhigen Stimme, weshalb er das meine.

Der Kaiser brauche nicht zu hungern, antwortete Jons mit Entschiedenheit. Er esse von goldenen Tellern, den ganzen Tag und was er gern möge. Und er wisse nicht, wie die Daidas hier hungern müssten, da ihre Kuh gefallen sei und das Winterkorn verbraucht. Und ein Hase mache den Kaiser nicht arm, er habe so viele Hasen wie Nadeln an den Kiefern. Der Kaiser sei sein Pate und habe ihm eine Tasse geschenkt, aber sein Vater habe gesagt, von einer leeren Tasse würden die Armen nicht satt. Und siebenzigmalsiebenmal habe Daida noch keine Hasen gefangen, und sovielmal müsse auch der Kaiser seinen Schuldigern vergeben.

Lange nicht hatte in der kleinen Klasse mit der schäbigen Wandtafel und der zerrissenen Landkarte ein so tödliches Schweigen geherrscht wie nach dieser Rede. Von draußen hörte man den Ziehbrunnen gehen und eine Kuh aus dem Moor brüllen, aber es war, als gehörten diese Töne einer anderen Welt an, die bisher in sich bestanden und geruht hatte und die nun aufhören würde, da zu sein.

Noch bevor der Lehrer etwas sagen konnte – und schon als er die Lippen öffnete, wusste er noch nicht, was er nun sagen sollte –, fragte der Pfarrer mit einer ganz veränderten Stimme:

„Wie heißt dieses Kind?" „Jons Ehrenreich Jeromin", antwortete der Lehrer.

„Aha!", sagte der Pfarrer, und vor seiner Erinnerung standen die Gesichter aller Jeromins auf, die in den langen Jahren seiner Amtszeit seinen Weg gekreuzt hatten. Der Großvater, der das Alte Testament auswendig zu wissen schien und dessen Augen ihn immer so ansahen, als sei der Pfarrer ein Stümper in Gottes Wort. Der Vater, der nicht in die Kirche kam und vielleicht einer der verruchten Sekten angehörte. Die Mutter, die wie eine Katholische aussah, und der Älteste, den er eingesegnet hatte, ein widerspenstiger, finsterer Bursche, der den Konfirmanden- unterricht wie eine Gefängnisstrafe über sich hatte ergehen lassen. Gottesleugner und Majestätsbeleidiger, das wuchs wohl am gleichen Holz, und dass es kein grünes Holz war, schien ihm nun nicht mehr zweifelhaft.

„Ich überlasse Ihnen wohl das Weitere", sagte er zu Stilling, wandte sich und verließ die Klasse.

Das schien nun zwar Stilling eine bequeme Art, das Gesche- hene zu behandeln, aber er war es doch zufrieden, auch wenn er im Augenblick nicht zu sagen vermochte, wie Pestalozzi sich nun benommen haben würde. Und da er es nicht wusste, blieb er eine Weile am Fenster stehen, die Hände auf dem Rücken, und dachte nicht an die kindliche Majestätsbeleidigung, sondern daran, dass auch ein ganzes Leben mit der Bibel und mit Gottes Wort manchmal nicht ausreiche, um von Christi Atem einen Hauch zu verspüren, und dass dort wie auch bei seinem eigenen Stande wohl vieles im Argen liegen müsse, worunter die Kinder und das ganze Vaterland zu tragen und zu leiden hätten.

Niemand könne, sagte er schließlich, sich wieder zur Klasse wendend, von einem Kinde verlangen, dass es in so traurigen Geschehnissen die Wahrheit erkenne und die Notwendigkeit harter Gesetze. Aber bei einem Kinde sei es schon recht, dass es furchtlos sage, was ihm als die Wahrheit erscheine, und nicht an Menschenfurcht denke, und was an Irrtum in die- ser Antwort gewesen sei, das wollten sie alle zu Hause für sich bedenken und am nächsten Tage hier zusammen besprechen.

Am Abend aber saß Stilling lange über seinem Haushaltsbuch, schrieb lange Zahlenreihen untereinander und kam zu dem Beschluss, dass es, wenn er sich noch dies und jenes versage, wohl angehen könne, noch einiges mehr im Laufe eines Jahres für seine Nobel-Stiftung zurückzulegen, und dass es vielleicht nicht ganz unrecht sei, nach diesem Tage eine begrabene Hoffnung wieder zum Leben zu erwecken.

Er saß noch eine Weile auf der Bank bei seinen Bienenstöcken und sah dem Rauch seiner langen Pfeife nach. Die Sterne schimmerten matt vom dunstigen Himmel herab, und die Luft roch nach Regen. Er war nun fast vierzig Jahre hier im Amt, nicht viel anders als ein Verbannter auf einer steinigen Insel, aber wer die Geduld und Demut besaß, den Stein zu Sand zu zerreiben, konnte doch nach Jahrzehnten es wachsen sehen, eine Flechte, ein Moos und vielleicht auch einmal eine Blüte, Es war doch nicht so, dass die Eiferer die Welt gewannen, nicht Schwester Elise und nicht der Pfarrer, sondern dass die Liebe sie gewann, wenn sie überhaupt zu gewinnen war. Die Liebe und die Geduld, und dass die Hand, die einen Durstigen tränkte, mehr war als das Wort, das in tausend Kirchen erscholl. Zu allen Zeiten war das Wort billig gewesen und manchmal mehr ein Fluch als ein Segen. Die Ärzte heilten nicht mit Worten, der Bauer pflügte schweigend, und stumm war Christus zum Kreuz gegangen. Und wenn er selbst sein Leben überdachte: Zu viel hatte auch er gesprochen, aber seine Hand war stumm gewesen, und manchmal war ihr gelungen, was allen Großen des Kreises nicht gelungen war.

Ehrenreich Stilling ... vielleicht gewann er nach seinem Tode doch noch diesen Namen. Der Pfarrer würde ihn nicht so nennen, aber vielleicht würde hier und da, in einer der dunklen Winterstuben des Dorfes, sein Name zwar nicht so genannt, aber vielleicht so gedacht werden. Und wenn nicht sein Name, so doch einmal der dieses Kindes, das in so jungen Jahren die Schriftgelehrten aus dem Tempel trieb.

Zwei Wochen später erhielt der Lehrer ein Schreiben des Pfarrers, in dem er ersucht wurde, sich zu äußern, wie er den

Vorfall mit dem Schüler namens Jeromin behandelt habe und welche Strafe er ausgesprochen habe.

Stilling berichtete, dass er versucht habe, den Kindern nicht nur das Ungehörige, sondern auch das Unrichtige jenes Vergleiches klarzumachen, wiewohl es nicht einfach sei, den Begriff des Gesetzes vor so jungen Seelen anschaulich zu machen. Ein Kind aber, das vom Bösen noch nichts wisse, für eine Äußerung seines kindlichen Glaubens zu strafen, sei nicht seines Amtes.

Darauf erfolgte lange nichts, und dann traf ein Schreiben seiner vorgesetzten Behörde ein. Man messe dieser Sache zwar kein besonderes Gewicht bei, hieß es darin, und man wolle ihm auch aus dem Vorfall keinen Vorwurf machen. Doch lasse sich nicht leugnen, dass das Ganze sehr unliebsames Aufsehen gemacht habe, zumal ihm bekannt sein werde, dass die unterirdische Wühlarbeit gegen Thron und Altar nun auch in die ländlichen Bezirke Eingang gefunden habe. Er möge es sich doch also sehr angelegen sein lassen, ein wachsames Auge auf seine Kinder und insbesondere auf diese Familie zu haben und der Verantwortung immer eingedenk zu bleiben, die er als ein Diener des Staates und der staatserhaltenden Kreise zu tragen habe. Womit man die Angelegenheit als erledigt betrachten wolle.

‚Sie haben ein gutes Gedächtnis‘, dachte der Lehrer, ‚aber bis er selbst ein Diener des Staates wird, werden zwanzig Jahre vergehen, und bis dahin werden sie wohl an andre Dinge zu denken haben als an den kleinen Schalksknecht.‘

Frau Marthe, als sie von dem allem hörte, sah ihren Jüngsten nur spöttisch an und meinte, wer so früh am Meiler zu arbeiten beginne, brauche sich nicht zu wundern, wenn er sich auch früh die Finger verbrenne.

Nur der Vater sagte nichts, bis sie wieder am Meiler lagen. Dort ließ er sich am Abend noch einmal das Gleichnis vorlesen, rührte mit einem Span in der Asche des Herdes und sagte dann: „Wer die Hand hebt, wenn die Pfarrer rufen, ist ein Tor. Wer die Hand hebt, wenn sein Gewissen ruft, ist ein getreuer Knecht." Und er überließ es Jons, sich das Nötige dazu zu denken.

Jons aber entnahm aus allem nicht mehr, als dass er anscheinend den Kaiser beleidigt hatte. Und da er den ganzen Sommer eifrig damit beschäftigt war, Pfeilspitzen zu erfinden, mit denen man vom Boot aus die schweren Schleie schießen könnte, die an schwülen Nachmittagen regungslos über dem Kraut des Grundes standen, vergaß er das Ganze, und nur wenn sein Blick auf die gemalte Tasse unter dem Spiegel fiel, zog er die Augenbrauen zusammen und steckte die rechte Hand schnell in die Tasche.

# III

Die Leute um den See herum nannten den Herrn von Balk den Habicht. Nicht nur wegen seines glatten graubraunen Haares, das sich dicht an den schmalen Kopf legte, seiner scharfen, etwas schiefen Nase und seiner hellgrauen Augen, sondern weil auch in seinen Worten und Bewegungen das jäh Zustoßende war, das sie an dem Raubvogel kannten. Und vielleicht auch, weil sie im Allgemeinen gut daran taten, ihre weiblichen Küchlein vor ihm zu verbergen.

Sein Vater hatte noch gelebt, als sei das Mittelalter eben angebrochen, immer zu Pferde, immer mit der Reitpeitsche, ein harter Herr, der für Peter den Großen schwärmte und der in seinem Alter wunderlich geworden war, von zwei entlaufenen Mönchen umgeben, die seinen Weinkeller austranken, für ihn beteten und von ihm geprügelt wurden, wenn der alte Geist über ihn kam.

Sein Sohn war Offizier geworden und ein großer Reiter, bis er seinen Beruf aufgegeben hatte und ein paar Jahre lang durch die Welt gezogen war. Man erzählte von ihm, dass er Mohammedaner geworden sei, dass er eine Sammlung von Skalpen besitze und in China eine Opiumhöhle geleitet habe. Doch hatte niemand seinen Harem noch seine Skalpe, noch seine Opiumpfeife gesehen.

Einen Monat nach dem Tode seines Vaters, der in einem Sarg gestorben war, zu dessen Füßen die beiden Mönche zwischen zerbrochenen Weinflaschen eingeschlafen waren, kehrte er zurück, jagte die jammernden Vaganten vom Hof, hielt Gericht über getreue und ungetreue Knechte und begann, den riesigen, verwahrlosten Besitz in eine Musterwirtschaft umzuwandeln, in der es immer noch an Wunderlichkeiten nicht mangelte, aber von der man ebenso Märchenhaftes erzählte wie von seinem Harem und seiner Opiumhöhle. Er hatte eine eigene Turbinenanlage und ein Orchideenhaus, eine Sonnenuhr und ein Bad aus carrarischem Marmor, einen Affen, der die Scharwerkerfrauen mit Pferdeäpfeln bewarf, und einen Papagei, der zu dem Landrat bei dessen erstem und letztem Besuch „Sie Idiot!" sagte.

Er heiratete eine Gräfin, die ihm keine Kinder gebar, die ihn bald für einen Wahnsinnigen hielt und die mit der teuer bezahlten Hilfe von dunklen Propheten und Teufelsbeschwörern alle Arten von Exorzismus an ihm vorzunehmen begann. Worauf er sie mit ihren Koffern auf einen Mistwagen setzte und zur nächsten Bahnstation fahren ließ.

Man sagte, dass er viele Kinder in den Dörfern der Umgegend habe, und manchmal sah man ihn auf einer Dorfstraße von seinem Sattel aus lange auf ein schmutziges und fast nacktes Kind niederblicken, mit ernstem, ja traurigem Gesicht, und dann still weiterreiten, ohne einen Gruß zu erwidern oder auch nur jemanden zu sehen, der in seinem Wege stand.

Die Kätner und Waldarbeiter, die seinen Vater wie den Teufel gefürchtet hatten, trugen zu ihm fast eine stille Liebe in ihren dumpfen Herzen. Auch er konnte zuschlagen, schnell und scharf wie der Habicht, aber er vergaß es ebenso schnell, und niemals geschah es aus Willkür oder Laune. Und es war kein Zweifel, dass er ein „Herr" war, der Einzige im Kreise, der es nicht kraft des Gesetzes oder Amtes war, sondern aus sich heraus. Und er war kein geiziger Herr. Sie fischten auf seinem See und trieben ihre Kuh in seine Wälder. Sie deckten ihre Dächer mit seinem Rohr und brannten den Torf aus seinen Brüchen. Und fast ganz Sowirog baute seinen dünnen Roggen und seine Kartoffeln auf dem Lande, das er ihnen zur Pacht überließ.

Und sie fühlten alle, dass er ein armer Herr war. Das Lächeln war selten auf seinem hageren Gesicht, und seine Augen waren wie Brunnen, aus denen man alle Freude geschöpft hatte. Er trank viel, aber nur die Unglücklichen trinken. Er hatte keine Gäste, keine Frau und keine Kinder. Er hatte viele Bücher, einen Affen und einen Papagei, der „Sie Idiot!" sagte.

Manchmal kam er zum Großvater Jeromin, der in seinen Diensten stand, und fuhr mit ihm zum Fischfang und zur Entenjagd. Dann sahen sie vom Dorfe aus am Abend auf der Insel vor Jeromins Rohrhütte ein Feuer brennen, und dann saßen sie dort bis zum Morgenlicht, den Rücken an die Hüttenwand gelehnt, und schwiegen oder sprachen.

„War es anders, Jeromin?", konnte dann Herr von Balk fragen. „Damals, vor siebzig oder achtzig Jahren?"

Und Michael schüttelte den Kopf. „Auch als der Prophet auf der Insel saß, die sie Patmos heißen, war es nicht anders, Herr. Unruhe war und Begehren, und Bathseba wusch sich auf dem Dach ihres Hauses. Krieg war, und Gott segnete die Waffen, einmal die der Amalekiter und ein andermal die der Franzosen oder der Moskowiter. Und nachher tanzten sie vor der Bundeslade, Frost und Hitze, Samen und Ernte, Sommer und Winter, Tag und Nacht. Anderes war nie, und anderes wird niemals sein."

Herr von Balk seufzte und legte die Füße näher ans Feuer. „In Hongkong kannte ich einen Chinesen", sagte er, „einen Sohn des Himmels, einen reichen und mächtigen Mann. Er kam manchmal zu mir und wollte nichts als still dasitzen und zusehen, wie ich in meinen Büchern las. ‚Erfülle mein Leben!', sagte er einmal zu mir. ‚Vieles ist euch kund in den weißen Ländern. Erfülle mein Leben, wie man einen Pfeifenkopf mit Opium füllt.' Aber ich konnte es nicht, und er ging wieder fort. Später hat er sich die Kehle durchgeschnitten, um sein Leben zu erfüllen."

„Nicht sein Leben war leer, sondern er", sagte Michael. „Auch Saul stürzte sich in sein Schwert."

„Ach, Jeromin, deine alten Juden waren Heiden und ihr Jehova ein Baal wie andere Baale."

„Das weiß ich nicht Herr, und mein Lehrer hat nichts davon gesagt. Sie erzählen ja, dass Sie viele Bücher haben, Herr, aber sind viele darunter, die so mächtig sind wie das Testament?"

„Nein, nicht viele, Jeromin, aber Bücher sind Bücher. Feuer verbrennt sie, Feuer löscht sie aus."

„Viele Feuer waren in der Welt, Herr. Keines hat dies Buch verbrannt, keine Sintflut hat es ausgelöscht. Ein alter Mann, dessen Ohren schwach werden, braucht ein Buch, in dem Gott wie ein Donner ist."

„Und was ist mit den Menschen, Jeromin? Viel hast du gesehen in deinen neunzig oder hundert Jahren. Ist etwas dran an ihnen?"

„So fragt der Versucher, Herr. Was weiß ich von den Fischen, und wie sollte ich etwas von den Menschen wissen? Mein Sohn ist gut und trägt Leid, meine Tochter ist hart und trägt mehr Leid. Ich weiß nicht, ob man mehr von den Menschen sagen kann."

„Und deine Enkel, Jeromin?"

„Der Enkel trägt immer mehr als der Großvater, Herr, denn er hat noch Vater und Mutter zu tragen. Die Schuld wird nicht kleiner auf der Welt, Herr. Sie wird immer größer, und immer tragen die Kinder die Sünden der Väter. Und weißt du, Herr, wann der neue Christus kommen wird, der sie ihnen abnehmen wird?"

„Es wird keiner kommen, Jeromin."

„Johannes sagt es, und Kiewitt sagt es. Er hat sich noch einmal taufen lassen für ihn."

„Aber deine Enkel, Jeromin?"

„Was weiß ich von ihnen? Michael wird einen schweren Tod sterben und Friedrich einen leichten, und Gotthold wird sein wie Absalom, Jons wird größer werden als das Dorf, aber nur Christean wird in Frieden in die Grube fahren. Wen Gott lieb hat, dem schneidet er die Sehnen durch."

Der Herr von Balk rückte noch näher ans Feuer, weil ihn fröstelte.

„Und die Mädchen, Jeromin?"

Aber Michael schwieg. Er hörte nicht mehr. Erst nach einer langen Weile sagte er: „Wer ein Mädchen zu seiner Lust braucht, Herr, und nur zu seiner Lust, ist ein großer Sünder."

„Was weißt du von der Lust?", erwiderte Balk finster. „Wer unterscheidet das Leid von der Lust?"

Dann sprachen sie nicht mehr. Herr von Balk wickelte sich in seinen Jagdmantel und schloss die Augen, aber Michael blieb sitzen, bis die Sterne verblassten. Er brauchte keinen Schlaf mehr. Die Fische sprangen über dem stillen Wasser, und die Rohrdommel schrie wie ein Ertrinkender im Schilf. Er dachte nicht nach, nicht über seinen Herrn und nicht über Saul oder Absalom. Er ließ nur die Bilder an seinen geöffneten Augen vorüberziehen, die ungerufen kamen und wieder gingen. Schatten zuerst, wie auferstandene Tote, und es mochten die Unglücklichen sein, die von der Beresina zurückschlichen, oder auch andere aus späteren Kriegen. So viel Krieg war in der Welt gewesen, seit Gott ihm seinen lebendigen Odem eingeblasen hatte. Und dann Bilder mit klaren Umrissen, aber die Ferne war verschwunden, ein grauer oder bunter Nebel, in dem es sich rührte wie am ersten Schöpfungsmorgen … Das Haus am See und das erste Ruder in seiner Hand … der Vater, der auf einem Heufuder stand, und ein Regenbogen hob seine farbige Brücke über einer dunklen Wetterwand … die Mutter mit einem schwarzen Tuch über der Stirn und einem Holzlöffel in der Hand … Ein Netz, das er aus dem Wasser zog, und das Morgenlicht glänzte auf den feuchten Leibern der Fische, grün und grau und silbern … Eine Seite der Fibel mit einem großen „H" vor anderen Buchstaben und die schwarze Halsbinde des Lehrers unter einem Gesicht, das von Narben bedeckt war, und der Name Smolensk, wo der Lehrer im Feuer gewesen war, ein dunkler, tönender Name, mit Feuersbrünsten über seinen Buchstaben und dem Klang von Trommeln in einer blutigen Nacht …

Und Gesichter auf Gesichter, im Nebel wie an einer Schnur vorübergleitend, geradeaus blickend in das Kommende, aber das Kommende war drohend und verhüllt. Frau und Söhne, geliebte Söhne, aber nur einer war geblieben. Die anderen zogen vorbei, Blumen an der Mütze und am Helm, und kamen nicht wieder, wie die Brüder nicht wiedergekommen waren. Der König hatte sie gerufen, der Tod hatte sie behalten.

Er selbst vor einer Barrikade mit wehenden Fahnen, den Ladestock in der zitternden Hand … und vor den Düppeler Schanzen und noch irgendwo, an einem Strom, der die Elbe hieß … und überall Blut und Feuer und eine verhüllte Sonne, die brandig im Nebel stand …

Und Ertrunkene und Erschlagene, deren offene Augen das Jenseits sahen … den Mann, der getötet hatte und bei dem er saß, am erloschenen Herd, von der Mitternacht bis an den Morgen … der alte Herr von Balk und der junge und Kinder, viele Kinder … im Boot und auf dem Stoppelfeld, in der Wiege und in den kleinen Särgen …

Und alles still wie vor dem Morgenwind. Kein Wort, kein Seufzer, kein Lied. Nur Bilder und Gesichter, lautlos wie Wolken, die über den Horizont stiegen und wieder versanken … So viele Jahre, siebzig oder achtzig oder hundert … dieselbe Sonne, dieselben Sterne und der Geruch von Wasser, Fischen und verwestem Schilf … und nichts wissen, gar nichts. Nur lauschen und warten und immer dasselbe sehen. Gebrechlich das Ganze wie Eiszapfen oder wie Glas. Pfarrerworte, die verheißen, und ein zürnender, donnernder Gott in dem großen Buch. Aber Krieg und Blut und Hunger und Not wie vor dem ersten Bunde und eine Stimme: „Ich will bei euch sein bis an der Welt Ende." Aber eine zweifelhafte Stimme, und wenn man aufstand, war sie nicht da. Nur das andre war da … und alt wie Moses über dem gelobten Land … alt und müde und allein …

Das steigende Licht fiel in seine hellen Augen und in die Falten um seinen Mund, aber er blieb noch sitzen, wie ein Blinder, dem der Tag wie die Nacht ist. Nur dass die Bilder langsam versanken und die Nähe wieder da war, die schwache Glut unter weißer Asche, der schlafende Herr mit dem bitteren Mund, der Tau auf den Gräsern an seiner Stirn.

Die Enten zogen schon mit hellem Klingeln über das Wasser, ein Reiher schrie, und das Schilf rührte sich im ersten Wind. Da stand er auf, legte Kien auf die Glut und setzte den Wasserkessel auf. Das Feuer war rot und schön, und er streckte die kalten Hände aus, um sie zu erwärmen. Die blauen Adern lagen wie ein dünnes Geflecht auf der matten Haut. Er brach ein Stück des schwarzen Brotes ab und aß es langsam. Worte aus dem großen Buch kamen ihm in den Sinn, wie sie immer bei ihm waren, und er murmelte sie leise vor sich hin: „Die Sonne gehet auf und gehet unter und läuft an ihren Ort, dass sie wieder daselbst aufgehe. Der Wind gehet gen Mittag, und kommt herum zur Mitternacht, und wieder herum an den Ort, da er anfing …"

Die Flamme wurde größer und blasser, und Funken stiegen über seine Hände. Er stand so still wie einer der Bäume hinter der Hütte und sah zu, wie das graue Wasser im Kessel leise sich zu bewegen begann, ein Strom, der aufstieg und niedersank, und das Licht der Frühe fiel rötlich hinein.

Als die ersten Blasen auf die Oberfläche stiegen, weckte er den Schlafenden.

Nachmittags fuhren sie im Dorf ihren Roggen ein, und Herr von Balk ging von Feld zu Feld und ließ die Ähren durch seine Hände gleiten. Es waren dünne Ähren, aber er hatte den Sand nicht geschaffen, auf dem sie wuchsen.

Sie fuhren mit ihren Kühen ein, auf kleinen Wagen, um die die Kinder lärmten. Sie wussten, dass es zur Saat wieder nicht reichen würde, aber sie waren fröhlich, und Gogun, die Forke mit den Garben über sich, sang schon leise das Lied von der Zigeunerin. Es gab keinen Streit, und die Frauen, die weißen Kopftücher über die Augen gezogen, standen lachend auf den beladenen Wagen, deren Umrisse in der glühenden Sonne zitterten. Der Himmel war fast weiß, und das Gefieder der Schwalben blitzte in der kochenden Luft. Auf dem Felde der Daidas ging der kleine Jons neben der Kuh her und führte sie von Hocke zu Hocke.

Balk saß auf einem Grenzhügel und sah zu. Es war nicht das, dass es sein Land war, auf dem sie nun ernteten. Aber es war ihm schöner als die großen Schläge bei ihm, auf denen die Maschinen gingen. Es war dem Anfang der Erde noch näher. Wie zu Kains und Abels Zeiten. Und er liebte diese verlorenen Dörfer und die Menschen. Das Dorf war ihm der Anfang aller Geschichte und auch der Staaten. Korn und Zins kamen aus den Dörfern und das Blut der Söhne, mit denen der Staat seine Furchen düngte. So wie dieses lagen Tausende im Reich und über die ganze Erde hin, nicht alle so arm und dumpf, aber alle gehorsam und zu ihrem Opfer bereit. Es waren wohl die Könige, die die Geschichte schrieben, aber hier war der Saft, in den sie ihre Federn tauchten. Und nicht immer hatten sie mit Dank gelohnt. Der kleine Mann trug keine Krone, aber es war schön, ihm zuzusehen, wie er die Garben nahm und auf den Wagen legte. Abends würde er sich betrinken und Händel anfangen, aber seine Händel waren besser als die der Großen. Er las keine Bücher und er hatte keine Papageien, aber er stand näher bei den Erzvätern als seine Herren. Er hatte noch keine Fenster zwischen sich und die Sonne gesetzt.

Kinder kamen zu ihm und brachten ihm Kornblumen, und er nickte ihnen zu, in Gedanken verloren, und blieb sitzen, bis die Felder leer waren. Der Herbst würde kommen, und er war ein alter Mann, der sein Blut verstreut hatte in alle Welt. ‚Lust‘, hatte Michael gesagt, aber er wusste nichts von dem bitteren Tropfen im Becher mit Wein. Nur wer viele Frauen erkannt hatte, wusste davon und dass die Letzte so fern war wie die Erste.

Er ging am Krug vorbei, bestellte das Erntebier vor Jeromins Haus und saß dann noch im Schulgarten bei den Bienen. Ob er meine, dass aus dem Schalksknecht etwas werden könne, fragte er. Vielleicht, erwiderte der Lehrer, aber sie rührten besser noch nicht daran. Ob er etwas dawider habe, dass er die Erziehung des Kindes übernehme, wenn es so weit sei? Ja, da hatte Stilling vieles dawider, alles sogar, und es würde wohl nicht recht sein von Herrn von Balk, wenn er ihm seine Lebensfrucht aus der Hand nähme.

Nein, das wollte er natürlich nicht, und er sah von der Seite in das alte Gesicht. So stände es also, und es verwundere ihn immer wieder, dass noch Gutes auf der Welt getan würde, allein um des Guten willen.

„Vielleicht ist es nicht deshalb, Herr von Balk“, sagte der Lehrer. „Sondern es ist um des Lichtes willen, und vom Lichte weiß man nie, ob es zum Guten oder zum Bösen gereichen wird. Aber dieses Haus, sehen Sie: Es ist mir immer, als hätten schon Geschlechter das Dach abheben wollen, damit einer von ihnen aufsteige in das blaue Licht. Der Großvater, und der Vater, und die Frau, und unter den Kindern auch nicht Jons allein. So viel Mühe wie in einem schweren Traum, Jahrzehnt auf Jahrzehnt, und nun scheint einem die Kraft gegeben. Niemand weiß, ob es ihm zum Segen sein wird, aber das Licht fragt nicht nach

Segen. Es will scheinen und nichts weiter. Früher, als ich jung war, galt es fast als Frevel. Dass ein Armer die Hand ausstreckte, nach solchen Gütern. Ihr Vater noch würde ihn in Ketten gelegt haben, wenn es nach ihm gegangen wäre. Aber nun ist es anders, oder es scheint wenigstens so. Mein Vater war ein Waldarbeiter, und am Anfang gingen sie um mich herum, als ob ich Harz an den Kleidern hätte."

„Harz ist besser als Schmutz", sagte Balk.

„Nun ja, wir wollen sehen. Noch weiß ich nichts, wo es hinaus will mit ihm, aber ich möchte ihm die Türe öffnen. Einmal möchte ich das noch tun in meinem Leben."

Sie hatten einen Holztisch vor dem Jerominschen Hause über dem See aufgestellt, und Balk war der Hausherr. Es gab Kaffee, Kuchen und einen süßen Schnaps und nachher Bier. Gogun spielte auf der Ziehharmonika, und sie sangen. Es war wie in jedem Jahr, nur dass es diesmal eine Unterbrechung gab. Der Krugwirt Czwallinna schlug den Zapfen in das erste Fass und setzte sich dann an den Tisch. Er hatte schiefe Augen in einem gelblichen Gesicht, und sein Schnurrbart hing ihm lang und traurig über die Mundwinkel herab. Er sah aus wie einer der Tatern, die vor Zeiten mit Mord und Brand über das Dorf ge-kommen waren. Er war ein harter Gläubiger, und sie waren bald dahintergekommen, dass er nicht nach Geld, sondern nach Land trachtete. Bei ihm war Gotthold Jeromin seit seiner Einsegnung in der Lehre, und es schien, als lerne er dort noch andere Dinge als Zucker abwiegen und Peitschenstiele verkaufen. Die beiden Söhne des Krugwirtes, mit denselben schiefen Augen, nahmen sich seiner bei Tage und bei Nacht an.

Die Unterbrechung bestand darin, dass Balk dem langen Tataren winkte, kaum dass er sich gesetzt und seine Zigarre angezündet hatte. Ob er sein Buch da habe mit den Schulden, die die Kätner bei ihm hätten. Gogun ließ die Harmonika sinken, und es war so still wie in der Kirche.

Er brauche kein Buch dazu, sagte Czwallinna langsam. Er habe von seinem Vater einen guten Kopf geerbt.

Gottes Segen über seinen Vater, meinte Balk spöttisch, und

er wünsche nun, die Zahlen zu hören. Michael Gogun zum Beispiel. Er zog sein eigenes Notizbuch hervor und setzte den Bleistift an. Wenn sein Kopf doch nicht so gut sei, werde Gogun ihm helfen.

„Achtundsiebzig Mark und vierunddreißig Pfennige“, sagte Czwallinna böse.

Balk schrieb, er schrieb die Seite voll, rechnete die Summe zusammen und stellte die Quittung aus. Dann nahm er das Geld aus der Brusttasche. „Unterschreiben Sie!“, sagte er.

Der Krugwirt starrte unentschlossen auf die Geldscheine. Er brauche das wohl nicht, meinte er endlich.

Nein, das brauche er gewiss nicht, erwiderte Balk. Die Leute könnten sich auch in die Scheine teilen und ihm jeden Anteil selbst in die Hand zahlen. Es dauere nur länger, und ihm sei so, als hätten sie alle wenig Freude daran, sein Gesicht hier länger zu sehen, als es nötig sei.

„Wahrhaftigen Gott!“, riefen die Frauen.

Czwallinna unterschrieb und nahm das Geld. Er möchte nämlich lieber, sagte Balk höflich, dass diese Leute seine Schuldner wären. Es bliebe in der Familie. Und nun nehme er an, dass Czwallinna nebst den Seinigen im Laden gebraucht werde.

„Steh’ ich in finst’rer Mitternacht“, spielte Gogun langgezogen und teilnehmend auf seiner Harmonika.

„Nun, Jons Ehrenreich, du Majestätsbeleidiger“, sagte Balk, „war das ein richtiger Schalksknecht?“

„Ein Schalksknecht und ein Häscher“, erwiderte Jons ernst.

Dann eröffnete Balk mit Frau Marthe den Tanz. Er sah, dass ihre Augen nicht anders durch ihn hindurchsahen als sonst. Aber als sie dann neben Gogun und seiner Harmonika stehenblieben, sagte sie: „Vor wem tun Sie das? Vor sich, vor den Leuten oder vor mir?“

Eine Weile schwieg er, und seine Augenbrauen zogen sich zusammen. Aber dann antwortete er ruhig wie sonst: „Vor keinem von diesen, nicht einmal vor Ihnen. Sondern vor der Erde, die nicht tatarisch werden soll.“ „Aber von-Balksch soll sie werden.“ „Eine Närrin bist du“, sagte er böse und presste die Hand um

ihren Arm. „Weshalb ist er nicht mein Sohn, dein Ehrenreich?"
„Wenn er Ihr Sohn wäre", erwiderte sie hart, „würde er nicht
Ehrenreich heißen."

Dann begann Balk zu trinken und mit den Mädchen zu tanzen. Der halbe Mond stand am Himmel, und es war dunkel
genug für seine wilden Scherze. Erst als Jakob aus dem Wald
kam, das Gesicht noch dunkel vom Rauch des Meilers, saß er
still bei ihm und fragte ihn nach der Zukunft seines Jüngsten.

„Wer sieben Kinder hat, Herr", sagte Jakob, „verlernt den
Hochmut. Wenn eines hoch steigt, sinkt das andere tief. Aber
man soll auch keinem Vogel die Flügel beschneiden außer den
Hühnern."

„Und den Habichten", sagte Balk.

Er blieb noch sitzen, bis Goguns Frau den Stein in ihr Taschentuch band. Das Bier ging zur Neige, und sie lärmten schon.
Im Schatten des Hauses sah er Michael stehen, den Erstgebo-
renen, und finster auf die Tanzenden blicken. „Was für Kinder
du hast, Jakob ...", sagte er.

Er sattelte selbst sein Pferd, im Dunklen, auf Jeromins Hof,
und ritt leise davon, am Ufer entlang. Der silberne Wagen stand
schon im Zenit, und über dem Moor hingen die schweren Nebel.
Am Ausgang des Dorfes, wo das Schilf mannshoch an die Straße
stieß, stand eines der Mädchen und wartete, das Tuch über die
Stirn gezogen. Er beugte sich hinunter und hob es vor sich auf
den Sattel, aber sein Gesicht war traurig und grau wie auf dem
Grunde eines tiefen Wassers.

Der Nebel reichte bis an die Ohren des Pferdes, und sie
glitten, wie auf einem Boot über weißes Wasser. Torfhaufen
standen wie riesige Meiler an der Straße und wurden klein und
kümmerlich, sobald sie sie erreichten. Die Sterne flimmerten,
und mitunter schoss einer von ihnen aus der funkelnden Höhe
herab, ein silberner Streifen, der im Nebel zu verzischen schien
wie heißes Eisen im Wasser. Dann zitterte das Mädchen auf dem
Sattel, als habe die stürzende Glut es berührt, aber Balks Hand,
die es hielt, bewegte sich nicht. Ihr Kopftuch war herabgeglitten,
und aus ihrem Haar stieg die Wärme der Sonne und der Geruch

des Tages zwischen den Garben auf. Am weißen Osthimmel stand schon ein roter Schein, als Balk sein Pferd besorgt hatte und über den verlassenen Hof zur Schlosstreppe ging. Einer der weißen Pfauen schrie im Park, und der Tau tropfte von den alten Eichen. Die Ställe und Insthäuser lagen noch schweigend, und in wunderbarer Reinheit standen alle Umrisse gegen das wachsende Licht. Das gemähte Gras auf den Parkwiesen duftete, und man konnte glauben, dass es der erste Morgen sei, der über diesem Lande aufstieg.

Balk öffnete alle Fenster in der großen Bibliothek und blickte über seine Bücher hin, die schweigend auf ihren Brettern standen, vom Schatten noch halb verhüllt, mit den gedämpften goldenen und silbernen Lichtern ihrer Einbände. Er sah die Rahmen der Bilder und die blass schimmernden Gesichter zwischen ihnen, die viele Morgen erlebt hatten gleich diesem, Würde und Last eines alten Geschlechtes, ewige Wiederkehr derselben Liebe, desselben Hasses, derselben Kühle und Einsamkeit des Alters. Er fühlte die Härte des Ringes, die ihn umschloss, das Unentrinnbare alles Lebens, das zurückreichte in das Dunkel der Jahrhunderte und schauernd gebunden war an unendliche Zukunft. Nur der Tod schrieb mit dunklem Griffel seine stillen Zeichen, Einschnitt auf Einschnitt, wenn die Zeit gekommen war, aber das Gewebe spann sich weiter, Faden an Faden, und wenn man lauschte, konnte man das leise Surren hören, mit dem die Spule hin und wider glitt.

Nur Kinder bewahrten das Blut. Kein Buch, kein Gedanke, keine Tat. Nur Kinder. Aber sie durften nicht wie Vögel oder Wölfe sein, die in den Wäldern wohnen, sie mussten da sein, am Morgen, am Abend, und besonders in der Nacht, wenn die große Kühle und das große Schweigen von den Sternen fielen auf das verlassene Herz. Es war wenig Trost, sie im Staub der Straße zu wissen oder im Torfrauch der Hütten. Es war verschenktes Leben, und der Schenkende blieb mit leeren Händen.

Doch war die Ehe nicht gut für einen, der die Frauen darben ließ und verdarb. Der über Gott und die Welt lächelte, weil er traurig war über sie. Der über die Brücken aus Worten spottete, die man über die Spalten des Lebens schlug, über seine Grausamkeit, seine Willkür, seine völlige Sinnlosigkeit. Der nicht zulassen wollte, dass man vor die dumpfe Urangst aller Kreatur die gefärbten Bilder einer Zauberlaterne schob, die magischen Tröstungen der Jahrtausende, deren letztes Ziel kein anderes war als ein seliges Jenseits, umso seliger, je verfluchter der Gang des Diesseits war. Eines Diesseits, das heute genau so blutig und verrucht war wie vor zehntausend Jahren und nach abermals zehntausend Jahren ebenso sein würde, nur dass man die Worte noch geschickter setzen würde, um es zu verhüllen und es als eine Prüfung des Menschengeschlechtes hinzustellen, die Gott verhängt hatte. Dieser Gott, der mit seinen Prüfungen so wenig fertig wurde wie ein ungeschickter Lehrer. Der Hekatomben opferte, nur um zu sagen: „Nein, noch zehntausend Jahre." Vor dem tausend Jahre wie ein Tag waren, aber der vergessen hatte, dass für seine Opfer ein Tag der Qual gleich tausend Jahren war. Jeromin hatte sieben Kinder, helle und dunkle, und eines vielleicht würde doch seinem Alter zum Segen werden. Und alle sieben hatte diese Frau geboren, ohne Liebe wahrscheinlich. Aber sie glaubte nicht, dass sein Sohn Ehrenreich heißen konnte. Was wusste sie von der Ehre der Liebe?

Er wusste nicht, wie lange er so gestanden hatte, aber die Sonne musste wohl aufgegangen sein, denn die obersten Reihen der Bücher begannen zu leuchten, und die Helme der alten Balks glühten rötlich auf. Er nahm ein kaltes Bad und machte sich selbst seinen Tee. „Otto … Otto", sagte der Papagei, „sei doch nicht komisch!"

Eine gespenstische Stimme, wie aus dem leeren Raum, als rufe jemand nach einem Fremden oder Verstorbenen. Balk hieß nicht Otto. Aber er trat doch an den Käfig und legte seine Finger an das warme Gefieder. Der große Schnabel fuhr zärtlich über seine Hand. „Treudeutsch allewege!", sagte die Stimme wie aus einem Grammofon, und nun musste Balk doch lächeln. Die Stimme eines verschollenen Mannes aus einem verschollenen Bungalow, den er nie gesehen hatte, der wahrscheinlich einsamer gewesen war als er, ein Trinker wahrscheinlich und ein

Sonderling, und hier war der einzige Nachhall seiner gewesenen Welt, ein blechernes Echo, das wie ein Geisterklang aus dem Dschungel stieg.

Er reichte dem Vogel seinen Morgenzucker und trug ihn dann an der dünnen Kette auf die Terrasse. Die Sonne brannte schon in der Frühe, und in den Kübeln duftete die Datura betäubend. Aber es war überall das Gleiche, dachte er, auf Sumatra oder hier. Überall das Gleiche …

Er rief dem Gärtner zu, dass sie ihm das zweite Pferd satteln sollten, und stand noch eine Weile auf den Treppenstufen, groß, hager, in den Schultern leise gebeugt. Es sah aus, als friere er, obwohl die Sonne auf seinem Haar lag.

Dann ging er auf dem Sand des Weges um das Haus herum. „Freut euch des Lebens!", sagte der Papagei schneidend, aber Balk winkte nur mit der Hand.

Zwischen den Walddörfern laufen die Gerüchte so schnell wie im Urwald von Trommel zu Trommel. So erfuhr Balk schon an der Fohlenkoppel, dass sein Geld, das er gestern Czwallinna gegeben habe, noch in der Nacht gestohlen worden sei, dass der Krugwirt es wenigstens behaupte. Dass Korsanke schon im Dorf sei und alle verhöre. Dass Czwallinna seinen Schnurrbart raufe und den Herrn Rittmeister verfluche.

„Soso …", sagte Balk und ritt in Gedanken weiter.

Als er um die Mittagszeit ins Dorf kam, schloss Korsanke gerade sein Protokoll. Er hatte die drei obersten Knöpfe seines Uniformrockes geöffnet und den Helm neben sich auf die Bank vor dem Dorfkrug gestellt. „Alle Verdächtigen einwandfrei als betrunken festgestellt", hatte er zum Schluss geschrieben. „Und schließt der Grad der Betrunkenheit die zu einem Einbruch notwendige Gewandtheit voll und ganz aus."

„Nichts zu machen, Korsanke?"

„Zu Befehl, nein, Herr Rittmeister."

Im halbdunklen Laden, wo Balk eine Hundekette kaufte, war nur Gotthold Jeromin, höflich, gewandt und zurückhaltend. „Nein, keine Ahnung, Herr von Balk. Er sagt, dass er das Geld in seinem Schlafzimmer gehabt hat." „Und er hat einen leisen

Schlaf, nicht wahr?" „Ich weiß nicht, Herr von Balk. Wir schlafen nicht zusammen." Ein höfliches Lächeln um den schönen, kühlen Mund.

Balk nickte. „Unter zwölfen war einer", sagte er nachdenklich. „Weshalb nicht schon unter sieben?"

Frau Marthe bekam er nicht zu sehen. Sie hatte die Kammer hinter sich abgeschlossen, in der die Kinder schliefen, saß auf Christeans Bett, die müden Hände zwischen den Knien, und starrte mit leeren Augen auf die Schubfächer, die sie herausgezogen, und die Strohsäcke, die sie geöffnet hatte.

Nichts. Aber sie wusste, dass das Unglück begonnen hatte. Sie wusste es nicht nur vom Eulenruf in der Morgendämmerung, nicht nur vom Totenwurm, der im Balken geklopft hatte, sondern sie wusste es von dem leisen Grauen, das langsam zu ihrem Herzen aufgestiegen war, so wie der Tod von den Füßen des Sterbenden langsam aufwärts steigt. Die Laima hatte gerufen, und nun begann es.

Sie hörte Balk draußen sprechen, und es kam ihr in den Sinn, ihn zu verfluchen. Aber sie wusste, dass er nicht schuld war. Auch ohne ihn kam es und würde das andre kommen. Es stieg aus dem Blut herauf, aber die Wurzel war schon im Dunklen begraben. Sie konnte um Geschlechter zurückliegen und ihre Wurzel wieder schon um Jahrhunderte, aber sie war noch am Leben. Ein gespenstisches Leben, zugedeckt von dem Dasein rechtlicher Geschlechter, die jedem das Seine gereicht hatten, aber immer noch da, immer noch wach und seine Stunde erwartend. Ein Unterirdisches, bleich und reglos wie eine Larve unter verwelkten Blättern, keiner Speise bedürftig, keines Lichtes, nicht einmal der Luft. Aber einmal wird ihr die Stunde gesagt, in der sie zu erwachen hat, sie beginnt ihre Füße zu regen, bleiche, vielgliedrige Füße, heraus aus dem Dunkel und der Verwesung, hinauf in die Blutbahn der Lebenden, und oben beginnt es, das Unrecht, die Tat, die die Herzen zerfrisst und in Schande stürzt. Zum ersten Male hatte es angeklopft, und nun würde es weiterklopfen.

Und sie hatte sieben Kinder.

# IV

Schon im August, als die Abende länger wurden, begann Jons Ehrenreich damit, sich um die Dämmerung von seinen Wegen und Spielen zu trennen und in das kleine Schulhaus zu Herrn Stilling zu gehen. Zuerst war es ihm bitter, den Hirten Piontek zu verlassen, gerade wenn die Pilze in die heiße Asche gelegt wurden, oder den Meiler, oder die Insel, über die der Fischadler strich. Aber auch bei Herrn Stilling gab es Lockungen und Wunder, nicht so zu greifen wie ein Netz oder ein Bogen, aber von andrer Art. Schon die stille Lampe war etwas, was es zu Hause nicht gab, wo die Küchenlampe unter den Balken den trüben Schein über sie alle warf, wo jeder ein anderes Handwerk hatte und jeder seine eigene Sprache sprach.

Hier aber gab es das erste Schweigen, das er außer dem des Waldes und der Sterne kannte, ein Schweigen, das von den Büchern ausging, die an den Wänden des Zimmers standen, von der Weltkugel auf dem niedrigen Schrank, von des Lehrers alten Händen, die so ehrfürchtig die Blätter umschlagen konnten. Und hier gab es auch eine zweite Welt neben der bekannten der Gegenwart und der Dinge des Tages, eine schweigende Welt, die versunken und zu Staub verfallen war, aber deren Zeugen immer noch von ihrer Herrlichkeit kündeten. Die alten Reiche, ihr Aufstieg und Untergang. Die alten Entdeckungen und der Glanz um ihre verblaßten Fahnen. Propheten und Märtyrer, Forscher und Weise. Sterne, Pflanzen und Steine. Reiche der Erdgeister und Reiche der Götter. Und alles eingefangen und beschlossen hinter der alten Stirn, die sonst die Fibel lehrte oder das Buch der Bücher und auf der es nun leuchtete wie vom Stern der Weisen oder wie von Aladins Wunderlampe, die man in die Schächte und Gewölbe niedertrug.

Vielleicht war Stilling kein guter Lehrer, keiner, der Stufe um Stufe nach einem bescheidenen Plan in die Höhe stieg, immer den prüfenden Blick auf den ihm Folgenden gerichtet und nach einem begrenzten Ziele ausgehend und nur nach diesem, während alles Darüberhinausgehende anderen, weiseren Händen überlassen blieb. Er hatte so viel geschwiegen in seinem Leben, er hatte vierzig Jahre lang wie ein Kind sprechen müssen, damit Kinder ihn verstünden. Nun kam es wohl wie ein Rausch über ihn, der Rausch des Einsiedlers, der seine Schätze ausbreiten konnte, der das Zauberwort sprach, und bei seinem Klang leuchteten die jungen Augen auf. Er konnte schenken, statt zu bewahren. Er hob sich mit Flügeln auf über Länder und Meere, und er wusste, dass er sein Leben nicht vertan hatte, dass es späte Frucht trug und dass sie süße Speise werden würde in den jungen Händen.

Er erkannte früh, fast mit Erschrecken, welch ein glühender Hunger und Durst unter den dumpfen Rohrdächern sich in Geschlechtern sammeln konnte. Wie die Fron und Unterdrückung des Leibes, durch Jahrhunderte lastend, den Geist im Schlafe lassen konnte, ruhend wie ein tief versenkter Keim, bis die Erde über ihm aufbrach, durch ein Wunder, für das es keine Erklärung gab, und er nun wie eine Flamme herausschlug, die nach Nahrung suchte.

Noch wusste er nicht, woran sie brennen würde. Noch reichte er ihr nicht mehr als die Elemente hin, und seine Augen, wachsam und ängstlich bei allem Rausch, versuchten noch vergeblich zu erkennen, wohin der Geist in diesem Kinde dränge. Er übersah, dass ein Hungriger nur nach Speise verlangt. Doch konnte ihm nicht entgehen, dass das Herz seines kleinen Schülers schon zu unterscheiden begann und dass es bei dem Schicksal von Völkern anders schlug als bei den Bahnen der Sterne. „In der Bibel steht, dass Gerechtigkeit auf dem Acker hausen wird, Herr Stilling", sagte er einmal, als der Lehrer vom Untergang Karthagos gesprochen hatte. „Aber mein Vater sagt, dass wenig Recht bei den Armen ist."

Da versuchte der Lehrer, ihm zu erklären, dass das Reich Gottes und das Reich der Könige zweierlei Reiche seien, dass die Welt noch weit von dem entfernt sei, was die Propheten und nach ihnen Christus verkündet hätten; dass sie alle aber so leben müssten, als werde es schon morgen kommen und nur dann kommen, wenn sie ihr ganzes Leben dafür hingäben. Doch erschrak er hier zum ersten Mal, indem er erkannte, dass sein Schüler vielleicht einmal „am ersten" nach dem trachten würde, wonach die Armen am leidenschaftlichsten trachteten, nach der Gerechtigkeit. Und da er wusste, dass kein Weg dieser Erde dornenvoller war und kein Schicksal gewisser als das derjenigen, die gegen die Gewalt aufbegehrten, so fragte er sich zum ersten Mal, ob er selbst nun auch recht daran tue, ein Kind aus dem Dunkel seines Geschlechtes herauszuführen, es mit unvollkommenen Waffen zu versehen und es dann hinauszuschicken gegen eine Festung, die noch niemand bezwungen hatte, solange die Erde stand, aber vor der die Opfer aller Zeiten mahnend lagen, mit zerbrochenen Helmen und zerschnittenen Schilden.

Es erschreckte ihn so, dass er Jons mit einem Scherzwort nach Hause schickte und vor seiner Lampe sitzen blieb, in verzagten Gedanken den Weg der Menschheit bedenkend, insbesondere der Propheten und Märtyrer aller Zeiten. Er verhehlte sich nicht, ein wie winziger Teil der Welt ihm aus Leben und Anschauung bekannt war und dass alle Bücher, die von dem Ganzen der Welt sprachen, eben von Menschen geschrieben waren, dem Irrtum unterworfen, der Parteilichkeit und der Leidenschaft. Dass die Welt nicht von Büchern regiert wurde, sondern von der Tat, und dass die Taten anders ausgingen, als sie nach den Büchern hätten ausgehen sollen. Dass die Ordnung dieser Welt, wie sie von Gott eingesetzt war, nicht nur Menschengerichte enthielt, sondern ein Weltgericht verkündete, dass sie also schon bei Beginn der Schöpfung das Unvollkommene, ja das Ohnmächtige alles Menschengerichts gewusst haben musste. Dass das Weltgericht über dem Menschengericht wie das Jenseits über dem Diesseits stand, als eine Tröstung also oder Verheißung, und dass die Gerechtigkeit also ein Traum war wie das Reich Gottes, nie zu erfüllen auf dieser Erde, aber mit Opfern zu bezahlen, als könnte sie erfüllt werden. Eine große Pflicht oder eine große Täuschung, wie alles andre, ein Ungewisses, das nur zu glauben war und in das er das Kind hineinstieß.
Er hätte es im Frieden leben lassen können, als ein Köhler oder

Fischer etwa, im Engen und Halbdunklen, aber für den Gang der Erde so notwendig wie seine Väter und Ahnen. Er hatte es aus dem Sicheren herausgenommen und in das Schwankende gestellt und war nun dabei, ihm die Kinderwaffen umzuhängen, mit denen es gegen die Riesen kämpfen sollte. Nicht der Sieg war ihm gewiss, sondern nur der Tod, und vor dem Tode die Leiden aller, die ihr Leben an eine Idee gegeben hatten.

Er stand auf und trat an das offene Fenster so voller Bestürzung, als habe er seinen Dienst versäumt oder eine Urkunde gefälscht. Tat er das Gute um des Guten willen, wie Balk gemeint hatte, oder war nicht auch Eitelkeit dabei? Einsamkeit des Alters und das Begehren, ein Korn aufgehen zu sehen, nachdem er Tausende verstreut hatte?

Die Dächer des Dorfes lagen schwarz unter den entlaubten Bäumen. Kein Licht schien aus einem Fenster, nur die ungeheure Kuppel der Sterne wölbte sich funkelnd über den schlafenden Hütten. Die Luft roch nach Pilzen und verwelkendem Laub, ein bitterer, strenger Geruch, der an weite, entlaubte Wälder erinnerte und an Wolken, in denen schon der Schnee hing.

Der Lehrer sah zu den Sternen auf, und der alte Trost floss wieder von ihnen herab. Es konnte doch nicht unrecht sein. Schon dass sie da waren, erfüllte ihn mit der Gewissheit, dass es nicht unrecht sei. Wenig kam es auf das einzelne, vergängliche Leben an, wenig auf Sieg und Gewinn. Seinem einfachen Sinn schien das Ewige nicht für sich da zu sein, sondern dass der Mensch daran teilhabe, auch der ärmste und niedrigste. Er brauchte nicht die Welt zu bewegen, wie Jakob sagte, aber wenn er nur einmal den Gedanken als einen schönen Gedanken fühlte, dass Gerechtigkeit auf dem Acker sein müsse, dann hatte er sich schon angeschlossen an die Ewigkeit. Er hatte die Grenze des Dorfes überschritten, seine Herkunft und Geburt, ja die Grenzen seiner Zeit, und sich an etwas Grenzenloses hingegeben. Er war aus sich hinausgetreten und in den großen Kreislauf eingeschlossen worden, und vielleicht war es nur dieses, was man „von Gott sein" nannte. Die Pfarrer wussten so viel davon, sie hatten eine ganze Wissenschaft von Gott gemacht, einen großen

Bau, in dem sie auf und ab stiegen wie die Maurer auf Leitern und Gerüsten. Aber das einfache Herz fror in diesem Bau und verirrte sich. Es wollte, dass wieder alles so einfach sei, wie es zu den Zeiten der Erzväter gewesen war. Dass sie nur seinen Willen taten und nichts mehr, und das andre würde ihnen von selbst zufallen.

‚Wir wollen es wachsen lassen', dachte er. ‚Es wächst ja doch alles zu Gott.'

Indessen ging der kleine Jons seinen Weg ohne Zweifel und Bedrückung. Wenn er vom Lehrer heimkam, ein winziges Menschenkind unter der ungeheuren Sternenwelt, und in die Küche trat, wo das Feuer im Herd brannte und die alte Welt so unverändert war wie immer, kam es ihm wohl manchmal wie ein Traum vor, dass er eben weit fort gewesen war, dass die Erde so groß war und die Zeit nach Tausenden von Jahren zählte und dass es so viele Dinge gab, von denen nicht einmal der Großvater wusste. Aber er war noch viel zu jung, als dass er in Hochmut oder Zwiespalt hätte fallen können, und es hätte nicht der Frage seiner Mutter bedurft, ob die alten Babylonier auch Buchweizenbrei zum Abendbrot gegessen hätten. Sie war immer noch der Meinung, dass ihre Kinder gedämpft werden müssten, sobald ein neues Feuer in ihnen zu sehen war.

Gotthold war nun in der Kreisstadt in der Lehre. Er verkaufte nicht mehr Heringe und Peitschenstiele, sondern Hemden- und Kleiderstoffe und mitunter ein seidenes Halstuch. Er kam nicht mehr nach Hause und schrieb auch keine Briefe, aber Jakob hatte ihn einmal in den Straßen getroffen, einen jungen Herrn, der sein Sohn war und der lächelnd die Hand auf seinen Friesärmel gelegt hatte.

Friedrich hatte nun entschieden, dass er ein Fischer werden wolle wie sein Großvater, und Michael kam zum Schlafen nicht mehr ins Haus. Sie waren weniger geworden, auch in der Kammer oben, und wenn sie das Licht gelöscht hatten, konnte Jons ihnen erzählen, was Herr Stilling ihm erzählt hatte. Maria hörte mit verwunderten Augen zu, in denen schon der Traum stand, und noch ehe Jons über die Einleitung hinweggekommen war, hörten sie den tiefen Atem ihres Schlafes. Gina stellte nie eine Frage und äußerte niemals Unglauben oder Verwunderung. Sie lag da, die strengen Augen weit aufgeschlagen, die Hände unter dem Kopf gefaltet, und blickte auf das dunkle Fensterkreuz vor den matten Scheiben. Niemand wusste, was in ihr vorging, Frohes oder Trauriges. Sie war ein gefangenes Tier, das in Erbitterung geradeaus sah.

Aber Christian hörte zu, regungslos, auf einen Arm gestützt, während die Falten in seinem alten Gesicht schärfer und tiefer wurden von der Anteilnahme, die ihn verzehrte.

Hinter den kleinen Fensterscheiben funkelte ein einsamer Stern, oder der Mond legte einen matten Glanz über den dunklen See. Eine Maus arbeitete hinter dem Gebälk, und unten in der Küche zirpte ein Heimchen an der warmen Asche. Es war schon so kalt, dass ihr Atem im Mondlicht zu sehen war und Jons den Arm bisweilen unter die Federn schob, mit dem er Kreise und Zeichen in die Luft geschrieben hatte. Aber er wurde nicht müde, von den Wundern der Welt zu erzählen, so wie Christian niemals müde wurde, ihm zuzuhören.

Keiner von ihnen dachte daran, was in dieser Kammer schon geschehen sein mochte und ob sie wohl die Ersten waren, die diese Wunder der Welt unter den sich schon neigenden Balken ausbreiteten. Niemand hatte die Geschichte dieses Hauses geschrieben, und sie wussten nur, dass der Vater des Großvaters hier schon als Kind geschlafen hatte. Nur die schweigende Gina, von der sie glaubten, dass sie schlafe, versuchte sich auszudenken, was für Kinder hier geschlafen hätten, ob sie alle so im Dunkeln hätten leben müssen wie sie selbst und ob im Dreißigjährigen Krieg einer der Schweden oder Tatern hier gestanden hätte, nach Mord oder Plünderung, mit blutigen Händen und versengtem Haar, während auf dem gleichen Bett das Opfer seiner Schändung gelegen hätte.

Ihre Gedanken waren nur zur Hälfte bei dem, was der Bruder erzählte, und sie wartete darauf, dass er ihnen erklärte, wie der Schwarzspecht mit der Springwurzel die unterirdischen Höhlen öffnete oder wie man ausziehen könnte, um reich und glücklich zu werden, eine Prinzessin, die von goldenen Tellern aß, während die Mutter in grauen Kleidern und barfuß die schimmernden Fußböden aufwischen musste.

Aber davon erzählte er nichts, und so fuhr sie fort, den Stern vor dem Fenster zu betrachten, wie er über das Kreuz in der Mitte wanderte und endlich verschwand. Nach zwei Jahren würde sie eingesegnet sein, und dann würde sie in die Stadt gehen, nicht in die winzige Kreisstadt, sondern weiter fort, bis in die Hauptstadt, wo die Frauen keine Strümpfe aus Schafwolle trugen, wo sie ihre Lippen mit roter Farbe malten und auf einem Thron saßen, an dessen Stufen die Herren der Erde knieten. Und keine Kammertür und kein Riegel sollten sie halten, kein Bitten des Vaters und kein Fluch der Mutter.

Noch lange aber, nachdem sie eingeschlafen war und Jons verstummt war, lag Christean wach, der einzige Wachende im ganzen Dorf. Er wusste, dass sein Kopf alle diese Wunder ebenso begreifen würde, wie Jons sie begriff, und dass er vielleicht nur zu fragen brauchte, ob Jons ihn nicht mitnehmen möchte zu diesen Abenden. Und wenn es ihm zu mühsam wäre, den alten Wagen zu schieben, würde er auf seinen Krücken bis zum Schulhaus gehen, ja, er würde hinkriechen, wenn es nötig wäre, nur um dort auf der Schwelle zu kauern und zu lauschen. Aber er wusste, dass er das nie fragen würde. Dass er lieber sterben würde, als das zu fragen. Und dass Jons nun bald fortgehen würde, in die Stadt, auf eine hohe Schule, und niemand mehr in dieser Kammer von den Wundern der Welt erzählen würde. Eine tiefe, grenzenlose Verzweiflung erfüllte ihn dann bis in seine gelähmten Füße, und er lag da wie ein Gefangener im Kerker, zu nichts nütze, als dass die Eltern ihn mitnahmen auf ihr Altenteil und er mit seinen geschickten Händen Figuren aus Holz schnitzte, Rehe und Hasen, Geister und Zwerge, und sie am Rande des Herdes aufstellte, wo die rote Glut sie bestrahlte und ihnen den lebendigen Odem einblies, den er nicht in seiner Macht hatte.

Im Frühjahr schien es einmal, als würde auch Jons sich von Dorf und See und Wald nicht lösen können, wie Michael. Stilling bemerkte es zuerst. Nicht etwa daran, dass Jons es nun an etwas hätte fehlen lassen, aber er hatte nun während ihrer Stunden das, was der Lehrer das Zweite Gesicht nannte. Nicht dass er Tote sah oder dem Tod Geweihte, aber neben der Welt, von der sie gerade sprachen, sah Jons nun noch eine zweite Welt, die der großen Stadt, in die er nach einem Jahr kommen sollte. Sie schwebte wie ein verschleierter Hintergrund hinter der Welt, von der sie gerade sprachen, kaum bewusst, aber sie war immer da, und der Lehrer merkte es aus den Fragen, die Jons in den Pausen an ihn richtete. Ob es dort Wälder gäbe und Seen, ein Moor und eine Schafherde, und ob man am Abend, wenn die Arbeit für die Schule fertig sei, schnell einmal hinlaufen könne und auf einem Grabenrand sitzen.

Noch einmal erschrak Stilling, mehr als damals über Michael, aber er war zu rechtlich, als dass er mit einer billigen Lüge den Fragenden hätte trösten können. „Alles das gibt es nicht, Jons Ehrenreich", sagte er, „oder wenigstens nicht so nahe wie hier. Aber darauf kommt es auch gar nicht an. Sondern darauf, dass du schon als ein Kind erkennst, dass man für alles bezahlen muss, was man gewinnt. Du wirst mit dem Heimweh bezahlen, das weiß ich, und mit Heimweh zahlt es sich schwer. Aber eines musst du wissen: Wer lieber unter seinem Dach bleiben will, arm und ungekannt, ist nicht wert, dass er die Rüstung des Geistes anlege. Er ist nicht geringer als die andern, er ist nicht einmal zu tadeln, aber die Rüstung ist er nicht wert. Er wird nicht zum Ritter geschlagen, weil er sich vor dem Schlag fürchtet, und er bleibt ein Leibeigener sein Leben lang, oder ein Dorfeigener, oder wie du es nennen willst."

Darauf sprach Jons lange nicht mehr von der Stadt, aber es war nicht dies Gespräch, das alles entschied. Es war Jakob, der den Ausschlag gab, und niemand wusste, ob er es mit Absicht tat. Es hatte geschienen, als nehme der Vater keinen Anteil an dem, was Jons in dieser Zeit geschehen war. Wenn er vom Meiler oder vom See heimkam, was selten genug geschah, so saß er still am Herd, die Hände zwischen den Knien, und blickte ins Feuer. Er tat keine Arbeit, wenn der Feierabend gekommen war, und man wusste nie, ob er nachdenke oder träume oder schlafe.

Kam Jons nun am Abend von der Schule zurück, schweigsam oder eifrig von dem berichtend, was er eben gelernt hatte, so blickte Jakob weiter ins Feuer, und niemand bemerkte, dass er manchmal die Hände zwischen den Knien faltete oder aus seinen tief liegenden Augen einen schnellen, verstohlenen Blick auf Jons warf. Er war so still, dass sie niemals bemerkt hatten, ob er etwas tat oder nicht.

Aber lange bevor der Lehrer es erfahren hatte, war für Jakob klar gewesen, dass hier eine frühe Entscheidung fiel. Er allein wusste, wie oft Jons bei der Herde war oder auf der Insel beim Großvater oder allein auf dem öden Moor. Er allein bemerkte das Neue und Besondere in seinem Lachen oder Schweigen und ob er nun öfter von Alexander dem Großen oder von dem Hirten Piontek sprach. Er hatte niemanden, mit dem er sich beraten konnte. Er entsann sich auch nicht, dass er jemals jemanden gehabt hätte. Er hatte das alte Buch mit den großen Buchstaben und den Rauch des Meilers. Und es war ihm schwer, nun etwas zu sagen oder zu tun, während das Feuer in einer jungen Brust erglühte oder erlosch. Er wartete, bis Jons zum Meiler kam, wo er nun seltener war als früher. Der Sommer war schon da, Wind ging über den Wald, und aus dem schweren, zerklüfteten Himmel fiel ein graues Licht in den Abend. Die Rauchsäule des Meilers stieg nicht mehr still unter den Mond, sondern der Wind erfasste sie und trieb sie über die Lichtung hin und her. Der Kuckuck rief noch aus dem hohen Wald, aber die Schatten zwischen den Fichten waren kalt, und es war gut, die Hände an das Feuer in der Hütte zu halten.

Jakob hatte für sich in der Bibel gelesen und saß nun still am Feuer. „Du bleibst wohl nicht heute Nacht?", fragte er.

Seine Stimme war nicht trauriger als sonst, aber in diesem Augenblick sah Jons, wie alt sein Vater geworden war. Sein Haar war noch immer hell, ohne graue Fäden, die Falten um seinen Mund nicht anders als sonst, aber wie er so dasaß, die Hände zwischen den Knien, lag eine solche Verlassenheit über seinen gebeugten Schultern, als sei er an den Meiler gebannt und werde niemals mehr zu den Menschen zurückkehren. Es durchfuhr Jons so, dass die Tränen ihm in die Augen schossen und er eine Weile warten musste, ehe er antworten konnte. „Natürlich bleibe ich, Vater", erwiderte er.

„Es ist nur, weil du lange nicht hier warst", sagte Jakob scheu. Sie sprachen nicht mehr, bis sie beide auf ihrer Laubstreu lagen. Das Feuer glühte nur an den Rändern eines schweren Klotzes, den Jakob auf die Asche gelegt hatte. Der Wind wurde stärker und brauste in den hohen Wipfeln und über dem Dach der Hütte. Manchmal schlug der Rauch vom Meiler durch die offene Tür herein, eine schwere Woge von Kohle und Harz, und ging dann durch den Schornstein wieder hinaus. Manchmal auch verstummte der Wind, und sie hörten ihn dann über die Kronen fortgehen, die fernen Hänge hinab, mit einem traurigen Ton, der sich in der Ferne verlor. Noch niemals hatte Jons darüber nachgedacht, wie es für den Vater sein würde, wenn er fortginge. Nach einem Jahr vielleicht schon würde auch Maria gehen, in den Dienst, vom Dorfe fort. Dann würde er ganz allein sein, Tag und Nacht, den Meiler vor sich und die Sterne über sich. Keines seiner Kinder würde zu ihm kommen und auch die Mutter nicht. Er würde so verlassen sein wie ein Stein, und niemand würde wissen, ob Licht oder Schatten über ihn fallen würde.

Er wusste nicht, wie er es sagen sollte, was sein Herz bewegte. Er streckte nur die Hand aus, ob er den Vater vielleicht erreichen könnte. Aber da sprach der Vater schon: „Schläfst du schon, Jons?", fragte er leise.

„Nein, Vater."

„Ich wollte dir noch etwas sagen, Jons …" Eine lange Weile war es still, und nur der Wind kam wieder, warf sich in die Tür und zischte im Grase auf dem Hüttendach.

„Es ist so, Jons, dass ich gemerkt habe, wie es dir schwerfällt, fortzugehen."

„Ja, Vater, einmal war es so, und leicht wird es nicht sein, aber ich weiß nun, dass ich gehe."

„Ist es wirklich so, Jons?"

„Ja, Vater."

Er hörte, wie das Laub sich rührte unter einem tiefen Atemzug, und vielleicht faltete der Vater die Hände. „Es ist so, Jons, dass ich mich freue darüber … Siehst du, es war mit Michael schon einmal so. Sie haben mir nichts gesagt, der Lehrer nicht und Michael schon gar nicht. Keiner sagt mir etwas. Aber ich habe es doch gewusst. Auch er sollte fort, aber er wollte nicht. Er wollte nicht von hier fort, und vielleicht war es gut so. Er ist zu stolz für die Stadt und dass man vielleicht über seine Kleider lacht.

Dann war lange nichts, und ich habe meine Hoffnung begraben. Man begräbt nicht nur Kinder. Ich habe gedacht, vielleicht wird es einer von euren Söhnen sein, oder von euren Enkeln. Man muss warten können, aber ich hätte es doch gern erlebt.

Siehst du, was wir damals lasen: ‚Und das Recht wird in der Wüste wohnen und Gerechtigkeit auf dem Acker hausen.‘ Ich wollte, dass einer von euch dafür auszieht. Nicht, dass er es gewinnen würde. Das kann kein einzelner Mensch. Aber dass er dafür kämpfen würde, mit anderen zusammen. Dass er ein Streiter werden würde und vielleicht die Welt bewegen. Das wollte ich.

Der Großvater hat es nicht gekonnt und ich auch nicht. Als ich jung war, da war mir das Wort gegeben, und deine Mutter hat wohl gedacht, dass ich etwas Großes werden würde. Aber ich blieb immer nur ein kleiner Mann, auf dem See und am Meiler und im Walde. Ich hatte viele Sorgen, und ich fürchtete mich auch. Nicht vor den Gefängnissen oder dem Tode, aber vor dem Spott der Menschen. Es ist so, dass sie heute nicht mehr mit Schwertern zuschlagen oder aufs Rad flechten, aber dass sie spotten, und das ist schlimmer als das andere. Wenn heute ein Kätner oder ein Köhler in die Stadt kommt und sagt: ‚Tut Buße!‘, dann ist das ein schöner Tag für sie. Sie brauchen nicht in die Komödie zu gehen, sie haben es umsonst. ‚Sieh mal seine Schuhe!‘ würden sie sagen, oder ‚Sieh mal, wie er mit den Händen herumfährt!‘ Und davor hätte ich Angst.

Aber ich habe nun dies Dorf gesehen, wie sie hier leben, und in tausend anderen Dörfern leben sie ebenso. Und ich habe auch den Landrat gesehen und viele Pfarrer, und als ich Soldat war, habe ich auch die Stadt gesehen und einmal auch den Kaiser von Weitem. Und mein Großvater hat noch gesehen, wie der Herr sie peitschen ließ, weil sie ein Wildschwein aus ihrem Hafer getrieben hatten. Und er hat sie so lange peitschen lassen, bis ihre Frauen sie in den Sarg haben legen können. Das hat er gesehen und manches andre, wovon du erst später wissen wirst.

Und das hat mir niemals Ruhe gelassen. Gott hat mir vielleicht eine Waage in die Brust gelegt, neben das Herz. Und ich habe gedacht, wenn einer von euch ein Streiter würde, dann könnte er das alles auslöschen. Nicht ganz auslöschen vielleicht, aber so machen, dass es nicht mehr brennt. Denn es brennt hier drinnen, verstehst du das, Jons?"

„Ja, Vater."

„Und deshalb war es mir so schwer, dass auch du nicht wolltest. Dass ich in die Grube fahren sollte, und keiner würde es ausgelöscht haben.

Ich weiß, dass es uns hält hier, das Dorf und alles andre. Es ist nicht nur das Land, es ist auch die Armut und dass wir hier im Stillen leben. Sie haben uns nicht umsonst gebeugt, so viel Geschlechter lang. Sie können den Strick ruhig loslassen, wir laufen nicht mehr davon.

Ich weiß auch, dass es schwer sein wird. Als ich Soldat war, habe ich viele Nächte an der Mauer gestanden. Es war nicht schwer hinüberzukommen. Es war auch nicht, weil ich nicht die Uniform tragen oder dem Kaiser nicht dienen wollte. Aber es war der Wald und der See und der Ahorn am Giebel und der Ziehbrunnen am Abend. Sie sagen, dass es das Heimweh ist und dass man daran sterben kann.

Aber ich bin nicht gestorben, und auch du wirst nicht sterben, Jons. Ich denke, dass wir erst sterben, wenn Gott nichts mehr zu tun hat für uns. Und ich, siehst du, ich konnte nicht eher sterben, als bis du geboren warst. Du warst der Letzte, und ich erschrak, als die Mutter den Namen für dich aussuchte. Es war zu früh und es hätte dich verderben können. So wie es Gotthold verdorben hat.

Und wenn du nun gehst, Jons, musst du wissen, dass du einen Baum von meiner Brust wälzest. Auch wenn du an der

79

Mauer stehst in der Nacht, musst du daran denken. Ein Kind kann das Sterben leicht machen, auch wenn es nichts mit dem Leben gewesen ist. Ein Geschlecht stirbt erst, Jons, wenn keiner mehr die Hände reichen kann. Auch wenn es sieben Kinder sind oder siebzehn. Aber einer muss die Hände reichen. Eine Zuflucht vor dem Wind und ein Schirm von dem Platzregen, weißt du noch?"

„Ja, Vater."

„Dann wollen wir schlafen, Jons. Es ist eine schöne Nacht. Lange war keine so schön …"

Leise wühlte die Glut in dem schweren Klotz, und der Regen begann auf das Dach zu fallen. Der Wind wurde still, und ein schweres Rauschen stand über dem ganzen Wald. Es war warm in der Hütte, aber Jons zitterte. Er wäre gern zu dem andern Lager gegangen, aber er wagte es nicht. Er wusste nun, weshalb er fort musste. Der Lehrer wusste es auch, aber nur der Vater wusste es ganz. Niemand hatte ihm gesagt, was man nun werden müsste, um die Gerechtigkeit auf den Acker zu bringen, aber das würde er schon sehen. Ein Pfarrer wahrscheinlich, oder ein Richter, oder auch ein Landrat. Oder einer, der nur umherzog und predigte. Und wenn sie über die Schuhe lachten, konnte man barfuß gehen. Und wenn er an der Mauer stand, würde er an den Vater denken, nur an den Vater …

Einmal erwachte er davon, dass Jakob aufstand und zum Meiler ging, aber nur seine Augen und Ohren erwachten, alles andre blieb im Schlaf. Der Regen rauschte immer noch, ein fernes, stilles Brausen, das wie ein schwerer Vorhang fiel. Gebeugt war der Vater, aber sein Gesicht in der Dämmerung war schön wie eine Blüte, über die der Regen gefallen war.

Nachher stand der Vater noch über seinem Lager und lauschte auf seinen Schlaf. Jons versuchte, eine Hand zu heben, aber sie war zu schwer. „Barfuß kann man gehen …", murmelte er, aber Jakob verstand ihn nicht.

Danach war es den Rest des Jahres für Jons leichter. Von allen Jerominkindern hatte er den strengsten Sinn für eine Pflicht, die zu erfüllen war, und als er, schon im Herbst, einmal in schweren

Sturm hinausgerudert war, um die Netze, die Friedrich in einer weit entfernten Bucht vergessen hatte, zu holen, hatte der Großvater ihn am Ufer erwartet und nur genickt. Aber nachher, als er sich am Feuer trocknete, hatte der Großvater plötzlich gesagt: „Ein getreuer Knecht bist du, Jons." Zwar hatte Friedrich aus der Ecke eine fröhliche Fratze geschnitten, aber Jons war doch vor Stolz errötet und vergaß es nicht.

Er hätte gern gewusst, was der Großvater nun dazu meine, dass er fortgehe, aber Michael tat, als wisse er nichts davon. Er war nur ganz wunderlich geworden, antwortete nicht, wenn man ihn fragte, und sah nur immer vor sich hin, als zögen die hundert Jahre seines Lebens immer noch stumm, aber in unaufhörlicher Bewegung vor seinen Augen vorüber. Die Leute fürchteten sich vor ihm, wenn er einmal die Dorfstraße entlangging, auf seinen Stock gestützt, aber immer barhaupt und gerade wie ein Licht. Er erwiderte keinen Gruß, aber jeder sah, dass es nicht aus Hochmut geschah, sondern weil er nicht mehr unter ihnen war. Er ging schon auf die Stufen der goldenen Stadt zu, und sein Kopf war immer leicht zur Seite gewendet, als höre er eine ferne Musik oder einen Ruf aus den Wäldern.

Manchmal blieb er auch für Wochen auf der Insel im See. Dort sahen sie ihn in der Nacht am Feuer sitzen, wie einen Häuptling bei der Totenklage, und oft lauschten sie, ob nicht ein eintöniger Gesang herüberkomme, aber es war alles still. Nur die Taucher riefen, und der Schrei der Rohrdommel kam dumpf aus dem Schilf. Friedrich war nicht gern drüben, allein mit dem Schweigenden. Er brauchte Mädchen und Lieder, ging von Haus zu Haus, scherzte mit den Alten und Kindern und schlief in einer Scheune oder unter dem Boot, noch immer ein Rattenfänger, noch immer die Flöte in der Tasche und noch immer hin und wieder die erschreckte Trauer in seinen hellen Augen.

Jons hatte nicht aufgehört, beim Hirten Piontek zu sitzen oder auf der Insel, aber es war nun anders als früher. Er wusste, dass er dies nun zurücklassen musste, aber es war ihm nicht mehr die einzige Welt, die es gab, seit sein Vater mit ihm gesprochen hatte. Ja, manchmal war es ihm, als lasse er sie nur für eine Weile

zurück, um nachher mit der „Gerechtigkeit" für sie wiederzu-
kommen. Wie es sein würde, wusste er nicht, aber wenn sein
Vater daran glaubte, würde es eben sein.

Auch Piontek würde es dann besser gehen. Piontek war alt,
fast so wie der Großvater, nur dass er klein und gebeugt war,
dass er silberne Ringe in den Ohren trug und ein Gesicht wie
eine Wurzel hatte, die man manchmal im Walde fand. Er hatte
sein Leben lang nichts anderes getan, als die Kühe und Schafe
des Dorfes gehütet, wenigstens wusste er es nicht anders, und
sein Leben lang hatte er mit den Förstern des Herrn von Balk
im Kampf gelegen, weil er im Walde immer dort weiden wollte,
wo sie es nicht wollten. Denn nur er wusste, wo das beste Gras
wuchs, von dem die Butter gelb und herrlich wurde. Davon
waren seine Augen scharf geblieben und die Bewegungen seines
Kopfes wie die eines Vogels, sein Tritt lautlos und die Geheimnisse ohne Zahl, die der Wald ihm verraten hatte. Er strickte
lange Strümpfe aus Schafwolle – „über die Knie, Jons, denn in
die Knie fährt der Teufel zuerst" –, flocht Körbe aus Birkenrinde
und machte Schnupftabakdosen, die in allen Dörfern um den See
berühmt waren. Er konnte noch Vögel mit Leimruten fangen,
und er hatte schon die Kühe gehütet, als der Wolf noch in den
Wäldern lebte und die Hirten ihm mit einem Feuerbrand und
einem Stab mit einer Eisenspitze zu Leibe rückten.

An seinem Feuer zu sitzen, war für Jons dasselbe wie eine
Reise zum Orinoko. Und hier ging ihm wohl zuerst der Sinn
dafür auf, dass nicht nur die Welt in Herrn Stillings Büchern
voller Wunder war. „Ja", sagte Piontek, „das war damals, als
Kuba Gawlik hier Schulze war. Damals hieß es ‚Woit', und der
alte Kaiser war noch lange nicht auf dem Thron. Der Kuba war
ein Mann wie ein Baum, und damals fanden wir am Morgen
jedes Kalb, das sich verlaufen hatte, mit gebrochenem Genick,
die Augen nach hinten. Und jedes Mal hatte einer geheult, im
Moor oder auf dem Feld, und sie sagten alle, dass es ein Wolf war.
Aber ich wusste, dass es kein Wolf war. Ich hatte noch Hosen,
die hinten zu knöpfen waren, aber ich wusste schon, dass es kein
Wolf war. Ich war es auch, der merkte, dass Kuba nicht auf dem

Hof war nach solcher Nacht, und sonst stand er immer am Tor und zog mir mit der Peitsche eins über. Da wusste ich, dass er ein Werwolf war.

Da nahm ich ein Eisen aus dem Wald, das dem Förster gehörte und mit dem er den Fischotter fing. Das waren zwei lange Stangen mit spitzen Eisen dazwischen, und das stellte ich zwischen zwei Torflöcher und versteckte mich. Und als der Mond aufgegangen war, brüllte ich wie ein Kalb, das sich verlaufen hat. Ich konnte das gut. Und da sah ich ihn über das Moor kommen."

„Ach, Piontek …"

„Da sah ich ihn über das Moor kommen, und keiner hat solch einen Wolf gesehen. Ich betete das Vaterunser und den ersten Artikel, aber ich brüllte immer weiter. Und da trat er in das Eisen. Er schrie, aber wie ein Mensch schreit und nicht wie ein Wolf. Da warf ich die Ringschleuder und traf ihn gegen die Stirn, und ich hatte sie in die Farbtonne gelegt, wo die Frauen ihre Röcke färbten.

Da sprang er mit dem Eisen davon, quer durch die Birken, und es war eine breite Spur, und Feuer war in der Spur. Ich aber blieb ohne Sinne, bis der Tau in meine Augen fiel.

Am Morgen aber führte ich sie in sein Haus, und sie ließen sagen, dass ein fremder Mann erschlagen auf dem Moor lag. Da kam er heraus aus seiner Kammer, und sie sahen, dass seine Kleider zerfetzt und voll Blut waren und dass er auf der Stirn ein blaues Mal trug, zwei Ringe ineinander, wie ein Zauberzeichen. Da wollten sie ihn binden, aber er sprang durchs Fenster, ein schwerer Mann, und das Fensterkreuz nahm er gleich mit. Und keiner hat ihn mehr gesehen."

Er schüttelte eine Prise in die Höhlung über seinem linken Daumen und zog sie auf. „Ja, das waren noch Zeiten, Jons", sagte er nachdenklich.

Und Jons, der dazu erzogen wurde, die Welt zu bewegen, glaubte jedes Wort und starrte über das kleine Feuer auf das Moor und lauschte auf den Tropfenfall hinter sich im Wald. Es war ihm, als müsste er tausend von solchen Geschichten hören und sie mit sich nehmen in die Stadt, damit sie ihn wie ein Panzer gegen das umgäben, was der Vater das Heimweh nannte. Er meinte, wenn auch der Großvater solche Geschichten erzählen wollte, der doch noch älter war, nur ein paar, so würde er das ganze Dorf mit sich nehmen können in seinem Herzen, und sie könnten dann ruhig über seine Schuhe lachen.

Aber Michael sprach nicht. Auch er saß mit Jons an seinem kleinen Feuer, und auch hier ging der Mond auf und schien in des Großvaters Augen, aber er sprach nicht. Nur vor dem Schlafengehen legte er jetzt seine welke, kühle Hand auf den Scheitel seines Enkels und ließ sie dort eine Weile, während seine Lippen sich lautlos bewegten, als spreche er einen Zauber oder ein Gebet. Und die Kühle der alten Hand floss tief in Jons hinein, zwischen den Schulterblättern hindurch, und noch auf seinem Lager zitterte er, als sei er zu lange im Wasser gewesen und das Dunkel der Tiefe erfülle noch sein Blut.

Einmal aber erfasste ihn Angst. „Großvater", sagte er „wenn du nun aber gestorben bist, ehe ich wiederkomme?"

Da lächelte der alte Mund, und Jons schien es, als lächle er zum ersten Mal, seit er ihn kenne. „Hab keine Angst, Enkelkind", sagte er, „ich sterbe nicht …"

Und so feierlich war Jons das Ganze, die Anrede, das Lächeln und das so Gewisse der Worte, dass er nur nickte und dann scheu zu den Booten ging.

Es war nun nichts mehr zu sagen danach.

Im Frühjahr, noch vor dem Osterfest, bekam Jons einen Anzug, den seine Mutter gewebt hatte, und einen aus blauem Tuch, den der Lehrer aus der Stadt mitbrachte. Der Schuster hinter dem See maß ihm Schuhe an und ein Paar Schuhe, wie man sie auf den Dörfern trug. Sie waren sauber und fest, und man konnte ruhig bis zum Orinoko in ihnen gehen.

Aber erst als die Mutter seine Wäsche in die Holzkiste mit dem schweren Schloss zu legen begann, begriff er, dass es nun keine Umkehr mehr gab. Im Dorf machte man nicht viel Aufhebens davon, nur dass sie ihm auf der Straße nun auf eine besondere Weise zunickten und Gogun ihn mit einem Zwinkern seiner fröhlichen Augen vor den Mädchen warnte. Am meisten aber erstaunte ihn die Mutter. Einmal sah er sie vor seiner Holzkiste sitzen, die müden Hände im Schoß gefaltet und mit einer so tiefen Schwermut in den Augen auf den zurückgeschlagenen Deckel blicken, dass es ihm war, als blicke sie in einen Kindersarg, und er lautlos wieder aus der Küche schlich. Keiner von ihnen wusste jemals, was sie dachte. Sie fragte ihn nicht mehr nach den alten Babyloniern, aber er wusste nicht, ob sie nun mit Verachtung, mit Zorn oder mit Trauer an seinen Fortgang denke.

Von den andern war nur Christean auf seinen hellen Krücken, so viel er konnte, an seiner Seite. Er fragte ihn nach den lateinischen Deklinationen und nach Geschichtszahlen, und es war zu merken, dass er Angst hatte, Jons könnte vor jener fremden Welt nicht bestehen, wenn er nicht noch in letzter Stunde an seiner Rüstung herumputzte. Und er bat ihn, doch nicht zu vergessen, ihm. seine Bücher mitzubringen, sobald er in eine andere Klasse komme und sie nicht mehr brauche.

Das Osterfest fiel früh in diesem Jahre, und als der Reisetag herankam, lag an den Hängen und Waldrändern noch Schnee. Doch blühten die Weiden schon, und die Wildgänse zogen schon in langen Keilen über das Moor.

Am letzten Abend saßen sie in der Küche wie sonst, und es wurde von seiner Reise nicht gesprochen, als sei der nächste Tag nicht anders als alle Tage. Aber als Jakob aufstand und meinte, dass es nun Zeit sei, zur Ruhe zu gehen, wandte der Großvater seine Augen vom Feuer, sah Jons an und sagte: „Höre nun zu, Enkelkind!" Und während die anderen von ihren Plätzen aufstanden und auch Christean sich erhob, auf seine Krücken gestützt, begann er die Geschichte Davids und Goliaths aus dem Ersten Buch Samuelis zu sprechen, da wo Saul den Knaben mit seinen eigenen Waffen rüstet und David spricht: „Ich kann nicht also gehen, denn ich bin's nicht gewohnt; und legte es von sich, und nahm seinen Stab in seine Hand, und erwählte fünf glatte Steine aus dem Bach, und tat sie in die Hirtentasche, die er hatte, und in den Sack, und er nahm die Schleuder in seine Hand, und machte sich zu dem Philister."

Und er sprach die Geschichte bis zum Ende, bis zu Sauls Frage: „Wes Sohn bist du, Knabe?", und es war kein Wort anders, als es im Testament geschrieben stand.

Sie waren so still wie in der Kirche und hörten der alten Stimme zu, die von so weit herkam, als spreche sie noch dort im Lande der alten Könige, im Eichgrund zwischen Socho und Aseka. Und danach kniete Jons vor dem Feuer nieder, und der Großvater legte ihm die Hand auf den Scheitel und sagte: „Gehe nun, Enkelkind!"

Dann gingen sie alle aus der Küche.

Es war beschlossen worden, dass der Lehrer Jons begleiten sollte, weil keiner von ihnen geeignet war, eine solche Reise zu bestehen. Denn Stilling hatte es durchgesetzt, dass Jons nicht in die Schule der Kreisstadt ging, sondern in ein Gymnasium in der Hauptstadt der Provinz. Er machte den ersten Schritt in eine neue Welt, hatte er gesagt, und so solle es ein ganzer Schritt sein, den man nicht mehr zurückmachen könne. Und dort, wo er ankomme, solle die Erde des Dorfes schon von seinen Stiefeln abgefallen sein. Das könne aber nicht in der Kreisstadt sein, und sie sei auch gar keine Stadt, sondern nur ein großes Dorf und ein schmutziges dazu …

Es dämmerte noch, als Gogun mit dem Korbwagen auf den Hof fuhr. Stilling trug einen schweren schwarzen Mantel mit einem Umhang, den man damals einen Hohenzollernmantel nannte, und einen alten Zylinder, den Elise spiegelblank gebürstet hatte, und als sie die Holzkiste hinten in das Stroh setzten, sah es aus, als führen sie zu einem Begräbnis.

Jons reichte allen die Hand. Er war blass und sah die Gesichter wie in einem Nebel. Doch erschrak er bei aller Benommenheit, als die Mutter ihn umarmte und so fest an sich drückte, dass es ihn schmerzte. Sie sprach aber kein Wort.

Dann ließ Gogun die Peitsche knallen, und sie fuhren aus dem Tor.

Hinten am Waldrand, wo die Straße zwischen den Bäumen noch einmal an die Felder trat, sahen sie schon zwei Pferde vor einem Pflug und einen Mann, der nach dem Dorfe hinüberblickte. Der Mann sah im Nebel wie ein Riese aus und die Pferde wie zwei Urwelttiere, aus deren Nüstern der Dampf schoss.

Als sie im Walde die Stelle erreichten, standen die Pferde noch immer vor dem Pflug, aber der Mann stand unter den Bäumen, trat nun an den Wagen und reichte Jons etwas, das mit einem Tuch verhüllt war und das leise vor sich hin zwitscherte. Der Mann war Michael.

Jetzt erst schossen Jons die Tränen in die Augen, und er ergriff die Hand, die Michael ihm schweigend reichte, mit beiden Händen, „Bruder, lieber Bruder …“, sagte er, und er hatte es noch niemals gesagt.

Aber Michael nickte nur, sah ihn mit seinen dunklen Augen fest, beinahe drohend an und verschwand dann wieder wie ein Schatten unter den Bäumen.

So fuhr Jons hinaus, um die Welt zu bewegen, eine Holzkiste im Wagen, die schweren Stiefel an den Füßen und das Bauer mit dem Buchfinken in den Händen. Er weinte nun still vor sich hin, die Augen auf die Pferdeköpfe gerichtet, indes Herr Stilling schweigend und feierlich neben ihm saß, im hohen Hut, den linken Arm unter der schweren Pelerine um die Schulter des Weinenden gelegt.

# V

Walddörfer leben wie der Wald, in dem sie eingebettet liegen. Bäume stürzen, und neue Schößlinge stehen aus dem vermoderten Laub auf. Sonne und Regen gehen gleichmäßig über alle Wipfel, der Blitz trifft die Buchen wie die Eichen. Der Fuchs schleicht durch die Dickungen wie vor hundert Jahren, und das Reh behütet sein Junges, wie Geschlechter vor ihm es getan haben.

In Sowirog standen die Männer mit der Sonne auf, aßen ihre Milchsuppe oder den Buchweizenbrei, brachen ihr Schwarzbrot hinein und gingen zur Waldarbeit, den geflochtenen Korb auf dem Rücken. Sie hackten Streifen in den Winterschlägen, setzten Reisig auf oder verbrannten es und senkten die jungen Kiefernpflanzen in die sandige Erde. Oder sie bauten Wege, gruben Böschungen ab und karrten den hellen Sand an einen neuen Platz. Wenn der Förster ihnen wohlwollte, war es keine schwere Arbeit, nicht so schwer, dass es ihnen die Sprache verschlagen hätte oder Goguns Scherze geendet hätten. Aber sie dauerte lange, und die Sonne sank schon über dem See, wenn sie wieder heimkamen, eine graue Schlange, die sich müde aus dem Wald hinausschob und auf der Dorfstraße verschwand.

Die Kinder waren in der Schule, die Frauen hatten die Ställe sauber gemacht, hatten gewebt oder gebuttert, und manchmal knieten sie am Seeufer und wuschen zusammen ihre Wäsche. Das Dorf war still, und wenn der Briefträger in seiner blauen Uniform aus dem Walde trat, hielten sie die Hand vor die Augen, ob er an ihrem Gartenzaun stehen blieb oder weiterging. Aber er ging fast immer weiter, außer dass er nun in jeder Woche einmal bei Jeromins eintrat und einen Brief aus der großen Stadt brachte. Sonst gab er das Kreisblatt beim Schulzen ab, eine Zeitung in der Schule, sah sich einmal um, ob dies wirklich ein Dorf sei, und verschwand dann wieder zwischen den hohen Schilfwänden, wo der Weg ins Moor ging. Die Hunde hörten zu bellen auf, und das Ganze war wie eine Vision, die aus der flimmernden Luft aufgestiegen und im Moor versunken war. Gina Bojar hatte einen Sohn bekommen, der schon im Staub der Straße umherkroch und etwas Graues an einem Bindfaden hinter sich herzog. Das war die Klapper, die wie Elfenbein geglänzt hatte, aber von ihrem Blütenkranz, der um die Rundung gelaufen war, konnte man nichts mehr sehen. Der Mann versuchte noch immer, sie mit seinem Leibriemen zu prügeln, wenn er getrunken hatte, aber seit sie für solche Stunden heißes Wasser auf dem Herde hielt, das sie ihm über die Hände goss, hatte er es unterlassen. Ihr Gesicht war nicht mehr so jung und hell wie damals, und mit den ersten scharfen Linien um den weichen Mund sah sie nun bald so aus wie die anderen, die Kinder geboren und begraben hatten und die auf ihren Schultern mehr trugen als das seidene Tuch am Sonntag.

Daida war schon lange wieder von seinem „Urlaub" zurück, und wenn Korsanke einmal am Abend durchs Dorf ritt, nickte er ihm vertraulich zu wie einem alten Reisegefährten. „Kein Strickchen mit, Herr Wachtmeister?", fragte er fröhlich, und wenn Korsanke ihm mit dem Finger drohte, war alles in Ordnung.

Die Witwe Kroll saß wie eine böse Königin auf ihrem Altenteil, verkaufte Kälber und Schweine für ihren Sohn, verwahrte das Geld und prügelte ihre Schwiegertochter mit dem Besenstiel. Gogun hatte im Frühsommer wieder junge Kraniche auf dem Moor gefangen und sie auf den Gütern verkauft. Und als er mit traurigen Liedern heimgekehrt war und durchaus noch einmal in den Krug wollte, hatte seine Frau ein großes Netz über ihn geworfen und es unter seinen Füßen zugebunden, sodass er wie ein gefangener Habicht auf dem Hof gelegen hatte, bis er nüchtern geworden war.

Der Schulze ging noch immer mit seinem steinernen Gesicht durch das Dorf, hielt seine Wirtschaft in Ordnung und sammelte Taler. Piontek blies am Morgen und Abend auf seinem Rindenhorn und sehnte sich nach Jons, der sein bester Zuhörer gewesen war. Czwallinna hatte keine Schulden mehr einzutreiben, fluchte auf Herrn von Balk und sah mit viel Stolz und etwas Sorge auf seine beiden Söhne» die breit und stark geworden waren und die mitunter vor dem Morgengrauen aus dem Walde kamen, einen Grashalm im Mund und trockene Fichtennadeln auf ihren Schultern. Jakob Jeromin, der vor seinem Meiler lag, hörte manchmal nachts bei Vollmond einen Schuss im Walde fallen, aber er lauschte eigentlich nur auf das Echo, das so schön von Hochwald zu Hochwald rollte.

Gawlicks älteste Tochter hat ein Kind bekommen, aber sie gibt den Vater nicht an, und wenn die Witwe Kroll die Meinung äußert, dass das Kind eine Habichtsnase habe, so lächelt sie und antwortet, dass eine Habichtsnase besser sei als eine Hasenscharte. Und eine Hasenscharte hat das jüngste Enkelkind der Witwe Kroll.

Keine großen Dinge geschehen in solchen Dörfern. Draußen braust die Welt, die Zeitungen schreiben vom kommenden Krieg, aber die Dörfer haben so viele Kriege überstanden, dass sie sie gar nicht zählen können. Der Krieg nimmt ihre Söhne, aber neue, werden geboren, und auch die Mächtigen der Erde wollen ihre Kurzweil haben. Das Dorf fragt nicht nach Kriegen und Weltgeschichte. Es führt seine kümmerliche Heuernte ein, und an den Sonntagen brechen die Männer das Korn über dem Nagel, um zu sehen, ob es reif sei. Dann mähen sie es und sehen zum Himmel auf, wo die großen Wolken mit weißglühenden Rändern über die Erde ziehen. Herr von Balk sitzt wieder auf dem Grenzhügel und sieht ihnen zu. Seine Schultern sind noch etwas gebeugter, seine Nase ist noch schärfer, und er sieht aus wie ein Mann, der nicht weiß, wo er zu Hause ist.

Auch Kiewitt hat seine Ernte, und sie ist kümmerlich genug, aber am Abend sitzt er auf seiner Schwelle, blickt auf die mageren Hocken und spricht ein Gebet. Er weiß, wo er zu Hause ist. Er lebt ganz allein, er muss alles selbst tun, und sein Rücken ist gekrümmt von allen Tagewerken seines Lebens. Aber seit er von Neuem getauft ist, hat er ein fröhliches Herz. Er hört, was die Leute reden, und manchmal hört er, was draußen in der Welt geschieht, aber es kümmert ihn nicht. Er weiß, dass alles vergeht, aber dass Gott und der Acker bleiben. Eine Mauer ist um ihn gebaut, und alle Posaunen der Erde reichen nicht aus, um sie zu erschüttern. Die Stoppel wird gepflügt, die Eichelhäher sammeln ihren Wintervorrat, die Kartoffelfeuer brennen. Die Herbstwinde kommen, der Schnee fällt, das alte Jahr neigt sich, und das neue beginnt. Aber das Dorf bleibt dasselbe. Und wenn wieder ein Krieg kommt und der Feind die Häuser niederbrennt, wird es wieder aufgebaut werden, an dem alten Platz.

Es war nicht sehr zu merken, dass Jons fort war. Die Kinder wurden groß und gingen aus dem Hause, das war ein altes Gesetz. Michael war bei den Soldaten. Er trug eine blaue Reiteruniform und zog sie am ersten Tage aus, wenn er Urlaub hatte, um beim Schulzen zu arbeiten. Er war gern dort, in einer ordentlichen Wirtschaft, bei schweigsamen Leuten, und der Schulze liebte ihn mehr als seine eigenen Kinder. Es wurde viel darüber gesprochen im Dorf, aber es war so. Maria war im Kirchdorf beim Kantor im Dienst, und manchmal kam sie am Sonntag heimlich zum Meiler, um bei ihrem Vater zu sitzen.

Frau Marthe war noch ernster und strenger geworden. Sie lachte nie mehr, aber sie saß manchmal oben in der Kammer, wo Jons geschlafen hatte, eines seiner alten Schulhefte in der Hand, und blickte auf das kleine Fenster, hinter dem das Abendrot stand. Ja, sie würde zufrieden sein, auch wenn er nur ein Pfarrer werden würde, der das Brot und den Wein an die Gläubigen austeilte. Es war nicht viel in ihren Augen, aber er würde Kinder haben, und sie konnten höher steigen. Höher, als der Rauch des Meilers stieg. Sie fragte nicht viel danach, ob er glücklich oder unglücklich war in der großen Stadt. Er hatte zu arbeiten, wie sie alle gearbeitet hatten, und darauf zu sehen, dass er in allen Dingen der Erste sei.

Der Lehrer Stilling hatte keinen neuen Jungen mehr ausgewählt, der ihn auf der Pflanzensuche begleitet hätte. Doch saß er nun gegen Abend gern für eine Weile am Meiler, sah der dünnen Rauchsäule zu und sprach mit Jakob. Ihm allein hatte er einen genauen Bericht von der Reise gegeben.

„Ja, das war so eine Fahrt, Jeromin", hatte er gesagt. „Mit der Holzkiste war es schon nicht ganz einfach, und nun kam noch der Buchfink dazu. Die Leute starrten, als kämen wir vom

Amazonenstrom. Ich weiß ja, wie sie darauf aus sind, etwas für ihr Vergnügen zu finden, aber Jons wusste es noch nicht. Er dachte immer, dass sie auf sein Haar starrten, das doch unter dem Topf geschnitten war, aber ich weiß, dass sie auf meinen Mantel und auf meinen Zylinder starrten. Sie wussten wohl nicht, ob ich ein russischer Fürst oder ein Kutscher in Livree war.

Ja, und in der Stadt war es nun noch schlimmer. Zwanzig Jahre sind vergangen, seit ich da gewesen bin, und sie fahren jetzt auf Schienen, in Wagen, die von Pferden gezogen werden. Ein Mann in einem blauen Hemd wollte unsere Kiste tragen, aber wir merkten den Braten. ‚Das kennen wir‘, sagte Jons und trat ihm auf die Füße. Der Mann schimpfte mit unflätigen Worten, und alle Leute blieben stehen, aber wir trugen unsere Kiste selbst. Jons war tapfer, wenn auch seine Augen verstört waren.

Wir fanden denn auch schließlich die Pension, und es war ja nicht ganz so, wie es in den Briefen gestanden hatte, aber das Wort ist ja trügerisch. Es ist eine Mutter mit drei Töchtern, und alle sind sehr groß und schwarz gekleidet, und sie wollen gut für Jons sorgen. Ich bestand darauf, dass er ein kleines Zimmer für sich allein bekam, denn es sind viele Kinder da, und sie würden ihn ablenken.“

„Wohin sieht man aus dem Fenster?“, fragte Jakob leise.

„Ja, das ist ja nun nicht so wie hier, Jeromin. Es ist eine Mauer, aber sie ist ganz schön grau, und Jons war es auch zufrieden. Und eine von den Töchtern sagte, dass am Abend die Sonne hineinscheine. Wir konnten es nicht sehen, denn es war ein trüber Tag.

Dann gingen wir noch etwas in die Stadt und sahen die großen Gebäude an und den Strom mit den Schiffen. Die Füße taten uns etwas weh, und wir waren ein bisschen taub von dem Lärm, aber am Abend saßen wir dann still in der Kammer von Jons und wiederholten unser Pensum. Jons wusste noch alles.

Und dann war die Prüfung am nächsten Tag. Das war großartig, Jeromin. Zuerst hatten sie uns so komisch angesehen, der Direktor und alle die gelehrten Herren. Und einer hatte gefragt, ob ich auch wirklich Lehrer sei. Aber dann, als es fertig war, da kamen sie alle und sagten, es sei ‚phänomenal‘. Und sie schüttelten mir die Hand und sagten, sie könnten es ruhig mit der Quarta versuchen. Jons war ganz blass und sagte nichts.“

„Und was ist ‚phänomenal‘?“, fragte Jakob wieder leise.

Der Lehrer erklärte es, und dann erzählte er, wie er am Nachmittag abgefahren sei. Jons habe auf dem Bahnsteig gestanden, ganz klein und schmal in der großen Halle, und einen Augenblick lang – ja, das müsse er wohl bekennen –, einen Augenblick lang sei sein Herz unsicher geworden, ob sie auch recht daran getan hätten, ihn dorthin zu bringen und ihn dann dort stehen zu lassen, so allein unter den riesigen Glasdächern, ja, wie ein kleiner Waldpilz in einem großen Gewächshaus.

Jakob nickte. „Er muss es nun zeigen“, sagte er in seiner stillen Weise, „ob wir recht getan haben oder nicht.“

Er und Christian trugen am schwersten daran, dass Jons fort war, aber beide glaubten, dass etwas Großes aus ihm werden würde. Das Große war für sie anders als für die Mutter, und für Jakob war es noch anders als für Christian. Für den Krüppel war das Größte ein Mann, der die Bücher schrieb, die er manchmal in den Händen halten konnte, und es war gleich, ob sie von den Sternen handelten oder vom Evangelium. Er dachte ihn sich wie das Bild in Herrn Stillings Stube, wo ein Mann, der Hieronymus hieß, an einem großen Tische saß, und zu seinen Füßen lag ein Löwe, der die Blätter bewachte, auf denen er schrieb.

Für Jakob aber war er ein Mann, der in einem offenen Wagen durch das Land fuhr und Recht sprach. Er wusste nicht genau, was er nun für ein Amt hatte. Am ehesten war es zu denken, dass der König ihn ausgeschickt hatte und dass er keine anderen Herren über sich hatte als den König und Gott. Und mit diesem Amt würde er die Gerechtigkeit auf den Acker bringen, in alle kleinen Dörfer, denn von den kleinen Dörfern lebte das Land. Nicht von den Städten, wo Männer in blauen Hemden Holzkisten stehlen wollten und wo man aus seinem Fenster auf eine graue Mauer sah.

War dann der Lehrer gegangen, schien ihm der Wald so ungeheuer groß und leer, wie er es niemals gewesen war. Niemals würde Jons anders zurückkommen als für ein paar Tage oder Wochen. Er würde dort bleiben müssen, in der großen Stadt, und er würde nur ein Besuch sein wie die Söhne, die aus den Kohlenbergwerken kamen, um ihren Frauen die Heimat zu zeigen. Auch Michael und Gotthold waren gegangen, aber sie hatten niemals in seinem Herzen gewohnt. Dort hatte nur Jons gewohnt, und nun war es eine öde Stätte geworden. „Aber Hagel wird sein den Wald hinab, und die Stadt danieden wird niedrig sein." So war es geworden, und er hatte seine Hand dazu gereicht, ja, er hatte den Zaudernden gestoßen. Noch viel unsicherer war er als der Lehrer dort auf dem Bahnsteig, und sicher konnte man nur werden, wenn man nicht an sein Herz dachte, sondern an Jons. Auch Abraham war gehorsam gewesen, und mehr hatte der Herr von ihm verlangt, als er nun von Jakob verlangte.

Lag er dann zur Nacht auf seinem Lager und der erste leise Schlaf kam über seine Augen, so fuhr er manchmal auf wie früher, wenn es im Meiler geknistert hatte, und lauschte, ob sich nicht hinter dem Herd etwas in der anderen Laubstreu rühre. Aber es war nur eine Waldmaus gewesen. Der Mond schien über die Schwelle, und Jakob versuchte sich vorzustellen, wie hoch eine Mauer wohl sein dürfe, damit der Mond über sie hinweg in ein Fenster scheinen könne. Wenn die Sonne schon nicht hineinschiene – und er war überzeugt, dass die vier schwarzen Frauen die Unwahrheit gesagt hatten –, so musste es doch wenigstens der Mond sein. Nur in Bergwerken scheine weder Sonne noch Mond, noch Sterne, und in ein Bergwerk hatte er Jons doch nicht geschickt.

Langsam verwirrten sich seine Gedanken wieder, und er sah Jons in einem dunklen Schacht begraben, aber es war nicht Kohle oder Erz, was über ihm lag, sondern Bücher und Bücher, ein ganzes Gebirge von Büchern, und obenauf saß der alte Lehrer und spielte auf einer ungeheuren Orgel.

Aber dann war es doch nur der Sturm, der aufgekommen war und im Hochwald brauste.

Keine großen Dinge geschahen im Dorf, nur an seinem Rande veränderte sich etwas. Die Moorkate bekam zwei neue

Bewohner, und ein neuer Pfarrer kam. Die Moorkate hieß im Dorf seit undenklichen Zeiten die „Arme Sünde", und selbst der Großvater Michael wusste nicht, woher der Name kam. Doch lief ein Gerücht, dass die letzten Bewohner, Mann, Frau und zwei Kinder, ihr Leben in einem der Torflöcher geendet hätten, die um das Haus verstreut lagen, aber da das Gerücht von Piontek stammte, war ihm nicht zu sehr zu trauen.

Die „Arme Sünde" hatte immer leer gestanden, soweit man sich erinnern konnte, und das Dorf betrachtete sie als ein Eigentum, das man besser nicht besaß.

Auch wenn bei Tage ein schwerer Regen die Torfmacher überraschte, zogen sie lieber die Röcke über den Kopf, als dass sie unter dem verfallenen Rohrdach Schutz suchten. Es gab dort eine Küche und eine Stube und oben eine winzige Kammer. An der einen Seite trat der Wald noch heran, nach Süden aber war nichts zu sehen als die braune Öde des Moores, über der die Kiebitze riefen und die Rohrweihen kreisten. Piontek sagte, es sei dort gewesen, wo er den Werwolf in das Eisen gelockt habe.

Und eines Tages, kurz vor der Roggenernte, standen auf dem Hof des Schulzen zwei Frauen, jede ein Bündel in der Hand, und sahen Michael zu, wie er den großen Leiterwagen in Ordnung brachte.

Ihre Kleidung war nicht viel anders als die des Dorfes, auch gingen sie barfuß und trugen die Schuhe in der Hand. Aber an ihrer Haltung und ihrem ganzen Wesen war etwas, das sie fremd erscheinen ließ. Michael konnte es nicht gleich erkennen, auch als er auf seinem Weg zum Pferdestall bei ihnen stehen blieb. Doch war ihm, als hätten sie etwas von großen, scheuen Vögeln an sich, die sich verflogen hatten und nun dem Winde misstrauten, der sie verschlagen hatte.

Die Ältere hatte ein strenges, schon gefurchtes Gesicht, zugeschlossen wie ein Tor, mit blauen, ganz klaren Augen, die ohne alle Furcht waren und die vieles gesehen haben mussten, was man an einem Küchenherd nicht sah.

Ihr Haar war grau, schlicht gescheitelt, und wie sie dastand, auf ihren Stock gestützt, sah sie nicht aus, als sei sie gekommen, um hier etwas zu erbitten. Die Jüngere war fast noch ein Kind, von ganz zarter, fast zerbrechlicher Gestalt, und von ihr konnte Michael nun seine Augen nicht mehr abwenden.

Er hatte noch niemals, auch nicht in der Stadt, etwas gesehen, das so nach Schutz und Hilfe verlangt hätte wie dieses schmale Gesicht, in dem der kindliche Mund halb bat und halb schon weinte, ohne zu wissen, weshalb, und in dem die Augen noch erfüllt schienen von etwas Dunklem, das eben vergangen war, und sich schon wieder vorbereiteten, etwas zu empfangen, das noch dunkler sein würde als das eben Gewesene. Gefangene Vögel, meinte Michael, die man in der Hand hielt, konnten so aussehen, und er glaubte ihr Herz unter dem schwarzen Tuch klopfen zu hören.

Indes trat der Schulze aus dem Haus, kam langsam dazu mit seinem unbewegten Gesicht und nahm den Brief, den die Frau ihm reichte, vorsichtig in die Hand, als wisse er nicht, ob er aus unsauberen Händen komme.

Nachdem er ihn mehrmals gelesen hatte, sah er die beiden Frauen an, reichte ihn Michael und sah dann auf das Moor hinaus, wo man über das Tor hinweg die „Arme Sünde" liegen sehen konnte, von der in dem Brief die Rede war.

Der Brief war von dem Pfarrer eines Kirchspiels in einem weit entfernten Teil der Provinz, und in ihm wurde der Gemeindevorsteher des Dorfes Sowirog gebeten, der Witwe Grita Bauschus und ihrer Tochter Erdmuthe ein kleines Haus, die „Arme Sünde" genannt, von dem sie anscheinend mit Recht behaupteten, dass es ihnen gehöre, zur vorläufigen Wohnung anzuweisen, wenn es leer stehe, bis er, was er bald zu können hoffe, die notwendigen Unterlagen für die berechtigten Erbansprüche beibringen werde. Er bitte, da die beiden Frauen ein schweres Schicksal ohne Schuld getroffen habe, ihnen den Anfang ihres neuen Lebens um Gottes willen zu erleichtern.

Auch Michael las den Brief mehrmals, und dann sahen beide die Frauen an.

„Ihr meint, dass es euer Haus ist?", fragte endlich der Schulze. „Er ertrank dort mit den Seinigen", erwiderte die Ältere ruhig.

„Seine Schwester war meine Großmutter, und sie war die einzige Erbin."

„Und wovon lebt ihr?"

„Von unseren Händen, und das war immer noch das beste Leben."

„Es ist nicht sehr wohnlich dort", sagte Michael.

Die blauen Augen richteten sich auf ihn. „Wer aus der Hölle kommt, wohnt gut im Regen", sagte sie.

Das Kind blickte zu Boden, und sie sahen, wie sich seine Hände falteten.

„Solange ich da bin, kann ich euch etwas helfen", sagte Michael und sah den Schulzen an. Der hob nur die Augenbrauen und meinte dann, da es nach des Pfarrers Worten „um Gottes willen" geschehen solle, so habe er nichts dawider. Und ihre Urkunden möchten sie ihm bringen, sobald sie da seien.

Nach ein paar Tagen zogen sie ein. Ein Leiterwagen brachte ihre Sachen und kehrte wieder um. Die Frauen und Kinder des Dorfes sahen aus der Ferne zu. Unheil werde daraus kommen, sagten sie. Eine tote Sünde solle man nicht wieder zum Leben erwecken. Nach Feierabend aber sahen sie Michael Jeromin auf dem Dach der „Armen Sünde", wo er die schadhaften Stellen im Rohr ausbesserte, und bald danach stieg der erste Rauch aus dem niedrigen Schornstein.

Von der Frau sah man nicht viel. Es hieß, dass sie Heilkräuter im Walde sammle und bald, auch mit Botengängen, eine ziemliche Kundschaft erworben habe. Dass sich vor ihren Augen alle fürchteten, aber dass, zumal bei Krankheiten, eine große und wunderbare Ruhe von ihr ausgehe und dass um ihre glückliche und sichere Hand mancher Arzt sie beneiden könne.

In dem kleinen Haus am Moor hörte man tagsüber nur das Klappern des Webstuhls. Dort saß das Mädchen, und wenn man es einmal sah, so stand es vor der Tür, die Hände gefaltet, und blickte lange und unbeweglich über das Moor, auf dem die Schatten der großen Wolken langsam dahinzogen.

Nur Michael erfuhr, dass ihr Stiefvater zu Ausgang des Frühlings durch das Beil des Scharfrichters geendet hatte, weil er seine

Eltern, die auf dem Altenteil nicht sterben wollten, durch Gift aus dem Leben gebracht hatte.

Es erschreckte ihn, aber nicht so, dass er deshalb fortgeblieben wäre.

Die zweite Veränderung betraf den Pfarrer. Er hieß Agricola, und man erzählte, dass er aus der Hauptstadt der Provinz auf seinen eigenen dringenden Wunsch in das kleine Dorf gekommen sei. Doch wusste niemand, weshalb er das getan habe. Er war ein großer Mensch mit einem kühnen Gesicht und unruhigen, schwermütigen Augen, fünfzig Jahre alt, aber kinderlos, und von seiner Frau sagten die Frauen von Sowirog, dass sie zum Brotanteigen nun keinen Sauerteig mehr brauchten, sondern dass sie nur die Frau Pfarrer zu bitten hätten, den Teig anzusehen. Er werde dann von selbst sauer werden.

Bei dem ersten Gottesdienst, den der Pfarrer im Schulhaus von Sowirog hielt – er fand nach einem alten Brauch alle vier Wochen statt –, predigte er über die Bekehrung des Saulus, wie sie im neunten Kapitel der Apostelgeschichte erzählt wird, und insbesondere über das Wort, das der Herr zu Ananias gesprochen hatte: „Ich will ihm zeigen, wie viel er leiden muss um meines Namens willen." Und die Predigt blieb ihnen lange im Gedächtnis.

Es war nicht nur so, dass hier ein andrer Mensch vor ihnen stand als der frühere Pfarrer, kein Ausleger und Zureicher, kein Tadler und Richter. Sondern fast einer, der den Weg für eine Weile verloren hatte und mit Unruhe, ja mit Leidenschaft, nach einem Ausweg suchte. Sie merkten, dass er gleich ihnen mit dem Leben noch lange nicht fertig geworden war, ja, dass er vielleicht tiefer als sie im Gestrüpp steckte. Nur wussten sie nicht, um welche Art von Gestrüpp es sich handle. Sie verstanden nicht alles, was er sagte, und sie mussten auch immer wieder auf die Frau Pfarrer sehen, die auf die Wandtafel blickte, so als werde hier in einer fremden Sprache gesprochen. Aber sie verstanden doch, dass hier einer gekommen war, der zu ihnen halten wollte, kein Apostel für die Reichen und die Obrigkeit, kein Stellvertreter des Landrats, sondern einer, der „leiden wollte um Christi Namen willen".

Als er den Segen gesprochen hatte, sahen sie Schweißtropfen auf seiner Stirn, und es ergriff sie mehr als alles andere. Sie waren nicht gewohnt, dass jemand Schweißtropfen für sie vergoss.

Es erschien ihnen ganz in der Ordnung, dass seine Frau nach dem Gottesdienst in den Wagen stieg und nach Hause fuhr und dass der Pfarrer selbst seinen Besuch in jedem Hause für den Lauf des Tages ankündigte. Zunächst blieb er im Schulhaus, und hier, nach dem Essen, neben den Bienenstöcken, als der Lehrer davon sprach, wie schön es ihm am Abend seines Lebens sei, dass noch einmal das Evangelium in diese Dörfer gebracht werde, gab er zur Antwort, dass es noch immer Pfarrer gebe, die das Evangelium nicht brächten, sondern suchten, und dass er nur noch nicht wisse, ob diese auch Pfarrer sein oder bleiben dürften.

Stilling, nach einer Weile, fragte leise, was er denn wohl mit seinen sechzig Jahren tun solle, wenn er seine kümmerliche Ernte bedenke. Aber der Pfarrer unterbrach ihn. Es handle sich nicht um die Früchte, sagte er. Dass zwei mal zwei vier sei und dass die Erde rund sei und dass die Arbeit besser sei als Müßiggang, das könne man ruhig lehren, weil es eben so sei. Aber dass Christus um unserer Sünden willen gestorben sei, damit wir das ewige Leben hätten, das könne man vielleicht nicht so ruhig lehren. Nicht nur, weil an anderen Orten der Erde anderes gelehrt werde, sondern auch weil … nun ja, wenn die Sonne sich in Nebel verhülle, so wüssten wir trotzdem, dass sie da sei. Aber wenn Gott sich verhülle, eine Nacht lang, tausend Nächte, ja, tausend Jahre lang, so sich verhülle, dass nur Teufelswerk auf dieser Erde geschehe, dann …

Er fuhr mit der Hand über die Stirn und lächelte. „Ein schlechter Pfarrer", sagte er, „der seine Sorgen auf Menschenschultern legt."

Der Lehrer erwiderte nur, dass auf seine Schultern schon vieles abgeladen worden sei, denn auch in einem solchen Dorfe gebe es vielleicht mehr Sorge, als man denke. Und wer alt werde und es zuerst in den Schultern sei, der sei nicht richtig alt geworden.

Der Pfarrer nickte und bat ihn dann, ihm vom Dorf und seinen Schicksalen zu erzählen. Es wurde dann Abend, ehe er mit seinen Besuchen fertig war. Zu den Ergriffensten gehörte Gogun, und er meinte, dass er sich jeden Sonntag so eine Predigt wünsche. „Sie ist wie ein Regen, Herr Pfarrer", sagte er, „und von der Woche ist genug abzuwaschen."

„Ja, wenn ihr eine Kirche hättet", meinte der Pfarrer, und er wusste gar nicht, was er für ein verhängnisvolles Wort aussprach.

Es war ein schöner Tag für den Pfarrer. Er erkannte Armut und Dumpfheit, aber er erkannte auch, dass niemand sich verschließen wollte vor ihm. Er hatte in der Hauptstadt eine Gemeinde gehabt, oder doch einen Teil einer Gemeinde, zu dem er niemals den Schlüssel gefunden hatte. Sie glaubten nicht und sündigten. Auch diese sündigten wahrscheinlich, aber sie glaubten. Ihre Sünde war deshalb vielleicht schwerer, aber die Gnade war ihnen näher. Und vielleicht konnte man hier noch einmal anfangen. Er wusste nicht, zum wievielten Male, aber vor Gott konnte man immer von Neuem anfangen, immer von Neuem.

Er saß lange bei Jeromins, und auch ihm schien es ein seltsames Haus. Gina ging aus der Stube, und Frau Marthe schwieg, aber mit Christian sprach er viel, und als er aufstand, wendete auch der Großvater seine Augen zu ihm. „Paulus wusste viel", sagte er, „aber mit ihm ist die Unruhe gekommen. Abraham war ruhig, auch vor dem Holzstoß. Auch du wirst ruhig werden, Herr Pfarrer."

Da ging er verwirrt aus dem Hause.

Er ließ niemanden aus, auch den Meiler nicht, auch Kiewitt nicht. Er war wie ein Schatzgräber. Er fand nicht den großen Schatz, aber aus jeder Hand empfing er eine Münze, und als er am Abend in seine Hand blickte, war sie gefüllter als sonst.

Auch in der „Armen Sünde" kehrte er ein und blieb lange dort, und als er, schon in der hellen Dämmerung, zu Fuß nach seinem Kirchdorf ging, war ihm, als habe er lange keinen so reichen Tag gehabt. Er hatte nicht viel geschenkt, und selbst das billige Trostwort war ihm verhasst, dass der liebe Gott schon helfen werde. Aber er war beschenkt worden, und auch Pfarrer, meinte er, müssten sich ab und zu beschenken lassen. Nicht nur von Gott, sondern auch von den Menschen. Wie alle Diener sich beschenken ließen.

Zu Hause saß seine Frau im Dunklen, wie sie es seit Langem zu tun liebte, und wie immer fiel die Dunkelheit schwer auf sein Herz.

„Und hier, meinst du", sagte sie, „soll dein Weizen nun, noch einmal blühen?"

Er sah den scharfen Umriss ihrer Züge gegen die Fensterscheibe, und ihre Stimme kam wie aus einem leeren Raum. Er fühlte nun, wie müde seine Füße waren und wie alle seine kleinen Schätze wieder von ihm abfielen. Was war auch von einem Pfarrer zu halten, der nicht einmal in seinem Heim die Freude einfangen konnte?

„Ich weiß nicht, ob er blühen wird", erwiderte er, „aber mir ist nach langer Zeit wieder so ums Herz, als ob ich hier noch einmal anfangen könnte."

„Ich weiß, wie oft du angefangen hast", sagte die ferne Stimme, „und wie es ausgegangen ist. Wer nicht mehr glaubt, den hat Gott verworfen, ob ihn auch die Kätner zu Ehren annehmen."

„Niemand kann sagen, dass ich nicht mehr glaube", sagte er leise. „Wer weiß das außer Gott allein?"

„Er weiß es, und ich weiß es", erwiderte sie, „und das ist genug für uns beide."

Ihr Bild stand ganz still gegen die Helle des Fensters, und auch ihre Lippen schienen sich nicht zu bewegen. Es war, als ob die Worte nicht aus einem Menschenmund kämen, sondern aus einem hölzernen Götzenbild, tief aus dem Innern, und nicht das Götzenbild spräche, sondern eine richtende Stimme, die sich seiner nur als eines Mittels bediente.

„Und wenn es so wäre", sagte er nach einer Weile, „hättest du dann zu richten? Und ist es überhaupt eine Sache des Richtens, wenn jemand etwas verloren hat?"

„Kinder weinen", erwiderte sie ebenso unbewegt, „wenn sie eine Münze verloren haben, aber Pfarrer werden gerichtet. Meine Mutter strafte mich, wenn ich eine Masche fallen ließ, und so habe ich wenigstens stricken gelernt." „Das ist mehr, als ich gelernt habe", sagte er bitter, „und wer weiß, ob es nicht auch im Himmel Strickstuben gibt."

„Das weiß ich nicht", erwiderte sie, „aber in der Stadt gab es welche, und es lässt sich schon Brot verdienen damit."

„Ich glaube nicht, dass du stricken müssen wirst, wenn du von mir fortgehst, Therese."

„Wenn ich fortgehe, will ich auch von deinem Brot fortgehen. Es war niemals viel Segen dabei."

Der Zorn verdunkelte seine Augen, aber es war besser, still hinauszugehen. In seinem Zimmer stand er lange am Fenster, die Stirn an den Scheiben, und blickte über den dunklen Garten.

Es war leicht, zu glauben, dass nun davon alles herkomme, die Unsicherheit, der Unglaube, das Leid. Und was gab es, wofür der Mensch nicht eine Entschuldigung gefunden hätte? Aber es war besser, dem leichten Glauben zu misstrauen. Es gab wohl Menschen, die den Unglauben nicht als ein Unrecht vor Gott, sondern vor den Menschen ansahen. Viel Hoffnung war auf ihn gebaut worden, auf seine Beredtheit, sein Ungestüm, seine Hingabe. Und nun waren sie bitter geworden. Er trachtete nicht nach Ehren, sondern nach der Wahrheit. Auch wer sie fand, beglückte wenige, und er hatte nicht gefunden. Mit fünfzig Jahren noch nicht. Er war nicht ein Diener Gottes gewesen, sondern ein Trinker. Er berauschte sich an Gottes Wort, und dann wurde er nüchtern, und Schalheit war auf seiner Zunge. Aber Gott war kein Wein. Gott war die große Einfalt, und er besaß sie nicht. Alles ließ sich erlernen, aber nicht die Einfalt. Er hatte es früh erkannt und nicht gewagt, seine Erkenntnis zu glauben, weil die Menschen sie Irrtum nannten oder eine Anfechtung. Aber in den Anfechtungen richtete der Mensch sich auf gegen Gott, das wusste er nun. Dort, in den Elendsquartieren seiner städtischen Gemeinde, hatte er sich aufgerichtet, gegen die Leibeigenschaft der Armen, gegen die unzähligen Kindersärge, an denen er gestanden hatte, gegen die zertretenen und misshandelten Frauen, gegen den großen Lehrsatz, dass es immer so gewesen sei und immer so bleiben werde, den Lehrsatz von Mördern und Dieben, und mit dem allem gegen Gott. Ja, Gott und nicht der Mensch. Denn er war des Geschwätzes überdrüssig, dass der freie Wille die Verantwortung für alles dieses dem Menschen auflade und nicht Gott. Denn selbst wenn sie da wäre, diese berühmte Freiheit des Willens, so würde sie von Gott kommen, dem Schöpfer aller Dinge.

Und so hatte er nun ein Leben vertan, mit Worten und Begriffen, mit Irrtümern und Erkenntnissen, und seine Hände waren leer geblieben. Sie hatten nach der Tat verlangt, von Jugend an, nach wilden, stolzen und gefährlichen Taten, aber er hatte keine Tat getan. Er hatte nicht einmal ein Kind. Er hatte nur eine Frau, die seinen Unglauben hasste, und hatte nun eine Gemeinde, mit der er noch einmal anfangen wollte. Demütiger konnte man nicht anfangen als hier, und er war noch einmal bereit, zu suchen, ob Gott vielleicht in diesen Walddörfern lebe. Dass er in den Städten nicht lebte, das wusste er nun, und vielleicht war er, der Pfarrer, also nur ein Schatzgräber gewesen, der am falschen Ort gesucht hatte. Vielleicht würden auch ihm hier die Schuppen von den Augen fallen wie jenem, von dem er heute gepredigt hatte und dem gezeigt werden sollte, wie viel er leiden müsse um Gottes Namen willen.

‚Ach, lieber Gott‘, dachte der Pfarrer vor dem dunklen Garten, ‚wenigstens du könntest doch wissen, wie viel ich um dich gelitten habe …‘

Er blieb noch stehen, weil die Fensterscheibe so kühl war wie eine Hand – aber kannte er solche Hände? – und die Sterne so schön über den dunklen Bäumen. Wenn es auch ein armes Land war, in das er gekommen war, so war es doch ein großes Land, und wenn Gott nicht einmal in diesen Dörfern lebte, so konnte er immer noch in den Wäldern leben. Weshalb konnte es nicht sein, dass er die Menschen ganz und gar verlassen hatte und nun nur noch bei den Pflanzen und Tieren lebte? Auch Schöpfer können sich irren, und wer den alten Bund zerschlagen hatte, weshalb könnte er nicht auch den neuen zerschlagen? Nur dass er es nicht verkündigt hätte und die Menschen es gar nicht merkten. Dass sie immer noch in den alten Kirchen predigten, aber Gott war schon längst fortgegangen aus ihnen, ohne es ihnen zu sagen. Und nun riefen sie weiter, spielten und agierten, wie Schauspieler, denen man nicht gesagt hatte, dass das Haus sich geleert habe. Ein schauerlicher Anblick. Gesten, Rufe und Beschwörungen, und der Beschworene war nicht mehr da. Gebete und Lieder, und der Angebetete war schon weit auf den Straßen …

,Ich sollte es alles hinlegen', dachte er, ,und als Knecht zu Kiewitt gehen. Ein gepflügter Acker ist mehr als hundert Predigten … und vielleicht würde er mich noch einmal taufen, er hat ganz die Augen danach …'

Das große alte Haus war so still wie ein Grab. Dann hörte er, wie das neue Mädchen in der Küche sang. Es klang, als sei sie tief in einem Berge und gehe immer noch tiefer hinein. ,Sie wird bald aufhören mit Singen', dachte er, ,und mit Stricken anfangen … sie wird es ihr schon beibringen, dass keine Masche fällt …'

# VI

Wir haben einen Neuen, Herr Oberlehrer", sagte der Primus und lächelte vertraulich, „einen aus dem Walde."

„So? Aus was für einem Walde? Wie heißt er?"

„Josua Ehrwürden Jeromin, Herr Oberlehrer."

„Nun, keine Dummheiten, bitte. Wo ist er?"

Jons stand auf. Er trug den selbstgewebten Anzug und das Haar über der breiten Stirn sauber gescheitelt. Seine Augen waren verstört, aber er hatte die Lippen fest geschlossen wie seine Mutter, wenn sie den Steuerbescheid in der Hand hielt.

„Ah, mein Lieber, da bist du ja", sagte der Ordinarius. „Lasst eure Witze unterwegs. Dieser kleine Mann aus dem Walde wird euch alle schlagen. Und wie heißt du, mein Sohn?"

„Jons Ehrenreich Jeromin."

„Richtig, ich erinnere mich. Ein litauischer Vorname und ein Wunschvorname. Und bist du nun auch an Ehren reich, Jeromin?"

„Nein, Herr Oberlehrer. Mein Vater sagt, vielleicht ist man bei seinem Tode an Ehren reich."

„So … das ist recht von deinem Vater. Und was ist dein Vater?"

„Mein Vater ist Fischer und hat einen Meiler für den Herrn von Balk."

„Einen Meiler, sieh mal an! Und wer ist der Herr von Balk?"

„Der Herr von Balk hat ein Schloss hinter dem Walde, und ihm gehört alles, was wir haben, der See und der Wald und das ganze Dorf."

„So, und ist er ein guter Herr, der Herr von Balk?"

„Ja, er ist ein guter Herr, aber er ist traurig, und er hat einen Affen, der Pferdeäpfel wirft, und einen Papagei, der sprechen kann. ‚Otto, sei doch nicht komisch', sagt er." Die Klasse wand sich vor Vergnügen, aber Oberlehrer Carl, genannt „Charlemagne", sah ihn nachdenklich an. „Eine neue Welt bringst du uns, Jons", sagte er, „und wir können sie brauchen … wir sind ein bisschen versteinert hier …" So begann der erste Tag in der

Schule für Jons, aber nur in der Schule, denn das andre hatte lange vorher begonnen. In der Dämmerung schon, als er erwacht war und die graue Mauer vor seinem Kammerfenster gestanden. Er hatte die Vorhänge nicht zugezogen, weil er Vorhänge nicht kannte und an den Seiten des Fensters so viele Schnüre herunterhingen, dass er Angst hatte, sie anzufassen.

Zuerst glaubte er, dass er träume und dass Nebel über dem Walde liege, sodass die Fichten wie eine graue Mauer aussähen. Aber dann erinnerte er sich, und die Erinnerung stürzte wie ein Stein auf seine Brust. Herr Stilling hatte ihn hierhergebracht und war wieder abgefahren, und nun war er allein, so allein wie der Vogel über einem fremden Wald. Nur dass er keine Flügel hatte. Sein Herz brannte ihm, aber immer wenn die Tränen kommen wollten, dachte er an seinen Vater, wie er am Meiler zu ihm gesprochen hatte. Keiner würde auf ihn warten, dass er die Welt bewege, nicht einmal Christean. Aber der Vater würde warten, und jetzt würde er auf der Schwelle am Meiler sitzen und an ihn denken, ob er schon angefangen hätte mit seinem Werk. Auch der Vater würde traurig sein, wie er es immer war, aber er würde nicht vergessen, nach seinem Meiler zu sehen. Nie vergaß der Vater etwas, was ihm aufgetragen worden war, und auch er würde es so halten.

Das Bauer mit dem Buchfink stand in der dunklen Ecke, mit seinem Rock zugedeckt, und der Vogel rührte sich nicht. Sie beide würden nun auf die graue Mauer sehen statt auf den Wald, aber sie würden zeigen, dass sie das Singen nicht verlernen würden. Sie würden zeigen, dass man sich auf sie verlassen könnte. Der Vater und auch Michael, und auch Herr Stilling und das ganze Dorf.

Nebenan rührte es sich leise. Dort schliefen die drei schwarzen Töchter hinter einem Vorhang. Und auch weiter hinten gab es nun Lärm und Gelächter, wo die anderen in einem großen Zimmer wohnten und schliefen, fünf Jungen aus Gütern und kleinen Städten der Provinz, von denen er noch nicht viel mehr bemerkt hatte als wirre Haarschöpfe, halbgeleerte Koffer und einen Geruch, der nach Pferdestall und billigem Tabak schmeckte. Als er fertig war und seine Bücher mit einem alten Riemen zugeschnürt hatte, den Gogun ihm geschenkt hatte, nahm er das Tuch von dem Buchfink, säuberte das Bauer, streute Futter hinein und stellte es auf den Tisch neben dem Fenster. Der Vogel sah ihn an, aber sein Blick war traurig, und Jons dachte mit Sorgen an seine Zukunft. Er wusste nicht genau, ob die Sonne hier am Abend scheinen würde, wie die schwarzen Damen gesagt hatten. Sie hatten den Vogel missmutig betrachtet, und eine von ihnen hatte gemeint, Tiere verstießen gegen die schriftliche Vereinbarung. Aber Herr Stilling hatte gesagt, auch Buchfinken habe der Herrgott geschaffen, und es sei besser, ein Kind habe solche Freuden, als dass es sich andere aussuche, die man ihm in der Stadt anbieten könne.

Dann öffnete eine der schwarzen Schwestern die Tür und sagte, dass der Kaffee fertig sei. Auch müsse er etwas unter das Bauer unterlegen, von seiner eigenen Wäsche natürlich, damit die Politur des Tisches nicht beschädigt werde. Jons sah keine Politur, aber er nahm eines der selbstgewebten Handtücher aus der Holzkiste und gehorchte. Es schien ihm, als könnten die drei Töchter sehr gut die Töchter der Witwe Kroll sein.

Um den großen Tisch im Esszimmer standen und saßen die anderen Pensionäre. „Hallo, der Präriefäufer!", sagte der Größte von ihnen. „Komm her, mein Sohn, und atze dich an dem, was die Hexenküche uns zubereitet hat."

Die anderen lärmten weiter, und nur einer fragte ihn, ob er mal versuchen wolle, seinen ausgestreckten Arm zu biegen. Sie sprachen in erschreckenden Ausdrücken von ihren Lehrern, ihren Pferden und ihrer Zigarrensorte. Sie waren alle älter als Jons, und der, der ihn angeredet hatte, trug schon den Anflug eines Schnurrbartes und hatte eine tiefe Stimme wie der Krugwirt Czwallinna. „Iss ordentlich, mein Sohn", sagte er. „Wenn etwas übrig bleibt, prügeln sich die Parzen darum, und wenn nichts übrig bleibt schimpfen sie nur auf uns."

Wer die Parzen seien, fragte Jons bescheiden.

„Die Parzen, mein Sohn, sind die drei Damen in Schwarz, denen dieser Saftladen hier gehört. In der Mythologie waren es diejenigen, die mit der Schere auf die menschlichen Lebensfäden losgingen, soweit ich mich erinnere."

Alles war verwirrend und schwer zu begreifen, aber sie waren freundlich und herablassend, und Jons dachte, dass es mit ihnen schon gehen würde.

Dann war er zur Schule gegangen. Er hatte sich den Weg gut gemerkt, und er vergaß keinen Weg, den er einmal gegangen war. Es gab viele Dinge zu sehen außer der Pferdebahn, und am seltsamsten schienen ihm die großen Steinplatten, auf denen er ging und auf denen seine eisenbeschlagenen Stiefel so deutlich zu hören waren wie die Hufeisen eines Pferdes. Niemand kümmerte sich um ihn, niemand sah ihn an, und nur ein blasser schielender Bäckerjunge, der vom Brötchenaustragen kam, schien Missfallen an ihm zu empfinden, spuckte durch eine Lücke in seinen Vorderzähnen und sagte: „Na, du Singbüdel?"

Jons wich etwas zur Seite aus und dachte während des ganzen übrigen Weges nach, was wohl ein Singbeutel sein könne. Es war ihm nur klar, dass es keine Freundlichkeit bedeutete.

In der Schule wusste er bald, dass die Stunden besser waren als die Pausen. Zwar war keine so wie bei Herrn Stilling, und auch keiner der Lehrer war so, Herrn Charlemagne vielleicht ausgenommen. Sie waren alle so schrecklich verschieden, wie sie aussahen, wie sie sprachen, was ihnen gefiel oder missfiel. Einige waren wie Götter, vor denen man opfern musste, aber die meisten waren freundlich, wenn man auch nicht immer erkannte, was in ihnen schlummerte. Nur der Lehrer der Mathematik fand, dass Jons zu langsam denke. Es fiel ihm nicht auf, dass die meisten der anderen gar nicht dachten oder dass sie schnell, aber falsch dachten. Er war ein beweglicher, unruhiger Mann, und seine Augenlider zuckten so, dass Jons dachte, er sei krank. „Wunderdinge haben sie von dir erzählt", sagte er, „aber du machst immer so, als ob du die vierte Dimension erfinden sollst, wenn du eine Linie zu ziehen hast. Bremser beim Leichenwagen warst du wahrscheinlich zu Hause, was?"

„Wir haben keinen Leichenwagen", sagte Jons. „Wir tragen die Särge auf den Schultern." „So … vielleicht kommt es auch daher."

Die Klasse lachte, aber der Professor sah Jons noch eine Weile nachdenklich und missvergnügt an, ehe er fortfuhr.

Von der ersten Stunde an saß Jons wie eine gespannte Feder da. Er sah mit Erstaunen, dass die anderen spielten oder unter der Bank lasen oder Unfug trieben. Sie hatten kein Bedürfnis zu lernen, aber er wollte nichts anderes, als alles das begreifen und behalten, was diese Männer lehrten, die so aussahen, als wüssten sie alles, was seit der Erschaffung der Welt geschehen war. Er wusste, ohne darüber nachgedacht zu haben, dass ein schreckliches Heimweh ihn überfallen und zerbrechen würde, sobald er nur für eine Minute aufhörte, in dieser Welt des Geistes mit allen Fasern zu graben und zu arbeiten. Er war jünger als alle anderen in der Klasse, aber wer auf seinen Mund und seine Augen blickte, sah, dass er der älteste unter ihnen war, nicht nur an Eifer und Denken, sondern auch an Einsamkeit und stillem Leid.

In den Pausen fühlte er es selbst. Er ging wohl mit den andern auf und ab, er spielte auch und setzte sich zur Wehr, wenn es nötig war. Aber er war nicht zu Hause bei ihnen. Er kam aus einer andern Welt, in der das Spiel eine Sache des Sonntags war und in der der Alltag mit Dingen gefüllt war, die man hier nicht kannte. Auch hier gab es Arme, aber es war eine städtische Armut, die in geflickten Kleidern noch mit Hochmut auf seinen gewebten Anzug blickte. Er war ihnen zu ernst, zu streng, zu gerecht, selbst bei ihren Spielen, und der Name „Ehrwürden" blieb nun bei ihm, solange er auf der Schule war.

Als die ersten Wochen vorübergegangen waren, ohne dass man ihn entlassen oder gesteinigt hätte, begann er, sich freier umzublicken. Er sah, dass ihm alles leicht wurde, was man ihm in den Stunden vortrug, und er wusste, dass er darin bestehen würde. Er schrieb an Herrn Stilling, dass er keine Sorgen zu haben brauche, und an seinen Vater, dass die Armen doch nicht so arm seien. Auch sei es in der Schule nur selten, dass man die Reichen bevorzuge. Was ihn mitunter behindere, sei, dass er zu langsam denke, wie der Professor der Mathematik sage. Aber das komme vielleicht vom Meiler her, wo man alles verderbe, wenn man nicht langsam und gründlich sei. Er schrieb nicht, dass die Menschen ihm mehr Sorge machten als die Dinge. Schon mit den Lehrern war es nicht einfach. Es war ihm vom Dorfe her selbstverständlich, dass er zu ihnen aufblickte wie zu den Propheten, an die sein Vater glaubte, und Herr Stilling war ihm immer ein heiliger Mann gewesen. Er lebte nach den Geboten und der Heiligen Schrift, und er tat nie etwas anderes, als was er sie lehrte. Aber hier taten nicht alle so. Es gab einige, die so eitel waren wie Mädchen, und einige, die wie ein Apriltag waren, fröhlich und zornig nach Laune, einige, die unsauber und träge waren, einige, die ungerechte Richter waren, und einen, der trank. Er wusste nicht, was er davon halten sollte. Es machte ihn nicht fröhlich wie seine Kameraden, an seinen Lehrern einen Mangel zu entdecken, sondern verwirrt und traurig. Es stimmte nicht mit dem Leben überein, das er geführt hatte. Er wusste nicht, dass sie im Walde um hundert Jahre zurück waren und dass die Zeit schon über viele Dinge lächelte, die ihnen dort noch unberührt und heilig waren. Er merkte aber, dass der Acker, auf den er die Gerechtigkeit bringen sollte, größer war, als sein Vater gemeint hatte.

Auch mit seinen Kameraden fiel es ihm schwer. Sie waren wohl nicht schlechter als die im Dorfe, aber sie lebten in einer fremden Welt. Von den meisten wusste er nicht, weshalb sie zur Schule gingen. Manche waren unsauber in ihren Gedanken, und manche waren roh, und diejenigen, die es nicht waren, erfüllten ihre Tage mit Dingen, von denen er nichts wusste. Am meisten bedrückte ihn, dass der Spott ihnen so lose in den Augen und auf den Lippen saß. Er glaubte, dass er aus einem kalten Herzen kommen müsste, und es erschreckte ihn, dass er auch vor den Leidenden nicht haltmachte, vor den Törichten, den Betrunkenen, den Alten und Hilflosen. Er dachte manchmal, wie es sein würde, wenn sein Großvater ihn besuchen käme und auf dem Schulhof stände, und seine weißen Haare und seine hellen Augen, die so viel gesehen hatten, würden nun ein Spott und ein billiges Vergnügen für seine Kameraden sein. Oder gar der Hirt Piontek mit seiner Ringschleuder und dem Rindenhorn, und er hatte doch einen Werwolf gebannt. So schien es ihm besser, still für sich zu sein und immer daran zu denken, dass für jeden Tag, den er hier war, Herr Stilling viele Jahre gespart und sich vieles hatte entgehen lassen, was er niemals wiederbekommen würde.

Nur zweimal in diesem ersten Jahr erwies es sich, dass mit dem stillen Leben allein nicht alles bezwungen werden konnte.

Das erste Mal war es der Bäckerjunge, der ihn am ersten Morgen angesprochen hatte. Jons wusste nun längst, was ein „Singbüdel" war und dass damit keine Liebkosung ausgesprochen wurde, und es erbitterte ihn, dass ein fremder Mensch, und anscheinend keiner von den besten, seinen Spott mit ihm treiben sollte, als sei er ein Betrunkener oder ein Hergelaufener, den die Hunde anbellen durften. Er überlegte lange, und auch in solchen Dingen gingen seine Gedanken langsam und schwerfällig. Dann beschloss er es an einem Abend, schlief ruhig wie sonst, und am nächsten Morgen, als die schlottrige graue Gestalt mit dem üblichen Gruß an ihm vorüberschlich, ließ er seine Bücher plötzlich aus der linken Hand fallen, ergriff den Feind mit „Untergriff", wie er es gelernt hatte, hob auf und schleuderte ihn so auf das Pflaster, dass der Besiegte noch dalag, als er schon längst seine Bücher wieder aufgenommen und seinen Weg fortgesetzt hatte, mit stillem, etwas blassem Gesicht, während seine Absätze wie immer laut und regelmäßig auf das Pflaster schlugen.

Ein paar Menschen blieben stehen und starrten ihn an, und ein alter Herr, den er jeden Morgen traf, ein Rentner anscheinend, der seinen Frühgang machte, nahm die Pfeife aus dem Munde, sah ihn verwundert an und sagte bloß: „Na?", als erwarte er, dass dieser merkwürdige Junge mit der breiten Stirn und dem schmalen Mund nun auf ihn losgehen werde.

Doch geschah nichts weiter, kein Mordbericht stand in der Zeitung, kein Polizist kam in die Schule, aber in der großen Pause legte auf der Treppe Charlemagne den Arm um seine Schulter und sagte: „Nun, Jons, was war denn heute früh?"

Da erzählte Jons die Vorgeschichte und dass er es nicht ertragen könne, wie ein Strolch behandelt zu werden. Charlemagne strich ihm über das Haar und sagte, es sei in Ordnung. Nur gebe er ihm den Rat, nun auf einem anderen Wege zur Schule zu kommen. Es sei nicht gut, sich auf der Straße zu prügeln, wenn man eine bunte Mütze trage, nicht wahr? Übrigens habe er nicht sehr klug ausgesehen, sein Feind, als er wieder aufgestanden sei, das habe er gerade noch gesehen. Weder wie der geblendete Polyphem noch wie der rasende Ajax.

Das zweitemal, als es mit dem stillen Leben nicht gehen wollte, war Chuchollek der Anlass, und er brachte Jons tief in das Elend hinein.

Chuchollek kam im Herbst aus einer kleinen Stadt auf die Schule, und da neben Jons ein Platz auf der Bank frei war, wurde er ihm zugewiesen. „Chuchollek heiße ich", sagte er vor Beginn des Unterrichts. „Eigentlich von Chuchollek, aber mein Vater hat den Adel abgelegt, weil er Äußerlichkeiten verachtet."

Er sah Jons durchdringend an, ob ein Zweifel in seinen Augen zu lesen sei, aber Jons blätterte in seinen Heften. Er dachte an Herrn von Balk und wie doch auch der Adel so verschiedene Gestalten hervorbringe. Sein Nebenmann war klein und stämmig. Schwarze, ölige Haarsträhnen fielen in sein blasses, breites Gesicht, und seine schmalen Lippen konnten auf eine furchterregende Weise lächeln. Sein Vater musste den Adel vor langer Zeit abgelegt haben, denn die Kleider seines Sohnes waren voller Flecken, seine Schuhe aufgeplatzt, seine Bücher ohne Einband. Am schlimmsten aber schienen Jons seine Hände, kurz und sehr breit, mit Fingern, deren Nägel so abgekaut waren, dass Jons eine Weile glaubte, er komme aus einer Folterkammer.

Aber Chuchollek war ein heimatlicher Laut. Der Zimmermann im Nachbardorf hieß so, der bei ihnen das Scheunendach gemacht hatte. Zwar war er immer betrunken und sah nicht wie ein Graf aus, aber er hatte doch auf dem Hof gesessen und den Holzhammer auf das Stemmeisen niederfallen lassen. „Unser Zimmermann heißt so", sagte Jons. „Vielleicht seid ihr verwandt?"

„Esel!", erwiderte Chuchollek.

In vier Wochen war Jons ein Sklave seines Nebenmannes. Er war niemals eines Menschen Sklave gewesen, und sein ganzes Wesen empörte sich gegen diese Erkenntnis, aber er unterlag der Macht des Bösen. Er hatte das Böse niemals kennengelernt, es war so neu in seinem Leben, dass es wie ein Dämon alles lähmte, was er bisher gewesen war und besessen hatte. Es trank alle Kraft aus seinen Adern, und es ging ihm zum ersten Mal auf, dass die Welt ganz anders sein konnte, als die Bücher sie beschrieben.

Chuchollek wurde sein Herr und Vogt, der nicht mit Ruten herrschte, sondern mit Skorpionen. „Zeig mal deinen Feder-kasten her", sagte er. „Mir scheint, du weißt nicht, was hier vorgeschrieben ist." Er betrachtete die vorbildliche Sauberkeit, in der Jons seine Sachen hielt, nahm die Dinge einzeln in die Hand und verteilte sie in zwei Haufen. „Faber Nr. 3 ist verboten", sagte er, „zu weich … ich will dir aushelfen." Und er schob Jons ein abgebrochenes Bleistiftende zu, das so aussah, als sei eine Pferdebahn darüber hinweggegangen. „Federhalter? Geht an. Aber sieh mal her! Ein synthetischer Halter, verstehst du? Künstlicher Rubin, glaube ich. Das Ende ist nur abgebrochen, damit man die Maserung an der Bruchstelle besser sieht. Ich will tauschen, weil wir aus derselben Gegend sind. Keine falsche Bescheidenheit, junger Freund … hast du einen Penter?"

Jons hatte keinen Penter.

Chuchollek lächelte ironisch mit dem linken Mundwinkel, wo immer ein graues Speichelbläschen saß. „Ohne Penter bist du geliefert, Freundchen. Wo wohnst du? Herzogsacker? Herzlichen Glückwunsch. Am Herzogsacker können nur Männer wohnen, verstanden?" Und er zog seinen Penter aus der Tasche. Einen vielfach geflochtenen Riemen, dessen Endschlinge einen Stein oder eine Bleikugel enthielt. „Ohne diesen Tröster bist du in drei Tagen eine Leiche, junger Freund. Hier ist Großstadt und kein Hinterwald. Überlege bis morgen, was du mir als Anzahlung bringen kannst, verstanden?"

Jons erwarb einen Penter. Er erwarb synthetische Federhalter mit Bruchstellen, Bleistiftspitzer mit Altertumswert, verbogene Zirkel, gespaltene Lineale, eingerissene Briefmarken, Stollwerck-bilder mit Fettflecken. Er musste teuer erwerben, und schon wenn er Chucholleks Stimme von ferne hörte, zitterte er vor Hass. „Schwache Nerven hast du, junger Freund", sagte Chuchollek. „Wer weiß, ob du überhaupt aus dem Walde stammst? Alle Aristokraten leiden, ohne mit der Wimper zu zucken."

In der zweiten Woche besuchte er Jons in der Pension. „Nett haben Sie es hier", sagte er im Korridor zu einer der schwarzen Schwestern. „Hübsche alte Bilder ... direkt gemütlich ..." Sie öffnete ihm verblüfft die Tür zu der kleinen Kammer. Jons hatte ein Paket mit Äpfeln bekommen. „Gravensteiner?", sagte Chuchollek und nahm den größten in die Hand. „Gute Sorte, wenn auch nicht allererstes Aroma. Übrigens ist meine Mutter krank. Du könntest ihr ein paar mitgeben, nicht wahr? Ich sehe, du hast deine Arbeiten schon fertig. Der Ordinarius hat mir aufgetragen, mich ein bisschen um dich zu kümmern ... wollen mal sehen ..."

Er setzte sich zu Jons an den Tisch, zog aus der Hosentasche ein paar verknüllte Hefte heraus und begann die Arbeiten abzuschreiben. „Etwas umständlich diese Konstruktion", meinte er, „aber für jemanden aus Sowirog nicht übel ... übrigens können wir zusammen deinen Atlas benützen. Meiner ist ein Weltatlas, hundertdreißig Blätter, zu schwer zum Mitschleppen ..."

Nach einer Stunde ging er, den Atlas unter dem Arm, drei Gravensteiner in jeder Hosentasche, einen Magneten in der Hand, um ihn wieder „stark" zu machen.

Von da ab kam er täglich. Die schwarzen Schwestern sahen ihn wie einen Aussätzigen an, der Buchfink schwieg, wenn er da war. Er trug Jons' Turnschuhe, er hatte seinen Atlas, sein Gesangbuch, seinen Federhalter, seine Bleistifte. Er war kein Doppelgänger, aber er war ein Parasit, der das Blut aus Jons heraustrank.

Es war wohl so, dass Jons sich vor ihm fürchtete, wie ein Vogel sich vor der Schlange fürchtet. Er hatte nicht gewusst, dass ein Mensch so sein konnte, und er unterlag dem Unbekannten. Manchmal glaubte er, dass Chuchollek ihn ermorden würde.

Sein Ansehen in der Klasse sank. Selbst Charlemagne sah unruhig auf das seltsame Paar. Jons erkundigte sich vorsichtig

114

nach Chucholleks Vater. Er war Schreiber bei einem Winkel-konsulenten, und einige hatten ihn morgens im Rinnstein liegen sehen. Jons begann, von Chucholek zu träumen. Es war ein kahles Zimmer mit einer grünlichen Tapete, die über der Bo-denleiste dunkle Löcher hatte. Eine Lampe brannte fahl, als sei es tief auf dem Meeresgrund. Aber man sah sie nicht. Jons stand atemlos und sah sich um. Es knisterte an den Löchern, aber er wusste nicht, an welchen. Und dann kam es herausgekrochen, vielgliedrig, dunkel, gestaltlos. Es kam auf Jons zu. Jons lief. Es kam schneller. Es trieb ihn in die Ecke. Seine Zangen öffneten und schlossen sich gespenstisch. Und Jons schrie, bis der Buch-fink ängstlich zu flattern begann und die schwarzen Schwestern hinter ihrem Vorhang wisperten.

Ein halbes Jahr lag Jons unter Chucholek und fühlte seine dicken, nagellosen Hände um seine Kehle. Er konnte ihn nicht abschütteln. Es war, als sei in seinem Blut das Blut der Leibei-genen wieder auferstanden. Dreimal stand er vor der Tür von Charlemagne, und dreimal kehrte er wieder um. Sein Leben war vergiftet, und er konnte das Gift nicht aus seinem Körper treiben.

Im Frühjahr machten sie den ersten Schulausflug, und Chucholek hing wie eine Klette an ihm. Sie kehrten in einem Forsthaus ein. Hinter dem Garten floss ein Bach, und dort fing Chucholek einen Maulwurf. Am Bach stand ein Eimer, und Jons musste ihn mit Wasser füllen. Dann warf Chucholek den Maul-wurf hinein und sah zu, wie er um sein Leben kämpfte. „Lass das sein!", sagte Jons und stieß nach dem Eimer. Chucholek pfiff durch die Zähne und stieß Jons die Faust unter das Kinn. „Lass das sein!", schrie Jons verzweifelt. Aber der andre pfiff von Neuem und beugte sich tief über den Eimer.

In diesem Augenblick wurde Jons erlöst. Er warf sich so plötzlich über den Tierquäler, dass sie alle hinstürzten, Jons, Chucholek, der Eimer. Jons sah das breite Gesicht unter sich, in dem sich weiße Flecken der Wut bildeten, und er schlug hinein. Chucholek biss und kratzte. Aber Jons schlug, bis der andre sich nicht mehr rührte. Charlemagne riss ihn von ihm fort. Sein Gesicht war blass vor Zorn und Entsetzen, aber Jons sah es nicht. Er sah einen rötlichen Nebel vor sich. „Er hat mich vergiftet!", schrie er, „er hat mich vergiftet!" Dann brach er zu den Füßen des Lehrers zusammen.

Es war gut, dass es Charlemagne war. Er hob Jons auf und sah Chuchollek an. „Nach Hause!", sagte er kurz. Und sie sahen ihn fortschleichen, am Gartenzaun entlang, die Hände in den Taschen. Trotzig und höhnisch in der Haltung seiner Schultern, seines kurzen Nackens, aber ein geschlagener Tyrann. Er war entthront. Er schleppte seinen Mantel noch mit, seine Rüstung, eine eilig geraffte Beute. Er würde vielleicht noch den Kopf über die Schulter wenden und eine Drohung seiner Wiederkehr zurückschreien. Aber er war entthront, ohne Stachel, ohne Macht.

Charlemagne nahm Jons mit in seine Wohnung. Eine Frau im hellen Kleid war da und zwei Töchter, die mitleidig um ihn herumstanden. Er wurde in das Arbeitszimmer gelegt, auf ein altes Ledersofa, und mit einer Decke zugedeckt. Die Frau ließ die Vorhänge herunter, legte die Hand auf seine Stirn und sagte, er möge nun schlafen. Nachher bleibe er bis zum Abend bei ihnen.

Jons wollte nicht schlafen. Sein Herz hämmerte immer noch in seiner Brust, und er hatte noch nichts erklärt. Vielleicht hielten sie ihn für einen Wahnsinnigen oder für einen Mörder. Aber die Ruhe war so schön, die Dämmerung, die langen, hohen Bücherreihen. Draußen fuhr ein Wagen die Straße entlang, und die Hufe des Pferdes verklangen auf dem Pflaster. So wie seine eigenen Stiefel mit den eisenbeschlagenen Absätzen. Er seufzte ein paarmal tief auf und schlief dann ein.

Es war schon dunkel, als er erwachte. Hinter den Vorhängen stand der Schein einer Laterne, und Schatten waren im Zimmer. Auch Charlemagne war da. Er saß in einer Ecke in einem tiefen Stuhl und rauchte. „Nun erzähle, Jons", sagte er.

Als er geendet hatte, machte der Lehrer Licht und setzte sich zu ihm aufs Sofa. „Es ist nun zu Ende", sagte er. „Er kommt fort, und du wirst ihn nicht wiedersehen. Auch ist er schon jetzt fort aus dir, du hast ihn vertrieben. Sei nun ruhig. Du hast zum ersten Mal das Böse gesehen, Jons, und das Böse hat eine dunkle, gefährliche Gewalt. Man muss es ausbrennen, und du hast es getan.

Ich will dir sagen, Jons, dass du noch zu scheu bist. Du hast dort am Meiler gelebt, und es war fast aus der Welt. Du hättest zu mir kommen sollen, so wie du zu deinem alten Lehrer gegangen wärest. Ich habe immer Zeit für dich, Jons. Es ist gut, dass du zu uns in die Schule gekommen bist. Wir sind hier alt und müde und satt geworden, alle zusammen. Es wird eine Zeit kommen, da wird man dich „und deinesgleichen brauchen. Du verstehst das noch nicht, aber einmal wirst du dich an diese Worte erinnern. Du kommst aus dem Walde, und aus dem Walde ist uns noch immer Gutes gekommen. Nimm nichts von dem an, was sie dir hier als herrlich vorzeigen. Was du hast, ist besser. Lerne, aber verlerne nichts. Werde kein Städter, spotte nicht, prahle nicht. Dein Blut ist gut, bewahre es dir!"

Alle Last fiel von Jons ab. Er war nicht mehr allein, er war aufgenommen in einen Tempel. Er würde tun, was von ihm erwartet wurde.

Er blieb bis zum Abend, bedankte sich und ging als ein Neugeborener in seine Kammer, wo der Buchfink noch leise zwitscherte.

Von da an wurde es leichter für ihn. Er hatte das Böse gesehen, und nun schmerzten die kleinen Bosheiten der Menschen ihn nicht mehr so wie früher. Auch seine Kammer mit der hohen Mauer vor dem Fenster war nun nicht mehr ohne Luft und Licht. Er war in einem tiefen Schacht gewesen, und Erde hatte auf seiner Brust gelegen. Danach konnte auch eine Kammer wie ein Himmelreich sein. Natürlich schien die Sonne am Abend nicht hinein, aber er hielt deshalb die Schwestern nicht für Betrügerinnen. Er sah nun mit verwandelten Augen auf ihr Dasein.

Die alte Frau Holstein war die Witwe eines kleinen Beamten, und nach dem Tode ihres Mannes, und nachdem sie erkannt hatte, dass ihre Töchter niemals Witwen sein würden, hatte sie, um leben zu können, den Plan gefasst, eine Pension einzurichten. Es war besser gegangen, als sie gefürchtet hatte. Der große Ehrgeiz erfüllte damals das Land, die Schulen waren überfüllt, und viele kleine Leute waren der Meinung, dass ihre Söhne über sie hinaussteigen müssten. So war ihre Pension immer gefüllt, aber Jons sah, dass es ein bitteres Brot war. Der Tag war von Lärm und Widersetzlichkeit erfüllt, die Nacht von Müdigkeit und Sorge, und der Anblick von so viel Jugend und Zukunft machte die Schwestern bitter und erfüllte sie mit Hass gegeneinander. Sie waren so groß, dass nur ein Riese gewagt haben könnte, sie zu heiraten, und es war nicht nur ihre Größe allein, die sie von der Bestimmung der Frau ausschloss.

Oft, wenn Jons zu seiner Kammer kam oder sie verließ, hörte er hinter dem Vorhang den erbitterten Streit der Unglücklichen, gezischte Beleidigungen, höhnischen Schimpf, und einmal war er Zeuge, wie sie gleich kümmerlichen Furien aufeinander losgingen, mit Kratzen und Kneifen, ein groteskes und schauerliches Bild, indes die klagende Stimme der Mutter sie an ihren Vater erinnerte und was er dazu sagen würde.

Nun, Herr Holstein brauchte nichts mehr dazu zu sagen, aber Jons war tief erschrocken und dann von Mitleid erfüllt. Er stellte sich vor, was für ein Schauspiel das für die andern gewesen wäre, aber er war schon alt genug, um zu wissen, dass dies traurig und nicht lustig war. Er dachte mit einer jähen Liebe an seine Mutter und seine Schwestern und dass er wohl noch vieles würde erfahren müssen, ehe er imstande sein würde, diese verwirrende Welt zu „bewegen". Es kam ihm erst nachträglich zum Bewusstsein, dass damals, in der letzten Szene mit Chuchollek, der Zorn seiner Mutter in ihm aufgelodert war, eine jäh aufschießende und ganz und gar blinde Wut, und dass er somit nicht nur das Erbe seines Vaters in sich trage, sondern auch einen Teil ihres dunklen, einsamen und unerkennbaren Wesens.

Er wurde noch stiller als früher, duldete niemanden für längere Zeit in seiner Kammer und ging mit zusammengebissenen Zähnen daran, einzuholen, was er im letzten halben Jahr verloren hatte. Er konnte nun alle Bücher lesen, die Charlemagne besaß, und wenn er auch immer noch langsam dachte, so behielt er doch jedes Wort, und sein Wissen war so sorgfältig geschichtet wie das Holz im Meiler, ehe die Zeit kommen würde, in der es zu glühen beginnen sollte.

Auch war er nun, von diesem Winter an, nicht mehr so verlassen wie bisher. In einem entfernten Zimmer der Pension, das erst später ausgebaut worden war und das man durch einen dunklen Gang erreichte, wohnte der einzige Student dieses jungen Männerstaates, eine in hohem Ansehen stehende Person, die ganz für sich blieb, von Sagen umwoben, und die in der Umgangssprache der Pensionäre den Namen „Jumbo" führte. Jons war ihm ein paarmal auf der Treppe begegnet, einem nicht großen, schon etwas beleibten jungen Mann, mit einer Brille vor freundlichen, aber etwas abwesenden Augen und einem nachdenklichen, etwas traurigen Mund, der „Guten Morgen" sagte, ohne Jons zu sehen. Er schien in einer besonderen Welt zu leben, in der es einige Sorgen gab und einige Fröhlichkeit, auch etwas Spott und etwas überlegene Gleichgültigkeit, und Jons dachte, dass er wohl bald ein großer Gelehrter werden würde oder ein Mann der Regierung, der eine Stadt oder einen Kreis zu verwalten haben würde.

Aber eines Nachmittags, als es schon zu dämmern begann, trafen sie in der Haustür zusammen. Der erste Schnee fiel, und sie waren beide vor den Toren gewesen, um ihn zu sehen. „Ja, kleiner Mann", sagte Jumbo und reinigte seine Brille mit einem Taschentuch, „nun schneit es zu Hause, und das Heimweh kommt, nicht wahr?"

Er setzte seine Brille wieder auf, legte den Arm um Jons' Schultern und stieg mit ihm zusammen die Treppen hinauf. „Auch auf Chuchollek wird es nun schneien", fuhr er fort, „es schneit immer auf Gerechte und Ungerechte. Möchtest du, dass er im Schnee umkommt?"

„Nein", erwiderte Jons, „nicht mehr. Aber woher wissen Sie es?"

„Ach, kleiner Mann, ich weiß viel von dir. Ich lebe in meiner Bude wie eine Spinne im Netz, und wenn ihr euch rührt, merke ich es. Ich höre deine ordentlichen Absätze, und es ist mir so wie zu Hause. Die andern sind alle Statisten, weißt du, Statisten der

Bildung, aber mit dir ist es richtig. Du kommst aus dem Wald, und du wirst etwas werden, Pfarrer oder Landrat oder so was. Und du willst es nicht werden, um einen Titel und Gehalt zu haben, sondern um den Menschen zu helfen, das sehe ich dir an den Augen an. Ein schwerer Gang, Mönchlein, ein schwerer Gang …"

Er atmete hastig, weil die Treppen steil waren, und steckte dann den Schlüssel ins Schloss. Er war der Einzige, der einen Schlüssel besaß. „Komm noch etwas zu mir, Mönchlein", sagte er, „und erzähle mir von deinem Meiler. Ich will uns einen Punsch brauen, weil es schneit."

So kam Jons in Jumbos Reich. Es war behaglicher als in seiner Kammer, viele Bücher, ein altes Sofa und ein kleiner Ofen, in dem das Feuer brannte. Jumbo hatte kein Gaslicht, sondern eine Petroleumlampe, er zog die Vorhänge zu, nahm Wasser aus dem Kessel auf dem Ofen und suchte unter seinen Flaschen, die unten im Kleiderschrank standen. Es schienen Jons sehr viele Flaschen zu sein.

Jons dankte, aber er bekam doch ein paar Tropfen aus einer Flasche in sein Glas. „Trink nur", sagte Jumbo, „das wirft dich nicht um. Mein Vater ist Gastwirt in einer kleinen Stadt, und alle Söhne von Gastwirten trinken. Ich auch. Teils dieserhalb, teils außerdem. Das Leben ist nicht sehr schön, weißt du, wenn man etwas näher zusieht, und deshalb haben sie auch das Jenseits erfunden, damit die Menschen sich nicht alle umbringen."

„Aber ist es nicht schön, Student zu sein, Herr Jumbo?", fragte Jons verwirrt. „Und alles zu lernen, was es gibt? Und einmal die Gerechtigkeit auf den Acker zu bringen?"

Jumbo setzte sein Glas ab und sah Jons mit seinen runden, bekümmerten Augen an. „Was hast du da gesagt, Mönchlein? Die Gerechtigkeit auf den Acker zu bringen? Wo hast du denn das her?"

„Das ist von meinem Vater, und es steht beim Propheten Jesaias, im zweiunddreißigsten Kapitel."

„Siehst du, hab' ich nicht gewusst, dass du ein Weltverbesserer werden willst? Alle haben sie solche Augen, die im Alten Testament und im Walde leben, und dann kommen sie in die Stadt, aufs Gymnasium, und lassen sich mit Bildung füllen. Und wenn sie erkannt haben, dass es nur Zinnober ist oder Schiet, wie sie bei uns zu Hause sagen, dann glauben sie, dass es nun auf der Universität kommen wird, die große Weisheit. Und wenn sie erkannt haben, dass es auch da nur Zinnober ist oder Schiet, dann fangen sie an, Punsch zu trinken, so wie ich."

„Aber Herr Jumbo …"

„Nun höre mal zu, Mönchlein. Es gibt sehr wenig Herren auf dieser Erde, verstehst du, und ich bin keiner von ihnen. Und wenn du auch der erste höfliche junge Mann bist, den ich kennengelernt habe, so sage nur ruhig ‚Jumbo' zu mir. Und sage auch ruhig ‚aber'. Das ist ein gutes Wort, und ich denke, dass wir beide auch damit sterben werden. Nur dass der gute Gevatter Tod sich nicht sehr darum kümmern wird."

„Und was wollen Sie denn werden … Jumbo?"

„Ich? Ja, siehst du, ich soll Pfarrer werden, wie du wahrscheinlich auch. Mein Vater ist Gastwirt, weil sein Vater Gastwirt war, und er trinkt auch, weil sein Vater getrunken hat. Aber wenn er die nötige Menge intus hat, dann geht er in sein Kämmerlein und weint und betet zu Gott und verflucht seine Gäste. Solch ein Gastwirt ist das, siehst du. In Russland gibt es das noch, aber bei uns ist es ein Unikum. Ein Sünder ist er, und er weiß, dass er einer ist. Und deshalb soll ich Pfarrer werden. ‚In Gottes Namen', habe ich gesagt, und ich habe es auch versucht. Aber dann war es aus. Die Alma mater, weißt du, ist ja schon an und für sich ein komisches Huhn, aber die Küchlein, die sie in der theologischen Fakultät ausbrütet, die sind eine besondere Nummer. Die Theologie ist nämlich eine Wissenschaft, verstehst du? Eine Wissenschaft! Mit Hebräisch, Griechisch und Latein, mit Seminaren und Examen, mit Professoren und Studenten, mit Kollegs und Übungen. ‚Im Anfang war das Wort, und das Wort war bei Gott, und Gott war das Wort.' Besinnst du dich? Aber nun, du lieber Gott! Christus wählte seine Jünger aus den Fischern aus, aber nun wählt der liebe Gott seine Diener aus den Abiturienten aus. Hast du schon einmal darüber nachgedacht, Mönchlein, dass du ein Seelsorger nur werden kannst, wenn du das Abitur hast? Und zwar von einem humanistischen Gymnasium?" Er füllte sich wieder ein Glas mit heißem Wasser und holte eine andere Flasche aus dem Schrank. Dann stopfte er den Kopf einer ungeheuren Pfeife aus einer Schweinsblase mit Tabak, zündete ihn an und rauchte, und Jons dachte, dass er nun aussehe wie ein trauriger Gott auf einer Wolke.

„Und nun?", fragte er bedrückt.

„Nun? Nun studiere ich Jura, Mönchlein, heimlich, weil mein Vater immer noch glaubt, dass ich in seiner Kirche einmal auf der Kanzel stehen werde. Aber in einem Jahr, denke ich, werde ich Medizin studieren und dabei wohl bleiben. Denn auch mit deiner Gerechtigkeit auf dem Acker ist es Zinnober, kleiner Mann. Wenn du Richter bist, bekommst du ein kleines Amtsgericht in einer kleinen Stadt, und das ist alles, was von deinem Acker übrig bleibt. Machst du die Gesetze, Mönchlein? Die sind längst gemacht. Ein kleiner Diener bist du an einer ungeheuren Maschine, und das ist alles. Aber wenn du Arzt bist, in einem eurer Waldwinkel da, dann gibt es keine fertigen Gesetze für dich. Dann hast du nur deine Hand, dein Auge und dein reines Herz. Wenn es dir gelungen ist, es in den Hörsälen und Kliniken rein zu bewahren. Und das ist nicht einfach, Mönchlein."

Jons hörte zu. Die Lampe warf einen hellen Schein auf die dunkle Tischdecke, die Bücherregale standen in der Dämmerung, und der blaue Tabakrauch zog wie ein schwerer Nebel über Jumbos Gesicht. Draußen schneite es, und auch Herr Stilling würde an seiner Lampe sitzen und an die Gerechtigkeit denken. Ganz von fern hörte er den Lärm aus der großen Stube in der Pension, und es war ihm, als habe der Student ihn tief in den Berg geführt, in eine verzauberte Welt, von der er nichts gewusst hatte.

„Du musst nicht glauben, dass ich faul bin, Mönchlein", sagte er nun. „Das bin ich nicht. Ich bin sogar sehr fleißig, und ich trinke auch nur am Abend, um mich von all den Gesichtern zu erholen. Und weil ich eines Gastwirts Sohn bin. Aber du kannst nun am Abend immer ein Weilchen zu mir kommen, hörst du? Es tut mir gut, deine Augen anzusehen. Auch ich hatte mal solche Augen, und mein Vater vielleicht auch. Die Welt ist kein gutes Objekt für unsere Augen, und es ist eine große Weisheit, dass man sie uns im Tode zudrückt. Und nun erzähle von deinem Meiler, Mönchlein, und was dein Vater für ein Mann ist, wenn er im Propheten Jesaias liest. Wunderliche Leute leben da unten in euren Wäldern, und ich höre gern von ihnen. Sie riechen noch nach Brot und Rauch, weißt du, und Gott hat für sie noch einen weißen Bart."

Jons erzählte, aber hinter seinen Worten hörte er immer Jumbos Stimme und wie sie ohne Bitterkeit seine Welt entzauberte. In seiner Schule wurden solche Dinge nicht gesagt, außer dass Charlemagne sie unter seinen Büchern einmal andeutete. In seiner Schule wurde viel von „Idealen" gesprochen, und es war immer ein großes Wort für ihn gewesen, wenn auch nicht viel mehr als ein Wort. Aber er dachte, dass er noch zu jung sei, um es zu verstehen. Jumbo aber mit seinen stillen Augen schien ihm mehr von der Welt zu wissen als die Professoren mit grauen Bärten. Er hatte vielleicht keine Ideale, aber er wollte den Leuten im Walde helfen. Er hatte es aufgegeben, Gerechtigkeit auf den Acker zu bringen, aber er wollte ihnen Gesundheit bringen, er wollte ihre Schmerzen lindern, und vielleicht war das nötiger als Gerechtigkeit.

„Ich kann nicht mehr erzählen", sagte Jons plötzlich. „Ich muss erst nachdenken über das, was Sie mir gesagt haben."

„Siehst du, Mönchlein, ich wusste doch, dass es mit dir lohnt. Nach den Staatsexamen wird bei uns wenig gedacht, in allen Fakultäten. Du aber bist ein kleiner Faust und willst ‚an dich nehmen Adlers Fittiche'. Ein paar von den grauen Gestalten hast du schon kennengelernt, den Mangel, die Sorge, die Not. Auch die Letzte wirst du kennenlernen, Mönchlein. Wir alle lernen sie kennen. Aber du brauchst dich nicht zu fürchten vor ihr, du nicht … und komm bald wieder, Mönchlein."

Er winkte mit der Hand, und Jons schien es, als verschwinde er immer weiter und tiefer hinter dem blauen Nebel, ein junger, etwas beleibter Prophet, der mit Spott und Liebe hinter seinem kleinen Adepten hersah.

123

# VII

In demselben Frühjahr, in dem Jons das Haus unter dem alten Ahorn verlassen hatte und mit Herrn Stilling in die Stadt gefahren war, blieben die Förster in den großen Wäldern um den See auf ihren Reviergängen mitunter an einer der alten Kiefern am Wege stehen und sahen zu, wie ein kleiner weißgrauer Falter mit dunklen Bändern auf den Flügeln sich in einen Spalt der grauen Rinde setzte und dort bewegungslos verharrte. Sie nahmen ihn in die Hand, betrachteten ihn und zertraten ihn dann mit der Stiefelspitze. Sie fanden hier und da noch einen und töteten ihn auf die gleiche Weise.

Aber als der Sommer gekommen war, hörten sie mit dieser Beschäftigung auf. An allen Stämmen saßen Dutzende, ja Hunderte dieser unscheinbaren Wesen. Sie schwirrten um die Petroleumlampe auf den offenen Veranden der Forsthäuser, sie lagen als ein grauer Streifen am Ufer des Sees, sie waren wie eine ägyptische Plage. Bis sie allmählich verschwanden. Aber da wusste man in allen Wäldern der Provinz, dass der Tod umging. Der kleine, bescheidene Schmetterling hieß die Nonne, und er war der Tod der Wälder.

Die Leute aus Sowirog und aus hundert und tausend anderen Dörfern kamen nun am Abend aus dem Walde wie aus einem Teerofen. Sie trugen seltsame Gefäße auf ihren Rücken, aus denen ein Schlauch heraustrat, und mit ihnen gingen sie um die Kiefern und Fichten herum, wo in Brusthöhe die Rinde geglättet worden war, und drückten aus dem Mundstück des Schlauches einen zwei Finger breiten, klebrigen, schwarzen Streifen um den Baum. Es war ein Teerring, und er sollte verhindern, dass die Raupen, die hässlichen Kinder der unscheinbaren Nonne, am Stamm in die Höhe krochen und die Nadeln fraßen.

Er sollte es, aber er tat es nicht. Die großartige Verschwendungssucht der Natur spottete allem Menschenwerk. Eine einzige Nonne brachte mehr Kinder hervor, als alle sündigen Nonnen der Welt zusammen, solange die Erde stand, an Kindern geboren hatten. Millionen von ihnen gingen im nächsten Jahr in den Leimringen zugrunde, aber Milliarden fanden über ihre Leichen hinweg den ihnen vorgeschriebenen Weg in die Wipfel des Waldes und begannen ihr Todeswerk. Sie nährten sich von den Nadeln der Bäume, und wer im Sommer an einem stillen Tage unter den hohen Wipfeln stand und lauschte, konnte mit einem Gefühl des Grauens hören, wie der Wald starb. Ein leises, unaufhörliches Rieseln erfüllte den ganzen Raum. Das war der Kot der Raupen, der ohne Pause in das Gras fiel. Dann, als die Zeit weiterging, zeigte sich ein bräunlich-rötlicher Schimmer um die Kronen der Bäume, breitete sich aus, verdrängte das letzte Grün der Farbe, sank selbst zu Boden und hinterließ einen Gespensterwald, kahl, öde und gestorben, Meilen um Meilen entlang, und nur die Laubwälder blieben als Inseln stehen. Unzählige Vögel kamen zum gedeckten Tisch, und das Gras zu Füßen der Bäume stand so hoch, dass es einen Menschen verbarg.

Es war ein Zeichen des Himmels. Kiewitt sprach vom Untergang der Welt, und die Leute von Sowirog standen am Morgen vor ihren Häusern und blickten über den See, wo der Hauptweg des Todes sich erstreckte, ob über Nacht nun auch die Stämme zu Boden gesunken wären und Finsternis über den Wassern herrschte.

Aber die Stämme standen, grau, kahl und beraubt. Nicht mehr für lange, denn der Forstfiskus hatte beschlossen, alle kranken Wälder zu schlagen, damit das Sterben sich nicht im nächsten Jahr weiterverbreite. Die Leute von Sowirog schärften ihre Äxte und Sägen, Jakob steckte den Platz für einen zweiten Meiler ab, und Gogun beschloss, dem Dorf eine Kirche zu geben. Gott hatte die Nonne geschickt, damit die Wälder stürben, und die Wälder starben, damit Sowirog und der neue Pfarrer eine Kirche bekämen.

Gogun betrank sich oft, und in seinem geflochtenen Korbe ging manches mit, was nicht ganz ihm gehörte. Aber er war fromm. Alle Goguns waren fromm gewesen. Tränen standen in seinen Augen, wenn er in einer Kirche saß und die Orgel begann, den Raum mit Brausen zu erfüllen. Er war ein Sünder und wusste es, und weil er es wusste, war er fromm. Seine Frau schlug ihn mit einem Stein in den Rücken, und das war recht so. Sie war der Stellvertreter Gottes, und wenn Gott keine Zeit hatte, auf ihn zu achten, band sie den Stein in das Taschentuch und schlug. Alle Goguns hatten ordentliche Frauen.

Sein Vater war ein berühmter Wilddieb gewesen, und er war der „Kranichräuber". Im Sommer, wenn die alten Kraniche ihre Jungen von den unzugänglichen Mooren in die Seewiesen führten, war Gogun Tag und Nacht im Walde. Er wusste mehr von Kranichen als alle Förster, und es gab wenige Gelege, aus denen er nicht ein Junges fing.

Er fing noch mehr als Kraniche, aber selbst das Böse, was er tat, sah unter seinen Händen so harmlos und fröhlich aus, dass niemand ihm zürnte. Wenn Korsanke ihn einmal holen musste, tat er es mit Schonung, und er ritt langsam, um Goguns Geschichten zuzuhören. Der Amtsrichter nickte ihm zu, und im grauen Haus lächelte man, wenn er kam. Er war ein guter Mensch, der ab und zu sündigen musste, und wozu war die Sünde in der Welt, wenn sie nicht getan wurde? Gott hatte sie geschickt, und Gott war weiser als der Amtsrichter.

Auch Gogun schärfte seine Axt und Säge, aber in den Nächten lag er lange schlaflos und dachte nach. Neue Sägewerke entstanden an den Ufern der Seen, schnell und flüchtig aufgebaut, um die Wälder zu schneiden, die geschlagen werden sollten, und dann wieder zu verschwinden. Unbekannte Namen waren dabei, Leute aus fremden Provinzen, dunkle Existenzen vielleicht, aber der Fiskus konnte nicht viel nach ihrem Leumund fragen. Das Holz würde sich zu Bergen türmen, der Borkenkäfer könnte dazukommen, und man musste dafür sorgen, dass es bald verschwand.

Gogun strich um die Sägemühlen herum, wechselte hier mit einem Vorarbeiter ein Wort, dort mit dem Maschinisten oder mit dem Verwalter, erzählte Geschichten, sang seine Lieder, spielte auf seiner Harmonika und wusste nach ein paar Wochen Bescheid. Es gab überall Mühlen, die Lohnschnitt machten und die nicht viel danach fragten, wo das Holz herkam. Holz war so viel da wie Steine auf dem Acker, und je schneller es verschwand, desto besser.

Gogun fiel ein Stein vom Herzen, und er betrank sich. Es wäre natürlich auch gegangen, wenn sie jeden Stamm im Dorfe auf die hohen Böcke gehoben und mit der langen Säge geschnitten hätten, einer oben auf dem Stamm, der andere mit der Schutzbrille vor den Augen unter ihm. Aber es war eine harte Arbeit, und Jahre würden darüber hingegangen sein. Und jedes Kind würde es gesehen und etwas Dummes gefragt haben, von den Großen ganz zu schweigen. Sie fragten nur dummes Zeug. Nun aber würde niemand fragen, bis alles fertig war. Auch in den Schneidemühlen war der liebe Gott.

Und nun fehlten noch zwei Helfer, sonst ging es mit dem Flößen nicht. Die Helfer mussten fromm sein und trinken, und sie mussten den Mund halten können. Das Frommsein war für den Diebstahl und das Trinken für die harte Arbeit. Auch hier dachte er lange nach, weil ein einziges Wort am falschen Platz alles verderben konnte. Aber dann war er überzeugt, dass es mit Daida und Gonschor gehen würde.

„Was meinst du, Brüderchen, wenn wir eine Kirche hätten? Ganz einfach aus Holz und mit einem Rohrdach? Wie?"

Daida setzte die Flasche ab und sah ihn an.

„Und kein Staat und kein Kreis baut sie, sondern wir allein? Der liebe Gott hat die Nonne geschickt, und wer Ohren hat zu hören, der höre!"

Daida hörte schon. Er war sehr hellhörig in solchen Dingen. „Aber das Schneiden?", sagte er.

„Ja, Brüderchen, das Schneiden ... meinst du nicht, dass sie das meiste über die Ablagen in den See werfen werden, damit der Borkenkäfer nicht ran kann? Und wenn es nun so eine kleine Schneidemühle gäbe am See, hier eine und da eine, und man spricht mit den Leuten, man hat mit ihnen gesprochen, und sie warten nur auf das Holzchen von der Nonne und vom lieben Gott ... was meinst du?"

„Aber Schneiden kostet Geld?"

„Findet sich, Brüderchen, findet sich alles. Auch nehmen sie mal einen Hasen und mal ein Gerichtchen Krebse und mal was Größeres …"

„Dann wäre nur …"

„Richtig, nur das Flößen. Gibt wenig Schlaf in diesem Jahr, Brüderchen, aber Ruhm und Ehre gibt es. Und in den Kirchenrat kommst du, und einen Orden bekommst du vielleicht, schöner als die Schnalle von Korsanke!"

„Aber das andere alles innen, Bruder … eine Menge gehört dazu."

„Das bitten wir zusammen, Brüderchen. Wenn das Holz da ist, gehen wir auf die Reise, mit einer Liste, und der Herr Pfarrer hat unterschrieben. ‚Im Namen der armen Gemeinde Sowirog, gnädigstes Frauchen, die sich eine Kirche bauen will …', willst du also, Brüderchen?"

Daida wollte es und Gonschor ebenso. Und Gogun hatte den Oberbefehl, die Leitung, die Planung. Er war besessen von der Kirche, und in seinem Herzen mischten sich Frömmigkeit und Angst, die Lust an Spaß und Gefahr auf eine wunderliche Weise. Er arbeitete fleißig wie sonst, aber nach dem Feierabend trieb es ihn rastlos um die Ufer des Sees. So viel war zu bedenken, heimlich zu erfragen, voraus zu wissen. Und erst als die ersten geschälten Stämme über die hohe Ablage gegenüber Sowirog in den See gerollt wurden und dort liegen blieben, zu ganzen Wäldern sich sammelten, unbewacht und ungezählt, begann er wieder zu singen, wartete den Neumond ab, schlief einen Tag und eine Nacht, und ging dann mit Daida und Gonschor an die Arbeit.

Sie konnten nicht mehr als eine Tracht in der Nacht fortschaffen. Die Stämme waren glatt und drehten sich, und ehe sie sie verbunden und von den andern freigemacht hatten, war die halbe Nacht vergangen. Doch lernten sie schnell, vermieden ihre ersten Fehler, kletterten barfuß über die Stämme, sahen im Dunkeln wie die Katzen und waren im Herbst schon so weit, dass sie mit drei Traften, die hintereinandergebunden waren, über den See fuhren.

Sie wechselten die Plätze, von denen sie das Holz nahmen, sie wechselten die Sägemühlen, und als die ersten Schneestürme kamen, meinte Gogun, dass es genug sei. Wenn noch etwas fehlte, werde der Herr von Balk es ihnen geben.

Gogun war schmal geworden, und seine Frau ließ es an Bemerkungen nicht fehlen. Aber er winkte nur mit der Hand. „Für den lieben Gott, Mütterchen", sagte er fröhlich, „alles für den lieben Gott!"

Im Winter holten sie die Grundsteine von allen Windrichtungen herbei. Die Schlittenbahn war gut, Goguns kleines Pferd fragte nicht danach, woher der Hafer kam, und mit Erstaunen sah das Dorf, wie die Steine immer zahlreicher wurden, die am Fuß des Hügels über dem See sich auftürmten. Ja, er wollte eine hohe Mauer um sein Grundstück bauen, meinte Gogun lächelnd, damit der Teufel kein Unkraut in seinen Acker säen könne. „Selbst der Teufel", sagte die Witwe Kroll und stieß mit der Stiefelspitze an den größten Stein. „Holen wird er dich, ehe du diesen aufgehoben hast."

„Mütterchen", sagte Gogun, „wenn er dich verdaut hat, wird er lange an keine Speise denken."

Im Frühjahr ging Gogun zum Pfarrer. Es war in ihren Augen mit ihm nicht viel anders geworden, als dass seine Frau ihn verlassen hatte. Es hieß, dass sie die Luft zwischen den Seen nicht vertrage, aber die Leute blinzelten einander zu, und der Pfarrer war ihnen lieber geworden ohne seine Frau.

Doch konnte niemand sagen, dass er fröhlicher geworden sei. Noch immer predigte er wie ein Eingekerkerter oder wie ein Verschütteter in einem Bergwerk. Er brachte ihnen keinen andern Trost, als dass er ihnen zeigte, wie sehr er im Dunklen war. Und das war mehr, als sie jemals an einem Pfarrer oder einem Mann der Obrigkeit erlebt hatten. Sie hatten immer gedacht, dass jenseits ihres Dorfes oder jenseits ihrer Armut der helle Himmel beginne, aber nun sahen sie, dass der des Pfarrers dunkler war als der ihrige. Zuerst glaubten sie, es liege daran, dass er so allein sei, ohne Frau und Kinder, ein Mann in einem großen Hause, in dem auch das Mädchen zu singen aufgehört hatte und in dem nur die Heimchen an der Asche zirpten. Aber dann merkten sie langsam, dass er nicht wusste, was Gott mit ihm und ihnen allen vorhabe. Sie waren weit davon entfernt, ihn zu tadeln, sie selbst hatten es nicht immer gewusst. Sie sagten nicht, dass er nicht mehr glaube; sie sagten nur, dass Gott ihn für eine Weile verlassen habe. Und für einen Mann wie Stilling, der alles wusste, was im Dorfe geschah, und der auch wusste, was im Herzen des Pfarrers vorging, war es rührend zu sehen, wie nun die Gemeinde ihren Pfarrer zu trösten suchte. Die ärmste Gemeinde, die er jemals gehabt hatte, aber ihre Hände hoben keinen Stein auf. Und es lagen doch so viele Steine in der Gemarkung von Sowirog.

„Der liebe Gott hat noch immer geholfen, Herr Pfarrer", konnte Michael Gogun sagen, „er wird auch diesmal helfen." Es schien ein billiger Trost, ein solcher, den der Pfarrer selbst nie aussprach, und er war auch nicht etwa für den Pfarrer gesprochen. Er war an einen Hagelschlag angeknüpft oder an eine Missernte, aber der Pfarrer verstand sehr wohl, dass er für ihn bestimmt war. Es rührte ihn mehr als alle Teilnahme, die er jemals empfangen hatte, aber wenn er herumging, fragte er sich doch jedes Mal, wie lange das nun noch so weitergehen solle, dass seine Gemeinde ihn bei der Hand nahm, um ihn aus dem finsteren Tal zu führen. Es wäre alles gut gewesen, wenn er als ein Seelsorger hier eingesetzt wäre, als weiter nichts. Ein Mann, der bei Gesunden und Kranken saß und ihnen zusprach, weil er mehr von der Welt und den Menschen wusste als sie.

Aber nicht als ein Diener Gottes, denn er wusste nichts von Gott. Das Äußerste, was ein Mensch geben kann, ist Brot und ein bisschen Trost, und dass er beides mit Liebe und einem reinen Herzen reicht. Aber Brot und Trost waren nur gut, weil sie von dieser Welt waren, eingeschlungen in das Leben, das sie kannten, und den Gesetzen gehorsam, die sie erfahren hatten. Sie sättigten nicht mehr, wenn man sie hinaushob aus dieser Welt und sie unter Sterne legte, die man nicht sah und nie gesehen hatte. Das Brot, das man reichte, schwarzes, duftendes Brot, im Backofen der Pfarrhäuser gebacken, machte die Bojarkinder satt, wenn ihr Vater das ihrige vertrunken hatte, und wenn man den

Weinenden über die Wange strich, wurden sie vielleicht still, weil sie merkten, wie das andere Herz in den Fingerspitzen schlug.

Aber wenn kein Brot mehr da war im Pfarrhause, sättigte es die Kinder nicht, wenn man von der Speisung der Fünftausend erzählte. Sie hörten mit großen Augen zu, aber nach einer Weile fragten sie, ob der Herr Jesus nun auch nach Sowirog kommen werde, um ihnen die fünf Brote zu bringen. Und der Pfarrer wusste, dass er nicht kommen würde.

Und wenn es nicht nur um Tränen ging, sondern um die starre, wortlose Verzweiflung, mit der Gina Bojar auf das kleine Bett blickte, in dem das jüngste ihrer Kinder gelegen hatte, fortgegangen in das ewige Dunkel, so genügte es nicht, ihr über die früh gefurchten Wangen zu streichen und davon zu sprechen, dass der Herr es gegeben und genommen habe und dass in der Goldenen Stadt ein Wiedersehen sein werde. Niemand wusste von diesem Wiedersehen. Keiner hatte es erfahren, und Gina glaubte es in dieser Stunde nicht. Und wenn sie nun fragte, woher er es wisse, dann würde er nur sagen können, dass er es glaube. Und nicht einmal das würde er sagen können.

Brot und Trost von einer höheren Art gab es nur für die Gläubigen, und sie bedurften keines Pfarrers, um es zu empfangen. Sie waren in der Gnade, und die Gnade bedarf keines menschlichen Mittlers. Aber alle die anderen, die in der Welt lebten und nicht unter den Sternen, brauchten zuerst ein Brot und ein Kleid. Und es war nicht gut, wenn man mit leeren Händen kam – und einmal musste man mit leeren Händen kommen –, sie hinter einem Traum zu verstecken, einem Versprechen, das so leicht zu geben und so unmöglich zu prüfen war, einen Wechsel auf eine bessere Welt, der so leicht zu unterschreiben war und von dem niemand wusste, ob er jemals eingelöst werden würde. Und wer war nicht ein Betrüger, der solchen Wechsel schrieb, außer wenn ihm das Jenseits so wirklich war wie die Stube, in der er bei den Hungernden saß, das Herdfeuer, an dem er seine Hände wärmte? Half es denn, zu denken, dass, wenn es eine große Täuschung war, niemand gegen ihn würde aufstehen können, weil sie alle Erde auf den Augenlidern tragen und zu Staub zerfallen würden?

Dass niemals ein Kläger und niemals ein Richter sein würde? Dass man täuschen konnte, wie ein Erwachsener Kinder täuscht, und nachher zieht er sich zurück in seine Welt und lächelt, weil Kinder vergessen oder warten, mit einer engelhaften Geduld warten, und mit einer neuen Täuschung still gemacht werden?

Nein, das Wort war die Sünde, das Wort, das man über die Tat schob und Glauben nannte. Der Glaube verlangte keine Tat, keinen Augenschein, keinen Beweis. Er ließ sich genügen. Er tröstete sich damit, dass auch andere glaubten, dass es geschrieben stand, dass es verkündet wurde. Die Diener der Liebe hungerten nicht. Es war ihnen nicht befohlen, Brot zu reichen, das sie sich am Munde absparten, das sie stehlen gingen, wenn es notgetan hätte. Es war ihnen nur befohlen, das Wort vom Brot zu reichen, den Schein des Brotes, und zu sagen, dass das Wort vom Brot mehr sei als das Brot. Ein höheres Brot gleichsam, ein geistigeres, nicht für den irdischen Leib bestimmt, den Leib, aus der Erde gemacht, sondern für den andern Teil, der einmal auferstehen würde, ohne Brot, ohne Kleid, ohne Hunger, ohne Durst.

Nein, er fühlte, dass irgendetwas nicht richtig war. Er fühlte es, weil er nicht die Augen schloss und betete, sondern sie weit öffnete, so weit, dass es schmerzte, und nachdachte. Elend und Jammer waren immer auf der Welt gewesen, damals vor zweitausend Jahren wahrscheinlich nicht mehr und nicht weniger als heute, und auch Christus hatte gesehen, dass er Elend und Jammer nicht fortnehmen konnte aus der Welt. Er hatte es gewollt. Er hätte tausendmal am Kreuz gehangen, wenn er es gekonnt hätte, denn er weinte um die Armen. Aber er hatte es nicht gekonnt. Gottes Sohn hatte es nicht gekonnt. Und so war ihm nur eines geblieben für die Armen: das Wort. Das Wort vom Paradies, wo man alle Tränen trocknen würde, das Wort vom Gericht, wo man alles Unrecht strafen würde. Dort würde sein, was auf Erden nicht war und was die Armen mit Leidenschaft erflehten: Speise und Gerechtigkeit. Wenn man erreichte, dass sie glaubten, dies und nichts anderes, dann konnte es sein, dass der Mensch seinen düsteren Weg bis zum Tode ausschritt, ohne der Schöpfung zu fluchen oder sie zu verlassen, ja, dass man ihn fröhlich ausschritt, wie ein Eingekerkerter, an dessen Wand man klopfte und dem man leise durch die Fugen der Mauer zuflüstert, dass morgen die Riegel springen und die Kerkerknechte gerichtet würden.

Deshalb hieß es: „Am Anfang war das Wort." Es war der Tropfen, der in den ungeheuren Becher der Schmerzen fiel und sie süß machte. Und wer aus ihm trank, konnte dann auch glauben, dass es besser sei, zu leiden und nur zu leiden. Denn wer am meisten litt, würde am meisten belohnt. Das war die Erlösung. Er gab andere Erlösungen, man konnte sie wenigstens denken. Aber man konnte sie nicht tun. Die Tat war nicht frei. Alle Mächte der Erde konnten gegen sie aufstehen, die Kaiser, die Heere, die Richter, die Gewalt. Aber das Wort war frei. Es gab keinen Beweis, dass es täuschte. Niemand war zurückgekommen und hatte gesagt, es gebe kein Paradies. Gegen den Glauben konnte nur der Unglaube aufstehen, der Zweifel, ein anderes Wort. So stand nicht Gewalt gegen das Wort, sondern nur ein anderes Wort. Und immer siegte das süße Wort über das bittere.

So weit war der Pfarrer nun. Er sah alle Faden entwirrt und zurücklaufen bis zum Anfang. Wo das Leid begann, begann auch das Wort und seine Täuschung. Es gab keine Religion, in der es anders gewesen wäre. Das Furchtbare der Schöpfung war nur zu rechtfertigen, wenn man eine unsichtbare Weisheit hineinlegte und verkündete, dass sie einmal sichtbar sein würde: Selig sind, die da Leid tragen, denn sie werden getröstet werden! Aber wo waren die Eltern, die zu ihren unmündigen Kindern sprachen: „Seid selig, dass ihr leidet"? Wo war die Frau von Sowirog, die das Brot in den Kasten zurücklegte und zu dem fragenden Kinde sagte: „Sei selig, dass du hungerst, denn im Paradiese wirst du satt werden"? Wo war die Mutter, die zu Christean sagte: „Sei selig, dass du auf Krücken gehen musst, denn im Paradiese wirst du tanzen"?

O nein, es gab Eltern, die barmherziger waren als der Gott der Liebe. Barmherziger als auch ihre Pfarrer. Nicht dass die Pfarrer nicht getreue Diener gewesen wären. Sie reichten weiter, was ihnen gereicht worden war: das Wort. Und viele von ihnen glaubten, dass das Wort Speise sei. Sie standen an Särgen, in denen ein unendlicher Jammer begraben lag, und sagten: „Freut euch des Jammers, denn er ist seines Lohnes gewiss!" Sie fragten nicht, ob es nicht auch ohne Jammer einen Lohn gegeben hätte. Es war nicht gut zu fragen, seit Christus am Kreuz gefragt hatte, weshalb Gott ihn verlassen habe.

Aber viele von ihnen mochte es geben, die nun daheim zwischen ihren Büchern standen und die Hände rangen. Die nicht nur dies, sondern alles fragten, was ein Menschenmund fragen kann. Verstörte und entsetzte Fragen, und die schließlich mit verwirrten Augen vor sich hinflüsterten, oder es in den stillen Raum hinausschrien: „Ich glaube! Ich glaube doch! Lieber Gott, glaube ich denn nicht?" „Ja, sei still, arme Seele", sagten sie dann leise, „ich glaube ja. Ich glaube wenigstens, dass ich glaube. Lass es nun gut sein, arme Seele."

Auch der Pfarrer Agricola sagte es manchmal. Wenn er so müde war, dass er wie ein Kind im Traume sprach. Aber er ahnte, dass er es einmal nicht mehr sagen würde. Dass er zu rechtschaffen war, um es immer wieder zu sagen, und dass die Zeit für ihn kommen würde, in der das Wort auf seinen Tisch geschleudert werden würde: ‚Ich will ihm zeigen, wie viel er leiden muss um meines Namens willen.' Aber was er dann sagen würde statt des „Lass es nun gut sein, arme Seele", das wusste er nicht.

Und nun saß der Kätner und Waldarbeiter Gogun vor ihm, ein bisschen ein Trinker, ein bisschen ein Dieb und ein bisschen ein frommer Mann, drehte die Mütze zwischen seinen Händen und sagte, dass sie nun anfangen könnten, eine Kirche zu bauen. Das Holz sei da, die Steine seien da, und für das andere brauche er nur eine Bescheinigung von des Herrn Pfarrers Hand, dass er ein bisschen umherwandern und sammeln könne.

Aber woher das alles sei, fragte Agricola schließlich verwirrt.

Die Nonne, sagte Gogun lächelnd. Die Nonne und gute Menschen und die Sägewerke, die nicht wüssten, wohin mit dem Holz. Da brauche der Herr Pfarrer sich keine Sorgen zu machen. Und auch nicht wegen der Arbeiter. Jetzt wüssten es

134

erst vier, aber bald werde das ganze Dorf es wissen, und das Dorf werde die Kirche bauen, ganz allein, denn so viel Verstand und Geschicklichkeit sei auch in dem ärmsten Dorf, wenn es um Gottes Haus gehe. Und vielleicht – das sagte er nur so –, vielleicht werde der Herr Pfarrer in das arme Dorf ziehen, zu Jeromins etwa oder zum Schulzen, da er doch jetzt allein sei, und bei ihnen bleiben, ein kleiner Pfarrer nur, was die Gemeinde betreffe, aber mitten unter ihnen, und sie würden um ihn stehen wie eine Mauer gegen den bösen Feind.

„Ein kleiner Pfarrer …", sagte Agricola leise und sah Gogun an, und Gogun fröstelte es ein wenig vor seinen dunklen Augen.

Dann stand der Pfarrer auf, trat ans Fenster und blickte über den Garten hinaus. Eine unsichtbare Uhr schlug mit kleinen, schnellen Hammerschlägen auf das unendliche Band der Zeit, und Gogun sah sich vorsichtig um, ob er sie entdecke. Aber er sah sie nicht. Er sah nur Bücher über Bücher und den Staub auf Tisch und Stühlen und die leise Verlassenheit und Verwahrlosung eines Hauses, aus dem die Frau fortgegangen ist, und es tat ihm bitter leid um den großen gebeugten Mann, der dort die Stirn an die Fensterscheiben legte und nachdachte, ob er versuchen sollte, ein „kleiner Pfarrer" zu werden. Kein Glück kam aus Büchern und Gedanken. Glück kam nur aus einer schnellen Hand und schnellen Füßen, und manchmal aus dem Gläschen, in dem man alles vergaß.

Der Pfarrer drehte sich um. Sein Gesicht war blass, aber es war stiller und fröhlicher als vorhin, und die Bescheinigung wollte er schreiben. Morgen würde er ins Dorf kommen und sie mitbringen. Und er werde überlegen, ob er zu ihnen kommen wolle. Auch die Behörde habe da mitzureden.

Sie begannen noch vor der Ernte mit dem Bau. Herr von Balk hatte den Hügel über dem See als Baugrund geschenkt, und Gogun war drei Monate unterwegs gewesen. Auch der Pfarrer hatte nicht gewusst, was für einen erfolgreichen Apostel er ausgeschickt hatte. Sicherlich war es der Erste, der mit einer Ziehharmonika ausgezogen war, um für ein Gotteshaus zu werben. Aber es sah schön aus, wenn er an einem Zaun oder einem Gutshof lehnte, die sanften braunen Augen in die Ferne gerichtet, und unter seinen geschickten Händen erklangen feierlich die Töne, die alle liebten, „Ich bete an die Macht der Liebe" oder „Die Himmel rühmen des Ewigen Ehre." Zog er dann sein Schreiben heraus, ordentlich mit dem Kirchensiegel versehen, und sein Buch, in dem schon so viele Namen und Zahlen standen, begann er von Sowirog zu erzählen, dem kleinen, armseligen Dorf, das eigentlich der Eulenwinkel hieß, wie auch dort die Flügel des Engels über den Rohrdächern rauschten und wie sie alle aufgerufen worden seien, Mann, Weib und Kind, um Steine zu schleppen und Balken zu behauen, die halben Nächte lang, denn die Tage gehörten der Arbeit: So gab es wenige Sparbüchsen, die sich nicht öffneten, und es dauerte nicht lange, so war er selbst überzeugt, dass Gott mit ihm sei und dass der Gute längst vergeben und vergessen habe, dass am Anfang etwas gewesen war, das man vielleicht nicht ganz Gott wohlgefällig nennen konnte. Aber auch Jakob hatte es mit der Wahrheit nicht immer ganz genau genommen, und doch war er zu den Erzvätern versammelt worden.

Es gab wohl hier und da einen im Dorf, der leise den Kopf schüttelte, wenn er auf die Bohlen und Bretter blickte, die über den See kamen und sich am Fuß des Hügels zu hohen Stapeln türmten. Und mancher bückte sich unauffällig in der Dämmerung und fuhr mit den Fingern prüfend über die Kopfenden der Stapel, ob nicht ein Zeichen zu fühlen sei, eingeschlagen oder eingebrannt in das Holz, ein Firmenzeichen, das den Eigentümer angab. Aber es war alles glatt und in Ordnung, keine Fußspur der Sünde, und auch der Krugwirt, der sich um die Schneidemühlen herumdrückte, bekam den spöttischen Bescheid, dass Nonnenholz das beste für einen Kirchenbau sei, besser jedenfalls als für Dorfkrüge, und höchstens noch ebenso gut zu Galgen für Halsabschneider verwendbar.

Dabei blieb es und musste wohl so bleiben, aber es war doch eine leise Unruhe in allen Hütten, wenn am frühen Morgen, kaum dass die Hähne zu krähen begonnen hatten, sie hin und wieder die hohe, noch immer ungebeugte Gestalt des alten Jeromin auf dem Hügel stehen sahen, auf dem die Fundamente schon wie eine Festung lagen. Er stand da, auf seinen Stock gestützt, das weiße Haar von der frühen Sonne beglänzt, und blickte über den See nach den Hügeln, auf denen die großen Wälder gerauscht hatten und die nun grau, fremd und wüst dalagen, mit einzelnen jungen Schonungen, die bewahrt geblieben waren.

Niemand wusste, was er da tat oder dachte. Er ging nicht wie die andern zu den Steinen und beklopfte sie, er kümmerte sich nicht um die Balken und Bretter. Er stand nur da, regungslos wie ein alter, gebleichter Baum, und starrte in die Ferne hinter dem See. „Er ist das Gewissen des Dorfes", sagte Jakob, aber er sagte es nur zu sich.

Auch der Herr von Balk war viel auf dem Hügel zu sehen, und er wunderte sich, was seine Leute dort wieder anstellten. Er hatte das meiste dazu getan, dass alle Schwierigkeiten fortgeräumt wurden, auch dass man einen ordentlichen Plan einreichte, der nach vielem Hin und Her genehmigt wurde. Aber wenn er an seiner Habichtsnase vorbei auf alle Unruhe und Fröhlichkeit blickte, fragte er sich doch, ob hinter dieser wilden Frömmigkeit nicht wieder eine kleine Teufelei stecke, und auch er sah sich die Enden der Balken an, ob an ihnen nicht ein kleines Kainsmal zu entdecken sei. „Gar nicht gewusst, Michael", sagte er zu Gogun, „wie viel gute Seelen hier um den See herum wohnen, was?"

„Man glaubt es nicht, Herr Rittmeister", erwiderte Gogun treuherzig und wischte mit dem Handrücken den Schweiß von der Stirne. „Erst wenn es um Gottes Haus geht, klopfen die Sünder an ihre Brust."

„Und um das letzte Haus, Michael. Dann klopfen sie auch, und meistens reicht es dann ja auch."

„Ja, ja …", sagte Gogun. „Die Leute … die Leute …" und er nickte Herrn von Balk verständnisvoll zu.

Auch der Pfarrer saß gern mit Balk auf den Brettern und sah zu. Aber lieber fuhr er die Karren mit Kalk und Sand den Hügel hinauf oder lud mit den anderen Balken auf seine Schulter. Es stehe nirgends geschrieben, sagte er, dass die Diener Gottes ein fertiges Haus zu beanspruchen hätten, und es würde um manche

Pfarrer besser stehen, wenn sie ihre weißen Hände nicht nur zum Segen erhöben.

‚Um dich zum Beispiel‘, dachte Balk. ‚Aber mancher beginnt ja erst mit fünfzig Jahren sein wahres Leben.‘ „Ja“, sagte er, „und vielleicht wäre es noch besser, wenn die Menschen das Segnen unterließen. Ein Bauer braucht nur drei Jahre, um den Acker zu erkennen, bei dem es nicht zu segnen lohnt. Aber ihr habt nach zweitausend Jahren noch nicht erkannt, wie es mit dem Menschenacker bestellt ist.“

Der Pfarrer stützte sich auf seinen Spaten und sah zum Hügel hinauf, über dem die Abendwolken zogen. „Und wissen Sie genau“, fragte er, „ob Ihr Leben ebenso verlaufen wäre, wenn Ihr Vater Sie nicht gesegnet hätte?“ Es war zu spät, den Satz zu bewahren. Er hatte vergessen, was man von dem alten Herrn von Balk erzählte.

„Erinnere mich nicht“, sagte Balk trocken, „dass er mich jemals gesegnet hätte. Lag nicht in seiner Art … aber meinen Sie nicht, dass die Kirche zu klein wird, Herr Pfarrer?“

Nein, der Pfarrer meinte es nicht. Sie war nur für dieses Dorf gedacht, und er wusste nicht einmal, ob es nicht ihre Kräfte übersteigen würde.

Nein, er denke nicht daran, sagte Balk. Es gebe ein merkwürdiges Schauspiel, von einem Pfarrer namens Brand. Da wurde auch eine Kirche gebaut, und sie sei zu klein, viel zu klein. Manche Pfarrer wollten ja wohl, dass die ganze herrliche Dreieinigkeit in ihrer Kirche wohnte. Ein sehr merkwürdiges Schauspiel, dieser „Brand“ …

Agricola erinnerte sich, nicht sehr genau, aber genug, um zu fühlen, dass es ihn anging. „Nein, das will ich nicht“, sagte er leise. „Nicht die ganze Dreieinigkeit. Ein kleiner Pfarrer will ich sein, der etwas Brot und etwas Trost verschenkt … und manchmal weiß ich nicht, ob wir dazu eine Kirche brauchen.“

„Ich auch nicht“, meinte Balk.

Noch ein anderer saß manchmal bis zum Frührot auf den Balken, die noch nach den Wäldern rochen, und blickte auf das wachsende Haus. Das war Christean. Er kam auf seinen

Krücken bis zum Fuß des Hügels, lehnte sie neben sich an die Balken, faltete die Hände, lehnte den Kopf an das warme Holz hinter sich und blieb so Stunde auf Stunde, unbeweglich, nur dass seine Finger sich manchmal rührten, als formten sie an einer unsichtbaren Gestalt. Er sah das Haus in Gedanken wachsen, die Mauern aus Holz, die der Regen grau färben würde, die hohen, schmalen Fenster, für die der Herr von Balk gemaltes Glas versprochen hatte, den stumpfen Turm, für den sie noch keine Glocke hatten, und wie das Ganze weit über den See blicken würde, Blut und Schweiß und Frömmigkeit des ärmsten Dorfes, und wie vielleicht Christus in einer stillen Nacht dort oben auf der Schwelle sitzen würde, um alle Hände zu segnen, die ihm ein Haus bereitet hatten.

Und wie vielleicht einmal sein Bruder Jons diesen Hügel hinauf schreiten würde, feierlich, im schwarzen Talar, und auch der Pfarrer wäre dann aus dem Grunde dieser Erde aufgewachsen. Er würde die Geschwister trauen und ihre Kinder taufen und einmal den letzten Segen über den Großvater und auch über die Eltern sprechen.

Und er selbst? Ja, auch er war nicht so arm, dass die Kirche ihn nicht hätte brauchen können. Eine Krippe war schon fertig, die man vielleicht am Weihnachtsabend aufstellen würde, und im Holzschuppen, hinten, wo das Fenster auf den Garten ging, trat der Gekreuzigte schon langsam aus dem Lindenstamm heraus, den Friedrich ihm besorgt hatte. Das geneigte Haupt war schon deutlich, der Dornenkranz über der gequälten Stirn, und er konnte nicht dafür, dass der Mund der seiner Mutter war, ein strenger Mund, aber in seinen Winkeln lag der Schmerz und ein Hauch von dem, was die Menschen die Liebe nennen. Wahrscheinlich sah der Heiland so aus, als sei er in diesem Dorf geboren und im ersten Sternenschein Tag für Tag zur schweren Arbeit gegangen. Kein Gesicht, wie es in Herrn Stillings Büchern abgebildet war, zart und fast einem Weibe angehörig, sondern eines ihrer Gesichter, fest wie das des Vaters, mit tief liegenden Augen, und so still wie einer, der sein Leben lang am Meiler gewacht hatte statt im Garten Gethsemane. Aber die Leute im

139

Dorf würden ihn nicht tadeln, dass es kein zartes Herrengesicht war. Er würde einer der Ihrigen sein, dort über dem Altar, so wie er selbst aus einem Dorfe geboren worden war, und es stand auch geschrieben, dass er an sich genommen habe Knechtsgestalt.

Die Sterne wurden schon blasser über dem Moor im Osten, und ein erster Hauch des Windes der Frühe ging fast unhörbar über das Schilf am Ufer und durch das Laub der Espen am Fuß des Hügels. Aber Christean saß noch immer auf den Balken, die noch die Wärme des Tages bewahrt hatten, und sah den Gestalten zu, die vor seinen Augen aufstiegen. Hinter ihm lag das Haus, in dem sie alle geboren worden waren, und es war ihm, als ständen sie alle hinter ihm und blickten gleich ihm in die schweigende Nacht und wussten gleich ihm nicht, was der Morgen und alle kommenden Morgen für sie bereitet hätten. Ein Pfarrer würde vielleicht unter ihnen sein und ein Knecht, ein Fischer und ein Lahmer, den kein Heiland gehen machen würde, eine Ehebrecherin vielleicht und eine, die die Füße der Armen wusch, und vielleicht auch ein Verräter, der vor dem Espenlaub erschrak. Und alle hatte die Mutter geboren, von der sie so wenig wussten und die zornig gelächelt hatte, als Christean gemeint hatte, dass vielleicht einmal Jons von der Kanzel dieser Kirche predigen werde. „Seine Ehre soll sein, von des Kaisers Kanzeln zu predigen", hatte sie gesagt, „und nicht von der eines elenden Dorfes."

‚Ach, Frau Ilsebill', dachte Christean bekümmert, ‚denke doch an das Märchen vom Fischer und seiner Frau …'

Er stand erst auf, als die Nebel über dem Moor sich schon rötlich färbten. Kein Rauch stand noch über den Schornsteinen, nur die Hähne krähten, und das Knarren seiner Krücken ging leise mit ihm über den Sand. Seine Schultern waren hoch und schmal, und von ferne sah er wie einer der großen, fremden Vögel aus, die man zur Herbstzeit manchmal auf den Mooren erblickte.

# VIII

Gina Jeromin war nun siebzehn Jahre alt und seit zwei Jahren in der Kreisstadt im Dienst. Sie hatte eine Reihe von Stellenangeboten gehabt, und Gotthold hätte gern gewollt, dass sie bei einem reichen Sägewerksbesitzer eintrete. Aber Gina hatte ihn hochmütig angesehen und gefragt, ob er vielleicht meine, dass sie Handlangerdienste für ihn tun solle. Dann hatte sie die Stelle bei Frau von Manteuffel angenommen, deren Mann das Infanteriebataillon der Stadt befehligte.

Sie war nur ein halbes Jahr in der Küche gewesen und dann Stubenmädchen geworden. Sie war schweigsam, gewandt, lautlos in ihren Bewegungen und hielt sich ganz für sich. Wenn Frau von Manteuffel einen Tee für die Damen des Bataillons und der Stadt gab, wies sie manchmal mit einer Kopfbewegung auf Gina hin, die die Tassen herumreichte, und sobald sie lautlos das Zimmer verlassen hatte, fragte sie ihre Damen, ob es nicht seltsam sei, was für Blumen in den elenden Walddörfern lebten.

Gina war in der Stadt nicht glücklich, wie Gotthold, und nicht unglücklich, wie Jons es manchmal war. Sie wartete ihre Zeit ab, und während des Wartens bereitete sie sich vor. Kein Wort und keine Bewegung auf einer Abendgesellschaft entging ihr, keine Einzelheit an Haartracht oder Kleidung, nicht, wie man die Hand zum Kusse reichte, und nicht, wie man von einer Speise nahm. Sie bewahrte Briefe und Einladungen, die man achtlos in den Papierkorb geworfen hatte, las sie hundertmal und erlernte jede Wendung, die ihr nützlich oder vornehm schien. Sie legte Lohn auf Lohn und Trinkgeld auf Trinkgeld. Sie verkaufte die Schokolade, die der Kaufmann ihr schenkte, an Mädchen aus Nachbarhäusern, etwas billiger und unter dem Vorwand, dass sie keine Süßigkeiten esse. Sie ging ab und zu zum Tanz, aber ohne einen Pfennig auszugeben, und sie ließ sich niemals nach Hause begleiten. Sie kaufte sich ein einziges Buch, das vom guten Ton in allen Lebenslagen handelte, lernte es fast auswendig und las jede Zeitung und Zeitschrift, die fortgelegt wurde, selbst das Militär-Wochenblatt. Keines der Jerominkinder ging mit einer so stählernen und düsteren Entschlossenheit auf ihr Ziel zu wie sie.

Sie war sehr schön, von einer schweigsamen und gefährlichen Schönheit, und als sie im dritten Jahr ihre Entlassung erbat, erhielt sie sie friedlich und ohne viel Widerstreben. Es war Frau von Manteuffel nicht angenehm, dass junge Leutnants, die zum ersten Mal ins Haus kamen, sich vor Gina im Flur verbeugten, unsicher, ob sie ein Mädchen oder eine Gesellschafterin sei. Sie verließ das Haus mit einem hervorragenden Zeugnis, einer Menge abgelegter und sehr gut erhaltener Kleider, einem kleinen Kapital und mit Kenntnissen, von denen in Sowirog sich niemand etwas hätte träumen lassen.

Sie bekam von Herrn von Manteuffel einen alten Koffer geschenkt, auf dem sie nur die Anfangsbuchstaben seines Namens erneuerte, ließ ihn auf der Bahn und ging zu Fuß nach Sowirog, wo sie, ohne das Dorf zu berühren, beim Meiler ankam.

Jakob sah seine Tochter verlegen an und strich einmal mit den Fingerspitzen vorsichtig über das feine Tuch ihrer Jacke. Sie gehe fort, sagte Gina, in die Reichshauptstadt. Hier sei ihr Zeugnis, und sie bitte ihren Vater um etwas Schriftliches, damit sie bei einer neuen Stellung als Minderjährige keine Schwierigkeiten bekomme. Sie nahm Tinte, Federhalter und ein Blatt Papier aus ihrer Handtasche und sah zu, wie Jakob mit seinen großen, geraden Buchstaben das Verlangte schrieb. Er hatte noch keine Frage gestellt. Seine Kinder waren so klug geworden, dass er sie nichts zu fragen hatte.

Erst als sie ihre Handtasche wieder geschlossen hatte und aus der Tür der Hütte auf den Meiler blickte, fragte er leise, was sie denn dort tun werde in der fremden Stadt, ganz fremd und allein. Sie werde in ein Hotel gehen, erwiderte Gina, in ein großes Hotel, wo Fürsten und Ausländer wohnten, und dann werde sie weiter sehen.

Jakob war niemals in einem Hotel gewesen, und er wusste nicht recht, als was sie dorthin gehen werde. Er wunderte sich nur, was für Kinder er hatte. Der Wald stand groß und Schweigend da wie immer, etwas lichter geworden durch die Nonne und immer leerer, weil eines seiner Kinder nach dem andern von ihm fortging. Was sollte er zu seiner Tochter sprechen, die vom Meiler in die Hauptstadt ging, zu Fürsten und Menschen, die eine andere Sprache redeten? Er wusste von dieser Tochter nichts. Sie war immer gehorsam gewesen und still. Sie hatte ihm ein Paar Handschuhe zu Weihnachten gestrickt und sie auf seinen Platz gelegt. Er hatte sich gefreut, aber wenn er an ihr stolzes, kaltes Gesicht gedacht hatte, war ihm manchmal bei der Arbeit im Walde gewesen, als sei es ihm ohne diese Handschuhe wärmer. ‚Kinder können so fremd sein wie Steine‘, dachte er. ‚Man berührt sie mit der Hand, und es friert einen, als kämen sie tief aus der Erde herauf, wo der Frost eine Haut um sie gelegt hat. Und was aus dem Blut kommt, sollte doch warm sein …‘

„Ich bin dir wohl kein guter Vater gewesen", sagte er und verbarg seine schwarzen Hände unter der Tischplatte.

Sie hob etwas die Augenbrauen und schüttelte dann den Kopf. „Ich weiß nicht, Vater. Ich habe nicht nachgedacht darüber. Du hast mich nie geschlagen und mich nie verhöhnt, und beides hat die Mutter sehr gut gekonnt. Du warst nie da, Vater."

„Nein", sagte er, „ich war nie da. Ich saß am Meiler und euer Leben ging dahin. Das Holz verglüht, die Kohle bleibt."

Sie nickte und stand auf.

„Ins Dorf gehst du wohl nicht mehr?"

„Nein, ich muss nun zurück. Leb wohl, Vater."

Er hielt vorsichtig ihre Hand, weil die seinige noch voll Ruß war. „Du willst wohl nicht, dass ich dich segne, Tochter?"

Sie schüttelte den Kopf. „Ich weiß noch nicht, was mir zukommt, Vater."

Lange sah er ihr nach. ‚Wer von uns weiß es?‘, dachte er. ‚Man kann seinen Kindern nicht die Sehnen der Füße durchschneiden …‘

In der Hauptstadt der Provinz stand Gotthold auf dem Bahnhof. Sie hatte ihm geschrieben, dass er sie abholen solle. Sie sah ihn gleich, weil er größer war als die anderen, aber es fiel ihr schwer, ihn zu erkennen. Niemals hatte man seinesgleichen gesehen im Dorf. Sie hatte gemeint, er werde aussehen, wie die Gehilfen in den Kaufläden am Sonntag aussehen, bunt und aufgebügelt, und sie blieb nun eine Weile im Schatten stehen, um ihn anzusehen. Er sah über die Menschen hinweg, als sei er sein Leben lang gereist und warte nun auf seinen Schlafwagenzug, während er mit einer höflichen Neugier auf diese kleinen Leute blickte, die aus der Provinz für ein paar Tage in die Stadt kamen. Einmal grüßte er jemanden, und auch das geschah höflich, ohne Hast, mit der gleichen Überlegenheit, mit der Herr von Manteuffel die Hand an die Mütze gelegt hatte, wenn einer der Kaufleute der Kreisstadt ihn gegrüßt hatte.

Sie wunderte sich sehr. Gotthold war erst vor einem Jahr in die Hauptstadt gezogen, wo er eine Stelle in einem großen Kaufhaus gefunden hatte, und sie dachte, wenn die Großstadt allein solche Wunder an einem Menschen bewirken könne, dann werde es nicht lange dauern, bis sie ihn eingeholt haben würde.

„O lala", sagte er erstaunt, als sie im Vorbeigehen die Hand auf seinen Arm legte. „Sieh mal an, kleines Mädchen!" Und dann blickte er sie mit einem schnellen Blick vom Kopf bis zu den Füßen an und lächelte. „Das sind nun die hässlichen Entlein von Sowirog, Gina, die Frau Ilsebill auf ihrem friedlichen Dorfteich behalten wollte, nicht wahr?"

Sie lächelte flüchtig und fragte, ob er ihre Fahrkarte besorgt habe und wie viel Zeit sie noch hätte. Sie hätten über drei Stunden Zeit bis zum Nachtzug, und er hätte zwei Schlafwagenplätze für sie besorgt.

„Zwei?", fragte sie und blieb stehen.

Ja, natürlich, denn er begleite sie. Auch er habe seine Stelle gekündigt und verlange nach einem größeren Wirkungskreise. Oder schäme sie sich seiner etwa? Er werde ihr dort in der ersten Zeit manche Hilfe leisten können.

Er sah an der tiefen Falte zwischen ihren Augen, dass sie angestrengt nachdachte, aber dann nickte sie. Hilfe brauche sie nicht, erwiderte sie, und es sei gut so. Nur die Schlafwagenkarte könne er ruhig zurückgeben. Sie habe genug Nächte gewacht, um die Fahrt auszuhalten, und vorläufig sei sie noch dafür, den Pfennig zu ehren. „Bon", sagte er, „dann wirst du mir erlauben, sie dir zu schenken." Und damit war sie einverstanden. ‚Das kommt von der Mutter', dachte er mit einem spöttischen Lächeln. Wohin er sie nun führen solle.

Sie hatten ihren Koffer aufgegeben und standen auf der Bahnhofstreppe. Sie atmete tief die warme, staubige Luft ein und blickte mit glänzenden Augen auf die Lichter des großen Platzes. „Ich will nirgends hin", erwiderte sie, „aber ich will Jons sehen."

Er pfiff überrascht vor sich hin. „Den kleinen Heiligen? Habe ihn nie gesehen, aber wie du willst. Weißt du, wo er wohnt?"

Sie reichte ihm einen Zettel aus der Handtasche, und er winkte einer Droschke, aber sie wollte mit der Straßenbahn fahren, die hell und schimmernd auf ihren Schienen wartete.

Sie saß still auf ihrem Platz und blickte hinaus. Farbige Reklamen glühten auf den hohen Dächern, Wachspuppen lächelten hinter riesigen Schaufenstern, einmal donnerte das Eisen einer Brücke unter ihr, und sie sah dunkles Wasser und Schiffsmasten und Laternen, die sich in der Schwärze spiegelten. Ihre Hände waren feucht vor Erregung, und sie sah flüchtig zu Gotthold hinüber, der einer jungen Dame seinen Platz angeboten hatte und nun im Gang stand, eine Hand am Ledergriff, der an der Decke hing, und die andere auf der Lehne eines Sitzes. Sein Gesicht war fröhlich und von einer überlegenen Gelassenheit, aber Gina sah, dass er heimliche Blicke mit einer angemalten Schönheit tauschte. Nein, so billig wollte sie es nicht haben. Männer hatten wenig Stolz, und sie konnten niemals warten, bis ihre Stunde kam. Es war gut, dass er ihren Koffer tragen würde, aber dann würde sie sich allein auf den Weg machen. Geschwister waren eine mühsame Angelegenheit, und dieser Bruder hatte in der Kindheit manche Dinge getan, die in dem Buch über den guten Ton nicht aufgezeichnet waren.

Sie fanden mit einiger Mühe das Haus, in dem Jons wohnen sollte, und Gotthold sagte etwas von einer Wüste, in der die Heiligen mit Vorliebe lebten. Eine der langen Schwestern öffnete die Tür und blickte mit erstauntem Misstrauen auf das gut gekleidete Paar. So, seine Geschwister? Wenig Ähnlichkeit, aber sie glaube, dass er zu Hause sei. Er sei immer zu Hause. Noch ein böser Blick auf Ginas unbewegte Schönheit, dann ging sie voran. Es roch nach kalt gewordenen Speisen, und aus allen Türen kam der Lärm einer wilden und unbotmäßigen Jugend. Hinter einem grünen Vorhang verschwand eine zweite lange, schwarz gekleidete Gestalt, Stimmen flüsterten aus dem Dunkel, und Gina fühlte plötzlich zu ihrem Erstaunen eine Welle von Mitleid und Liebe heiß und schnell über ihr Herz gehen.

Auf dem kleinen Tisch am offenen Fenster brannte die Petroleumlampe und beschien Bücher, Hefte und Zeichnungen und das helle Haar, in dem Jons seine beiden Hände vergraben hatte. Das Bauer mit dem Buchfinken war noch nicht zugedeckt, und der Vogel saß still in einer Ecke, den Kopf in die Dunkelheit gewendet, die hinter dem Fenster stand. Die Kammer war so sauber wie die eines alten Stiftfräuleins, das schmale Bett war schon aufgedeckt, der Lärm der Stadt ging nur wie ein leises Rauschen am Fenster vorbei. Eine stille, traurige Würde lag über dieser Gestalt des einsamen Kindes und seiner schweigenden Hingegebenheit, und sie dachten beide einen Augenblick lang an die Kammer im elterlichen Hause zurück, wo der Stern hinter dem Fensterkreuz geschienen hatte und wo Jons im Dunkeln von den Wundern der Welt erzählt hatte, die ihm bei Herrn Stilling erschienen waren. Andre Wunder als die, die sie beide sich erwarteten, aber doch wahrscheinlich Wunder, nur mit Mühe und Fleiß zu enträtseln und ein Schweigen um sich ausbreitend, das so groß war wie das um ein Totenbett.

Gina ging zuerst an den Tisch, noch immer von einem Gefühl erfüllt, das ihr fremd war, und küsste den Bruder auf das helle Haar zwischen seinen Händen. „O … Gina …", sagte Jons und sah sie wie eine Erscheinung an. „Und … Gotthold …"

Gotthold winkte mit den grauen Handschuhen.

Jons saß neben Gina auf dem Bett und fragte. Bis in die Hauptstadt? Ach, du lieber Gott … und wie es zu Hause sei?

Sie sei nur am Meiler gewesen, um sich von Vater zu verabschieden. Merkwürdig, wie helle, klare Augen dieses Kind hatte, und wie schwer es war, ihren Blick auszuhalten. „Ja, der Meiler …“, sagte Jons leise und faltete die Hände wie sein Vater. „So allein ist er, so schrecklich allein … und nun geht ihr auch fort.“

„Wir waren wohl nie bei ihm“, erwiderte Gina. „Weißt du nicht, dass zweierlei Blut in unserer Familie ist?“

Ja, Jons wusste es.

„Hör mal“, sagte Gotthold von der Lampe her, „was willst du eigentlich später mit diesem Kram anfangen, hm?“

„Oh, ich weiß noch nicht. Vielleicht werde ich einmal Arzt werden. Wahrscheinlich aber Pfarrer.“

„Soso. Lobe den Herrn, meine Seele, und so weiter. Gina sagt, dass sie eine Kirche bauen zu Hause, und alle Goguns, Daidas und Gonschors werden dein Haupt mit Öl salben.“

„Man muss nicht so sprechen“, sagte Jons leise.

„Muss man nicht? Nun, können es auch unterlassen. Aber in ein paar Jahren werde ich euch eine Glocke schenken, oder zwei. Die Jerominglocken, nicht wahr? Dann wird einer von uns auf der Kanzel stehen und der andere vom Turm rufen, Frau Ilsebill wird ihre harten Hände falten, und Herr Czwallinna wird Buße tun … Was ist übrigens aus dem Geld geworden, Gina, das damals verschwand? Hat Korsanke keinen Täter gefunden?“

Sie sah ihn finster an. „Da du fortgingst, konnte er ihn nicht gut finden“, sagte sie, „aber es ist wohl besser, du schweigst hier davon.“

Gotthold pfiff lächelnd vor sich hin, und Jons hielt Ginas Hand mit beiden Händen. „Es ist nicht wahr, Schwester?“, fragte er flüsternd.

„Lass es sein, Jons“, sagte sie. „Junge Männer sind so eitel und so dumm wie Pfauen.“

Ja, nun sollten sie essen fahren, meinte Gotthold und sah nach der Uhr. Sehr viel Zeit hätten sie nicht mehr. Ob er noch einen anderen Anzug habe? Aber Jons antwortete nicht. Er hängte die Decke über den Buchfinken, räumte seine Bücher und Hefte auf, stellte die Lampe zurück an die Wand und strich das Bett glatt, auf dem sie gesessen hatten. „Auch dich hat die Mutter nicht verlassen", sagte Gina nachdenklich. „Keiner von uns entgeht ihr ganz."

Aber als sie aus der Kammer gehen wollten, stand Jumbo in der Tür. Hinter seinen Brillengläsern waren die Augen etwas traurig und etwas spöttisch wie immer, aber sie sahen sehr aufmerksam auf die beiden fremden Gesichter und dann auf Jons. „Wollte dich eben holen, Mönchlein, zu mir ... ist ein trauriger Abend, an dem man leicht zu viele Gläser füllt ... und sind dies deine Geschwister?"

Er stand ebenso ruhig da wie sonst. Jons hatte noch niemals gesehen, dass etwas ihn in Erstaunen setzte. Ja, erwiderte Jons verwirrt, das seien Gotthold und seine Schwester Gina. „Man nennt mich Jumbo", sagte der Student, „und wir beide sind große Freunde, was bei Jons gar nicht so einfach ist."

Oh, essen wollten sie gehen? Aber wäre es nicht schöner, sie kämen zu ihm? Er hätte ein großes Paket von Hause bekommen, und Restaurants seien widerlich. Fremde Menschen in Massen essen zu sehen, sei kein schöner Anblick, und Jons würde sicherlich ein Glas zerbrechen, „nicht wahr, Mönchlein?"

Ja, Gina wollte gern zu ihm kommen, und Gotthold begnügte sich damit, leise die Schultern zu heben. „Was ist er?", fragte er leise in dem dunklen Gang. „Student? Soso, Jurist ... na meinetwegen."

Es war so behaglich bei Jumbo wie immer, und es war ein Wunder für Jons, wie schnell und geschickt er den Tisch deckte und alles herbeibrachte, was er bekommen hatte. Es gab sogar einen süßen Schnaps für Gina und dann für alle Bier, das unter der Wasserleitung stand. „Jons trinkt nicht", sagte Jumbo. „Ich habe noch niemals einen so ordentlichen Menschen gesehen. Seid ihr alle so ordentlich?"

Gotthold fand es etwas formlos, wie dieser Knabe mit der Brille sich zu ihnen benahm, aber Gina nickte ihm zu. „Nicht alle", sagte sie, „aber jeder trägt ein Stückchen Erbe mit sich ..."

Ja, er auch, meinte Jumbo, und sah sie nachdenklich an. Er trinke zum Beispiel etwas mehr, als nötig sei. Aber nur solange, bis die Welt ihm etwas heiter erscheine, ein heiteres Theater, wo nur auf den hintersten Sitzen ein paar Leute heimlich weinten.

„Und ist sie nicht heiter?", fragte Gina.

„Ach nein, mein liebes Fräulein, das ist sie nicht, ganz und gar nicht. Der liebe Gott hat sich da ein bisschen versehen, und Leute wie unser Jons müssen nun ihr ganzes Leben damit zubringen, den Menschen klarzumachen, dass es ein weises Versehen gewesen ist. Wenn er dabei bleibt, heißt das. Aber ich glaube nicht, dass er dabei bleiben wird. Ich denke, dass er Arzt werden wird wie ich, und die Ärzte behaupten nicht, dass dies die beste aller Welten sei."

„Ich denke, Sie sind Jurist?", fragte Gotthold, so nachlässig, als sei er schon durch alle Fakultäten gegangen.

„Auch das, mein Lieber", erwiderte Jumbo, „und ich war sogar schon Theologe. Mein Vater glaubt es sogar noch heute. Aber es sind schlechte Spaziergänger, die immer nur eine Straße marschieren. Die Wahrheit sitzt mal hier und mal da, auf einem Stein am Straßenrand, und wartet, dass wir ihr begegnen."

„Ja, wenn Sie beide auf die Wahrheit warten …", und er sah spöttisch zu Jons hinüber. „Wir warten auf andre Dinge."

„Wer ist ‚wir'?", fragte Gina.

„Oh, entschuldige … Die Armen warten auf Geld, Herr Jumbo, und nicht auf die Wahrheit."

„Soso … tun sie das? Dieser Arme hier zum Beispiel", und er legte die Hand um Jons' Schulter, „wartet nicht auf Geld, sondern auf die Gerechtigkeit. Das Recht in der Wüste und die Gerechtigkeit auf dem Acker, nicht wahr, Mönchlein?"

Jons nickte und sah seine Schwester an, aber sie blickte vor sich hin, mit der tiefen Falte zwischen den Augenbrauen, die er kannte.

Ja, und nun führen sie in die Hauptstadt, meinte Jumbo weiter. Es könne sein, dass das Geld dort auf der Straße liege, wenn auch meistens etwas sehr tief im Schmutz, aber die Gerechtigkeit sei am Meiler vielleicht noch eher zu finden als dort. Und das Fräulein suche sicherlich noch ganz etwas anderes, nicht wahr?

Ja, sagte Gina ohne Zögern, sie suche die Macht. Jumbo nickte und stopfte sich nachdenklich eine kurze Pfeife. Soviel er von der Welt und der Schönheit wisse, werde sie wahrscheinlich am schnellsten von ihnen das Ziel erreichen. Ja, und doch hätte sie lieber eine Großbäuerin werden sollen … für arme Eltern sei es immer leichter, wenn ihre Kinder keine Krone auf dem Kopfe trügen. Sie seien dann geneigt, sich eine aus Blech machen zu lassen und ein Rad zu schlagen, oder sich Asche auf das Haupt zu streuen.

„Nicht Frau Ilsebill!", sagte Gina hart.

Ja, Frau Ilsebill … das sei auch nur ein Märchen, wenn auch ein weises Märchen … aber wie es denn mit Vater Jakob stehe? So einiges wisse er ja auch von ihnen. Und er könne sich wohl denken, wie er um diese Stunde am Meiler sitze und in den leeren Wald blicke. Sieben Kinder … aber manchmal seien auch sieben noch nicht genug, um das Brot für die letzten Tage zu backen. Sein Vater habe nur eines, nur ihn, und er wisse nicht einmal, dass sein Sohn nicht mehr Pfarrer werden wolle.

Sie hörten ihm schweigend zu, und es schien ihnen allen, als wisse er das meiste vom Leben, mehr als sie alle zusammen, eine freundliche, etwas traurige Wissenschaft, und als wisse er noch viel mehr, als was er ihnen hier erzähle.

Dann sah Gotthold nach der Uhr, und sie mussten aufbrechen. Jons wollte sie noch begleiten. „Wissen Sie, Fräulein Jeromin, was die Mächtigen am leichtesten verlernen?", fragte Jumbo noch in der Tür. „Das Lachen, Fräulein Jeromin. Und das ist wie im Märchen: Man findet es niemals wieder."

„Nun, Herr Jumbo", sagte Gotthold leutselig, „schreiben Sie mir mal eine Ansichtskarte, wenn Sie alle Fakultäten durch sind, nicht wahr?"

Jumbo nickte, aber seine Augen waren ganz ernst. „Wenn ich bei meiner jetzigen bliebe, würde ich Sie wahrscheinlich wiedersehen", erwiderte er. „Aber als Arzt ist es nicht wahrscheinlich, sehr wenig wahrscheinlich …"

Erst auf der Straße schlug Gotthold mit den Handschuhen durch die Luft. „Ein ziemlich dreister Patron, dein Herr Jumbo", sagte er zu Jons. „So?", meinte Gina. „Ich denke, er ist nur ehrlich und klug."

Noch einmal stand Jons unter dem hohen Glasdach und sah einem Zuge nach, aber es war nun ein vornehmer Zug, und die Räder der Maschine waren fast so hoch wie er selbst. Er sah Ginas Gesicht hinter einer Fensterscheibe versinken, und es sah aus, als schließe ein graues Wasser sich langsam und für alle Ewigkeit über ihrem Gesicht.

Während er langsam durch die schon leeren Straßen nach Hause ging, in schweren Gedanken und nicht ohne Angst in seinem Herzen, war Gina bis zur Mitternacht damit beschäftigt, die Einrichtungen eines Schlafwagenabteils bis in die geringsten Einzelheiten zu untersuchen. Sie war allein und hatte Zeit, und erst als sie entdeckt hatte, wie man das warme Wasser fließen lassen konnte und wie man die kleine Leiter aufstellen musste, kleidete sie sich aus, legte sich nieder und sah noch eine Weile zu, wie die blassen Sterne vor dem Fenster standen und die dunklen Umrisse großer Bäume vorüberglitten. Es war nicht so wichtig, ob man lachen konnte oder nicht, dachte sie. Es würde wichtigere Dinge geben, und morgen würde sie damit beginnen, viel langsamer als Gotthold, aber auch auf einem richtigeren Wege.

In der Frühe zeigte sich, dass Gotthold schon eine Bekanntschaft gemacht hatte. Ein Mann in einem weiten, langen Mantel und einer Reisemütze und vielen Ringen an den Händen. Er hatte ein „Kommissionsgeschäft", und er glaubte, Gotthold unterbringen zu können. Für weibliche Kundschaft wie geboren, meinte er mit höflichem Lächeln. Er verbarg sein Erstaunen nicht ganz, als er Gina erblickte, und bot ihr sofort seine Hilfe an. Er habe auch einen Schönheitssalon, als stiller Teilhaber, und sie könne sofort eintreten. Aber Gina dankte kühl, sie habe ihre eigenen Pläne. „Du würdest das besser lassen", sagte sie leise, als sie schon durch die Vorstädte fuhren, aber Gotthold lächelte nachsichtig. „Kleine Unschuld vom Lande", erwiderte er, „ich brauche ein Sprungbrett, nichts weiter."

Er stieg mit dem Mann im Mantel am ersten Stadtbahnhof aus,

bat Gina, ihm Nachricht zu geben, sobald sie eine Stellung habe, und verschwand im Gewühl, ohne sich einmal umzudrehen.

Gina ließ ihren Koffer auf der Bahn, trank auf dem Bahnsteig eine Tasse Kaffee, sah in Gedanken jede Straße auf dem Stadtplan, den sie sich in der Kreisstadt besorgt hatte, so deutlich vor sich, als trüge sie ihn in der Hand, und ging langsam, ohne Angst oder Verwunderung zu zeigen, bis zu dem Hotel, bei dem sie zuerst anfragen wollte. Es war nicht eines der ersten, aber es erschien ihr trotzdem wie ein Schloss, und der Mann, der vor dem schimmernden Eingang hoheitsvoll stand, wie der Wächter vor einem Feenpalast.

Nein, es sei nichts zu machen, sagte er bedauernd wie ein großer Vater, nachdem er sie angehört hatte. Schade, denn sie würde in Schwarz sehr niedlich aussehen. Solle mal nebenan versuchen, wenn er sie der Konkurrenz auch nicht gönne. Beim dritten Mal gelang es ihr. Der Portier führte sie selbst zum Eingang für Hotelangestellte, schob sie in eine Bürotür, sagte, da sei eine „Kleene vons Land" mit „'ner wohlgefällijen Schnute" und überließ sie dann mit einem väterlichen Nicken einem jungen Herrn, der seine Fingernägel feilte. Auch er war voller Teilnahme, die Gina vorsichtig erwiderte, und lange nach Mitternacht lag sie schon in einer glühendheißen Kammer unter dem Dach, mit schmerzenden Füßen und benommenem Kopf, aber zufrieden und ganz gewiss, dass sie auf der ersten Stufe stehe, auch wenn sie von dem Trinkgeld absah, das die amerikanische Familie ihr bei der Abreise in die Hand gedrückt hatte.

Zur selben Zeit hielt Gotthold, ziemlich betrunken, in einem nicht ganz sauberen Keller, eine Rede auf die Liebe und die Freundschaft, von Beifall und Johlen einer zahlreichen Gesellschaft begleitet, indes der Herr im Mantel einigen der bevorzugten Gäste lächelnd zublinzelte, mit dem Ausgang des Tages anscheinend ebenso zufrieden wie sein redseliger „Volontär".

Die gleichen Sterne standen über dem dunklen Haus am Herzogsacker, derselbe leise Wind ging um sein Dach. Jons schlief in seinem schmalen Bett, und seine Brust hob und senkte sich ruhig in dem kühlen Luftzug, der durch die geöffneten

Fenster hereinkam. Jumbo schloss mit einem leisen Seufzer das Bürgerliche Gesetzbuch, rauchte, auf der Fensterbank sitzend, noch eine kurze Pfeife, trank in kleinen Schlucken seinen Schlummerpunsch und dachte an das schöne Mädchen mit der scharfen Falte zwischen den Augenbrauen und den gefährlichen Windhund, der ihr Bruder war und den dieselbe Mutter geboren hatte, die Jons geboren hatte. ‚Wenn der liebe Gott wüsste, was er alles vorhat mit seinen Menschenkindern‘, dachte er, ‚dann könnte man ihm eine schöne Sache anhängen, und ich denke, dass das Bürgerliche Gesetzbuch nicht ganz ausreichen würde dazu …‘

Die gleichen Sterne standen über dem Dorfe Sowirog, nur dass sie heller und klarer leuchteten und dass der Wind nach dem Wasser roch, von dem er kam. Frau Marthe lag allein in ihrer Kammer, die Hände über der Brust gefaltet, mit strengem Gesicht, und durch ihren Traum zog ein Schiff mit einem großen weißen Segel, hell und ruhig, aber unter dem Mast standen ihre Kinder in einem losen Kreise und starrten auf etwas nieder, das zwischen ihren Füßen liegen musste. Sie bewegte sich unruhig, um zu erkennen, was es sei, aber es gelang ihr nicht. Immer sah eines der Kinder scheu über seine Schulter zurück und trat dann einen halben Schritt zur Seite, damit sie nicht sehen könne, was dort liege. Aber es war ihr, als könnte es ein Toter sein.

Zur gleichen Stunde lag Friedrich vor der Rohrhütte auf der Insel, den Kopf an die warmen Halme gelehnt, und blies ein Lied auf seiner Flöte, während ein Mädchen aus einem entfernten Dorf, fast noch ein Kind, ihn mit den Armen umschlungen hielt und den Kopf an seine Brust gelegt hatte. Ihre Augen blickten über das schwarze Wasser nach dem Walde, über dem die schmale Sichel des Mondes hing, und ihr helles Haar bewegte sich leise unter dem Hauch der Flöte, die Friedrich spielte.

Es war ein trauriges Lied, eine Folge klagender Töne, die von Stufe zu Stufe fielen, langsam, sich wiederholend, bis sie mit immer der gleichen bangen Frage endeten. Sie waren wie ein müder Regen, der auf einen Herbstwald fällt, von Blatt zu Blatt, oder wie ein Wind, der um die Schilfränder geht. Sie waren der einzige Laut in der großen schweigenden Nacht, und man konnte meinen, dass die Erde still vor sich hinspreche in ihnen, die umgebrochenen Äcker und die wachsenden Saaten, das immer Wiederkehrende und Vergehende, das doch ohne Freude war, weil es das Ewige war, Gehorsam und Verzicht, und nur der flüchtige Menschenfuß ging mit Lust und Klage über sie hin.

„Spiele nicht mehr", bat sie, „das Herz tut mir weh."

Er nahm die linke Hand von der Flöte und legte sie um ihre junge Brust, aber mit der rechten spielte er weiter, noch weniger Töne, noch mehr Traurigkeit. Nur einmal setzte er die Flöte ab, beugte sich über das Gesicht des Mädchens, das nun von Tränen überströmt war, und sagte: „Du musst mich nicht hindern … etwas wird leichter in mir, wenn ich spiele, und vielleicht ist es mein letzter Sommer … manchmal fürchte ich mich vor der Nacht und denke, dass hinter der Hütte einer steht."

„Keiner steht da", sagte sie.

„Viele sagen, dass ich ein Zauberer bin", fuhr er fort, „und dass ich eure Herzen bestricke. Und viele sind mir feind, dass ich so bin, wie ich bin. Aber ich kann nicht dafür … vielleicht kann die Mutter dafür … nimm nun dein Boot und fahre, damit keiner etwas merkt."

Sie gehorchte stumm, und eine Weile hörte er zu, wie die leisen Ruderschläge verklangen. Das Wasser war schwarz, ein dunkler, gefährlicher Spiegel, und es fröstelte ihn, wie er die Bilder der Sterne in der grundlosen Tiefe sah. Und dann spielte er weiter, den Kopf zurückgelehnt, immerzu, indes der Tau in sein Haar fiel und der Mond hinter dem schwarzen Wald versank.

Auf dem Hügel hörten sie seine Flöte, noch als sie Äxte und Sägen auf die Schultern nahmen und zum Dorf hinunterstiegen. Sie standen noch eine Weile und hörten zu, von einem kühlen Hauch angerührt, und später sagten sie, dass sie noch niemals ein solches Lied gehört hätten. Finsternis lag über dem See, und aus dem Dunklen kamen die Töne wie die Stimme eines vergehenden Menschen. Manchmal wussten sie nicht, ob jemand sang oder ob es die Flöte war. Seltsame Kinder hatten die Jeromins, und wahrscheinlich komme es von der Frau, die eine Landfremde war.

Dann blieben nur Christean und der Pfarrer zurück. Sie saßen nebeneinander, aber sie schwiegen und hörten zu.

Christean hatte den Kopf an die Balken hinter sich gelehnt und sah das Bild des Gekreuzigten, wie es immer klarer aus dem weißen Lindenholz heraustrat und wie jemand zu seinen Füßen eine Totenklage spielte. Maria war es wahrscheinlich, aber es konnte auch die Mutter sein. Ihr Haupt war verhüllt, und ihre weißen Hände bewegten sich leise auf dem schwarzen Holz. Er könnte nun aufhören, dachte er, sonst würden die Tiere im Schlaf stöhnen und die Fische nicht in die Netze gehen. So viel schweres Blut war in ihnen, und nun suchte es einen Ausweg aus dem zugeschlossenen Herzen, damit es langsam in das Moos tropfe. In ein Bildwerk, in ein Lied, in alle geschriebenen Bücher dieser Welt. Aber keiner sprach zum andern, jeder trug es für sich allein.

Auch der Pfarrer hörte zu. Er war müde und hatte den Kopf in beide Hände gestützt. Bach hätte so schreiben können, dachte er, in einer Kreuzesklage, als er schon blind geworden war und nur das andre sah, das Verborgene. Was für ein Land und was für eine Nacht … da bauten sie nun an Gottes Haus, aber über dem See erklang die Stimme, dass alles eitel sei, Steine zerstreuen und Steine sammeln, Herzen und ferne sein vom Herzen. Eine Stimme, die alles wusste, das Vergangene und das Künftige, auch des Pfarrers großen Anfang und sein kleines Ende. Die menschliche Klage, die sich zu Gott aufhob und zu den Sternen, und immer wieder niederfiel, weil niemand ihr Antwort gab, ja, weil niemand sie hörte.

In dieser Stunde, als das Lied der Flöte über den See kam, wusste er, dass er niemals mehr glauben würde, niemals in alle Ewigkeit, und er fühlte den Schmerz wie ein Messer in seinem Herzen. Wenn es die Kreatur trieb, so zu klagen, ja, wenn das Ebenbild Gottes so vergeblich und schmerzlich zu den Sternen rief, nichts als ein einfacher Mensch, unter einem dunklen Dach geboren: Wo war die Hand, die man ergreifen konnte, und wo der Mantel, unter dessen Saum man sich barg? Es war, als zerstreue dieses Lied die letzten Träume, als sei es das, was allein übrig geblieben sei von allen großartigen Visionen des Menschengeistes, von allen Hoffnungen und Täuschungen, und als säße dort, hinter dem dunklen Wasser, auf einem Hügel, um den die Winde gingen, der Mensch, vom Weibe geboren, der Erste, den man aus dem Paradiese gestoßen hatte, oder der Letzte, der den Weg des Menschen bis zu Ende ausgeschritten hatte und nun Abschied nahm von allem, was er die Liebe genannt hatte, oder das Leben, oder die Zukunft, oder die Ewigkeit.

Immer noch schienen die Sterne, und immer noch ging der Ruf der Flöte über den See, über das Dorf und den Kirchenhügel, bis auf das Moor hinaus. Manchmal trug ein leiser Wind ihn fort, und das Lied erstarb inmitten seiner Melodie, aber dann kam es wieder, und es war kaum zu merken, dass es fortgegangen war, weil jeder Ton ein Anfang sein konnte und jeder ein Ende.

„Horch", flüsterte das Kind Erdmuthe, „das ist gar nicht er, der spielt. Kein Mensch kann so lange spielen. Das ist einer, der aus dem Wasser wieder aufgestanden ist und um geweihte Erde fleht … angst ist mir, Michael, so angst …"

Aber er legte ihre Wange an seine Brust, wo sein Herz schlug, und strich mit der Hand über ihre schmale Schulter. „Fürchte dich nicht", sagte er. „Man sagt, dass der Tod nur spielt, wenn er keinen zu holen braucht, und vielleicht ist es der Tod. Aber er geht fort, solange noch der Tau fällt, damit niemand seine Spur erkennt."

Der Morgenstern stand wie eine Lampe vor der Tür der Torfhütte, in der sie lagen, und hinter dem Walde riefen die Kraniche das erste Morgenrot an. Er konnte nun ihr Gesicht erkennen, das immer noch ein Kindergesicht war, und die großen, sanften Augen, die wie Brunnen unter ihm lagen. „Fürchte dich nicht", sagte er noch einmal. „Noch ein Jahr. Und auch in der ‚Armen Sünde' können wir glücklich sein."

Sie strich mit der Hand durch sein dunkles Haar und versuchte zu lächeln. „Die Mutter", begann sie, „die Mutter sieht dir nach, wenn du gehst, und sie sagt, Unglück ist über deinem

Scheitel, und auch mich wird es begraben. Die Mutter weiß, was das Spinnrad singt, wenn sie den Faden spinnt …"

Er setzte sich auf und blickte in das steigende Licht. „Und möchtest du lieber allein begraben werden? Ohne mich und mein Unglück?"

„Nein, Michael, nein … aber sage ihm, dass er nicht mehr spielen soll, wenn du bei mir bist … es wirft einen Zauber über meinen Leib …

Immer noch die gleichen Sterne, hoch über dem Meilerwald. Schwächer das Lied der Flöte, manchmal nur wie ein Hauch. Aber Träume haben dünne Wände, und ist der einsame Spieler nur aus seiner Mutter Blut, sodass Jakob keinen Teil haben sollte an der Mahnung seines Blutes? Er sah kein Segel, denn er hatte keine Schiffe gesehen in seiner Kindheit, aber er sah, dass der Meiler aufgetan war mit einem dunklen Tor, und Männer und Frauen standen davor. Sie standen so schweigend wie Marthes Gestalten um den Mast, aber sie blickten nicht über ihre Schultern zurück. Sie blickten in das dunkle Tor, aus dem die leise verwehte Melodie erklang. Sie standen ganz bewegungslos, den Kopf vorgeneigt, und eine ernste, schwere Trauer lag um ihre Stirnen. Doch konnte er keines ihrer Gesichter erkennen, und niemand sprach ein Wort. Der Wald rauschte wie im Regen, aber es fiel kein Regen, nur ein grauer Himmel war über ihm ausgespannt, schimmernd wie schmelzendes Metall.

Da rief eine Stimme aus dem Tor, eine starke und dunkle Stimme, und der erste der Männer trat gehorsam in das Tor, Jakob kannte die Stimme, aber er wusste nicht, von wem sie kam. Er kannte auch das Wort, aber sein Sinn war ihm fremd. Der erste der Männer trat so gehorsam an, als stehe er auf einem Appellplatz oder als seien sie alle im Wartezimmer eines Arztes und man musste gehorchen, schnell und stumm, damit nichts von der Zeit verloren ginge. Er hatte noch kaum die dunkle Schwelle betreten, so war er schon fort, aufgelöst und in das Innere gesogen wie eine Wolke, die in ein Sturmtal fährt.

Und wieder rief die Stimme, und eine Frau ging hinein und verschwand. Aber keine Angst erfasste die anderen. Sie standen noch alle, wie sie am Beginn gestanden hatten, bewegungslos, lauschend, mit vorgeneigter Stirn.

Sie gingen alle hinein und keiner sah zurück. Auch blieb das Tor, wie es gewesen war, nur dass aus der Kuppel des Meilers nun langsam eine dünne Säule hellen Rauches aufzusteigen begann, wie von einem Brandopfer. Die Stimme schwieg, die ferne Flöte war nicht mehr zu hören, und Jakob erwachte. Er starrte blind und schweren Herzens in das morgendliche Licht, und dann stand er schnell auf, um nach dem Meiler zu sehen. Aber der Meiler glühte, und kein Tor war zu sehen.

Später hieß es, dass Kiewitt in dieser Nacht ein Gesicht gesehen habe, aber niemand wusste, wer es aufgebracht hatte und was er gesehen haben sollte. Auch erhob sich eines der Bienenvölker aus Herrn Stillings Garten um die Morgenstunde, schwärmte in einer dunklen Wolke um den Schornstein seines Hauses und war waldeinwärts verschwunden, ehe der Lehrer die Leiter an das Haus gestellt hatte.

# IX

Nach der Ernte kam Herr von Balk in die Stadt, stand am späten Nachmittag auf dem engen Schulhof des Gymnasiums, in seinem langen, gelben Mantel, und betrachtete durch sein Einglas die Schüler, die sich lärmend die Treppe hinunterdrängten, als befinde er sich auf einer Zuchtviehauktion oder auf einem Remontenmarkt. Aber es gefiel ihm nicht sehr, was er sah, und er bemerkte missbilligend, dass zu viele der Jungen Brillen trugen und dass ihre Haltung nicht so war, dass er sie sich in seiner Schwadron gewünscht haben würde.

Er hatte erfragt, dass Jons Nachmittagsunterricht hatte, was er für eine barbarische Rückständigkeit hielt, und erwartete ihn hier. Die Pension war ihm zu abgelegen gewesen, und außerdem entsann er sich, dass alle Pensionen nach kaltem Kohl rochen, was er für sein Leben nicht ausstehen konnte.

Er sah Jons herunterkommen, langsam, allein und in Gedanken. Stirn und Augen schienen ihm immer noch von bemerkenswerter Schönheit, aber er fand, dass er verarbeitet aussah und dass es ihm guttun würde, vier Wochen im Sattel zuzubringen. Ab und zu musste man sich für einige Zeit über die Umwelt erheben, und der Rücken eines Pferdes war das Beste dafür. „Hallo, Jons", sagte er, „die Erde steht noch."

Es war zu sehen, dass Jons sich freute. Seit Gina und Gotthold hatte er keinen Besuch gehabt. In die Pension wolle Herr von Balk wohl nicht kommen? Nein, das wollte der Rittmeister nicht. „Von wegen dem Kohl, mein Lieber."

Aber Jumbo sei da.

Jumbo? Was für ein Jumbo? Ein Schwarzer?

Nein, ein Student, und er sei der einzige Freund, den er habe.

„Reicht aus, Jons", sagte Balk. „Mehr als ich habe. Aber bringe ihn mit, wenn er ordentlich ist. Wollen zusammen im Hotel essen."

Es wurde ein großer Abend, selbst für den skeptischen Jumbo.

159

Nicht weil sie unerhörte Sachen aßen und tranken, in ein Varieté gingen, wo sich die Leute platt auf der Erde oder in der Luft bewegten und nachher in großartigen Sesseln in der Halle saßen. Sondern weil Herr von Balk da war, und er ein Mann war, der Jumbo ausnehmend gefiel. „Siehst du", sagte er, als sie eine Weile allein waren, „dafür bin ich nun eines Gastwirts Sohn. Kellnerbehandlung ist ein ganzes Kapitel der Psychologie, aufschlussreicher als Kaffeesatz, Handlinien und Sterne. Da ist nun ein Stand, von dem die meisten Menschen denken, er sei schon am Tage der Austreibung aus dem Paradiese begründet worden und allein zu dem Zweck, dass ein Mensch, der zwanzig Mark auszugeben hat, sich als ein Gott vor dem fühlt, der sie einzunehmen hat. Für sie ist ein Kellner gar kein Mensch. Er ist ein mit einem Frack bekleideter Automat, der sofort und ohne eine Sekunde des Zögerns Speisen und Getränke auszuliefern hat, sobald man ein Geldstück in seinen Schlitz wirft. Es gibt so Leute aus der Provinz, weißt du, die vor einem Kellner Großstadt spielen, und er hört geduldig zu. Nirgends gibt es so viel Geduld wie bei ihm. Für die Talmigroßstädter, für die Großschlächterswitwen mit Brillantringen, für Liebespärchen, für Leute, die zum ersten Mal in einem Hotel sitzen und aus Angst vertraulich werden. Und eines merke dir für alle Fakultäten, Mönchlein: Wer an den Speisen und Getränken dieser Erde am lautesten herumnörgelt, stammt todsicher von kleinen Leuten aus der Provinz."

„Und Herr von Balk nun?", fragte Jons lächelnd.

„Herr von Balk ist ein Herr. Er kann mit dem Oberkellner über den Kaiser sprechen oder über seine Frau auf dem Mistwagen oder über diesen wunderbaren Rotwein: Der Oberkellner wird immer wissen, dass ein Herr zu ihm spricht. Und das werden wir beide niemals lernen, Mönchlein."

Auch Herr von Balk war mit Jumbos Weltbetrachtung und seiner Art, guten Wein zu trinken, einverstanden. „Einen ordentlichen Freund hast du, Jons", sagte er. „Wünschte, ich hätte jemanden, mit dem ich ab und zu ein Männerwort reden könnte. Aber ich habe nur den Papagei. ‚Otto, sei doch nicht komisch.' Aber das kenne ich nun schon, und ich werde trotzdem

immer komischer. So wie dein Bruder im Herrn, unser Pfarrer."
Was denn mit dem Pfarrer sei?

„Ja, siehst du, Jons, ich denke, dass die sogenannte Vorsehung ihn zu uns geschickt hat, damit du rechtzeitig ein Beispiel vorgesetzt bekommst. Er fängt nämlich leise an, zu trinken, verstehst du? Noch hat es niemand gemerkt, aber ich habe es gemerkt. Ich kenne mich nämlich aus in solchen Dingen, wenn die Leute nicht mit Genuss, sondern mit Erbitterung trinken. Beim Regiment gab es so was. Leute, die sich übergangen fühlten und so weiter.

Auch er fühlt sich übergangen, vom lieben Gott. Er hat angeklopft, und es wird ihm nicht aufgetan. Manchmal will der liebe Gott nicht. Er empfängt nicht. Nun, das ist nicht so schlimm, denn die meisten kommen immer wieder. Pfarrer sind sehr geduldig. Aber manche kommen eben nicht wieder, es wird ihnen zu dumm, und so einer ist Agricola. ‚Wollen mal sehen, alter Mann‘, sagte er. ‚Ich kann auch anders.‘ Und dann fängt er an zu trinken. Kann sein, dass er noch andre Sachen machen wird. Und ich habe in meinem Leben bemerkt, dass die ganz ernsten Leute immer Krach bekommen. Mit der Polizei, oder dem Landrat, oder dem lieben Gott. Sie fassen nämlich alles wörtlich auf, was von dorther verkündet wird, und das ist ein Irrtum. Es sind nämlich nur Redensarten, so für den einfachen Mann, weißt du. Und die meisten Leute sind eben nicht einfach. ‚Du sollst nicht töten‘, zum Beispiel. Das ist ein klarer Satz, der in der Bibel wie im Strafgesetzbuch steht. Aber lass uns mal wieder Krieg bekommen, was spätestens nächstens der Fall sein wird, und dann werden wir mit Wonne töten. Wehe dem, der dann nicht tötet, dem ernsten Mann zum Beispiel! Er will nicht töten, weil es verboten ist. Das hat er gelernt, darüber hat er nachgedacht, das ist sein Glaube geworden. Er kann nicht so schnell umschalten, weißt du. Und so ist auch unser Pfarrer. Herr Jumbo hat es bald erkannt, und für dich wäre es gut, wenn du es vor dem ersten Semester auch erkennen wolltest. Ihr Wohl, Herr Jumbo!"

Ja, sonst ging es im Dorf so, halb traurig und halb lustig. Sie hätten ja nun ihren Kirchenbau und tränken etwas weniger als sonst. Mit Ausnahme ihres besagten Pfarrers. Und er sei felsenfest überzeugt, dass alles Holz zur Kirche gestohlen worden sei. Eine Komödie, die beinahe großartig sei. Und das Ganze nicht etwa aus Spaß oder Bosheit, sondern aus Frömmigkeit. In der „Weltgeschichte gebe es eine ganze Menge solcher ‚Kirchenbauten‘, nur höre man auf der Schule nichts davon.

Übrigens seien sie eine Weile alle behext gewesen, weil der Rattenfänger von Hameln – „Friedrich Jeromin, leiblicher Bruder dieses anwesenden Jons, Herr Jumbo“ – eine Nacht lang auf seiner Flöte gespielt habe. Auf der Insel im See, bei abnehmendem Mond. Kiewitt habe ein Gesicht gehabt, und ein Bienenschwarm sei aus Herrn Stillings Stöcken auf und davon.

„Es ist nicht zum Spotten, Herr von Balk“, sagte Jons leise.

„O nein, Jons, ich spotte auch nicht, am wenigsten über die Flöte. Habe sie einmal gehört und werde sie mein Lebtag nicht vergessen. Eine merkwürdige Familie ist das, Herr Jumbo. Ein Musiker, ein Bildhauer und einer, der … wie heißt es doch? … der die Gerechtigkeit auf den Acker bringen will. Ein schwerer Weg, kleiner Jons, ein sehr schwerer Weg. Ist noch keiner damit fertig geworden, nicht einmal der liebe Gott, und es wäre doch eine Kleinigkeit für ihn gewesen. Nie begriffen, weshalb eine ungerechte Welt heilsamer sein soll als eine gerechte. Sie, Herr Jumbo?“

„Nein, Herr von Balk.“

„Nie begriffen, wenn Eltern zu ihren Kindern sagen: ‚Später, liebe Kinder, später. Das versteht ihr noch nicht. Aber später werdet ihr einsehen, dass es gut für euch war, Prügel zu bekommen.‘ Weshalb Prügel? Eine Kleinigkeit für den lieben Gott, Kinder zu schaffen, die keine Prügel brauchen. Kein schöner Anblick, diese Prügelei. Besonders wenn es die Großen sind, die sie am ehesten verdienen. Nie begriffen. Sie, Herr Jumbo?“

„Nein, Herr von Balk.“

„Ja, das meiste unbegreiflich auf dieser Welt … gab einen Vers beim Regiment, der voller Weisheit war: ‚Wer nie Ulan gewesen und weiß, was der sich denkt, der kann sich gar nicht denken,

162

was so 'n Ulan sich denkt.' Kann mir auch nicht denken, was der liebe Gott sich gedacht hat. Sie, Herr Jumbo?"

„Nein, Herr von Balk."

Es war schon spät, als sie aufstanden und sich verabschiedeten. Herr von Balk hatte viel getrunken, aber seine Augen waren nicht fröhlicher geworden. „Lass es sein, Jons, mit der großen Gerechtigkeit", sagte er. „Habe immer gedacht, dass ein Bauer mit dreißig Morgen, der seinen Mist ordentlich ausfährt, mehr Gerechtigkeit auf den Acker bringt als der Prophet Jesaias. Immer so gewesen. Die Hand ist mehr als der Mund. Wünschte, du kämest zu mir und wärest mein Sohn. Deine Mutter sagt, wäre wenig Ehre dabei, aber ist eine harte Frau, deine Mutter. Aus dem Alten Testament, weißt du. Makkabäerin und so. Nun lebt wohl, bin etwas betrunken, aber anders als euer Pfarrer. Ohne Groll, versteht ihr? Ohne Groll muss man leben, das ist die Sache."

Sie sahen ihn langsam die Treppe hinaufsteigen, eine hohe, leise gebeugte Gestalt mit etwas gekrümmten Reiterbeinen, während der kleine, verschlafene Page mit dem Ausdruck kindlicher Verehrung in seinem übernächtigen Gesicht ihm eine Stufe tiefer folgte, bereit, ihn zu unterstützen, wenn er dessen bedürfen sollte.

Aber der Herr von Balk bedurfte keiner Unterstützung.

Jons war nun Sekundaner und wurde mit „Sie" angesprochen. Er hatte an seinem Leben nicht viel geändert, außer dass er nun, nach dem Abend mit Herrn von Balk, in seiner freien Zeit mehr als bisher durch die Stadt zu streifen begann. Es waren nun nicht mehr Museen oder Ausstellungen, durch die er langsam ging, sondern eben die Stadt, und zwar nicht die Stadt als solche, sondern ihre Menschen. Die Zeit war gekommen, in der ein Buch ihn mit Misstrauen erfüllen konnte, und manchmal waren es alle Bücher, die ihn mit Misstrauen erfüllten. Was Herr von Balk von dem Bauern gesagt hatte, der den Mist auf seine dreißig Morgen führte, beschäftigte ihn lange Zeit.

In den Vierteln, in denen die Wohlhabenden lebten, war nichts für ihn zu sehen, aber in den Vorstädten, wo die Armen wohnten, am Ufer des Stromes, an den Ladeplätzen des Hafens, vor den Kneipen, über deren Tür ein Anker hing oder eine plumpe, glänzende Galionsfigur, entrollte sich vor seinen Augen eine andere Welt. In ihr wurde eine andere Sprache gesprochen als in den Büchern mit den schönen Einbänden, andre Dinge wurden begehrt, gehasst und geliebt, als er sie aus der Schule kannte, auf andere Weise auch noch als in Sowirog, und manchmal schien es ihm, als schwanke die Erde leise, auf der er stand, wenn er die Gesichter der Frauen und Kinder sah, die vor den Türen der Destillen wartend standen, Stunde auf Stunde, bis eine schwankende und fluchende Gestalt aus der Tür kam.

Hatte er gewusst, dass es solche Gesichter gab? Und wusste er, weshalb es sie gab? Waren sie diejenigen, für die die Verheißungen des Paradieses geschrieben waren? Aber weshalb musste gerade über ihnen die Zuchtrute am härtesten geschwungen werden? Wer von den Menschen geschlagen wurde, musste der auch noch von Gott geschlagen werden? ‚Kein schöner Anblick, diese Prügelei‘, hatte Herr von Balk gesagt.

Es geschah ihm nichts auf diesen Wanderungen. Er war aus dem selbstgewebten Anzug herausgewachsen, er trug noch immer Eisen unter den Absätzen, und seine Augen blickten viel zu ernst und tief aus den Schatten der Stirn heraus. „Ist deiner auch drin?", fragte ihn einmal eine der Frauen. Er schüttelte den Kopf, und sie hüllte sich fester in ihr Umschlagtuch. „Ersäufen sollte man sie", sagte sie, „wie die jungen Katzen. Aber im Abwaschwasser und nicht im Schnaps."

Nein, „seiner" war nicht darin. Er saß am Meiler und brannte die Kohle, und dazwischen las er in dem großen Buch von dem Hagel, der den Wald hinabging. Auch er war geschlagen, das wusste Jons nun, aber er war ohne Groll. Jons wusste nicht, ob er zweifelte oder voll des blinden Glaubens war. Aber voller Hoffnung war er, das wusste er. Dass aus ihren dumpfen Reihen der Messias kommen würde und dass Jons vielleicht ausersehen war, ihm den Weg zu bereiten.

Der Vater wusste es, aber Jons wusste es nicht. Er begann nun in jene bittersüßen Jahre einzutreten, in denen der Mensch das erste, noch primitive Rüstzeug des Geistes in den Händen hält und, noch nicht weise genug, es an die eigene Person zu setzen, es an die Sockel der Götter legt, die man vor ihm aufgerichtet hat. Und selbst die stillsten Augen begreifen, dass diese Sockel bröckeln. Die meisten erschrecken, legen das Rüstzeug beiseite und werden wieder geduldige Beter zu den Füßen ihrer Propheten und Meister. Über einige fällt der Rausch der jungen Kraft und der Zerstörung, und sie hören erst auf, wenn sie inmitten eines Trümmerfeldes stehen und die Augen der zerschlagenen Götter blind und traurig zu ihnen emporblicken. Sie beginnen dann, zu trinken oder eine Sekte zu gründen.

Einige aber halten inmitten ihrer Arbeit an und sehen sich um. Nachdem sie den Hebel an drei oder vier der Götterbilder gelegt haben, erkennen sie, dass es verlorene Mühe ist, es mit allen zu versuchen. Alle werden schwanken, und nur Kinder brechen tausend Blumen, um zu erfahren, was eine Blume ist. Und nachdem sie erkannt haben, dass man eine schwankende Welt vor ihnen aufgerichtet hat, beginnen sie damit, ihre eigene so fest zu machen, dass sie nicht vor jedem Sturm der Zeiten erbebt. Sie beginnen es auf verschiedene Weise, aber sie enden alle damit, dass sie nicht mehr in das Unsichtbare hinausblicken. Sie wissen wohl, dass es da ist, aber sie wissen auch, dass es dem Menschen nicht gegeben ist, es zu wissen. Sie setzen ihre Grenzsteine zurück, und innerhalb dieser neuen Grenzen beginnen sie nun zu arbeiten. Sie erkennen, dass die Hand so viel wert ist wie der Geist und oft mehr als der Geist. Dass ein ordentlicher Acker mehr ist als eine unordentliche Philosophie und dass der Mensch dazu da ist, die Dämonen zu besiegen, die jahrtausendelang um seine Wiege gestanden haben. Noch ist die Luft erfüllt mit ihnen, mit denen des Hasses, der Gewalt, der Lüge, der Opferung, der Angst, der Rache. Und nicht nur mit denen der Hölle, sondern auch mit denen des Himmels.

Der Kampf gegen sie bringt keine Belohnung, weder im Diesseits noch in einem erträumten Jenseits. Er bringt Einsamkeit und Feindschaft, Leid und Verzicht. Aber er ist alles, was der Mensch aus seinem Leben machen kann. Er ist der Anfang zu einem Tor in eine bessere Zeit. Wer ihn auskämpft, ist wie Moses, nur dass er nicht auf einem Berge steht, sondern am Fuße eines der tausend Hügel, die sich vor dem Berge erstrecken. Wer ihn auskämpft, ist kein Soldat Gottes, sondern ein Soldat der Menschheit, des Kreises also, in den er hineingeboren ist. Es wird nicht danach gefragt, ob er sie hasst oder liebt oder verachtet. Er hat sie so wenig gewählt wie seine Eltern, aber er spricht ihre Sprache, er sitzt an ihrem Herd, er hat zu ihnen zu stehen. Wenn er bitter wird dabei, ist er „nicht der rechte Soldat, und auch nicht, wenn er glaubt, dass seine Taten nun in einem Buche verzeichnet werden, über das der Erzengel einen goldenen Griffel hält. Nichts wird verzeichnet, nichts wird aufgeschrieben. Am Abend des Lebens nimmt er den Spaten auf die Schulter und geht davon, ein kleiner Handlanger, namenlos und unbekannt, indes hinter ihm die Mauern aufzuragen beginnen, an denen ihm vergönnt war, seine kleine Pflicht zu tun.

Nicht, dass Jons dies alles erkannt hätte. Aber eine Ahnung davon ging ihm in diesen Jahren auf, und es war ihm gut, dass er am Abend bei Jumbo saß. Am Abend kam die Macht der Rede über Jumbo, der Glanz einer frühen Weisheit, ohne Hochmut und ohne Groll. Er wusste nichts von dem frühen Tode, der ihm beschieden war, und dass in den Arsenalen von Smolensk oder Samara dieser Tod schon auf ihn wartete. Wartete, dass sie beide sich auf den Weg machten, um einander zu begegnen. Aber es war möglich, dass er eine Ahnung davon in seinem Blute trug, die Ahnung eines kurzen Frühlings, der schnell gelebt werden musste und in dem aller Same auszustreuen war, mit dem die lange Reihe seiner Ahnen ihn bedacht hatte. Viele lebten damals so, an der Wende der Zeiten, Soldaten lange vor dem großen Kriege, und ohne zu ahnen, dass sie auch nach ihm noch lange als Soldat würden leben müssen.

„Ohne Hoffnung, Mönchlein?", sagte Jumbo. „Ach nein, kleiner Mann, nicht ohne Hoffnung. Ein Mann, der etwas Rechtes tut, ist niemals ohne Hoffnung. Wer den Mist auf seine dreißig Morgen fährt, wie der Herr von Balk sagt, ist auch nach zehn Hagelschlägen und Missernten nicht ohne Hoffnung. Weil er der Erde vertrauen kann, verstehst du? Seine Vorfahren haben ihr tausend oder zehntausend Jahre vertraut und haben gesehen, dass sie recht daran getan haben. Sie hoffen nicht nur, sie wissen, dass die Ernte einmal kommen wird. Nur die, die auf die große Gerechtigkeit vertraut haben oder darauf, dass einmal einer ihre Tränen abwischen wird, die wissen nichts. Sie waren nicht bescheiden genug, sie waren nicht Kinder der Erde. Sie wollten nicht ein Stückchen Acker mit Ordnung und Schweiß und Brot, sondern sie wollten das Paradies. Strebe nicht nach dem Paradies, Mönchlein, sondern tue etwas Rechtes mit deinen Händen und deinem Herzen. Treibe alle Chucholleks aus von dieser Welt, denen du begegnest! Es werden nicht alle sein, aber andere tun dasselbe auf ihren Wegen. Nur mache nicht den Teufel aus ihnen, oder das ‚böse Prinzip‘ oder sonst einen Popanz, sondern nimm sie, als was sie sind: arme Schächer, die zu unsrer großen Familie gehören, zu der des Menschen."

Es war ein schöner Herbst für Jons, gefüllt mit junger Ernte, und er behielt ihn lange im Gedächtnis.

Auch für das Dorf war es ein schöner Herbst. Die Tage waren mild und voller Sonne, und während die welken Blätter leise fielen, nagelten sie die Schindeln auf das Kirchendach. Weit konnte man von dort hinaussehen über das Land. Die Wälder waren dahingesunken, aber die Schonungen wuchsen auf, und weit hinter dem See sahen sie ein breites goldenes Band. Das war der Weißbuchenwald, der seit undenklichen Zeiten „Das Paradies" genannt wurde. Die Straße nach den nächsten Dörfern lief zwischen seinen grünen, bemoosten Stämmen dahin, und hier sammelte die alte Frau aus der „Armen Sünde" noch die letzten Steinpilze, wenn im dunklen Fichtenwald schon Schnecken und Würmer die Ernte zerstört hatten. Es war nicht leicht, in der braungoldenen Blätterdecke die dunklen Häupter der Pilze zu entdecken, aber ihre hellen Augen waren noch scharf, und sie erkannte von Weitem, was der Erde angehörte und was nur ein Trugbild war für ihre fleißigen Hände, ein Stück Rinde etwa, dunkel und gewölbt, das aus der Ferne wie ein Steinpilz erschien und doch nur ein Stück Rinde war.

Sie erkannte auch von Weitem, dass der braungelbe Blätterhügel zwischen zwei vom Winde gestürzten Buchen nicht von demselben Wind zusammengetrieben war und dass der dunkle Ast, der neben dem Hügel lag, anders aussah als die meisten Buchenäste. Sie blieb eine Weile stehen und blickte hinüber. Die Sonne schien still und warm, aber ein kühler Hauch wehte sie plötzlich aus der Tiefe des Waldes an, und sie sah sich schnell um, als stehe jemand hinter ihr. Ein Eichelhäher begann zu lärmen, und aus dem leeren Wald kam das Echo zurück.

Als sie dann das Laub mit den Händen zur Seite gescharrt hatte, langsam und zuletzt nur Blatt für Blatt, blieb sie zu Häupten des Toten sitzen und sah in seine aufgeschlagenen Augen. Sie waren von dem gleichen weißlichen Blau wie der Septemberhimmel, und wer den Toten nicht kannte, mochte meinen, es sei nur der Widerschein der hohen, wolkenlosen Kuppel. Aber sie kannte Michaels Bruder wohl. Sie wischte mit einem Tuch das getrocknete Blut aus seinen Mundwinkeln und saß dann wieder still, die Hände über dem Tuch gefaltet. Sie war nicht neugierig und sie war nicht traurig. Sie hatte viele Tote gesehen, auch Erschlagene, nur den Gerichteten hatte sie nicht gesehen. Aber danach hatte der Tod seine Schrecken verloren. Er war Menschenwerk geworden für sie. Nicht mehr das dunkle Los, das ein zürnender oder richtender Gott über die Erde warf, sondern eine der vielen dunklen Kräfte, deren die Menschenhand sich bemächtigt hatte. Böse, wie das meiste, was aus ihr kam, und hinzunehmen wie Hagel oder Wassernot. Nicht viel Gutes war von ihr zu erwarten, so wenig wie von Gott etwas Gutes zu erwarten war. Auch hier hatte sie zugeschlagen, und vielleicht würde auch der Henker wieder zuschlagen, aber damit weckte man die Toten nicht auf und nahm die Sünde nicht aus der Welt. Sie hatte nicht gedacht, dass Friedrich der Erste sein würde. Ihr Leben war erfüllt von Zeichen, ihre Augen sahen den Schatten über eines Menschen Scheitel. Aber dies hatte sie nicht gewusst. Er war nun der Erste, aber er würde nicht der Letzte sein. Sie sah noch keinen Grund in ihrem Becher, sie schmeckte nur seine Bitterkeit auf den Lippen.

Die Sonne wärmte ihren schmerzenden Rücken und schien in

die Augen des Toten. Da beugte sie sich, um seine Lider zuzudrücken, aber sie musste ihre Hände lange Zeit auf der Kühle des Todes halten, ehe die Augen sich nicht mehr öffneten. Und auch dann blieb noch ein schmaler Spalt, in den die Sonne sich stahl, und es schien, als blicke der Tote angestrengt und aufmerksam in eine weite Ferne, in der sich etwas bewegte, was er erkennen wollte. Sonst war sein Gesicht ruhig und voller Frieden, ein schönes, reines Gesicht, und nur um seine Lippen lag der Hauch einer kindlichen, erstaunten Trauer.

Die Sonne wanderte in ihren Rücken, die Blätter fielen leise auf sie und den Toten. Sie saß ganz still. Sie zählte keine Stunden, sie dachte nicht an die Mörder. Ab und zu tauchte das Bild ihres Kindes vor ihr auf, aber es glitt wieder fort, und nichts blieb als der goldfarbene Wald und das stille Gesicht zu ihren Füßen. Gut würde es sein, wenn alles zu Ende wäre, die Liebe und der Hass, die Wege durch die Wälder, Hunger und Durst, alles, alles. Aber was bis dahin noch kommen würde, musste man auf den Rücken laden und tragen, wie man das andere getragen hatte.

Einmal würde doch jemand kommen, wenigstens der Briefträger, und so lange musste sie schon warten. Wenn seine Mutter nicht bei ihm saß, so musste sie es sein, und sie glaubte nicht, dass es seine Mutter vom Herde auftreiben und durch die Wälder jagen würde. Nein, alle andern, aber seine Mutter nicht.

Glumsda nahm seine Mütze vor dem Toten ab, aber er fragte nicht viel. Ja, er würde Bescheid sagen und den Gemeindevorsteher schicken. Er war so viel allein gewesen in seinen vierzig Dienstjahren, dass er das Sprechen verlernt hatte, und er hatte so viel gesehen in diesen Wäldern und sich so viele Gedanken dazu gemacht, dass er nichts zu fragen brauchte. Das Fragen war nicht seines Amtes.

Das Dorf empfing die Nachricht wie das Anklopfen von Gottes Faust an seinen Türen. Wie lange war es her, dass jene Nacht gewesen war mit dem Flötenlied über dem See, das Gesicht Kiewitts und der Bienenschwarm über dem Schulhaus? Gott war in den Wäldern und sah zu, wie sie seine Kirche bauten. Er hatte gemahnt, aber sie hatten nicht gehört. Balk wies sie an, keinen Unsinn zu reden, aber sie blieben verstört, und Gogun kniete in seiner Kammer und betete.

Das Gericht hatte festgestellt, dass Friedrich in dem Dorf hinter dem „Paradies" gewesen war, bis kurz nach Mitternacht. Das Mädchen, das ihn eingelassen hatte, war freiwillig gekommen, um auszusagen. Nein, er sei heiter gewesen wie sonst und dazu ein bisschen traurig wie sonst. Er habe oft von seinem Tode gesprochen und dass man ihm nachstelle, aber niemals jemanden genannt. Einen Verdacht habe sie nicht. Nur als er fortgegangen sei, habe er in den Mond gesehen und gesagt, er müsse nun gehen, sie warteten auf ihn. Sie habe gedacht, dass er seine Eltern meine.

Sie weinte nicht. Ihr Gesicht war ganz erstarrt, und sie sah an den Beamten vorbei in den Wald, als winke ihr jemand hinter den Buchenstämmen zu.

Friedrich war erschossen worden. Es war ein kleines Geschoss. Es hatte den Körper durchschlagen und konnte nicht gefunden werden.

„Ganz niedlich, diese kleine Julia", sagte der Referendar, der aus der Hauptstadt stammte, aber der Amtsrichter ersuchte ihn, gefälligst seinen Mund zu halten.

Als die Leiche freigegeben wurde, holte Jakob sie aus der Kreisstadt ab. Gogun fuhr den Wagen mit den beiden kleinen Pferden, ohne Lieder, mit schwermütigem Gesicht. Neben ihm saß Jakob, sehr gerade, mit bloßem Haupt, die Papiere noch immer in den Händen, die man ihm gegeben hatte.

Hinten, am Fußende des Sarges, saß Jons im Stroh, die Holzkiste neben sich, so wie er eben zu den Ferien aus der Stadt gekommen war. Wenn der Wagen in den ausgefahrenen Geleisen stieß, dröhnte es leise, als sei der Sarg leer und das Ganze nur ein böser Traum. „Strebe nicht nach dem Paradies, Mönchlein!", hatte Jumbo gesagt. Nein, er war nun weit davon entfernt, nach dem Paradies zu streben.

Zum ersten Mal in seinem Leben meinte Jons, dass er heimatlos sei. Der Tote nahm die Heimat ein, und es war kein Platz für die Lebenden. Die Mutter stand am Herd wie ein Stein und sah ihn an, ohne ihm zuzunicken. Der Großvater war auf der Insel, der Vater ging zum Meiler, sobald sie den Toten aufgebahrt hatten. Nur Christean saß oben in der Kammer und sprach zu ihm, aber er sprach ohne Trost. Nein, sie wussten nichts. Friedrich habe immer allein gelebt, und auch sein Lachen, sei allein gewesen. Doch von der Nacht mit der Flöte erzählte er lange. Damals habe der Bruder Abschied genommen, und sie hätten es alle wissen sollen.

Jons ging über die Felder, bis er Michael beim Pflügen fand. Jons ging neben dem Pfluge her, über die Stoppel, die voller Spinnennetze hing. Sie sprachen nicht, aber Jons legte die Hand auf Michaels Hand, die die Pflugschar hielt, und Michael ließ sie dort liegen.

Erst als er den Pflug wendete, hielt er einen Augenblick an und sah über den Acker. „Kein Segen ruht auf uns, kleiner Jons", sagte er. „Mach ein Feuer auf dem Herd, wenn wir fort sind, und sprenge die Stuben mit reinem Wasser aus, hörst du?" Dann schob er die Hand des Bruders sanft von der seinigen und setzte die Spitze des Pfluges wieder in das Feld.

Es war ein langer Tag für Jons. Eine Weile saß er auf dem Kirchenhügel und blickte über den See nach dem Paradies, das wie ein goldener Acker zwischen den grauen und grünen Wäldern lag. Er hatte noch nicht gewusst, wie es war, wenn der Tod zuschlug, so dicht, dass man die Luft sausen hörte. Niemals hatte der Tote Böses getan, aber er war anders gewesen als die andern. Nur anders, nichts weiter, und es hatte ausgereicht, dass Gott zugeschlagen hatte.

Er war ganz allein auf dem Hügel, und hinter ihm stieg das hohe Dach der Kirche in die blaue Luft. Nein, er glaubte nicht, dass er hier auf der Kanzel stehen würde. Wenn er nun schon den Talar trüge, was würde er an diesem Sarge sagen und welches Gebet würde er sprechen können? Er fühlte, dass nicht Demut ihn erfüllte, sondern eine bittere Verstörtheit, und auf ihrem Grunde lag ein kalter Zorn, der mit Gott zu rechten begann. Wenn er sie strafen wollte, die Kinder des Hauses, gut, so mochte er es tun, obwohl er nicht wusste, wofür. Aber es war nichts Edles dabei, den Vater zu strafen. Er sah ihn auf dem Wagen sitzen, mit seinem hellen Haar, das wieder grauer geworden war, und über die Pferdeköpfe hinweg auf den Weg blicken. So müde waren seine Schultern gewesen, so müde seine Augen, als er ihn am Bahnhof erwartet hatte. Es war nichts Edles dabei, einen Müden zu schlagen, der so verlassen war wie der Vater.

Wenn ihnen aufgetragen wurde, Gerechtigkeit auf den Acker zu bringen, so musste Gott ihnen vorangehen, aber er sah keine Gerechtigkeit in diesem Tode. Es war nichts Großes dabei für einen allmächtigen Gott, unter dem hellen Mond einen Menschen zu überfallen und ihn in das Moos zu werfen, und auch Jumbo würde nichts Großes darin sehen. ,Eine falsche Rechnung, Mönchlein', würde er sagen wie am letzten Abend und sein dickes Buch schließen. ,Sie geht nicht auf, schon seit hunderttausend Jahren nicht, und es ist nicht einzusehen, wie sie überhaupt aufgehen soll.'

Er blieb sitzen, bis er Maria mit einem Bündel die Straße vom Kirchdorf herankommen sah. Er rief ihr zu, und sie saß bei ihm, heiß und bestaubt von ihrem Wege, und jetzt erst, als er ihr erzählte, was er wusste, kamen ihm die ersten Tränen.

Ihre Stimme war noch immer so tief und ruhig wie früher, und als sie ihren Arm um seine Schulter legte, war er zum ersten Mal geborgen.

„Ließen sie dich nicht früher fort?", fragte er dann. Sie war immer noch bei den Küstersleuten im Dienst.

„Wenn von den Armen einer stirbt, Jons, machen sie nicht viel Aufhebens davon. Sie denken wohl, wir merken nicht viel vom Tode. Erst müssen die Pflaumen eingekocht werden, hat die Frau gesagt, und das Begräbnis sei doch erst morgen. Es sei nicht gut, einen Toten so lange anzusehen. Und da bin ich dann geblieben."

Jons sah, dass ihr Gesicht schmaler geworden war, und plötzlich überfiel ihn eine brennende Scham, dass er dort in der Stadt saß, in der kleinen Kammer über seinen Büchern, während sie hier den Rücken beugten und arbeiteten. Er wolle nicht mehr zurückgehen, sagte er, aber sie lächelte schon wieder, zog seine

Wange an ihre Schulter und redete ihm zu. „Kleiner Jons", sagte sie, „Arbeit ist Arbeit, und weißt du nicht, dass wir stolz auf dich sind? Der Vater und Christean und Michael und ich? Und vielleicht … auch die Mutter?"

Die Mutter? Ach nein. Seine Mutter war diese Schwester, die so sanft war, dass schon ihr Atem die Tränen trocknete. Und wenn er einmal groß wäre, würde sie immer um ihn sein und am Herde stehen und Geschichten erzählen. Und alles, was mit dem Vater einmal dahingehen würde, das würde weiterleben in ihr, das Beste, was sie alle zusammen an Erbe besäßen.

Ob von Gina und Gotthold Nachricht da wäre, fragte sie leise.

Ja, von Gina sei ein Kranz gekommen und von Gotthold ein Telegramm. Sie nickte vor sich hin und zog langsam ihre Schuhe und Strümpfe an. Es sei nun wohl Zeit zu gehen, meinte sie.

In der Nacht schlich Jons sich leise die Treppe von der Kammer hinunter und schlüpfte in die große Stube, wo der Sarg stand. Zwei Kerzen brannten zu seinen Häupten, und am Fußende saß der Vater, ganz allein in dem großen Gemach. „Komm, Jons", sagte er, ohne sich umzudrehen. „Ich weiß, dass du es bist."

Jons trat an seinen Stuhl, und Jakob legte den Arm um ihn. „Du musst nicht fragen, Jons", sagte er. „Ich weiß nichts, gar nichts weiß ich. Wir müssen ihn nur ordentlich ansehen, weil er für lange Zeit fortgehen wird. Und dann müssen wir still sein und horchen, ob Gott sprechen wird. Noch hat er nicht gesprochen, aber er hat mehr Zeit als wir."

„Und wenn er gar nicht spricht, Vater?"

„Auch dann muss es gut sein, Jons. Die Armen haben nicht zu fragen: ‚Warum?'"

Jons wusste nicht, was der Vater dachte, aber er stand ganz still in seinem Arm und blickte in das tote Gesicht. Frieden ging von dem Toten wie von dem Lebenden aus, und das schien Jons wunderbar, dass der Vater vor dem Toten bestand. Dass er nicht geringer war wie alle die andern, wie er selbst, und dass man vor seinem stillen Gesicht so schweigen musste wie vor dem des toten

173

Bruders. Dann führte der Vater ihn zur Tür und ließ ihn hinaus. Den Großvater sah er erst bei der Beerdigung. Sein Gesicht war noch immer dasselbe, seine Gestalt die geradeste von allen. Er stand hinter dem Sarg und sah über die Menschen hinweg, die den Raum erfüllten, auf seinen Stock gestützt. Keine Trauer war in seinen Augen, nur das helle, weißblaue Licht, das Jons immer in ihnen gesehen hatte.

Als der Pfarrer eintrat, sah Jons, dass alle Gesichter sich veränderten, als ob zwei große, unsichtbare Schwingen sie gestreift und die Angst auf ihnen zurückgelassen hätten. Er wusste wohl, dass sie fürchteten, er könnte getrunken haben. Aber Agricola hatte nicht getrunken. Sein Gesicht war grau und von Schmerzen gezeichnet, und er sah nicht aus, als trüge er einen Becher mit Trost in seinen Händen.

Während er betete, öffnete sich lautlos die Tür, und das Mädchen, das das Letzte von Friedrich gesehen hatte, trat herein. Hinter ihr leuchtete, solange die Tür geöffnet war, das Land draußen noch einmal blau und golden auf und versank dann wieder.

Männer und Frauen traten still vor dem Mädchen zur Seite, als habe es hier ein größeres Recht, und es kam bis an den Fuß des Sarges, wo es mit gefalteten Händen stehen blieb, ohne Tränen, aber mit einem Gesicht, dem anzusehen war, dass der Tod es gestreift hatte.

Jons war der Erste, der das Kommende merkte. Es half nichts, dass er die Hand hob, um den Arm der Mutter zu ergreifen. Frau Marthe hob den Arm über den Sarg und sprach. Es war kein Hass in ihrer Stimme, aber ihre eisige Kälte ging wie ein Schauer über den Raum. „Geh hinaus", sagte sie. „Hier ist kein Platz für Huren und Mörder."

Jons sah, wie das Mädchen erbebte. Die niedergeschlagenen Augen hoben sich nicht auf, sondern blieben auf dem Fußende des Sarges, und nur die schmalen Schultern zuckten einmal wie unter einem Schlage. Dann ging es langsam hinaus. Es drehte sich nicht um. Es blieb so, wie es gestanden hatte, es setzte nur einen Fuß hinter den anderen, als dränge das harte Wort es langsam von dem Toten hinweg. Einmal ging es wie ein leises Stöhnen durch den ganzen Raum, aber dann ging Jakob vom Sarge fort und erreichte sie noch vor der Tür. Er legte den Arm um ihre Schultern, wendete sie um und blieb bei ihr stehen. „Du hast ihm die letzte Freude gegeben", sagte er laut, „du kannst ihm auch die letzte Ehre geben."

Da begann Jons laut zu weinen, und der Pfarrer verlas das Wort der Schrift, das er ausgewählt hatte. „Ich wandte mich um und sah an alles Unrecht, das geschah unter der Sonne; und siehe, da waren Tränen derer, so Unrecht litten, und hatten keinen Tröster; und die ihnen Unrecht taten, waren zu mächtig, dass sie keinen Tröster haben konnten.

Da lobte ich die Toten, die schon gestorben waren, mehr denn die Lebendigen, die noch das Leben hatten.

Und besser denn alle beide ist, der noch nicht ist, und des Bösen nicht inne wird, das unter der Sonne geschieht."

Er las das ganze Kapitel. Seine Stimme war ohne Bitterkeit oder Verzagtheit. Sie ging dahin wie ein Bericht, ruhig, eben, ohne Leidenschaft. Und nur einmal hob sie sich etwas, als fordere sie eine besondere Aufmerksamkeit, und das war die Stelle, an der geschrieben steht: „Weh dem, der allein ist! Wenn er fällt, so ist kein andrer da, der ihm aufhelfe. Auch wenn zwei beieinanderliegen, wärmen sie sich; wie kann ein einzelner warm werden?"

Wieder fühlte Jakob, wie der junge Körper erbebte, um den er den Arm gelegt hatte, und seine Hand glitt leise und tröstend über die Schulter unter dem schwarzen Kleid.

Jons weinte nicht mehr. Er sah geradeaus in die grauen Augen des Herrn von Balk, und er versuchte, die Knöpfe an seiner Ulanka zu zählen. Doch wurde er nicht fertig damit. Es war die seltsamste Predigt, die er gehört hatte. Sie lobte nicht den Toten, sondern den Tod. Sie pries nicht Gott, sondern das Grab. Sie sagte, dass dieses Leben und dieses Sterben schön gewesen seien, das Leben eines Künstlers, der Lieder und Liebe empfangen habe, und Schöneres sei auf dieser Erde kaum zu denken. Es klang so, als beneidete er den Toten, der sich um das Jenseits nicht bekümmert habe und der doch im Paradiese gefallen sei. Nicht alle von ihnen würden es so haben, aber dass sie dies hätten sehen dürfen, das sollten sie nicht vergessen. Und auch dies sollten sie nicht vergessen, setzte er am Schluss hinzu, dass sie gesehen hätten, wie ein armer Mann seinen Arm um eine Weinende gelegt habe, und keiner von ihnen könnte wissen, wie sehr er einmal der gleichen Gebärde bedürftig sein könnte. Darauf begruben sie den Toten und zerstreuten sich in die Häuser des Dorfes. Ein Leichenessen fand nicht statt. Jakob hatte es nicht gewollt.

Herr von Balk sprach noch ein paar Worte mit Jakob und nahm dann Jons zu sich auf den Wagen. Jons blieb den größten Teil der Ferien im Schloss, wo er Reitstunden bekam und am Abend vor dem Kaminfeuer in der großen Bibliothek saß. Sie sprachen wenig miteinander, aber sie lasen viel und waren viel auf den Feldern. Und jeden Tag, vor der Dämmerung, lief Jons einmal zum Meiler und saß eine Weile beim Vater.

„Du musst nicht traurig sein, Jons", sagte Jakob, „dass es diesmal so ist. Wenn du größer bist, wirst du erfahren, dass man manchmal allein sein muss, ganz allein. Gott spricht nicht gern, wenn man zu zweien ist, und ich will doch hören, was er sagt. Ich weiß noch nicht, wie er das alles gemeint hat, und auch der Pfarrer hat es noch nicht gewusst."

Einmal fragte Jons leise, ob er an den Mörder denke, aber Jakob schüttelte den Kopf. „An den Mörder haben die Gerichte zu denken, Jons, nicht ich."

„Du wusstest wohl nicht, Jons", fragte Balk am letzten Tage, „dass dein Vater ein Edelmann ist? Es ist nun Zeit, dass du das weißt, bevor du zurückfährst. Söhne müssen wissen, wer ihre Väter sind."

Regen fiel, als der Vater ihn zur Bahn fuhr, Jons sah ihn immerzu an, wie er auf dem Bahnsteig stand, die Schirmmütze in die Stirn gezogen, den hohen Kragen des Mantels aufgeschlagen, ein stiller Mann, von dem der Regen abfiel wie von einem Baum. Und er wusste, dass ihm nun nichts mehr schwer sein würde in der großen Stadt, weil er die große, brennende Liebe zu seinem Vater im Herzen trug.

# X

Die Sekunda, in die Jons nach den Herbstferien zurückkehrte, war nicht rauer oder gefühlloser als andere Sekunden, aber es war, als hielte ein so besonderes Ereignis wie ein Mord ihre Seelen auch auf eine besondere Weise gefangen und als müssten sie einen Weg finden, auf dem man das Grausige zwar etwas aus den Augen verlor, aber doch nur so weit, dass der leise Schauer, der in ihm lebendig wurde, sie gerade noch von ferne erreichte.

Das, was ihnen am seltsamsten vorkam aus allen Nachrichten, die zu ihnen gedrungen waren, war das „Musikalische" dieses Todes, dass nämlich das Flötenspiel ihnen mit dem Mord auf eine zwar unklare, aber unzweifelhafte Weise verbunden war. Hier war etwas, was sie nicht begriffen, aber was geheimnisvoller und deshalb lockender war als die Summe aller nackten Tatsachen. Und so, wie es sie zu einem auf der Straße gefallenen Pferde hinzog, oder zu einem Hause, in dem etwas Dunkles und Blutiges geschehen war, so zog es sie zu Friedrichs Tode hin.

Niemand wusste genau, ob der Okarinaspieler der Klasse von selbst darauf gekommen war oder ob die ganze Vorstellungswelt der Klasse sich nur in ihm verdichtet hatte: Aber vor Beginn der Stunden saß er nun bisweilen auf seinem Platz in der dunkelsten Ecke, den Rücken an die graue Wand gelehnt, und spielte eine der traurigen Melodien, die er mit einigen Veränderungen aus dem „Tannhäuser" oder dem „Tristan" entlehnte. Und auch das ergab sich von selbst, dass der zarteste seiner Kameraden, „Susi" genannt, sich auf der Bank ausstreckte, den Kopf auf den Knien des Spielenden, und mit geschlossenen Augen zu lauschen schien, während die anderen schweigend herumstanden und mit ernsten, fast ängstlichen Gesichtern lauschten. Das Ganze nannten sie die „Liebesklage", und es war ebenso weit von einer Verhöhnung wie von einer Anbetung des Todes entfernt. Es war, als könnten sie mit dem Geheimnisvollen und Grausigen des Ereignisses nicht anders fertig werden, als dass sie sich seiner auf eine mimische und musikalische Form entledigten. Zuerst war Jons still auf seinem Platz gehlieben. Er hatte nur die Musik gehört, und sie hatte ihn mit einem stillen, fast wohltuenden Schmerz an das Geschehene erinnert. Aber da er näher an diesem Tode gestanden hatte als seine Kameraden, so war er für ihn auch ohne die düstere Lockung, die sie zu immer neuer Wiederholung trieb, und allmählich empfand er das Ganze als ein Schauspiel, bei dem ihm selbst die geringste Rolle zufiel. Er empfand es nicht als verletzend, weil es ja ohne diese Absicht vor sich ging, aber es war ihm auf die Dauer schwer, dass ein Stück seines innersten Lebens hier an das helle Tageslicht gezogen wurde, als gehöre es der ganzen Welt an.

So blieb er denn als der Letzte auf dem Korridor, überzeugt, dass auch dieses Spiel wie alle andern einmal aufhören würde.

Hier fand ihn Charlemagne, am Fenster stehend, die Stirn an die Scheiben gelehnt. „Was ist, Jons?", fragte er. „Weshalb stehst du hier?"

Er wolle es für eine Weile nicht mehr hören, erwiderte Jons. „Was denn?"

Das da drinnen. Aber er bitte den Herrn Doktor, nichts davon zu sagen. Es werde auch so aufhören.

Er ging leise in die Klasse, aber Charlemagne behielt den Griff der Tür in der Hand und hörte eine Weile der Musik zu. Dann ging er hinein. Er ging den Mittelgang bis ans Ende hinunter, ganz langsam, indem er seine hellen Augen über jedes der ihm zugewandten Gesichter prüfend und forschend wandern ließ. Dann lehnte er seinen Rücken an das Pult und sah zu der verstaubten Gaslampe empor. Es war die Haltung, die er bei „großen" Reden einzunehmen pflegte. Sie waren nicht etwa lang, aber die Klasse nannte sie so, weil es sich dabei um einen besonderen Fall zu handeln pflegte.

Es gebe einen Besitz, sagte Charlemagne, den zu erwerben den Menschen im Allgemeinen und der Jugend im Besonderen am schwersten falle: die Zartheit der Seele. Keine Mädcheneigenschaft, sondern die Scheu, mit schmutzigen Schuhen in einen geweihten Raum zu gehen. Er habe einmal bei einem Begräbnis einen Mann gesehen, der mit einer roten Nelke im

Knopfloch erschienen sei. Wahrscheinlich, um seine politische Überzeugung zum Ausdruck zu bringen. Dieser Mann habe vergessen gehabt, dass es für den Tod weder schwarz noch rot noch schwarz-weiß-rot gebe.

Wenn er nun eine ganze Klasse, und zwar seine Klasse, mit einer roten Nelke im Knopfloch sehe, so betrübe ihn das, weil er von seiner Klasse immer viel gehalten habe. Das Geheimnis des Todes entziehe sich der menschlichen Nachahmung. Wer sie versuche, sei ein schlechter Komödiant, der für ein paar Groschen jederzeit bereit sei, mit Hilfe eines schmutzigen Bettlakens den Tod Cäsars darzustellen. Und zwar nicht vor einem Parkett von Königen.

„Sie haben es nicht böse gemeint", sagte Jons am Abend zu ihm, „und sie sind ja auch alle freundlich zu mir."

Aber Charlemagne schüttelte den Kopf. „Ein Geschlecht von Wölfen, sage ich dir, Jons, das heraufwächst. Gib ihnen eine Gelegenheit später, und du wirst sehen, was sie dann spielen werden. Da siehst du, wofür wir arbeiten, und in drei Jahren werde ich das „Gastmahl" mit ihnen lesen! Eine verfaulte Zeit, in der die Bildung denen beigebracht wird, deren Väter sie bezahlen können."

Jumbo zuckte die Achseln. „Ich möchte wissen", sagte er, „was der für ein Mensch gewesen ist, der zum ersten Mal den Tod auf die Bühne gebracht hat, und was er sich dabei gedacht hat. Man kann das nicht wissen und auch nicht, was euer Okarinaspieler sich gedacht hat. Wo der Mensch als Objekt benützt wird, ist immer Rohheit, Mönchlein, aber in der Geschichte gibt es schlimmere Rohheiten. Sie werden es vergessen, und in zwanzig Jahren hat er vielleicht schon einen Orden. Bei uns spielten sie mal eine Zeitlang Henker, weißt du, und es war nicht ganz ohne, ihnen in die Hände zu fallen. Sie ließen dich hängen, bis du blau warst. Der Haupthenker ist jetzt Reisender in Kinderwäsche, und man sagt, dass er großartig verdiene, weil er so sanft wie ein Lamm sei. Es verwächst sich alles, Mönchlein, sagen sie bei uns. Nur nicht die Verwachsenen."

Für Jons war es ein großer Trost in diesem dunklen Winter, dass der Vater Maria aus ihrer Stelle bei den Küstersleuten fortgenommen und durchgesetzt hatte, dass sie zu Hause blieb. Im Winter half sie der Mutter, und vom Frühling bis zum Herbst sollte sie ganz bei ihm am Meiler leben.

Er dachte nun viel an seine Geschwister. So viele Jahre waren vergangen, seit er hinter dem alten Kinderwagen, in dem sie Christean zur Schule fuhren, hergegangen war, und es kam ihm zum Bewusstsein, dass von einem bestimmten Zeitpunkt an jedes Leben gefährlich wurde. Solange sie Kinder gewesen waren, hatte nur ein flüchtiger Schmerz sie betroffen oder der Tod war an ihnen vorbei gestreift. Aber es war nur ein Kindertod gewesen, wie er mitunter durchs Dorf ging, und dem die Namen gleichgültig gewesen waren. Er sammelte sie, wie man Ähren sammelt, und auch die einzelne Ähre trug keinen Namen. Sie waren ein Feld für ihn gewesen, nichts weiter.

Nun aber waren sie langsam herangewachsen, und jeder von ihnen war ein einzelner geworden, auch vor dem Tode. Es gab nun keine Spiele mehr für sie, die sie zusammen spielten, und eine Wolke, die heraufzog, zog nicht über ihnen allen herauf. Es konnte nun sein, dass drei von ihnen im Schatten lebten und drei in der Sonne oder dass einer allein den Tau empfing und die andern dürsteten. Der Same der Fremdheit wuchs langsam in ihrem gemeinsamen Blut auf, und sie strebten nun allmählich auseinander wie die Zweige eines wachsenden Baumes.

Es war nun nicht mehr so, dass es ebenso Christean hätte treffen können, wie es Friedrich getroffen hatte. Christean schnitzte an seinem Lindenholz, und er tat niemandem etwas zuleide damit, ob er seine Tiere oder Menschen schlecht oder gut schnitzte. Aber der Tote hatte die Hand in das Räderwerk der Welt gesteckt, weil er etwas begehrte, was auch andere begehrten. Er hatte nie gehasst, aber er hatte geliebt, und während er liebte, hatte er den Schild sinken lassen und dem Tod seine entblößte Seite zugewendet. Der Tod hatte zugeschlagen, und sein Name war ausgelöscht aus dem Buche der Lebenden.

So also ging es zu, und so war es wahrscheinlich immer zugegangen. Man hätte den Teufel nicht zu erfinden brauchen, um den Gang der Welt zu erklären. Und wer die Welt „bewegen" wollte, würde wohl mehr als eine Hand in ihr Räderwerk stecken müssen. Auch die Chucholleks schlugen zurück, und man konnte nicht gut sagen, dass Gott es war, der ihre Hand lenkte.

Er sah nun mit anderen Augen auf die Schule. Manches von ihrem Anspruch, für das „Leben" zu lehren, schien ihm zweifelhaft. Und selbst wenn sie, was wahrscheinlicher war, nur für ein Amt oder für eine Fertigkeit lehrte, blieb noch manches zweifelhaft. Wieder begann er, sich in der Stadt umzusehen, auch in den Kirchen, in denen bekannte oder unbekannte Pfarrer predigten, aber er trug nun keinen Gewinn mehr davon. Aus den hohen, gewölbten Hallen war das Leben entflohen, das, was ihm und so vielen anderen auf den Nägeln brannte. Symbole sahen ihn von allen Seiten an, und das Unbekannte, das dem Leben gleichgesetzt oder ihm vielmehr übergeordnet wurde, konnte nur durch das Mittel des Wortes versuchen, sich deutlich oder überzeugend zu machen. Es tönte und brauste durch den schweigenden Raum, es schlug wie ein Hammer immer auf dieselbe Stelle, oder es lockte und versprach, mit Dingen, die niemand gesehen hatte und die unwirklich und wie ein Traum erschienen, sobald man den Raum verlassen hatte und die helle Wintersonne in die Gesichter der Menschen schien.

Nur das Brausen der Orgel erfüllte ihn mit einem Schauer, dessen Wesen ihm unerklärlich blieb, und der Gesang der Stimmen, die sich verflochten und lösten, in die Tiefe sanken und wieder aufstiegen in ein unsichtbares Licht. Er achtete nicht auf die Worte, er ließ sich nur von den Tönen durchdringen, und es war ihm, als werde sein Körper rein und neu, wenn er ihn von den Klängen durchströmen ließ wie von einer unbekannten Sonne.

Kurz vor den Weihnachtsferien legte Jumbo ihm eine kleine, schmale Karte auf den Tisch. „Geh mal hin, Mönchlein", sagte er, „und höre dir das an. Da ist ein Wunderkind gekommen, wie sie es nennen, jünger als du, das sitzt an einem großen Flügel und spielt Bach und Mozart, Beethoven und Schubert, und wenn ihm jemand ein Thema oder eine Melodie zuruft, so fängt es an, darüber zu fantasieren, und du vergisst, dass das Leben eine wenig erfreuliche Sache ist. Es wird meistens nichts aus solchen Wunderkindern, so wenig wie aus Musterschülern, aber immerhin ist aus Mozart einiges geworden, und dieses sieht aus, als spiele es für sich und nicht für die Menschen."

So ging Jons in sein erstes Konzert. Es wäre nicht das erste gewesen, wenn er daran gedacht hätte, von Herrn Stillings Geld einen Pfennig an solche Dinge zu wenden, aber er hatte eben nie daran gedacht. Das Gleichnis vom Schalksknecht war noch immer sehr frisch in seiner Erinnerung, und wer von fremdem Gelde sich ein Vergnügen machte, war in seinen Augen nicht anders als ein ungetreuer Knecht.

Er kam so früh, dass er auf den Fußspitzen zu seinem ganz vorn gelegenen Platz gehen musste, weil in dem noch leeren großen Raum seine genagelten Absätze von den Wänden widerklangen. Die wenigen Menschen, die schon da waren, sprachen leise, und es war ihm so feierlich zumute wie bei dem Begräbnis des toten Bruders. Das Podium war leer, und nur der schwarze Flügel, geöffnet wie die Schwingen eines ungeheuren Vogels, stand schweigend und tödlich ernst über dem Saal. Seine Augen kehrten immer wieder zu ihm zurück, und es war ihm unbegreiflich, wie ein Kind davor bestehen sollte, wenn man es vor die verwirrende Reihe der weißen und schwarzen Tasten setzte. Es würde wie ein Kind vor einem Berge sein, und der Berg würde es erdrücken oder erschlagen.

Er hatte kein Programm gekauft, sondern die Folge der Werke draußen an der Tür auswendig gelernt, den Namen des Kindes, seine kurze Lebensgeschichte, die Städte, in denen es gespielt hatte; und wie der Saal sich nun füllte und er klein und namenlos unter so vielen großen, prächtig gekleideten Menschen saß, nur die kleine Konzertkarte in den Händen, die noch vor nicht langer Zeit schwarz vom Ruß des Meilers gewesen waren, kam ihm das Ganze wie ein Traum vor, und als ein leises Glockenzeichen ertönte, eine kleine Tür an der Seitenwand des Podiums sich öffnete und ein Knabe im blauen Matrosenanzug in ihr stehen blieb, die schüchternen Augen in das Licht und in die vielen,

vielen Gesichter gewendet, indem ein Sturm des Beifalls durch den Saal brauste, stand er so ehrfürchtig auf wie in der Schule, wenn der Direktor das Klassenzimmer betrat, und erst als die alte Dame neben ihm lächelnd und behutsam am Ärmel seiner Jacke zog, setzte er sich errötend und saß nun ohne Bewegung, die Hände gefaltet und nun ganz gewiss, dass ein Wunder sich vor ihm auftun würde.

Der Knabe im Matrosenanzug hatte sich in der Tür verbeugt, den Griff noch in der Hand, als sei er unsicher, ob er es wagen solle, vor das Gesicht der wartenden Menge zu treten, war dann bis zum Stuhl vor den Flügel gegangen, hatte sich noch einmal verbeugt, artig, aber so, als seien seine Gedanken schon bei der drohenden Schwärze des ungeheuren Flügels, und saß nun vor dem schmalen Band der Tasten, die kalt und wie gemeißelt vor ihm lagen.

Jons atmete kaum. Er war schon vor dem ersten Ton verzaubert. Er hatte den Flügel und das Konzert vergessen, und seine Augen hingen gebannt an dem kindlichen Gesicht, aus dem das blonde lockige Haar zurückgestrichen war und das ihm wie das Gesicht eines Engels erschien, eines ernsten, schon von Gott geprüften Wesens, das er mit einem Auftrag zur Erde gesandt hatte, um den Menschen eine Botschaft zu bringen, aber niemand wusste noch, ob Freude oder Trauer in dieser Botschaft beschlossen lagen.

Der erste Akkord hallte hart und drohend über den schweigenden Saal. Alles Kindliche war nun ausgelöscht aus dem Gesicht des Spielenden, abgefallen wie eine Maske, und über der erhobenen Stirn lag nun ein fast tödlicher Ernst. Das Gesicht hatte sich so plötzlich verwandelt, dass Jons zuerst gar nicht das Spiel hörte, sondern nur auf diese erhobene Stirn starrte. Er begriff sofort, dass es nicht recht war, dies ein Spiel zu nennen, und wie eine Erscheinung sah er hinter dem Flügel das Band der Jahre vorüberziehen, das diesem Spiel vorausgegangen war. Jahre schweigender, hingegebener und oft verzweifelter Arbeit. Eine tödliche Besessenheit, die den widerstrebenden Körper unterwarf, um frei, wie auf allmächtigen Schwingen, über dem

Feld der Töne zu schweben. Niemand wusste, was diese Augen sahen, die zur Decke des Saales aufgeschlagen waren, indes die Hände nur wie gehorsame Diener über die Tasten glitten. Aber die Musik war nicht in den Händen und den Tasten. Die Musik war hinter der klaren, jungen Stirn, auf dem Grunde der abwesenden Augen, in den Kammern des Herzens, durch die das Blut unsichtbar strömte. Es war die eigentliche Musik, die wahre und verborgene, die Gnade, die geschenkt oder errungen worden war, und die in zwei Spiegeln vor den Lauschenden erschien, dem der Töne und dem des jungen Antlitzes, über das sie in Licht und Schatten glitt.

Es war Jons vom ersten Akkord an ohne Zweifel, dass es so war, und während des ganzen Konzerts sah er die Hände des Knaben nur wie helle Schemen über die Tasten gehen. Die Klänge durchwehten ihn wie die der Orgel, aber sie drangen nicht in sein Bewusstsein. Was ihn erbeben ließ und bis in seine letzten Fasern erfüllte, war das Gesicht, das über den Tönen stand und an dem seine Augen wie an einer Erscheinung hingen. Er bedurfte der Töne nicht. Noch bevor die erste selig schwebende Melodie sein Ohr erreichte, hatte er sie von dem Lächeln des jungen Mundes abgelesen. Noch bevor die dunkle Klage unter der linken Hand in sein Bewusstsein trat, faltete er die Hände fester zusammen, weil er von den Schatten, die um Stirn und Augen sich plötzlich breiteten, ablas, dass der dunkle Engel vor die Seele des Spielenden trat. Er war wie ein Geisterseher, und niemals hatte er das Bild des Lebens und des Todes, der Engel und der Dämonen mit einer so schaurigen Gewalt sich vor seinen Augen abzeichnen sehen.

Dies gab es also, dass ein Kind die Welt bewegte, indem es sich von ihr bewegen ließ. Nicht Tat oder Wort war ihm gegeben, sondern nur der heilige Gehorsam, der den großen Meistern folgte und der ihre Schmerzen und Freuden so in sich aufgenommen hatte, dass es wie durchtränkt von ihnen schien. Nicht das schien Jons das Große, dass es ihre Noten spielte, sondern dass es die Fülle ihres Lebens und Leidens in sich hineingetrunken hatte, aus der die Noten geboren worden waren.

Dass es wie ein kindlicher Sebastian alle Pfeile ihres Erdenganges ergriffen und an seine junge Brust gedrückt hatte, damit es nun aus ihr wieder herausströme und die Menschen durchschauere. Die Natur hatte ihn mit Händen beschenkt, an die er seine Arbeit gewendet hatte, aber sie waren nur Werkzeuge. Er spielte aus seinem Herzen heraus, und dort, nur ihm sichtbar, weilte die Gestalt, das Letzte, das immer Unerreichbare, um das die Meister schon gerungen hatten, ja, das schon vor dem Berge Nebo gelegen hatte, damals so fern, wie es heute fern war, aber von dem man einen Hauch aus den Tasten aufblühen lassen konnte, ein Lächeln, das so beseligend war, weil es zurückreichte bis in die grauesten Zeiten und in seinem Glanz alle Abgründe des Schmerzes sanft spiegelte, die es überflogen hatte bis in diese Stunde und in diesen Saal hinein.

Er wusste nicht, wie lange es gedauert hatte, ob eine Stunde oder die ganze Nacht. Es gab keine Pausen für ihn, denn auch während der Pausen sah er das Kind dort sitzen und hörte seine Musik. Es war so eingegangen in ihn, dass er es nie verlieren würde. Für ihn war es kein Konzert, das vorüberging, und morgen kam ein anderer Tag mit neuen Bildern und neuen Klängen. Für ihn war es etwas, das nur einmal war, so wie die Einsegnung nur einmal war, und als der letzte Ton verklungen war, ganz in der Tiefe und lange nachhallend aus der Gruft des schwarzen Instruments, als das Kind ihm nachzulauschen schien wie dem Abschiedswort des dunklen Engels, der nun wieder zurückkehrte in seine große Heimat: Da war ihm, als habe es ihn wirklich eingesegnet und ihn aufgenommen in einen unverlierbaren Bund, den Bund derer, die durch Töne, Farben und Worte hindurch nach jener letzten Gestalt trachteten, die hinter der Wirrnis der Welt in makellosem Glanze unerkennbar und unerreichbar verharrte.

Er verstand nicht, weshalb die Menschen jubelten, da doch so ungeheuer Ernstes geschehen war, aber sie drängten ihn ohne seinen Willen bis an den Rand des Podiums, wo er stehen bleiben musste, ohne sich rühren zu können. An seiner Seite stand ein Mann, der wie Herr Stilling aussah und dem das leise ergraute

Haar ebenso schlicht über den Rockkragen fiel. Er sah so aus, wie das Kind vielleicht nach dreißig oder vierzig Jahren aussehen würde, und als Jons zu ihm aufsah, nahm er ihn sanft bei den Schultern und stellte ihn zwischen sich und das Podium, damit die Menge ihn nicht erdrücke.

Und hier sah er nun das Ganze noch einmal, wirklicher, ohne die Unbestimmtheit der Ferne, und noch einmal strömte die Woge des Segens über ihn hin. Er klatschte nicht, er stand mit gefalteten Händen wie in der Kirche, und einmal glitt wie über alle Gesichter der Blick des Kindes auch über das seinige, ein müder und schmerzlicher Blick nun, ging weiter und kam noch einmal zu ihm zurück, als fühle er das Gläubige und Inbrünstige dieser Augen, Kinderaugen wie die seinigen und auf der großen Suche nach der großen Gestalt wie auch er. Zwischen zwei Herzschlägen sahen sie einander an, das Kind des Ruhmes und das aus dem Walddorf in der Öde, und plötzlich, wie ein Schlag, durchfuhr es Jons, dass dies das Gesicht des toten Bruders war, das Gesicht zwischen Lächeln und tiefer, einsamer Traurigkeit, das im „Paradies" gelegen hatte, erstarrt und erschlagen, bevor es die letzten Töne erlauscht hatte, zu denen es unterwegs gewesen war, aber dasselbe Gesicht, nur noch erst wie hinter einem Nebel, indes dieses schon von der Klarheit des Tages beglänzt wurde.

Die Tränen schossen ihm in die Augen, als sei der Bruder nun erst wirklich gestorben, und als der freundliche Mann hinter ihm die Hand auf seine Schulter legte und sich über ihn beugte, als wollte er nicht, dass die anderen diese Tränen sähen, flüsterte er ihm leise zu, dass sein Bruder das gleiche Gesicht gehabt habe wie dieses Kind.

Er wusste nicht, weshalb er es sagte, aber als der Mann nun ebenso leise sprach: „Dies ist mein Sohn … ich werde ihm erzählen von dir", versiegten seine Tränen, und er stand noch immer versunken am Rande des Podiums, als das Kind und sein Vater schon nicht mehr zu sehen waren, als die Lampen zu erlöschen begannen und ein Mann den Deckel des Flügels schloss, wie man einen Sarg schließt.

Er sprach mit niemandem darüber, auch nicht mit Jumbo, aber

er trug von diesem Abend an keine Bitterkeit mehr über den Tod des Bruders in seinem Herzen. Das Kind hatte sie ausgelöscht, und die Erinnerung an den Toten war leise übergegangen in das Bild des Kindes, wo eine dünne Grenze zwischen Leben und Tod sie ohne Schmerzen voneinander trennte.

Sie hatten ein stilles Weihnachtsfest in diesem Jahr. Viel Schnee war gefallen, ein harter Wind wehte wochenlang von Südosten her über die Wälder, und gleich, nachdem die drei heiligen Könige mit ihrem Stern durch das Dorf gegangen waren, begann der Tod an die niedrigen Türen zu klopfen. Es war nicht der große Tod, der die Männer beim Holzfällen erschlug oder sie unter das Eis der Seen zog. Es war der Kindertod, der zwischen den Seen saß und von Dorf zu Dorf ging, um in die bereiften Fensterscheiben zu blicken. Es gab viele Kinder in den Dörfern. Sie waren nicht gut genährt, die Ernte war schlecht gewesen, und nach den Nonnenjahren gab es wenig Arbeit im Walde. Sie begannen damit, über Halsschmerzen zu klagen und unter ihren dicken Federbetten vor Frost zu zittern. Man wusste nichts anderes, als sie Kamillentee trinken zu lassen, und meinte, es werde nun vergehen, wie alle Erkältungen vorübergehen. Erst als Agricola im Bojarschen Hause einen Löffel verlangte, in den Hals des kranken Mädchens sah und die grauen Flecken erblickte, die wie flache Pilze auf der geröteten Schleimhaut wucherten, wusste man, dass es der Tod war.

Es blieb den Frauen nichts, als die Hände zu falten. Es waren über zwei Meilen bis zum nächsten Arzt, und er konnte nicht mehr tun, als mit einem feinen Pinsel an einem langen Draht Terpentin auf die grauen Stellen streichen. Er befahl, die anderen Kinder in einem anderen Raum zu halten, die Fenster vielmals am Tage zu öffnen und den Kranken Wein zu geben. Aber in einem anderen Raum als der Küche erfroren die Kinder, die Fenster waren zugenagelt und mit Erbsenstroh halb verkleidet, und der einzige Wein, den sie kannten, war der Abendmahls-wein. Sie machten Steine glühend, warfen sie in eine Wanne mit Wasser, in das sie Terpentin gegossen hatten, bedeckten sie mit einem Tuch und ließen die Kinder die scharfen Dämpfe atmen.

Agricola, grau und schlaflos, ging von Haus zu Haus, saß an den Betten und betete in einem Holzstall, wo niemand ihn sah. Er lag auf den Knien, auf der bereiften Erde, und hob noch einmal die Hände zu Gott empor. Er wusste, dass es das letzte Mal war, er bat um seinen eigenen Tod, um den Tod aller Sünder, wenn es nötig sein sollte, aber um das Leben der Kinder, die ohne Sünde waren. Er verkaufte seine Möbel, um Wein zu kaufen, er fuhr in die Stadt zum Kreisarzt und bat um Hilfe, aber es gab keine Hilfe. „Ich habe ihnen gesagt", redete der Arzt, „dass man die Luftröhre öffnen und eine Kanüle einsetzen kann, aber sie haben geantwortet, dass sie mir lieber die Axt über den Kopf schlagen würden."

So nahm der Tod eines der Kinder nach dem andern, ringsum in allen Dörfern. Die kleinen Hügel auf den kleinen Friedhöfen lagen nebeneinander, eine lange Reihe. Der Schnee fiel auf die wenigen Kränze, und nach einer Nacht war alles eine einzige weiße Decke, über die der Wind mit stäubenden Wirbeln zog. Gogun verlor drei seiner Kinder, und es gab wenige Häuser in allen Dörfern, an denen der Tod vorbeigegangen war.

Die Frau aus der „Armen Sünde" hatte seit Wochen nicht zu Hause geschlafen. Wenn Gott neben dem Todesengel einen Engel des Trostes zwischen die Seen geschickt hatte, so hatte er ihre Gestalt angenommen. Vielleicht, dass ihre Kräuter schlechter waren als der Terpentinpinsel des Arztes, vielleicht dass sie besser waren. Aber ihre Hände waren weicher, ihr Mund war beredter, ihre Augen waren tröstender. Sie hatte nicht zwei Meilen zu fahren, sie ging nur von Dorf zu Dorf, in ihr schwarzes Tuch gehüllt. Sie schlief vor dem Herdfeuer, aber ihr Schlaf war nur so lang, wie eine glühende Kohle Zeit braucht, um grau zu werden. Sie hielt die fiebernden Hände, sie trocknete den Schweiß, sie erzählte von der goldenen Stadt. Sie erzählte leise, aber so eindringlich, dass ihre Stimme durch die Wildnis des Fiebers drang und die fliehende Kinderseele noch erreichte, schon während sie die Schuhe ablegte und sich fertigmachte zu ihrem letzten Wege. Es starb sich sanfter unter ihren Händen, und die Kinder, denen sie die Augen zudrückte, hatten ein stilleres Gesicht als die andern. Lange sah der dunkle Engel ihr zu, geduldig und von Trauer erfüllt. Dann, als die Krankheit erstarb, rührte er sie leise an und winkte ihr, mitzugehen. Sie hatte es gewusst und sträubte sich nicht. Sie war müde, todmüde, und nur die Sorge um ihr Kind ging ab und zu wie ein Schauer über ihren verzehrten Leib.

Bevor sie in die „Arme Sünde" heimkehrte, ging sie noch einmal an Jeromins Haus vorbei und sprach ein paar Worte mit Jakob. Er nickte schweigend, als ein Zeichen, dass er es verspreche. Er versprach auch, ihr Korsanke zu schicken, worum sie ihn mit Dringlichkeit gebeten hatte. Dann setzte sie zu Hause einen kleinen Tisch an ihr Bett, legte Papier und einen Federhalter bereit, stellte eine Flasche mit Tinte und die kleine Lampe dazu und legte sich nieder, um den Tod zu erwarten.

Korsanke kam noch am gleichen Abend. Auch er hatte einen Hügel auf dem Friedhof seines Dorfes, und sein rundes Gesicht war von Furchen durchzogen. Es war ein schwerer Ritt im Schneesturm gewesen, und der Frost war durch das Stroh gedrungen, mit dem er die Steigbügel umwickelt hatte. Er wärmte sich die Füße am Herd und erzählte, wie sein Kind gestorben war. Seine Stimme war leise und alt geworden, und die Frau hörte ihm schweigend zu.

„Schreibe nun, Korsanke!", sagte sie dann, und ihre Stimme war so feierlich, dass er ohne ein Wort gehorchte.

Es sei nun so, sagte die Frau, dass sie bei Friedrichs Tode nicht alles gesagt habe, was sie wisse, und sie sei auch nicht gefragt worden danach. Keiner habe nach der Flöte gefragt. Die Flöte aber habe ein ganzes Stück fort von dem Toten gelegen, so weit, wie man im Zorn ein Stück Holz fortwerfe. Sie habe sie selbst lange nicht gesehen, und erst als die Sonne hoch gestanden sei, habe sie im welken Laub, weit hinter dem Toten, etwas blitzen sehen. Sie habe gedacht, es sei ein Stück Glas, aber es sei die Klappe der Flöte gewesen. Das schwarze Holz sei in der Mitte durchgebrochen gewesen, so wie man ein Stück Holz über dem Knie entzweibreche, und fortgeworfen, so wie man einen bösen Zauber fortwerfe, der einem endlich unter die Hände gekommen sei.

Sie habe die Stücke aufheben wollen, aber dann sei ihr etwas eingefallen. Sie habe gewusst – und davon werde sie nachher sprechen –, dass es Fingerabdrücke gebe, die die Spur der Tat bewahrten ... Es sei sicher, dass der Mörder die Flöte zerbrochen habe. Sie sei aus schwarzem Holz und es sei kein Tau gefallen in jener Nacht, weil es am Abend zu regnen begonnen habe. Und wer ein solches Instrument zerbreche, müsse seine Hände sehr fest darum schließen.

Sie habe die Stücke also mit einem Tuch aufgenommen, sie eingewickelt und so nach Hause getragen, dass sie sich nicht bewegt hätten. Er solle die Kommode dort aufschließen und in der untersten Schublade die Kopftücher aufheben, aber nichts bewegen und berühren, bis er die Stücke dem Gericht abgegeben habe.

Korsanke saß eine Weile still da, den Federhalter in der Hand, und blickte auf den Bogen mit seinen Schriftzügen nieder. „Und weshalb, Mutter", fragte er schließlich und sah sie an, „hast du nichts gesagt bis jetzt?"

Sie starrte eine Weile in die Dämmerung des Zimmers, durch die der rote Schein des Feuers unruhig ging. Ihr Gesicht war nun schon gezeichnet, aber die Augen waren noch immer von der furchtlosen Schärfe, die sie im Leben besessen hatten. „Auch das will ich dir sagen, Korsanke", erwiderte sie, „wenn keiner als das Gericht es von dir erfährt."

Er versprach es.

„Wenn ich es gesagt hätte", fuhr sie fort, „so wäre ich vor Gericht gekommen, und ich hätte angeben müssen, wer ich bin. Ich hätte auch sagen müssen, dass der Scharfrichter mit dem Beil über meinen Mann gekommen ist, weil er seine Eltern umgebracht hat, auf dem Altenteil. Und ich hätte es vor vielen Ohren sagen müssen. Das wollte ich nicht, um meiner Tochter willen. Hast du es gewusst, Korsanke?"

Nein, er hatte es nicht gewusst. Er hatte die Feder hingelegt und sah auf die zugefrorenen Fensterscheiben. Es fröstelte ihn, und er dachte, dass auch er vielleicht die Krankheit bekommen werde. Dunkel war das Leben, und die Frauen hatten es am schwersten.

„Nein, keiner hat es gewusst", sagte sie, „nur Michael. Und Michael ist wie ein Grab. Erdmuthe trägt ein Kind von ihm, aber er wird sich nicht lange an ihm freuen. Nicht lange.

Schreibe es nun auf, Korsanke, dass ich meinen Namen daruntersetzen kann."

Er stand schwerfällig auf, ging zur Kommode und legte das weiße Tuch vorsichtig unter die Lampe. Dann schrieb er, und sie setzte ihren Namen darunter.

„Du wirst nicht weit zu suchen haben, Korsanke", sagte sie, „soviel ich davon weiß. Der Älteste von den Czwallinasöhnen ist hier immer ums Haus, aber es ist ihm nicht um die Tochter zu tun. Ich habe gesehen, wie er gesucht hat, nach der Flöte. Viele Tage und Nächte, wenn der Mond geschienen hat. Er hat Angst, und er hat sich gedacht, dass ich sie gefunden habe … nun reite wieder, Korsanke, und sage der Tochter, dass sie kommen kann."

Die Frau in der „Armen Sünde" starb am übernächsten Abend. Sie wollte keinen Arzt und keinen Pfarrer haben. „Sie haben mich gebrochen, wie man Flachs bricht", sagte sie zu Erdmuthe, „und das ist es ja wohl, was der liebe Gott sich vorgenommen hat mit uns. Ich bin klein genug für ihn, auch ohne den Pfarrer."

Etwas Geld war da, und in der Not sollte sie zu Jakob gehen, wenn Michael noch nicht von den Soldaten zurück sei. Er habe es ihr versprochen.

Sie starb ganz still, ohne Todeskampf. Der Frost spaltete die Bäume hinter der Hütte, und die zugefrorenen Fensterscheiben waren hell vom Lichte des vollen Mondes.

Während sie begraben wurde, holte man den älteren der Czwallinasöhne, und damit schien der Tod die Wälder zu verlassen. Aber hinter seinen Fußtritten wurden sie noch einmal gebeugt und verstört.

Wie in alter Zeit hatte Stilling die Tote einsegnen müssen, denn der Pfarrer war nicht gekommen. Er hatte sagen lassen, dass er kein Pfarrer mehr sei. Er hatte sein Amt niedergelegt und verkaufte, was ihm an Sachen und Büchern noch geblieben war. Das Mädchen war aus seinem Hause geflohen, weil er die ganzen Nächte trank und Gott verfluchte. „Komm her, du Kindermörder", schrie er, „und zeige deine blutigen Hände! Zeige sie her, ganz nahe, damit ich sie dir abtrocknen kann. Es war dir nicht genug an der Erstgeburt in Ägypten und an den Kindern von Bethlehem, nicht wahr? Und auch an deinem eigenen Sohn war es dir nicht genug. Du hast ihn ans Kreuz genagelt, um uns zu erlösen, aber nun erlöst du immer weiter, und immer mit Kreuzen, nicht wahr? Auch diese Kinder fehlten dir noch, einundsiebzig in zehn Dörfern, und es ist schon eine Gnade, dass es nicht siebenzig mal sieben waren. Du weißt sehr gut, dass sie ohne Sünde waren, aber die Eltern hatten es nötig, etwas bestraft zu werden, nicht wahr? Besonders diejenigen, die an deiner Kirche bauten. Wenn du Richter in einer Stadt wärest und sie brächten dir einen Mann, der die Kinder eines Hauses erschlagen hat und der zu dir sagte: ‚Jawohl, ich habe sie erschlagen, weil die Eltern zu fröhlich waren und Gott vergaßen. Sie sollten etwas ernster werden', dann würdest du sagen: ‚Recht hast du gehandelt, Mann, denn du hast so gehandelt wie ich. Gehe in Frieden, und wo Eltern fröhlich sind, überall auf dieser Erde, da erschlage ihre Kinder!' Nicht wahr, so würdest du doch sagen, du Gott der Weisheit und der Liebe, dessen Sohn gesagt hat, dass man die Kindlein zu ihm lassen solle?"

Und er hob die Faust gegen das Bild des Gekreuzigten und schleuderte das Glas mit dem roten Wein gegen die Wand, dass es wie Blut von der hellen Tapete tropfte. Da hatte es dem Mädchen gegraut, und es war zu seinen Eltern geflohen.

Als die Leute von Sowirog zu ihrem Pfarrer gingen, Männer und Frauen, einen langen Weg bei Schneesturm und bitterem Frost, erinnerten sie sich, wie viel Nächte er an den Betten ihrer Kinder gesessen hatte, und wenn die anderen ihn allein ließen in dem dunklen, leeren Haus, in dem der Atem gefror, so wollten sie ihn doch nicht allein lassen und zu ihm stehen in seiner Not.

Sie fanden ihn auf seinem Bett liegen, in eine alte Pelzdecke gehüllt, die Augen gegen die dunkle Decke gerichtet, und leise vor sich hin sprechend. Als er sie erkannte, setzte er sich auf und sah sie an. So, meinte er, das gebe es also noch, eine sogenannte treue Gemeinde. Aber eine Gemeinde ohne Pfarrer, ja. Er denke, er werde gleich mitkommen mit ihnen und bei ihnen bleiben, er habe es ohnedem vorgehabt, zu sehen, was der liebe Gott nun eigentlich mit seiner Kirche im Sinne habe. Ja, Michael werde ihm wohl die Hütte auf der Insel für den Winter gehen. Kälter als hier könne es nicht sein, und über das Wasser zu fahren, werde Gott vielleicht zu beschwerlich sein. So könne er ganz in Frieden leben, einmal noch in Frieden. Mehr verlange er nicht.

Die Augen in seinem verwüsteten Gesicht brannten, aber er ließ sich doch ruhig den Pelz von den Frauen anziehen und seine wenigen Sachen in den Schlitten legen. In jede Tasche seines Pelzes steckte er eine Rumflasche, und dann fuhren sie ab. Auf der Straße standen die Leute des Kirchdorfes, und viele weinten, aber die Männer und Frauen von Sowirog hielten sich dicht um den Schlitten, und so sahen die andern nicht viel von ihrem Pfarrer. Die Luft war weiß vom jagenden Schnee, und in den Hohlwegen legten sie die Hände an die Kufen, damit der Schlitten nicht umstürze. Die Wälder waren graue und schwankende Mauern, der Sturm ging hohl und klagend über die stäubenden Wipfel, und tief in den Dickungen heulte ein Fuchs.

Es sah aus, als brächten sie noch einen Sarg in ihr Dorf zurück. Aber es war nicht der Kindertod, der ihn gezeichnet hatte. Es war Gott, der ihren Pfarrer geschlagen hatte, und der Pfarrer hatte nicht stillgehalten, sondern zurückgeschlagen. Und auch als er über die Jerominsche Schwelle trat, hatte er sich nicht gebeugt, sondern sich noch einmal nach dem Friedhof zurückgewendet, den man von hier sah, und die Faust gegen die kleinen Hügel gehoben, über die der Schnee mit schweren Tüchern jagte.

## XI

Es war nun beschlossen, dass sie zu Pfingsten ihre Kirche einweihen wollten. Ein paar Wochen nach dem großen Sterben hatten sie still und verstört an ihren Herdfeuern gesessen und die Hände gefaltet. Der Schnee war wie ein weißes Meer über ihre Häuser gegangen, und über das Moor war hier und da eine große Fährte gelaufen, von der die Förster sagten, dass es die eines Wolfes sei.

Aber es hatte die Leute von Sowirog nicht gekümmert. Gott hatte sie geschlagen, an ihren Kindern und an ihrem Pfarrer, und sie wussten nicht, was er noch vorhatte mit ihnen. Die Männer waren nicht zur Arbeit gegangen, und ein paarmal hatten sie getrunken und ihre Frauen geprügelt. Die Frauen hatten sich nicht gewehrt, sondern still dagesessen und vor sich hingestarrt. Wenn Gott sie verlassen hatte, brauchten sie nicht zu spinnen oder zu weben oder sich zur Wehr zu setzen, wenn der Mann seinen Riemen abschnallte. Sie wussten nicht, was sie gesündigt hatten, aber Gott würde es schon wissen.

Niemand wusste, wovon der Pfarrer lebte. Ein paar Tage nach seiner Ankunft im Dorf hatte er sich in der Jerominschen Kammer verborgen gehalten, aber dann hatten sie ihn zur Hütte auf der Insel gehen sehen. Er hatte einen Schlitten hinter sich hergezogen, beladen und mit seiner alten Pelzdecke bedeckt, hatte einen langen Stab mit einer Eisenspitze in der Hand gehabt und war auf das Eis des Sees hinunter gestiegen. Es hatte schon gedämmert, neue blauschwarze Schneewolken hatten sich über die Wälder herangewälzt, und so war er ihren Blicken bald entschwunden, eine hagere, gebeugte Gestalt, die so aussah, als gehe sie von dieser Erde fort, einen Kindersarg hinter sich her und vor sich nichts als das stöhnende Eis und die bleiche Schwärze einer schneegefüllten Nacht.

Doch sahen sie später ein Licht und den Schein eines Feuers, und am Tage konnten sie, wenn der Schnee nicht trieb, mitunter seine Gestalt in der Ferne erblicken, wie er aus den Wäldern am andern Ufer auf das Eis niederstieg, den Schlitten mit Holz beladen, oder wie er unter den kahlen Eichen der Insel stand und in den gelben Abendhimmel starrte, regungslos wie Lots Weib, indes hinter der Schwärze seiner Gestalt die Feuer des Sonnenunterganges wie die Flammen von Sodom und Gomorrha brannten.

Wahrscheinlich würde er trinken, wilder noch als sie, und Gogun, der nach seinen heimlichen Fallen gesehen hatte, erzählte leise, dass neben der Spur des Pfarrers die Spur eines Frauenschuhes zur Insel gegangen sei.

Sie machten keine Bemerkung, und sie tadelten ihn nicht. Sie wussten, dass auf seinem Herzen die Särge aller Kinder standen, die in den Dörfern gestorben waren, und sie wussten von sich, wie schwer ein einziger Sarg auf dem Herzen lag. Er trank nicht, weil er ein Trinker war wie sie, sondern weil er aufgehört hatte, an Gott zu glauben. Er war zu ihnen gekommen aus der großen Stadt, weil er noch einmal hatte anfangen wollen als ein geringer Knecht, so gering, dass der härteste Gott sich seiner Blöße hätte erbarmen müssen. Aber nun hatte Gott sich nicht erbarmt. Vielleicht hatte er ihm zeigen wollen, wie viel der Pfarrer leiden solle um seines Namens willen, aber es war zu viel für ihn gewesen. Siebzig Kinder waren zu viel für ein Exempel gewesen. Und nun trank er. Nicht weil das Trinken ihm Freude machte, sondern weil er dann die Särge nicht mehr sah. Vielleicht sah er Blumen oder einen Garten Eden, in dem es keine Armen mehr gab, oder eine große Kirche aus Marmorstein, in der die Mächtigen der Erde ihre Knie beugten. Sie wussten nicht, was er sah, aber sie wussten, was er nicht mehr sehen wollte. Er hatte ohne Freuden gelebt, ohne Weib und Kind, ein Kniender und Durstiger im Staub der Straße. Mochte er nun trinken und eine Frauenspur neben der seinigen haben. Keiner war im Dorf, der ihn zu richten hatte.

Aber vielleicht würde er wiederkehren aus seiner dunklen Welt, wenn sie die Kirche zu Ende bauten und einweihten. Von ihm war sie ausgegangen, und zu ihr würde er vielleicht heimkehren. Ein Pfarrer ohne Kirche war wie ein Fisch ohne Wasser.

Ein paar von ihnen gingen zu Herrn von Balk, als der erste Südwind über das Land ging. Nach dem großen Sterben hatten sie nichts von ihm gesehen. Er saß in der Bibliothek vor dem Feuer im Kamin, noch grauer und hagerer geworden, und hörte ihnen zu. Soso ... der Pfarrer ... ja, er denke, dass sie recht hätten, und er wolle das Seinige tun. Auch er denke, dass sie bis zum Pfingstfest fertig sein könnten. Aber was den Pfarrer betreffe, so sollten sie sich nicht zu große Hoffnungen machen. Zweimal lasse sich selten der Heilige Geist über einen Menschen ausgießen. Er wenigstens kenne kein Beispiel dafür, aber zu ihm sei er ja auch überhaupt nicht gekommen.

Ja, ein harter Winter sei es gewesen, nicht nur für Pfarrer und Gläubige. Er komme nun in den nächsten Tagen nach ihnen sehen, habe sich wenig genug um sie gekümmert, ein alter Habicht, der gefroren und gehungert habe. Ja, gehungert nach dem, was sie das Reich Gottes nannten. Er nenne es anders, aber das schade nichts.

„Freut euch des Lebens!", schrie der Papagei zornig, und die Leute von Sowirog erschraken wie über die Stimme des Teufels.

Doch erwachte nun das Dorf zu einem neuen hastigen Leben. Der Schnee schmolz von den kleinen Hügeln auf dem Friedhof, und in der lockeren Erde hatten die Mäuse ihre Gänge gezogen. Die Schindeln auf dem Kirchendach leuchteten nicht mehr so neu, sondern hatten schon einen zarten grauen Schimmer bekommen. Der Wald stand wieder auf, die ersten Gänse zogen nach Norden.

Das Erste, womit sie begannen, waren die Bänke, die Fenster und die breite niedrige Tür aus Eichenholz. Auch die Eichen hatte Gogun nicht vergessen. Sie legten die Dielenbretter, und ein großer Wagen mit den drei Glasfenstern kam an. Nun erst wussten sie, dass es eine herrliche Kirche war, und sie standen mit gefalteten Händen vor den blauen und grünen Gestalten, die in der Sonne leuchteten. Am unteren Rand des mittleren Fensters stand die hohe, schlanke Gestalt eines Kranichs, der die Schwingen halb geöffnet hatte. „Für den Stifter, Michael", sagte

Balk lächelnd zu Gogun. Aber noch immer ließ der Pfarrer sich nicht sehen. Sie hatten beraten, ob ein paar von ihnen zu ihm gehen sollten, aber sie hatten es nicht gewagt. „Was sich in die Erde gräbt", hatte Gogun gesagt, „soll man nicht wecken, bis es von selbst herauskommt."

Eines Tages kam ein Wagen mit Pferden ins Dorf gefahren, hielt am Kirchenhügel, und ein großer Herr im schwarzen, hochgeschlossenen Rock stieg langsam aus. Er trug das graue Haar unbedeckt, und seine Augen blickten freundlich und aufmerksam zum Turm der Kirche empor, wo gerade ein eiserner Wetterhahn angebracht wurde. Das also sei ihre Kirche, fragte er und sah lächelnd von Gesicht zu Gesicht.

Ja, das sei sie, erwiderten sie verlegen. Er nickte, ging um den Bau herum, glitt mit der feinen, ringgeschmückten Hand über die rohen Balken und trat dann in das Innere. Er stand lange vor den Glasfenstern, stieg vorsichtig auf die grob gezimmerte Kanzel und betete dann still vor dem Altar, der noch ohne Schmuck dastand.

Sie hatten alle ihr Handwerkszeug niedergelegt und sahen ihm zu. Sie meinten, dass er der oberste aller Pfarrer der Provinz sein müsse, und es war ihnen traurig ums Herz, dass ihr Pfarrer nicht da war.

Als er sein Gebet beendet hatte, drehte er sich um und sagte, dass es seinem Herzen wohlgetan habe, dies alles zu sehen, und dass er gekommen sei, um ihnen im Namen der Provinz zwei Glocken für ihre Kirche zu schenken. Denn da ihr Pfarrer, wie er gehört habe, für eine Weile in die Stille gegangen sei, so müssten sie doch wenigstens eine Glocke haben, damit die Kirche nicht ganz ohne eine Stimme sei.

Und nun möchte er gern ihren Pfarrer sehen.

Ja, das sei so eine Sache, meinte Gogun nach einer Weile. Der Pfarrer sei auf der Insel, und er wolle niemanden sehen.

Ein Boot hätten sie wohl?, fragte der Unbekannte.

Ja, das hätten sie, und Gogun wollte ihn zum Jerominschen Hause führen.

Es wurde dann so, dass der Unbekannte keine Hilfe haben wollte, sondern sich in das Boot setzte, mit den weißen Händen die Ruder ergriff und langsam, aber in einer schönen geraden Linie zu der Insel hinüberruderte. Der Wind spielte mit seinem grauen Haar, und es sah aus, als mache ein vornehmer Herr zu seinem Vergnügen eine kleine Bootsfahrt.

Sie gingen wohl wieder an die Arbeit, aber ein paar von ihnen standen immer auf dem freien Platz vor der Eingangstür, hielten die Hand über die Augen, weil das Wasser blendete, und sahen dem Boot nach, wie es sich langsam aber stetig der Insel näherte. Sie sahen den Unbekannten aussteigen, das Boot etwas auf das Ufer ziehen und langsam den Steig zur Hütte hinaufsteigen. Dort verschwand er dann in der offenen Tür.

Sie besprachen es nun nach allen Seiten, in Hoffnung und in Furcht, und schließlich blieb Gogun als der Redemächtigste mit seiner Ansicht siegreich, dass es sicherlich ein Bischof sei, vielleicht vom Kaiser ausgesandt, um dem Pfarrer wieder Mut zuzusprechen. Zwar wurde eingewendet, dass nur die Katholischen einen Bischof hätten, aber Gogun meinte, dass in so schweren Fällen wohl auch die Evangelischen ein Recht auf einen Bischof haben könnten.

Als der Oberkonsistorialrat über die Schwelle trat, sah er den Pfarrer an dem rohen Holztisch sitzen, den Kopf in beide Hände gestützt, und in das Feuer blicken, das eine dunkle, hochgewachsene Frau im Herd entzündete. Eine Flasche und ein Wasserglas standen neben ihm auf dem Tisch, eine alte, schwere Bibel lag aufgeschlagen, und ihre Blätter waren von einer dunkelroten Flüssigkeit gerötet, die eine zitternde Hand darübergegossen haben mochte. Alles sah sauber und nicht unwohnlich aus, aber es fröstelte den Besucher doch, als er an die Schneestürme dieser Landschaft dachte.

„Da bin ich, Herr Pfarrer", sagte er, „auch wenn Sie mich nicht gerufen haben. Aber wir wollten doch ein bisschen nach Ihnen sehen."

Agricola hob den Kopf und sah ihn an, und noch einmal fröstelte der Besucher vor der Tiefe des Leides, das in diesen Augen brannte. Er nahm schnell die rechte Hand des Pfarrers, ohne sie gereicht zu bekommen, und blieb so eine Weile stehen, während alle guten Worte, die er sich ausgedacht hatte, in einen tiefen Strudel des Vergessens sanken.

Der Pfarrer erinnerte sich dunkel von einer Synode her dieses Gesichtes und stand mühsam auf. „Der Gast ist heilig", sagte er, „auch hier. Aber er hätte besser getan, nicht zu kommen."

„Oft unterbleibt das Bessere um des Nötigen willen", bekam er zur Antwort. „Lassen Sie uns nun ein bisschen am Feuer sitzen." Er verneigte sich leicht vor der Frau, die ihn böse ansah, und machte eine kaum merkliche Gebärde zur Tür.

„Lass uns allein, Lisa", sagte der Pfarrer.

„Ich war an der Kirche", begann der Geistliche und blies den Rauch seiner Zigarre ins Feuer. „Und ich habe den Leuten gesagt, dass wir ihnen zwei Glocken schenken wollen. Irgendeine Stimme muss doch dort ertönen. Es ist ein wunderbares Werk, das hier zustande gekommen ist, aber mein Herz ist nicht froh …" Der Pfarrer öffnete die Lippen, aber dann schwieg er wieder.

„Es gibt solche unter uns", fuhr der andere fort, „die der Meinung sind, dass dies eine Schande sei und dass die Schande ausgebrannt werden müsse. Ich bin nicht dieser Meinung. Ich habe niemals solche Meinungen gehabt, seit ich erfahren habe, dass der Talar brennen kann wie ein Nessusgewand. Wir haben viele Briefe bekommen, gute und auch ein paar böse. Aber in einen Brief kann man eine Sache legen und kein Herz. So bin ich gekommen, um zu erfahren, ob ich etwas von diesem Herzen sehen kann."

‚Dein lieber Gott hat ein gutes Teil davon zu sehen bekommen', dachte der Pfarrer, ‚und es ist wenig Gutes dabei herausgekommen. Besser also, die Menschen steckten ihre Nasen in andere Herzen als das meinige.' Aber er dachte es nur, er sprach es nicht aus.

Das Feuer brannte nun hell, und der Geistliche beugte sich etwas vor, um seine Hände zu wärmen. „Die Flamme verzehrt das Holz", sagte er, „und doch wärmen wir uns an der Flamme. Auch die Liebe kann verzehren, Menschen und ganze Geschlechter, und doch bleibt sie das, woran wir uns wärmen. Die göttliche

Liebe, meine ich." ‚Da ist ein Fehler dabei', dachte der Pfarrer, ‚wie bei den meisten Vergleichen. Aber es ist dein Fehler, nicht der meinige.'

„Die Leute waren nicht froh über die Glocken", fuhr der andere nach einer Weile fort. „Auch eine Herde kann Glocken tragen und verlangt doch nach dem Hirten. Es hat mich gedauert, zu sehen, wie sie an der Arbeit waren. Es war keine Freude dabei, und sie sahen mir lange nach, als ich im Boote saß. Es ist schrecklich, wenn Kinder sich verirren, in einem dunklen Wald, aber es ist schrecklicher, wenn der Vater sich mit ihnen verirrt und beiseite geht, um sie ihrem Schicksal zu überlassen."

‚Genug Väter zu deiner Verfügung', dachte der Pfarrer. ‚Schicke einen andern, und euer Kummer ist zu Ende.' Aber er sagte immer noch nichts.

„So geht es nicht", sagte der Geistliche und legte seine Hand auf des Pfarrers Arm „Kann ich helfen, Agricola?"

Der Pfarrer schüttelte den Kopf.

„Wer könnte helfen?"

Nun sprach der Pfarrer zum ersten Mal. „Gott könnte helfen", erwiderte er, „wenn er wäre. Aber er ist nicht."

„Und wissen Sie das, lieber Bruder?"

„Ich weiß es nicht als eine These, aber ich weiß es für mich. Für mich ist er nicht, also kann er nicht helfen. Nur für die Gläubigen ist er ein Brunnen in der Wüste, für die andern ist er eine Fata Morgana. Nicht Wasser, sondern Luft, und glühender Staub."

„Und Sie glauben nicht mehr?"

„Nein, ich glaube nicht."

Der andere hatte längst die Zigarre auf den Herdrand gelegt und die Hände gefaltet. „Gott kann wiederkommen", sagte er leise.

„Ich will nicht, dass er wiederkommt und Kinder mordet", sagte der Pfarrer. „Ich habe genug an siebzig Särgen."

„Das also ist es", meinte der andere und nickte vor sich hin. „Also hab' ich doch das Herz gesehen."

„Und wenn nun Gott die Toten auferweckt", fuhr er fort, „zu

einem schöneren Leben, was ist denn der Sarg anders als eine flüchtige Stufe?"

„Dieselbe Stufe, auf die man die Eltern hingeworfen hat", sagte der Pfarrer. „Dort können sie warten, bis er die Särge erweckt. Aber die Zeit wird ihnen lang werden, sehr lang ... wenn ... wenn ... das große Wort der Täuschung und der Kinder. ‚Wenn Gott die Toten auferweckt', aber niemand noch hat ihm zugesehen dabei. Und wer allmächtig ist und Engel braucht, hat wohl nicht nötig, die Kinder zu erwürgen, die er sich dazu ausersehen hat."

„Sie hassen, Bruder", sagte der Geistliche traurig.

Aber der Pfarrer fuhr nur mit der Hand durch die Luft. „Gespenster hasst man nicht", erwiderte er schroff.

„Wer Gott verliert, hat so viel verloren", sagte der Geistliche nach einem langen Schweigen, „dass wir ihm nichts mehr fortnehmen dürfen. Ich bin kein Bekehrer, Bruder, und wir wollen das also stehen lassen, wie es steht, bis Gott es vielleicht wieder in die Hand nimmt. Aber ich bin nun ein alter Mann und habe viel gesehen. Und das Schlimmste, was ich gesehen habe, war doch wohl das Gericht der Menschen. Ich richte nicht, Bruder, ich leide nur. Es kann jeden von uns treffen."

„Nicht jeden von uns", sagte der Pfarrer. Aber er sah den andern nun an und erkannte sein gutes, trauriges Gesicht.

„Ich will, dass Sie eine kleine Pension bekommen, Agricola, und ich werde es auch erreichen. Ich will nicht, dass Sie von Almosen leben. Aber ich möchte gern, dass Sie nicht mehr trinken." Er legte die Hand auf das Knie des Pfarrers und sah ihn bittend an. „Der Schmerz macht scharf, aber der Trunk verzerrt. Wir können sein Bild zerschlagen, aber wir dürfen es nicht beschmutzen, nicht wahr?"

Der Pfarrer schüttelte den Kopf. „Wenn vergeben wird, wird alles vergeben", sagte er. „Alles oder nichts. Es gibt keine Grade. Und ein gewesener Pfarrer, der trinkt, ist besser als einer, der unter einem Espenbaum hängt. Kein Krugwirt sieht mich, wenn ich betrunken bin, kein Gläubiger, kein Kind. Nur sie" – er wies mit der Hand nach draußen –, „und sie kann mich ruhig sehen.

Vor vierzig oder dreißig Jahren hat sie mich geliebt und nicht bekommen. Nun hat sie alles fortgeworfen, was sie besaß, Amt, Haus und Frieden, und ist zu mir gekommen. So viel wert bin ich noch, und so groß kann Menschenliebe sein. Nein, ich werde wohl nicht aufhören zu trinken, so wenig ich aufhöre, in der Bibel zu lesen. Ich rede noch mit ihm, immer noch. Ich weiß, dass er nicht da ist, aber ich rede mit ihm. Er ist abgesetzt wie ich, und wir sitzen hier am Tisch und sehen, wer der größere Sünder ist."

„Ja", sagte der Fremde, „so leicht ist es nicht, ihn auszulöschen …" Er blieb noch eine Weile sitzen und blickte ins Feuer. „Manche", fuhr er dann fort, „leben fünfzig Jahre für die Welt und bekehren sich dann. Und manche leben fünfzig Jahre für Gott und leugnen dann. Ich weiß nicht, welche Gott wohlgefälliger sind … aber er wird wohl über beide seine Hand halten."

Er stand auf und gab dem Pfarrer die Hand. „Erinnern Sie sich, was Elihu zu dem Mann aus Uz sagte?", fragte er. „‚Sündigst du, was kannst du ihm schaden? Und ob du gerecht seiest, was kannst du ihm geben?' Leben Sie wohl und erlauben Sie einem alten Mann, für Sie zu beten."

Der Pfarrer begleitete ihn bis zur Schwelle und sah ihm dann nach, wie er den Steig zum Ufer hinunterging. Unten saß die Frau auf einem der Boote und ließ das Wasser durch ihre Finger rinnen. Sie sah wohl auf, als der Fremde vor ihr stehen blieb. „Von Hiob steht geschrieben", sagte er, „dass er ein Bruder der Schakale und ein Geselle der Strauße war. Mein Herz würde leichter sein, wenn ich wüsste, dass Sie bei ihm bleiben."

„Ich bin nicht wie euer Gott", erwiderte sie finster, „der aufhebt und fallen lässt."

Er sah über ihren Scheitel hinweg nach dem andern Ufer, wo der Wetterhahn nun über dem stumpfen Holzturm funkelte. „Keiner von uns ist wie Gott", sagte er leise, „aber von Gott sind wir alle, auch Sie, auch er."

Sie sahen gleich, als er langsam den Hügel hinaufstieg, dass er mit leeren Händen kam. „Wir müssen noch warten", sagte er nur. „Er spricht noch mit Gott …" Dann betete er wieder vor dem Altar, stieg in seinen Wagen und fuhr davon. Zu Pfingsten weihten sie die Kirche ein. Am Abend vorher richteten sie hinter dem Altar das Bild des Gekreuzigten auf, das Jakob und sein Vater aus dem Holzschuppen herausgetragen hatten. Niemand hatte davon gewusst, und als es den Hügel hinaufgebracht wurde, knieten sie nieder, und viele weinten. Sie waren verzagt und ohne Freude, denn der Pfarrer war auf der Insel geblieben. Das helle Holz leuchtete in dem dämmernden Kirchenschiff, und sie sahen, dass die Stirn unter der Dornenkrone die Stirn ihres Pfarrers war. Auf der hintersten Kirchenbank kauerte Christean und sah zu, wie sie das Kreuz aufrichteten. Aber er wusste nicht, ob es nun eine Kirche war, ohne ihren Pfarrer. Viele wussten es nicht.

Spät am Abend fuhren Jons und Maria hinüber. Sie hatten Christean ins Boot getragen, und er sah zu, wie die Sterne im Wasser leuchteten. Es war nicht dunkel. Der Nordwesthimmel lag weiß über den schwarzen Wäldern, und ab und zu glitt ein Stern lautlos am Firmament in die Tiefe. Der Kuckuck rief immer noch, und hinter der „Armen Sünde" stiegen die Nebel über dem Moor.

Keiner von ihnen wusste, was er nun sagen würde. Jons hatte sich das ausgedacht, aber er wusste am wenigsten, wie es ausgehen würde. Wenn der Bruder mit seiner Flöte da wäre, würde der Pfarrer mitkommen, aber sie waren nur Kinder, und was konnten sie viel sagen?

Der Pfarrer saß auf einem umgekehrten, verfallenen Boot und sah ihnen entgegen. Ein ungewisses Licht lag über dem Ufer, aber Jons sah doch, wie alt er geworden war. Sein Haar war nun ganz grau, und seine Augen lagen tief unter der Stirn. Aber er saß ganz still, ohne Überraschung oder Feindseligkeit, und ließ sie schweigend aussteigen.

„Oh, Jons und Maria", sagte er dann. „Und auch Christean ist mitgekommen ... so sind doch noch ein paar übrig geblieben."

„Herr Pfarrer ...", begann Jons.
Aber Agricola hob schon die Hand. „Lass es gut sein, Jons",

sagte er. „Ich wollte nicht wegbleiben morgen, und wenn ihr wollt, könnt ihr mich holen. Ich habe doch auch meine Balken getragen und meine Steine gekarrt. Ein schlechter Arbeiter, der seinem Haus den Rücken kehrt."

„Christean hat einen Heiland geschnitzt", sagte Maria.

„Christean? Sieh mal an … ja, ihr seid ein gutes Haus, nur dunkel ist es bei euch, und vieles hat man wohl noch mit euch vor … und du, Jons, wirst du nun einmal dort predigen?"

„Ich weiß nicht, Herr Pfarrer … ich glaube nicht …"

„Ja, lass die Hände von ihm, Jons. Er drückt dir seine Nägel hinein, und es heilt nicht. Niemals. Es sind Gespensterhände."

„Ist er denn nicht wirklich, Herr Pfarrer?"

„Nein, Jons, er ist nicht. Er war nicht und wird niemals sein. Nicht so, wie es geschrieben steht. Anders vielleicht. Siehst du, das alles" – er wies mit der Hand einmal über das ganze Himmelszelt – „das ist er vielleicht. Das und dass wir hier sitzen und über ihn reden. Keiner kann es begreifen, aber es ist da und hat seine Ordnung und seine Gesetze. Aber es ist nicht zweierlei, er und das alles. Er steht nicht dahinter und lenkt es mit seiner Hand. Es ist einerlei, ein und dasselbe. Wir haben ihm nur einen Namen gegeben. Wir hätten es auch ‚Ohama' nennen können oder sonst wie. Aber der Sohn und der Heilige Geist, und die Erzengel und Erzteufel, und die Auferstehung und das Gericht: Namen, Jons, Namen. Menschenwerk und Menschentäuschung. Ein Bildnis oder ein Gleichnis, und Blut tropft darüber hin. So viele tausend Jahre schon, und immer mehr Blut, weil es das Edelste ist, was wir haben. Aber auch des Blutes können wir müde werden, Jons, die Kaiser und auch die Pfarrer. Einmal wollen wir nicht mehr. Es ist Zeit, dass die alten Brandopfer zugeschüttet werden. Ein finsteres Zeitalter kann Stiere, Widder und Kinder opfern, aber wir wollen das nicht mehr. Der Mensch hat so vieles, was er opfern kann, aber seine Hände brauchen nicht blutig dabei zu werden. Aufstehen wollen wir, Jons, aufstehen! Auch im Stehen kann man beten."

Er winkte ihnen mit der Hand und ging in den Schatten zurück.

Wenn sie später an ihre Kirchenweihe zurückdachten, war es ihnen, als hätte schon damals an dem blauen Himmel eine dunkle Wolke gestanden, gerade über dem Kirchendach. Aber da an diesem Tage nichts geschah, außer dass der Großvater Michael wunderlich war, so hatten sie es dem zugeschrieben, dass ein anderer als ihr Pfarrer ihre Kirche weihte.

Die Straße und alle Häuser waren mit Birken besteckt, als die Wagen einfuhren. Solange Sowirog stand, hatte es nicht so viele große Männer gesehen wie an diesem Morgen, und unter ihnen war der Landrat durchaus nicht der höchste. Sie sammelten sich auf dem Kirchenhügel, klopften mit den Fingerknöcheln an die Balken und bewunderten die schöne Aussicht. Auch ließen sie es nicht an Bemerkungen fehlen, sobald sie zur Insel hinüberblickten, wo dieser Pfarrer nun leben sollte. Auch ihnen fiel es auf, dass die Leute des Dorfes nicht so froh und dankbar waren, wie sie erwartet hatten, und dass die meisten am Ufer des Sees standen und auf etwas zu warten schienen. Sie sahen voller Staunen den Großvater Michael aus seinem Hause treten und langsam den Hügel hinaufkommen, barhaupt, mit dem Stab in der Hand, und über sie hinwegsehen, als seien sie Staubkörner an den Blättern der Bäume. Auch Jakob war ihnen merkwürdig und dass er einen Krüppel auf den Schultern trug und dass dieser Krüppel einen großen Kruzifixus für den Altar geschnitzt haben sollte.

Der Schulze stand mit seinem unbewegten Gesicht neben ihnen und gab die verlangten Erklärungen, und wenn einer der jungen Herren oder eine der Damen einen leisen Witz machten, über den Hirten Piontek etwa, der mit seiner Ringschleuder erschienen war, oder über Gonschors sehr krumme Beine, so blickte er sie an, wie man einen Stein anblickt, und sie sahen unbehaglich zur Seite.

Der Herr von Balk in seiner blauen Reiteruniform fiel nicht angenehm dadurch auf, dass er zuerst jeden einzelnen der Dorfbewohner begrüßte und dann vor dem feierlichen Kreis der Gäste seine rechte Hand nicht allzu gehorsamst an seine Tschapka legte. Auch stieg er bald auf seinen langen Beinen zum Ufer hinunter, wo er inmitten der anderen auf einem umgestürzten Kahn saß und mit seinem Säbel Figuren in den Ufersand schrieb.

Es war vereinbart worden, dass der Superintendent der Kreisstadt die Weihepredigt halten sollte, und als er angekommen war, meinte der Regierungspräsident, dass man nun wohl anfangen könne. Aber der Schulze schüttelte den Kopf. „Die Leute kommen noch nicht, Herr Präsident", sagte er. „Sie warten noch, und so lange müssen wir auch warten."

„Auf wen?"

„Auf ihn, Herr Präsident." Und er machte eine Handbewegung über den See hin.

Als das Boot durch den ersten Schilfgürtel fuhr, strömte das ganze Dorf, soweit es noch nicht am Ufer stand, den Hügel hinab und holte den Pfarrer ein. Der Pfarrer war nicht betrunken. Er trug einen schwarzen Rock, und in den Händen hatte er eine junge, sehr schön gewachsene Fichte und einen Spaten. Sein Gesicht war alt und sehr ernst, und obwohl er keine Rührung zeigte, war es ihm anzusehen, dass es ihn freute, erwartet zu werden. Herr von Balk ging an seine Seite, und als sie den Hügel wieder hinaufkamen, sah es aus, als hätten sie nun den obersten ihrer Gäste eingeholt.

In diesem Augenblick begannen die beiden Glocken zu läuten, und der Pfarrer blieb einen Augenblick stehen, um zu dem niedrigen Turm hinaufzusehen, der von den Klängen zu erbeben schien. Der Landrat blickte finster über die Köpfe der Dorfbewohner hin, und allen Gästen schien es, dass sie hier eine merkwürdige, wenn nicht überflüssige Rolle spielten.

Der Gruß des Pfarrers wurde übersehen, aber er ging, ohne anzuhalten, bis zur Schwelle der Kirchentür. Dort blickte er lange durch den geöffneten Eingang auf den lebensgroßen Gekreuzigten, drehte sich zu Christean um, der auf seinen Krücken blass und zitternd hinter ihm stand, und küsste ihn auf die Stirn. Dann nickte er dem Schulzen zu und trat zur Seite.

„Jetzt kann es beginnen, Herr Präsident", sagte Grünheid höflich. Herrn Stillings Harmonium ertönte aus dem Raum der Kirche, und sie gingen langsam und zögernd hinein.

Während sie das Eingangslied sangen, grub der Pfarrer unweit der Tür seine Fichte ein, trat sie fest und saß dann eine Weile auf der Ecke der Schwelle, den Spaten zwischen den Knien und die Augen auf den Friedhof gerichtet, wo die Reihe der kleinen Hügel sich nun schon mit dünnem Grün bedeckt hatte. Er kam sich wie ein Ausgestoßener vor, er war weder zornig noch traurig. Er war nur so allein wie ein Mann, der einen andern Glauben hatte.

Als in der Kirche die Reden begannen, stand er auf und ging zum Jerominschen Hause. Dort saß er auf der Bank vor der Tür und blickte über die Dächer des Dorfes hin.

Der Landrat war der Meinung gewesen, dass nach der Feier für die Gäste und das Dorf ein gemeinsames Essen hätte stattfinden sollen, aber der Schulze hatte bemerkt, dass kein Bewohner von Sowirog aus der Kirche in das Haus des Krugwirtes gehen würde und dass es vielleicht auch für die „hohen Herrschaften" nicht angebracht sei, in einem Hause zu essen, wo einer der Söhne für die Zeit seines Lebens im Zuchthaus sitze. So hatte man auf jede Feier dieser Art verzichtet und blieb nur noch eine Weile vor der Kirchentür stehen, bis die Wagen vorgefahren waren und die Vertreter der Regierung noch hier und da ein paar Worte mit den Leuten gesprochen hatten.

Auch war noch eine amtliche Pflicht zu erfüllen, indem Michael Gogun, Kätner und Waldarbeiter, „In Anerkennung seiner besonderen Verdienste um den Kirchenbau" das Allgemeine Ehrenzeichen überreicht bekam.

Es war kein glücklicher Tag für Gogun, und in seinen Träumen war alles anders verlaufen. Sein Herz war bedrückt, weil er nicht genau wusste, ob Gott nicht schon begonnen hatte, wegen des Holzes mit ihm abzurechnen. Der Kindertod im Februar und dass der Pfarrer nun die Kirche nicht weihte und in Besitz nahm, waren Zeichen, die ihn mit Unruhe erfüllten. So trat er nur widerwillig vor, von seiner Frau in den Rücken gestoßen, als sein Name aufgerufen wurde. Er hörte zu, was der Landrat sagte, drehte die Medaille in seiner Hand hin und her, besah sie wie einen toten Vogel und steckte sie dann in die Tasche. Die große Rede, die er sich ausgedacht hatte, blieb ungesprochen, und er blickte mit schlechtem Gewissen dorthin, wo seine beiden Gefährten standen und ihm spöttisch zublinzelten.

Auch diese offizielle Handlung also hatte nicht die erwartete glanzvolle Wirkung, und der Landrat drehte sich ärgerlich um, ein höfliches Zeichen zum Aufbruch zu geben. Er war immer der Meinung gewesen, dass der Regierungspräsident in seiner Einschätzung der ländlichen Kreise sich bedenklichen Illusionen hingebe.

Dieser aber war gerade dabei, der ganzen, etwas missglückten Feier einen versöhnlichen und herzlichen Abschluss zu geben. Er ging ein paar Schritte auf den Großvater Michael zu, der noch auf der Kirchenschwelle stand, auf seinen Stock gestützt, und über die Versammelten hinweg in die Ferne blickte. Die breite Tür war noch geöffnet, und vor der farbigen Dämmerung des Kirchenschiffes stand die hohe Gestalt wie die eines Propheten, schon ausgeschieden aus ihrer Mitte und in den Augen noch den Nachglanz seiner letzten Begegnung mit Gott.

Einen Augenblick lang war dem Regierungspräsidenten, als hätte er besser getan, diese Gebärde der Leutseligkeit zu unterlassen, weil man nie wissen konnte, was von so alten Leuten zu erwarten war, aber dann streckte er dem Schweigenden doch freundlich die Hand entgegen und sagte, einer plötzlichen Regung folgend, er möchte zum Abschied wohl wissen, was die Augen des „Veteranen von Sowirog" nun, nach dieser schönen Feier, in der Ferne für ein Bild der Vergangenheit oder Zukunft erblickten.

Michael sah die ausgestreckte Hand nicht, aber nach einer langen Pause, die vielen peinlich erschien, wandte er seine hellen Augen in die des Fragenden, ließ sie dort ohne ein Zeichen der Anteilnahme oder des Erkennens lange ruhen und sagte endlich, tonlos und wie ein Schlafender spricht: „Der Blasbalg ist verbrannt, das Blei verschwindet; das Schmelzen ist umsonst, denn das Böse ist nicht davon geschieden."

Der Angesprochene stand noch eine Weile ratlos, dann nickte er zustimmend, als habe er den Sinn der Verse verstanden, verneigte sich leicht und ging zu seinem Wagen. Das letzte Gesicht, das er sah, war das des Herrn von Balk, der lächelnd mit einem weißen Tuch sein Einglas putzte. Aber es schien dem Präsidenten, dass dieses Lächeln besser ein Grinsen zu nennen sei.

„Gedachten die Insel der Phäaken zu finden, meine Gnädigste", sagte ein junger Regierungsrat zu der neben ihm sitzenden Dame, „und fanden das Land der Pachulken … ausgesprochene Pachulken!"

Sie lächelte, und da sie ehrlich war, ließ sie sich beide Namen von ihm erklären. „Ja", sagte sie schließlich, „aber es war doch etwas dran an dem Alten. Etwas war an ihm. Und mir scheint, eine sehr glückliche Figur hat der Chef nicht vor ihm gemacht … wie sollten wir auch heutzutage wissen, wie wir vor Moses zu stehen haben? Es ist so schrecklich lange her …"

Es tat dem Pfarrer doch wohl, für eine Weile unter den Seinigen zu sitzen. Die Welt hatte sich ihm verengt auf der Insel, zusammengezogen auf das Bild seines Widersachers und sein eigenes Bild, und nur am Rande war die Frau gewesen, die seine Hütte in Ordnung hielt, die das Feuer im Herd entzündete und in den Nächten ihn wärmte, wenn der Schneesturm heulend über das niedrige Dach fuhr. Er sprach nicht über die Bibel mit ihr und auch nicht über sein Leben. Er ließ sich erzählen, wie sie ihren Kampf bestanden hatte, und oft konnte er dasitzen, lange Zeit, und nichts tun als ins Feuer blicken und eine dunkle Locke der Frau zwischen seinen Fingern bewegen. Es war, als habe er gesiegt, aber als habe Gott in diesem Kampf ihm eine heimliche Wunde beigebracht, von der er nichts sah, aber aus der unablässig das Blut in seine Spuren tropfte. Ein freudloses Leben hatte er gehabt, und was sein Amt und seine Zweifel von ihm übrig gelassen hatten, das hatte seine Frau zerstrickt, mit ihren gerechten, erbarmungslosen Nadeln, die keine Masche fallen ließen. ‚Der Blasbalg ist verbrannt, das Blei verschwindet.'

Diese aber waren nicht gerecht oder erbarmungslos. Sie hatten die Glocken geläutet, als er den Hügel hinaufgestiegen war, als sei er kein abgesetzter Pfarrer, sondern der Hirte, der zu seiner Herde kam. Die anderen hatten ihn verleugnet, bevor der Hahn nur einmal gekräht hatte, aber diese hatten zu ihm gestanden, und Christean hatte in die Stirn des Heilands seine eigenen Falten geschnitzt. Ein bisschen Lästerer und ein bisschen Sünder waren sie alle, Göttliches und Menschliches vermengten sich bei ihnen wie bei Kindern, und es mochte schon etwas daran sein, dass dies eine gestohlene Kirche war, ein Spott auf Gottes Gebote und keine große Ehre für die Christenheit. Aber es war besser, unter ihnen zu leben als unter den Gerechten. Ein Pfarrer, der nicht mehr glaubte und stattdessen trank, gehörte unter die verlorenen Söhne.

Aber es war ihm wohl dabei. Ein stilles, trauriges Glück erfüllte ihn, und es war vielleicht nicht gut, dass sein Glas immer wieder gefüllt wurde. Aber alle tranken, am meisten Gogun, der sein Ehrenzeichen in das Auge zu klemmen versuchte wie der Rittmeister sein Einglas. „Keine Orden, Brüder", sagte er zu Daida und Gonschor, die ihm gegenübersaßen, „kein Kirchenrat, keine Würde. Nur ein Stückchen Blech, auf dem Herzen zu tragen. Und so viele Nächte, Brüder, so viele Nächte … und die Gräberchen auf dem Gottesacker …" Er begann zu weinen, und seine Frau bückte sich schon nach einem Stein, den sie in ihr Taschentuch binden könnte.

Und doch war trotz Tränen und Spott das Glück bei ihnen. Die großen Herren waren gewesen, wie sie immer waren, der Pfarrer hatte ihre Kirche nicht eingesegnet und würde am Abend wieder betrunken sein, Gogun hatte keinen Orden bekommen, sondern ein Stückchen Blech, Aber sie hatten ihre Kirche gebaut, ganz allein, und der liebe Gott, der für ihre Kirche gesorgt hatte, würde auch für ihren Pfarrer sorgen. Gräber waren auf dem Friedhof, aber der Roggen trieb schon Ähren, neues Brot für neue Kinder. Der See war blau, die Fische sprangen über das stille Wasser, die Schwalben waren zu ihren alten Nestern heimgekehrt. Viele Dörfer lagen im Land, die keine Kirche hatten, keinen Pfarrer, der seine Schränke verkaufte, um Wein für die Sterbenden zu holen, keine Fische, wenig Brot. Die vornehmen Herren und Damen hatten sie angesehen, als wären sie Kälber mit zwei Köpfen, aber zwei Köpfe waren besser als gar kein Kopf, und der vornehmste aller Herren saß an ihrem Tisch. Er trank zu viel, er nahm ihnen die Mädchen fort, er war der Habicht über dem Wald, aber er war ein Herr, für den ihre Tränen aus Salz und nicht aus Wasser waren, und das war immer noch das beste Zeichen, ob jemand zu ihnen gehörte oder zur Welt, die hinter dem Walde war.

Die Sonne ging unter, die Reiher schwankten mit ihrem heiseren Schrei über das Dorf, aber sie tranken immer noch. Sie sangen Choräle und „Ich schieß' den Hirsch im wilden Forst". Es war ein schweres Jahr gewesen, und der große und der kleine Tod hatten sich ihr Teil geholt. Der Mond ging auf, und Gogun behauptete, dass zwei Kirchen auf dem Hügel ständen. „Weiß Gott, wo sie sich das Holz zur zweiten besorgt haben …", murmelte er tiefsinnig.

Dann befahl Balk ihm, auf der Harmonika den Zapfenstreich zu spielen, und sie standen alle auf und sangen „Ich bete an die Macht der Liebe".

Darauf brachten sie den Pfarrer zu den Booten. Er ging aufrecht und hob die Hand in die Sterne „Wir sprechen uns noch", sagte er mit schwerer Stimme. „Ich verstecke mich nicht, ich bin immer zu finden … verstecke auch du dich nicht hinter deinen Lampen, hörst du?"

Noch auf dem dunklen See hörten sie seine furchtlose Stimme.

# XII

Jons ging erst in diesem Jahr zum Konfirmandenunterricht. Er war älter als die anderen, und in der Klasse sagten sie, er werde bei der Einsegnung gleich die Priesterweihe bekommen. Sie sprachen ohne Ehrfurcht von diesen Dingen, aber es gab ohnehin nicht viel, was sie mit ihrem Spott verschonten. „Es geht uns zu gut, Jons", sagte Charlemagne. „Wir werden alle mit der Pension in der Tasche geboren, und es wäre gut, wenn eine Zeit ohne Pensionen käme."

„Alle?", fragte Jons. „Ich sehe viele, die mit nichts in der Tasche geboren werden, und ich kenne Straßen, wo sie mich erwürgen möchten, nur weil ich einen weißen Kragen umgebunden habe."

Charlemagne seufzte. „Wir haben es nicht geschafft, Jons. Weder der Staat, noch die Schule, noch die Kirche. Etwas fehlt, aber was ist es?"

„Die Gerechtigkeit fehlt", erwiderte Jons. „Man kann Recht sprechen und doch ohne Gerechtigkeit sein."

„Du sprichst wie ein alter Mann, Jons, aber wahrscheinlich sprichst du die Wahrheit. Denke nur ab und zu an den Schierlingsbecher, hörst du?"

„Ach, Herr Professor", sagte Jons, „es ist heute billiger geworden, die Götter zu lästern."

Es war kein schöner Raum, in dem Jons auf das erste Abendmahl vorbereitet wurde. Er war fahl und dunkel, und an Regentagen war es keine Waldluft, die ihn erfüllte. Auch hier saß der reiche Mann getrennt vom armen Lazarus, aber der freundliche Konsistorialrat bemühte sich, es beide nicht merken zu lassen. Er war sehr freundlich, und wahrscheinlich trank er auch nicht wie Agricola, aber Jons sah ihm aufmerksam zu, und er hätte gern gewusst, ob das Ganze ihm nun Freude mache, eine tiefe, schwere und verzehrende Freude, wie Christus sie vor dem Abendmahl gefühlt haben mochte. Oder ob er wenigstens durch alle Täler der Finsternis gegangen sein mochte wie Agricola. Er verlangte gar nicht, dass dieser seine Möbel oder Kleider verkaufe, um die Ärmsten zu wärmen und zu speisen. Er wollte nur wissen, ob dies alles in diesem Raum in jedem Jahr neu war, mit immer neuer Leidenschaft begonnen oder vollendet, oder ob es so war wie in der Schule, wo die Platte grauer und abgespielter Gewohnheit immer an der gleichen Stelle einsetzte, an der gleichen Stelle zornig oder witzig war und mit dem gleichen leeren, rauschenden Ton schloss. Wie die abgespielte Platte eines Grammofons.

Er erkannte bald, dass von Leidenschaft nicht gut die Rede sein konnte, und er war gerecht genug, einzusehen, dass dies nicht gut anders sein konnte. Eine Lehre war nicht dasselbe wie ein Evangelium, ein Amt nicht das gleiche wie eine göttliche Berufung. Und es war dem freundlichen Konsistorialrat mit seinen behaglichen, geröteten Wangen kein Vorwurf daraus zu machen, dass die Jünger Jesu wahrscheinlich anders ausgesehen hatten. Nach zweitausend Jahren brauchte man nicht mehr zu leiden. Man saß nicht mehr zu Füßen des Heilands, auf einem Berge, wo Palmen und Steine gleich nahe bei der Hand waren. Man saß zu Füßen kluger Männer in einem Auditorium der Universität. Der Mund der Jünger war verstummt, verklärt oder in Staub vergangen, und stattdessen standen an den Wänden der Bibliotheken Tausende von ehrwürdigen Büchern, in denen die Zeugnisse gesammelt, erläutert, bewiesen und ausgelegt waren. Man wurde geprüft, nicht so bitter ernst wie auf dem See Genezareth oder auf dem Hof des Hohenpriesters, aber doch geprüft, und wenn man bestanden hatte, mit Verstand und Gedächtnis bestanden, rückte der Garten Gethsemane in eine weite, unwirkliche Ferne, die Schädelstätte, das Kreuz, der essiggefüllte Schwamm. Die Zeiten waren milder und menschlicher geworden, niemand brauchte seine Lenden mehr zu gürten, um auszuziehen in alle Welt, die Kanzeln standen fest, kein warmer Stein lag mehr auf einem Bergeshang, und kein Kriegsknecht stand drohend um den stillen Konfirmandensaal. Draußen fuhren die elektrischen Straßenbahnen vorüber, die Sonne schien auf den reichen Jüngling und auf den verlorenen Sohn, die Schüler der Gymnasien saßen auf der einen Seite, die der Volksschulen auf der anderen, und in dem breiten Mittelgang schritt der Konsistorialrat freundlich auf und ab, Lob und Tadel nach beiden Seiten verteilend, kein Ketzer mehr, kein Empörer, sondern ein treuer Diener des Staates und der Obrigkeit, ein Führer zu Zucht und Gehorsam, ein beredter Warner vor den Listen und Teufelsstricken der Zeit.

Ja, Jons saß da wie ein alter Mann, der vergessenen Spielen zusieht. Er lernte Sprüche und Verse noch einmal, und ihre Schönheit durchdrang ihn immer noch, aber sie waren wie eine ferne Stimme, über die das Leben hinwegging. Sie waren wie alte Heiligtümer, vor denen man sich verneigte, aber nur aus Höflichkeit und Pietät, weil die Väter sich vor ihnen verneigt hatten. Zur Anbetung aber hatte man neue Heiligtümer, glänzendere und modernere. Ihre Verse waren kürzer, und was sie verhießen, waren nicht der Friede Gottes oder das Himmelreich. Es entging ihm nicht, dass viele Gesichter sich spöttisch verzogen, wenn der Konsistorialrat die Lehre der Bergpredigt so bequem und behände in die neue Zeit legte, wie man einen edlen Stein in eine neue Fassung legt, und es kam vor, dass einer von der linken Seite eine Frage stellte, etwa, wann der Trost nun kommen werde für die, die das Leid trügen, und es war nicht zu verkennen, dass ein bitterer Hass die Lippen verzog, die diese Frage stellten. Aber die sanften Hände des Geistlichen strichen auch diese Falte glatt, und aus allen dunklen Kammern des Lebens öffnete sich eine nicht zu verfehlende Tür, die Tür in ein besseres Jenseits. Man musste nur warten und glauben, und mit diesem Glauben war der Hunger besser als die köstliche Speise, die Bedrückung besser als die Freiheit der Könige. Denn sie waren eine Prüfung für die Auserwählten, ein besonderer Segen aus Gottes Hand, und manchmal schien es, als seien alle, die sich satt aßen und nicht im Gefängnis saßen, von vornherein zu allen Qualen künftiger Höllen verdammt.

Ja, Jumbo hatte recht, dass in dieser Rechnung etwas nicht stimmte. Sie war eine doppelte Buchführung, und die Bilanz war verschleiert. Aber Jons merkte in diesen Stunden auch, dass in seinem Leben etwas nicht stimmte. Solange er bei Herrn Stilling gewesen war, hatte er nur Hunger gehabt, den großen, blinden Hunger nach dem Licht, aber sonst war sein Leben noch in der alten Ordnung gewesen. Der Großvater fischte, der Vater brannte Kohle, Michael pflügte und die Mutter spann. Auch vor tausend Jahren hätten sie so leben können, etwas primitiver in den Werkzeugen, den Ansprüchen, den Bequemlichkeiten, aber doch auf denselben Wegen und mit demselben Ziel: Speise, Kleidung und ein Dach zu gewinnen, ein Stück Erde zu bebauen und in einem anderen Stück Erde zur Ruhe zu gehen. Es war nicht viel mehr, als was ihnen im alten Bunde befohlen und verheißen worden war. Und auch damals mochte hin und wieder ein Kind zu den Füßen eines Alten gesessen haben, um die Summe seiner Weisheit zu erfragen.

Aber in seinem jetzigen Leben war es anders. Es würde nicht viel ausgemacht haben, wenn er ohne Hände geboren worden wäre. Der Geist bedurfte der Hände nicht, er lebte in einem leeren Raum, wo nicht gepflügt, gefischt oder gesponnen wurde. In diesem Raum wurde nur gedacht, begriffen, aufgehäuft, getrennt und verbunden. Man brauchte keinen Pflug oder Spaten zu kennen, keinen Webstuhl, kein Netz. Man brauchte nur etwas Geld, um im Tempel der Weisheit sitzen zu dürfen, nur Ohr und Auge, um die Lehre zu empfangen. Man konnte böse oder gut sein, die Lehre kümmerte sich nicht darum. Sie verlangte nur, dass man begriff, und sie trieb nicht die Bösen aus, sondern die Törichten. Die Törichten konnten ein Handwerk lernen oder ihre Hände im Tagelohn rühren, aber die Bösen konnten alles erwerben, was man für böse Wege später brauchte. Der Mensch war gespalten worden, wie man einen Baum zum Bauen und zum Brennen spaltet, und Jons war nicht bei dem Abfall, der verbrannt wurde. Der Vater konnte kein Pfarrer und der Großvater kein Richter werden, obwohl sie mit Liebe und Weisheit erfüllt waren, aber Jons würde beides werden können, weil er im Tempel saß, und er konnte darin bleiben, weil Herr Stilling für ihn gespart und gedarbt hatte.

Was war zu tun? Es genügte wohl nicht, am Abend durch die Straßen der Armut zu wandern und in die Augen des Elends zu blicken. Mitleid war ein billiger Zoll zur Brücke der Behaglichkeit, und mit einer Handvoll Mitleid konnte man keine Suppe in der Volksküche kaufen. Es war nicht schwer, für sich ein Leben zu gewinnen, wenn der Meiler zu Hause wartete, der See oder ein Stück Acker, das Herr von Balk abgeben würde. Aber es genügte nun nicht mehr, für sich etwas zu gewinnen. Da waren Christean und Maria und der Vater, wenn er alt würde. Da war der Junge aus dem Konfirmandensaal, der gefragt hatte, wie lange man nun Leid tragen müsse, um getröstet zu werden. Da war die Frau vor der Hafenkneipe, die gesagt hatte, dass man die Männer ersäufen müsste wie junge Katzen. Und da waren alle die aus Sowirog und aus tausend anderen Dörfern, die noch nichts gesagt und gefragt hatten, aber die am Abend vor ihrem Pflug oder Webstuhl standen, mit gebeugtem Rücken und schmerzenden Armen, und in das Abendrot hinaussahen, ob dort nicht die Türme der goldenen Stadt glänzten und auf einer der Schwellen nicht derjenige säße, der bestimmt war, ihre Last für eine Weile zu tragen.

Es gab nur einen Trost: dass er noch so jung war. Jünger als Jumbo, und auch Jumbo wusste noch nicht, wie er vor dem stillen Gericht in der eigenen Brust bestehen würde. Viel jünger als Herr von Balk, dem Macht und Besitz gegeben war und der noch immer nicht begriffen hatte, weshalb diese Welt so eingerichtet war. Es galt wohl zu warten und zu lernen, noch mehr zu lernen, aber nicht nur das, was in den Büchern der Schule stand. Ja, auch mehr als das, was in Jumbos Büchern stand oder in denen seines Klassenlehrers Charlemagne. Und vieles konnte man beiseiteschieben, ein graues Trümmerfeld, Ballast für leere Schiffe, und sich an die Menschen halten, die lebendigen Zeugen des Lebens. An den alten Schuster etwa, der ihm Eisen auf die Absätze schlug und der hinter seiner Lichtkugel zu fragen pflegte, ob sie nun schon Tote auferwecken könnten. Oder an das alte Fräulein mit den ängstlichen, traurigen Augen, bei dem er seine Hefte und Federn kaufte und die ihn immer nach seinem Walde fragte, wenn er allein im Laden war. Oder auch an den Jungen, der nach dem Trost für die Armen geforscht hatte.

Nur den freundlichen Konsistorialrat brauchte er nicht zu fragen. Er würde gerne antworten, gerne und viel, und ihm die weiche Hand väterlich auf die Schulter legen, aber es würden die jenseitigen Antworten sein, die alles in eine unendliche Ferne rückten, die Sorgen, die Zweifel, die Not, sodass sie wie in einem umgekehrten Opernglas erscheinen würden, winzig, unwirklich, wie in einer Zwergenwelt.

Er dachte viel an den Abend im Konzertsaal zurück, wo das Wunderkind auf seine Art auf alle Fragen geantwortet hatte, und er wusste nun, dass es nicht ein Wunderkind, sondern ein Gnadenkind gewesen war. Es hatte nicht satt machen können, aber es hatte verzaubert. Es hatte die Wände des Saales und des Lebens aufgetan, die Lampen erlöschen, die Gesichter sich auflösen lassen. Es hatte eine neue Welt auferstehen lassen, eine Welt ohne Hunger und Durst, ohne Gewalt und Tod, und über dieser Welt hatte es seine sanften Sterne aufziehen lassen, die tönende Ordnung fremder Sonnen, die spielenden Brunnen der Vergessenheit, das Lied des Vogels Ohneleid. Die Erde kam wieder, wenn es die Hände von den Tasten nahm, die Wände, die Lampen, die Gesichter, aber für eine Weile war sie versunken gewesen, und wenn sie wiederkam, war sie anders geworden, von einem unirdischen Regen gewaschen und beglänzt. Vielleicht war das Ganze nur eine Täuschung, wie das Jenseits eine Täuschung war, aber sie war nicht so fern, nicht so hinter dem Tode, und weder Blut noch Worte waren vor ihrer Pforte aufgestellt.

Aber Jons war kein Wunderkind, er war ohne Gnade, und so musste ihm wohl aufgetragen sein, auf eine andere Art seinen Acker zu bestellen. Er wusste es nur noch nicht, und so blieb ihm wohl nichts anderes als zu warten. Auch Kiewitt hatte warten müssen, bis sein neuer Acker Frucht trug. Auch Herr Stilling hatte warten müssen, ein ganzes Leben lang, bis er jemanden gefunden hatte, der das Licht nach Sowirog bringen würde. Alle warteten, und die Gläubigen taten es schon zweitausend Jahre lang, ohne ungeduldig zu werden.

Er hatte keine Freunde in der Schule. Er war der Jüngste in der Klasse, aber er war ihnen allen ein paar Hügel voraus auf ihrer

Straße, und wenn er in das nächste Tal hinunterging, sahen sie ihn für eine Weile nicht mehr. Er wusste mehr als sie, und wenn sie das auch nicht zu trennen brauchte, so trennte sie doch die Art, wie er sein Wissen ordnete, benützte und anlegte. Er war zu ernst für sie, er war ein alter Mann, der den Abend kommen sah, und sie spielten noch in Tau und Morgenwind. Das Dorf hatte ihn alt gemacht, der Meiler und die Insel, der Großvater, die Eltern, die Geschwister. Er hatte einen Bruder gehabt, den man erschlagen hatte, und einen, der vielleicht schon hinter der grauen Mauer saß, und er wusste nicht, was aus den anderen werden würde. Es war, als habe das Dorf tausend Jahre lang gespart, um ihn zu erzeugen und in die große Welt zu schicken, jedes bisschen Hunger, jede Sekunde der Muße, jede Wolke der Sehnsucht: alles, was der Arbeit und Fron abgerungen worden war als eine Hoffnung auf ein besseres Leben. Es war, als trüge er das alles in sich und auf sich, ganze Geschlechter mit ihrem schweren Atem unter den dunklen Dächern, Krieg, Hagel und Missernte, und als ständen sie dort in der Ferne, zwischen Moor und Wald, alle Jeromins, Goguns, Daidas und wie sie heißen mochten, der Lehrer Stilling und der Hirte Piontek, auf ihren Spaten oder ihre Axt gestützt, und blickten über das weite Land bis zu ihm hinüber, was er nun wohl tue und ob er auch an sie denke, ihrer aller Sohn, ausgezogen, um eine kleine Krone für sie zu gewinnen.

Und wenn man sie so sah, diese geduldig Wartenden, den Nebel auf dem Moor hinter ihren Häusern und die stille Rauchsäule des Meilers über ihren Wäldern, so konnte man nicht gut lachen, wenn sie eine Schachtel mit Maikäfern in der Physikstunde öffneten, oder voller Bewunderung sein, wenn sie eines Tages alle mit einem steifen runden Hut in der Schule erschienen. Man konnte ein bisschen lächeln, und bei dem Anblick der vielen feierlichen Hüte konnte man einen Augenblick an des Vaters Schirmmütze denken, wie er auf dem Bahnhof gestanden hatte, ein stiller Mann in einer lauten Welt. Aber man konnte sich nicht hingeben an diese Dinge, auch nicht, wenn man sommers und winters ohne Hut in die Schule ging, um mit Herrn Stillings

Geld auszukommen. Man sah diese Dinge, freundlich, ohne Spott oder Neid, aber sie waren fern und unwirklich, wie die Dinge, die man im „Panorama" sah. Sie brannten einem nicht auf den Nägeln, sie reichten einem nicht bis ans Herz. Sie waren nicht das Senfkorn im Acker, das man auslegen musste, solange man jung war und der Regen fiel.

Sie hatten einen unter sich, der der Sohn eines Schiffsreeders war, eines sehr reichen Mannes von großer Macht. Dieser Sohn nun trug sich in der Klasse wie der Prinz eines regierenden Hauses, den das Schicksal für eine Weile unter die Schweinehirten verschlagen hatte. Er war von großer, überschlanker Gestalt, auf das sorgfältigste gekleidet, mit einem blassen, gelangweilten Gesicht. Sein Mund war schön, wenn er nicht auf eine verächtliche Art lächelte, aber seine Augen waren so, dass selbst die Lehrer sich vor ihnen fürchteten. Ohne Hass oder Hohn, aber von einer verschleierten, eisigen Tiefe, ganz hell und flimmernd, als seien sie mit gefrorener Luft erfüllt.

Er war sehr klug, von einer auflösenden, zersetzenden Klugheit, der Schrecken aller Religionslehrer, und sehr schweigsam. Fast alle Lehrer vermieden, ihn zu fragen, und so saß er Stunde für Stunde gelangweilt da, ein weißes Blatt mit rätselhaften Figuren bedeckend oder die Kleidung der Lehrer musternd, bis er plötzlich durch eine Bemerkung, eine Frage bewies, dass er nicht nur da war, sondern dass er mit gespannter Aufmerksamkeit gefolgt war, bis zu dem Punkt, wo es Zeit war, das blitzende Messer der Verneinung in das schillernde, sentimentale Gewebe des Herkömmlichen zu tauchen.

„Ein Mörder, Jons", sagte Charlemagne, „ein geborener Mörder. Die Frucht eines Zeitalters, das um das goldene Kalb tanzt. Die Väter Sklavenvögte und Straßenräuber, die Söhne kleine Neros und Caligulas. Wenn sie könnten, würden sie uns in ihren Parks zur Hälfte eingraben, mit Benzin übergießen und anzünden."

Aber Jons hielt das für eine Übertreibung. Er hatte keinerlei Interesse für diesen eleganten Mitschüler mit dem gefährlichen Gesicht und dem schönen Namen Brockhusen. Er hatte damit zu tun, seinen Acker zu bestellen, und keine Zeit, auf das schöne Unkraut zu sehen, das auf den steinigen Rainen wuchs. Die anderen mochten ihn umwerben, seine Kleidung und die nachlässige, leise Art seines Sprechens nachahmen. Sie hatten immer jemanden, den sie für eine Weile auf ihren wechselnden Thron setzten, und es machte nicht viel aus, ob es ein junger Graf war oder ein künftiger Schauspieler oder nun dieser Reederssohn. Jons selbst war noch niemals nachgeahmt worden, höchstens mit freundlichem Spott, und er war es zufrieden. Er betrachtete Brockhusen aufmerksam während seiner Streitgespräche mit dem Religionslehrer, nannte ihn für sich im stillen das „Bildnis des Dorian Gray" und ließ ihn dann beiseite wie alles, was ihm ganz und gar fremd war.

Aber eines Abends sah er Brockhusen am Hafen, wie er, an einen Kistenstapel gelehnt, dem Löschen eines großen Dampfers zusah. Neben ihm saß auf einer der Kisten ein Mädchen von großer Schönheit, mit denselben Augen und demselben Mund, seine Schwester wahrscheinlich. Sie hatte die Beine übereinandergeschlagen, ohne viel Sorgfalt, rauchte eine Zigarette, was Jons an einer jungen Dame noch niemals gesehen hatte, und sah den Sackträgern zu, die aus dem Innern des Schiffes den Weizen über das Bollwerk zur Speicherwinde trugen. Auf dem Vorschiff standen ein paar Matrosen mit offener, tätowierter Brust und blickten mit grinsender Teilnahme auf das elegante Paar.

Jons ging vorüber, grüßte seinen Mitschüler höflich mit einer Verbeugung, empfing einen nachlässigen Gegengruß und dachte, wie es wohl sein müsse, wenn einem ein solches Schiff gehöre, mit Kapitän und Matrosen, mit Masten und Schornsteinen und einer Flagge, die über den blauen Meeren wehte.

Am nächsten Mittag aber – er war noch in der Schülerbibliothek aufgehalten worden –, als er den Schulhof verlassen wollte, stand Brockhusen an dem eisernen Tor, lächelte, nahm mit seinen Fingern ein Staubkorn von seinem Rockaufschlag und sagte: „Hallo, Jeromin, hat mir leid getan, dass ich dich gestern etwas spät erkannte, am Hafen. Rüffel von meiner Schwester bekommen wegen schlechter Manieren. Sie hält sehr darauf.

Möchte dich gern kennenlernen. Wie wäre es, wenn du heute eine Tasse Tee bei uns trinken wolltest?"

Jons sah so erstaunt in seine gefrorenen Augen, als ob der Kaiser ihn eingeladen hätte. „Ich?", fragte er. „Meinst du wirklich mich?"

Brockhusen verbeugte sich artig. „Ja, dich, Jons Ehrenreich Jeromin. Ist das so wunderbar?"

„Ziemlich", erwiderte Jons. „Ich meine, ich habe es nicht erwartet … und ich weiß auch nicht, was wir beide …"

„Du meinst, wir hätten wenig miteinander gemeinsam? Das wird sich herausstellen, Jeromin. Vielleicht wirst du dich auch besser mit meiner Schwester verstehen. Außerdem vergisst du, dass wir die beiden Einzigen auf dieser Schule sind, die denken können. Die Pauker eingeschlossen. Und das verbindet immer."

„Das ist nicht richtig", sagte Jons langsam. „Es gibt hier eine ganze Menge, die denken … aber ich will kommen, wenn du es möchtest … wenn du und deine Schwester es möchten. Aber nicht heute. Heute nimmt Jumbo mich mit ins Kolleg. Morgen, wenn es passt."

Auch das verwand Brockhusen mit einem höflichen Lächeln, dass dieser Köhlerjunge einen andern Tag bestimmte. „Schön", sagte er, „also morgen um fünf. Hier ist die Wohnung." Und er überreichte ihm eine Karte, auf der sein Name und seine Wohnung gedruckt standen. „Servus also! Es wird uns eine Freude sein."

Jumbo pfiff leise durch die Zähne, als Jons es ihm erzählte.

„Geh ruhig hin, Mönchlein", sagte er, „aber pass gut auf. Der heilige Antonius ist noch nicht gestorben."

Jons verstand es nicht ganz, und noch als er auf den schimmernden Knopf in der Marmorplatte drückte, wunderte er sich, was das alles bedeuten solle.

Brockhusen öffnete ihm selbst, klopfte ihn auf die Schulter und führte ihn eine breite Treppe zu seinen Zimmern hinauf. Er hatte ein Arbeitszimmer, ein Schlafzimmer und ein Bad, und Jons stand vorsichtig und voller Erstaunen auf dem weichen

Teppich, sah sich um und durch das breite Fenster auf den stillen Park und dachte, dass es schwer sein müsse, in so jungen Jahren so viel zu besitzen.

„Hübsch, nicht?", fragte Brockhusen. „Der Väter Segen baut den Kindern Häuser, aber die Kinder Salomonis nähren sich nicht von Gold. Sela."

„Ich würde nicht spotten, wenn ich dies besäße", sagte Jons.

„Oh, vielleicht doch", erwiderte Brockhusen, „und ich denke, dass du dich manchmal nach deiner Köhlerhütte zurücksehnen würdest. Gold gibt schwere Träume, mein Lieber."

„Hunger vielleicht noch schwerere. Aber davon weißt du wohl nichts."

Brockhusen verzog die Mundwinkel. „Wir nehmen den Tee bei meiner Schwester", sagte er und öffnete eine Tür.

Im Hinausgehen sah Jons eine Reihe von Fotografien nackter Frauen auf Brockhusens Schreibtisch, und nicht das erfüllte ihn mit Missbehagen, sondern dass sein Gastgeber nicht für nötig gehalten hatte, sie für seinen Besuch zu entfernen. „Ich denke, dass ich nicht wiederkommen werde", sagte er ernst.

„Oh, was für ein ehrlicher Gast", meinte Brockhusen nachsichtig. „Aber wir wollen es abwarten."

Er klopfte, und die Schwester kam ihnen entgegen. „Freue mich sehr, Herr Jeromin", sagte sie und schüttelte ihm die Hand. „Wie heißen Sie mit Vornamen?"

„Jons Ehrenreich."

„Ach wie schön und altertümlich … Jons Ehrenreich … Meilerrauch und Großvätersitte … Ich heiße Anna, weil unsere Eltern das vor siebzehn Jahren schön fanden, aber hier oben heiße ich Gudrun, und Sie dürfen mich auch so nennen. Glauben Sie nicht, dass Gudrun so ähnlich ausgesehen hat?"

Sie bewegte sich in den schmalen Hüften und bemühte sich, ihm ihr Bild von allen Seiten zu bieten. Aber da Jons nicht wusste, wie Gudrun ausgesehen hatte, ihm aber war, als habe sie wahrscheinlich wenig Ähnlichkeit mit diesem Mädchen gehabt, so sagte er nur: „Es ist möglich. Man kann das nie genau wissen."

Brockhusen grinste, aber sie sah ihn nur ernsthaft an. Ihr Gesicht war so schön wie das des Bruders, nur viel gereifter, und es kam Jons vor, als habe er niemals einen so nackten Mund wie den ihrigen gesehen. Er war ziemlich unglücklich, aber eine Stunde würde er nun wohl bleiben müssen. Was es doch für Menschen in solch einer Stadt gab …

Es schien ihm höflich, sich nach dem Befinden der Eltern zu erkundigen, und es belustigte sie beide auf eine erschreckende Art. „O danke", sagte sie, sich in ihrer Heiterkeit verschluckend, „Papa ist bei seiner Liebsten, und Mama hat wahrscheinlich eine Bibelstunde für gefallene Mädchen. Wir leben hier jeder nach seinem Geschmack, Herr Jons, und er ist nicht immer der exklusivste."

Jons war errötet, und sie sah ihm aufmerksam zu. ‚Was für hungrige Augen die Reichen haben können', dachte er verwirrt.

Sie sprachen von der Schule und von Dingen, die Jons nicht verstand. Beide Geschwister schienen eine Art Geheimsprache zu haben, die nur aus einer Fingerbewegung oder einem halben Lächeln bestand, und er kam sich vor wie auf dünnem Eis, weit von jedem festen Ufer entfernt, einen knisternden Laut unter den Füßen und tief darunter eine schwarze, bodenlose Tiefe.

Brockhusen empfahl sich höflich nach der ersten Tasse. „Muss noch fort", sagte er. „Mich gefreut, Jeromin. Muss immer an Joseph im Ägyptenland denken, wenn ich dich sehe … verloren im fremden Land …"

Sein Blick ging lächelnd zwischen ihnen hin und her, bis Gudrun die Augenbrauen zusammenzog.

Gudrun ging ans Fenster und blieb dort, halb hinter dem Vorhang verborgen, noch eine Weile, nachdem sie die schwere Haustür ins Schloss hatte fallen hören. Ihr Gesicht war finster und gespannt, während sie Jons ansah, und erst allmählich kehrte es in die vorige Form zurück. Sie nahm Jons bei der Hand, führte ihn zu einem niedrigen Ruhesofa, drehte den Schlüssel in der Tür um und kauerte sich dann in einem Sessel vor Jons zusammen, wobei sie ohne Verlegenheit die Beine hochzog und die Hände um ihre Knöchel faltete. „So ist das bei uns", sagte sie. „Wer hier leben will, muss es hinter verschlossenen Türen tun."

Jons sah das zwar nicht ein, denn sie hatten den Tee bei unverschlossenen Türen getrunken, aber in diesem Hause mochte man wohl unter Leben etwas anderes verstehen als in der Hütte am Meiler. Es war ihm nicht behaglich auf seinem niedrigen Sofa, und er sah sich vorsichtig um, ob er nicht eine Uhr entdecken und die Zeit ablesen könnte. Auch hielt er es nicht für schicklich, seine Augen auf die Unterwäsche eines Mädchens zu richten. Soweit er sich an das Gudrunlied erinnerte, war das damals bei Königstöchtern auch nicht Brauch gewesen.

„Haben Sie ihn eigentlich gern?", fragte seine Gastgeberin plötzlich und deutete mit dem Kopf nach der Tür, wo ihres Bruders Zimmer lagen.

Nein, das könne er nicht sagen.

Sie nickte. „Ein Verbrecher, Jons", sagte sie leise, „ein geborener Verbrecher."

Nun, das ginge doch wohl zu weit …

Sie schüttelte den Kopf und sah zur Decke hinauf. „Alles in diesem Hause ist morsch und verfault", fuhr sie fort. „Jeder und alles. Sogar die Dienstboten. Das Gold ist unsere Schminke. Mit Gold kann man alles haben, alles, weil alles käuflich ist, auch die Liebe. Und wer alles hat, hat in Wirklichkeit nichts. Er ist viel ärmer als der, der gar nichts hat … wussten Sie das schon?"

„Ich habe niemals alles gehabt", erwiderte Jons langsam, „und kann es also nicht wissen. Aber ich glaube, es liegt an dem, was Sie ‚haben' nennen. Unter ‚haben' ist viel zu verstehen."

„Nein", sagte sie, „unter ‚haben' ist nur eines zu verstehen. Das werden Sie bald erfahren, wenn Sie etwas älter werden. Haben Sie schon einmal ein Mädchen gehabt, Jons?"

„Es waren mir nicht immer alle gleichgültig", erwiderte er zurückhaltend, „und zu Hause sitzen wir manchmal abends am See … alle tun das bei uns, wenn sie jung sind …"

Sie machte eine ungeduldige Bewegung mit der Hand. „Ich frage nicht, ob Sie mit einer Gänsehirtin in den Mond gesehen und hinterher Verse gemacht haben, Jons. Sondern ob Sie ein

Mädchen ‚gehabt‘ haben, verstehen Sie? Ganz und gar? Mit Haut und Haaren?"

Er wandte seine tief liegenden Augen langsam zu ihr und sah sie an. „Nein, das habe ich nicht", sagte er. „Aber sprechen Sie denn von solchen Dingen? In der Schule etwa?"

Sie lachte leise auf. „‚Sprechen‘ tut Mama von solchen Dingen", antwortete sie, „mit ihren gefallenen Mädchen, und ich denke, sie müssen ihr alles ganz genau erzählen. Sehr genau, mit allen Einzelheiten. Das ist ihre Art von Erotik. Auch Ladenmädchen ‚sprechen‘ davon. Ich selbst spreche wenig … aber das habe ich mir gedacht, als ich Sie am Hafen sah, Jons … es fällt einem etwas schwer, sich das zu denken, wenn man in diesem Hause aufgewachsen ist."

‚Nein, so leicht will ich es doch nicht haben‘, dachte Jons, und zwei tiefe Falten erschienen zwischen seinen Augenbrauen. Er sah das Bild des toten Bruders im „Paradies" und das Bild des Mädchens, um das der Vater den Arm gelegt hatte. Um so weniges hatte der Bruder sich nicht erschlagen lassen, und um dieses Mädchen vor ihm würde der Vater wohl nicht den Arm gelegt haben. Mit Gold war noch keiner von ihnen zu kaufen gewesen, außer Gotthold vielleicht, aber die Mutter hatte Gotthold ins Gesicht geschlagen und ihn ausgewiesen aus ihrer Gemeinschaft.

„Ich habe mir immer gewünscht", sagte sie leise, „jemanden zu finden, der nach Erde riecht, nicht nach Parfüm. Ich habe mir gedacht, es müsste wunderbar sein …"

„Was müsste wunderbar sein?"

„Ihm zu gehören. So wie ich vorhin sagte: mit Haut und Haaren. Es kümmert mich nicht, ob es schlecht oder verboten ist. Und wer noch nie ein Mädchen gehabt hat, würde sterben können in meinen Armen vor Seligkeit, Jons."

Er habe noch kein Verlangen zu sterben, meinte Jons trocken.

„Ach, was wissen Sie davon …", sagte sie. „Tausend solcher Tode würden Sie sich wünschen."

Er war schon aufgestanden und zog seine Jacke zurecht. Es war ihm plötzlich gewesen, als höre sein Vater zu. „Das hattet ihr alles besprochen", fragte er, „nicht wahr? Und ihr dachtet, mit mir würde es leicht sein, leichter als mit einem Matrosen oder einem Schauermann, nicht? Ihr dachtet, er würde beseligt sein, der Köhlerjunge aus dem Walde, nicht wahr? Aber ich möchte wohl wissen, was er dafür bekommen hat von dir, der schöne Brockhusen. Möchtest du mir das nicht sagen?"

Ihr Gesicht war nun weiß vor Hass, als sie aufstand und den Schlüssel in der Tür zurückdrehte. „Ich vergaß, wo Sie herkommen, Jeromin", sagte sie, und ihre Stimme war heiser geworden wie nach einer Krankheit. „Gehen Sie zu Ihren Kuhmägden, wo es einfacher ist mit diesen Dingen."

„Einfacher kann es nicht gut sein", erwiderte er. „Und Dank für die freundliche Bewirtung."

Noch auf der Treppe hörte er ihr Lachen. Es war wohl töricht, dass er das gesagt hatte, aber die Mutter hatte immer darauf gehalten, und es kam nun auch nicht mehr darauf an.

Bis zur Dämmerung ging er den Strom hinunter und wieder hinauf. Die Rohrwände waren so hoch, dass man die schweren Kähne nicht sah, die vom Haff hereinkamen, und so schien es, als ob die breiten Segel allein über dem Wasser schwebten. Das Lautlose und Unmerkliche ihrer Bewegung erfüllte das ganze Land mit einer großen, alles besiegenden Ruhe. Manchmal bellte ein Hund von einer unsichtbaren Bordwand, und manchmal heulte ein Schlepper dumpf und drohend auf, aber dann schloss der Himmel sich wieder zu über diesen Stimmen der Erde, und die großen, weißen Sommerwolken zogen wieder ruhig über dem Strom dahin.

Sie nahmen auch das letzte Fieber aus Jons' Blut, und als die roten und grünen Lichter des Hafens wieder vor ihm unter dem Abendhimmel standen, blickte er schon von Weitem zurück auf diesen ersten Versuch, die Grenzen seines Lebens zu erweitern und zu erfahren, wie man in den reichen Häusern über die kurzen Tage des Menschen dachte. So einfach also war es ihnen, ihren Acker zu bestellen. Sie wussten nichts davon, wie schwer es war, jede Lust zu erwerben. Sie streckten eine goldene Hand aus und dachten, dass damit alle Armen der Welt zu kaufen seien, zur Arbeit, zur Missetat und zur Liebe. Es war wohl nicht so gemeint, dass auch auf ihren Acker die Gerechtigkeit gebracht werden sollte, und ein Tor war, wer sich einbildete, dass er diese ihre Welt jemals „bewegen" würde. Andere Kräfte und Mächte mussten wohl aufstehen, um sie zu bewegen, und er glaubte nicht, dass sie jemals nur in eines einzigen Menschen Hand liegen könnten. Der Großvater hatte das Herz eines Mörders bewegen können, aber diese würden über ihn gelacht haben, wie sie über seinen Dank für die Bewirtung gelacht hatten. Es gab schlimmere Dinge als den Mord mit einer Kugel, und auch davon stand in seinen Büchern wenig geschrieben.

Er ging noch am Abend in Jumbos Zimmer, weil er nun verstand, was jener mit der Auferstehung des heiligen Antonius gemeint hatte. Jumbo sah nur flüchtig von seinen Büchern auf.

„Nun, Mönchlein, schon zurück?"

„Weshalb ‚schon', Jumbo? Ich war doch nur zum Tee eingeladen?"

„Oh, manche jungen Damen trinken den Tee noch morgens in ihrem Bett, weißt du. Einige, die es wissen müssen, haben es mir erzählt. Und manche wünschen sich auch Gesellschaft dabei, wie die Königinnen bei ihrem Lever."

„Anscheinend bin ich kein guter Gesellschafter, Jumbo."

„Das habe ich gehofft, Mönchlein, stark gehofft. Am Meiler lernt man so etwas nicht, und es ist zu erwarten, dass du es nie lernst."

„Und weshalb hast du mich nicht gewarnt, Jumbo?"

„Ach, weißt du, Jons, ich hatte immer Angst vor dem Wasser, und das kam wohl von der Leine her, an der sie mich hielten. Bis mich einmal einer vom Sprungbrett kopfüber hineinstieß, da hatte ich keine Angst mehr. Siehst du, ich bin nicht für Warnungen. Warnungen erhöhen den Durst, und du kannst es noch gut eine Weile ohne den Becher aushalten. Meistens ist er außerdem nicht so süß, wie man denkt. Aber nun erzähle, Mönchlein. War sie eine zweite Penthesilea? Es sind so allerlei Schwänke über sie im

Umlauf." Jons erzählte, und Jumbo nickte weise mit dem Kopf. „Sie sind immer zu ungeduldig, Mönchlein. Sie haben keine Zügel. Geduld und Zügel haben nur die Armen. Und sie haben nur schlechte Romane gelesen, davon kommt es auch. ‚Sie schlug ihre Zähne brünstig in den Hals des Geliebten', und so weiter. Aber erstens ist es gar nicht so einfach, einen Hals zwischen die Zähne zu bekommen, und dann tragen wir auch alle viel zu hohe Kragen. Die Mode ist ungünstig für solche Sitten."

Jons lächelte. „Ich möchte wohl wissen, was du getan hättest, Jumbo."

„Ich? Das kann man nie genau vorhersagen, Mönchlein. Aber wahrscheinlich würde ich sie übers Knie gelegt haben. Sie haben so wenig an heutzutage, dass es schon durchkommt."

„Und ich habe mich für die freundliche Bewirtung bedankt."

„Tut nichts, Mönchlein. Großväterliche Sitten schänden uns nicht. Und nun sieh zu, dass du es aus dem Blut bekommst. Manche Dinge werden erst gefährlich, wenn man sie überstanden hat. Diphtherie zum Beispiel, die sich dann aufs Herz legt oder auf die Augen. Es ist gut, dass deine großen Ferien bald anfangen."

„Ja", sagte Jons, „ich denke, ich werde fischen und Roggen mähen. Mir ist, als sei dies hier doch nicht immer ganz das Rechte."

„Hat mir schon lange so geschienen, Mönchlein. Aber wo gibt es das Recht und wo das Rechte auf der Welt? Nur die Rechte kannst du lernen, wenn du fleißig bist. Auf allen Universitäten. Ein verdächtiger Plural, ja …"

In der Tür blieb Jons noch einmal stehen. „Du weißt so viel, Jumbo", sagte er leise. „Meinst du, dass … dass Gina auch so ist?"

„O nein, Mönchlein, keine Angst. Die ist ganz anders, ganz anders!"

Jons versuchte, es „aus dem Blut" zu bekommen. Es war nicht ganz so einfach, wie er es am Strom geglaubt hatte, zumal er Brockhusen täglich sah. Aber es gab nun keine Gespräche mehr zwischen ihnen, nur dass jener an jedem Morgen statt eines

Grußes auf eine eigentümliche Art lächelte, und Jons dachte, dass jeder aus Potiphars Gesinde so gelächelt haben könnte.

Einmal träumte ihm, dass die älteste der schwarzen Schwestern, bei denen er in Pension war, ihn verfolgte, um ihre entblößten Zähne in seinen Hals zu schlagen. Aber sein Hals verwandelte sich plötzlich in eine Litfasssäule, eine riesige, blecherne Röhre, die außer ihm war, so dass er sie sehen konnte, und er hörte deutlich, wie die Zähne der langen schwarzen Gestalt von dem Blech abglitten, mit einem stumpfen, kratzenden Ton, wie Griffel von einer Schiefertafel. Und als er am nächsten Morgen die Schwester sah, wie sie lautlos, dunkel und unendlich lang hinter dem Vorhang verschwand, überwältigte ihn das Komische der Erinnerung und der Vorstellung, und mit dem Traum war das Fieber aus seinem Blut verschwunden.

# XIII

„Wenn der Roggen geschnitten ist, wird Erdmuthe ein Kind von Michael haben", sagte Jakob zu seiner Frau.

Sie stand am Herd, und ihr Arm, der die kochende Milch rührte, hörte in seiner Bewegung nicht auf. Aber ihr Gesicht war weiß geworden, und sie lehnte sich mit ihrem ganzen Leib schwer gegen den Rand des Herdes. „Wer ist Erdmuthe?", fragte sie.

Er erwiderte leise, dass das wohl jeder im Dorf wissen könne, wer Erdmuthe sei. Sie sei das Kind aus der „Armen Sünde", und wenn Michael im Herbst von den Soldaten komme, werde er sie heiraten.

„Knecht und Magd liegen gern zusammen", sagte sie hart, „aber nicht unter diesem Dach, solange ich lebe."

Es sei besser, nicht auf diese Art zu prophezeien, erwiderte er. Er denke, sie seien schon ein paarmal gewarnt worden, und zwar von einer Hand, die nicht zum Spaß anklopfe. Auch wisse sie wohl, wie schwer das Kind es jetzt habe, ganz allein und in seinem Zustand, und er habe der Mutter vor ihrem Tode versprochen, zu helfen, bis Michael da sei.

Zustände dieser Art, erwiderte sie kalt, seien nur eine angemessene Bezahlung für vorausgegangene Lust, und wenn er Hilfe versprochen habe, so sei in der Meilerhütte vielleicht noch Platz. Nicht aber unter diesem Dach. Sie hätte schon einmal eine Hure hinaus gewiesen, und das zweite Mal werde sie dafür sorgen, dass niemand ihr in den Arm falle.

Er war schon lange aufgestanden, die Axt über der Schulter, und blickte gramvoll in das Feuer des Herdes. „Auch der stolzesten Frau ist noch anbefohlen, ihres Mannes Wort zu achten", sagte er. „Anders ist hier nie gelebt worden."

Sie goss die Milch in die Schale und sah ihn an. „Ist hier gelebt worden?", fragte sie.

„Du hast sieben Kinder geboren", erwiderte er im Hinausgehen. „Wer sieben Leben unter seiner Hand gehabt hat, sollte anders fragen. Der Tod hat gute Ohren." Es ging nicht gut in der

„Armen Sünde". Es war nicht so, dass es für Erdmuthe nicht zu Speise und Trank gereicht hätte. Auch konnte sie immer noch am Webstuhl sitzen, und wenige Häuser vergaßen, dass ihre Mutter an den kleinen Totenbetten gesessen hatte. Aber ihr war angst, und die Angst zog die Wolken an. Ihr war angst um das, was die Mutter von Michael gesagt hatte, und angst vor Frau Marthe. Sie war ihr zweimal auf der Dorfstraße begegnet und zweimal ohne Dank für ihren Gruß geblieben. Und nicht nur ohne Dank, sondern die grauen Augen hatten so voller Erstaunen durch sie hindurchgeblickt, als habe hinter ihr der Ziehbrunnen gesprochen und nicht sie.

Am meisten angst aber war ihr vor dem Sohn des Krugwirtes. Sie wussten nun alle, dass die alte Frau die Richterin seines Bruders gewesen war. Dass sie das dunkle Los still unter dem Tuch gehalten hatte, bis ihr eigener Tod sie gemahnt hatte, es über den Schuldigen zu werfen. Sie hatten ihn fortgeführt, und er würde, soweit man voraussehen konnte, die Dorfstraße nicht mehr wiedersehen. Aber der andere war noch da, und sie wusste nicht, welche Gedanken er hinter seiner gefurchten Stirne trug. Sie kaufte nun nicht mehr im Dorfe ein. Sie ging lieber ein paar Meilen, als dass sie die kleine Ladenglocke noch einmal über sich hören wollte. Sie war nun schreckhaft in ihrem Zustand und war zusammengefahren, als der blecherne Klang unvermutet über sie herfiel. „Er ruft", hatte der Krugwirt gesagt und ihr entgegen geblickt, die Hände auf den Ladentisch gestützt. „Wer ruft?", hatte sie schüchtern gefragt. „Er", hatte er erwidert, und während der ganzen Zeit hatten seine kalten, schiefen Augen mit dem Glanz des Hasses auf ihr gelegen.

Es war ihr nichts geschehen in allen folgenden Monaten. Kein Stein war im Walde an ihrem Kopf vorübergeflogen, kein Feuer an ihr Dach gelegt worden, kein Zauber hatte auf ihrer Schwelle gelegen. Aber es war oft vorgekommen, dass sie auf der Heimkehr von einem der nächsten Dörfer am Rande des Waldes den Bruder des Gerichteten erblickt hatte, wie er regungslos an einer Kiefer lehnte und auf sie wartete. Er stand da, die Hände auf dem Rücken, als verberge er eine Axt, und folgte ihr mit den

Augen. Er sagte nichts, und auch sein Gesicht enthielt nichts als eine prüfende Aufmerksamkeit, die jeden ihrer Schritte begleitete. Sein Kopf drehte sich langsam mit ihrer Gestalt mit, wie sie herankam, in seiner Höhe war und an ihm vorüberging. Sie wartete auf die kühle Schneide des Todes in ihrem Nacken, aber es geschah nichts, keine Bewegung, kein Laut. Und das Stumme dieses Vorgangs, das Gespenstische der Drohung erfüllte sie langsam mit Todesangst.

Sie verließ das Haus nicht, und Maria brachte ihr, was sie brauchte. Aber auch dann war es nicht vorüber. Blickte sie aus ihrem Kammerfenster in den Wald, so sah sie ihn unter einem der Bäume stehen, die Hände auf dem Rücken, die Augen auf das Haus gerichtet. Manchmal blieb er ein paar Tage fort, und sie betete vor ihrem Bett, während Tränen des Dankes und der Erlösung über ihre verhärmten Wangen liefen. Aber stand sie am nächsten Tage am Fenster, war er wieder da, unverändert, immer in der gleichen Kleidung, immer mit denselben schläfrigen, fast geschlossenen Augen, in denen doch eine gefährliche Wachheit stand.

Sie begriff es bald, dass es schlimmer war als der Tod. Hätte er sie geschlagen oder ihr Gewalt angetan, so hätte er über ihr stehen und auf sie niederblicken können, aber es wäre zu Ende gewesen. Die Flamme wäre erloschen, der Wind hätte die Asche verweht. Dies aber war jeden Tag neu, eine Rache, die so langsam fraß wie die Glut im Meiler, und die nicht nur sie umfing, sondern das Kind und Michael, und in Michael das ganze verhasste Geschlecht.

Sie setzte sich hin, um an Michael zu schreiben, zweimal, dreimal. Aber sie zerriss das Blatt. Sie sah das dunkle Zeichen über seinem Scheitel, das ihre Mutter gesehen hatte, und sie wusste, dass er ihn töten würde. Neues Blut und neue Schuld. Ineinander geflochten wie das Gewebe, das unter ihren Händen lag, und die roten Fäden gingen wie schwere Menschenbahnen durch den blauen Stoff.

Dann machte sie sich in ihrem achten Monat auf und ging in das Haus der Jeromins. Jons war schon zu den großen Ferien gekommen und sah sie am Hoftor stehen. Er hatte einiges gewusst, aber lange nicht alles, und vor allem nicht das, was er von ihrer Gestalt ablas. Er lief ans Tor und nahm sie bei der Hand, verstört von der großen Traurigkeit ihrer Augen. ,Michaels Leben ist es', dachte er verwirrt, ,und Michael hat mir den Buchfink geschenkt …'

Ja, die Mutter sei zu Hause, aber … Er hielt plötzlich ihre Hand fest, noch auf der Schwelle. „Kehr um!", sagte er flehend. „Geh nicht hinein!"

Aber da öffnete die Mutter schon die Tür. Ihre Augen gingen an Erdmuthe vorbei und richteten sich auf Jons. „Geh hinein!", sagte sie und trat zur Seite, um ihn vorbeizulassen. „Nimm die Hand fort!"

Er hielt noch immer Erdmuthes Hand, und er ließ sie nicht los. Er schüttelte nur den Kopf, und ein harter, nie gesehener Ausdruck trat in sein junges Gesicht.

„Nimm die Hand fort!", wiederholte sie leise, aber er sah ihr furchtlos in die Augen. Sein Gesicht war weiß geworden, und zwischen seinen Augen erschienen die beiden tiefen Falten, die sie kannte.

Sie schlug zu, rasch und genau wie immer, aber es war, als habe sie auf einen Stein geschlagen. Die roten Abbilder ihrer Finger wuchsen langsam aus seiner weißen Haut heraus, und sie starrte auf sie nieder wie auf ein Mal.

Erdmuthe weinte. „Frau Mutter", schluchzte sie, „haben Sie Erbarmen … nur so lange, bis es geboren ist …"

Jetzt erst sah Frau Marthe sie an, vom Kopf bis zu den Füßen, und dann blieben ihre Augen auf ihrem Leibe liegen. „Ich habe sieben Kinder geboren und nicht acht", sagte sie langsam. „Ich habe sie in Ehren geboren und nicht im Graben. Auch bin ich gelehrt worden, dass jede Hündin in ihrer Hütte wirft."

Jons riss die Hand des Mädchens so herum, dass es schwankte. Dann drehte er sich um und führte sie langsam durch das Tor. Sie gingen die Dorfstraße hinunter, wo Männer, Frauen und Kinder still vor ihren Türen standen, Erdmuthe weinend, Jons gerade, mit starren Schultern, wahrend er das Feuermal auf seiner

Wange brennen fühlte. Er führte sie nicht zur „Armen Sünde", sondern aus dem Dorf hinaus, wo der Waldsteig zum Meiler lief. „Zum Vater", sagte er, „du musst zum Vater kommen und bei ihm bleiben, bis Michael kommt."

Sie gehorchte still. Die hohen Fichten sahen ihr anders aus als hinter der „Armen Sünde". Niemand stand halb verborgen an ihrem Stamm, und ihr dunkles Grün und das leise Sausen der Wipfel war voller Trost und ohne Gefahr. Sie waren Jakobs Reich, und Jakob war so voller Milde und Güte wie ein stiller Herbst. Er würde nicht schlagen. Er würde kaum sprechen, aber seine traurigen Augen waren ein gutes Bett für allen Gram. Wenige Männer waren wie er, und doch hatte er kein Glück an seinem Herde behalten. Er lebte im Walde, und niemand im Dorf war so allein wie er, nicht einmal der Großvater und nicht einmal sie.

Ja, Jakob richtete ihr sofort sein Lager. Er würde eine neue Hütte bauen, ganz klein, und Jons würde ihm helfen. Er blickte eine Weile auf das Mal, das immer noch auf Jons' Wange brannte, aber er fragte nicht. Er fragte auch nicht, wovor sie sich fürchte in der „Armen Sünde". Er blieb noch eine Weile stehen und starrte auf den Meiler, als seien sie nicht da. Sie waren in das Tor gegangen in seinem schweren Traum, lautlos, gehorsam, still. Männer und Frauen, aber er hatte ihre Gesichter nicht gesehen. Er hatte nicht einmal gewusst, ob sie seines Blutes waren. Auch war es schwer zu wissen, wie viel von seinem Blut in seinen Kindern floss. Die Frau hatte es überströmt mit ihrem eigenen Leben, dieselbe Frau, die seinen Sohn gezeichnet hatte. Aber es war gut, dass sie zu ihm kamen, wenn der Hagel „den Wald hinab" ging, Maria, Erdmuthe und auch hin und wieder das Kind, das die Flöte zuletzt gehört hatte. In der Stadt würden sie spotten oder Böses denken, aber im Dorf spotteten sie nicht. Nicht über ihn. Zu etwas war ihr Leben doch nütze gewesen, das des Großvaters und das seinige.

Ja, Michael hatte recht getan. Ein sanftes Blut zu seinem wilden. Er wollte nichts fragen, auch nicht nach ihrer Angst. Nur zu dem, der nicht fragte, kamen alle Geheimnisse. Bald würde Michael wiederkommen, dann würde er den kleinen Hof verschreiben und ganz zum Meiler ziehen. Auch Frauen mussten sich einmal beugen.

Er stand, auf seine Stange gelehnt, und blickte in den Wald. Wenn die Träume kamen, war es Zeit, die Rechnung abzuschließen. Es war nicht viel, was er vor sich gebracht hatte, aber es waren sieben Kinder da, und wenn nur eines das Senfkorn war, dann würde der Baum wachsen. Jons war geschlagen worden, aber manchmal kam es vor, dass ein Kind von einem einzigen Schlage reif wurde, über Nacht, Gott lenkte nicht nur mit Psaltern und Verheißungen.

Später rief Erdmuthe ihn an ihr Lager und erzählte alles, was auf ihrem Herzen lag. Vom Stiefvater, von der Flöte im „Paradies" und von dem Czwallinnasohn, der seine Rache nahm. Und dass Michael es niemals wissen dürfe.

Er hörte ihr zu, und es war viel für sein stilles Leben. „So junge Schultern", sagte er nur und streichelte sie. „Sei still … sei ganz still …"

Aber als sie eingeschlafen war und Maria gekommen war, machte er sich leise davon, in den tiefen Wald, zu dem hohlen Baum, vor dem er einmal unter dem hellen Mond jemanden hatte stehen sehen. Er zog die Büchsflinte aus dem trocknen Laub hervor, ließ sie in ihrer Umhüllung und vergrub sie dicht am Meiler.

Am Abend schon legte er dem Taternsohn die Hand von hinten auf die Schulter. „Ich bin es nur", sagte er still. „Wenn Michael es wäre, würde es schlecht um dich stehen, und zwei Söhne hat dein Vater ja nur. Aber du kannst nun an deinen Baum gehen und die Büchsflinte suchen. Ich sehe viel im Wald, weil ich hier lebe, und ich werde gern Zeugnis ablegen, wenn ich dich hier noch einmal stehen sehe, hörst du?"

„Was du bezeugen wirst, bringt mir ein paar Monate ein", sagte der andere, „dies aber" – und er wies mit der Hand auf die Hütte – „dauert lange … so lange, wie der Bruder im Zuchthaus sitzt." Seine Mundwinkel verzogen sich, bevor er langsam im Gebüsch verschwand.

‚Er geht wie ein Wolf', dachte Jakob und blickte noch lange auf die Stelle, wo die Fichtenäste sich leise bewegten. Zur selben Zeit setzte Glumsda den Stempel auf den Brief, den Jons an den Unteroffizier Michael Jeromin geschrieben hatte. Er ließ ihn noch eine Weile auf dem Tisch liegen, ehe er ihn zu den andern schob, und sah den runden, sauberen Stempel und die klaren, geraden Schriftzüge an. Er wusste nach vierzig Dienstjahren, ob es mit einem Brief eine besondere Bewandtnis hatte. Jons hatte ihn hinter dem Dorf erwartet, und schon von seinem Gesicht war abzulesen gewesen, dass es kein gewöhnlicher Brief war. „Wird besorgt, Herr Student", hatte er gesagt, aber seine große, schwere Hand zögerte einen Augenblick, ehe er den nächsten unter den Stempel legte.

Jons wusste noch nichts von Briefen und von der gefährlichen, weit hinausreichenden Macht, die in ihnen liegen kann. Er wusste nicht, dass ein Wort aus dem Besitz des Urhebers sich loslöste, sobald seine Züge ein Papier bedeckt hatten und auf die Reise gegangen waren. Alle Möglichkeiten der Änderung war ihm nun versagt, der Abwandlung durch Ton und Melodie, der Wechsel zwischen Güte und Bitterkeit. Es stand da als ein Unveränderliches, und dem Lesenden war anheimgegeben, ihm seinen Sinn unterzulegen. Es konnte nicht zurückgenommen werden, es war wie ein Pfeil, der die Sehne verlassen hatte, die lebende Spitze in ein anderes Herz gerichtet.

Es stand nichts in dem Brief, als dass Michael kommen möge. Erdmuthe sei beim Vater am Meiler und sie habe Angst. Aber niemand wisse, wovor, und die Mutter habe sie nicht über die Schwelle gelassen.

Es war alles, wie es sich verhielt und wie es sich ihm darstellte. Aber für Michael war es mehr als der Inhalt dieser Worte. Für ihn stieg eine ganze Welt der Bedrohung und Gefahr aus diesen wenigen Worten. Sie schoss wie eine Gewitterwand über den flammenden Horizont und lag mit böse glänzenden Rändern über seinem Bewusstsein. Niemals würde Erdmuthe ohne Not die „Arme Sünde" verlassen, niemals Einlass in das väterliche Haus begehrt haben, wenn nicht etwas wie der Tod sie dazu getrieben hätte. Er wusste nicht, was es war, aber er wusste, dass zur Zeit der Roggenernte sein Kind geboren werden sollte. Michaels Leben war nicht in die Breite gegangen, es war das engste aller Jerominkinder. Aber in dieser Enge hing es mit Leidenschaft an dem wenigen, was es erkannt hatte: an seinem Acker und an diesem Mädchen, das der Tod schon gestreift hatte und das ihm süß und sanft war wie ein schutzloses Kind. Die Mutter hatte ihn geschlagen, als er jung und ungebärdig gewesen war, und alle Liebe war ihm in Bitterkeit und Hass verwandelt worden. Alle Schwere ihres Blutes lag wie ein dunkler Bodensatz auf dem Grunde seines Herzens, und es machte sein Leben nicht froher, dass die tiefe Güte seines Vaters in ihn eingeschlossen war, aber wie ein schamvolles Geheimnis, das man erst mit dem Tode enthüllen konnte. Er hatte niemals anders gelebt als in einer Rüstung, das Eisen selbst vor die Augen niedergeschlagen. Niemand wusste, was er dachte, was ihn freute oder ängstigte. Pferde waren ihm lieb und Menschen eine Last. Der Gang hinter dem Pfluge war ihm wie ein Feiertag und jede Straße einer Stadt eine schreckliche Verzerrung des Lebendigen.

Er hatte von früh auf an seinen Tod gedacht, schon als Herr Stilling ihn dazu ausersehen hatte, wieder ein Licht über das arme Dorf zu erheben. Es hatte ihn verwundert, dass es den Bruder zuerst getroffen hatte, und er war der Meinung, dass auch der Tod sich also irren könne. Erst als Erdmuthe ihm ihr Leben geschenkt hatte, war er stiller geworden, und das Finstere seines Wesens hatte sich zu einem schweren Ernst gemildert. Er begehrte nicht mehr als ein Stück Land und ein Kind, für das er pflügen und säen könnte.

Es war ihm nicht leicht geworden, die Uniform zu tragen und zu sein wie hundert andere. Er war ein Mensch, der für sich war, und drei Jahre musste er nun aufhören, für sich zu sein. Er hatte sich niemals Gedanken über das Land oder den Kaiser oder den Krieg gemacht. Wer für den Pflug geboren war, dachte an die Saat, die Sonne, den Regen oder den Hagelschlag. Er sah auf die Erde nieder, und die Erde wusste nichts von Macht oder Neid. Sie wollte bestellt sein, sie wollte Liebe haben, die man an sie wendete, und Fleiß, der keinem Stein aus dem Wege ging.

Um den Acker standen die Grenzsteine, und es kam nicht vor, dass jemand sie versetzte, um einen größeren Acker zu haben. Die Gesetze des Ackers waren schwerer zu brechen als die der Staaten, und man brauchte kein Heer aufzustellen, um Nachbar vor Nachbar zu schützen.

Aber der Großvater war Soldat gewesen und der Vater auch. Er wusste nicht, was sie dabei gedacht haben mochten. Sie hatten ihre Pflicht getan und sprachen nicht darüber. Viele Jeromins lagen in fremder Erde, ein verfallenes Kreuz über ihrem Hügel, und manchmal war die Rede von ihnen, still und voller Achtung, aber ohne Freude oder Bedauern, dass sie nicht gefischt oder gepflügt hatten, sondern dass ein fremder Acker ihr Blut getrunken hatte. Auch sie mochten manche Nacht „an der Mauer" gestanden haben, wie Jakob zu Jons gesagt hatte, aber sie waren nicht hinübergestiegen. Sie hatten einen Eid geschworen, und Gott hatte ihnen zugehört.

Auch Michael hatte an der Mauer gestanden, am meisten im Frühjahr, wenn ein leiser Regen fiel und aus der Erde rings um die Kaserne der starke, bittere Geruch emporstieg. Es rief ihn mit tausend Stimmen, aber er gehorchte nicht. Er presste die Hand um den Griff seines Säbels, wenn er auf Wache stand, als sei es der Griff eines Pfluges, und wenn er an der Mauer auf und ab ging, die vorgeschriebene Bahn, versuchte er so zu gehen, wie man es hinter dem Pfluge tat. Es war dann leichter und ging vorüber.

Die Menschen machten ihm keine Freude, aber die Pferde trösteten ihn. Er war ein guter Soldat, ernst, wachsam, von einer fast strengen Würde, und bald der beste Reiter der Schwadron. Aber er lächelte niemals, und. kein Scherz wagte sich an ihn heran. Es ging nicht sanft zu bei der Kavallerie, und einmal hatte der Berittführer im Zorn die Hand gegen ihn gehoben wie gegen so viel andere. Aber er hatte nicht zugeschlagen. Er hatte eine kalte, gefährliche Flamme in Michaels Augen gesehen und war einen Schritt zurückgetreten. „Sieh mal an", hatte er langsam gesagt, „hast du Mörderaugen, was?" Aber Michael hatte über ihn hinweg geantwortet, dass ihm nichts davon bekannt sei.

Auch hatte er sich geweigert, Bursche bei dem jungen Oberleutnant zu werden. Er blieb für sich, ohne Kameraden, ohne Mädchen, und sobald er Urlaub hatte, ging er auf die Felder hinaus und blickte über die Äcker hinweg nach Süden, wo das Dorf inmitten der Wälder liegen mochte.

Es wurde nicht anders mit ihm, als er Erdmuthe gefunden hatte, auch nicht, als er sie erkannt hatte. Er begehrte sie, aber er begehrte noch tiefer das Kind, das sie trug. Um des Kindes willen hätte er jede Mauer überstiegen, nicht aber um ihretwillen. Es war, als fühlte er, dass der Tod ihn nur besiegen würde, wenn das Kind nicht da wäre. Wenn das Kind geboren war, hatte es keine Wichtigkeit, ob er lebte oder nicht. Das bäuerliche Blut in ihm verlangte nicht nach Glück oder Genuss, sondern nur nach der Gewähr der Zukunft. Es musste etwas übrig bleiben, was das Kommende an ihn band und ihm verbürgte. Der Acker durfte nicht brach bleiben. Und diese Bürgschaft gab nur ein Kind, ein Sohn, der in derselben Furche gehen würde wie er. Um ein Mädchen konnte man sich sorgen, aber man brauchte nicht Angst zu haben. Sobald es gesegnet war, stand es unter dem Schutz der Erde, auf kein anderes Ziel gerichtet als auf das kommende Kind. Aber um dieses musste man Angst haben, bis der erste Schrei an das Licht gekommen war. Die große Angst des Geschlechtes, das nicht untergehen wollte, solange noch ein Stück Land unter seinen Händen war.

Was wusste Jons davon, als er seinen Brief schrieb? Er wusste von Briefen so wenig wie von Kindern, und auch von seinem großen Bruder wusste er nicht mehr, als dass er ein schweres Leben hatte, das schwerste von ihnen allen. Er kannte es nicht anders, als dass jemand kam, wenn er zu einer Not gerufen wurde, und für ihn war es selbstverständlich, dass ein Soldat Urlaub bekam, wenn seine junge Frau sich fürchtete.

Aber Michael bekam keinen Urlaub. Die Manöver standen vor der Tür, und sein Schwadronschef war abkommandiert. Ein Oberleutnant vertrat ihn, und es war derselbe, bei dem er nicht hatte Bursche werden wollen. „Urlaub? Wohl Sonnenstich bekommen, was? Ausgeschlossen! Abmarsch!"

Es gehe nicht um ihn, sagte Michael mühsam. Sein Kind sei in Gefahr.

„Kind? Kind? Dragoner sind keine Kindermädchen, sondern Soldaten. Verstanden? Was fehlt dem Kind?"

Das Kind sei noch nicht geboren, erwiderte Michael leise.

Der Oberleutnant starrte ihn an. „Hören Sie mal", sagte er endlich, „mir scheint, Sie haben einen Vogel, Unteroffizier, was? Embryonenurlaub gibts nicht mal im Kriege. Kehrt marsch!"

Michael ging mit weißem Gesicht aus der Tür. Er bekam außer der Reihe die Stallwache, zog sich in der Futterkammer um und stieg bei beginnender Nacht über die Mauer. Er erreichte den letzten Zug und war nach Mitternacht schon unterwegs auf der stillen Waldstraße, den halben Mond über sich und seinen Schatten vor den Füßen. Wenn er gesehen hatte, wie alles stand, konnte er vor dem nächsten Abend schon wieder zurück sein und sich zur Bestrafung melden. Strafe war bitter, aber ohne Kind sein war mehr als Bitterkeit.

Er dachte nicht zurück, sondern nur an das Kommende. Er hatte niemals viel gedacht. Sein Blut wies ihm seinen Weg, und er gehorchte. Der Weg führte zur Erde und zu dem in der Ferne erscheinenden Ziel, dass er mehr Erde haben müsse als der Vater oder viele andere, weil er die Erde lieber hatte und sie seine Mühe besser vergalt. Und wer mehr Erde hatte, musste Kinder haben. Alles andere würde von selber kommen, aber dies beides musste man festhalten, damit es nicht entglitt. Und wenn man ihn hinderte, es zu halten, musste er die Faust brauchen, gleichviel gegen wen. Hier war das Recht, das mit ihm geboren war, das oberste und letzte Recht, und alles andere war Menschensatzung und Papier, Wer gegen Menschensatzung verstieß, konnte bestraft werden und musste es wohl auch, aber wer gegen das letzte Recht verstieß, sündigte gegen das Geschlecht und gegen die Erde. Er würde nicht bestraft, sondern ausgestoßen, ein ungetreuer Knecht, der nicht wert war, dass der Acker ihn trug.

Er wartete bis zur Morgendämmerung und bis er den Vater am Meiler stehen sah. Jakob war erschrocken, aber auch jetzt fragte er nicht. Nein, er wisse nichts. Angst sei da, viel Angst, aber so seien junge Frauen, und er werde die Augen schon offenhalten. Auch Erdmuthe sagte nichts. Sie war viel zu beseligt, um sprechen zu können, und sie hatte auch Schmerzen.

Aber Jons ahnte etwas. Er hatte den Vater etwas vergraben sehen, und Erdmuthe hatte ihn hin und wieder hinausgeschickt, um zu sehen, ob einer unter den Bäumen stehe. Niemand stand da, aber er glaube, dass dies ihre Angst sei.

Auch Michael fragte nicht. Er saß lange auf der Schwelle und dachte nach, und erst um die Mittagszeit, als er an den Rückweg denken musste, grub er mit Jons das Gewehr aus. Er nahm es aus seiner Hülle, aber er kannte es nicht. Beide Läufe waren geladen. Er stellte es neben die Schwelle hinter einen Fichtenast und wartete, bis Jakob aus dem Walde kam. Dann erfuhr er alles.

Der jähe Zorn der Mutter schoss in ihm auf, aber er hatte sich besser in der Gewalt. Er war nicht umsonst drei Jahre Soldat gewesen. Er stand auf der Schwelle, die finsteren Augen in den Wald gerichtet, und bedachte, wie viel Zeit ihm noch blieb, und auf welche Weise er abrechnen sollte. Und dabei sah er, wie der Wacholderstrauch sich bewegte und dahinter einen Schimmer wie von einem Helm, auf den die Sonne scheint.

Er erblasste, aber er stand noch immer, ohne sich zu rühren, ,Es wird Korsanke sein', dachte er. ,Sie haben ihn ausgeschickt nach mir, der Oberleutnant. Aber mit ihm ist zu reden, und er wird mich gehen lassen. Ich will ja meine Strafe antreten. ' Doch war ihm, als scheine die Sonne plötzlich fahler vom Himmel herab. Es fröstelte ihn zwischen den Schultern, und er drehte sich schnell nach Erdmuthe um. Aber sie schlief ruhig und lächelte im Schlaf. Ein Schmetterling saß innen an der kleinen Fensterscheibe und bewegte seine Flügel auf und ab. Er erkannte, dass es ein Pfauenauge war und meinte, noch niemals so genau die schimmernden Farben der großen Flecken gesehen zu haben, ihren Glanz, ihre Form und die schön geschwungene Linie der Flügelränder. Dann kam Jons langsam vorbei, ein Stück Holz in den Händen, an dem er schnitzte. „Drei sind da", flüsterte er. „Sie haben die Hütte umstellt …"

‚So‘, dachte Michael. ‚Was für ein Aufhebens sie machen ... aber es ist schlecht, dass es nicht Korsanke allein ist ...‘ „Kommt schon heran!“, rief er laut. „Ich laufe euch nicht weg.“

Der Beamte trat hinter dem Wacholder hervor, den Karabiner in den Händen. Es war ein junger Mann, und Michael hatte ihn noch nie gesehen. ‚Wie gegen einen Wolf‘, dachte er erbittert.

Auch Korsanke kam nun rechts aus den Fichten heraus. Aber er hatte keinen Karabiner, und sein rundes Gesicht war bekümmert. „Es ist alles Unsinn, Michael“, sagte er. „Ich weiß, dass du nichts Schlimmes vorhast, aber wir sollen dich holen. Es ist eine Depesche gekommen, und der Landrat hat getan, als ob ein ganzes Regiment meutert. Komm nur ruhig mit, wir wollen versuchen, es unauffällig abzumachen.“

Michael nickte, aber seine Augen waren noch immer bei dem Fremden, der den Karabiner hielt. Es war noch eine Warnung in dem dunkelgrünen Licht, das zwischen den Bäumen hing, etwas, was er nicht verstand, aber was ihn immer noch auf der Schwelle hielt.

Und dann erblickte er plötzlich das andere Gesicht, das unweit von dem jungen Beamten wie eine fahle Scheibe zwischen den Buchenblättern hing. Es war unbeweglich wie eine Maske, und nur der Mund war höhnisch verzogen unter dem hängenden Schnurrbart, aber er war in dieser Gebärde erstarrt, und das Ganze sah aus wie ein grinsender Zauber, den eine abergläubische Hand in die Äste gehängt hatte, über den Wechsel eines Tieres oder den Steig eines Menschen etwa, um ihren Fuß zu bannen und den Tod in ihre Spur zu legen.

Der Ast, der sich über der Maske bewegt hatte, war noch nicht zur Ruhe gekommen, als Michael schon alles begriffen hatte: Erdmuthens Angst, das vergrabene Gewehr und dass Jons hinausgehen sollte, um zu sehen, ob dort „einer“ stehe. Auch des toten Bruders Gesicht sah er deutlich in dem dunkelgrünen Licht. Er dachte nicht nach, er sah, was geschehen war und nach seiner Verhaftung geschehen würde, wie ein Bild mit scharfen Linien vor sich, so deutlich, wie er den Schmetterling gesehen hatte, und ohne einen Augenblick zu zögern, ja, ohne zu wissen, wie viel Augenblicke schon vergangen waren, seit er das Taterngesicht gesehen hatte, griff seine rechte Hand nach dem Gewehr hinter dem Fichtenast. Jemand schrie, wahrscheinlich war es Korsanke oder auch der Mann mit dem Karabiner. Jemand hob die Arme, und das war wahrscheinlich der Vater. Aber das geschah alles flüchtig und verschwommen, außerhalb seines Lebens. Was deutlich war und inmitten seines Lebens, war die Visierschiene über dem Gewehr, das mattsilberne Korn, das zwischen den Augen der Maske schimmerte, der Feuerstrahl, der in den Wald hineinschoss, und die hochgeworfenen Arme, die plötzlich zu beiden Seiten der Maske erschienen.

Er hörte nicht den Donner seines Schusses und nicht den eines zweiten. Er sah nicht das Feuer vor der Mündung des Karabiners, den der fremde Mann trug, und fühlte nicht den Schlag gegen seine Brust. Er sah nur zu, vorgebeugt, wie die bleiche Maske aus dem Buchenlaub herauskam, wie eine Scheibe, die dort aufgehängt gewesen war und deren Band man durchschnitten hatte, und die nun in das Moos stürzte, ein entzauberter Zauber, machtlos über Mutter und Kind.

Dann erst, beim ersten tiefen Aufatmen, fühlte er das Blut in seinem Munde und ließ sich langsam auf die Schwelle zurückgleiten. Der Vater kam, Korsanke, Jons, so viele Menschen mit verstörten Augen und Lippen, die sich bewegten. Aber er hörte nicht, was sie sprachen. Er sah durch einen sanften, farbigen Nebel, wie Korsanke drohend die Faust gegen den Mann mit dem Karabiner hob und wie dieser mit der Hand beschwörend auf seine eigene Brust deutete.

Michael schüttelte den Kopf, langsam, weil er so schwer war, aber doch sichtbar, und mit den Fingern der linken Hand deutete er mühsam in das Buchenlaub. Jons beugte sich nahe über seine Lippen, und ihm flüsterte er mühsam zu: „Der Täter … nicht der Mann dort … der Täter …"

Einen Augenblick starrte Jons ratlos in den Wald, aber dann begriff er alles. Er riss Korsanke mit sich, und sie fanden den Erschossenen, wo er vornüber gestürzt war. Zwischen seinen schiefen Augen war die kleine dunkle Stelle, wo der Tod eingetreten war.

Sie standen nun in völliger Verstörung, am meisten der Mann mit dem Karabiner. Keiner von ihnen hatte gemerkt, dass noch ein anderes Gesicht neben ihnen gewesen war.

Michael starb langsam, und während der ganzen Zeit sprach er kein Wort. Er lag mit dem Kopf auf der Schwelle, und so wollte er bleiben. Er hatte nichts mehr zu sagen, seit man den Toten gefunden hatte, aber ab und zu machte er Jons ein Zeichen mit den Augenlidern, und Jons verstand ihn. Dann ging er über die Schwelle in die Hütte und kam gleich wieder zurück. „Der Vater und Korsanke sind bei ihr", flüsterte er. „Alles ist gut."

Dann kam die Frau von Michael Gogun durch den Wald gelaufen, und eine Weile später hörte Michael den ersten Schrei seines Kindes. Er lächelte und streckte sich langsam aus. „Ein Knabe, Michael", sagte Jakob und kniete neben ihm nieder.

Die Augen des Sterbenden sahen ihn ruhig an, ohne Angst, ja, ohne einen Wunsch. So stille, ruhige Augen, wie Michael sie niemals im Leben gehabt hatte.

Sie veränderten sich auch nicht, als die Mutter neben seinen Füßen stand, aber sie wendeten sich langsam ab, Jons zu, und bei diesem blieben sie nun, bis er starb.

„Bruder ... geliebter Bruder ...", flüsterte Jons, aber er hörte ihn nicht mehr. Das helle Blut in seinen Mundwinkeln wurde schon hart, und die strengen Falten zwischen seinen Augen erloschen eine nach der andern.

Der Arzt kam, der Großvater, der Pfarrer, der Lehrer, das Dorf. Sie hoben den Toten auf und bekümmerten sich um die junge Mutter, die so still war wie ein Stein. Und während der ganzen Zeit stand Jakob vor dem Meiler und blickte auf das dunkle Tor, in das er sie hatte hineingehen sehen.

Als Agricola ihn leise an der Schulter berührte, drehte er sich um, sah die vielen Menschen vor der Hütte ihm entgegensehen, sah auch die Frau neben dem Pfarrer, das weiße Tuch um die Schulter, nahm mit vorsichtigen Fingern ihre kalte Hand, wie man die Hand eines Kindes nimmt, dem man den richtigen Weg weist, und sagte leise: „Du gehst wohl besser nach Hause."
Er sah ihr nach, wie sie zwischen den hohen Fichten verschwand,

im dunklen Kleid und so gerade, wie sie damals vor Jahren dort verschwunden war, als sie vom Markt gekommen war. Dann kehrte er sich um und ging nach der andern Seite in den Wald, und es war allen so, als werde er niemals mehr zurückkommen.

Es war seltsam, dass dieser Tod das Dorf viel schwerer traf als der des sanften, flötenspielenden Bruders. Michael war nie geliebt worden. Er hatte wie einer gelebt, der am Rande ihrer Gemeinschaft fremde Wege gegangen war, ein Zugezogener aus einer ganz unbekannten Welt. Aber nun, als die Schleier um seinen Tod sich langsam hoben, erkannten sie, wie sehr er ihresgleichen gewesen war, ja, dass niemand das dunkle und dumpfe Schicksal ihres ganzen Dorfes so getragen und vollendet hatte wie er. Friedrich war geliebt worden, aber er war ein Träumer gewesen, ein Rattenfänger, der die Flöte spielte, aber der niemals einen Pflug gehalten oder ein Kind begehrt hatte. Er war wie ein Stern über den Himmel des Dorfes gezogen, und eines Nachts war er in einer glühenden, schnurgeraden Bahn in das ewige Dunkel hinabgeschossen.

Michael aber hatte niemals etwas anderes begehrt als ein Stück Land und ein Kind zum Ernten dieses Landes. Was sie alle begehrten, ohne es immer zu wissen. Er hatte seinen Dienst nicht verlassen, um eine Flöte spielen zu hören oder bei einem Mädchen zu liegen, sondern weil er Angst um sein Kind gehabt hatte. Und um dieses Kindes willen hatte er getötet, mit Recht getötet, wie jedermann im Dorfe glaubte. Der Staat aber hatte – und auch dieses sagte jedermann – geglaubt, dass sein Recht größer sei als das eines armen Mannes. Dass er, auch um ein Kind zu retten, keinen Urlaub geben müsse und dass eher ein Kind mit seiner Mutter verderben könne, als dass ein Satz seines Rechtes verderben dürfe. Und so hatte er Depeschen und Gendarmen ausgeschickt, und einer von ihnen, in der Meinung, dass sein Leben in Gefahr sei und mit ihm das Leben des Staates, hatte geschossen. Er würde nicht so schnell geschossen haben, wenn dort auf der Schwelle ein Oberleutnant oder ein Landrat gestanden hätte. Er würde gezögert und an dem Singen der Kugel gehört haben, dass sie nicht nach seinem Leben zielte. Wer ein Jäger ist, kann schnell und ohne Bedenken auf ein wildes Kaninchen schießen, aber nicht auf einen Edelhirsch. Und die armen Leute aus den Walddörfern sind keine Edelhirsche. Sie sind scheu und wild wie die grauen Kaninchen, und sie haben auch ebenso viele Kinder. Es ist kein sehr großes, kein unheilbares Unglück, wenn eines von ihnen getroffen wird, und nachher stellt sich heraus, dass es im Übereifer gewesen ist. Auch die Übereifrigen sind Diener des Staates.

So sprach das Dorf, und der Herr von Balk, der zugegen war, als man den Toten abholte, fragte den Gendarmen mit dem Karabiner, ob es überall so billige Jagd gebe wie hier um den Meiler herum. Es müsse schön sein, wenn auf dem staatlichen Jagdschein in der ersten Spalte „Hochwild" stehe und dazu „ohne Schonzeit". Er saß in seinem Sattel, vornüber geneigt, und seine Worte fielen so auf den Angesprochenen herab, als speie er sie ihm ins Gesicht.

Wieder wie zu den Zeiten, als Jons das Gleichnis vom Schalksknecht ausgelegt hatte, ging der Name des Dorfes Sowirog weithin durch die Provinz, weiter auch noch als durch den Kirchbau. Und nicht einmal der Tod war es, der den düstersten Hintergrund für Gespräche und Zeitungskämpfe abgab, sondern dass ein paar Schritte hinter dem Sterbenden ein junges Menschenkind, schon früh vom furchtbaren Schicksal gezeichnet, lautlos und wie vergessen das Große getan hatte, um das die ganze Tragödie gekreist hatte. Dass sie es vollendet hatte, ohne dass ein Blick oder Wort des Sterbenden zu ihr gegangen war, ganz allein, nur zwei fremde, verstörte Männer neben sich, und dass der erste Schrei des Kindes den Sterbenden noch eingeholt habe, als seine Schuhriemen schon gelöst gewesen seien.

Es half ihnen allen nicht viel, nicht den Toten und nicht den Lebenden. Der Ruhm holt nicht die Toten ein, sondern nur ihre Namen und ihr Grab. Noch einmal kam Jakob mit Gogun aus der Kreisstadt gefahren, einen Sarg im Stroh des Wagens und gestempelte Papiere in den Händen. Er saß, wie er damals gesessen hatte, mit entblößtem Haupt und den Blick über die

Köpfe der Pferde hinaus auf die stille Straße gerichtet, indes hinter ihnen der Staub aufstand und verging.

Diesmal war er zum Landrat geführt worden, und der Landrat hatte gesagt, er bedauere, dass hier eine die Pflicht wollende Hand zu schnell gewesen sei. Dass er es schmerzlich bedauere. Jakob hatte genickt und erwidert, die Hand sei das Geringste, wenn man einen Menschen erschlage. Die Hand gehorche nur, aber der Mörder stehe hinter der Hand. Und die Tasse, hatte er nach einer Weile hinzugesetzt, die Tasse, die der Kaiser geschenkt habe, sei nun wohl abgegolten. Eine Tasse und ein Menschenleben höben einander wohl auf, zumal wenn es nur das Leben eines Knechtes gewesen sei. Er hatte keine Antwort abgewartet und war hinausgegangen.

Hinten, im Stroh des Wagens, saß Jons wie damals und sah zu, wie der Staub über den Rädern aufstieg. Sein Gesicht hatte Augenblicke, in denen es aussah wie das eines alten Mannes, wie das eines Bruders von Jakob. Er fühlte, dass eine Tür hinter ihm zugefallen war und dass die Tür ohne einen Drücker war. Niemals mehr gab es durch sie einen Weg zurück. Hinter ihr lag, was der Konsistorialrat die Vorsehung nannte. Andere nannten es anders. Es gab tausend Namen für die gerechte Weltordnung. Vor ihm lag etwas, was er noch nicht benennen konnte. Es war wie der Staub unter seinen Füßen, und ab und zu sah man ein Stück des Geleises. Das war alles. Und Pferdehufe stampften darüber hin.

Herr Stilling sprach den Segen über den Toten. Er erzählte, was niemand wusste. Wie er einmal vor langen Jahren mit dem Toten am Rande des Moores gesessen habe, um ihm einen Weg in das Leben anzubieten, und wie der Tote es abgeschlagen habe. Dass er sich einen frühen Tod erwarte und dass er ihn auf der Heimaterde bestehen möchte. So sei es gekommen, so habe es sich erfüllt. Und nur um eines möchte er alle bitten, die um dieses Grab ständen: dass sie es an diesem frühen Sterben genug sein lassen und sich nicht bücken möchten, um Steine aufzuheben. Es sei kein Mangel an Steinen in dieser armen Landschaft, aber vielleicht gebe es ab und zu einen Mangel an Barmherzigkeit.

Wenn der Tod zuschlage, treffe er nicht nur den Toten, sondern viele. Den einen erschlage er, aber die anderen zeichne er. Es sei nicht nötig, nachzuzeichnen, was er vorgezeichnet habe. Und endlich: Wo ein Kind übrig geblieben sei, habe der Tod nicht gesiegt. Er habe gewonnen, aber nicht gesiegt.

Der Schulze nahm Erdmuthe und das Kind in sein Haus. Noch immer neideten sie ihm seine Taler, aber sie blieben doch hinter den Fliederbüschen des Gartenzaunes stehen und sahen zu, wie er über der Wiege stand, wenn sie sie in die Sonne getragen hatten, ein Mann mit einem steinernen Gesicht, über das die Schatten des Grames liefen, wie Wolkenschatten über ein abgeerntetes Feld.

Jons mähte den Roggen und fischte, wie er sich vorgenommen hatte, aber er brauchte es nicht mehr, um das Fieber aus dem Blute zu bringen, das er im Hause der Brockhusens empfangen hatte. Es gab kein Fieber in seinem Blut, nur eine eisige Kälte, die sein Herz zu umfangen strebte. Es begann ihm aufzugehen, was das Leben war, wenn es nicht von Kanzeln und Schulkathedern herab erklärt und verkündet wurde, und er erinnerte sich der Worte, die Agricola über dem Sarge Friedrichs gesprochen hatte: „Da lobte ich die Toten, die schon gestorben waren …"

Er hatte Angst, zur Insel hinüberzurudern, von der man nur in der Nacht mitunter eine heisere, verlassene Stimme hören konnte, die traurige oder wilde Lieder sang. Wahrscheinlich saß der Sänger auf einem umgedrehten Boot, eine Flasche zu seinen Füßen, und sang zu den Sternen hinauf.

Aber zu seinem alten Lehrer ging er nun oft am Abend. Das Elternhaus war ihm wie ein Sarg, dessen Deckel aufgestellt war, um über ihm zuzuschlagen. Niemand wusste, ob die Mutter lebte. Sie ging umher, sie kochte, sie webte, aber es konnte ebenso gut eine Tote sein, der man Kleider angezogen hatte und die von einer verborgenen Maschine lautlos angetrieben wurde.

Einmal, als Jons leise die Treppe zur Kammer hinauf schlich, um einen neuen Angelhaken zu holen, fand er die Tür nur angelehnt, und er sah die Mutter an der Wand sitzen, so gerade, als sei ihr Rücken an die Bretter angewachsen, und auf etwas niederblicken, das sie in den Händen hielt. Es war ein hölzernes Pferd, das Christean für Michael geschnitzt hatte, als sie noch klein gewesen waren, ein plumpes Wesen mit dünnen, steifen Beinen, glatt und glänzend geworden von den Händen, in denen der Tote es jahrelang getragen hatte. Sie blickte darauf nieder, und was Jons wie ein Schwert durchfuhr, war nicht der Anblick des Spielzeugs, sondern das Gesicht der Mutter. Eine erloschene Form, unter der einmal Leben geatmet haben mochte, einmal vor sehr langer Zeit, aber nun war das Leben fortgegangen und nur die Hülle war übrig geblieben, eine Samenkapsel, aufgesprungen und leer, und der Wind konnte sie tragen, wohin er wollte. Und Jons, wie ein Hellsichtiger, sah sich und die anderen Geschwister hinter dieser Hülle keimen und aufwachsen, sich regen und fortgehen, einer nach dem andern, und dieses zurücklassen: eine dünne Haut, über einen leeren Raum gespannt, mit eingesunkenen Augen und einem zusammengepressten Mund, der den Schrei eines verlassenen Schmerzes in sich begrub.

„Manchmal denke ich, Herr Stilling", sagte er am Abend, „ich sollte zurückkommen und beim Vater bleiben. Das andere lässt sich vielleicht einholen, was ich dort versäume, später einmal. Aber hier, der Vater, die Jahre, die ihm noch bleiben, das lässt sich nicht mehr einholen, wenn es vorbei ist."

Aber Stilling schüttelte den Kopf. „Hast du jemals gemerkt, Jons, dass der Vater an sich denkt? Vielleicht denkt er nicht einmal an dich, sondern nur an das Dorf und die Armen. Vielleicht bist du nur ein Werkzeug für ihn, aber eines, in dem sein ganzes Leben beschlossen ist. Die anderen durften vielleicht sterben, aber das eine Werkzeug musste bleiben. Solange steht er noch auf festem Grund, trotz allem. Erst wenn das Werkzeug zerbricht, ist für ihn alles umsonst gewesen. Noch denkt er, dass trotzdem Gott dahinterstehen könnte – und wir selbst wissen es ja auch nicht –, aber wenn das Werkzeug zerbricht, ist alles ein Unsinn für ihn gewesen. Möchtest du einem Mann wie deinem Vater das letzte Stück Brot nehmen, Jons?"

„Hoffart und Eitelkeit", sagte Schwester Elise, und die Schatten ihrer Stricknadeln glitten wie große Spinnenfüße über die

Wand. „Nimm einen Pflug und eine Axt in die Hand, Jons, damit du dein Brot selbst backen und dein Bett selbst zimmern kannst. Sieh ihn an, diesen hier, was er in seinem Leben vor sich gebracht hat. Drei Wandtafeln und ein Fass rote Tinte hat er verbraucht. Motten und Rost, und ich weiß nicht genau, was Gott der Herr zu ihm sagen wird, wenn er einmal anklopfen sollte."

„Aber ich weiß es, Tante Elise", sagte Jons.

Aber sie zuckte nur mit ihren verwachsenen Schultern. „Ihr armen Heiden …", sagte sie nachsichtig.

Einmal, am Ende der Ferien, fuhr Jons zur Insel hinüber, um sich vom Pfarrer zu verabschieden. Er hatte sich gefürchtet davor, dass Agricola viel sprechen würde und auch das Letzte noch mit seinem Zorn auflösen, was er sich mühsam im Innern bewahrt hatte. Er hatte das dunkle Gefühl, dass er noch zu jung sei, um alles hinter sich zu werfen. Wenigstens ein paar Splitter seiner Jugendsterne wollte er noch aufheben, so wie die Mutter Michaels kleines Pferd aufgehoben hatte.

Aber der Pfarrer sprach nicht viel. Er saß auf der Schwelle, den grauen Kopf in die Hände gestützt, und blickte in den fallenden Abend. „Sei nur ruhig, Jons", sagte er müde, „ich werde mich um den Vater schon kümmern und um einige, die es noch nötiger haben. Ganz erstorben bin ich ja noch nicht, und der Mensch ist immer noch lebendig geblieben für mich. Sei nur ruhig, sie haben breite Schultern hier. Sie haben tausend Jahre an Gottes Hand getragen, und sie haben sich langsam an seine Liebe gewöhnt."

Erst als Jons wieder abfahren wollte und sie beide an den Booten standen, legte er seine Hand um Jons' Arm und beugte sich zu ihm. „Ich will dir etwas sagen, Jons", sagte er leise, „was mir heute eingefallen ist. Sie haben ein falsches Lied gesungen an seinem Sarg, verstehst du? ‚Wie wird's sein, wie wird's sein?', das passt nicht für Michael. Er hat sehr gut gewusst, wie es sein wird. Aber ein anderes hätten sie singen müssen: ‚Dann gehet leise, auf seine Weise, der liebe Herrgott durch den Wald.' Das hätten sie singen müssen, Jons. Denn er ist wieder einmal durch unsern

250

Wald gegangen, unser lieber Herrgott, am Meiler damals, weißt du, und dabei ist ihm Michael unter die Füße gekommen, so wie uns eine Ameise unter die Füße kommt. Wir merken es nicht, und er hat es wahrscheinlich auch nicht gemerkt. ‚Auf seine Weise …‘, verstehst du, Jons? Wir begreifen es nur zu langsam, das ist es. Wir sind zu schwerfällig hier in seinem Herrgottswald, wir gehen ihm nicht schnell genug aus dem Wege, wenn er auf seine Weise ankommt, der liebe Herrgott …"

Er lächelte ein verzerrtes Lächeln und schob das Boot mit Jons langsam in das tiefere Wasser.

Jons sah die Sterne unter seinem Boot und wie sie bei jedem Ruderschlag in goldene Splitter zerbrachen. Und es schien ihm, als bestehe auch das Leben des Pfarrers nun in nichts anderem als darin, zuzusehen, wie das goldene Bild seines Herrgottes unter seinen Händen in Splitter zerbrach.

# XIV

„Ja, Mönchlein", sagte Jumbo, „ihr seid ein dunkles Geschlecht, aber du musst nun nicht etwa denken, dass ihr auch ein hoffnungsloses seid. Ich denke mir, dass die Schönen und die Besessenen auf dieser Erde am gefährdetsten sind. Den Ersten fällt zu viel zu, was die Nichtschönen auch gern haben möchten … siehe Friedrich …, und die anderen haben den Sinn für den Tod verloren, weil sie nur einen einzigen Sinn haben, den nach dem, wovon sie besessen sind … siehe Michael. Und doch sind es eigentlich nur die Besessenen, die die Welt bewegen. Nicht immer zum Guten, aber auch lange nicht immer zum Bösen.

Sieh mal, ich selbst, ich werde niemals die Welt bewegen. Ich werde viel arbeiten, und ab und zu wird mir etwas gelingen, ein gerechtes Urteil oder eine Heilung, wo andere nicht mehr haben heilen können. Aber das ist auch alles. Ich werde kein Denkmal bekommen, und kein Zeitungs- oder Kameramann wird sich die Füße staubig machen, um zu mir zu kommen und dann seine Zeitung zu beglücken: ‚Dr. Jumbo beschneidet seine Rosen' oder ‚Der große Arzt mit seinen Lieblingshunden.'

Aber das schadet auch nichts. Jedes Volk braucht einen Haufen stiller, fleißiger Leute, von denen nicht viel die Rede ist. Aber wenn der Kaiser am Morgen aufwacht und nach der Uhr sieht, weiß er, dass um diese Zeit die stillen, fleißigen Leute schon an der Arbeit sind, Straßenkehrer, Lokomotivführer, Krankenschwestern, Gerichtsschreiber, Lehrer, Minister und Brötchenfrauen. Das Rad des Staates dreht sich schon, wenn die großen Leute, die Kanonen, sich noch auf die andere Seite drehen und nachdenken, was für Raketen sie heute über die Köpfe der stillen Leute abfeuern werden.

Auch in deinem Geschlecht sind stille Leute und Besessene. Du selbst bist noch nicht fertig, aber ich denke, dass du eine ganz schöne Menge von Raketen vorrätig hast. Aber ich denke auch, dass du keiner von denen bist, die bis zu ihrem letzten Atemzug Raketen abfeuern. Du bist kein Tolstoj zum Beispiel. Einmal, viel später, wirst du erkennen, dass man vor seinem Tode eine Weile still sein muss, und ich glaube, das werden deine besten Jahre sein. Du bist früh erweckt worden, Mönchlein, das sogenannte Schicksal hat dich gestreift, und dafür musst du dankbar sein. Ich habe wenigstens noch nie davon gehört, dass der Blitz in einen Kohlkopf eingeschlagen hat. Es wird dich noch ein paarmal streifen, aber dann wirst du gehärtet sein. Hadre nicht mit Gott, sondern binde deinen Helm fester, wenn du siehst, dass er nach dir zielt. Wir können uns nämlich so wappnen, dass auch ein feuriges Schwert uns nichts ausmacht, verstehst du? Der richtige Mensch ist unanfechtbar, Mönchlein, unanfechtbar, hörst du? Wer seine Haut härtet, wird immer eine Stelle behalten, auf die ein Lindenblatt gefallen ist, aber wer seine Seele härtet, kann ruhig jeden Speer erwarten, auch die Speere des sogenannten Schicksals."

„Du denkst nicht an die Boxerseele, Jumbo?"

„O nein, Mönchlein, weder an Boxer noch an Helden. Ich denke an ganz stille Leute, an Sokrates zum Beispiel oder an alle diejenigen, die dreißig oder vierzig Jahre im Kerker gelegen haben oder die lächelnd zum Scheiterhaufen oder zum Schafott gegangen sind. Und an viele andre noch. Auch an deinen Vater denke ich, Mönchlein, und auch ein bisschen an deinen Herrn von Balk. Nur nicht an deine Mutter, nein, nicht an deine Mutter. Denn zwischen Härten und Versteinerungen ist ein großer Unterschied, Mönchlein, ein sehr großer, und das darfst du nie vergessen."

Sie saßen in Jumbos Zimmer, nach den großen Ferien, und Jumbos Koffer war schon gepackt. „Ich bleibe nicht lange", sagte er, „höchstens acht Tage, damit der Vater mich mal sieht. Aber dann komme ich wieder und fange nun wirklich mit der Medizin an. Aus mit den sogenannten ‚Rechten'."

Er stopfte sich eine neue Pfeife und sah den blauen Rauchwolken nach. „Es hat natürlich eine Menge in den Zeitungen gestanden, Mönchlein", sagte er nach einer Weile. „Es war mehr als eine ‚Tragödie am Meiler', viel mehr. Sie haben es von der ‚weltanschaulichen' Seite genommen, und das ist eine sehr ergiebige Seite, nicht nur für Zeitungsleute. Du kannst dir denken, wie lieblich es im Blätterwalde gerauscht hat. Sogar die Staatsanwälte haben zu tun bekommen. Wo es um Militär und Polizei geht, sind alle Staatsanwälte empfindlich. Es brennt ihnen, nicht auf den Nägeln, aber unter dem Hosenboden. Aber du musst dich nicht darum kümmern … die ‚Volksmeinung‘ ist für euch, Mönchlein, und das ist eine sehr wichtige Meinung. Übrigens ist es nicht die Einzige, die für euch ist."

Jons bekam es zu merken, nicht nur die Volksmeinung. Die drei schwarzen Schwestern flüsterten hinter ihrem Vorhang, und auch hier schien es zwei Parteien zu geben. Aber der älteste der Pensionäre, ein Gutsbesitzerssohn mit einem Schnurrbart und einer Bierstimme, schlug ihm auf die Schulter und sagte: „All right, Jeromin! Trage den Kopf hoch, mein Sohn! Sind stolz, dass wir dich hier haben. Ist immer ein Meisterschuss, zwischen die Augen. Old Firehand und so. Der Scheïtan soll ihn brennen, den Taternsohn, den verdammten, jawohl!"

In der Klasse waren sie scheu, als sei er plötzlich zehn Jahre älter geworden, aber als Charlemagne, der immer merkwürdige Einfälle hatte, anordnete, dass sie einen Vertrauensschüler wählen sollten, und ihnen den Sinn des neuen Amtes erklärte, stand der älteste von ihnen auf, ein Kapitänssohn, der im nächsten Jahre großjährig werden sollte, und sagte, dass sie keine Wahl brauchten, sondern dass Jons Ehrenreich Jeromin ihr Vertrauen besitze, und er legte eine besondere Betonung auf den zweiten seiner Vornamen.

In der großen Pause, während die Unterklassen auf dem Hof „Michael und die Gendarmen" spielten, ließ der Direktor Jons zu sich kommen.

Jons hatte nie viel von ihm gesehen und niemals Unterricht bei ihm gehabt, und er war dem kühlen Gesicht mit dem hochgebürsteten Schnurrbart möglichst aus dem Wege gegangen. Der Direktor bot ihm mit einer Handbewegung einen Stuhl an und begann dann mit seiner allen Schülern bekannten Meditationsbewegung, indem er seine gerade Nase zwischen Zeigefinger und Daumen nahm und sie sanft von oben nach unten zu streicheln anfing.

„Tja", sagte er schließlich, „ich habe Sie rufen lassen, Jeromin, um Ihnen mein Beileid auszusprechen – was ich hiermit tue – und Ihnen zu sagen, dass die Schule natürlich nicht sehr erfreut ist, diese ... hm ... Affäre mit dem Namen eines ihrer Schüler verknüpft zu sehen. Sie wissen, dass der Adel der Provinz und die höchsten Regierungsbeamten ihre Söhne zu uns schicken, und es lässt sich natürlich der Fall denken, dass es ... hm ... Friktionen geben könnte. Ihnen selbst macht natürlich niemand einen Vorwurf, wenn auch die Sache mit dem ausgegrabenen Gewehr etwas nach Wildwest und nicht gerade nach Athen schmeckt ... tja ... wollten Sie etwas sagen?"

Nein, Jons hatte nicht die Absicht. Er saß sehr gerade auf seinem Stuhl, und unter seiner breiten, klaren Stirn blickten seine Augen mit einer verwirrenden Unbeweglichkeit in die seines Direktors.

„Ich habe überlegt, Jeromin", fuhr dieser fort, indes eine Falte der Unbehaglichkeit zwischen seinen Augenbrauen erschien, „ob es nicht für alle Teile besser und leichter wäre, wenn Sie die Anstalt wechselten. Sie würden natürlich ein großartiges Zeugnis mitbekommen, und auch sonst würde ich alles tun, um Ihnen den Weg zu ebnen."

„Es würde sich wahrscheinlich um eine Anstalt ohne Adel und höchste Regierungsbeamtensöhne handeln, Herr Direktor?", fragte Jons höflich.

Der Direktor sah ihn starr an, und zwei rote Flecken erschienen langsam auf seinen glatten Wangen. „Ich verstehe Ihre Frage nicht ganz", sagte er eisig. „Auch wüsste ich nicht, woher Sie das Recht nehmen, uns Motive dieser Art unterzuschieben. Wir haben natürlich keine Handhabe, Sie dazu zu zwingen, aber ich lege es Ihnen nahe, sehr nahe, wie?"

Jons sagte, dass er nicht die Absicht habe, die Anstalt zu wechseln, und da der Direktor seine Papiere auf dem Schreibtisch zu ordnen begann, machte er eine Verbeugung und ging leise hinaus.

„Das wollen wir einmal sehen, Jons", sagte Charlemagne und warf einen Stoß Hefte auf den Teppich, dass der Kronleuchter zitterte. „Das wollen wir einmal sehen, ob er dich von der Schule herunterbringt! Solange ich lebe, nicht, und bis dahin denke ich weiß Gott noch zu leben. ‚Schmeckt nicht gerade nach Athen …‘ Aber dies schmeckt nach Athen, was? Nach dem Perikleischen Zeitalter, was?"

„Ich gehe ja nicht, Herr Professor", sagte Jons lächelnd, „und es macht mir auch nichts aus. Und das weiß ich ja nun schon, dass es nicht immer so ist wie in Büchern und Reden."

Aber Jumbo, als er zurückgekommen war, wurde viel deutlicher. „Ein Schwein, Jons", sagte er, „ein richtiges Bildungsschwein des zwanzigsten Jahrhunderts. Da hast du unser Zeitalter, wie es leibt und lebt. ‚Der Niedergang des humanistischen Gymnasiums‘, wird er sagen. ‚Der Bruder eines Mörders neben dem Sohn des Oberpräsidenten … tja.‘ So wird er sagen und seine humanistische Nase streicheln. Und dann wird er hingehen und mit den Oberprimanern das ‚Gastmahl‘ lesen. Wirtschaft, Mönchlein, Wirtschaft, Wirtschaft!"

Auch dass der Konsistorialrat ihn beiseite nehmen würde, hatte Jons erwartet. „Mein lieber Jons Jeromin", sagte er, und legte ihm die Hände auf die Schultern, „es hat mich erschüttert, auf das Tiefste erschüttert. So viele beklagenswerte Umstände … auf das Tiefste zu beklagen. Aber sage mir eines, Jons: Ist er im Herrn gestorben?"

Die milden blauen Augen waren mit einer beschwörenden Bitte in die seinigen gerichtet. „Er hat kein Wort gesprochen, Herr Konsistorialrat", erwiderte Jons, „aber er hat gelächelt, als der Vater ihm gesagt hat, dass es ein Knabe sei."

„Ach ja, dieser Knabe …" Er ließ die Hände sinken und wandte sich seinem Schreibtisch zu. „Ein unglückliches Kind und eine unglückliche Mutter … bewahre deine Seele, Jeromin, hörst du? Es kommt mir vor, als ob der böse Feind dort unten seine Schlingen auslegt bei euch."

„Weniger als hier", antwortete Jons.

„So … meinst du? Das ist schwer zu sagen, Jeromin, sehr schwer … und deine Eltern, tragen sie es nun mit Gott?"

„Ich weiß nicht", sagte Jons abweisend. Der Konsistorialrat

seufzte. „Ja ja …“, sagte er in Gedanken, „bete nur, Jeromin, hörst du? Bete viel, zu Hause in deinem Kämmerlein, dann wird es dir nicht an Trost mangeln.“

Auch die älteste der Schwestern kam am Abend zu ihm, in sein „Kämmerlein“. Sie war die freundlichste von den dreien, und mitunter hatte er sogar ein müdes, altes Lächeln um ihre schmalen Lippen gesehen. Sie saß hoch, schwarz und gerade vor seinem Schreibtisch und schob seine Hefte und Bleistifte so zurecht, dass sie lauter rechte Winkel bildeten.

„Die anderen haben gemeint, Jons“, sagte sie endlich, „dass Sie besser von hier fortgehen, weil es dem Ruf der Pension schaden könnte …“

„Es gibt genug Pensionen“, meinte Jons von seinem Bett her.

„Nein, nein, ich habe durchgesetzt, dass Sie bleiben, Jons. Sie sind immer still und ordentlich gewesen, und Sie können ja auch nichts dafür.“

„Wofür?“

„Nun, nicht für das Unglück, und vor allen Dingen auch nicht für das andere, was so schrecklich ist … das Unmoralische, meine ich …“

„Das Unmoralische, ja … aber wussten Sie, Fräulein Holstein, dass Erdmuthe eine Heilige ist?“ „Jons!“

„Aber wie sollten Sie das auch wissen? Das werden Sie erst wissen, wenn Sie einmal ein Kind zur Welt gebracht haben, ohne einen Laut von sich zu geben, und ein paar Schritte von Ihnen liegt Ihr Geliebter mit einem Schuss durch die Brust. Dann erst werden Sie wissen, was eine Heilige ist.“

Sie stand schon an der Tür. „Wenn Sie so zu mir sprechen, kann ich nicht länger mit Ihnen allein bleiben, Jons“, sagte sie errötend.

Er öffnete ihr lächelnd die Tür. „Nicht alle Jeromins sind Mörder oder unmoralisch, Fräulein Holstein“, sagte er. „Aber es ist schön, dass ich bleiben kann, und ich danke Ihnen.“

Aber als sie gegangen war, verschwand sein Lächeln. Er löschte die Lampe und setzte sich auf das Fensterbrett. Wenn er nicht geradeaus sah, sondern sich an eine Seite des Rahmens lehnte, sah er nicht die graue Mauer, sondern durch einen breiten Spalt zwischen den Häusern auf einen dunklen Garten, und darüber konnte er die Sterne sehen. Es war die Zeit der Leoniden, und eine glänzende Bahn nach der anderen schoss aus der Höhe des Firmaments in die Tiefe hinab. Er blickte ihnen nach, bis seine Augen schmerzten und sich langsam mit Tränen füllten. Es war die Stunde, in der er sich an seine Trauer hingab.

Er hatte Friedrich geliebt, wie alle ihn geliebt hatten, mit einer Liebe, in der ein ganz klein wenig Nachsicht verborgen war. Auch ihm hatte geschienen, dass die Armut allen Müßiggang verbot und dass in ihrem Geschlecht nur Christean das Recht hatte, mit gefalteten Händen in die Wolken zu sehen. Alle anderen aber hatten zu arbeiten, so wie die Eltern und Michael arbeiteten. So war in dieser Liebe immer etwas Unsicheres gewesen, eine Verzauberung, die immer wie ein leiser Druck auf dem Gewissen gelegen hatte.

Aber Michael hatte er ohne Unsicherheit und Zauber lieben können. Auch Michael war schweigsam gewesen, und man hatte wenig von ihm gewusst, aber das hatte er von ihm gewusst, dass er sein Bruder war. Lange Zeit hatte er nichts als Spott von ihm erfahren, eine Bewegung der Hand, ein Zucken seiner strengen Mundwinkel, aber schon damals hatte er gewusst, dass dies nichts als eine Verkleidung war. Keiner von ihnen war so streng gehalten worden wie Michael, und keiner hatte so viel ungebeugten Stolz in sich getragen wie er. Um ihn war die große Einsamkeit des Herzens gewesen, das zugleich stolz und liebebedürftig ist, viel größer als die des Vaters, und zum ersten Mal hatte er die wahren Augen des Bruders gesehen, als er ihm den Buchfink gegeben hatte. Und dann war er neben dem Pfluge hergegangen, damals nach Friedrichs Tod, und Michael hatte die Kinderhand auf der seinigen liegen lassen.

Das war alles, was gewesen war. Zwei dürftige Erinnerungen, aber bis zum Rande mit einer tiefen, glühenden Liebe gefüllt. Und dann war die Todesstunde gewesen, in der der Blick des Sterbenden sich von der Mutter abgewendet und sich in seine

Augen gesenkt hatte. „Lieber, kleiner Bruder", hatte der Blick gesagt, „es ist so gut, dass du bei mir bist. Mache du es besser als ich, kleiner Bruder. Mache die Fenster auf und sprenge die Stuben mit reinem Wasser aus, und, wenn du ein bisschen Zeit übrig behältst, achte ein wenig auf meinen Sohn, hörst du?"

Und ihn nannten sie nun einen Mörder. Für den Direktor war er ein Feind des Staates und der Ordnung, für den Konsistorialrat ein Feind der göttlichen Gebote, und selbst für das alte schwarze Fräulein war er noch ein Feind, ein Verächter der Moral und ein Zerstörer der Tugend. Ja, es war wohl nicht gut, dem Gericht der Menschen ausgeliefert zu sein, und vielleicht hatten sie Gott nur erfunden, um diesem Gericht zu entgehen und sich einem Gottesgericht zu unterwerfen. Auch das des härtesten Gottes musste noch ein sanftes Streicheln sein gegen das der Menschen.

Sein Gesicht veränderte sich in diesen Monaten so, dass selbst die Lehrer es merkten. Sie gingen behutsam mit ihm um, und sogar der alte Professor der Mathematik unterließ es, ihn an sein langsames Denken zu erinnern. In der ersten Konferenz des Vierteljahres hatte der Direktor noch einmal die Frage erörtert, ob es nicht Mittel gebe, Jons zu einem Wechsel der Anstalt zu bewegen, und es hatte, wie Charlemagne vorausgesagt hatte, eine große Szene gegeben. Charlemagne hatte den in dreißig Dienstjahren behüteten Respekt vor der Obrigkeit unter den Tisch gelegt und stattdessen mit der Faust auf denselben Tisch geschlagen. Er habe keine Lust, hatte er geschrien, mit fünfzig Jahren vor seinem Spiegelbilde schamrot zu werden, nur damit die Herren von Wendehals oder Tausendschön sicher sein könnten, dass ihre Söhne nicht neben dem Bruder eines Totschlägers säßen. Dieselben Herren von Wendehals oder Tausendschön, die ihre Leute prügelten und von der Kaisergeburtstagsfeier auf allen vieren in ihre Schlitten kröchen.

Und es war bemerkenswert gewesen, dass der Direktor nicht nur in Charlemagnes zornige Augen, sondern in sehr viele andere ebenso zornige zu blicken gehabt hatte.

Jons erfuhr nichts davon, aber er war nun einmal oder zweimal in der Woche am Abend im Hause seines Ordinarius. Es tat ihm gut, an einem Tisch zu sitzen, an dem nicht bedenklich riechende Wurstscheiben gegen die Decke geworfen wurden oder Old Firehand die Geschichte seiner ersten Liebe zum Besten gab. Ein Haus, in dem drei Frauen waren, hatte andere Neigungen. Es gab keine grünen Vorhänge, hinter denen man sich an den Haaren riss, und alle Bitterkeit der Weltbetrachtung wurde stiller, wenn die Frau seines Lehrers am Flügel stand und das Lied von den Morgenglocken sang: „Ängste, quäle dich nicht länger, meine Seele … Die schwere Einsamkeit dieser ganzen Stadtjahre hob sich dann wie eine dunkle Mauer vor ihm auf, aber eine schmale Tür, ja vielleicht nur ein Spalt zwischen den Fugen öffnete sich doch unter diesen Tönen, und ein rötliches, fast goldenes Licht fiel aus einer anderen Welt tröstend und beseligend auf den dunklen Weg vor seinen Füßen.

Ging er dann durch die leeren Straßen nach seinem Hause zurück, blieb er manchmal vor einem erhellten Fenster hinter dunklen Bäumen stehen, sah einen Schatten sich auf den Vorhängen bewegen und fühlte mit einem brennenden Schmerz das Einsame und nur der Arbeit Hingegebene seines Daseins. Aber dann erschrak er, wenn er an seinen Vater dachte, wie er auf seinem Laublager lag, die Hände über der Brust gefaltet, und den Wind über den Wald brausen hörte. Und in dem Wind mochte er die vielen Stimmen hören, die ihm nun im Leben verstummt waren. Die seiner jungen Jahre, als er noch gedacht hatte, die Welt zu bewegen, und die der Frau und der beiden Söhne. Ja, auch die derjenigen, die ihn verlassen hatten und in der großen Stadt ein unbekanntes Leben führten. Nur der Wald brauste, wie er immer gebraust hatte, eine ewige Stimme, zornig und sanft wie die Stimme Gottes im alten Bunde, und wenn er die Augen schloss, hörte er die großen Verheißungen und Verkündigungen und sah das dunkle Tor, von dem ihm geträumt hatte und in das sie hineingingen, einer nach dem anderen, lautlos, gehorsam und stumm.

Ja, so stand es wohl um den Vater, und er selbst hatte wenig Recht, vor einem hellen Fenster zu stehen und nach einer

Hand zu verlangen, die sich sanft auf seine einsame Stirn legte. In den Herbstferien hatte er nur ein paar Tage an den Meiler fahren wollen, aber kurz vorher kam einer der seltenen Briefe von Gina. Ein großer Geldschein lag im Umschlag, und sie bat ihn, er möchte doch für eine oder zwei Wochen zu ihr kommen. Sie sei nun aus dem Gröbsten heraus, er könne bei ihr wohnen, und sie möchte auch ein bisschen von allem dem hören, was inzwischen geschehen sei und worüber sie nur in den Zeitungen gelesen habe.

Es war nicht von Sehnsucht oder Liebe in dem Brief die Rede, aber er rührte ihn doch. Einmal war sie ausgezogen, um Macht zu erwerben, und es war ihm, als er auf die geraden, strengen Schriftzüge niederblickte, als hätte Jumbos Prophezeiung sich schon erfüllt, dass die Mächtigen am leichtesten das Lachen verlernten. Er antwortete gleich, dass er kommen würde und dass sie ihn an dem angegebenen Bahnhof erwarten möchte. Er sei noch immer am Meiler mehr zu Hause als in der Stadt, aber er habe nun ein Paar Schuhe ohne Eisen an den Absätzen. Herr Stilling habe es ihm geschenkt und gesagt, wer Trauer habe, müsse leise gehen können, damit die Menschen sich nicht nach ihm umdrehten. So werde sie sich seiner nicht allzu sehr zu schämen brauchen.

Er fuhr einen langen, sonnigen Herbsttag hindurch, auf donnernden Brücken über breite Ströme, durch arme Wälder und an langen Stoppelfeldern vorbei. Der Himmel war weit über ebenem Land, Dampfpflüge zogen ihre breiten Furchen hinter sich her, und einmal sah er viele Regimenter Kavallerie, blau, rot und weiß, von einer sanften Hügellinie zu den abgeernteten Feldern herunterreiten. Die Tränen schossen ihm in die Augen, und der Mann, der ihm gegenüber saß, sah ihn unruhig an und verbarg dann sein Gesicht hinter einer großen Zeitung.

Lange stand er im Gang, vor einem der breiten Fenster, und wagte sich dann auch einmal in die anderen Wagen. Junge Kellner in weißen Jacken gingen eilig vorbei, andere Menschen standen an ihren Fenstern, die meisten ernst und sorgenvoll, als führen sie in eine unbekannte Zukunft; wieder andere lehnten in grauen oder roten Samtkissen und blickten gleichgültig in sein Gesicht, wie er vorüberging, und die Vielfalt und Fremde der Welt rührte ihn mit einem kühlen Atem an.

Noch einmal, in der Abenddämmerung, überfuhren sie einen breiten Strom. Hinter alten Wällen und Gräben stand ein wildes Abendrot, und er wusste aus der Geschichte, dass ein junger Königssohn hier Abendrot und Gericht gesehen hatte. Dunkle Zeiten auch damals, und die Grenze zwischen Recht und Gewalt schwankend und verwischt. Dann flogen wieder nur Kiefernwälder und Äcker vorbei; Lichter reihten sich an Schnüren auf, immer mehr, ganze Girlanden, ein weißer Schein brannte über dem Horizont, graue Häuser mit fleckigen Mauern standen wie böse Schächte neben den Schienen, Brücken und Unterführungen klirrten und donnerten, und dann tat die erste Riesenhalle sich vor seinem Blick auf.

Er stand in seinem Abteil am Fenster, den Koffergriff fest in der Hand, anders als damals bei seinem ersten Kampf mit dem Gepäckträger, aber immer noch mit dem dumpfen Widerstand des Waldkindes gegen Stein und Masse. Er las die Namen der Bahnhöfe von den großen Schildern, legte die Hand auf die Stelle der Brust, wo das Geld verwahrt war, und wunderte sich, wie viel Menschen über diese Erde gingen, keiner dem anderen ähnlich, so viele mit Gesichtern, die ihm unheimlich nackt erschienen, und so viele mit solchen, bei denen es ihn fröstelte. Und dort, irgendwo in den dunklen Hinterhöfen, über die die wilden Lichtreklamen schossen, würde vielleicht Gotthold stehen und leise in eines dieser Gesichter hineinsprechen, wie er vor Jahren in die Gesichter der Taternsöhne hineingesprochen hatte.

Eine Dame in einem grauen Pelz trat auf dem Bahnsteig plötzlich auf ihn zu, legte ihm die Arme um den Hals und küsste ihn, während er sich in peinlichem Schrecken zu befreien suchte. Er spürte den reinen Duft der kühlen Lippen, und noch bevor er sie erkannte, erinnerte er sich an den gleichen Duft, einen gleichen Abend unter einer hohen Glashalle, und während er die Augen im Gefühl eines unwirklichen, süßen Glückes schloss, sah er die Jahre vorüberbrausen, die vergangen waren, so schnell, wie es in der Todesstunde geschehen sollte, dunkle Jahre voller Einsamkeit und blinder Arbeit, und dazwischen die Gesichter der Toten, die ihm mit ihren stillen Augen zusahen, Ausgeschlossene und Enterbte. Er ließ den Koffer fallen, den er immer noch mit krampfhaftem Griff gehalten hatte, und schlang seine Arme fest um den grauen, weichen Pelz und das Leben, das darunter atmete, Blut von seinem Blut, durch dieselben Schmerzen der Kindheit gegangen, von demselben Herdfeuer gewärmt, an dem Maria das Märchen vom Fischer und seiner Frau erzählt hatte, und nun schon lange in die Fremde hinaus verschlagen, schön und vornehm und fremd geworden wie eine Königstochter im Märchen. „Gina", sagte er, „liebe Schwester …"

Sie lächelte ihm zu, ganz nahe in seine Augen hinein. Ihr Lächeln war noch immer kühl und ungewohnt, aber die strenge Falte stand nicht auf ihrer Stirn, und in ihren grauen, klaren Augen sah er einen Schimmer der Freude und der Rührung. „Kleiner Jons", sagte sie, „wie groß du geworden bist und wie schmal und ernst …"

Dann winkte sie einem Gepäckträger, sah mit kaltem Blick über die neugierigen Gesichter, nahm seinen Arm unter den ihrigen und führte ihn die Treppe hinunter. „Jetzt gehen sie schlafen in Sowirog", sagte sie nachdenklich.

Sie hatten nicht weit zu fahren, und Jons hielt ihre Hand, nicht nur weil er glaubte, dass sie in jedem Augenblick überfahren werden würden, von einem der hellen Riesentiere zum Beispiel, die mit zwei Stockwerken dahinschwankten, oder dass in einer der Unterführungen der donnernde Zug über ihnen sie begraben würde.

Sie hielten in einer breiten Straße, wo der Wind das welke Laub alter Bäume über das Pflaster trieb, und stiegen auf roten Läufern eine Marmortreppe hinauf. Es war eine kleine Wohnung, aber Jons glaubte, dass Gina Aladins Wunderlampe in der Hand trage, als sie die Hand an einen unsichtbaren Schalter gelegt hatte. Er stand still da und sah sich um. „Lebst du hier?", fragte er. Ja, sie lebe hier, und es sei auch alles ihr Eigentum. Sie führte ihn in ihr kleines Schlafzimmer und in das Bad, ließ das Wasser in die gekachelte Wanne laufen, legte die Tücher zurecht und nickte ihm dann zu. „Du musst so tun, als ob du der Herr von Balk wärst", sagte sie lächelnd, „der liebe Gott von Sowirog."

Es gelang ihm durchaus nicht, und er brachte eine lange Zeit mit dem Studium der vernickelten Handgriffe zu. Draußen lag ein fernes Brausen vor den Fenstern, wie schweres Wasser, das über ein Mühlrad fiel, und er wunderte sich, was diese steinerne Mühle wohl mahlen mochte. Tag und Nacht.

Während sie aßen, musste er erzählen, und sie hörte still zu, das Kinn auf die gefalteten Hände gestützt. Die Falte erschien wieder zwischen ihren Augen, und er wusste, dass sie alles so deutlich vor sich sah wie er selbst: das Haus mit dem alten Ahornbaum, die Küche mit dem Herdfeuer, Maria und das Märchen von Frau Ilsebill, den Meiler, an dem der Vater sie hatte segnen wollen.

„Und nun ist sie allein mit Christean?", fragte sie.

Ja, die meiste Zeit. Ein paar Stunden arbeite der Vater wohl auf dem Hof und dem kleinen Feld, aber dann gehe er wieder fort, in den Wald zurück, und Maria sei fast immer bei ihm. Ein dunkles Leben, sagte er, für alle. Nur Christean sei vielleicht glücklich mit seinem Schnitzmesser über dem Lindenholz.

„Meinst du?", fragte sie. Sie stand auf und begann vor ihm auf und ab zu gehen, eine lange Halskette zwischen den Fingern, mit der sie gedankenlos spielte. Er sah, dass sie immer noch den langen Schritt der Waldkinder hatte, etwas Freies und Wehendes, das um ihre schmalen Glieder lag, als treibe der Wind um ihren Gang.

„Sie wird uns alle überdauern", sagte sie plötzlich. „Sie ist die härteste von uns, härter noch als ich. Sie wird noch aufrecht gehen, wenn sie innen schon ausgezehrt und tot ist. Sie hat geliebt, und sie hat geglaubt, dass der Vater eine Krone tragen wird. Aber nun hat er nur Asche im Haar, und sie wird es nie vergeben. Wahrscheinlich bist du der Einzige, auf den ihre Augen gerichtet sind, Tag und Nacht, und deshalb schlug sie dich, als du das Mädchen an der Hand hieltest. Du hast solche Mädchen nicht an der Hand zu halten. Wenn du einmal Oberpräsident wirst, wird sie glauben, sie sei die Mutter Gottes, aber wenn du ein kleiner Landarzt wirst, wird sie dich verfluchen. Sie hat uns ihr Blut gegeben, und das war alles, was sie zu geben hatte. Dann hat sie uns nur zugesehen, ob wir von diesem Blut auch nicht einen Tropfen verschütten. Es war zu wenig, viel zu wenig …"

„Du hast sie nie geliebt, Schwester?"

Sie blieb stehen und sah ihn grübelnd an. „Ich weiß nicht, Jons. Ich weiß nicht einmal, ob ich lieben kann. Geliebt hat nur Michael, denn er hat getötet für seine Liebe. Wir sind erst Kinder gegen ihn. Und sie? Ich bin ihr zu ähnlich, nur dass ich schöner bin und noch kälter …"

„Gina!"

„Ja, kleiner Jons, noch kälter. Sie hat vielleicht noch etwas für den Vater gewollt und vielleicht auch etwas für uns, aber ich will nur für mich etwas, nur für mich."

„Auch deinen Bruder Jons?", fragte er lächelnd.

„Ja, auch meinen Bruder Jons", erwiderte sie ernst und strich ihm über das Haar. „Wenn ich ein Kleid brauche, kaufe ich es mir. Und wenn ich ein Kind brauche, hole ich mir meinen Bruder Jons. Ich werde nie Kinder haben, Jons."

Sie sah nach der Uhr und ging in ihr Schlafzimmer, wo er sie vor dem großen Spiegel stehen und die vielen Büchsen und Flaschen öffnen sah. „Komm nun hinunter", sagte sie. „Du kannst es dir eine Weile ansehen und dann schlafen gehen. Du kannst alles in einem Spiegel sehen, und dich selbst wird niemand sehen. Und wenn ein großer, hagerer Mann kommt, der den Zylinder auf dem Kopf behält, dann sieh ihn dir ordentlich an, weil ich ihn heiraten werde. Übrigens brauchst du keine Angst zu haben, denn auch unten gehört mir alles. Es ist eine Bar, die Phönix-Bar, und ich habe sie gekauft. Früher hieß sie „Minnesota", das ist ein indianischer Name. Aber ich habe gelesen, dass der Phönix der Vogel ist, der sich aus der Asche erhebt. Das schien mir besser."

Dann saß Jons hinter einem grünen Vorhang, in einem Raum, der mit Flaschen und Gläsern, mit Nickel, Silber und Kristall gefüllt war, und starrte in den Spiegel an der gegenüberliegenden Wand. Außerhalb des Spiegels konnte er Gina sehen, auf einem hohen Stuhl, wie eine dunkle Göttin auf ihrem Thron, aufrecht, ernst, einen roten Schal zwischen den Händen, an dem sie strickte, und daneben einen ernsten Mann in einer weißen Jacke, der wie ein Arzt aussah und lautlos aus vielen Flaschen Getränke in flache oder hohe Gläser goss. Gina hatte ihm ein paar Worte zugeflüstert, und. er hatte sich gemessen vor Jons verbeugt.

Im Spiegel aber sah Jons einen feierlichen, niedrigen Raum, von Lampen erhellt, die man nicht sah, Gesichter, die ihm wie Masken erschienen, Frauen, die merkwürdig offene Kleider trugen, und Herren mit runden Hüten oder Zylindern, Eingläsern in den Augen, wie Herr von Balk sie trug, die am Bartisch lehnten oder auf seltsam hohen Stühlen hockten. Alles war leise und gedämpft wie bei einer Beerdigung, und auch das Lachen, auch die Musik, die später erklang, auch der Tanz, der ab und zu unter dem unsichtbaren Licht begann und wieder aufhörte, ein Schattentanz, wie das Ganze eine Schattenwelt war, unwirklich, traumhaft und gespenstisch.

Und über allem die Schwester, die rote Strickarbeit in den Händen, jeden Gruß mit einem Kopfnicken, manchmal mit einem Lächeln erwidernd, die ernsten Augen ab und zu auf die Tanzenden oder auf einen Gast gerichtet, dessen Stimme etwas zu laut wurde: eine schweigende Herrin über einer schweigenden Welt, von einer unberührten, makellosen Schönheit, ein Götterbild über einem gedämpften Tempelraum, gleich erhaben über Verfluchungen wie über Gebete.

Jons schloss die Augen und öffnete sie wieder. Er sah den Meiler vor sich und seine kleine Kammer mit dem Buchfinken, das Herdfeuer in Sowirog und die Sterne, die sich kalt und einsam im See spiegelten. Er sah die kleine Schwester vor der Mutter stehen und mit zugeschlossenem Gesicht ihre Schulaufgaben wiederholen, während die scharfe Falte sich zwischen ihre Augen eingrub. Er sah das alles hinter dem Spiegel sich erheben wie eine zweite Welt, ebenso schattenhaft wie diese. Er wollte ihre Fäden verfolgen, aber sie verwirrten sich, und er saß da wie ein

Kind vor dem geöffneten Theatervorhang, bestürzt von Farben, Licht und Tönen und ohne eine Gewissheit, welches nun die wirkliche Welt sei und welches die erborgte.

Dann kam der Herr im Zylinder und saß auf dem hohen Stuhl vor Ginas Platz. Einen Augenblick lang verstummten alle leisen Gespräche, und man hörte nur den Löffel leise klirren, mit denen der ernste junge Mann in der weißen Jacke Eisstücke in ein Glas füllte. „Sehr wohl, Herr Graf", sagte er mit feierlicher Höflichkeit.

Jons sah ein hageres Gesicht mit tief eingeschnittenen Falten, kalte, hellblaue Augen und einen Mund, durch den viele hässliche Worte gegangen sein mochten. Das Herz wurde ihm plötzlich schwer wie ein Stein, und er blickte voller Angst auf seine Schwester. Aber ihr Gesicht war unverändert, und ihre Nadeln hoben und senkten sich so ruhig wie sonst. Nur einmal hob sie unter dem schnellen, scharfen Flüstern des Gastes die grauen Augen, sah ihn in ungläubigem Erstaunen an und sagte leise, aber mit betonter Deutlichkeit: „Ich bin nicht die Frau, die ihre Bedingungen ändert. Auch die Steine bei uns zu Hause werden nicht geschliffen."

„Aber Diamanten werden geschliffen", erwiderte der Gast, stand auf und verbeugte sich. Er hob den Zylinder um eine Handbreite über sein Haar, und Gina neigte höflich ihren Kopf, doch schien es Jons, und nicht ihm allein, als messe sie mit einem kalten Blick die Spanne, um die der Gast seinen spiegelnden Hut gelüftet hatte.

Gina war den ganzen Tag für Jons da. Sie stand sehr spät auf, wenn er schon lange auf dem Deck der gelben Ungeheuer durch die Straßen gefahren war, hungrig nach allem Leben, das er zu sehen bekommen könnte, aber dafür begann ihr Amt erst in der Nacht, und sie hatten viel Zeit. Sie ging gern in ihrem Wohnraum auf und ab und blieb mitunter an einem der Fenster stehen, durch die die Sonne in breiten Bändern hereinfiel. Und dabei erzählte sie Jons ihr Leben. „Es schadet dir nichts, wenn du es weißt", sagte sie. „Die alten Griechen leben nicht mehr, und wahrscheinlich haben sie auch anders gelebt, als man es dir auf der Schule erzählt." „Manche leben immer noch", erwiderte er lächelnd. „Jumbo hätte einen ganz guten Schüler des Sokrates abgegeben."

„Ach ja ... Jumbo ... er sagte das von den Mächtigen und dem Lachen. Er war klug, dein Jumbo, klug und ehrlich ... ja, und mit seinem Segen fuhr ich dann ab. Gotthold hatte gleich eine Freundschaft im Zuge geschlossen, keine gute, glaube ich, und ich fand dann meine erste Stelle. Nicht leicht, Bruder, nicht leicht. Die Füße schmerzen, das Kreuz schmerzt, und alle sind hinter dir her, vom Direktor bis zum Pagen, der noch eine Sopranstimme hat. O was für eine Kanaille ..."

Sie lehnte die Stirn an die Fensterscheibe und sah hinaus. „Und immer lernen, Bruder, immer lernen. Eine dumme Schönheit ist nur etwas für den Harem ... Ein Jahr war ich dort, und ich hatte viel gespart. Dann kam ich in ein ganz großes Hotel. Der Direktor hatte mich empfohlen, weil ich gesagt hatte, ich würde dankbar sein. Ich konnte nicht dafür, dass solche Leute sich immer nur eine Art von Dankbarkeit vorstellen können. Damit war es nun nichts, und er musste sich eine andere suchen.

Hier nun habe ich wieder ein Jahr gewartet, bis die Gelegenheit kam. Da war ein Amerikaner mit einem Biest von Frau. Eine lange, dünne Röhre, mit Gott und dem Teufel wie mit Schießpulver gefüllt. Wer sie anrührte, bekam eine Ladung. Er hatte graue Haare, aber ich weiß nicht, weshalb sie nicht weiß gewesen sind. Wahrscheinlich hatte er sie färben lassen.

Er hatte unglückliche Augen, und ich sah, dass er mich von der Seite ansah. Aber ich ließ es mir nicht anmerken. Ein Zimmermädchen hat nichts zu sehen. Und einmal schlug er mit der Faust auf den Tisch. Er fluchte so, dass sie sich die Ohren zuhielt und dann ihre Koffer packte. Sie fuhr nach Paris, und er blieb allein zurück. Er ließ sich eine Flasche Whisky bringen und sang, komische Lieder, die ich nicht verstand, aber sie müssen ihm gut getan haben.

Dann bekam ich dieses hier, und mit dem Augenblick, wo ich mich hinter den Tisch setzte, war es das, was man eine Goldgrube nennt. Ich brauchte nur dazusitzen und ab und zu ein bisschen zu lächeln. Sie kommen aus der ganzen Stadt hierher. Auch der Graf, den du gesehen hast. Er ist reich und schlecht, aber ich bin stärker als er, viel stärker. Ich habe die Bedingungen aufgesetzt, unter denen ich ihn heiraten will, und er handelt noch ein bisschen. Aber es ist umsonst. Einmal wird er seinen Zylinder nicht nur eine Spanne hoch heben, und dann bin ich da, wo ich sein wollte. Wohin es dann weitergehen wird, weiß ich noch nicht."

Sie setzte sich auf die Lehne seines Sessels und glitt mit der Hand durch sein Haar. „Bist du sehr unglücklich, kleiner Jons?"

„Ziemlich", sagte er leise.

„Das musst du nicht, Jons", erwiderte sie. „Siehst du, die Armen haben wenig mitbekommen, manchmal eine große Kunst und manchmal ein reines, starkes Herz, aber meistens nichts anderes als ihren Fleiß und ein Meer von Geduld. Ich habe die Schönheit mitbekommen und noch etwas dazu, und nun sollen sie bezahlen dafür. Für alle Stunden, die der Vater am Meiler gesessen hat und der Großvater über den Netzen. Für Friedrich und für Michael und für deine Jahre, in denen du mit Eisen an den Absätzen herumgelaufen bist. So teuer bezahlen, wie es wert ist, und es ist sehr viel wert, Jons, sehr viel wert …"

„Aber man darf keine Rechnung darüber aufmachen, Gina", sagte er.

„Doch muss man das, Jons, nichts anderes als eine Rechnung, denn Gott macht sie nicht auf. Gott ist immer auf der andern Seite, bei denen, die die Kirche einweihen, aber nicht bei denen, die sie bauen. Wenn wir auf Gott warten wollen, müssen wir bis zum Jüngsten Gericht warten, und wer weiß, ob sie nicht auch dann die besseren Rechtsanwälte haben werden. Gerichte sind eine gebrechliche Einrichtung, Jons."

Dann sprachen sie nicht mehr darüber, und auch in die Bar ging Jons nicht mehr hinunter. Er war nun sehr still, und sie sah, dass hinter seiner breiten Stirn die Gedanken kamen und gingen. Nicht über sie allein. Sie war nur der Anlass, und er versuchte, ihr Schicksal in das Gewebe einzuweben, das er sich von der

Welt gemacht hatte. Sie wusste, wie ernst und ordentlich er war und dass nichts ihm Ruhe ließ, bis er es in seine „Gerechtigkeit" eingeordnet hatte. Aber er würde noch lange brauchen, bis seine Rechnung aufging, ein ganzes Leben, und auch dann würde er nicht fertig sein.

Am letzten Nachmittag bestand er darauf, dass sie Gotthold anrufen sollte. Er würde nun noch ein paar Tage am Meiler sein und es könnte doch sein, dass der Vater fragen würde.

Sie stand eine Weile am Fenster und blickte hinaus. „Wir können ihn nicht anrufen", sagte sie schließlich und drehte sich um. „Er ist seit sechs Monaten in Untersuchungshaft."

Er sah sie verstört an, aber sie strich ihm mit der Hand über das Haar. „Du musst es nehmen wie alles andere", sagte sie. „Alle diese Dinge schlafen in uns, und plötzlich stehen sie in einem von uns auf. Dass er es sein würde, war vorauszusehen. Er hat auch Czwallinnas Geld genommen. Er war nur schön, nichts weiter, und sie haben es ausgenutzt. Er hatte ein großes Haus in einem Vorort, aber es war ihm alles zu Kopf gestiegen. Und Hehlerei ist ein schmutziges Geschäft. Sie haben die ganze Gesellschaft aufgehoben, und ich denke, dass für ihn ein paar Jahre herauskommen werden." „Gefängnis?"

„Nein, Zuchthaus. Sie haben es jahrelang getrieben. Seide und Juwelen in der Hauptsache."

„Und der Vater?", sagte er leise.

Sie stand schon wieder am Fenster. „Es könnte sein", erwiderte sie, „dass der Vater weiter sieht als wir alle und dass er auch anders sieht. Er wird meinen, dass Gott wieder einmal seine Hand auf seinen Tisch gestützt hat und dass es diesmal Gotthold getroffen hat. Und vielleicht wird er dankbar sein, dass es nicht mehr als Zuchthaus ist. Auch Gotthold war nicht aus seinem Blut."

„Vielleicht hast du recht", sagte er nach einer Weile, „dass du keine Kinder haben willst."

„Ich tue es nicht aus Angst", erwiderte sie.

Sie hatte versucht ihm zuzusprechen, aber er fuhr bedrückt ab. „Wir sind alle allein, Jons", hatte sie gesagt, „ganz allein. Er mit seinen Juwelen, ich mit meinem Grafen und du mit deiner Gerechtigkeit auf dem Acker. Keiner hat am andern zu tragen, jeder trägt allein. Und du hast sie nicht gestohlen, Jons."

Aber Jons dachte an den Meiler und schüttelte den Kopf. „Wir haben denselben Vater, Schwester", sagte er leise.

Er blieb noch eine Woche am Meiler und ließ sich im Dorf nicht sehen. Nur einmal ging er heimlich am Abend zu Stilling, erzählte ihm alles und sagte, er könne nun sein Geld nicht mehr nehmen. Er wolle nun beim Vater in die Lehre gehen und beim Großvater und nichts anderes werden, als was sie geworden seien. Auch wenn Gina nun einen Grafen heiraten werde. Aber er wisse nicht, was schlimmer sei, das Zuchthaus oder der Graf.

„Der Graf, Jons", sagte Stilling bekümmert, „sicherlich der Graf. Aber nicht schlimmer, sondern nur trauriger. Viel trauriger … das andere aber, Jons, ist natürlich Unsinn. Siehst du nicht, dass dir viel aufgelegt wird, damit du viel tragen lernst? Wenn sie es in der Schule erfahren, wird der Direktor seine Nase streicheln, und du wirst vielleicht nicht mehr Vertrauensschüler sein. Du wirst allein stehen, Jons, und das ist das Letzte, was wir lernen können, allein zu stehen, ganz allein. Aber stehen muss man, nicht knien oder liegen. Bist du von dem Blut, das dem ausweicht? Ich erinnere mich nicht, dass Michael ausgewichen wäre …"

Also wollte Jons es auch nicht. Der Vater fragte ihn nicht, aber mit Maria besprach er alles, damit es ihn nicht zu plötzlich treffe. Auch sie war der Meinung, dass das mit dem Grafen trauriger sei als das andere. „Einen Gefangenen kann man wiederfinden", sagte sie in ihrer frühen Weisheit, „aber eine Gräfin ist uns verloren."

Am letzten Abend saß Jons auf der Böschung eines Grenzgrabens und sah zu, wie Kiewitt pflügte. Er war so weit gekommen in diesen Jahren, dass er nun ein Pferd hatte, eine alte, etwas dürre Schimmelstute, und mit ihr zog er nun in der Dämmerung die letzten Furchen durch seine Haferstoppel. Niemand rief ihm zu: „Kiewitt, komm mit!", und so brauchte er sich nicht hastig in den Schultern zu verbeugen. Der Himmel lag grau, mit einem matten Abendrot über dem Land, die Drosseln lärmten noch leise in den Vogelbeeren, und die Taucher riefen vom fernen Wasser herüber. Das welke Laub duftete, ein bitterer, strenger Geruch, der aus der Erde aufstieg und sich mitunter mit dem Rauch des Meilers mischte, den der Wind über das Moor trieb. Über dem Fichtenwald stand schon der Abendstern, die Dämmerung fiel rasch, und in dem grauen Licht war Kiewitt nur wie ein Schatten zu sehen, aber das Pferd zog immer noch hell, ein weißes Fabeltier, den unsichtbaren Pflug durch die Erde. Jons hörte die Hufe dumpf über den moorigen Boden gehen, in einem langsamen, schweren Rhythmus, in dem Müdigkeit lag, aber auch eine zähe, unerschöpfliche Kraft, die Kraft der Menschen und Tiere dieser Landschaft, die nicht auswichen, nicht dem Krieg, nicht dem Hagel, nicht der Pest. Vor tausend Jahren mochten diese Hufe schon über diesen Boden gegangen sein, ebenso langsam, ebenso dumpf, und nach tausend Jahren würden sie es wieder tun. Ein weißes Pferd, hager, mit zerzauster Mähne, älter als das Pferd der Apokalypse, und dahinter der Schatten des Mannes, des heidnischen, des getauften, des wieder getauften, vieler Männer, die die Erde pflügten, nichts weiter. Die wenig sprachen und wenig dachten, außer an das Brot, das wachsen sollte, um Speise zu gehen. Die ohne Ehrgeiz waren, ohne Grübeln, ohne Träume, ohne Weltanschauung. Die so weiterpflügten, wie der Mensch vor den Toren des Paradieses damit begonnen hatte, und weiterpflügen würden, ob das Paradies sich nun öffnete oder für immer versank.

Und Jons war es, als habe er Kiewitt noch niemals anders gesehen als so wie jetzt hinter seinem Pfluge, schon damals, als er ein Kind gewesen war. Als werde er die ganze Nacht so weiterpflügen, hinter seinem weißen Pferde her, indes der Mond aufgehen würde und die wilden Gänse unter seinem Kreis über die Wälder rauschen würden.

Und ob er nun die Welt bewegen würde oder nicht: Dieses würde bleiben und immer da sein, wenn er wiederkäme. Eine dunkle Erde unter dem Abendstern, ein weißes, hageres Pferd, älter als die Pferde der Apokalypse, ein Pflug, der leise durch die

Stoppel rauschte, und ein Mann, der wie ein Schatten hinter ihm herging.

Und es war gleich, ganz gleich, ob er dann Kiewitt hieß oder Michael oder Jons. Es war der Mann, der die Erde umbrach, um das Korn zu säen.

# XV

Das Frühjahr ist die Zeit des Wanderns. Die Stare kommen wieder nach Sowirog, sitzen auf den kahlen Obstbäumen, flöten in der ersten, warmen Sonne und sehen den Kindern zu, die ihre kleinen Papierschiffe in den Gräben der Straße schwimmen lassen. Die Kiebitze rufen über dem Moor, die wilden Gänse ziehen nach Norden.

Der Großvater Michael steht am hohen Seeufer, auf seinen Stab gestützt, und blickt über das graue, aufgehende Eis nach den Wäldern, die sich langsam wieder aus der Öde der Nonnenjahre erheben. Es fröstelt ihn leise, obwohl die Sonne scheint, und es ist ihm, als beginne dieses Jahr anders als sonst. Er kann nicht sagen, woran es liegt, er hat es niemals sagen können, aber sein Blut ist kühler geworden, und als er sich langsam umdreht, lässt er die hellen Augen lange auf den grauen Dächern von Sowirog verweilen. Er fühlt, dass es nun Zeit wird, aber er weiß noch nicht, wie lange der Zeiger sich noch drehen wird. Es ist nichts zu tun für ihn. Kein Menschenweg lässt sich aufhalten oder wenden durch Menschenhand, weder der der Söhne noch der der Enkel. Wie das Wasser zu Tal fließt, läuft der Menschenweg seinem Schicksal zu, unaufhaltsam, und unten steht der alte Gott, milde oder zornig, und fängt die Wege auf oder verwirft sie.

Michael sieht den Rauch des Meilers hell und gerade über die Wälder steigen und die Kinder an den Gräben spielen. Zwei sind nun tot und einer ist im Zuchthaus für lange Jahre, und auch auf den Zurückgebliebenen liegt Gottes Hand. Das Blei verschwindet, das Schmelzen ist umsonst, aber noch einmal wird Gott den Tiegel füllen.

Auch die Menschen wandern im Frühjahr, und auch nach Sowirog führt eine alte Straße. Staub und Öde liegen auf ihr, aber auch durch Staub und Öde kann das Schicksal gehen, wenn es ein Ziel hat. Glumsda geht zwischen ihren Gräben dahin, die Tasche auf dem Rücken, den Stock in der Hand, und Korsanke reitet auf ihr durch die Dörfer, in denen er für Recht und Gesetz zu sorgen hat. Aber die beiden sind es diesmal nicht, die das Schicksal tragen oder die das Schicksal aussendet, um Boten zu sein. Sie haben ihre Bestimmung erfüllt. Glumsda hat neben dem Toten im „Paradies" gestanden und den Brief getragen, der Michael an den Meiler und in den frühen Tod rief. Korsanke ist im Schneesturm zur „Armen Sünde" geritten und hat die Faust gegen den jungen, voreiligen Mann mit dem Karabiner gehoben. Sie haben das Ihrige getan am Webstuhl der Zeit, das Schicksal ruft sie nicht mehr auf.

Es ruft drei andere auf, die es sich ausgewählt hat in der Welt, und schickt sie nach Sowirog. Der eine kommt in der Frühe an, eine Art von altmodischem Ranzen auf den jungen Schultern, einen Stock in der Hand, ein Lied auf den Lippen, aber er weiß nicht genau, ob er aus Fröhlichkeit oder Angst singt.

Der zweite kommt in der Nacht, und er muss manchmal stehen bleiben und sich umsehen, weil er lange nicht da gewesen ist, so lange, dass inzwischen Wälder gestorben und Schonungen aufgestanden sind. Auch fährt er zusammen, wenn der Kauz im Eichenbaum ruft, und auf seinen Lippen liegt kein Lied, sondern ein heimlicher Fluch.

Der dritte kommt um die Mittagszeit. Er singt nicht und flucht nicht. Er zieht einen Wagen mit einem Gestell hinter sich her, und seine kleinen, geröteten Augen gehen tückisch von Haus zu Haus, von Fenster zu Fenster, ob ein Feind oder ein Verfolger hinter den Scheiben steht.

Der Erste ist der junge Lehrer, der an Stillings Stelle treten soll. Er kommt ganz frisch aus dem Seminar, und er ist bis zum Rande seines Herzens mit großen Vorsätzen und Liebe, mit Pestalozzi, vielen Idealen und etwas Angst gefüllt.

Der zweite kommt von fernen Ländern und Küsten, aus einem umgetriebenen, wilden Leben, aus Verfehlung und Schuld, und er hat manchen Anlass dazu, zusammenzufahren, wenn ein trockener Ast unter den Schalen des ziehenden Wildes bricht.

Der dritte ist der „Totschläger", wie er in der Landschaft heißt. Ein Scherenschleifer, der vor vielen Jahren seinen Nebenbuhler im Gewerbe erschlagen haben soll, aber man hat ihm

275

nichts nachweisen können. Man hat ihn lange hinter vergitterten Fenstern gehalten und dann wieder losgelassen. Er trinkt und flucht, ein roher Geselle, der die Kinder hasst, weil sie hin und wieder den Riemen seines Rades heimlich durchschneiden und Spottlieder hinter ihm her singen.

Alle drei glauben, dass sie von selbst den Weg ins Dorf gewählt haben, dass sie auch in ein anderes Dorf und eine andere Gegend hätten gehen können, nach eigenem Ermessen und eigener Wahl. Sie waren zu jung, zu verstört oder zu stumpf, um zu erkennen, dass das Schicksal sie anstieß und ihre Schuhe lenkte. Kein Schicksal, das auf einem Stein oder an einem Kreuzweg saß, sondern das tief und unerkannt in ihrem Herzen lebte. Ein Teil ihrer selbst, aber sie erkannten es nicht.

Stilling war nun so weit, dass er nach Ruhe verlangte, auch wenn das Gesetz ihn nicht dazu aufgefordert hätte. Es waren zu viel Kinder, und sie waren zu laut für seine Ohren, die nach Stille verlangten. Schwester Elisa, die Bußpredigerin und Heidenbekehrerin, hatte keine lichthungrigen Schüler auf die hohen Schulen geschickt. Sie hatte Pfennig auf Pfennig gelegt und von diesem und dem, was die Lebensversicherung ihr an ihrem sechzigsten Geburtstag auszahlte, ein kleines Haus am Waldrand gebaut. So klein, dass es wie ein Zwergenhaus aussah, aber doch so, dass unten alle Bücher, der Globus und aller Unsinn Platz hatten, den ihr Bruder in seinem langen Leben gesammelt hatte. Sie schenkte ihm das Haus nicht etwa. Er musste Miete und Kostgeld bezahlen, wie es in der Ordnung war, aber sie war eine milde Herrin, und er war es zufrieden unter ihrer strengen Hand. Sie sollten noch vier Wochen im alten Schulhaus bleiben, bis der junge Lehrer etwas eingewöhnt war.

Elisa nannte ihn mit milder Nachsicht „das Kind", und Stilling nannte ihn „Benjamin". In Wirklichkeit führte er den in der Landschaft nicht seltenen Namen Gollimbeck, und das heißt das „Täubchen". Es war ein gefährlicher Name, und lange Zeit pflegten ein paar der Vorwitzigen unter den Sowirogkindern zu Beginn der Stunden den leisen Lockruf der Tauben nachzuahmen, um es ihrem neuen Lehrer etwas heimatlich zu machen.

Er war einer Witwe Sohn und unter Hunger und Entbehrungen durch seine Ausbildungszeit gegangen. Er war der Meinung, dass sein Beruf dicht neben dem des Kaisers stehe und dass, wenn dem Volke noch einmal ein Zeitalter der Blüte und des Lichtes bestimmt wäre, es von den Trägern dieses Berufes ausgehen werde. Er war groß und schmal, mit einer Fülle hellen, widerspenstigen Haares und sanften, blauen Augen, die die Welt nicht eigentlich aufnahmen, sondern sie bestrahlten und verwandelten, so dass Piontek mit der Ringschleuder ihm wie einer der Erzväter und der verfallene Ziehbrunnen des Dorfes ihm wie der Brunnen Raheis erschien. Er war nicht gehämmert und nicht gehärtet. Er war wie weiches Gold, nach dem die Menschen ihre Hände ausstreckten, aber es war noch nicht zu übersehen, was sie daraus machen würden.

„Er sollte zuerst drei Jahre zu den Aka-Aka gehen", sagte Elisa und blickte ihm mit zusammengezogenen Augenbrauen nach, „und dann sollte er wiederkommen. Mit einer Weidenrute kann man kein heißes Feuer umrühren."

„Aber anrühren kann man es, Schwester", erwiderte Stilling. „Auch ich habe nicht mehr getan, und das Umrühren besorgt schon der liebe Gott."

Auch ging es besser, als sie gedacht hatten. Seine Jugend machte vieles gut, und es war schwer, vor seinen sanften Augen widerspenstig oder träge zu sein. Auch gab es zu dieser Zeit noch keine Chucholleks in Sowirog.

Stilling führte ihn durch die Häuser und spann die langen Fäden ihres Schicksals vor ihm aus. „Was für ein Land …", sagte der junge Martin ergriffen. Sie hießen ihn lächelnd willkommen, und der Großvater Michael sagte „Sohn" zu ihm. „Auch du fängst nun an, Sohn", sagte er, „und auch du wirst aufhören. Sieh zu, dass du dazwischen das Rechte tust!" Martin stand mit blassem Gesicht vor ihm, und als sie draußen waren, atmete er tief auf. „Ich habe nie gedacht", sagte er leise, „dass es so schön sein würde …"

Sie waren auch am Meiler, und dort sah der junge Lehrer Maria. Sie stand vor dem Herde, in dem sie Feuer gemacht hatte, drehte ihnen halb den Rücken zu und sang leise vor sich hin, wie sie in der Einsamkeit des Waldes zu tun pflegte. Ihr Haar leuchtete, und Martin war schon verzaubert, ehe er ihr Gesicht sehen konnte. „Die Sterne wandern, die Sterne stehen", sang sie. „Wie wird es mir unter den Sternen ergehen?"

Als er aufseufzte wie ein Kind vor dem Geburtstagskuchen, drehte sie sich um. „Dies ist der neue Lehrer, Maria", sagte Stilling, „und er will aus Sowirog einen Garten Eden machen."

‚Ach du lieber Gott', dachte sie, ‚er ist ja noch ein Kind, dem man Märchen erzählen kann … er wird sich verirren und nach seiner Mutter rufen.'

Beide erröteten, und Martin berichtete hastig, dass der Großvater Michael ihn „Sohn" genannt habe. Ja, sagte sie, auch zum Kaiser würde er „Sohn" sagen. Er sei alt genug dazu, und alle Jeromins seien wohl ein bisschen wunderlich. Ein Schatten glitt über ihre Augen, und Stilling sah, wie ähnlich sie alle einander waren, Eltern und Kinder, und die Geschwister untereinander.

Aber als sie zu Kiewitts Hütte gingen, sagte er zu Martin, dass dies ein dunkles und mühseliges Geschlecht sei, nicht gut, um kopfüber in ihre Schatten hineinzutauchen. Aber Martin hörte nur die Worte. „Wie wird es mir unter den Sternen ergehen?", sang er vor sich hin. „Ach, Herr Stilling, ein Zauberland, ein Zauberland!"

„Ja, mein Lieber, und niemand weiß, was er eben webt."

Auch Stilling wusste es nicht, auch nicht, als er am Abend vor der Weltkugel saß und sie langsam unter seinen Händen kreisen ließ. Die Sterne waren schon aufgezogen, und der junge Lehrer lag schon lange oben in seiner Kammer und träumte von einem großen Brunnen, um den die Herden der Erzväter sich mit glänzenden Rücken drängten.

Stilling sah die Länder und Meere vorübergleiten, die nächtlichen Kontinente und die, über denen die Sonne eben aufging. ‚So viele dunkle Länder', dachte er, ‚und immer erlischt das Licht in den Händen der Jungen … alt und müde werden sie wie ich, und niemals steigt der Garten Eden herauf, von dem sie träumen …' Er hob nicht einmal den Kopf, als es leise am Fensterladen klopfte. Den Ast vom Apfelbaum müsse er noch beschneiden, dachte er, ehe er in das Zwergenhaus ziehe. Sonst denke der junge Lehrer, dass es eine Mädchenhand sei, die klopfe, und Enttäuschung tue jungen Herzen weh.

Aber es war keine Mädchenhand, die klopfte. Ein Anker und eine aufgehende Sonne waren auf die braune Hand tätowiert, und die Hand war voller Riste, zersprungen von harter Arbeit vor dem Mast und zwischen schlagenden Segeln.

Nun stand Stilling doch auf, die Knie zitterten ihm plötzlich, und seine Augen, die noch immer auf den dunklen Ländern lagen, glaubten zu ahnen, was der Zauberer webe, von dem er gesprochen hatte. Er öffnete nicht die Laden, sondern ging durch den Flur und die Küche zur Hintertür, die er leise aufschloss.

Da stand der Wanderer, der nur bei Nacht über die Straßen ging. Er hatte keinen Mantel an, aber er hatte den Rockkragen hochgeschlagen, weil es noch reifte in den Nächten. Etwas Verwehtes und Verlorenes lag um seinen dunklen Umriss, und auch seine Stimme war dunkel und ohne Freundlichkeit, als er sagte, dass er nun wieder da sei.

Stilling sagte nichts. Er ließ ihn ein und schloss die Tür hinter ihm wieder ab. Er nahm nicht seine Hand im Dunkeln, sondern nur einen Rockärmel und führte ihn leise in den hellen, warmen Raum, in dem die Lampenglocke sich in dem matten Glanz der Weltkugel spiegelte. Der Ofen war noch geheizt, und der junge Stilling lehnte sich mit dem Rücken an ihn, die Hände noch immer tief in den Taschen und den Kragen der Jacke hochgeschlagen.

‚Ein Strolch‘, dachte Stilling, indem er ihn ansah. ‚Nichts als ein Strolch …‘

Ja, sagte der Wanderer noch einmal, da sei er nun.

Die Worte kamen rau zwischen seinen schmalen Lippen hindurch, und die dunklen Augen gingen scharf und schnell im Zimmer umher.

Ob er etwas essen wolle, fragte Stilling leise.

Klar! Pflege kein Gast an der Table d'hôte zu sein. Aus diversen Gründen. Als der Lehrer aus der Küche zurückkam, das

Brett mit den kalten Speisen in den leise zitternden Händen, war der Junge auf der Ofenbank zusammengesunken, nicht viel mehr als ein unordentliches Bündel Kleider, wie ein Erhängter, den man von seinem Strick geschnitten hatte.

Er stürzte sich wie ein Verhungernder auf das kalte Fleisch und das Brot, und Stilling sah ihm zu, in seinem alten Lehnstuhl, in dem er ganz gerade saß, so wie er vor den Schranken eines Gerichts sitzen würde. Auch an der Art, wie einer aß, konnte man sehen, ob er verloren war.

Sie sprachen kein Wort. Erst als das Brett leer war, rollte der Gast sich mit geschickten Fingern eine Zigarette, wozu er den Tabak aus der Tasche nahm, und fragte, wie es mit einem „Drink" sei.

Nein, zu trinken gebe es nichts. Nur kalten Tee, wenn er den wolle.

Er lächelte verächtlich und streckte die Beine von sich. Die Schuhe waren geplatzt, und bei einem war die Sohle mit einem Bindfaden an das Oberleder gebunden.

„Ja", sagte er dann mit seiner rauen Stimme, „das ist nun wohl die Heimkehr des verlorenen Sohnes … keine goldenen Berge geerntet. Ein paarmal dicht davor, aber zwischen den Händen zerronnen. Damn it!"

Gedenke auch nicht zu bleiben. Zu eng, dieser Kontinent … Zu viel Polypen und Kindermädchen. Wieder in die Staaten zurück. Nur Geld bis zum Hafen nötig. Ein bisschen eilig, weil da vor acht Tagen so eine Sache war. „Etwas ausgeräumt, was nicht ganz fest verschlossen war. Waren ein bisschen scharf hinter mir her, aber haben meine Spur verloren … Wie viel meinst du, alter Herr, könntest du entbehren?"

„Nichts", sagte Stilling mit klarer Stimme.

Der andere pfiff leise durch die Zähne.

„Ich will dir eine Fahrkarte kaufen und dich in den Zug setzen", sagte Stilling.

„Danke sehr, alter Herr, aber ich brauche Geld und keine Fahrkarte."

„Was ich erspart habe, gehört nicht mir, sondern einem der

Jerominsöhne, der davon das Gymnasium besucht." „Jeromin? Jeromin? Aha … Wohltäter der Menschheit, kenne das. Auch ich gehöre noch zur Menschheit."

„Bis zum Tode gehören wir alle dazu."

Er könne zur nächsten Gendarmeriestation gehen und sich verhaften lassen.

Ja, Korsanke sei immer noch da. Ein humaner Beamter … es seien nun schon zwei aus Sowirog im Zuchthaus.

„Oha! Zum Beispiel?"

Einer der Czwallinnasöhne wegen Mordes, und ein Jeromin wegen Einbruch und Hehlerei.

„Sieh mal an … eine ganz nette Gegend."

Die Nacht über könne er dableiben, nicht länger. Ein neuer Lehrer sei da, der oben schlafe. Und in seinem Alter wolle er niemanden mehr beherbergen, der gesucht werde. Auch weiße Haare könnten schmerzen.

„Allright", sagte der Sohn. „Immer noch unter dem eifrigen, zürnenden Gott. Erinnere mich von früher …"

Stilling brachte zwei Decken und ein Kissen und legte sie auf dem alten Sofa zurecht. Der Junge stand daneben und fuhr mit dem Zeigefinger langsam über die weißen Knöpfe, die am Rande des schwarzen abgeschabten Leders entlang liefen. „Immer noch dieselben", sagte er. „Komisch, wie die Zeit läuft …"

Er band nur die Schuhe ab und streckte sich dann auf dem Lager aus.

Eine Weile blieb Stilling noch an der Weltkugel stehen und bewegte sie ohne Gedanken um ihre Achse. „Du solltest zu Korsanke gehen", sagte er endlich. „Ich will es gern auf mich nehmen. Es ist besser als unstet und flüchtig zu sein."

„Wer auf dem Sofa sitzt, hat gut reden."

„Man sitzt nicht mehr auf dem Sofa, wenn der Sohn vor Gericht steht. Wir halten hier noch auf einen guten Namen."

„War immer so, soweit ich mich erinnere. Damals schon. Aber schlage dir Korsanke aus dem Sinn. Geld ist besser als Korsanke."

Stilling seufzte und nahm die Hand von der Weltkugel, als habe er zwischen allen Ländern und Meeren nach einer Zuflucht gesucht und sie nicht gefunden. „Es bleibt, wie ich es gesagt habe. Wo die Flügel der Morgenröte nicht hintragen, trägt auch das Geld nicht hin …"

Er nickte dem Liegenden zu, nahm die Lampe vom Tisch und ging leise aus dem Raum.

Eine kurze Nacht für Erschöpfte oder Träumende, eine ewige Nacht für den, der Gott um Rat fragt. Aber Gott war nicht da, er hatte nur die steinernen Tafeln ausgelegt, und sie waren auch im Dunkeln zu lesen. Du sollst. Du sollst nicht. „Auf dass es dir …" Ja, auf dass es dir wohlgehe auf Erden. Es sollte gar nicht wohlgehen, es sollte nur in Ehren gehen. Wer fünfundvierzig Jahre im Dienst des Staates gewesen war, wusste, dass die Ehre eine eherne Hand hatte, eherner als die Liebe. Sie schlug zu, und die Jahre zersplitterten wie Glas. Es war nicht gut, sich gegen sie zu erheben.

Es war auch ohne Zweck, denn der dort drinnen war noch nicht am Ende. Er war weder satt noch gedemütigt. Er wollte noch mehr haben von der Welt. Er war nur ein bisschen müde im Augenblick und ein bisschen gejagt. Auch der Wolf flüchtet sich in seine Höhle, bis der Jäger die Spur verloren hat. Aber einmal würden sie ihn doch fangen. Auch auf weißen Haaren liegt Gottes schwere Hand.

Das war nun, was sie den „Lebensabend" nannten. Im reinsten und klarsten Hause konnten die Gespenster stehen. Im Staate war es so, dass man mit dreißig Jahren seine Prüfungen beendet hatte. Mehr wollte der Staat nicht wissen, er sah nur zu, ob man das Seine tat. Aber Gott prüfte länger. Er schlug die Seiten um, und plötzlich fiel ihm ein Name ein. „Geprüft und bestanden" war daneben eingetragen. Oh, das war lange her, vierzig, fünfzig, sechzig Jahre. Wollen sehen, wie es heute ist. Und er schickte Krankheit, Armut, Schuld, oder eben einen Sohn. Niemand ist reicher an Fragen als er, niemand achtet weniger auf weiße Haare als er. Weiße Haare sind ein Zoll der Natur, nicht mehr. Keine Eintrittskarte für die Säle des Friedens. Nur der Tod gibt sie aus, und er lässt sich teuer bezahlen.

Morgen, um die Mittagszeit etwa, wird er also zu Korsanke gehen. Keine Apfelbäume beschneiden, sondern den Weg der Pflicht gehen. Fünfundvierzig Jahre, dem Staate gegeben, lassen ihre Zeichen zurück. Wer etwas vor dem Staate vergräbt, macht sich schuldig. Wer Kinder lehrt, hat recht zu tun, mehr als andere. Kinder dürfen nicht irre werden. „Du sollst nicht falsch Zeugnis ablegen." Auch Schweigen kann falsch Zeugnis sein.

Der erste Hahn kräht, und die ferne Stimme geht wie ein Trompetenstoß durch seine Schlafkammer. Nein, nein, er wird nicht verleugnen, er gewiss nicht. Sein Blut kann man verleugnen, aber nicht Christi Wort. „Es soll einerlei Recht sein für euch alle." So steht es geschrieben, so ist es zu halten. Es steht nicht geschrieben, dass Väter ein anderes Recht haben als Kinderlose. Und auch davon steht nichts geschrieben, dass das weiße Haar dem Recht ausweichen dürfe.

Andere Hähne krähen, ferne und nahe, immer mehr. Genug an einem. Gott braucht ihn nicht so gering zu achten, dass er ihm so viele schickt. Eine Tür geht leise, noch eine … in Gottes Namen also.

Die Decken waren nicht zusammengelegt, das Zimmer roch nach kaltem Rauch, die Asche war auf den Fußboden gestreut. Ein Lichtstumpf stand auf dem Tisch, und daneben lag die große Bibel aufgeschlagen. Als Stilling sich über die Blätter beugte, sah er ein großes rotes Kreuz an den Anfang eines Verses gemalt. „Ein Verleumder verrät, was er heimlich weiß; aber wer eines getreuen Herzens ist, verbirget dasselbe."

Er blickte lange auf die Verse nieder und schüttelte den Kopf. Es war nicht gut, die Bibel über eine Sünde zu legen. Man legte auch nicht Goldstücke auf die Augen eines Toten, sondern Kupfermünzen.

Er öffnete die Fenster und machte die Läden auf. Die Sonne war noch nicht aufgegangen, aber die Flügel der Morgenröte hingen schon über dem Dorf. Die Tür zum Flur war geöffnet, und er sah, dass sein Wintermantel fehlte. Es war ein neuer Mantel, warm und schwer. Er würde gut sein für jemanden, der eine heißere Sonne gewöhnt war. Korsanke saß in seinem kleinen

Garten an der Rückseite des Hauses und drehte einen trockenen Zweig zwischen seinen Händen. „Nein, ich will es nicht tun, Stilling", sagte er leise. „Ich will es nicht tun. Ich habe einen Eid geleistet, so wie du auch, aber es steht nichts davon geschrieben, dass ich Schmutz auf ein weißes Haupt zu werfen habe. Ich bin es müde, weißt du, ‚im Namen des Königs' anzuklopfen. Wenn sie ihn kriegen, wird er schweigen, und wenn er nicht schweigt, wirst du schweigen. Und wenn du redest, nun, dann will ich es auf mich nehmen. Aber ich denke mir, dass die Polizei ruhig ein paar Sachen dem lieben Gott überlassen sollte. Es wäre besser für die Polizei, denke ich mir. Es sind nicht die besten Schüler, die immerzu den Zeigefinger aufheben."

Nein, das seien sie sicherlich nicht, erwiderte Stilling.

„Und was denkst du wohl, was sie von Jons reden werden, dort auf seiner Schule", fuhr er fort, „wenn sie das erfahren? Meinst du nicht, dass sie schon genug zu reden haben?"

Ja, das meinte Stilling auch, und daran hatte er noch nicht gedacht.

Sie schwiegen nun und ließen sich beide von der Sonne wärmen. Über den Feldern hingen die Lerchen in der blauen Luft, und am Fließ sangen die Kinder ein Reigenlied.

„Man muss nicht gerechter sein als Gott", sagte Korsanke endlich. „Man macht ihn sonst überflüssig …"

„Was wollte er?", fragte seine Frau, als Stilling gegangen war.

„Er hat jetzt zu viel Bienenstöcke für seinen kleinen Garten, und er will mir ein paar abgeben … er denkt immer mehr an andere als an sich selbst …"

Der Dritte kommt um die Mittagszeit.

Es ist ein heißer Tag, der Sand stäubt schon auf der einsamen Straße, und die schmalen Räder des Scherenschleiferwagens gleiten immer wieder in die tiefen Geleise, aus denen der Mann sie mit einem Fluch herausreißt. Er ist böse und wild heute vom Morgen an. Von einer tückischen Wildheit, die ihn mit Steinen nach dem Buchfink werfen lässt, der in der Birke sein kurzes Lied singt. Es ist Gründonnerstag, und die Leute bringen keine Messer und Scheren vor die Türen. Sie haben große Kringel gebacken, tragen Feiertagskleider und schließen die Küchentür ab, wenn sie seine heisere Stimme draußen hören. Er ist lange nicht da gewesen, ein paar Jahre lang, aber sie haben nichts vergessen. Sie haben ein Gedächtnis wie ein halb trockener Sumpf, der jede Spur bewahrt.

Der Totschläger wollte einen Umweg um Sowirog machen, weil er das Dorf hasste, mehr als andere Dörfer. Aber da es nur eine Straße gab, so hätte er den Umweg durch die Wälder machen müssen, und der Wagen liebte keine Wälder. So wollte er auf der Bank vor dem Dorfkrug essen und eine kleine Flasche Schnaps trinken. Auch war der Krugwirt der Einzige, mit dem sich reden ließ. Die Söhne waren „futsch", aber ein kleines Geschäft ließ sich auch noch mit dem Alten machen.

Das Dorf war wie die anderen Dörfer, feiertagssatt und verschlossen. Nur die Kinder waren wacher hier als anderswo. Sie sangen keine Spottverse, aber sie standen vor den Hoftoren, die Hände in den Taschen oder auf dem Rücken, schweigend, aber mit funkelnden Augen, und ab und zu spie eines so deutlich aus, dass es nicht misszuverstehen war. Am liebsten hätte er sich gleich auf die nächsten gestürzt, aber dann würden die anderen sich über seinen Wagen hergemacht haben. Er wusste schon, dass sie darauf warteten. So sah er sie nur von der Seite mit seinen geröteten Augen an. Sie wichen ein paar Schritte zurück, so dass die Haustür näher war, und dann folgten sie ihm auf ihren bloßen Füßen. Es war ein schweigender Einzug, und er knirschte mit den Zähnen, als er sich auf die Bank vor dem Dorfkrug setzte.

Er aß trockenes Brot mit Speck und trank aus einer kleinen weißen Flasche Schnaps dazu. Viel Schnaps. Er warf eine Brotrinde vor die Füße der Kinder, aber sie pfiffen nach ihren Hunden und sahen zu, wie sie sich um die Beute balgten. Dann jagten sie sie wieder fort.

Die Sonne schien heiß, und der Scherenschleifer wurde müde. Er nahm seinen Wagen und verschwand in der Einfahrt. Am andern Ende gab es eine Tür in den Garten, dort konnte er schlafen, bis es ihnen zu langweilig wurde. Den Wagen versteckte er hinter leeren Bierfässern und warf ein paar alte Säcke darüber. Die Kinder flüsterten miteinander und zerstreuten sich dann. Czwallinna hatte alles mit angesehen, die schweigenden Kinder, den Totschläger mit der Flasche und wie er den Wagen versteckte. Er war nun alt geworden, und sein grauer Schnurrbart hing ihm dünn und traurig an den Mundwinkeln herunter, aber in seinen schiefen Augen glühte noch immer dasselbe Licht. Er war nicht fortgezogen, aber er hatte nicht vergessen, dass sie ihm sein Geld und seine beiden Söhne gestohlen hatten. Er würde niemals vergessen.

Als die Sonne um das Haus herumgegangen war und in den Garten hinabbrannte, stieg er aus der Kellertür leise zu den leeren Fässern hinauf, durchschnitt die Riemen des Scherenschleiferwagens mit einem alten Rasiermesser und zog die Tür wieder lautlos hinter sich zu. Wenn der Gott des Alten Testamentes die Sünden der Väter an den Kindern bis ins dritte und vierte Glied rächte, so stand ihm wohl frei, sie am zweiten Gliede zu rächen. Und das zweite Glied stand dem Herzen näher als das vierte.

Bevor der Scherenschleifer erwachte, hatten die Kinder ihn und seinen Wagen vergessen. Zuerst hatte sich ein Igel in den Straßengraben verirrt, und dann war der Pfarrer über den See gekommen. Der Pfarrer hatte sich in seinen Mußestunden ein neues Gespräch mit seinem Widersacher ausgedacht: Er hatte in eines der schmalen Kielboote einen Mast gesetzt und zu segeln begonnen. Er hatte niemals in seinem Leben ein Segel in der Hand gehabt, und die Leute von Sowirog schüttelten den Kopf, wenn sie im Sturm das weiße Dreieck auf dem Wasser erblickten. Manchmal schien es ihnen, als tauche die dünne Mastspitze in die weißen Wellenkämme und als hinge ihr Pfarrer auf der Ruderbank wie auf dem See Genezareth die Jünger, die „verderben" sollten. Aber er zuckte nur die Achseln, wenn er ausstieg. „Ich gebe ihm eine Gelegenheit", sagte er, „aber er will nicht. Es scheint mir, dass er Angst hat, mehr als ich, und wer Angst hat, hat ein schlechtes Gewissen." Auch jetzt kam der Pfarrer herüber, schräge mit seinem Boot auf dem Wasser liegend, denn der Wind wehte scharf den See herunter, und sie sahen gleich, dass er wieder getrunken hatte. Aber bei ihm war es anders, als wenn ihre Väter getrunken hatten, und sie halfen ihm still aus dem Boot. Ob sie etwas fahren dürften, fragte der Mutigste zaghaft. Aber er schüttelte den Kopf. Ohne Segel ja, erwiderte er, aber sonst nicht. Es lägen genug von ihnen dort unter den kleinen Hügeln, die er noch nicht vergessen habe. Der andere habe ein schlechtes Gedächtnis, aber er habe nichts vergessen, er nicht.

Er sah schwermütig von Gesicht zu Gesicht, mit seinen traurigen Augen, die der leise Rausch noch trauriger machte, und stieg dann zum Jerominschen Hause hinauf, wo Jons ihm schon entgegenkam.

Ja, Jons war nun Primaner, aber nicht das wollte er ihm erzählen, sondern dass er nun eingesegnet sei und dass er sich geweigert habe, das Abendmahl zu nehmen.

Sie saßen an der Hinterseite des Hauses in der Sonne, und der Pfarrer hatte den grauen Kopf gegen die alten, rissigen Balken gelegt. Er zeigte keinen Triumph in seinem Gesicht. Er sagte nur, dass es besser sei, man schütte einen Becher zu früh aus statt zu spät. Aber dann wollte er wissen, weshalb nur das Abendmahl? Weshalb nicht das Ganze? Es sei ihm so in der Erinnerung, als werde ein Glaubensbekenntnis dabei gesprochen.

Das müsse er mit sich allein abmachen, erwiderte Jons. Wenn er es nicht gesprochen hätte, so würde man ihn nicht eingesegnet haben, und lieber würde er zehn falsche Eide leisten als einen neuen Kummer auf seines Vaters Herz legen.

„Ich denke, Jons", sagte Agricola langsam, „dass dein Vater niemals Kummer am Buchstaben gehabt hat, an der Form, am Dogma. Er hat nur Kummer am Geist. Wenn du gespottet hättest über die Handlung, wäre er traurig gewesen. Sonst nicht. Auch er sieht ihn jetzt nicht, den großen Unbekannten, er ahnt ihn nur. Ich aber, ich ahne ihn nicht einmal. Ich will ihn nicht ahnen, denn es ist mir schwer, Anklage zu erheben. Ich bin kein Staatsanwalt. Ich war nur ein Kinderanwalt, und wenn ich ihn ahnte, müsste ich auf Kindermord klagen. Und auf Kindermord steht der Tod."

Unter der Maske seiner Worte und seines Rausches sah Jons die tiefen Falten eines hoffnungslosen Grames. Und er dachte sich, dass der Pfarrer wie ein Mann war, den man an seinen Todfeind gekettet hatte. Er hatte den Todfeind getötet, aber er war nicht frei geworden. Die Ketten hielten sie immer noch zusammen, und war ein toter Feind im Arm nun leichter als ein lebender, der hinter den Wolken stand?

„Es ist noch nicht das letzte Wort, das du gesprochen hast, Jons", sagte der Pfarrer. „Und vielleicht gibt es in diesen Dingen gar kein letztes Wort. Es gibt immer nur ein vorletztes für uns … kann sein, dass das letzte er hat … die ganz Großen bleiben immer im Nebel, Jons. Schon hier auf der Erde. Wie viel mehr als zwischen Himmel und Erde … Was haben sie nun auf der Schule gesagt, Jons?"

Jons zuckte die Achseln. „Aussatz, Herr Pfarrer", erwiderte er dann finster.

Agricola nickte. „Alle Denker waren Aussätzige, Jons. So rächt er sich für das, was ihm bei der Schöpfung wider Willen in die Hand kam. ‚Eritis sicut Deus, scientes bonum et malum.' Das ist es, was er nie vergibt. Das Denken ist der Tod Gottes, und er hat ihn uns in die Hand gegeben, seinen eigenen Tod. Er möchte es wieder zurück haben, aber es ist zu spät, wir geben es nicht mehr zurück."

Er hob die rechte Hand mit geöffneten Fingern und schloss sie langsam zu, so fest, dass die Haut über den Knöcheln weiß wurde. Es sah aus, als halte er den Tod in seiner Hand.

Weit aus der Ferne kam der heulende Ruf eines Dampfers von dem großen See hinter den Wäldern. Er war so fern, dass er wie der Ruf einer Rohrdommel klang, aber er drang bis in den berauschten Schlaf des Scherenschleifers. Die Sonne neigte sich schon und blendete seine schmerzenden Augen. Es dauerte eine Weile, bis er sich erinnerte, wo er war, und es war keine gute Erinnerung. Es war weit bis zum nächsten Dorf, Feiertage standen vor der Tür, ohne Verdienst, und er würde froh sein, einen Heuschober auf den Wiesen zu finden, wo er das Osterfest verschlafen konnte. Er stand mit einem Fluch auf, um seinen

Wagen zu holen, und als er die Säcke fortgezogen hatte, sah er, was geschehen war. Er bückte sich gar nicht, um den Schaden zu prüfen, eine rote Flamme stand vor seinen Augen, und das Letzte, was er sah, war eine Eisenstange, mit der man Steine aus den Feldern hob. Er riss sie an sich und stolperte auf die Straße.

Die Kinder hatten ihn vergessen. Zuerst war der Igel gewesen, dann der Pfarrer mit dem Segelboot, und nun standen sie alle auf Jeromins Hofplatz und sahen zu, wie Christean an einem Engel schnitzte, der ein Licht in beiden Händen tragen sollte. Die Hände waren erhoben, vorsichtig, wie Kinder eine Speise tragen, und das Gesicht ließ schon den halb besorgten und halb beseligten Ausdruck erkennen, mit dem der Tragende und langsam Schreitende auf seine unsichtbare Flamme blickte.

Jons hatte einen Tisch für Christean in die Sonne getragen, und da standen sie nun atemlos und sahen zu, wie das scharfe Messer vorsichtig über das weiße Holz glitt.

Es war kein guter Platz für sie. Haus und Stall lagen im rechten Winkel zueinander, und der freie Platz zwischen den Giebeln war mit geschnittenen Brettern gefüllt, aus denen Jakob den Anbau aufrichten wollte, an dem er so viele Jahre geplant hatte. Aber es war ein guter Platz für den Totschläger, und als er an den Gartenzäunen entlang geschlichen kam und seine Widersacher plötzlich alle versammelt sah, ihm den Rücken wendend, ahnungslos wie Fische vor den beiden Flügeln eines Netzes, schrie er einmal auf. Ein heiserer Schrei, der ihm wider Willen entfuhr und den er gern begraben hätte, weil ein vielstimmiger Schrei der Todesangst ihm folgte, der bis in die fernsten Winkel des Dorfes drang.

Der Scherenschleifer war nicht ganz sicher auf den Beinen, aber sicherer als die, die ihn heranstürmen sahen, eine Eisenstange in der Hand, Schaum vor dem Munde. Er schrie nicht mehr, und auch die Kinder schwiegen. Wie ein lautloses Tier jagte er auf den Dorfplatz zu, ein Bär aus den Wäldern, mit kleinen, blutunterlaufenen Augen, die nicht wussten, welches Opfer er zuerst zerschmettern sollte. Nun erst stoben sie auseinander, noch einmal mit gellenden Schreien. Ein paar der Schnellsten gewannen die Straße, ein paar die Stalltür, aber die meisten hingen verzweifelt an den Bretterstapeln, wo sie die nackten Füße in die schmalen Fugen setzten und von den unten Stehenden wieder zurückgerissen wurden. Der Tisch war umgestürzt, der Engel lag im Staube, und Christean, halb über den Tisch geworfen, suchte mit seiner Hand nach den Krücken, die er nicht erreichen konnte.

Und dann stand der Pfarrer zwischen Christean und dem Totschläger. Er war so schnell auf den Hof gekommen, „als hätten ihn Flügel getragen", wie die Kinder nachher sagten.

Er hatte keine Waffe, er hob nur die rechte Hand gegen die Eisenstange, während die linke mit geöffneten Fingern nach hinten tastete, als wollte sie Christeans Scheitel oder den der anderen Kinder finden. Sein Gesicht war nun ohne Gram oder Rausch, und Jons und der Totschläger waren die Einzigen, die sahen, wie es lächelte.

In Jons' erhobenen Arm fiel das Lächeln wie ein Zauber, der alle Bewegungen ersterben ließ, aber in des Totschlägers Augen löschte es den letzten schmalen Rest von Besinnung aus. Er ließ das Eisen fallen. Es schlug mit einem dumpfen, hässlichen Laut in das graue Haar des Pfarrers, und der Getroffene sank langsam in die Knie und dann vornüber auf die Stirn, während seine Hände noch immer in der früheren Gebärde blieben, die rechte nach vorn ausgestreckt, als trage sie ein beschwörendes Zeichen, die linke nach hinten greifend, als suche sie eine Stirn, die es zu beschützen gelte. Blut rieselte über seine Schläfen und färbte langsam den Sand des Hofes.

Als Jons sich auf den Totschläger warf und mit ihm zusammen zu Boden fiel, kamen die Männer und Frauen schon aus allen Häusern gestürzt. Sie fanden den Scherenschleifer halb erwürgt und ihren Pfarrer regungslos auf seinem Gesicht liegend. Er lag wie auf einem roten Tuch, und zu seinen Füßen, von der Tischplatte herunter geschleudert, lag Christeans Engel im Staub, die Hände erhoben und mit besorgtem und beseligtem Ausdruck in den weißblauen Himmel blickend. Der Pfarrer erwachte nur noch einmal, und auch das war gegen die Voraussage des Arztes. Es war nach Mitternacht, und der Karfreitag hatte schon begonnen. Er lag in Jakobs Schlafkammer, und sein Gesicht unter dem schweren weißen Verband war schmal wie unter einem Helm. Die Tür zur Küche hatten sie ausgehoben, und als er die Augen öffnete, konnte er das rote Feuer im Herd sehen. Er konnte auch die vielen schwarz gekleideten Menschen sehen, die an den Wänden standen und saßen, aber sie erschienen ihm nur wie Schatten, die auf einer Reise Rast gemacht hatten.

Jons kniete an seinem Bett, und bei ihm ließ er seine Augen endlich ruhen. Nach einer Weile erkannte er ihn, und auch ein Teil der Erinnerung musste ihm wohl wiederkehren, denn seine Augen gingen plötzlich suchend durch die Kammer und die halbdunkle Küche.

„Keinem ist ein Haar gekrümmt, Herr Pfarrer", sagte Jons.

Der Sterbende lächelte, aber dann machte er mit seiner rechten Hand Jons ein Zeichen, und Jons legte sein Ohr an den Mund des Pfarrers. „Er hat … das letzte … Wort … behalten", sagte die kaum hörbare Stimme, und sein linker Mundwinkel verzog sich leise in demselben stillen Spott, den er bei seinen großen Streitgesprächen gezeigt hatte.

Darauf sagte er nichts mehr. Seine Augen gingen noch ein paarmal suchend über die niedrige Decke der Kammer und durch die Schatten der beiden Räume, als suchten sie seinen großen Widersacher, aber dann verdunkelten sie sich wieder, und das Bewusstsein verließ ihn. Als er zum letzten Mal geatmet hatte, war nur das leise Lächeln um seinen linken Mundwinkel geblieben, eine kaum merkbare Falte, die mit spöttischer Verwunderung über das erstarrende Antlitz lief.

Das Letzte, was Jons sah, als er die Kammer verließ, war die Gestalt des Großvaters, der hinter dem Toten stand, auf seinen Stock gestützt, und in die Ferne blickte. Als habe der Tod sich wieder geirrt und er blickte dem Davongehenden nach, ob er nicht noch einmal umkehren werde.

Zum ersten Mal glaubte Jons zu sehen, wie unendlich alt und verlassen der Großvater war. Sie hatten ihren Pfarrer still begraben wollen, am Ende der kleinen Hügelreihe, die ihn aus seiner Bahn geschleudert hatte. Es war ihnen zumute, als habe Gott sie nun ganz und gar verlassen, und am liebsten hätten sie ihn bei Nacht begraben, nur um kein fremdes Gesicht zu sehen.

Aber es war nun doch anders gekommen, und ihre Dorfstraße reichte kaum aus, um alle Menschen aus den Dörfern weit in der Runde zu fassen. Es war wie bei der Einweihung ihrer Kirche, nur dass es keine großen Herren waren, die zum Geläut der beiden Glocken aufsahen. Sie hatten den Pfarrer auf dem Jerominschen Hofplatz aufgebahrt, nicht in der Kirche, und auch das hatte Jons entschieden. Der junge Pfarrer, den sie endlich bekommen hatten und der in zwei Oberstuben beim Schulzen wohnte, ging unruhig von einer Menschengruppe zur anderen und blickte von Zeit zu Zeit ratlos auf die dunkle Frau, die von der Insel herübergekommen war und nun neben dem Sarge stand, als fürchte sie, dass jemand ihn vor der Zeit forttragen könnte. Er hatte vom Konsistorialrat Verhaltungsmaßregeln erbitten wollen, aber dann hatte er es doch gelassen. Nur wusste er immer noch nicht, was er eigentlich sagen wollte und wie es ausgehen würde.

Doch wurde er seiner Sorgen zu einem Teil enthoben, als der Wagen mit den beiden Pferden, den sie kannten, die Dorfstraße entlang gefahren kam, am Fuß des Kirchenhügels hielt und der große Herr im schwarzen, hochgeschlossenen Rock ebenso langsam wie damals ausstieg. Er trug das graue Haar immer noch unbedeckt, aber über seinem Arm lag ein Talar, und der Wind spielte in seinen schwarzen Falten, als der Geistliche nun zum Jerominschen Hause gegangen kam.

So wie damals sah er erst von Gesicht zu Gesicht, mit ernsten und bekümmerten Augen, in denen doch eine große, ruhige Würde lag, ehe er zum Sarge trat und still betete, wie er damals vor dem unfertigen Altar gebetet hatte. Dann reichte er der dunklen Frau die Hand, die sie zögernd nahm, sprach ein paar leise Worte mit ihr und dann ebenso mit dem jungen Pfarrer, der ihn verwirrt an der Haustür erwartete.

Als er, mit dem Talar bekleidet, wieder heraustrat, stimmten die Kinder, um den jungen Lehrer Martin geschart, ihren Gesang an, die Glocken waren verstummt, und nur die Lerchen fuhren fort, hoch oben in der blauen Osterluft ihre Liebeslieder zu singen.

Dieser Tote, begann der Oberkonsistorialrat, den er damals zu suchen gekommen sei, weil er für eine Weile in die Stille gegangen sei, sei nun noch weiter von ihnen fortgegangen, in eine noch tiefere Stille, in die kein Menschenwort mehr hineinreiche. Aber er habe gemeint, wenn er überhaupt noch jemals an einem Sarge stehen wolle, dann sei es dieser Sarg, und so sei er gekommen, um noch einmal in Demut vor dem Sterblichen seines Bruders zu verweilen, ehe es sich in das Unsterbliche verwandle.

„Meines Bruders, sage ich", fuhr er fort, „denn der damals auf jener Insel vor dem Feuer vor mir saß, war mir wie ein junger Bruder, vom gleichen Blut, vom gleichen Leid, von der gleichen Wahrhaftigkeit, aber der Glanz der Jugend war noch um seine Stirn, ein wilder, tödlicher Glanz, der ihn die Hand gegen den Vater erheben ließ, wie wir alle sie einmal erhoben haben.

Ich habe ihm nicht helfen können. Niemand konnte ihm helfen. Man konnte Feuer in seinem Herde machen, ihm Speise kochen und ihn wärmen. Man konnte ihm zeigen, dass unter den Menschen die Treue und Güte nicht erstorben waren, aber man konnte ihm nicht Gottes Treue und Güte mehr zeigen. Er hatte seine Augen blind geweint über den Särgen der Kinder, und in ihrem Sterben war ihm auch Gott gestorben. Er ging von uns fort. Er schüttelte unsren Staub von seinen Füßen. Er war ein Bruder der Schakale und ein Geselle der Strauße.

Aber er war nicht weit genug fortgegangen, als dass er dem Menschengericht hätte entgehen können. Niemand entgeht ihm, der nicht glaubt, was die Menschen glauben. Sie können verzeihen, dass jemand nimmt, was ihnen gehört. Sogar dass jemand tötet, was ihresgleichen ist. Aber niemals, dass jemand aufhört zu glauben, was sie glauben. Die Abtrünnigen sind ihnen schlimmer als die Mörder.

Aber das Gericht traf ihn nicht, denn er hatte eine Freistatt gefunden. Er hatte eine Frau gefunden, die sein versteintes Herz erwärmte, und er hatte eine Gemeinde gefunden, der sein Kleid nicht mehr als ein Kleid war. Er hatte es fallen lassen, und sie verdoppelte ihre Liebe, weil er nackend war und fror. Viele von denen, die ihn verdammten, hätten all ihre Kleider hingegeben, um solch eine Gemeinde zu haben.

Er aber fuhr fort, mit seinem Gott zu reden. Er hatte ihn abgesetzt als einen Gott, der seine Kinder erwürgt hatte, aber der Abgesetzte stand vor seiner Tür. Und er ahnte, dass er dort stand. Er hatte sein Bild zerschlagen und ihm geflucht, weil er sein ganzes Leben lang um seines Namens willen gelitten hatte. Sein Buch war ihm ein Trug und eine große Täuschung, aber er hörte nicht auf, in ihm zu lesen. Er goss seinen Wein über die Blätter mit den heiligen Worten und sprach ihnen Hohn. Er forderte den Toten heraus, dass er erscheine und sich rechtfertige. Er trat ihn in die Erde, tief in die Erde, und wälzte Steine über sein Grab, aber manchmal, in der Abenddämmerung, vor seiner Herdflamme, drehte er sich schnell um, weil ihm ahnte, dass der Tote vor der Tür stand. Meine Lieben, keiner von uns hat so mit seinem Gott gerungen wie er.

Und vielleicht hat keiner von uns so geglaubt wie er, der nicht glauben wollte. Denn er hat seinen Glauben mit dem Tode besiegelt. Es waren ja nicht die Kinder, für die er den Schlag aufhielt und empfing. Die Kinder waren nur ein Bild, das nicht in Scherben fallen sollte. Hinter dem Bilde aber stand Gott. Der Totgeglaubte war wieder da. Wer für ein Kind sein Leben gibt, gibt es für Gott. Er kann es leugnen und verlachen, aber er gibt es für Gott. Kein Ungläubiger hat auf dieser Erde vor einem Kinde haltgemacht, vor tausend Kindern, wenn sie zwischen ihm und seinen Zielen standen. Nur die Gläubigen machen halt vor einem Kinde. Sie können es die Barmherzigkeit nennen oder das Weltgewissen oder die Liebe, aber es ist Gott. Es sind nur andre Namen, aber es ist Gott.

Gott hat diese Stirn zerbrochen, aber er hat sie mit einer Krone zugedeckt, und vor ihr verblassen alle Kronen der Könige dieser Erde. Immer noch, selbst zu diesen Zeiten, ist Unrecht leiden edler als Unrecht tun. Vielleicht ist es nicht besser, und sicherlich ist es nicht klüger. Aber Adel hing nie an Vorteil oder Klugheit.

Niemand weiß, wie lange dieses Dorf stehen wird oder seine Kirche. Aber lange noch, wenn Steine und Balken verstreut oder verbrannt sein werden, wird das Gedächtnis an diesen Toten leuchten, der den Namen des Dorfes eingeschrieben hat in das Buch der Ewigkeit. Der seinem Vater geflucht hat und dessen letzter, nicht gewusster Gedanke doch der gewesen ist: ,Ich will mich aufmachen und zu meinem Vater gehen.‘

Er hat sich aufgemacht, und wir sehen ihm nach. Er war am Wort verzweifelt, zu dem sie die Lehre entstellt hatten, und Gott gab ihm, wonach er ein Leben lang sich verzehrt hatte: Segen in seine Hände. In die Hand, die sich dem Tode entgegenhob, und in die Hand, die sich nach rückwärts über das junge Leben breitete. Wer von uns wird jemals so gesegnet werden?"

Sie begruben ihn neben dem letzten der kleinen Hügel. Es war das Grab der kleinen Goguntochter, die der Tod zuletzt geholt hatte.

Als der Geistliche wieder abfahren wollte, machte der Groß-vater Michael das Zeichen des Kreuzes über ihn, und der Herr von Balk hielt ihm den Wagenschlag. Größere Ehre war ihm in seinem ganzen Leben nicht erwiesen worden.

# XVI

„Wird nun langsam Zeit, mein Lieber", sagte Herr von Balk, „dass Sowirog sich für eine Weile stille verhält. Trägt einen zu bunten Rock, und dein Direktor wird sich wieder seine griechische Nase massieren, hm?"

„Wahrscheinlich", erwiderte Jons.

„Wunder, dass die Zeitungsleute noch kein Nachrichtenbüro hier aufgemacht haben. Passiert immer was in deiner Heimatmetropole. Nur gut, dass kein Kameramann dich erwischt hat, als du über dem Scherenschleifer lagst. Möchte wohl wissen, wer die Riemen an seinem Wagen durchgeschnitten hat …"

„Glauben Sie, dass es keines von den Kindern war?"

Balk schüttelte den Kopf. „Glaube, dass sie sonst lügen wie gedruckt, aber nicht hier. Der Wagen stand bei Czwallinna im Garten. Unwahrscheinlich. Auch dass keines gewartet hat, bis er aufgewacht ist. Auch Kinder möchten gerne sehen, wie ihre Früchte fallen."

Sie saßen in der Bibliothek am Kamin und sahen zu, wie die weiße Rinde über den Birkenklötzen sich kräuselte und verglühte.

„Wenn ,er' dich eingesegnet hätte, junger Mann", sagte Balk nach einer Weile, „würdest du wahrscheinlich das Abendmahl genommen haben, wie?"

Jons nickte.

„Das erste ,Kirchenlicht', das ich gesehen habe in meinem Leben, Jons. Auch ein paar Pfarrer scheint der liebe Gott am Sonntag geschaffen zu haben. Was ist der Beruf, mein Freund? Nichts, gar nichts. Der Mensch, das ist die Sache. Auch wenn er Zimmermann geworden wäre, der Oberkonsistorialrat, wäre er ein großartiger Mann geworden. Universität und Examen verderben die Leute. Denken, sie seien nun fertig und auserwählt. Fehlt nur der Engel der Verkündigung, der ihnen vorausgeht."

„Aber der Pfarrer, der Tote, meine ich, er war nicht fertig?"

„Nein, erst der Tod hat ihn fertig gemacht. Gibt viele, die darauf warten müssen. Hat zu viel gelacht in seinem Leben. Wer denkt, ist nicht zufrieden mit der Münze, die aus der staatlichen Präge kommt. Er will Gold, und das Gold liegt tief im Bergwerk. Gefährlich, in den dunklen Schacht zu steigen, Jons."

„Ist nicht alles Leben gefährlich, Herr von Balk?"

„Eine große Weisheit, mein Freund, Aber die meisten Leute denken, Gefahr kommt nur von Straßenräubern. Eine sehr ungefährliche Gefahr, die in einem Messer oder einer Pistole liegt. Aber die ‚Weltbeweger' zum Beispiel! Ein gefährlicher Beruf, Jons."

„Weil alle gegen sie sind?" „O nein. Es sind nicht einmal alle gegen sie. Aber es gibt Leute, die ihr Leben lang ein Sieb schütteln, um die Spreu vom Weizen zu sondern, und wenn sie fertig sind, sehen sie, dass gar kein Weizen da war. Ein gefährlicher Augenblick, Jons. Man bringt nicht gern siebzig Jahre damit zu, Spreu zu sieben. Man hätte sie auch zusammenfegen oder die Türe aufmachen können, damit der Wind sie nimmt."

„Aber es gibt doch Weizen, Herr von Balk?"

„Gibt es? Nun, wollen es hoffen, Jons, wollen es hoffen. Wenn ich über die Felder reite, denke ich auch manchmal, dass es ihn gibt. Aber vielleicht ist der andere Weizen unser Unglück, der übertragene sozusagen. Spekuliere nicht, Jons, hörst du? Spekuliere nicht! Auch der Pfarrer hat spekuliert, und das Sieb war leer. Du weißt noch nicht, was für ein Wohltäter dieser Scherenschleifer war … wir erkennen sie immer zu spät, unsre Wohltäter."

Balk hatte Recht damit gehabt, dass der Direktor seine Nase reiben würde. Es kam nicht oft vor, dass ein Schüler seines Gymnasiums als Zeuge vor Gericht zu erscheinen hatte. Und es war eine rohe, blutige Sache, die verhandelt wurde, ganz ungriechisch nach seiner Meinung.

Old Firehand und die anderen Mitpensionäre nahmen es von einer anderen Seite. Es gebe da einen Griff um die Kehle, sagte Old Firehand, der sofort tödlich wirke. Müsse nachlesen darüber. Wisse nicht genau, ob es in den „Schluchten des Balkan" oder im „Winnetou" vorkomme. Aber habe sich wieder ordentlich gehalten, der junge Mann, wenn er auch etwas zu spät gekommen sei. Nun, es könne nicht jeder einen Henrystutzen bei sich tragen. Und er klopfte ihn auf die Schulter und sah ihn voller Neid zur Gerichtsverhandlung fahren.

Auch war in den Osterferien ans Licht gekommen, dass eine Jeromintochter einen Grafen geheiratet hatte. Einer von den jungen Adligen, um deren Seelenheil der Direktor so gebangt hatte, war bei Verwandten in der Reichshauptstadt gewesen, und auf einer Abendgesellschaft war eine Gräfin gewesen, deren Ähnlichkeit mit Jons ihm sofort aufgefallen war. Er hatte gefragt, und es war kein Zweifel möglich gewesen. Sie habe eine Bar gehabt oder so etwas, aber sie sei fabelhaft, einfach fabelhaft.

Das Gerücht drang bis in die Amtszimmer, und der Direktor war so verblüfft, als hätte Jons sich als ein Nachkomme des Menelaos erwiesen. „Nur gut, lieber Kollege", sagte er zu seinem Vertrauten, „dass er in zwei Jahren fertig ist. Eine unheimliche Familie das. Sehr unheimlich … ‚"

„Ein tüchtiges Mädchen, Mönchlein", sagte Jumbo. „Aber es wäre mir doch lieber gewesen, sie hätte einen Bauern bekommen statt eines Grafen. Denke nicht, dass er ‚ohne Furcht und Tadel' sein wird."

Nein, Jons dachte es auch nicht. Vielleicht ohne Furcht, aber ohne Tadel sicherlich nicht.

Zu Pfingsten heiratete Maria Jeromin den jungen Lehrer Martin, der „das Täubchen" hieß, und zog zu ihm ins Schulhaus. „Ich tue es nur auf Probe", sagte sie, „und wenn du zu kindisch bist, gehe ich wieder an den Meiler. Wir sind alles ernste Leute, und wahrscheinlich war es eine große Dummheit von mir, Hans den Träumer zu heiraten."

Frau Marthe hatte der Werbung mit steinernem Gesicht zugehört. „Es hat mich noch niemals einer um seinen Segen gebeten", hatte sie dann gesagt, „und ich weiß nicht, wie man das macht. Ich weiß nicht einmal, was Segen ist. An diesem Hause ist er wahrscheinlich vorübergegangen."

Maria war bedrückt gewesen, aber Martin hatte mit einer großen Handbewegung gesagt, dass sie es ihr noch zeigen würden, was ein Segen sei. Jakob war verwundert gewesen, als habe er nicht mehr erwartet, dass die Welt an seinem Hause noch irgendeinen Anteil nehmen werde. „Du wirst wieder allein sein, Vater", hatte Maria traurig gesagt, aber er hatte den Kopf geschüttelt. „Allein, Kind? Ach nein, die Toten sind ja da …" Und seine stillen Augen waren vom Meiler zum Wald gegangen, als ständen sie dort hinter den sonnenbeglänzten Stämmen, freundliche Schatten, die nur darauf warteten, dass die beiden jungen Menschenkinder dem Wald wieder den Rücken kehrten.

Martin hatte sich noch ein paarmal umgedreht, bis Maria mit leisem Spott gesagt hatte, dass die Toten nicht auf das Feld kämen. Sie blieben im Walde bis zur Nacht, sagte sie, und dann erst gingen sie auf das Feld ins Dorf, um zu sehen, ob irgendwo eine Schule stände. Auf Schulen hätten sie es besonders abgesehen, weil sie dort am meisten gequält worden seien. Durch Strenge und durch Unverstand.

Aber das Dorf sah die beiden gern die Straße entlanggehen, und sie meinten, dass Maria wie seine Mutter aussehe. Er werde noch lange brauchen, um den Jeromins das Wasser zu reichen. Doch war es freundlich gesagt, und das Dorf sah in dieser Heirat das Ende aller schweren Tage und den Anfang einer besseren Zeit. Nach so viel Sterben und Gewalttat schien es, als habe Gott einen neuen Bund mit ihnen geschlossen und als werde er jetzt darangehen, den Bogen des Friedens über ihren Dächern auszuspannen. Viele Dörfer dachten das damals.

Die Ernte stand auf dem Halm, eine reiche Ernte, ohne Dürre und Hagelschlag gewachsen. Der kleine Tod war nicht wiedergekommen, der Scherenschleifer war für immer hinter den Gittern, sein Wagen war fort, sogar die Eisenstange hatten sie mitgenommen. Am Abend kamen die Kinder aus den Wäldern heim, die kleinen Körbe und Töpfe mit roten und blauen Beeren gefüllt. Sie brachten Moos, Zapfen und seltene Blumen mit und legten sie auf des Pfarrers Grab. Piontek sah sie vorüberziehen und gab ihnen von den gelben Pilzen ab, die er in der Asche seines kleinen Feuers briet. „Der Mond wird sich verfinstern", sagte er, „im Kalender steht es geschrieben.

Bleibt nicht zu lange im Walde, dass die Nebelfrauen euch nicht greifen." Er war klein und gebeugt geworden, mit großen Augen, die manchmal lange über das flimmernde Moor starren konnten, und oft antwortete er nicht, wenn sie ihn etwas fragten, sondern stand still an seinem Stabe, den Kopf zur Seite geneigt, als höre er den Werwolf hinter den Wäldern heulen. Seit Michaels Tod war er verwandelt, und oft sagte er, dass der Tote ein König des Dorfes geworden wäre.

Herr Stilling lebte im Zwergenhaus, und man sah ihn oft bei seinen Bienenvölkern sitzen. Er war alt geworden, und wenn er die Stimmen seiner Kinder aus den offenen Schulfenstern hörte, ein Wanderlied, zu dem der junge, glückliche Lehrer auf seiner Geige die zweite Stimme spielte, ließ er den Kopf mit den weißen Haaren sinken, und sein Leben schien ihm wie ein Traum. Nein, er wisse nichts von dem Mantel, sagte er geduldig, wenn die strenge Schwester ihn von Neuem fragte. Wahrscheinlich sei er beim Umzug unter die Räder gekommen und in der Nacht hätten die wilden Gänse ihn geholt, um ihr Nest damit zu füttern. „Du weißt es", sagte sie misstrauisch und schob ihre Brille auf die Stirn, um ihn genauer ansehen zu können. Aber er schüttelte den Kopf. „Wer eines getreuen Herzens ist, verbirget dasselbe", sagte er.

Erdmuthens Kind war Jons getauft worden, und sie lebten nun wieder in der „Armen Sünde", Mutter und Sohn. Kein Gesicht stand hinter den Bäumen, der Webstuhl ging, die Kiebitze klagten über den Torflöchern. Ab und zu kam der Schulze vorbei, saß auf der Bank neben der Tür und hielt den kleinen Jons auf den Knien. Sein Gesicht war noch unbewegter geworden, und in den Nächten wachte er auf und rief im Halbschlaf nach Michael.

Die Männer gingen mit der Sonne zur Waldarbeit, die Frauen wuschen ihre Wäsche am See. Der Großvater lebte wieder auf der Insel, die dunkle Frau war verschollen, und nur die große Bibel war dageblieben, mit den roten Flecken auf den vergilbten Blättern. Christean schnitzte an seinem Engel, und noch einmal sagten die Leute, dass er des toten Pfarrers Gesichtszüge trage.

Frau Marthe ging durch Haus und Dorf wie sonst, schwarz gekleidet, aufrecht, ohne einen grauen Faden in ihrem Haar. Aber
sie saß nun immer öfter in der Kammer, die so still geworden
war. Die Betten waren noch immer da, aber sie standen wie
Särge an den Wänden. Spielzeug stand auf den Wandbrettern,
und mitunter nahm sie eines in die Hand, ein kleines Pferd,
einen Wagen mit Rädern aus Garnrollen. Sie ließ die Räder
schnurren und sah zu, wie ein flimmernder Schein über das
helle Holz lief. Ihre Augen bekamen dann eine andere Farbe,
dunkler und tiefer als sonst, und sie saß wie über einem Brunnen,
aus dessen Grund ein anderes Gesicht heraufblickt, ein fremdes
und doch vertrautes, aber Risse und Sprünge laufen durch das
Spiegelbild, und man weiß nicht, ob es lächelt oder weint. Stand
sie dann auf, waren die Knie ihr schwer, und manchmal trat sie
vor den halbblinden Spiegel und blickte lange hinein. ‚Spieglein,
Spieglein an der Wand …‘ Aber es sprach nicht. Hinter dem
grauen Glas stand das zweite Gesicht wie hinter einem Nebel,
weit, weit fort, und die Augen waren wie erloschen und von Tau
gefüllt, der aus einem grauen Himmel gefallen war.

Ihr Enkelkind sah sie nie und fragte nicht nach ihm.

Jakob war am Meiler und sprach mit den Toten. Sie waren
freundlich und still, und sie hörten geduldig zu, wenn er ihnen
aus der Bibel las. Beide hatten die Wunde in der Brust, aber beide
Gesichter waren ohne Schmerz, stille Gesichter, ohne deutliche
Linien, und der Schein des Herdfeuers spiegelte sich in ihnen
wie in grauem Wasser.

Auch die anderen Gesichter waren da, die noch lebten, aber
ihm wie gestorben waren. Der Sohn im grauen Kleid und die
Tochter mit der Grafenkrone. Auch sie hörten zu, und wenn er
aufblickte von den großen Buchstaben, sah er seine Kinder an,
bis ihr Bild verschwamm und nur die Balken der Hütte übrig
blieben, deren Fugen mit grünem Moos gefüllt waren. Er war
nicht unglücklich. Die Welt hatte sich ihm nur aufgelöst, in
Bilder ohne Wichtigkeit, und durch die Bilder lief der dünne
Faden Gottes, der sie zusammenhielt. Aller Sinn lag hinter der
Welt. In der Welt war nichts als ein dunkles, wirres Kinderspiel,

Liebe und Tod, ein bisschen Hunger und Arbeit, die die Hände wach hielt. Dann rief eine Stimme, wie der Vater nach den Kindern ruft um die Abendzeit. Das dunkle Tor tat sich auf, und leise und gehorsam gingen sie hinein.

Musste er ab und zu zur Arbeit aufs Feld oder zum Fischen auf den See, so stand er geblendet in der hellen Welt, wo die Sonne schien und die Wälder an den Rand der Erde gerückt waren. Das Licht tat seinen Augen weh, und die Deutlichkeit der Dinge, von keinem Schatten verhüllt, machte seine Schritte unsicher, als könne er überall anstoßen und die Klarheit der Welt zerstören. Kam er am Abend wieder in seinen Wald zurück, atmete er auf, und das grüne Licht legte sich wohltuend zwischen das Draußen und ihn. Er war wie ein Fisch, der in der Tiefe versank, und oben blieb nichts als ein grünlicher oder bläulicher Schein.

Das Mädchen aus dem anderen Dorf kam oft zu ihm, räumte ihm die Hütte auf und saß dann neben ihm auf der Schwelle, strickend oder nur die Hände um die Knie gefaltet. Dann sahen sie beide auf den Rauch, der aus dem Meiler aufstieg. Eidechsen liefen über ihre Füße, und hinter ihnen schlugen die Fichtenzapfen ins Moos.

Friede lag über dem Wald, Auch Kiewitt saß auf seiner Schwelle, hatte den kleinen Amboss vor sich in einen niedrigen Holzklotz geschlagen und dengelte seine Sense. Er saß wie ein müder, gebeugter Tod vor seinem Haus, und wenn er über sein kleines Feld mit den Haferrispen und den Kartoffelblüten blickte, sah er sein weißes Pferd auf der Moorwiese stehen. Manchmal rupfte es das spärliche Gras, und manchmal hob es den alten, hageren Kopf und sah wie sein Herr in die Wälder hinein.

Vor allen Dörfern saßen sie nun so, über ihre Sensen gebückt, im ganzen Land und weithin über die Erde. Der helle, klingende Ton des Eisens hob sich weit in den Abend hinaus, verschmolz mit dem Ton aus anderen Dörfern und spannte sich weit über die Welt. Ein schneller, klingender, gleichmäßiger Ton wie der Schlag eines Herzens, und es musste wohl das Herz der Erde sein, das so schlug. Weit unten in einem fremden Land hatten sie einen Mann ermordet, der eine Krone tragen sollte, und seine Frau dazu. Aber überall floss Blut auf der Erde. Auch der Scherenschleifer hatte gemordet, und auch der Ermordete trug eine Krone, wie der Mann im grauen Haar gesagt hatte. Sie begruben die Toten, Gras wuchs auf ihren Hügeln, und andere Schuhe traten in ihre Fußspuren.

Jons war zu den Ferien gekommen, und als er von Jumbo Abschied genommen hatte, war dieser still vor seinen Büchern gestanden und in Gedanken mit dem Finger über die breiten und schmalen Rücken gefahren. „Rüste dich, Mönchlein", hatte er gesagt, „rüste dich. Die „Welt wird dunkel, und die Reiter brechen auf." Aber er hatte schon oft in Rätseln gesprochen, und Jons hatte es vergessen.

Nun aber erinnerte er sich. Er fand den Herrn von Balk über einer neuen grauen Uniform, die über einen der Sessel gelegt war und vor der er nachdenklich stand, als habe er eben ein Paket bekommen und wisse nicht genau, von wem und wozu es sei. Er hatte die Hände tief in den Taschen seiner Reithose und sah Jons mit gefalteter Stirn entgegen. „Sieh da, der Weltbeweger …", sagte er. „Ja, nun wird sie sich bewegen, mein Freund, und du brauchst gar nichts dazu zu tun. Andre Leute haben die Hand am Hebel, und es wird ein schönes Feuerwerk werden, darauf kannst du dich verlassen."

Der Papagei rückte unruhig in seinem Käfig hin und her, und Herr von Balk sah ihm aufmerksam zu. „Bin neugierig, womit er das neue Zeitalter begrüßen wird", sagte er. „Schon die Römer hatten ihre Vogelorakel, nicht?"

Aber der Papagei schlug seinen Schnabel zornig in einen der hellen Drahtstäbe des Käfigs, und erst als sie auf der Terrasse waren, hörten sie ein paar heisere Laute, mit denen er seine Stimme versuchte. „Freut euch des Lebens!", krächzte er schließlich. „Freut euch des Lebens!" Aber es klang heiser und missmutig und entsprach wenig dem Sinn der Worte.

„Habe ich mir gedacht", sagte Balk und verzog die Lippen. „Die beste Parole, die er sich ausdenken konnte."

„Aber denken Sie denn …"

„Schluss mit Denken, mein Lieber. ‚Wer nie Ulan gewesen und

weiß, was der sich denkt …' Aber dass du mir zuerst dein Abitur machst, verstanden?", sagte er plötzlich und sah ihn böse an. „Wehe dir, wenn ich dir irgendwo begegne in einem grauen Rock und du hast dein Abitur nicht gemacht! Nur Weiber lassen ihre Kochtöpfe auf dem Herd und rennen davon."

Auch das Dorf begann nun langsam zu begreifen. Es war eine stille, hastige Ernte, und das Bier schmeckte ihnen bitter, das sie am Abend tranken. Der Krieg war ihnen näher als den Zeitungsleuten, die darüber schrieben. „Bleibt hier, Leute", sagte Balk, als er früh in den Sattel stieg, „hört ihr? Geht nicht fort, wenn die anderen den Kopf verlieren. Treibt das Vieh ins Moor und sagt, dass die Unsrigen es mitgenommen haben. Tut euer Schießzeug weg, wenn ihr welches habt, weit weg, und wer unter fünfzig ist, macht sich dünn. Kapiert? Komme noch nach euch sehen, wenn es so weit ist."

Sie hörten die Hufe seines Pferdes im Sand der Straße verhallen und sahen zu, wie im Süden ein roter Schein sich über dem Walde ausbreitete. Es musste ein fernes Feuer sein, sehr weit und sehr groß, und es stand so still am Himmel wie der Schein des aufgehenden Mondes. Aber der Mond war längst am Himmel, eine weiße, kalte Scheibe, die den See beglänzte und das Dorf, alle Wälder und alle Straßen, und alles, was sich auf ihnen bewegte, lautlos oder leise klirrend oder mit dumpfem Rollen.

Sie saßen still und sahen dem Feuer und dem Monde zu. Sie sprachen leise, wo es sein und was es bedeuten könnte, aber sie verloren nicht den Kopf. Zu viel Kriege waren über Sowirog dahingegangen, und ihr Blut mochte noch eine Erinnerung daran bewahren. Über die Dörfer brauste der Krieg zuerst. Sie lagen verstreut an der Grenze, ohne Wall und Graben, und für alle hungrigen Augen war es schön zu sehen, wenn ein Strohdach brannte. Ein roter Himmel war die Einleitung zu jedem Krieg. Der große Vorhang hob sich mit leisem Rauschen auf, die Bühne öffnete sich, ein weites, düsteres Rund, der Tod setzte sich zurecht und schlug mit dem Hammer seine Sense glatt.

Dann gingen die Männer und die Söhne fort, und von allen Kanzeln wurde Gott angerufen. Von allen, und es war, als ob viele

Kinder in vielen Sprachen um das größte Kuchenstück bettelten. Dann blieben die Dörfer still und halb verlassen zurück, die Frauen banden ihre Kopftücher fester und nahmen den Pflug in die Hand, die Kinder schärften ihre Holzsäbel, und einmal, um eine Stunde, die niemand wusste, ging ein ferner Donner zum ersten Mal über den Wald, ein kurzes, drohendes Grollen aus einem ehernen Mund. Dann hoben die Greise, die Frauen und Kinder die Köpfe, lauschend, mit einem blassen Schein um die Lippen. Der Himmel „war wie sonst, die Wälder waren wie sonst, die Kiebitze riefen, und vom See wehte es kühl herüber. Aber die Blätter am Espenbaum rauschten hohl, und der Schatten einer weißen Wolke ging dunkel und groß über das Feld.

Der junge Pfarrer segnete die Ausziehenden und packte dann selbst einen kleinen Koffer, um mit ihnen zusammen fortzugehen. Viele gingen fort, die meisten singend, manche still, alle gehorsam. In den kleinen Dörfern wuchs die beste Saat. Der Herr von Balk hatte nicht mehr kommen können, er war schon weit fort, aber er hatte Botschaft geschickt, dass sie zum Schloss kommen sollten, wenn irgendeine Not über sie käme.

Auch Martin war da und strich seiner Frau über das Haar, aber sie lächelte still, als wenn ein Kind sie trösten wollte, und zog den Riemen seiner Handtasche fester. Schlimmere Dinge als den Krieg hatten die Jerominkinder zu tragen gehabt.

Sie gaben ihnen das Geleit, bis dahin wo die „Arme Sünde" seitab vom Wege lag. Die junge Frau stand an der Straße und sah ihnen mit stillem Gesicht entgegen. Sie hatte den Arm des kleinen Jons in der Hand und winkte mit ihm wie mit einem jungen Zweig. Aus ihren Augen war nicht abzulesen, ob sie froh oder traurig war, dass Michael nicht unter den Marschierenden war.

Dann verlor sich die Straße im Walde, und sie blieben zurück. Staub stand zwischen den beglänzten Stämmen auf und sank wieder auf das Moos. Die Kirchenglocken, die geläutet hatten, verstummten. Das Dorf sah ihnen leer und fremd entgegen. Am Tor des Schulzen hingen die großen roten Plakate.

Ein paar Abende später kam eine Dragonerpatrouille durchs

Dorf. Sie waren verstaubt und schweigsam, und wenn man sie fragte, zuckten sie die Achseln. Aber sie ritten nach Norden weiter und nicht dahin, woher sie gekommen waren. Große Feuer standen nun jede Nacht über den Wäldern, und einmal, wie Piontek gesagt hatte, verfinsterte sich der Mond. Die riesige kupferne Scheibe hing drohend über dem südöstlichen Wald, ein ehernes Rad, das lautlos himmelauf rollte, und alle Bewohner von Sowirog standen am Seeufer und blickten schweigend in das gespenstische Licht, das Tod und Untergang verkündete.

Dann, eines Morgens, kamen die ersten Flüchtlinge durchs Dorf, Wagen, mit Hausrat beladen, Vieh, das müde und stumpf sich an den Wegrändern drängte. Ja, sie seien nun da, und hinter ihnen her. Die Ämter seien fort, die Behörden, die Eisenbahnen, und man erzähle, dass unter einer Lanze zu sterben ein schwerer Tod sei. Nicht schwerer als unter vollen Hosen, sagte Gogun fröhlich, und dann fuhren sie mit bösen Gesichtern weiter.

Am Abend trieben sie das Vieh ins Moor und bauten eine Schilfhütte für die jungen Mädchen und Frauen. Es war ihnen wie eine dunkle Erinnerung, dass der Krieg nicht nur nach Männern ziele.

Am gleichen Abend verlangte Jakob, dass Jons in die Stadt zurückkehre. Der gediente Landsturm war einberufen, und bis zur Kreisstadt konnten sie denselben Weg haben. Jons verstand nicht, weshalb der Vater in den Krieg sollte und was er auf der Schule zu suchen hatte, aber er erinnerte sich an Balks Worte und packte seine Wäsche in eine kleine Rindentasche. Es war wohl nicht gut, bei solchen Zeiten mit der Holzkiste zu reisen.

Sie küssten die Mutter nicht, sie gaben ihr nur die Hand und wünschten ihr ein gesundes Leben. Sie stand am Herd, hatte den Topf aus den Ringen gehoben und blickte ins Feuer. „Ja, ja", sagte sie, „das Leben … das Leben … aber ihr wisst nicht, wie gut ihr es habt." Sie nickte dorthin, wo sie standen, aber sie wussten nicht, ob es ihnen gegolten hatte.

Christean ging ihnen bis zum Hoftor auf seinen Krücken nach. Von allen Gesichtern, die sie im Dorfe sahen, war seines das bitterste. Maria brachte sie bis zu Kiewitts Acker. Beim Vorübergehen sahen sie, dass der Meiler am Erlöschen war, und sie drehten sich immer wieder um, den dünnen, schwachen Rauch zu sehen. Nun erst glaubten sie zu wissen, dass der Krieg über ihr Dorf gekommen war.

Sie gingen dieselbe Straße entlang, die sie mit den beiden Särgen gefahren waren. Sie gingen nebeneinander und sprachen nicht. Jons hätte viel zu fragen gehabt, aber wenn er von der Seite auf den Vater sah, schwieg er. Er wusste nicht, was der Vater dachte, ob an die Zukunft oder die Vergangenheit. Seine Augen waren still auf seinen Weg gerichtet, und Jons war es, als denke er am meisten an seinen Meiler. Dass Gott Kinder gab und wieder nahm, hatte er nun in seinem Leben gelernt, aber dass er ihm sein Tagwerk nahm, hatte er noch nicht erfahren. Auch war es richtig, dass Jakobs Gedanken zu seiner stillen Waldlichtung zurückliefen.

Als er den Meiler gelöscht hatte, war ihm gewesen, als lösche er sein Leben aus.

Die stille Glut, die unter der Asche lebte, zu klein, um Feuer zu werden, zu groß, um zu ersterben. Ein Sinnbild der Verwandlung, wie auch sein Leben nichts anderes war. Wenn der Mensch nicht Kohle wurde, was war sein Leben nütze? Manche mochten wie eine Flamme brennen und ein Licht der Welt werden, aber für seinesgleichen war bestimmt worden, ein Übergang zu sein, Holz für andere Herde, Stufe für eine Treppe, deren Ende er nicht sah. Er besaß nicht viel mehr als zwei stille fleißige Hände, und es war ihm, als lägen sie nun in der Asche des Meilers begraben.

In der Dämmerung rasteten sie, wo der Weg den Wald verließ und in die freien Felder ging. Auch von hier sah man die Feuer am Horizont, und ab und zu lief ein leises Murren unter den Sternen entlang, und es war ihnen, als bebe die Erde kaum merklich unter ihren Händen, wenn sie sie gegen den warmen Sand stützten.

„Du musst noch draußen bleiben, Jons", sagte Jakob endlich, „wenigstens noch zwei Jahre.
Du bist noch zu jung und wirst noch zur Zeit kommen. Man

kann nicht mit sechzehn Jahren den ganzen Tag pflügen, und dieser Pflug geht sehr tief. Hörst du, Jons?"

„Ja, Vater."

„Dass der Tod aufgestanden ist, ist nicht so schlimm. Wir beide kennen ihn. Aber der Hass wird aufstehen, und das ist schlimmer. Verschließe ihm deine Ohren, Jons. Der Hass verdirbt. Menschen und Völker, und am meisten junge Menschen. Der Tod härtet, der Hass zerbricht. Ich möchte gern, dass du übrig bleibst, Jons."

„Du weißt, Vater, dass ich kein Pfarrer sein werde?"

Jakob nickte. „Ich weiß es längst. Auch wird hernach nicht wichtig sein, ob einer ein Pfarrer wird oder ein Richter oder ein Köhler. Nur ob hier und da ein Licht übrig bleiben wird in der Nacht, das wird wichtig sein, Jons. Die Menschen denken immer, dass sie aus dem Krieg wie aus einem Bad steigen werden, aber sie denken nicht richtig. Menschenblut ist kein Bad, Jons. Vielleicht für Tiger und Schakale, aber nicht für Menschen."

Er schwieg eine Weile und beugte sich dann näher zu Jons. „Noch etwas wollte ich dir sagen, Jons", begann er leise. „Wenn du wiederkommst, wohne nicht am Meiler. Wohne im Haus. Uns hat Gott gebeugt, weil wir nachgaben wie eine Weidenrute. Sie wird er zerbrechen, weil sie nicht nachgibt. Vergiss den Schlag nicht, damals. Aber denke immer, dass er dir nicht Böses, sondern Gutes getan hat. Ihr sind alle Sterne zerbrochen, nur du nicht. Verhülle dich nicht, Jons, auch wenn sie mit Steinen nach dir wirft. Eine Mutter darf viel. Als wir ausgetrieben wurden, hat Gott uns nur den Schweiß bestimmt, ihnen aber die Schmerzen. Schmerzen sind mehr als Schweiß, Jons."

„Ja, Vater."

Dann sprachen sie nicht mehr.

Bevor Jakob in die Kaserne ging, brachte er Jons noch zum Bahnhof. Ein Güterzug mit offenen Loren stand auf der Strecke, und er sollte in der Nacht abfahren. Wahrscheinlich würde es der letzte Zug sein. Die Loren waren mit jungen Leuten gefüllt, die man nicht in die Hände des Feindes fallen lassen wollte, und auch Jons fand seinen Platz. Der Vater reichte ihm die Hand über die Brüstung des Wagens hinauf und ging dann die Straße zur Stadt wieder hinunter.

Viele der jungen Menschen um Jons herum hatten getrunken, und es war nicht schön, ihren misstönenden Liedern zuzuhören. Aber er hörte sie kaum. Er sah der kleiner und dunkler werdenden Gestalt nach, wie sie still und ohne Widerspruch in ein anderes, fremdes Leben hineinging, und er hörte ihre leise, scheue Stimme, wie sie zu ihm am Waldrand gesprochen hatte. „Verhülle dich nicht, Jons!"

Er wusste nicht, was sein würde, morgen oder in einem Jahr. Aber dies würde immer bei ihm bleiben: das Bild des still Davongehenden, der seinen Meiler gelöscht hatte, weil man keine Kohle mehr brauchte. Und der nun in das große Feuer hineinging, wo nicht Holz geglüht wurde, sondern Menschen.

Indes Jons durch die Nacht nach Norden fuhr und Jakob die schwarze Wachstuchmütze mit dem eisernen Kreuz auf sein graues Haar setzte, hob sich im Süden die erste Welle des Krieges auf und drang langsam über Wälder und Moore nach Sowirog vor. Die Leute von Sowirog hatten sie allein zu bestehen, ohne Rat oder Hilfe, aber das hatten sie nicht viel anders erwartet. Man hatte ihnen nie viel gegeben in ihrem Leben, man hatte meistens nur genommen. Der Landrat war fort, Korsanke war fort, die wenigen Truppen waren fort. Bald hieß es, sie sollten bleiben, bald, sie sollten gehen, und da es ihnen schließlich überlassen war, so taten sie, was ihre Vorfahren getan hatten und blieben. Auch die Kirche blieb und das Vieh, die Felder und die Gräber. Gott schickte ihnen keine Flügel, und so wollte er wohl nicht, dass sie ihre Stätte verließen. Auch drüben waren Menschen, gingen in die Kirche, pflügten ihren Acker und begruben ihre Toten. Man würde den Nacken beugen, und das war es, was Gott ihnen durch Jahrhunderte bestimmt hatte. Inzwischen droschen sie ihr Korn, und manche vergruben es im Wald. Auch war es eine Ablenkung, dass sie Czwallinna die Fensterscheiben einschlugen, weil er den Salzpreis verdoppelte. Sie taten es ruhig und ordentlich, gingen dann wieder in den Laden und bekamen das Salz zum alten Preis. Als die ersten Lanzenreiter im Dorf erschienen, mit roten Streifen

an den Hosen und kleinen, struppigen Pferden, reichten sie
ihnen kalten Kaffee und wiesen mit den Händen eifrig nach
Norden. Bevor sie abritten, musste Stilling mit ihrem Führer
die schmale Treppe zum Kirchenturm hinaufgehen. Dort sah
der Fremde sich misstrauisch um, blickte auch lange durch die
schmalen Luken über das stille Land und ging dann wieder zu
seinen Kameraden.

Aber es war nun doch wohl nicht gut, dass sie ihre Kirche
auf einen Hügel gebaut hatten, denn am Abend, als die Frauen
ausgehen wollten, um die Milch vom Moor zu holen, blitzte
es hinter dem See auf, wo die jungen, niedrigen Wälder lagen,
viermal nacheinander, und bevor der Donner über das Wasser
gekommen war, standen vier hohe Staubsäulen am Fuße des
Hügels, aufgewachsen wie graue Bäume, und das helle Schmet-
tern der Explosionen lief mit bösem Klirren über alle kleinen,
halbblinden Fensterscheiben des Dorfes.

Sie flohen in die Felder und sahen zu, wie die grauen und
schwarzen Bäume immer dichter um ihre Kirche zusammen-
wuchsen, ein ganzer Wald, der zusammenfiel und immer wieder aufstand, bis plötzlich mit einem hellen, gläsernen Ton die
Schindeln des Daches auseinanderbarsten und eine rötliche
Wolke über dem First erschien. Das Feuer verstummte sofort,
die grauen Bäume wandelten langsam über die Felder dahin,
immer durchsichtiger und schmäler werdend, und nur die rote
Flamme stand über dem Kirchendach und fraß sich prasselnd
am Turm hinauf.

Sie erhoben sich von den Knien, auf denen sie betend gelegen
hatten, und stürzten ins Dorf zurück. Sie retteten den Kelch, die
Leuchter und Christeans Kruzifix, aber als die Männer mit den
Pferden vor den Wasserkufen, mit Leitern und Feuerhaken den
Hügel hinaufkamen, der nun von einer niedrigen Mauer einge-
friedet war, stand der Großvater Michael im schmalen Tor, hielt
seinen Stab waagerecht vor sich hin und legte die Hand in die
Nüstern des vordersten Pferdes. „Wir sollten es brennen lassen,
Michael, nicht wahr?", sagte er und sah Gogun mit seinen hellen
Augen an. Und nach einer Weile lehnte Gogun mit blassem

Gesicht den Feuerhaken an die Mauer, nahm die Mütze ab und sagte: „In Gottes Namen, Leute, lasst es lieber brennen."

Sie blieben alle so, wie sie waren, Menschen und Pferde, ohne Frage oder Widerspruch, und sahen zu, wie das Dach einstürzte, der Turm, die Glocken. Die Fenster zersprangen, und die blauen und grünen Apostel und Heiligen stürzten mit zerrissenen Gewändern in die feurige Tiefe. Ein Heer von Sternen schoss in den roten Himmel hinauf und zog eine unruhige Bahn über den See, wo er erlosch. Die Balken der Westwand neigten sich zuerst, und für eine Weile konnten sie die flammende Kanzel im Innern der Kirche sehen, mit einem glühenden Rand, über dem kleine blaue Flammen wie Kerzen standen. Später behauptete Gogun, er habe den toten Pfarrer im Feuer auf der Kanzel stehen und mit traurigen Augen auf seine Gemeinde herniederblicken sehen. Aber da niemand sonst es gesehen hatte, so meinten sie, dass es sein Gewissen gewesen sei, das ihm dieses Gesicht gezeigt hatte.

Niemand hatte während des Feuers sonderlich darauf geachtet, was die Frauen von Sowirog taten, insbesondere diejenigen, die kleine Gräber auf dem Friedhof hatten. Auch stand die kleine Fichte, die der Pfarrer gepflanzt hatte, so, dass die am westlichen Fuß des Hügels Versammelten sie nicht sehen konnten. Niemand dachte an sie außer den Müttern. Sie hatten Säcke und sogar Leinwand über sie gelegt, die sie von der Bleiche gerissen hatten, und während Michael Gogun den Pfarrer im Feuer auf der Kanzel sah, trugen die Frauen auf der anderen Seite des Hügels Eimer auf Eimer mit Wasser vom See herauf und gossen es über den jungen Baum. Die Haut ihrer Gesichter wurde straff und hart, und Funken fielen in ihr Haar und ihre Augenbrauen, aber sie gaben es nicht auf, und als der Turm mit dem Dach zusammen niederstürzte und die hunderttausend Sterne zur Ruhe gekommen waren, sahen die Männer, dass von allem Schweiß und aller Arbeit nichts übrig geblieben war als die kleine verhüllte Fichte, um die der Kreis der Frauen sich wieder schloss und von der ein weißer Rauch aufstieg wie von einem kleinen Meiler.

Da sagten sie, dass sie nicht alles verloren hätten. Was sie selbst getan hätten, sei dahin, und vielleicht sei es gut, dass es dahin sei. Aber was ihr Pfarrer getan hatte, sei bewahrt geblieben, und bis sein Baum Schatten gebe, werde wohl eine neue Kirche auf dem Hügel stehen. Und als sie wieder zu ihren Häusern zurückgingen und auf der Schwelle sich noch einmal umkehrten, sahen sie auf der Kuppe des Hügels nur einen roten Schein über der Trümmerstätte, aber abseits von ihm stand der dunkle Umriss der Fichte als das einzig Aufrechte neben allem Gestürzten, und es sah aus wie ein Mann, der in Tücher oder Mäntel gewickelt war. Da sagten sie, dass der Pfarrer dort stehe, und fortan blieb dieser Name bei der Gestalt des jungen Baumes.

Auch bedurften sie seines Trostes mehr, als sie an diesem Abend gedacht hatten. Sie hatten gemeint, wenn Gott ihnen dieses alles nehme, ihre Männer, ihre Söhne, ihre Kinder, ihren Pfarrer und ihre Kirche, so könnte es für ein armes Dorf genug sein. Sie kannten noch nicht den Sinn des Wortes, dass dem, der nichts hat, auch genommen wird, was er hat,

Es zogen nun ohne Aufhören Truppen durch ihr Dorf, so lange, bis im Nordwesten das Gebrüll der Kanonen sich zu einer einzigen Donnerstimme erhob, die Tag und Nacht nicht mehr schweigen wollte. Da begann der Strom zu stocken, der nach vorwärts floss. Die gerade da waren, standen mit unruhigen oder bösen Gesichtern in der Dorfstraße, lauschten nach der grollenden Wetterwand, aber verbargen vor den Einwohnern und voreinander, dass sie lauschten. Doch war selbst den Kindern klar, dass die Wetterwand sich näherte, und es hätte nicht der endlosen Wagenreihe mit Stöhnenden und Sterbenden bedurft, um jedermann zu zeigen, dass auch die stolzeste Fahne sich neigen kann.

Und dann begann der Strom sich zu stauen und rückwärts zu fluten. Zuerst geschah es langsam und in der alten Ordnung, wenn auch mutloser und ohne die frohen oder traurigen Lieder. Aber dann zerbröckelten die Dämme, Trunkenheit, Gewalttat und Plünderung erhoben sich, und ein paar Tage später wälzte sich ein geschlagenes Heer zuchtlos und brennend durch die Wälder zurück. Es war nicht Goguns böser Stern, der ihn an

312

diesem Tage am Rande des Moores einer Sotnie betrunkener Kosaken begegnen ließ. Es war auch keine „ausgleichende Gerechtigkeit“. Sondern es war so, dass er seit dem Kirchenbrand keine glückliche Hand mehr hatte. Alle Goguns waren fromm, von einer einfachen und dumpfen Frömmigkeit, wie sie in jener Landschaft zu Hause war, und in dieser Frömmigkeit sahen sie mitunter Gottes herniedergereckte Hand, wo nur eine gut gerichtete Geschützmündung zu sehen gewesen wäre. Unter des alten Jeromin Augen hatte er gewusst, dass Gott ihn verdammt hatte und dass er das in einem feurigen Zeichen getan hatte. Als die Heiligen in ihren bunten Gewändern in die, feurige Lohe gestürzt waren, mitsamt dem Bilde des Kranichs, das der Herr von Balk ihm zu Ehren oder zum Spott auf den Fenstern hatte malen lassen, als er die Gestalt des toten Pfarrers auf der glühenden Kanzel erblickt hatte, die traurigen Augen auf ihn und nur auf ihn gerichtet: Da war ihm „ein Schwert durch die Seele gegangen, und er hatte gewusst, dass dort nicht nur die Kirche verbrannte, sondern auch seine sündige Seele.

Von jener Stunde ab war er unsicher geworden, in seinem fröhlichen Lächeln, seinen flinken Schritten, seiner geschickten Hand. Und als er nun am Rande des Moores entlang geschlichen kam, ein Haselhuhn in der Hand, das er in einer Schlinge mit Vogelbeeren gefangen hatte, war diese Unsicherheit so groß und so deutlich, dass selbst die betrunkenen Kosaken annehmen mussten, hier sei jemand auf bösen Wegen, ein Spion oder ein Verräter.

Sie riefen ihn an, aber er wich zwischen die niedrigen Birken des Moores zurück, wobei er die Beute unter dem Rock verbarg. Ein paar von ihnen hoben die Karabiner, aber der Anführer gab einen kurzen Befehl, und sie zogen sich im Halbkreis auseinander und nahmen die Lanzen zur Hand.

Gogun sah sofort, dass er verloren war. List und Klugheit hatten ihn verlassen, und er ging wild und verstört immer tiefer ins Moor hinein, obwohl er wusste, dass dies keine Stelle war, wo das ratsam erschien. Er sank bis zu den Knien ein, und trübe, stinkende Wasserblasen stiegen zwischen den Grasbüscheln auf.

Er warf sich zur Seite, konnte seine Füße befreien und versuchte, einen Platz zu erreichen, wo das Gras nicht von jener tödlichen grünen Farbe war, deren Bedeutung er kannte. Aber seine Augen waren getrübt, und als er bis zum Leibe einsank, blieb er, wo er war, hob das Haselhuhn in die Höhe und begann seine Verfolger mit allem Glanz der Sprache zu verfluchen, die ihm gegeben war.

Die Reiter waren nun abgesessen, um das Gewicht ihrer Pferde zu vermindern, und vergnügten sich damit, ihre Kugeln so in das Moor zu jagen, dass der Einschlag der Geschosse den Bewegungslosen mit Wasser und Schlamm bespritzte. Sie vermieden sorgfältig ihn zu treffen, und erwiderten dabei seine Verwünschungen in ihrer Sprache.

Aber am Rande dieser homerischen Gespräche stand der Tod. Ein gerechter Tod, wie Gogun nun dachte, und als er seine Augen noch einmal zum fernen Dorfe wendete und auf dem leeren Kirchenhügel vor dem blauen Himmel nichts erblickte als einen Haufen geschwärzter Trümmer und daneben den dunklen Umriss einer Gestalt, die nicht ein junger Baum war, sondern der tote Pfarrer, der ihn mahnend ansah, verstummte er plötzlich in seinem Fluchen, ließ das Haselhuhn fallen, das er noch immer mit den Händen umklammert gehalten hatte, griff mit der rechten Hand in das Dunkle und Nasse, das ihm nun schon bis zur Brust reichte, zog aus der hinteren Tasche das feste, blanke Messer heraus, ließ es einmal vor den Augen der Feinde in der Sonne blitzen und stieß es sich mit aller Kraft in sein Herz.

Sein Kopf neigte sich, seine Arme fielen nach vorn in das schmutzige, nasse Gras, und das war das Letzte, was sie von ihm sahen, als sie die Pferde wieder wendeten und schweigend in den Wald zurück ritten: Kopf und Brust und Arme eines Mannes, der so aussah, als stehe er in einer Grube und lehne sich mit den Armen auf ihren Rand, um ihnen zuzusehen, was sie auf ihren kleinen Pferden für ein seltsames Spiel spielten.

Er wurde niemals gefunden, und man hatte im Dorf nur die Schüsse gehört, aber sein jüngster Sohn, ein Kind von zwölf Jahren, stand am nächsten Tage lange Zeit bei den Spuren der

Pferdehufe und starrte auf das kleine braune Bündel hin, das mitten im Moor lag und wie ein toter Vogel aussah, und auf die Patronenhülsen in den Spuren der Pferde. Nur das Kind wusste, dass der Vater Schlingen für Haselhühner ausgelegt hatte. Es war ein sehr ernstes Kind, das nach der Mutter artete, und es erzählte niemandem von dem, was es gesehen und sich gedacht hatte. Im Dorfe glaubte man, dass er erschossen oder verschleppt worden wäre, und sein Tod ging in dem Feuer unter, das über die Landschaft dahinbrauste.

Es war auch nicht des Großvaters Michael böser Stern, der ihn an diesem Abend sein kleines Feuer auf der Insel anzünden ließ. Er hatte es wie an jedem Abend getan, um seine Fischsuppe zu kochen, und solange Truppen im Dorf im Quartier gewesen waren, hatte niemand etwas dabei gefunden. Auch dem Feind war er wie ein Heiliger erschienen, wie ein Mönch aus einem ihrer Klöster, und manche hatten sich heimlich bekreuzigt, wenn er mit seinem Stab und seinen hellen Augen über die Dorfstraße gegangen war, ein Mann, vor dem die Zeit und der Krieg nur wie Regen erschienen, der an einem grauen Fenster herabfloss.

Aber an diesem Abend, als es hinter den Wäldern schon ab und zu von Geschützen aufblitzte, die nicht eigene Geschütze waren, stand das kleine Feuer über dem dunklen Wasser nicht wie ein friedlicher Stern am Rande des Himmels, sondern wie ein böses Auge, das höhnisch und zeichengebend über den Untergang eines Heeres wachte. Zuerst schrien sie nur hinüber und drohten mit der Faust, aber dann richteten sie ein paar Maschinengewehre am Rande der Straße, und die hämmernden und brüllenden Garben fuhren über das dunkle Wasser nach dem kleinen Feuer, das still in der Ferne brannte, ohne dass der Schatten eines Menschen bei ihm zu sehen gewesen wäre.

Niemand hatte sich wahrscheinlich Gedanken darüber gemacht, ob man mit einer Garbe von Geschossen ein Feuer löschen könnte, und die Gewehre verstummten, als drüben statt des kleinen Feuers eine hohe rote Flamme erschien, die aus dem Dach der Hütte steil in die Höhe stieg. Die Hütte war aus trockenem Rohr gebaut, das über alte Balken gelegt war, und man hörte über den ganzen See hinweg, wie die hohlen Stängel im Feuer zerbarsten.

Niemand wusste auch, ob ein Befehl ergangen war, Feuer an das Dorf zu legen, und ob es vielleicht nur geschehen war, damit das Feuer auf der Insel nicht zu einsam brenne. Es brannten genug Dörfer in der Runde, und es mochte vielleicht auch geboten erscheinen, die Verfolgung dadurch zu verzögern.

Zuerst erschien die Flamme über dem Jerominschen Dach und sprang dann von Haus zu Haus, eine Feuermauer, die zu beiden Seiten der Straße stand, und in deren Schein der Rest des geschlagenen Heeres in den Wäldern verschwand. Nur das Schulhaus und das Zwergenhaus blieben übrig, beide abseits und über dem Wind gelegen.

Die Nacht war schon kühl, und sie saßen neben den glühenden Balken, die gerettete Habe um sich gehäuft, ohne Klage, ohne Fluch, wie ihre Vorfahren gesessen hatten, und blickten zu dem Kirchenhügel hinauf, wo die Gestalt ihres Pfarrers einsam unter den Sternen stand.

Gina Bojar hielt die beiden Kinder, die ihr geblieben waren, mit den Armen umfasst und blickte auf den dunklen, rauchgeschwärzten Gegenstand nieder, den sie aus der Asche ihres Hauses aufgehoben hatte. Die Oberfläche der kleinen Kugel war uneben und faltig geworden, aber ihre Augen sahen noch durch Asche und Ruß hindurch den farbigen Kranz, der einmal um die Rundung des Spielzeugs gelaufen war. „Beuge dich, junge Frau, beuge dich!“, hatte die alte Frau Daida ihr damals zugerufen, und sie hatte sich gebeugt, lange schon, lange vor dem Feuer, das ihr Dach zerbrach.

Über die Dörfer an der Grenze geht die erste Welle und oft auch die letzte. Sie nimmt Männer und Knaben, Häuser und Vieh, die Ernte und die Saat. Aber sie nimmt nicht den Acker und nicht den Wald. Die Bäume stehen, aus denen man neue Häuser bauen kann, und die Erde wartet auf das neue Korn, Die Leute von Sowirog haben den Krieg nicht gemacht, und sie fühlen das Ganze nicht als eine Strafe. Sie fühlen es als Gottes schwere Hand, aber sie wissen nicht, weshalb die Hand sich gerade auf die ärmsten Leben legt. Gott hätte wohl Raum genug in der Welt, um seine Hand hinzulegen.

Sie fuhren erst am Morgen zur Insel hinüber. Von der Hütte war nur ein großer weißer Aschenhügel geblieben, wie von einem Scheiterhaufen, und sie standen scheu herum, ohne zu wagen, ihn mit ihren Händen zu bewegen. Der hier gelebt hatte, war gen Himmel gefahren in einem feurigen Wagen wie Elias, denn sein Boot lag am Ufer, und niemand konnte sich auf der Insel verbergen. Keinem von ihnen ziemte es, seinen Leib ans Licht des Tages zu ziehen. Ferne hatte er gelebt, ferne war er gestorben, und manche sagten leise, dass er gar nicht gestorben sei, sondern dass Gott ihn aufgehoben habe zu sich.

In der Nacht kamen die Männer wieder und warfen Erde auf den Aschenhügel, ein hohes Grabmal wie ein Hünengrab, sie setzten kein Kreuz in den Sand, sondern legten ein Ruder darüber, und sie beschlossen, dass niemand außerhalb des Dorfes davon wissen sollte. Sie wollten nicht, dass die Behörden davon erfuhren. Wer sich vor dem Tode nicht um sie gekümmert hatte, brauchte es auch nach dem Tode nicht zu tun. Auch war die Erde, auf der er achtzig oder neunzig oder hundert Jahre gelebt hatte, geweiht genug, und was unrein an ihr gewesen war, hatte das Feuer gereinigt.

Später erzählte Christean, ihm habe geträumt, dass der Großvater mit der alten Bibel des Pfarrers in den Händen gestorben sei und dass die bleiernen Spangen des Buches geschmolzen und einen Weg bis zu seinem Herzen sich gefressen hätten. Durch diesen Weg, der so schmal war wie der einer Nadel, sei seine Seele als ein weißer Vogel gen Himmel gefahren.

Und da die Leute von Sowirog sich erinnerten, dass eine Schar weißer Möwen über dem Feuer gekreist hatte, so war ihnen Christeans Traum kein Traum, sondern die schöne und wahre Deutung eines Todes, um den Gott selbst den Schleier seiner Geheimnisse gewoben hatte.

# XVII

Es war nicht viel anders in der Stadt als sonst. Weniger Schüler und Studenten und mehr Soldaten. Kaiserbilder in den Schaufenstern und Extrablätter auf den Straßen. Mehr frohe und mehr ernste Gesichter. Aber die elektrischen Bahnen fuhren wie sonst, die Sonne schien, der Strom floss dunkel und trübe zwischen den schweren Gemüsekähnen nach Westen.

Die Pension war leerer geworden. Old Firehand und zwei seiner Kameraden hatten ihre mühsame Laufbahn verlassen und waren Soldaten geworden. Die schwarzen Schwestern glitten wie Schatten durch die Räume und wiederholten mit Erbitterung, dass alle Kaufleute erschossen werden müssten. Der Buchfink saß am Fenster und sang leise vor sich hin.

Jons nahm seine Bücher und Hefte in die Hand und legte sie wieder auf ihren Platz zurück. Das Fragliche seiner Schulweisheit kam ihm noch klarer zum Bewusstsein als sonst, und er stand eine Weile ohne Gedanken und hörte auf eine ferne Marschmusik. Im Augenblick war ihm der Krieg nicht viel mehr als die Gestalt seines Vaters, wie sie, immer kleiner werdend, unter dem hellen Mond den Weg zur Kaserne hinunterging, und das Bild seines Dorfes, wie es dort in der Ferne verlassen und wartend lag, die roten Feuer am Horizont und das brütende Schweigen der Wälder vor seinen Toren. Eine dumpfe, schwere Einsamkeit überfiel ihn, und er saß auf seinem Bettrand, den Kopf in die Hände gestützt, und bedachte, dass derjenige verloren sei, der in den Zeiten der Gefahr und des Todes sich von den Seinigen trenne, um in der Fremde ein losgelöstes und unfruchtbares Leben im Geiste zu führen, da doch niemand wusste, was aus diesem Geist werden würde und ob er nicht nur eine Spielerei eines müden und entarteten Zeitalters gewesen war.

Er fragte nach Jumbo und erfuhr, dass er Soldat war, aber am Abend immer heimkomme, weil sie in der Kaserne keinen Platz für die vielen Freiwilligen hätten. Er räumte seine Wäsche ein, dachte an alles, was der Vater zum Abschied gesagt hatte, besonders aber an seine Worte über die Mutter, und ging wieder auf die Straße hinaus, ziellos und unglücklich, bis er endlich an der Wohnungstür von Charlemagne auf die Klingel drückte.

Aber auch Charlemagne war nicht da. Er war Bahnhofskommandant in einer kleinen Stadt, und seine Frau sah mit sorgenvollen Augen an Jons vorbei in das dämmernde Treppenhaus. Eine der Töchter kam in Schwesterntracht zu ihnen heraus, sagte, sie hätten ihn schon in Sibirien geglaubt, und der Direktor werde Augen machen, wenn er ihn wiedersehe.

Ach ja, der Direktor … wie es denn auf der Schule sei?

Sie lächelte … „Groß, ganz groß, Jons“, sagte sie. „Die meisten sind fort, und die nicht fort sind, kommen sich alle wie Leonidas vor.“

Das könne er nun von sich nicht gerade sagen, meinte Jons, aber er wünschte, er wäre an den Thermopylen statt bei den Schwestern Holstein. Und bedrückt ging er wieder fort.

Erst Jumbos Beredsamkeit half ihm etwas über den schweren Anfang hinweg. Jumbo trug eine blaue, verschlissene Uniform, eine schirmlose Mütze und ein Koppel ohne Seitengewehr. „Bist du da, Mönchlein?“, rief er an der Tür. „Nun erst kann ich in Frieden in die Grube fahren. Dachte, sie hätten dich erwischt und du würdest am Ural oder in Sibirien die Welt bewegen.“

Er war von einer lauten, fast lärmenden Heiterkeit, aber seine Augen hinter der großen, hell umrandeten Brille waren ernst und sorgenvoll wie früher. „Lass uns zusammen den Hahn schlachten, Mönchlein“, sagte er, „den sie mir von Hause geschickt haben. Auch die Hähne ergreift der Krieg, wie er die Menschen ergreift. Die Alma mater ist versunken, und der ‚Vater aller Dinge‘ hat das Heft in die Hand genommen.“

Jons musste erzählen, und Jumbo nickte. „Dort unten wird noch manches geschehen“, sagte er. „Nicht an die Güter hänge dein Herz, Mönchlein. Du wirst nicht viel von ihnen wiedersehen.“ Ja, er sei natürlich Infanterist geworden. Für Gastwirtssöhne zieme sich das am besten, und nach der Felddienstordnung winke der Infanterie bekanntlich auch der höchste Ruhm. Nun ja, es sei nirgends ganz so, wie man es sich gedacht habe. Der Oberst habe nicht mit ausgebreiteten Armen auf dem Kasernenhof gestanden, um jeden Kriegsfreiwilligen einzeln an sein Herz zu ziehen. Er habe sogar etwas von einem „Sauhaufen" gemurmelt, und die Unteroffiziere seien noch deutlicher geworden. Aber nur Kinder könnten sich einbilden, dass der Krieg eine lyrische Angelegenheit sei, und Kinder hätten sie leider eine Menge dabei.

„Mein Vater und Herr von Balk meinen, dass ich zuerst mein Abitur machen soll", sagte Jons bedrückt.

„Ja, was denn sonst, mein Lieber?", fragte Jumbo erstaunt und nahm die kurze Pfeife aus dem Mund. „Denkst du vielleicht, dass die Welt in anderthalb Jahren schon Friedenskränze flechten wird? Sie wird ganz andere Kränze flechten, mein Lieber, ganz andere, darauf kannst du dich verlassen, und Eintrittskarten werden auch nach anderthalb Jahren noch ausgegeben werden. So billig, dass du dich nicht anzustellen brauchst. Nein, Mönchlein, keine unnötige Hast. Auch der Geist muss am Leben bleiben, nicht nur die Bezirkskommandos."

Was er denn überhaupt denke, fragte Jons.

Was er denke? Ja, da gehe es ihm so wie dem schwäbischen Dichter. Er „denke dies und denke das". Und in der Hauptsache versuche er, gar nicht zu denken. Beim Militär werde übrigens erst vom Unteroffizier aufwärts gedacht. Aber eines habe er schon gemerkt, worin er von den anderen unterschieden sei, und das mache ihm manchmal Sorgen: Er sei nämlich kein Medium. Verstanden? Er könne sich nicht hypnotisieren lassen. Die Wissenschaft habe längst festgestellt, dass es so etwas gebe, aber von sich selbst habe er es jetzt erst erfahren. Damit gehe ihm eine große Hilfe verloren, die die anderen alle hätten, und während die anderen unter jedem Arm eine starke Hand hätten, die sie stütze und trage, müsse er ganz allein und ungestützt seinen Weg machen.

„Und was für eine Hilfe haben die anderen?", fragte Jons.

„Oh … so … die allgemeine Meinung, weißt du. Reden und Ansprachen, Zeitungen und Aufrufe. Die Volksseele eben. Aber mit mir ist das so, dass ich kein Brennglas bin, das alle Strahlen sammelt, sondern ein Prisma, das sie alle zerstreut, verstehst du? Ich will das gar nicht, aber das Licht zerlegt sich eben vor meinen Augen in sieben Farben. Die Reden zerlegen sich, die Zeitungen, sogar der Herr Oberst, und das Zerlegte sieht immer anders aus als die Summe.

Und dabei ist es gar nicht wahr, dass ich nur aus Geist bestehe. Ich fühle eine ganze Menge von Dingen, sogar solche, die andere nicht fühlen. Aber ich fühle sie anders, unabhängig, ohne Rausch. Ich lasse niemals andere für mich denken und fühlen, das ist die Sache. Ich bin allein, Mönchlein, sehr allein."

Seine Heiterkeit war nun verschwunden, und hinter seinen runden Brillengläsern waren seine Augen so fern wie in einem Taucherhelm.

„Und sagen kann man nichts, Jumbo?"

„Ach, du lieber Gott! Lass du nur deine Gerechtigkeit auf dem Acker, Mönchlein, hörst du? Du kannst dich auch vor eine Schnellzugslokomotive werfen, das wäre ganz dasselbe. Denken kannst du für dich allein, und es ist ein Segen, dass der liebe Gott die Gedanken unsichtbar gemacht hat. Aber aussehen und handeln musst du wie die andern. Das würde ein schöner Krieg werden, wenn dein griechischer Direktor in der Front seine Nase streichen und seine perikleischen Ideen entwickeln wollte."

„Und was ist am schlimmsten, Jumbo?"

„Am schlimmsten? Ja, wenn du bedenkst, dass auch eine Sokratesbüste von einer Scheuerfrau abgewischt wird, so ist es eigentlich gar nicht so schlimm, dass auch der Gott des Krieges von vielen Händen angefasst wird. Manche Unteroffiziere lassen einen armen, halb blöden Straßenkehrer jeden Abend im Hemd Griffe kloppen und denken wahrscheinlich, dass der Krieg ohne sie verloren wird. Aber das sind so Kleinigkeiten, weißt du. Das Zeitalter des Achill ist eben vorbei, und wer weiß, ob er seinen Lanzenträger nicht auch schikaniert hat. Die Dichter haben die Welt verdorben, Mönchlein. Sie haben eine goldene Stadt gebaut und die Treppen vergessen. Und die Welt hat viele Treppen, zumal im Kriege."

„Aber das Schlimmste, Jumbo?"

„Das Schlimmste ist, Mönchlein", erwiderte Jumbo leise, „das

Menschliche und ganz und gar Erbärmliche. Die Lüftung der Maske. Die Entblößung bis auf die Knochen … aber davon wollen wir lieber nicht reden."

„Und wann wirst du hinauskommen?"

„Ich denke, bald. Ich hoffe, bald. Wenn du aufgehört hast, etwas Eigenes zu haben und zu sein, willst du wenigstens deinen eigenen Tod haben. Kein eigenes Grab, aber einen eigenen Tod, und das hat man nämlich draußen."

„Aber weshalb denkst du an den Tod, Jumbo?"

„Ach, Mönchlein, nur die Kinder denken an das Leben, wenn sie in den Krieg ziehen. Wenn du glaubst, du könntest im Kriege würfeln, dann weißt du nur wenig von ihm. Würfeln kannst du mit deinem Direktor, aber nicht mit dem Tod. Auch Michael hat nicht gewürfelt."

So begann für Jons die lange Zeit, in der er nur ein schweigender Zuschauer zu sein hatte, der auf seine Stunde wartete.

In der Schule war es ihm, als seien inzwischen fremde Menschen eingezogen und die alten Gesichter seien fort. Die oberen Klassen waren halb geleert, und statt der vertrauten Lehrer waren nun andere da. gebrechliche Greise, die aus der Stille ihres Lebensabends noch einmal aufgetaucht waren wie Wrackstücke nach einem Sturm. Sie hatten es gut gemeint, wie jeder es gut zu meinen schien in dieser Zeit, aber sie erkannten nicht, dass der Krieg nicht nur eine Sache der Soldaten war. Der Krieg hob den Frieden auf, nicht nur bei den Siebzehnjährigen, sondern auch bei den viel jüngeren, und bei der schroffen Verwandlung, die er in den Seelen erzeugte, gab es keine Brücken mehr zwischen der Welt, die nach Tat, Ruhm und Abenteuer verlangte, und derjenigen, die über Tat, Ruhm und Abenteuer mit der Weisheit des Alters dozierte, und nicht einmal immer mit Weisheit. Es war, als ahnten die alten Lehrer, dass für das Alter keine gute Zeit kommen würde, soweit es eben nichts als Alter war, und sie klammerten sich mit Zorn und Leidenschaft an die Stühle, die doch schon unter ihnen zu wanken begannen. Bei jeder Widersetzlichkeit sprachen sie vom „Geist von Tannenberg", aber schon die Tertianer grinsten dazu, weil ihrem kindlichen Sinn eine Schlacht keine Sache des Geistes war und weil sie in ihrer jungen Erbarmungslosigkeit ihre alten Bußprediger sich nicht anders als höchstens auf einem Kommissbrotwagen vorstellen konnten. Es war schwer, das Blut zu bändigen, das nach der Tat verlangte, nach wilder und beglänzter Tat, und dem man stattdessen nichts zu geben hatte als unregelmäßige Verben, Gleichungen und Reden, in denen das erste echte Gefühl sich immer mehr zu einer billigen Münze abgriff und abschleifte. Es zeigte sich bald, dass der Krieg nicht nur ein großer Schenkender war, sondern auch ein ungeheurer und rücksichtsloser Verbraucher, der nicht nur Menschen und Dinge nahm, sondern auch Meinungen, Ordnungen und unverbrüchlich erscheinende Gesetze.

Jons, mit seinen stillen und unbestechlichen Waldaugen, sah dies alles früher als die anderen, und vieles sah er früher als seine Lehrer. Er war nun ganz allein und für lange Wochen selbst von seinem Dorfe und allen Nachrichten abgetrennt. Er gehe wohl nicht in den Krieg, hatte der Direktor ihn am Anfange gefragt, und Jons hatte, ohne die kalte Feindschaft in seinem Blick zu verbergen, geantwortet, dass dieser Zeitpunkt von denen bestimmt werde, die seine Erzieher wären und allein darüber zu urteilen hätten. Und wer diese Erzieher seien? Das seien sein Vater, der Herr Stilling und der Herr von Balk. „Soso …“, hatte der Direktor gesagt und seine Nase gestreichelt.

Im Anfang wurde Jons noch von einem blinden Wunsch getrieben, nützlich zu sein und etwas zu tun. Er reichte Erfrischungen auf den Bahnhöfen, und überall, wo in den Zeitungen junge, freiwillige Helfer gesucht wurden, war er zur Stelle. Aber auch dies ließ er bald. Er sah, wie die jungen Schwestern in Seidenstrümpfen das besser konnten als er und dass sie noch andere Dinge konnten, zu denen er keine Eignung hatte. Seine scharfen Augen sahen auch durch die Schleier der Barmherzigkeit hindurch, und es war ihm, als habe er die anderthalb Jahre, die vor ihm lagen, dazu anzuwenden, als ein gerüsteter Mensch in die Entscheidung zu gehen. Nur dazu und zu nichts anderem. Er begann die russische Sprache zu lernen und arbeitete viele Abende bei dem Bruder des alten Schusters, der eine kleine

Werkstätte für Kraftwagen hatte. Auch fand er ein unerwartetes Vergnügen darin, den schwarzen Schwestern bei der Beschaffung von Lebensmitteln zu helfen. Auch für ihn, nicht nur für das Dorf, stand die Gestalt des toten Pfarrers auf dem leeren Kirchenhügel und sah zu, wie die Menschen nun mit dem großen Tod fertig wurden, nachdem er schon von dem kleinen aus seiner Bahn geschleudert worden war.

„Sie sind ein guter Mensch, Jons", sagte die älteste der Schwestern zu ihm, aber er schüttelte den Kopf. „Soll man immer erst nach einem Examen anfangen, den Menschen zu helfen?", fragte er. „Und immer erst, wenn man Gehalt dafür bekommt?"

Auch begann er nun damit, aus Jumbos Büchern sich medizinische Werke hervorzusuchen und in ihnen zu lesen. Zuerst geschah es ohne Plan und auch ohne besondere Neigung, weil die Zurückführung des lebendigen Menschen auf ein Staatengebilde von Zellen ihn befremdete und enttäuschte. Aber dann, zumal unter Jumbos Mikroskop, tauchten doch Wunder auf Wunder auf, die großen Geheimnisse erhoben sich, nicht die des Wortes oder der Sprachen oder der ganzen grauen Vergangenheit, sondern die des lebendigen Lebens, das über die Griechen oder Perser weit zurückreichte bis zu dem kalten Glanz der Sterne und der Finsternis, die „über den Wassern" war. Und nun saß er wie ein wahrer Mönch in seiner Zelle, kein Faust, der Herr sein wollte über alle Kreatur, sondern ein Dienender, der Wort für Wort und Seite für Seite des großen Lebensbuches in sich hineinnahm, und ganz in der Ferne, selbst hinter den grauen Dächern von Sowirog, tauchte etwas auf, das noch nicht zu erkennen war, aber das ebenso groß und ebenso schön war wie des Vaters Wunsch, die Welt zu bewegen.

So ging der erste Winter ihm dahin, und selbst der Anblick des zerstörten Dorfes in den Weihnachtsferien traf ihn nicht so tief, wie er es nach der ersten Nachricht erwartet hatte. Nach allem Zerstören würde das Heilen und Verbinden kommen, und auch seinen Händen würde das Schicksal und die Zeit zu tun geben, wenn er sie unversehrt aus dem Kriege heim brächte. Sie hatten sich um die stehen gebliebenen Schornsteine ein kleines Haus gebaut. Sie waren noch enger zusammengerückt, aber sie waren nicht zu Boden geschlagen worden. Sie wussten, dass man Dörfer wieder aufbauen konnte und dass nur das Leben etwas war, was nicht wiederkam, wenn es sich verströmt hatte. Die ersten Toten und Vermissten waren angezeigt worden, viele für ein so kleines Dorf, und unter den Vermissten war der Grenadier Martin Gollimbeck.

Maria wohnte noch im Schulhaus, wo Herr Stilling wieder die Kinder des Dorfes lehrte, und dort fand sie Jons an dem Fenster, von dem man das Moor und die „Arme Sünde" und den Weg sehen konnte, der unter den schneebehangenen Fichten wie ein Gewölbe verschwand. Sie trug ihr schwarzes Konfirmationskleid, etwas ausgelassen in den Nähten, und Jons sah, dass sie ein Kind erwartete. Sie blickte auf den weißen Weg hinaus, der so leer und verlassen und einsam war, als führe er vom Dorfe Sowirog geradeaus nach Sibirien, aber in den Händen hielt sie ihr Nähzeug, und sie weinte auch nicht, als sie Jons wiedersah.

„Siehst du, es waren nur drei Monate", sagte sie, „und in drei Monaten wachsen zwei fremde Leben noch nicht zusammen. Aber was mich am meisten bedrückt, ist, dass er sich ja nicht helfen können wird. Er kann sich ja nicht einmal einen Knopf annähen. Und wie soll er ein ganzes fremdes Land bestehen?"

„Glaubst du denn, Schwester, dass er …"

„Ja, natürlich glaube ich, dass er lebt, Jons. Sicherlich hatte er sein Gewehr nicht geladen gehabt, als sie über ihn kamen, oder er hatte die Sicherung nicht zurückgelegt, oder es ist ihm zwischen die Beine gekommen. Er hat mir geschrieben, dass es immer so bei ihm war. Er war der Einzige, der bei der letzten Besichtigung das Gewehr fallen ließ. Er war so eifrig bei allen Dingen, dass es ihm gleich über die Schulter nach hinten flog, als sie es übernehmen sollten. Der General hat ihn gefragt, ob er aus einem Zirkus sei, wo sie Flaschen in die Höhe würfen, aber er hat gesagt, er sei nur Volksschullehrer. ‚Na, Gott sei Ihren Kindern gnädig!' hat der General gemeint. So war er, und so ist es ihm wohl auch draußen gegangen. Ich denke immer, dass er dort plötzlich erscheinen wird, an der „Armen Sünde", und sicherlich wird er sich ein Ohr angefroren haben ..." Sie seufzte und begann wieder ihre Nadel durch den weißen Stoff zu ziehen.

‚Wie seltsam ein Baum sich verzweigen kann', dachte Jons und sah auf seine stille Schwester, die nicht an den Tod glaubte.

Ob sie, wenn es nun noch lange dauere, wieder bei der Mutter leben werde?

„Nein Jons", sagte sie, „das kann ich nicht. Für sie war Martin eigentlich niemals mehr als ein Bettler, und ich denke, dass das Kind in mir erfrieren würde, wenn sie es ansieht. Stilling hat gesagt, dass ich bei ihm eine Kammer bekomme, und auch in die „Arme Sünde" kann ich ziehen, wenn ich will. Manchmal denke ich, dass der kleine Jons das Einzige sein wird, was von uns allen übrig bleiben wird ..."

„Es würde genug sein, Schwester", meinte Jons, „aber wir wollen nicht so ganz wenig auf uns vertrauen."

Sie gewöhnten sich daran, dass die Mutter so still war, als habe sie die Sprache verloren. Sie lächelte nie, sie war nie mehr zornig, aber sie saß nun länger am Herdfeuer als sonst und blickte mit zusammengelegten Händen in die Flamme. Es sah immer so aus, als fielen zwischen ihren Fingern die Stücke eines Spielzeugs auf die Erde. Sie fragte nicht, was Jons tue oder tun werde, und nur manchmal, wenn jemand aus dem Dorf kam und von einem neuen Sieg erzählte, presste sie ihre Lippen fester zusammen und sah durch den Redenden hindurch auf die Bretterwand, als erblicke sie dort eine Hand, die andere Zeichen schrieb als die des Sieges.

Für Jons war es schwer, und manchmal war ihm, als lebe er in einer gefrorenen Welt, wo bei jeder unvorsichtigen Bewegung ein Stück des Lebens abbrechen und auf den hellen Dielenbrettern zerspringen könnte. Er bangte sich sehr nach seinem Vater.

„Hier ist es kalt", schrieb Jakob, „und wir frieren. Aber die andern frieren auch. Der Krieg macht alle gleich. Am Meiler liegt trockenes Holz. Fahre es an, solange du da bist, damit die Mutter es warm hat. Wer Trauer trägt, friert leicht. Ich möchte gern meine Bibel da haben, aber sie ist zu schwer, und die andern würden lachen. Sie halten hier nicht viel von der Bibel. Die Zeit wird erst kommen, wo sie viel von ihr halten werden. Mein Hauptmann ist ein Oberförster, und er spricht gern mit mir vom Wald. Wenn er abends auf dem Grabenrand steht, sieht er aus wie unser toter Pfarrer. Er hält uns zusammen, sonst denkt jeder nur an sich. Es ist viel Glut nötig, damit ein Mensch Kohle wird, und noch mehr, damit ein Volk es wird. Die meisten hier haben schon ausgeglüht, und es war gerade nur so viel da, wie du brauchst, um den Tabak auf einer Pfeife anzuzünden. Ich möchte gern wieder am Meiler sitzen, aber da es nicht sein kann, denke ich wenig daran. Der Oberförster sagt, dass ich wunderlich bin wie alle Leute aus dem tiefen Wald, aber dass er gern mit solchen Leuten Krieg führen würde und dass er nur ruhig schläft, wenn ich auf Horchposten stehe. Du siehst, dass auch Oberförster wunderlich reden können. Du hast nun noch über ein Jahr Zeit. Tue recht in diesem Jahr. Der Roggen braucht nicht einmal so lange, um Ähren zu geben."

Jons fuhr das Holz an und machte es klein. Es blieb ihm nicht viel Zeit zu schweren Gedanken, doch schrieb er zweimal in der Woche an seinen Vater. Er sorgte auch dafür, dass trockenes Holz in die „Arme Sünde" kam, damit der kleine Jons nicht zu frieren brauchte, und er dachte viel darüber nach, wie alles werden würde, wenn er selbst in den Krieg ginge. Die „Gerechtigkeit auf dem Acker" verschwand langsam vor seinen ernsten Augen. Das Brot in der Hand und das Feuer im Herd schienen ihm nun wichtiger als alle Gerechtigkeit, aber er sah nicht ganz, dass sie ja ein Teil dieser Gerechtigkeit waren, wie sie es vor tausend Jahren schon gewesen waren. Er war noch nicht alt genug, um zu wissen, dass alle großen Ideen aus kleinen Wirklichkeiten entspringen und dass derjenige, der den Armen ein Stück Brot gab, nicht weniger war als der, der aus vielen Stücken Brot die Idee der Gerechtigkeit zusammensetzte. Er wollte noch das Unendliche, und erst viel später sollte er erkennen, dass das Endliche zu tun nicht geringer war als das Unendliche zu träumen. Ja, dass es für alle Sowirogs der Erde das Wichtigere war.
Er gab nun viele Nachhilfestunden, und es war auf der ganzen

Schule bekannt, dass er von allen jungen Lehrern dieser Art der beste und erfolgreichste war. Zum ersten Mal verwandte er einen Teil des Geldes, um sich einen Wunsch zu erfüllen, auch wenn er an sich selbst am wenigsten dabei dachte. Die älteste der schwarzen Schwestern half ihm dabei, und zu Beginn des neuen Jahres zog er in Jumbos Zimmer ein.

Jumbo war kurz vor Weihnachten hinausgekommen, und Jons hatte ihn zur Bahn begleitet. Es war ein kalter Abend ohne Sterne gewesen, mit körnigem Schnee, der wie Reif auf den graubezogenen Helmen gelegen hatte. Die Regimentskapelle hatte gespielt, und die harten Rhythmen des Marsches hatten von den grauen Häusern widergeklungen. Die Menschen jubelten schon nicht mehr. Sie standen still und ernst auf den Straßen und blickten schweigend auf die jungen Gesichter unter den Helmen und auf die gebeugten Schultern unter dem schweren Gepäck.

Auch Jumbo war gebeugt gegangen, aber hinter der schneebedeckten Brille waren seine Augen ruhig wie immer gewesen. „Ein buntes Leben, Mönchlein", hatte er gesagt, „und wer von uns hätte sich träumen lassen, dass er einmal in solchen Stiefeln zum Tanz gehen würde? Aber ich gehe gern hinaus. Sag das meinem Vater, wenn du ihn einmal sehen solltest. Wir haben alle so viel gelernt und so wenig erfahren. Eine neue Fakultät haben sie nun auf der Weltuniversität aufgemacht, und du siehst, wie die Hörer sich zu ihr drängen. Ein neuer Dekan, Mönchlein, und noch niemand hat ihn gesehen. Wollen sehen, wie es mit seinen Prüfungen bestellt ist."

Er hatte noch vor der Tür seines Abteils gestanden, ein ganz veränderter Jumbo, grau und ernst, ein Mann, der morgen schon den Tod aus seinem Gewehr absenden konnte. Aber ohne Heldenallüren, ohne letzte bedeutende Worte, der schlichte Sohn eines schlichten Vaters. „Ich möchte gern, dass du meine Bude bekommst, Mönchlein", hatte er gesagt. „Sieh zu, dass es geht. Ich möchte nicht, dass ein schlägerrasselnder Teutone dort einzieht und Heldenbilder an die Wände nagelt. Ja, und noch etwas, Mönchlein: Vergiss doch nie, was der Herr von Balk von dem Mist auf den dreißig Morgen gesagt hat, hörst du? Ich habe dir nun ein paar Jahre zugesehen, von deinem Kampf mit dem Bäckerjungen an. Ich verstehe ja noch nicht allzu viel von Menschen und ihren Wegen, aber es scheint mir, dass du dich am meisten vor etwas hüten musst, was ich ‚das Unbedingte‘ nenne, verstehst du? Das von einer Idee Ausgehen und die Überzeugung, wir seien auf der Welt, um Ideen zu verwirklichen. Ich glaube nämlich nicht, dass wir dazu da sind, Mönchlein. Ich glaube, dass wir dazu da sind, um unser Tagewerk zu erfüllen und es so zu erfüllen, dass wir von seinem Ertrag denen etwas abgeben können, die ein schwereres und ärmeres Tagewerk haben. Siehst du, ich meine, wer Erdmuthe dazu verhilft, dass sie nicht den ganzen Tag am Webstuhl zu sitzen braucht, sondern eine Stunde mit dem kleinen Jons spielen kann, der hilft ebenso viel zu der großen Gerechtigkeit wie der, der ein großes Buch über sie schreibt. Und vielleicht hilft er sogar mehr dazu. Er predigt nicht, wie die Pfarrer tun, und er scheidet nicht, wie die Richter tun. Sondern er tut etwas. Er gibt Brot, Mönchlein, und Brot gibt man nicht, wenn man ein Müller oder ein Bäcker ist. Die Müller und Bäcker verdienen nur am Brot, sie geben es nicht. Denke immer daran, Mönchlein, dass nur kranke Leute von Ideen satt werden. Die einfachen Dinge sind immer größer als die komplizierten, und Nähren, Tränken und Heilen sind sehr große Dinge, auch heute noch. Verstehst du mich?“

Ja, Jons verstand ihn.

„Die kleinen armen Dörfer, Mönchlein“, sagte Jumbo, als er seine kurze Pfeife gestopft hatte, „sie sind ein edles Arbeitsfeld für unsereinen. Dein Sowirog und alle Sowirogs auf der Erde. Sie sind nicht so großartig wie die Städte, und ein Geburtshelfer ist ein viel einfacherer Mann als ein großer Frauenarzt. Aber es ist ein schöner Name, ein alter Name, der fast bis ans Paradies zurückreicht, und ich wünschte, ich könnte ihn einmal tragen. Und wer da weiß, dass wir jeden Tag neu geboren werden, der wird sich nicht darüber zu beklagen brauchen, dass er zu wenig zu tun habe. Weißt du, wie viel auf dieser Erde zu tun ist, Mönchlein, damit wir nicht an jedem Morgen und Abend vor Scham zu erröten haben?" Ja, Jons glaubte es zu ahnen. Dann blies der Hornist das Signal, und Jumbo gab ihm die Hand und kletterte in den Wagen. Für einen Augenblick erschien sein Gesicht noch einmal im geöffneten Fenster, zwischen zwei jungen Schülergesichtern, und hinter seiner großen, runden Brille blickten seine Augen mit einer tiefen Eindringlichkeit auf Jons hinab. Es war, als sei Jons der Fortgehende und er der Bleibende. Es war aus ihnen abzulesen, dass ihm ganz gleichgültig war, wohin sie nun fuhren und wo sie ausgeladen wurden, und dass ihm nur wichtig war, ob er alles gesagt hätte, was zu sagen war.

Aber was half schon das Sagen? Seit fast zweitausend Jahren sagten sie von allen Kanzeln und Thronen und Lehrstühlen die wunderbarsten Dinge, aber die Hungrigen waren nicht satt davon geworden, und ein Krieg nach dem andern ging über die flammende Erde. Und diesem, der dort unten stand, mit den ernsten Augen unter der breiten Stirn, brauchte man nichts zu sagen. Man brauchte ihm nur zuzurufen: „Komm, Bruder! Komm mit und hilf den Armen!" Und er würde gehen, wie von einer Feder getrieben und von Flügeln getragen, über alle Hügel und Täler hinweg, ein Diener alles Edlen, ein Kind des Meilers, wo Kohle gebrannt wurde und wo man das alte Buch las, in dem von dem Salz der Erde gesprochen wurde und von dem Weinberg des Herrn.

„Dreißig Morgen, Jons!", rief er, als die Räder sich zu drehen begannen. „Nicht die ganze Welt, sondern dreißig Morgen, hörst du?"

Und Jons winkte mit der Hand und lief neben dem Zuge her, sein Gesicht nun von Schmerz bewegt und fast entstellt, einem plötzlichen, wilden und schrecklichen Schmerz.

Er lebte nun in Jumbos Zimmer, und manchmal war ihm, als habe er schon ein Vermächtnis angetreten. Hinter dem langen, dunklen Gang hörte er das Leben der Pension nur wie ein fernes Wälderrauschen, und sein eigenes Leben kam ihm wie ein Traum vor, immer dicht vor der Morgenstunde des Erwachens. Jumbos Bücher blickten ernst auf ihn hernieder, und sobald er sie in die Hand nahm, glaubte er die Stimme des Fortgegangenen zu hören, die ihn zur Beschränkung mahnte. Nein, nie würde er vergessen, wie viel gute, stille Wegweiser an seiner Morgenzeit gestanden hatten.

Zweimal in der Woche, wenn es dunkel geworden war, holte er von seinem Freunde, dem Schuster, den alten, wackeligen Kinderwagen, den er aus seinem Keller heraufgeholt und grau angestrichen hatte, und ging damit zu den Holz- und Kohlenlagern, die sich an den Schienenwegen des Güterbahnhofs und am Hafen entlang zogen. Der kleine Wagen war ein kostbarer Besitz, weil er Gummiräder hatte und also geräuschlos lief, und da Jons längst entdeckt hatte, dass es an Gerechtigkeit nicht nur auf dem Acker fehlte, bedrängte sein Gewissen ihn nicht, wenn er zu der lautlosen Kolonne gehörte, die in den Nächten von den großen Lagerplätzen Kohlen stahl. Es war ein hartes und gefährliches Handwerk, nach ungeschriebenen Kriegsplänen vor sich gehend, immer im schweigenden Kampf mit den Wächtern, und nicht immer von Erfolg gekrönt.

Aber dann war es schön, an Jumbos Ofen zu sitzen, die Füße vor der roten Glut, eines seiner Bücher auf den Knien, und jedes der Worte im Gedächtnis, die er zum Abschied empfangen hatte. Und nur eine leise Unruhe war über diesen Stunden, wenn er bedachte, dass sie nun wahrscheinlich froren, während er seine Füße am Ofen wärmte, der Vater wie Jumbo, und dass sie schon recht hatten, wenn das einfachste Tun ihnen höher galt als das verwickeltste Denken. Aber bald würde auch er neben ihnen sein, kein Bevorzugter oder Zurückgestellter des Schicksals, und alles dieses würde für lange Zeit im Unwirklichen versinken: Feuer und Bücher, Schweigen und Gedanken. Die Mühle würde mahlen, und sie würden nun alle zusehen müssen, ob sie Brot oder Steine mahlen würde.

Nein, er bedurfte der Ansprachen in der Aula nicht, der Mahnungen, der Beschwörungen. Er war nicht gewohnt, eine Predigt anzuhören, ehe er mit Axt und Säge an ein Klafter Holz heranging.

Jumbo aber marschierte. Keuchend unter seinem Gepäck, dem Gewehr, den Patronentaschen, dem Schanzzeug. In hartgefrorenen Stiefeln, deren Falten die Füße wund rieben, mit beschlagener Brille, die die steifen Finger nicht abnehmen konnten, durch verschneite Wälder und zerschossene Dörfer, einem Horizont entgegen, der so fern war wie der eines anderen Sternes. Aber er marschierte.

Er hatte keinen. Oberförster zum Hauptmann, der mit ihm von den großen Wäldern gesprochen hätte, und keinen großen Juristen, der ihn nach der Strafrechtsreform gefragt hätte. Er hatte überhaupt keinen Hauptmann, sondern einen kleinen, blutjungen Leutnant, der eben noch Fähnrich gewesen war, einen aufgeregten, verstörten Zinshahn, dem die Verantwortung über dem Kopf zusammenschlug. Der keine Karten lesen konnte und sich verlief. Der wahrscheinlich ohne ein Wimperzucken auf eine feindliche Batterie losgehen würde, aber der zu jung war, um zweihundert Kinder und alte Männer durch ein grenzenloses, verschneites und vereistes Land an einen Platz zu führen, wo es ebenfalls nur Schnee, Eis, Hunger und wahrscheinlich den Tod geben würde.

Es gab ein paar unter ihnen, die ihm gerne helfen wollten, und auch Jumbo war darunter. Unauffällig und vorsichtig helfen, damit seine junge Würde nicht Schaden nähme. Aber hielt er schon jeden Zweifel, jedes verstohlene Lächeln für einen Bruch der Kriegsartikel, so war jede Hilfsstellung ihm zutiefst verhasst, und der ganze Zorn seiner achtzehn Jahre warf sich ohne Beherrschung auf die unschuldigen Schuldigen. „Student sind Sie?“, schrie er mit seiner hellen, überschnappenden Knabenstimme. „Student? Bierjungen trinken und auf der Mensur stehen, was? Das nannten Sie Dienst am Vaterland, was? Das Vaterland sieht anders aus, mein Lieber, das kann ich Ihnen flüstern! Und hier werden Sie das lernen, eisern lernen, verstanden? Auch marschieren werden Sie lernen, verstanden?“

„Zu Befehl, Herr Leutnant“, sagte Jumbo langsam.

„So’n mongolischer Eierkopp …“, sagte eine tiefe, ruhige Stimme aus einem der hinteren Glieder. Sie lachten, aber Jumbo sah ernst vor sich hin, auf den Tornister seines Vordermannes, und er dachte sich, dass dieser Tornister merkwürdige schwankende Bewegungen mache, als sei sein Träger betrunken, und dass dieser Marsch wohl nicht so gut ausgehen werde, wie der junge Leutnant es sich denke.

Am späten Nachmittag, als schon ein ungeheures Abendrot hinter ihnen stand, glitt das Pferd des Leutnants auf einem vereisten Abhang aus, und da er kein guter Reiter war, ohne Vorsicht und ohne ruhige feste Hand, wurde aus dem kleinen Fehltritt ein Unglück: Das Pferd überschlug sich und blieb mit gebrochenem Vorderlauf liegen.

Der Leutnant fluchte, aber der Vizefeldwebel, ein stiller, ruhiger Mann, trat in aller Verwirrung leise an das Pferd und erschoss es mit seiner Dienstpistole.

Aus war es nun mit der Rolle der Götter. Es schimpfte sich schwerer, wenn man nur in Augenhöhe mit dem Beschimpften war, und es war auch nicht leicht, in den eleganten Röhrenstiefeln zu marschieren. Die Ortskommandanten in den kleinen, halb zerstörten Dörfern hatten nur ein erstauntes Lächeln für die Frage, ob man nicht ein Reitpferd bekommen könne. Aus den Wäldern vor ihnen hoben sich schwere graue Wolken auf und schütteten Berge von Schnee über ihre gebeugten Gestalten. Die Kolonne zog sich auseinander, und weder der Frost noch der Leutnant vermochten die Erschöpften aus den verschneiten Gräben aufzutreiben.

Aber Jumbo marschierte. Zuerst mit vielen, dann mit einzelnen, dann allein. Es war kein Befehl zum Halten gekommen, und er kannte sein Ziel besser als der Leutnant. Manchmal rastete er, an einem Zaun, an einem rußgeschwärzten Schornstein, und wartete auf die Kolonne, die Pfeife im Mund, ein kleines Feuer neben sich, an dem er sich die Füße wärmte. Manchmal rastete er nicht, sondern marschierte bis zu dem Dorf, das ihnen bestimmt war, und in der Dämmerung, wenn die bepackten Schatten aus dem Schneesturm auftauchten, stand er am Eingang des Dorfes und schloss sich ihnen an. Die jungen Kriegsfreiwilligen blieben zurück, die alten Leute murrten, aber Jumbo marschierte, ein stiller, ernster Mann, der Unerschütterlichste in der ganzen Kolonne, ein Student, der nichts vom Vaterland gewusst hatte und dessen zerschundene und halb erfrorene Füße so unentwegt nach Osten marschierten, als sei der Ural ihnen als Ziel bestimmt, oder der ferne Baikalsee, oder die Ufer des Großen Ozeans.

Sie kamen bei der Truppe an und brachen sofort weiter auf, zu einer riesigen Umgehung des Feindes, ein winziger Splitter in einer der Speichen, mit denen das lebendige Rad durch Wälder und Sümpfe rollte. Sie fielen zu Hunderten an den Rändern der gespenstigen Straßen, erschöpft, geblendet, erfroren,

Männer und Kinder, Vorgesetzte und Untergebene. Aber Jumbo marschierte. Sein Leutnant war noch immer da, zu Pferde wieder, aber stiller geworden, viel stiller, und wenn er neben Jumbo herritt, sah er ihn von der Seite an, als hätte er gern mit diesem seltsamen Menschen gesprochen, aber als halte eine ängstliche Scheu, ja fast eine Angst ihn davor zurück.

Sie sprachen erst, als sie nebeneinander unter den riesigen Tannen lagen, vom Schnee halb zugedeckt und viele schweigende Gestalten rechts und links von sich. In den dichten Wäldern hatte ein Stoß des wachsamen Gegners sie in die Flanke getroffen, ein verhängnisvoller Stoß, der ganze Kolonnen aufgerieben und zersprengt hatte, und hier lagen sie nun, von der Garbe eines unsichtbaren Maschinengewehres hingeworfen, Tote und Verwundete, indes Gefecht und Verfolgung über sie hinweggegangen waren und weit hinter ihnen verhallten.

Es war so still wie in der Kirche, und zwischen den hohen Säulen der Tannen sahen sie in einen blauen, kalten Himmel hinauf, der schon von einem fernen Abendrot sich rötlich färbte. Die schneebeladenen Äste hingen tief herab und schlossen sie von der Welt ab, vom Licht, von der Sonne, vom Leben. Kein Lufthauch rührte die Tannen an, und wenn einmal eine dünne Schneewolke von den Zweigen stäubte, fast lautlos, so hoben sie doch beide den Kopf ein wenig aus dem Schnee, um zu sehen, ob ein Mensch käme oder ein Tier. Aber niemand kam, und niemand würde kommen. Die andern waren schon still, und auch sie würden still werden, ehe der Morgen kam. Sie hatten beide Bauchschüsse.

Der Leutnant stöhnte, aber Jumbo war still. Er horchte in sich hinein, ob er nicht Schmerzen habe, aber er hatte keine Schmerzen. Er bedachte, was zu bedenken war, aber es war nicht viel, und das musste getan werden, ehe die Hände in den dicken Wollhandschuhen ohne Gefühl waren. Er tastete langsam nach seinem Spaten, ganz langsam. Er konnte die Schnallen lösen. Und dann begann er, Schnee auf seine Füße und Beine zu schaufeln. Er brauchte nur den Spatenstiel ein ganz klein wenig in seiner Hand zu drehen. Es war so viel Schnee da, dass es nur dieser kleinen Bewegung bedurfte. Nein, an Schnee war kein Mangel in diesem Land, und weshalb sollte man es nicht warm haben beim Sterben?

„Leutnant", sagte er leise. Die kleinen Gesetze der Würde lösten sich schon für ihn auf.

„Ja", erwiderte die stöhnende Stimme.

„Leutnant, hier ist der Spaten … hier … an deiner rechten Hand. Packe Schnee über dich, und du wirst nicht frieren."

Aber der Leutnant ließ den Spaten liegen. Doch musste er wohl erwacht sein, denn nach einer Weile sagte er: „Duzen Sie mich, Jumbo?" Es war kein Vorwurf in seiner Stimme, eher nur eine kindliche Neugier.

„Jawohl, kleiner Leutnant", sagte Jumbo. „Morgen früh werden wir nicht mehr ‚Sie‘ zueinander sagen. Weshalb also nicht gleich?"

Der Leutnant schwieg eine Weile und sah lange zu den schweren Tannenwipfeln hinauf. „Meinst du, dass niemand kommen wird?", fragte er.

„Nein, niemand. Zwei arme Schächer sind wir, kleiner Leutnant, und es ist Zeit, den kleinen Erdengroll zu vergessen."

„Ich war nicht gut mit dir", sagte der Leutnant wieder nach einer Weile, aber Jumbo lächelte vor sich hin. „Du kannst nun etwas Gutes tun", erwiderte er, „etwas sehr Gutes, für uns beide. Strecke deine rechte Hand aus, ganz vorsichtig, so … versuche, sie loszumachen … ich war immer sparsam, und sie ist bis obenhin mit Rum gefüllt … so, das war eine gute Tat, Leutnant, eine sehr gute Tat. Du bekommst auch den ersten Schluck, aber verschütte nichts, hörst du?" Der Leutnant hielt die Flasche mit zitternden Fingern, und noch einmal gingen seine Augen zu den hohen Tannen hinauf. „Sie sagen", flüsterte er endlich, „dass bei Bauchschüssen jeder Schluck den Tod bringt …"

„Ja, das sagen sie, aber wollen wir dem Tod nicht auch etwas zukommen lassen, kleiner Leutnant? Nur wenn du nicht sterben willst, dann trinke nicht."

Der Leutnant trank schon, einen langen, tiefen Schluck. Dann gab er die Flasche zurück und atmete tief und glücklich auf. „Siehst du", sagte Jumbo.

Auch Jumbo trank, und dann dauerte es wieder eine lange Zeit, in der seine Hände sich mit unendlicher Vorsicht bewegten. Es war doch gut, ein ordentlicher Mensch zu sein und alles zur Hand zu haben, was man brauchte.

„Rauchst du, Jumbo?", fragte der Leutnant verwundert.

„Ein kleines Pfeifchen, Leutnant, und du bekommst die Hälfte ab, wenn du willst."

Es war nun still und schön in dem großen Wald. Die Dämmerung fiel, und in der Ferne, ganz in der Ferne grollten die Geschütze. Die Füße waren warm, und ein sanfter rötlicher Nebel hing vor den müden Augen. Der kleine Leutnant begann zu weinen, leise, wie ein verirrtes Kind, und Jumbo suchte mit seiner linken Hand nach seinem Arm. „Das musst du nicht tun, Leutnant", sagte er tröstend. „Es hilft zu nichts und zieht höchstens die Wölfe an. Und du darfst es auch wegen der Achselstücke nicht. Siehst du, ich, ein einfacher Student, Gastwirtssohn, ich könnte das schon tun, aber du darfst das nicht. Du musst ein Beispiel sein, Leutnant, auch wenn dich niemand hört als ich. Aber die Armee hört dich. Über alle Wälder hinweg hört sie dich, und der Oberst zieht die Augenbrauen hoch und sagt zu seinem Adjutanten: ‚Haben wir Kinder hier im Wald? Das kann ich doch nicht glauben … reiten Sie mal hin, Schulenburg, und sehen Sie, was da los ist.' Und Schulenburg reitet und kommt wieder zurück. ‚Ein kleiner Leutnant, Herr Oberst, der im Walde liegt und ein bisschen weint. Bauchschuss, Herr Oberst.' ‚Das kann doch wohl nicht sein, Schulenburg', sagt der Oberst. ‚Ausgeschlossen, Schulenburg, ganz ausgeschlossen. Kenne keinen

Leutnant in der preußischen Armee, der im Walde liegt und weint. Wird einer von den Kriegsfreiwilligen sein, ein Student im ersten Semester. Noch einmal hinreiten, Schulenburg, und nachsehen, ja?' Und das geht doch nicht, nicht wahr?"

Der Leutnant verstummte und nahm die Flasche, die Jumbo ihm reichte. „Achtzehn Jahre, Jumbo", sagte er nachher, „ist das nicht zu früh?"

„Was ist früh und was ist spät?", antwortete Jumbo. „Wenn die Sonne aufgeht, ist das alles ohne Bedeutung für uns."

Er versank nun in Gedanken, und eine Weile war er ganz für sich allein. Alles andere war nicht so schlimm, aber mit Jons war es schade. Der kleine Mönch, der nun an seinem Ofen saß und an die Gerechtigkeit dachte. Man hätte ihm noch einiges sagen müssen, von dem großen Welttheater und dem großen „Wartesa ... a ... al". Aber auch er hatte schon seine Eintrittskarte, auch er würde seinen Platz finden ... ja, ein paar Jahre Landarzt wäre er doch gerne gewesen ... mit Pferd und Wagen über die stillen Straßen ... über die stillen Straßen geht klar der Glockenschlag ... aber das ist wohl ein Lied, und hier gibt es keine Glocken, nur die Geschütze dröhnen ... ultima ratio regis ... jaja, auch für die Könige kommt solche Stunde.

Er erwachte davon, dass der Leutnant zu singen begann, leise, wie ein Kind im Schlaf. „Fridericus Rex ... unser König und Held ..." Er wandte vorsichtig den Kopf zur Seite und sah in der tiefen Dämmerung das kleine, weiße Gesicht mit den geschlossenen Augen. Schnee war von den hohen Bäumen auf ihn herabgefallen, der Helm war ihm in die Stirn gesunken, die Schuppenkette schimmerte, und die hohe, grau bezogene Spitze hob sich in einem seltsamen Winkel aus dem Schnee heraus.

,So also sieht es aus', dachte Jumbo. Und wenn nun ein Kriegsberichterstatter käme, würde er einen wundervollen Artikel schreiben können. ,Im Tode vereint ...' oder so etwas Ähnliches. Das alte, spöttische, weise Lächeln glitt für einen Augenblick um seine Mundwinkel und erlosch wieder. Er trank noch einmal und stopfte noch einmal seine kurze Pfeife. Unendliche Mühe, bis die kleinen, blauen Wolken in die eisige Luft stiegen. Sieh da, nun waren die Sterne hoch oben zwischen den weißen Wipfeln, silberne kleine Punkte. Eine kalte Nacht würde kommen, eine barmherzig kalte Nacht. Und morgen gab es kein Marschieren mehr. Ausmarschiert, Jumbo. Eisern gelernt, kleiner Leutnant, was?

Der Leutnant sang immer noch, immer dasselbe Lied, und die leisen Worte in ihrem scharfen Rhythmus gingen wie kleine Hammerschläge durch den dunklen Wald. Als klopfe jemand an die erstarrten Bäume, ein Förster oder ein Köhler, der sein Holz prüfte, das er schlagen wollte. Und dann verstummte das Lied plötzlich, wie von einer Schere entzweigeschnitten, und der Leutnant hob den Kopf. Der Helm fiel ihm über die Augen und gab seinem kleinen Gesicht das Aussehen einer schauerlichen Maske. „Student!", sagte er mit klarer Stimme.

„Herr Leutnant!"

„Student, hier wird marschiert, verstanden? Eisern marschiert, Student!"

„Zu Befehl, Herr Leutnant!"

Der Kopf sank zurück, die Schuppenkette schimmerte, und ein tödliches Schweigen breitete sich langsam in dem Dunkel der Tannen aus.

Es fröstelte Jumbo. Ein leiser, eisiger Schauer lief einmal von seinen Schulterblättern bis in die erstorbenen Füße und verschwand dort. „Exitus", murmelte er. „So sagen die großen Ärzte …" Er trank den Rest aus der Flasche und ließ sie dann fallen. Seine Finger gehorchten ihm nicht mehr, aber er glaubte, dass sie warm seien. Alles war warm, die Füße, die Hände, der Leib, in dem es ganz leise klopfte wie vorhin der Köhler an seinen Baum. Es war nicht so schlimm, wie sie immer behauptet hatten. Alles Behauptete war falsch, auch dieses. Be … haupten, ent … haupten … so seltsame Worte hatte die Sprache, und auch darüber hatte er zu wenig nachgedacht. Zu viel getrunken, zu wenig gedacht … Für den Vater würde es schlimm sein. Zu Weihnachten gerade … oder war es schon vorbei? Stille Nacht, heilige Nacht … ja, eine heilige Erde hatten sie gemacht aus dieser Erde, das konnte man wohl sagen. Auch Jons würde sie nicht bewegen. Niemand … dreißig Morgen, Mönchlein, hörst du? Dreißig Morgen …

Er schlief ganz still ein, ohne Schmerzen. Die Augen fielen ihm zu, und mit dem letzten müden Blick sah er die hohen silbernen Sterne, wie auf einen schwarzen Betthimmel gestickt. Seine Finger hielten die kleine Tabakspfeife umklammert. Sie waren schon erstarrt, bevor er gestorben war.

Gegen Morgen begann es zu schneien, lautlos, mit großen Flocken, die senkrecht herabfielen. Sie legten sich auf die grauen Mäntel und in die offenen Augen, und um die Mittagszeit war nur noch die Helmspitze des kleinen Leutnants zu sehen. Sie ragte nicht senkrecht aus dem Schnee heraus, sondern wies in einem schrägen Winkel nach vorn. „Wie der Finger einer Menschenhand, die in das dunkle Geäst der Tannen zeigte oder höher hinauf, zu einem Stern, der nachts geschienen hatte und längst versunken war.

# XVIII

Jons erfuhr Jumbos Tod erst zu Beginn des Frühlings, und auch Jumbos Eltern hatten ihn nicht früher erfahren. Man hatte die Toten erst bei der Schneeschmelze gefunden. Er erfuhr ihn durch eine gedruckte Anzeige, über der ein Eisernes Kreuz stand, aber schon am nächsten Abend klopfte es leise an seiner Tür, und ein alter Mann in einem ausgewachsenen Gehrock, mit einem abgeschabten Zylinder in der Hand, stand vor der Schwelle. Er trug eine Brille wie Jumbo, aber hinter ihr waren seine Augen trübe und von roten Adern durchzogen, die Augen eines Trinkers. Es war der Gastwirt, Jumbos Vater.

Er blieb eine Weile auf der Schwelle stehen, als blende ihn der Lampenschein, und blickte durch seine Brille auf Jons und die vielen Bücher an den Wänden. Etwas Ergreifendes lag um seine schwerfällige, provinzhafte Gestalt. Etwas von einem reichen Mann, der arm geworden war und nun an den Türen betteln ging. „Ja", sagte er, „ich bin es. Sie haben ihn nun gefunden."

Jons half ihm aus seinem Mantel und führte ihn zu dem abgeschabten Sofa. ‚Es ist also wahr‘, dachte er. ‚Nun ist es wirklich wahr.‘

Herr Eschment putzte die Brille mit einem großen, geblümten Taschentuch und vergaß, sie wieder aufzusetzen. Er hielt sie in seinen zitternden Händen und sah Jons an. „Er lag neben seinem Leutnant", sagte er, „und hielt die kurze Pfeife in der Hand. Er rauchte zu viel, Herr Jons, aber dort mag es ihm gutgetan haben, in seiner schweren Stunde."

Jons nickte, und ein schwerer, hoffnungsloser Schmerz presste ihm die Kehle zusammen.

„Sie haben mir nicht geschrieben", fuhr Herr Eschment fort, „was für einen Schuss er gehabt hat, und vielleicht war es auch nicht mehr zu erkennen. Es war ein großer Wald mit hohen Tannen, und viele lagen dort. Ich denke, dass er erfroren ist, und sie sagen, dass es ein schöner Tod sein soll. Sie haben mir alles geschickt, was er bei sich trug, auch die Brieftasche, und es lag ein Zettel drin, dass Sie seine Bücher haben sollen, Herr Jons. Deshalb bin ich auch gekommen."

Er setzte die Brille wieder auf und blickte über die schweigenden Reihen hin. „Ich weiß nicht", fuhr er fort, „ob es Ihnen viel nützen wird, weil er doch einmal Pfarrer werden wollte. Aber ich weiß, dass Sie sie in Ehren halten werden. Er hatte große Stücke auf Sie gehalten, Herr Jons, sehr große Stücke. Er sprach ja nicht viel, wenn er zu Hause war, aber von Ihnen hat er oft gesprochen."

Jons nickte wieder. Die Tränen strömten über sein Gesicht, und er sah den alten Mann nur wie in einem Nebel.

„Ich beklage mich nicht", sagte Herr Eschment, „und auch Sie sollten nicht weinen. Nein, ich beklage mich nicht. Wir sollen dem Kaiser geben, was des Kaisers ist. So steht es geschrieben, und so haben wir es auch gehalten. Er selbst, er mag ja anders darüber gedacht haben, aber er hat es sich nicht merken lassen. Er ist ein guter Soldat gewesen, und er hat neben seinem Leutnant gelegen."

„Einmal werden wir mehr brauchen als gute Soldaten", sagte Jons endlich, „und dann wird er nicht da sein."

„Andere werden da sein, Herr Jons. Sie zum Beispiel.

Aus einem tiefen Brunnen fließt immer Wasser. Wir sollen uns nicht beklagen, aber … aber … er war ein guter Sohn, Herr Jons …"

Jons nickte wieder.

„Er hat immer gedacht, dass ich nicht gewusst habe, dass er nicht Pfarrer werden wollte, und ich sollte es auch nicht wissen. Er war einer, Herr Jons, der die Seele nicht verletzen wollte, und solche sind selten. Bei solchen Eltern sind sie sehr selten … Aber ich habe es gewusst, lange schon. Zuerst war ich betrübt, weil ich gedacht hatte, dass er für mich beten würde. Manchmal ist es nötig, für mich zu beten, Herr Jons."

„Für uns alle wohl", sagte Jons.

„Ja, aber dann war ich nicht mehr betrübt. Ich wollte nur, dass er froh sein sollte. Und er war nicht froh, Herr Jons."

„Er war zu klug, Herr Eschment. Er sah zu viel, den Weg des

Fleisches und alles andere. Er war tapfer und freundlich und still, aber er war nicht froh."

„Nein, er war nicht froh, und deshalb trank er wohl auch ein bisschen. Nicht viel, aber doch so, dass das Salz ihm sanfter schmeckte. Verstehen Sie, Herr Jons?"

Jons verstand es sehr gut.

„Das Salz der Welt, ja. Es hat auch mich gebrannt, und ich konnte eben nichts weiter als trinken. Aber er konnte mehr. Er wollte es dämpfen, Herr Jons, das sind seine Worte. ‚Das Salz der Erde dämpfen.' Und ich denke, dass das ein großer Plan war."

„Es war der Plan, viele Tränen zu trocknen, Herr Eschment."

„Ja, ja, ein großer Plan … es war schon des Heilands Plan, und es ist schon so lange her, seit sie damit angefangen haben. Meinen Sie, dass sie einmal damit fertig werden, Herr Jons?"

Nein, das meinte Jons nicht. Aber er meinte, dass noch kein Mensch auf dieser Erde groß oder edel genannt worden sei, der nicht Hand dabei angelegt hätte.

„Und er hätte Hand angelegt, Herr Jons?"

„Wer sonst, wenn nicht er? Und bei mir hat er es schon getan. Ich kam aus dem Walde, wie ein Vogel, der aus dem Nest gefallen ist. Ich habe unter seinen Flügeln gelebt, Herr Eschment, verstehen Sie? Unter seinen Flügeln …"

„Jaja", sagte der Gastwirt nachdenklich, „und vielleicht bin ich auch deshalb gekommen. Wenn nun einer fällt von den Wächtern Zions, Herr Jons, ist es dann nicht gut, wenn gleich ein andrer da ist? Ein Stellvertreter? Damit die Stadt bewacht wird und keine Hand fehlt, um das Salz zu dämpfen? Ist es dumm, so zu denken?"

Jons sah ihn lange an. „Aber in einem Jahr gehe ich ja selbst hinaus", sagte er endlich leise.

„Jaja, ich weiß. Sie gehen hinaus, aber Sie kommen wieder. Ich weiß, dass Sie wiederkommen. Ich habe gesagt, dass ich mich nicht beklage, aber ich habe es gesagt, weil ich denke, dass er in Ihnen weiterleben wird. Sie waren ihm wie ein Sohn, Herr Jons, hören Sie? Er selbst war nur eine Form, und auch Sie sind nicht mehr, aber das, was darin war, verborgen in der Form, wollen Sie das dort liegenlassen in dem großen Wald, wo er liegt? Wollen Sie es nicht aufheben, Herr Jons?"

Es waren nun nicht mehr die Augen eines Trinkers, eines kleinen Gastwirts aus einer kleinen Stadt. Es waren auch nicht mehr nur die Augen eines Vaters, der für das zersplitterte Bild eines Sohnes ein anderes heiles Bild setzen wollte. Es waren nun Jumbos Augen, ernst und leise sorgenvoll. Augen, die längst auf das verzichtet hatten, was die Menschen Glück nannten, und die auf nichts anderes blickten, als was sie die „Dreißig Morgen" nannten. Den winzigen Raum der Erde, auf dem sie nun Hand anlegen wollten, damit etwas, nur etwas von dem verschwände, was für sie das große Unrecht war, oder das große Leid, der Hass und die Gewalt.

„Ich will es nicht liegenlassen", sagte Jons. „Er war mein Lehrer, und ich will immer sein Schüler bleiben."

Herr Eschment nickte. „So bin ich nicht umsonst gekommen", sagte er. „Ich habe gebetet, bevor ich herkam … Sie wissen wohl, dass ich viel bete … und Gott hat mich erhört. Einfache Leute wie ich haben nicht viel anderes als das Gebet und dieses … entschuldigen Sie bitte, Herr Jons …"

Er zog eine kleine, flache Flasche aus seinem Rock, wandte sich ein wenig zur Seite und trank. Er war nicht verlegen, er verbarg seine Sünde nicht, und als er getrunken und die Flasche wieder fortgesteckt hatte, sah es aus, als habe er nur einen Knopf an seiner Weste geschlossen oder sonst eine kleine Unordnung beseitigt.

„Das Leben ist nun zu Ende", sagte er und stand schwerfällig auf. „Es gibt Väter, für die es zu Ende ist, wenn es für den Sohn zu Ende ist. Aber was nun noch kommt, wird mir leichter sein, wenn ich an Sie denke, Herr Jons. Es wäre leichter für das ganze Land, wenn alle so denken könnten. An einen Stellvertreter, der nichts liegen lässt. Aber es können nicht alle so denken. Es gibt nicht so viele Stellvertreter, Herr Jons."

Er trat vor die Bücherreihen und ging langsam an ihnen entlang, wobei er mit der rechten Hand vorsichtig über die Einbände fuhr. „Das Salz …", sagte er leise, „alles für das Salz … aber wenn Sie erlauben, Herr Jons, möchte ich dies gern mitnehmen, ja?" Er blätterte in einem Neuen Testament, und Jons sah, dass der Rand der kleinen Blätter mit vielen Anmerkungen in Jumbos kleiner, zierlicher Schrift bedeckt war.

„Sie sollen alles mitnehmen, was Sie wollen", erwiderte Jons. Aber der Gastwirt schüttelte den Kopf. „Bücher sind keine Andenken", sagte er. „Dazu sind sie zu schade. Ich habe immer gedacht, dass Bücher Waffen sind und Salben, und Waffen und Salben gehören nicht in einen Schrank … Leben Sie nun wohl, Herr Jons. Gehen Sie hinaus und kommen Sie wieder. Ich freue mich, dass ich gekommen bin … hier hat er nun gelebt, ja …" Jons half ihm in den Mantel und reichte ihm den hohen Hut.

„Auch Sie sind kein froher Mensch", sagte Herr Eschment noch auf der Schwelle. „Ich sehe es. Aber wer daran arbeiten will, dass die Menschen nach tausend Jahren froh sein sollen, froher als heute, der kann es vielleicht auch nicht sein. Meinen Sie, dass die Apostel froh waren, Herr Jons?"

Jons hatte nicht darüber nachgedacht, aber er meinte es nicht.

Herr Eschment nickte. „Nicht einmal die Trinker sind froh", sagte er nachdenklich, und dann ging er in den halbdunklen Gang hinaus.

Und damit erlosch alles Sichtbare, was von Jumbo geblieben war. Seine Bücher, der Nachklang seiner Gespräche, sein Lächeln, der Rauch seiner kleinen Pfeife, sie waren das Unsichtbare, und in ihnen begann Jons nun zu leben. Niemand brauchte ihm zu sagen, wie viel er verloren hatte, und doch war es, als habe erst der Tod dieses Bild vollendet. Die großen Mahnungen waren immer erst bei den Toten. Bei den Händen, die sich nicht mehr rühren konnten, aber von denen man wusste, dass sie sich hatten rühren wollen. Er meinte zu wissen, dass ihm der Tod nicht allzu bitter geworden war. Die frühe Weisheit seiner Augen würde auch jenen fremden Wald umfasst haben, die hohen Bäume, den Schnee, die Sonne oder die Sterne. Er hatte sich oft gegen Menschen aufgelehnt, gegen ihre Meinungen und Taten, mit

Leidenschaft und Zorn sogar, aber niemals gegen die Natur. Wer sich gegen den Tod auflehnte, musste sich auch gegen das Leben auflehnen, schon gegen die Geburt. Aber das hatte er nie getan. Er hatte sich nur dagegen gewehrt, dass man ihnen andere Namen unterschob, den Gottes zum Beispiel. Er war nicht froh gewesen, auch unter jenen hohen Bäumen wahrscheinlich nicht. Nur Kinder und Narren waren froh, und auch sie nicht immer. Aber er war weise gewesen, weise und tapfer, und das war etwas, was die meisten mit siebzig Jahren noch nicht erworben hatten. Er hatte das Salz der Erde noch nicht gedämpft, aber er hatte ihm gezeigt, dass es wert war, dafür zu leben.

Als Jons in den Osterferien nach Hause kam, hatte sein Vater den ersten Urlaub bekommen, und in ganz Sowirog bauten sie ihre Häuser auf. Sie hatten die Ziegel und das Holz im Winter angefahren, und wenn es auch an Männern fehlte, so kamen sie mit der Arbeit doch vorwärts. Und da sie ihr Vieh und den größten Teil ihrer Habe gerettet hatten, so trauerten sie nicht sehr um das Vergangene. Viel mehr als ein Dach und einen Herd hatten auch ihre Vorfahren nicht besessen und erstrebt.

Jakob schlief am Meiler wie früher, aber tagsüber war er im Dorf, saß mit Jons auf dem Dach und deckte es mit Rohr. Er war noch stiller als sonst, und eine dünne, weiße Narbe, die von der Wange zum linken Ohr lief, hatte sein Gesicht leise verändert, als sei es schmäler und härter geworden. Nein, wozu hätte er davon schreiben sollen, sagte er zu Jons. Ein Bajonettstich, der ihn gestreift habe. Er sei gar nicht von der Truppe fortgegangen.

Aber hin und wieder gab er Jons doch einen Rat, worauf er achten möge, wenn er einmal draußen sei. Die Füße, und dass die Abzugsschnur der Handgranaten nicht lose aus dem Stiel heraushänge, besonders wenn man durch einen Drahtverhau gehe. Und dass er sich nicht darüber wundern sollte, wenn die Offiziere so viel tränken. Er solle sich überhaupt nicht wundern. Der Krieg sei eine andere Welt, aber er müsse immer bedenken, dass er ein Übergang sei und dass die Menschenhand später dort wieder beginnen müsse, wo sie aufgehört habe.
Und dazwischen machten sie die Rohrbündel fest und blickten

über den See, der blau und kühl zwischen den Wäldern lag. Aber am Abend, wenn sie vor dem erloschenen Meiler saßen, wollte Jakob wissen, was nach dem Kriege mit Jons sein würde. Er war nie neugierig gewesen, und eine leise Angst begann Jons zu erfüllen. Er begriff, wie anders die Welt geworden war, und dass die große Veränderung auch den Vater erfasst hatte. Das Schwankende und Flüchtige aller Gegenwart, und dass man von der Zukunft sprechen musste, weil man nicht wusste, ob man es noch einmal würde tun können, wenn man die Minute versäumte. Früher war der Meiler die Zukunft gewesen, und sie hatten gewusst, dass er glühen würde, solange man seine Pflicht nicht versäumte. Aber nun war der Meiler tot, und sie mussten von den Menschen sprechen statt vom Holz und von der Kohle.

Er wisse es noch nicht, sagte Jons, aber wahrscheinlich werde er ein Landarzt werden, hier in Sowirog. Ein Arzt für alle Dörfer in der Runde, für Förster und Waldarbeiter, für Fischer und Hirten. Er wisse es noch nicht genau, weil eines dabei sei, was ihn quäle. Dass nämlich der Kreis seines Lebens eng sein werde, wenn er das tue. Dass er von hier aus wahrscheinlich nicht die Welt bewegen werde und auch nicht die Gerechtigkeit auf den Acker bringen. Noch wisse er nicht, ob man das überhaupt tun könne, und der Herr von Balk und Jumbo hätten es nicht geglaubt. Und sobald auch er eingesehen habe, dass es ein Phantom sei, dass die Welt zu groß geworden sei, um so etwas zu erreichen, werde er dem Phantom nicht nachjagen, sondern für ein Dutzend Dörfer leben statt für die ganze Welt.

Jakob sah still vor sich hin. „Nach dem Krieg", sagte er dann, „wirst du vieles wissen. Du wirst auch demütig sein nach dem Krieg. Warte bis dahin."

Am Abend aber nahm er Jons noch einmal leise beim Arm. „Wir waren immer kleine Leute, Jons", sagte er, „und wir haben nicht viel Holz für unsern Hofzaun gebraucht. Und trotzdem denke ich, dass ein Leben wie das des Großvaters nicht verloren war. Er ist gefallen, und auch der Kaiser wird fallen. Ja, ich denke, dass er fallen wird. Aber vom Großvater wird besser gesprochen werden als vom Kaiser. Lass dich nicht bedrücken, dass es nur ein paar Dörfer sind, Jons. Nicht Ruhmesreich bist du getauft, sondern Ehrenreich. Und meinst du nicht, dass man in einen kleinen Holzbecher ebenso viel Liebe füllen kann wie in einen silbernen Kelch?"

Mehr sprachen sie von der Zukunft nicht, aber in den Abendstunden saß Jakob nicht mehr wie früher still auf der Schwelle, die Hände um die Knie gefaltet oder um das große Buch gelegt, sondern er flickte die Netze, um die seit des Großvaters Tod sich niemand gekümmert hatte, oder er besserte den Hofzaun aus oder setzte einen neuen Stiel in die Axt. Er war so tätig, dass es selbst Christean auffiel, aber sie sagten beide nichts. Sie wussten auch nicht, ob der Krieg die Menschen nun dahin verändere, dass sie ruhelos wurden. Nur dass er sie veränderte, das wussten sie.

Jakob musste am Abend des Karfreitag fahren, und in der letzten Nacht, als Jons und Christean schon schliefen, kam er noch einmal vom Meiler herüber, trat leise ins Haus und öffnete die Tür zur Kammer, die Marthe nun allein bewohnte. Sie war erst spät vom Bleichplatz gekommen und lag noch mit offenen Augen in dem breiten Bett. „Ich will keine Kinder mehr", sagte sie finster, ohne sich aufzurichten.

Aber er schüttelte den Kopf. „Ich komme nicht um ein Kind", sagte er und legte leise seine Kleider ab. Als er neben ihr lag, die Arme unter dem Kopf gefaltet, kam ihm das alles vor, als sei es vor dreißig Jahren gewesen: der Geruch des frischen Holzes und der Wäsche, das kleine Fenster, vor dem die Sterne standen, und der Atem eines Menschen neben ihm. Es roch nicht nach Rauch, keine Blätterstreu rührte sich unter ihm, und der Wald mit seinem leisen Rauschen war nicht zu hören. Es war wie ein fremdes Quartier im Kriege.

Der Atem neben ihm war still wie der einer Schlafenden, und er bedachte noch einmal, wie er es die ganzen Tage getan hatte, dass es keine größere Fremdheit auf dieser Erde gebe als die zwischen zwei Menschen, die dieselbe Sprache redeten. „Nein, ich komme nicht um ein Kind", begann er endlich, „ich komme nur um ein bisschen Frieden, ehe ich wieder fortgehe."

Ihr Atem ging weder schneller noch langsamer. „Frieden macht der Kaiser", sagte sie schließlich.

„Ich meine nicht diesen Frieden. Ich wollte nur sagen, dass ich wohl viele Dinge nicht recht gemacht habe. Man kann Gott gehorsam sein und doch die Menschen kränken."

„Ja, das kann man wohl."

„Und man kann Gott ungehorsam sein und ebenso kränken. Manchmal ist keine Brücke zwischen der Welt Gottes und der der Menschen."

„Für mich war da niemals eine Brücke."

„Ja, du warst wie die Frau im Märchen, die zu viel haben wollte, und ich war nicht der, der es dir geben konnte. Ich konnte dir wenig geben, und das war meine Schuld. Du dachtest, als du mich nahmst, ich wäre ein König, aber als die Kleider abfielen, war ich nur ein Köhler."

„Auch in Kleidern warst du ein Köhler", sagte sie. „Du warst ein guter Köhler, aber ich hatte nichts davon. Du warst ein Mann, der stolz war bis zum Hochzeitstage, und von da ab warst du demütig. Du warst wie ein Mann, der einen falschen Namen trägt."

Er dachte lang nach, aber dann schüttelte er den Kopf. „Ich habe nie versprochen, dass ich Großes werden wollte", sagte er endlich. „Es sah nur so aus, als ich um dich warb. Für mich warst du etwas Großes. Und als ich dich hatte, wollte ich Kinder haben und ein frommes Haus. Aber du wolltest weder Kinder haben noch die Bibel. Du wolltest Prinzen haben, und du wusstest nicht, dass eine Mutter sich beugen soll."

„Nein, wir sind nicht aus Weidenholz, dort, wo ich geboren bin."

„Gott biegt noch anderes Holz als Weidenholz … Aber das ist nun alles geschehen und kommt nicht wieder. Ich wollte sagen, dass dein Enkelkind Jons einmal den Hof bekommt. Ich habe es so aufgesetzt und für die anderen gesorgt. Viel ist es ja nicht, was ich zu geben habe."

Sie richtete sich nun auf und sah ihn an. Er sah ihr weißes Gesicht nur wie einen Schein in der Dämmerung der Kammer.

„Und dein Sohn Jons?", fragte sie. „Ich will es ihm morgen sagen, und ich weiß, dass er es zufrieden sein wird. Er wird ein Arzt werden und hier leben, und er ist nicht einer von denen, die etwas haben wollen. Er ist einer von denen, die geben wollen. Er hat, was du wohl ein Köhlerherz nennen wirst."

„Und ich? Soll ich unter demselben Dach leben mit denen aus der ‚Armen Sünde'?"

„Wir leben alle unter diesem Dach. Aber du wirst ein anderes Dach bekommen. Sie werden es dir bauen. Es wird niedrig sein, aber auch du wirst kleiner werden, wenn das Alter kommt. Sie werden für dich sorgen. Sie werden vergessen, dass du einmal geschlagen hast, wo du hättest streicheln sollen."

Sie legte sich wieder zurück, aber sie sprach nicht mehr. Die Sterne rückten in dem kleinen Feld des Fensters vor, verschwanden hinter dem hölzernen Kreuz, tauchten wieder auf und versanken dann für immer. Der Zeiger der Himmelsuhr drehte sich ganz langsam, und Jakob sah ihm zu. Er wusste nicht, ob die Frau neben ihm schlief, und er brauchte es auch nicht zu wissen. Er war nicht zufrieden mit dem, was er gesagt hatte, und er hatte auch nicht gefunden, was er gesucht hatte und was er hatte mitnehmen wollen. Stückwerk blieb, was die Menschen versuchten, und nur Jons vielleicht würde es besser machen. Für einen einfachen Mann konnte schon ein Kind eine Himmelsleiter bauen.

Er schlief ein und wachte wieder auf. Es war ein leiser, vorsichtiger Schlaf, als dürfe er die Sterne nicht versäumen, die über das Fenster gingen. Aber als er in der Morgendämmerung erwachte, sah er, dass Marthes Hand neben der seinigen lag. Gerade so nahe, dass die beiden Hände bei jedem Auf und Ab des Atmens sich trennten und wieder berührten. Er sah lange auf sie nieder, ohne sich zu bewegen. Er hörte an Marthes Atem, dass sie schlief, und er hatte Zeit, darüber nachzudenken, was es bedeutete. Jeder Zauber verging, wenn man fragte, und er würde niemals fragen.

Er blickte lange auf die Hand nieder, und noch einmal wusste er nicht, wo die Grenze zwischen Fremdem und Vertrautem war. Vielleicht hatte der Vater gewusst, was das Leben war, und vielleicht würde Jons es wieder wissen. Ihn hatte es ausgelassen. Er wusste nicht. Wenn Gott allmächtig war, konnte er auch eine Hand im Schlaf bewegen und sie neben eine andere Hand legen. Aber was der Erwachende daraus machte, das war nicht mehr Gottes Sache.

Er stand leise auf, nahm seine Kleider und schlich sich aus der Kammer. Er zog sich neben dem kalten Herde an und trat dann vor die Tür. Die Sonne war noch nicht aufgegangen, aber über dem Kirchenhügel stand schon ein roter Schein, und in ihm stand die dunkle Gestalt des jungen Baumes, den sie den toten Pfarrer nannten. Es war gerade ein Jahr seit seinem Tode vergangen.

Niemals würde Jons vergessen, wie der Vater am Nachmittag aus dem Hause trat und vom Tor aus über das Dorf, den See und die Wälder blickte. Er war schon fertig zum Marsch, mit Tornister, Koppel und Gewehr, eine graue Gestalt, die schon in ihrem Äußeren einer anderen Welt angehörte. Sein Gang und seine Haltung waren wie sonst, aber in seine Augen war ein Schein gekommen, den Jons noch niemals in ihnen gesehen hatte. Sie waren so mit Licht gefüllt, dass sie strahlten, einem Licht, das nicht nur von der Sonne kam und dem blauen Himmel, der über dem Dorfe ausgespannt war, sondern das tief von innen kam, das seinen ganzen Körper durchleuchtete und nun seine Augen erfüllte. Jons hätte nicht sagen können, dass es Glück sei, und auch nicht, dass es Schmerzen seien. Es war nur so, als sei die alte Haut von seinem Gesicht abgefallen, die Asche und der Ruß der Meilerzeit, das still Wartende und Lauschende, das Zugeschlossene und Abgewendete, und als sei eine neue kindliche Haut über sein Gesicht gespannt, eine durchsichtige Haut, und durch sie scheine nun die innere Schönheit des einfachen Mannes und eines ganzen rechtlichen und liebevollen Lebens wie ein Licht durch ein dünnes Papier.

Ein leiser Regen war gefallen, ehe die Sonne wieder schien, und nun glänzten die neuen Rohrdächer von Sowirog, die frischen Balken, die Zäune und die Knospen an den Sträuchern.

Über den See hatte der leise Wind ein silbernes Netz geworfen, in dem es tausendfach blitzte wie von unzähligen Fischrücken, und dahinter in der ganzen Runde standen die alten Wälder, aus denen der Nebel aufstieg, der Dampf des Wachstums und der Fruchtbarkeit.

Jakobs Augen tranken das alles in sich hinein, als hätten sie es niemals vorher gesehen. Seine braune Hand lag still auf dem niedrigen Torpfosten, und mit der anderen nahm er Jons beim Arm und zog ihn näher zu sich heran. „Meinst du nicht, Jons", sagte er, „dass man auch hier das Seine tun kann?"

„Ja, Vater, es ist schön hier."

Die leuchtenden Augen blieben für eine Weile auf seinem Gesicht haften und gingen dann noch einmal den ganzen Horizont entlang. „Diese kleinen Dörfer", sagte er, „hier und auch in dem fremden Land ... immer ist mir, als könnte Christus in ihnen geboren sein ..."

Dann gingen sie langsam die Dorfstraße entlang und am Meiler und Kiewitts Feld vorbei in die Wälder hinein. Die Drosseln sangen, der Seidelbast blühte an den Gräben, und es war schön, nach dem langen Winter wieder auf der weichen Erde zu gehen. Sie sprachen nicht mehr, und am Ende einer der großen Lichtungen blieb Jakob stehen und gab Jons die Hand. „Gestern um diese Zeit", sagte er, „hatte ich ihn noch nicht, aber heute habe ich ihn: den Frieden."

Er küsste Jons schnell auf die Stirn und ging davon. Er drehte sich nicht mehr um, und Jons blieb bis zur Dämmerung stehen und sah auf die dunkle Stelle zwischen den beiden hohen Wacholdern, zwischen denen der Vater verschwunden war. Es war ihm, als werde er ihn niemals mehr wiedersehen.

Das weiße Pferd stand wieder am Waldrand, als er zurückging, ein weißer Fleck vor den dunklen Tannen, und das Mädchen aus dem andern Dorf saß wieder auf der Schwelle der Meilerhütte. Alles war wie sonst, und alles war anders geworden. Vögel zogen über den Mond nach Norden, und das ferne Schlagen ihrer Flügel erfüllte die Nacht. Er sah ihnen nach, ohne es zu wissen, und plötzlich, aus der Wirrnis halbklarer Gedanken heraus, erfüllte ihn eine neue Erkenntnis: dass das Leben seines Vaters das schönste Leben war, das er jemals gesehen hatte. Reich in aller Armut, weit in aller Enge, und am Ende von einem Schein beglänzt, den er an keinem anderen Leben gesehen hatte. Er hatte es den Frieden genannt, aber er hatte nicht gesagt, woher er ihm gekommen war. Er hatte das Geheimnis mitgenommen, und nur ein Nachglanz war geblieben wie von einem stillen Feuer hinter dem Horizont.

Selbst das Dorf schien ihm verwandelt, seit der Vater es mit seinen Augen umfasst hatte, und als er wieder über den Hofplatz ging, war ihm, als liege eine lange Zeit zwischen der Gegenwart und jener fernen Zeit, als er hier mit dem Vater gestanden hatte.

Die Mutter saß vor dem Herd und sah ihn an, als er die Tür hinter sich geschlossen hatte. Eine Ewigkeit war vergangen, seit sie ihn angesehen hatte. „Du wirst nun der Herr hier sein", sagte sie. „Wenn du wiederkommst, will ich an den Meiler ziehen. Ihr braucht kein neues Haus für mich zu bauen."

Jons blieb noch für die Feiertage da. Ein neuer Lehrer war gekommen, mit einer Frau und vielen Kindern, und Maria war in das Zwergenhaus gezogen, wo sie im Giebel zwei Kammern bewohnte. Sie hatte ein Mädchen geboren, das Barbara heißen sollte, und lebte von einer winzigen Rente und der Näharbeit, die man ihr zutrug. Sie saß an dem niedrigen Fenster, von dem man die Straße sehen konnte, wo sie hinter der „Armen Sünde" im Walde verschwand, und manchmal ließ sie die Nadel sinken und blickte mit ihren hellen Augen auf den Staub, der hinter einem der Holzfuhrwerke aufgestanden war und noch lange in der stillen Luft hängen blieb. Oder sie nährte ihr Kind und blickte auf sein noch spärliches Haar nieder, das so hell wie das seines Vaters war.

Am Abend aber, wenn die Stare in den Obstbäumen sangen, trug sie den Kinderwagen die Treppe hinunter und fuhr mit ihm über die Dorfstraße bis zu der Stelle am Waldrand, die sie tagsüber mit ihren Augen abgesucht hatte. Dort saß sie auf der Böschung des Grenzgrabens, wenn das Wetter schön war, spielte mit einem Haselnusszweig und sah zu, wie die Schatten zwischen den hohen Fichtenstämmen dunkler und dunkler wurden. Erst wenn der erste Stern über dem Moor erschien, stand sie auf und fuhr mit dem schlafenden Kind zurück. Aus den kleinen Fenstern des Dorfes sah man ihr mitleidig nach, aber ihr Gesicht war still und nachdenklich wie immer, ohne Trauer oder Gram, von einer ruhigen Sicherheit erfüllt.

Wenn sie die Treppe wieder hinaufkam, saß Jons unter der Lampe, oder sie gingen zum alten Lehrer hinunter, der die kleinen Hände des Kindes an die Weltkugel legte und die Länder und Meere unter ihnen kreisen ließ. Er war nun so alt, dass sie alle seine Kinder waren, auch Jons und Maria, und manchmal sah er sie durch den Rauch seiner Pfeife an, nachdenklich, mit etwas Sorge und etwas Freude, wie alte Leute auf junge Bäume zu blicken pflegen.

„Das möchte ich nun noch erleben, Jons", sagte er, „dass du dein Hörrohr feierlich aus der Tasche nimmst und auf meine Brust legst und deine unleserlichen Zeichen auf ein Rezept malst. Solange Sowirog steht, ist das noch nicht gewesen, dass ein großer Professor auf seinen Schulbänken gesessen hat."

„Es wird kein großer Professor sein", sagte Jons lächelnd.

„Für uns doch, Jons. Für uns doch. Wenn ich auch immer noch nicht weiß, ob du hier bleiben wirst. Du wirst einen berühmten Bazillus entdecken oder ein Serum gegen eine große Krankheit, und dann werden sie dich abholen, vierspännig, und vor den Kaiser fahren."

„Ich werde nichts entdecken", sagte Jons, „als vielleicht das Geheimnis, das der Vater entdeckt hat, bevor er fortging. Und damit werde ich wohl siebzig Jahre zu tun haben. Mein Mathematiklehrer hat immer gesagt, dass ich zu langsam denke."

„Hast du einmal überlegt, Jons?", fragte Stilling nach einer Weile, „dass zu Beginn des Johannes-Evangeliums geschrieben steht: ‚Am Anfang war das Wort?' Oder hast du gedacht, dass das nur für die Pfarrer geschrieben sei?"

„Ich habe es nicht besonders überlegt", erwiderte Jons. „Aber ich weiß, dass Jumbo immer gemeint hat, das Wort habe die Welt verdorben." „So wie er es gedacht hat, war es wohl richtig, Jons. Aber die so sprechen, vergessen meistens, dass wenigen Dingen auf der Welt so viel Gewalt gegeben ist wie dem Wort. Ich habe daran gedacht, dass Luther von einer kleinen Zelle aus die Welt bewegt hat und dass es ein paar Lieder gibt, die seit hundert und mehr Jahren die Herzen der Menschen bewegt haben. Und ich habe weiter gedacht, dass die Sonne und der Mond auch über Sowirog stehen; dass auch hier die Zeiger Gottes über die Erdenuhr gehen, und dass auch hier einem Menschen gegeben sein könnte, Worte zu sagen, die wie ein neuer Anfang über die alte Erde gehen."

„Sie meinen, Herr Stilling", fragte Jons, „ob ich nicht hier ein Dichter oder Philosoph werden möchte? Aber das möchte ich nicht werden, Herr Stilling, und wahrscheinlich würde ich es auch gar nicht können. Ich habe ein paar Verse geschrieben, und damals habe ich gemeint, wer es nicht genau wüsste, könnte ebenso glauben, sie seien von Goethe oder Mörike. Aber das ist schon lange her, und heute würde ich sehr gut wissen, ob sie von Mörike oder von mir sind.

Und dann habe ich im Winter einmal einen Dichter gehört. Er ist sehr berühmt, und er hatte zwei Leuchter mit Kerzen auf seinem Pult. Er sah immer zur Decke hinauf, als ob am Kronleuchter etwas nicht in Ordnung wäre, und nachher schrieb er seinen Namen in viele Bücher. Es waren schöne Verse, und wenn ich sie vor Jumbos Ofen gelesen hätte, würden sie mich bewegt haben. Sie wären wie aus einer feierlichen Ferne zu mir gekommen, so als ob ein Engel in einer silbernen Rüstung sie am Ende einer Wüste oder eines Schlachtfeldes gesprochen hätte, zu den Schakalen und Straußen, oder zu den Toten. Ich hätte das Buch, das Papier und den Druck vergessen, ich hätte nur das Wort gehört, den Atem einer fernen Gewalt, die weder himmlisch noch irdisch ist.

Aber so konnte ich es nicht vergessen. Ich musste daran denken, dass er in dem gleichen Winter wohl zwanzig- oder dreißigmal die gleichen Verse sprach, immer die Augen zum Kronleuchter gehoben und immer mit dem feierlichen Beben der Stimme am Beginn der letzten Strophe. Und dass er vielleicht in einem winzigen, versteckten Winkel seiner Augen die vielen Gesichter unter ihm in einem blassen Nebel sah und aufpasste, ob dieser Nebel sich bei einem bestimmten Vers bewegte oder unerschüttert blieb. Und dass er bei jedem der Verse, ja der Worte daran dachte, wie er sie in dieser oder jener Stadt betont hatte und dass er ein Handwerker geworden war, um dessen Stirn nur die Backfische den alten, reinen Glanz sahen. Ich aber sah die Schweißtropfen auf ihr, denn es war heiß im Saal, und die Fenster waren geschlossen und verhängt.

Und als ich hinausging, stand an der Saaltür ein einfacher Mann, ein Arbeiter wahrscheinlich, und sprach mit einem Mädchen. Er sah noch über den leeren Saal nach der Bühne hin, wo das Pult nun dürftig und einsam auf hohen Füßen stand, und auf eine Frage des Mädchens zuckte er die Achseln und sagte: ‚Ein erfolgreicher Unternehmer …‘ Und das war alles, was er sagte.“

„Aber das ist ungerecht, Jons …“

„Ja, ich weiß, und ich habe es auch schlecht getroffen, aber für mich war es nun eine Erfahrung, ebenso wie für den Arbeiter. Nein, ich denke nicht, dass ich Bücher schreiben werde, Herr Stilling, die die Welt bewegen. Höchstens ein kleines über die Hygiene des Dorflebens oder noch ein kleineres über das Leben eines Landarztes. Die anderen aber, Verse und so weiter, die werde ich wohl nicht schreiben. Denken Sie, dass der Vater an solch einem Pult stehen und über die Seligpreisungen sprechen könnte? Vielleicht hat er einmal zu einem von uns Kindern ‚Mein liebes Kind‘ gesagt, und auch daran kann ich mich nicht erinnern. Ein Meiler, der nach außen glüht, ist schon verdorben, Herr Stilling. Und ich würde mir wohl immer vorkommen wie einer, der seine Kleider vor der Welt auszieht. Die meisten machen wohl die Augen zu und denken, dass, wenn sie nichts sehen, die anderen auch nichts sehen. Aber ich könnte das nicht.

Nein, ich habe nur einmal gesehen oder gehört, wie die Welt bewegt wurde, und das war damals, als ich das Wunderkind gehört habe. Es sah nicht auf das Publikum und auch nicht auf den Kronleuchter, nicht einmal auf seine schwarzen und weißen Tasten. Aber ich dachte damals, dass es den Himmel offen sähe, und ich denke es auch heute noch. Was ist das Wort gegen den Ton, Herr Stilling? Mit dem Wort kann gesündigt werden; man kann es verraten und verkaufen an alle, die es brauchen und benützen wollen. Man kann es dem Hass dienstbar machen und dem Aufruhr. Aber die Töne kann man nicht verkaufen. Sie sind das Losgelöste und Entbundene, sie haben nichts mit dem zu tun, was die Menschen preisen oder verachten. Aber sie sind eine Gnade, und mir ist sie nicht verliehen worden. Ich denke, dass ich für die Armen geboren bin, Herr Stilling, und ich denke nicht, dass man ihre Wunden mit Versen oder Tönen heilen kann, sondern nur mit seinen Händen und mit so viel Liebe, wie der Vater für sie gehabt hat."

„Aber wie sie reden können, die Jerominkinder!", sagte Maria und zog lächelnd einen neuen Faden in ihre Nadel. „Sie verachten das Wort, aber sie sind die Prediger in den Wäldern. Sei nur da, Jons", setzte sie ernst hinzu, „wenn der kleine Tod wieder über die Dörfer kommt. Das soll uns allen schon genug sein."

Der Mond stand hinter einem nebligen Schleier, als er durch die Nacht nach seinem Hause ging. Die Welt lag unter einem matten Schein, und die Wälder waren weit hinaus gerückt an ihren Rand. Er blieb an einem der neuen Zäune stehen und legte die Hände um das frische Holz. Eine unendliche Liebe zu dieser armen Erde überströmte sein Herz. Er wusste, dass er vieles von dem nicht erfüllte, was sie von ihm gedacht hatten. Dass er nicht so hoch steigen würde, wie ihre Wünsche ihn gesehen hatten. Aber er würde einer von ihnen bleiben. Er würde fortgehen in eine lange Lehre, und sie würden denken, dass er sie vergessen hätte. Aber dann würde er wiederkommen, und seine Hände und sein Herz würden nur für sie da sein. Niemand war für sie da gewesen bisher außer der Obrigkeit, und auch die Pfarrer und Richter waren nichts gewesen als ein Teil dieser Obrigkeit. Niemand hatte sie geliebt. Sie waren nicht viel mehr als Vieh in den Ställen des Reiches gewesen. Im Frieden hatten sie ihre Arbeit und ihre Steuern gegeben, und im Krieg hatten sie ihre

Söhne gegeben. Die großen Reden und Aufrufe dachten auch an sie und vergaßen sie nicht, aber das Herz hatte keinen Teil daran. Sie waren Waisenkinder und trugen alle das gleiche graue Kleid.

Und doch waren Könige unter ihnen gewesen wie der Großvater, und Helden wie Michael, und Begnadete, wie Christean, und Adlige wie der Vater. Aber das Reich sah sie nicht. Es hatte sich zurückgezogen auf seine großen Städte, und was sie dort anbeteten, war das Gold und das Wort. Vergängliche und trügerische Dinge, wie die Macht, die sie darauf erbauten. Wer in die Wälder geschickt wurde, ging wie in eine Verbannung, und wer in die Stadt berufen wurde, war ein Auserwählter. Und die wenigen, die berufen waren, erkannte niemand. Man schickte sie zum Sterben hinaus wie Jumbo und wusste nicht, dass niemand sie ersetzen konnte. Man unterschied nicht zwischen dem Wert und der Zahl.

Es war leicht, das Große und Unendliche zu wollen, so wie es in dem großen Buch geschrieben stand, aber es war besser, es zu wollen und dabei das Kleine und Endliche zu tun. Es war nicht richtig, dass das Kleine und Endliche nur für die Handlanger war. Er sah das bittere Gesicht des Jungen, der den Konsistorialrat gefragt hatte, wie lange sie denn noch Leid tragen sollten, bis sie getröstet würden, und der Konsistorialrat würde keine andere Antwort wissen, als dass sie warten sollten, bis Gott die Tränen abwischen würde von ihren Augen. Er konnte keine andere Antwort wissen, denn er lebte nicht in den Dörfern. Er half nicht die Baumstämme zu seinen Kirchen fällen, er half den Gebärenden nicht in ihrer Stunde, er gab nicht von seinem Brot ab, wenn die Bojarkinder hungerten. Nur der tote Pfarrer hatte das getan, und ihn hatten sie ausgestoßen, weil er es nicht mit Gott, sondern gegen Gott getan hatte. Ach, der Mann, der ihnen einen einzigen Pfahl zu ihren Zäunen gab, war ihnen mehr als alle, die ihnen die schönsten Verse der Welt vorlasen. Ohne Pfähle fielen die Bäume um, aber ohne Verse war noch keiner von ihnen umgefallen. Später, viel später konnte man an Verse denken, an ein bisschen Schönheit, an ein bisschen Freude. Es half nichts, ihnen den Schnaps fortzunehmen und ihnen dafür Verse zu geben. Sie machten die dunkle Welt nicht rosenrot, und ab und zu verlangte auch die Armen nach einem Traumbild an ihrem Kammerfenster. Es war nicht das gleiche, ob man fünfzig Jahre Untertanen hütete, von einem blanken Schreibtisch aus, hinter dem ein warmes Feuer brannte, oder ob man wie Piontek fünfzig Jahre Kühe hütete. Regen und Sturm beugten tiefer als ein vornehmes Amt.

Der Mond trat klarer aus dem Nebel heraus, und Jons stand immer noch an dem hellen Zaun, dessen Harz an seinen Händen klebte. Er war noch jung, und vieles von dem, was er dachte, würde er in ein paar Jahren anders denken, nüchterner und deutlicher. Aber das glaubte er für immer zu wissen, dass er dienen würde statt zu herrschen. Aus allen Geschlechtern trug er ein Erbe, und die meisten Spuren verloren sich im Dunklen, aber von seinem Vater trug er das größte und schwerste Erbe: die Liebe zu den Menschen. Seinen Vater hatte sie enttäuscht und zu dem Buch der Bücher zurückgetrieben, aber ihn würde sie über alle Bücher hinweg vorwärts treiben, über das Wort hinweg, über die großen Täuschungen hinweg, bis an die dünne Wand, die alles Leben umschloss. Dort würde er seine Hand und sein Ohr anlegen, um das Blut rauschen zu hören. Dort würde er die Eimer der Schöpfung erblicken, wie sie auf und ah gingen, zerbrechliche Gefäße trotz Gottes Allmacht, und in sie würde er, wenn sie vorüber glitten, seine schwache Menschenkunst werfen: ein Kraut Schmerzenlos, einen Tropfen Todvorbei, einen Löffel Barmherzigkeit.

Und zuerst, bevor er dies alles tat, würde er hinausgehen, um dem Erzfeind zuzusehen, dem großen Tod, zu den Orten, wo er sich nicht verhüllte, und die die Menschen das „Schlachtfeld" nannten, ohne sich bewusst zu werden, welch ein furchtbarer Anfangssinn in diesem Worte lag.

# XIX

Was Jons von dem Beginn seines letzten Schuljahres am tiefsten im Gedächtnis blieb, war das Gefühl einer grenzenlosen Einsamkeit, das mit dem Augenblick über ihn kam, als er Jumbos Zimmer wieder betrat. Er kannte den Zustand der Leere und der farblosen Öde, durch den er nach allen Ferien für eine Weile mühsam zu gehen hatte, aber es hatte immer eine Hilfe dafür gegeben: Jumbos stille Augen, das Feuer in seinem Ofen, die klare Rede aus seinem Mund. Oder ein Scherzwort von Old Firehand, oder Charlemagnes Hand auf seiner Schulter, oder das Bild des Vaters, auf seine Stange gelehnt, wie er am Meiler stand und die Wälder um sich wachsen ließ.

Aber nun waren sie alle fort. Sie waren schon lange fort, aber bis dahin war es gewesen, als seien sie immer noch zu erreichen, als habe nur der Raum oder die Zeit sie für eine kleine Weile entfernt. Nun aber war es, als seien sie hinter den Horizont hinabgetaucht, unwiederbringlich und nicht mehr einzuholen. Nicht nur Jumbo, sondern auch der Vater, ja, der Vater noch mehr, noch tiefer als Jumbo. Als brenne der Moloch nun heißer und gieriger, und ein fernes, hohles Sausen gehe durch seinen ehernen Leib, zu dem sie Kinder und Männer trugen, um sie dem finsteren Gott zur Speise zu geben. Die Pension war voll wie sonst, die Schule lief ab wie ein sich drehendes Rad, Stunde für Stunde, Tag für Tag, die Straßen waren hell, die Menschen wie sonst. Aber wenn er die Tür von Jumbos Zimmer hinter sich schloss, versank diese ganze Welt wie ein gespenstischer Traum, Menschen, Bilder und Gespräche, und das große, atembeklemmende Schweigen erfüllte den ganzen Raum, die Bücherreihen, die Ecken, selbst die Luft hinter dem Fenster, und inmitten des tödlichen Schweigens stand Jons, die Bücher noch in der Hand, und wusste nicht, wie die nächste Stunde vorübergehen sollte, die Monate, das ganze lange Jahr, ehe er dort sein würde, wo die anderen waren.

Sie hatten wohl nicht ganz ermessen, was sie ihm aufgebürdet hatten. Sie hatten nicht bedacht, wie jung er war und dass inmitten allen Strebens es schwer war, allein zu sein, nur Bücher um sich und Erinnerungen an Tote oder solche, die sich zum Tode bereiteten. Mitunter erschien die älteste der Schwestern wie ein Schatten, und wie ein Schatten saß sie für eine Weile am Ofen und wärmte sich die blutlosen Hände. Aus der Wohnung unter ihnen sei der Jüngste gefallen, sagte sie, und in dem Hause gegenüber die beiden einzigen Söhne. Und Kaffee gebe es nur noch hintenherum, und die Aufwartefrau habe gekündigt und gehe in eine Munitionsfabrik. Wie eine dunkle Klagefrau saß sie vor dem ersterbenden Feuer und ließ das große Schicksal in einem dünnen Faden durch ihre blassen Hände gleiten.

Jons hörte ihr zu und sprach hin und wieder ein Wort des Trostes, aber wenn sie gegangen war, blieb er noch lange so sitzen, die Augen auf den Schein des Feuers gerichtet, und dachte, dass die Armen nicht nur die seien, die kein Brot und kein Feuer hätten. Was war ein kurzes Menschenleben gegen ein Meer von Freudlosigkeit? Und wie weit war man gekommen, wenn alle Menschen Brot und Kleidung und ein Feuer im Herd hatten? Noch fehlte viel an der letzten Liebe, wenn man die Hungrigen nur satt machte, und es war wohl eine tiefe und schwere Weisheit in Christi Wort, dass der Mensch nicht vom Brote allein lebe.

Dann beugte er sich wieder seufzend über seine Bücher, aber hinter seinem Rücken fühlte er den großen leeren Raum, in dem nichts war als das Salz der Erde, das die Tränen der Menschen erfüllte, und auf die Hände wartete, die es dämpfen sollten.

Als das Semester wieder begonnen hatte, schlich er sich am Nachmittag oder Abend in die öffentlichen Vorlesungen der medizinischen Fakultät. Dort tauchte er auf einer der Bänke unter, und für eine Weile vergaß er die Leere der Zeit und das verlassene Zimmer, das auf ihn wartete. Seine Vorkenntnisse waren noch gering, und vieles ging wie in einer fremden Sprache über ihn hinweg. Aber wenn er dann aufstand und zwischen grauen Uniformen und Mädchenkleidern hinausging, war es ihm doch, als sei er schon aufgenommen in den großen Bund derer, die geschworen hatten, ihr Leben gegen den Tod einzusetzen.

Auch unter ihnen war Kälte, Spott und die zynische Gelassenheit, mit der sie auf den Körper und die Seele des Menschen zu sehen vorgaben. Aber in den meisten Augen war doch das reine Licht der Verwunderten und Hungrigen und manchmal auch das der Barmherzigen. Manches würde sich verdunkeln und beschatten, manches von Ehrgeiz und Habgier entstellt werden, manches erlöschen. Aber einiges würde doch übrig bleiben, und nur langsam und zögernd löste er sich von dem Strom, in dem er die Treppen hinunterging, als gehe mit allen Gleichgesinnten auch der Trost wieder fort, mit dem die Stunde ihn erfüllt hatte.

Im Mai gab es noch einmal kalte Tage, und ein eisiger Wind kam vom Meere herüber, wo die letzten Eisschollen noch auf den grünen Wellen schwammen. Ein paar Abende fror er, in seinen Mantel gehüllt, aber dann holte er doch wieder den kleinen Wagen aus dem Schusterkeller und fuhr durch die gewohnten Straßen dem Hafen zu. Ein Teil der Lampen war nun in der Nacht gelöscht, und der Krieg machte auch das Stehlen leichter.

Er versteckte den Wagen und blieb lange Zeit regungslos, um zu lauschen. Aber nur das leise gleitende Geräusch war zu hören, mit dem überall von den Kohlenhaufen die Beute der unsichtbaren Jäger herunterrieselte. Anfänger waren es, dachte er, die sich nicht Zeit nahmen, die einzelnen Stücke mit den Händen aufzunehmen. Aber solange der Wind mit seinem hohlen Sausen vom Wasser herüberkam, war die Gefahr gering, und er begann hastig, seinen kleinen Wagen zu beladen. Neben ihm lagen hohe Wellblechstapel, für irgendeinen Frontabschnitt bestimmt, und er hielt sich immer in ihrem Schatten, den Wagen halb in eine der Höhlungen geschoben.

Eine verhüllte Gestalt in einem dunklen Umhang tauchte neben ihm auf und warf schnell und ungeschickt Kohlen in zwei große Handtaschen, die sie rechts und links neben sich gestellt hatte. Eine der Frauen, wie er sie vor den Hafenkneipen wartend und frierend gesehen hatte, und als sein Wagen gefüllt und sorgsam bedeckt war, begann er ihr ohne ein Wort zu helfen. Dann kam der leise Alarmpfiff aus der Ferne, ein lauter Fluch und das Geräusch vieler fliehender Füße. Jons schob den Wagen und die Taschen unter das Wellblech, nahm die Frau bei der Hand und zog sie in eine der vielen Höhlungen, durch die der Wind sausend fuhr. Sie kauerten beide auf den Knien, fühlten die kühle Erde unter sich, und als er den angstvollen Atem der Frau hörte, legte er warnend zwei Finger auf ihre Lippen. Sie waren warm und schlossen sich fest unter seiner Hand.

Die Rufe kamen näher und gingen wieder fort, und jedes Mal zitterte die verhüllte Gestalt an seiner Schulter. Er legte beruhigend die Hand um ihren Arm, und dann wurde sie still. Er hätte lange so bleiben mögen. Er fürchtete sich vor Jumbos Zimmer, und obwohl der Wind durch die Blechdächer zog und schwere Regentropfen auf das Metall zu hämmern begannen, war es ihm doch warm und geborgen wie in einem stillen Haus, und er fühlte die Nähe eines Menschen wie einen Zauber gegen die Gespenster der Nacht und der Einsamkeit.

Zusammen schlichen sie sich dann fort, dem Strom zu, dessen farbige Lichter gedämpft durch den Regen schimmerten. Jons hatte die Taschen an die Wagenseiten gehängt, und ihre gebeugten, verhüllten Gestalten sahen aus, als zögen sie einen kleinen Sarg hinter sich her. Erst unter einer der flackernden Laternen sah er, dass es ein Mädchen war, nicht viel älter als er. Er lachte und sagte, er habe sie für eine alte Frau gehalten.

Nun, nach ihrer Angst, begann sie zu plaudern, zutraulich, als kenne sie ihn viele Jahre. Ja, es sei ihr erster Gang gewesen, und sie habe sich schrecklich gefürchtet. Es sei unrecht, aber sie wolle nicht erfrieren, und wenn jemand sie entdeckt hätte, wäre sie entlassen worden.

Wo entlassen?

Er erfuhr, dass sie Lehrmädchen in einem Geschäft für Damenwäsche war, armer Leute Kind, und da in ihrer Gegend eingebrochen worden war, so hatte die Inhaberin bestimmt, dass sie in einem der kleinen Räume hinter dem Laden zu schlafen hatte. Mehr zu wachen als zu schlafen, denn die Tür zum Laden musste halb geöffnet bleiben, eine Lampe brannte in dem großen Raum, und ihr Licht fiel durch die geschlossenen Vorhänge und die Eisengitter gedämpft auf die Straße. Auch kam es vor, dass die Inhaberin in der Nacht anrief, ob alles in Ordnung sei, und dann musste sie sofort an den Fernsprecher stürzen und sich nicht versäumen.

Das alles erzählte sie ohne Bitterkeit, mit dem leisen Spott, den die Armen für die Ängste der Wohlhabenden besitzen, und mit der Gelassenheit derjenigen, die von Kind an vor anderer Leute Türen stehen müssen.

Aber ob sie denn wenigstens entschädigt werde dafür, fragte Jons, dass sie ein paar Stunden von ihrem Schlaf hingebe und von der Zeit, die doch ihr gehöre.

O nein. Nur Arbeit werde bezahlt, und das sei doch keine Arbeit. Sie könne ein bisschen lesen und habe auch ein altes Sofa da, auf dem sie schlafen könne. Denn sie schlafe herrlich dort, setzte sie lächelnd hinzu, seitdem sie jeden Abend die Telefonschnur verlängere und den Apparat neben ihrem Kopfkissen habe. Nur wenn die Alte jetzt inzwischen angerufen hätte, dann wäre es schlimm.

Sie führte ihn durch dunkle Nebenstraßen bis an ein Eckhaus, wo sie geräuschlos den Torweg öffnete, Sie zog ihn mit dem Wagen hinein, führte ihn im Dunkeln ein paar Stufen seitwärts in die Höhe und schloss eine schmale Tür auf. In dem matten Licht, das aus einem der hinteren Räume kam, sah Jons lange Gestelle mit braunen und weißen Pappkartons, Bündel mit Schnüren und Packpapier. Sie schloss die Tür hinter sich und führte ihn in den kleinen Raum, wo sie schlief. Er enthielt nichts außer dem alten Sofa, auf dem die blaugewürfelten Betten unberührt lagen, dem Fernsprechapparat, einem kleinen eisernen Ofen, einem alten Schreibtisch und einem grünbezogenen Ohrenbackenstuhl, aus dessen verschlissenem Bezug das Rosshaar herauskam. Aber die farbigen Vorhänge waren über dem schmalen Fenster zugezogen, und auf der Platte des Schreibtisches stand ein Küchenkrug mit grünen Birken.

Jons sah sich um, indes das Wasser von seinem Mantel auf den Fußboden tropfte, und trat erschrocken mit einem leisen Ausruf zurück. Durch die halbgeöffnete Tür, die zum Laden führte, sahen ihn drei rosige Gesichter von makelloser Schönheit mit großen, leeren Augen aufmerksam an. Es waren Wachsbüsten mit falschen Perlenhalsbändern, und sie dienten dazu, die Schönheit elfenbeinfarbener Büstenhalter zu zeigen.

Seine Begleiterin, die schon vor dem Ofen kniete, lachte leise und bat ihn um Streichhölzer. „Zuerst habe ich von ihnen geträumt", sagte sie, „aber nun bin ich es schon gewohnt, dass sie mir zusehen. Wir können sie auch umdrehen nachher. Ziehen Sie nun Ihren Mantel aus, Sie bekommen noch einen Topf Kaffee, damit Sie sich erwärmen."

Die Flamme loderte herrlich in dem trockenen Holz auf, und sie legte vorsichtig ein paar Kohlenstücke darüber. Aus der kleinen Tür kam der Schein des Feuers und die erste bescheidene Wärme, und sie blieb vor ihr knien, die ausgebreiteten Hände in das rote Licht haltend. „Wie wenig wir doch brauchen, nicht wahr?", sagte sie leise.

Sie hieß Margreta, nach dem Schiff, das ihr Vater entladen hatte, als sie geboren wurde, aber leider nannten sie sie alle Gretchen, und das mochte sie nicht. Sie waren sechs Geschwister, und die Mutter ging in Herrschaftshäuser waschen. Der Vater hatte gut verdient, aber nun wurde es immer weniger. Die Schiffe blieben aus, und dazwischen fand er auf einem Holzplatz Arbeit. Er trank nicht, und sie lebten in Frieden zu Hause. Aber mit sechs Jahren hatte sie schon Zeitungen ausgetragen, und hier lag sie auch nicht gerade auf Rosen.

Jons hatte den Mantel ausgezogen und den alten Stuhl vor das Feuer gerückt. Er war still und glücklich wie nach einem Schiffbruch, und ab und zu hob er den Kopf, um zu lauschen, wie der Regen an die Fensterscheiben schlug. Das Wasser in dem kleinen Kessel begann zu singen, und Margreta schüttete den gemahlenen Kaffee in die beiden irdenen Töpfe, die sie vor das Feuer gestellt hatte. Nein, einen Meiler hatte sie noch nie gesehen, und sie hörte ihm still zu, während sie auf der Erde saß und ihre Füße wärmte und trocknete. Das dunkle, feuchte Haar war ihr in die Stirn gefallen, und in ihrem sanften Gesicht waren die Augen das Schönste, tiefe, braune Augen, über die mitunter ein graugrüner Schein ging wie über ein lebendiges Wasser. Sie hielten die braunen Töpfe mit beiden Händen, um sich zu wärmen, und tranken in kleinen Schlucken. Die Kohlen glühten nun mit einem weißroten Licht, und ein wunderbares Behagen begann Jons langsam zu erfüllen, nicht nur seinen Körper, seine Füße, seine Hände, sondern sein ganzes Wesen, als habe er noch niemals so tief und sorgenlos geatmet und gelebt. Die Worte kamen ihm leicht und schnell von den Lippen, die Bilder und Vergleiche, und selbst das Traurige, das er zu erzählen hatte, war wie in sanfte Farben gekleidet, schwerelos, von einer schönen Erinnerung beglänzt.

Sie hörte ihm zu, als lese er aus einem Buche vor, mit halbgeöffneten Lippen, und der Widerschein dessen, was er erzählte, ging mit Licht und Schatten immer wechselnd über ihr Gesicht. Am Schluss atmete sie einmal tief auf und sah lange ins Feuer. „Es ist wie in einem Märchen", sagte sie endlich, „schön und traurig … aber nun sind Sie doch ein Herr, und dort bei den Kohlen habe ich gedacht, Sie sind einer von uns."

„Ein Herr?", sagte er erstaunt. „Du lieber Gott! Und vor zwei Jahren habe ich noch Eisen unter den Absätzen getragen …"

Sie schüttelte den Kopf. „Darauf kommt es nicht an. Aber wir werden niemals etwas anderes werden, als was die Eltern waren, höchstens dass ich Verkäuferin werde, und Sie werden Student werden und danach ein großer und berühmter Arzt, der in einem Wagen fahren wird." Eine leise Traurigkeit breitete sich über ihr Gesicht, als sei ein Maskenfest zu Ende und der graue Morgen scheine wieder über die Dächer.

„Ihr habt kein Zutrauen zu euch", sagte er. „Ihr seht immer noch auf Pferd und Wagen, und ihr wisst nicht, dass man einmal die Menschen anders wiegen wird. Ich weiß selbst nicht, wann das sein wird, aber ich weiß, dass ich dazu helfen will."

Sie faltete die Hände um ihre Knie und nickte. „Sie sind ein guter Mensch", sagte sie. „Aber waren Sie einmal in einer Poliklinik? Ich war oft da, mit meiner Mutter, und ich habe gesehen, wie die Menschen dort gewogen wurden. Ich möchte nicht, dass Sie einmal so werden wie die jungen Ärzte, die ich dort gesehen habe." Ein bitterer Zug erschien um ihren jungen Mund, und mit einem Male wusste er, dass sie viel mehr gesehen hatte als er.

„Ich werde niemals so werden", sagte er leise.

Dann stand sie auf und sah nach, ob sein Mantel schon trocken war. „Meine Mutter hat ihn gewebt", sagte er, als ihre Hand prüfend über den schweren Stoff glitt.

„Also sind Sie doch noch nicht ganz ein Herr", erwiderte sie lächelnd. „Und zum Kohlenfahren ist er auch besser."

Bevor er ging, sah er sich noch einmal in dem kleinen Raum um. Ob er einmal wiederkommen dürfe?

Sie sah ihn eine Weile mit ernsten Augen an. „Ja, Sie dürfen immer wiederkommen", erwiderte sie schließlich.

„Und Dank für die Bewirtung!", sagte er, als er aus dem Torweg auf die feuchte Straße trat. Erst später fiel ihm ein, wann er das zuletzt gesagt hatte, und er schüttelte ärgerlich den Kopf.

Er war nun zweimal oder dreimal in der Woche in dem kleinen Raum, durch dessen Tür die schönen Puppen ihn ansahen, und er täuschte sich nicht darüber, dass ein neues Leben für ihn begonnen hatte. Er war nicht aus einem Hause, in dem man sich über seine Gefühle lustig machte oder sie mit einem Lächeln abtat. Man verschloss sie hinter den Lippen, aber man machte vor sich selbst kein Hehl daraus, dass sie da waren. Auch nicht daraus, dass ihr Leben voller Süße oder Bitterkeit war. Es war nicht wahr, dass die Herzen in den armen Dörfern langsamer schlugen als in der Stadt, und jedes Mal, wenn er die Hand auf den Griff des schweren Tores legte, ging die Berührung des kalten Metalls wie ein Schauer durch seinen ganzen Körper. Es war mehr als ein hölzernes Tor, was sich unter seiner Hand auftat, und oft blieb er eine Weile in dem dunklen Torweg stehen und wartete, ob sein Herz nicht ruhiger schlagen würde. Aber es hatte keinen Zweck, darauf zu warten.

Zuerst war es wohl nur das gewesen, dass ein lebendiger Mensch da war, der den Ring seiner Einsamkeit zerbrochen hatte. So war es schon unter dem Wellblech gewesen, als er die Hand um einen zitternden Arm gelegt und noch gedacht hatte, dass es eine alte Frau sei oder doch eine von denen mit den dunklen Umschlagtüchern, die ihn gefragt hatten, ob sein Vater auch dabei sei. Aber dann war es mehr geworden. Zuerst ein Mensch seines Alters und seiner Armut, zu dem man sprechen konnte, viel und lange und unaufhörlich sprechen, als verscheuche man damit die Gestalten der Toten und den Bannkreis des Schweigens, der um sie ausgebreitet lag. Und dann ein Mensch, der nicht seines Geschlechtes war. Der aus der ewig geheimnisvollen Welt der anderen war, in der das Haar anders in die Stirn fiel, die Augen anders schimmerten, die Glieder sich anders bewegten. Ein Mensch, der wohl mehr erfahren hatte als er, es auch auf dunkleren Wegen erfahren haben mochte, aber der bei allem Wissen noch so jung war, dass er den Schimmer der Kindlichkeit nicht von seinen Wangen und Worten abgewischt hatte. Ein Mädchen, wie sie es in Sowirog vor dem Herrn von Balk versteckt haben würden, aber umsonst, nicht nur, weil den Augen des Habichts auf die Dauer nichts entging, sondern auch, weil es selbst nicht geneigt war, sich verstecken zu lassen und der Gefahr auszuweichen, die ihm süß erschien, wie sie seiner Mutter und Großmutter einmal süß erschienen war. Der Frühling der armen Leute endete früh, und sie wussten, dass er niemals mehr wiederkam. Die Pfarrer mochten von Sünde und Fluch des Leibes sprechen, aber nicht jeder hatte wie sie einen Platz in den Freuden des Jenseits verbürgt, und auch in zweitausend Jahren hatten sie nicht vermocht, den Leib der Menschen zu einer Wohnung des Teufels zu machen. Die armen Leute wussten sehr gut, dass dieser Teufel barmherziger war als viele Götter, die seit Beginn der Welt über die Erde gegangen waren.

Jons war viel zu ordentlich, als dass er seine Arbeit vernachlässigt hätte, und es gab keinen Pfennig, den er nicht in der Hand umgedreht hätte, ohne sich zu erinnern, dass es Herrn Stillings Pfennig war. Aber er hielt es für keine Sünde, dass nun mitunter zwischen den Formeln des binomischen Lehrsatzes oder den Versen der Odyssee der kleine Raum auftauchte, in dem er seine Hände vor dem Feuer gewärmt hatte. Und dass zwischen den kahlen Wänden sich eine kleine, lebenssichere Gestalt bewegte, deren früh verarbeitete Finger einen Knopf an seinem Rock festnähten oder eine Naht an seinem Ärmel zuzogen.

Er wusste überhaupt nichts von einer Sünde dieser Art. Das Leben des Dorfes war nicht so geartet, dass es diesen Teil des Lebens zu einem Schauplatz der Sünde machte, und Pfarrerworte waren nicht Kätnerworte. Nicht alles, was süß war, war ihnen Sünde. Weder die Fische, die ihnen nicht gehörten, noch der Hase, den Daida fing, noch das Holz, aus dem sie eine Kirche bauten. „Sünde" war ein großes Wort, das schwer und schön von der Kanzel herabklang, aber der Alltag war nicht für die schweren Worte, und manchmal dachten sie ganz im stillen, dass die Herren das Wort nur erfunden hätten, damit die Armen nicht begehrten, was sie allein behalten wollten.

Was ihn erschauern ließ, wenn ihre Hand oder ihr Atem ihn streifte, war nicht die Angst vor der Sünde, sondern vielmehr die Angst vor dem Glück. Die Jerominkinder hatten nicht viel Glück gehabt, und die es gehabt hatten, hatten teuer dafür bezahlt. Er konnte es nicht wissen oder sagen, aber es ahnte ihm, dass, wer die Frucht pflückte, auf die Blüte für immer verzichtete. Dass er aus dem einsamen, ganz in sich beschlossenen Leben heraustrat und in ein anderes Leben mündete. Dass die Rüstung zerbrach und er fortan verwundbar wurde, tödlich verwundbar. Dass der Tod nicht nur auf die Krieger wartete, sondern auch auf die Liebenden.

Er hielt sich noch wie ein Mensch über einem tiefen Wasser. In seinem eigenen Element, bevor er sich an ein anderes hingab. Er würde nie mehr der gleiche sein. Er würde Abschied nehmen und nie mehr wiederkehren.

Doch wusste er, dass es längst beschlossen war, in ihm oder außer ihm, und seine Hand zuckte nur davor zurück, das Rad anzustoßen. Das Rad sollte ihn anstoßen, und dann würde er gehorsam sein. Er wusste noch nicht, dass es keine Trennung zwischen Befehl und Gehorsam gab und dass das Schicksal nur ein Gesicht hatte. Er wusste noch nicht, dass eine helle und eine dunkle Seite nicht zwei Gesichter machten, sondern nur zwei Hälften des gleichen Gesichtes. Wer sein Schicksal aus seinem

Leben und Blut hinausstellte als etwas Fremdes und ihm einen fremden Namen gab, tat nichts anderes, als dass er sein Spiegelbild „Herr" nannte und um den Spiegel herumging, um ihm die Hand zu reichen.

Er war jung und einsam, und also „spekulierte" er, auch in der Liebe, obwohl der weise Herr von Balk ihn gewarnt hatte, und es war gut, dass bald darauf, als er sich eines Nachts mit gequältem Gesicht verabschiedete, Margreta die Arme um seinen Hals legte und sagte: „Quäle dich doch nicht, Jons. Weshalb quälst du dich?"

Und nun versank alles in einem tiefen, tiefen Meer, und auf dem Grunde lag er selbst und sah zu, wie das Wasser über ihm sich färbte und erlosch, in dunklen, nie gesehenen oder geahnten Farben, von der Sonne vielleicht oder von einem neuen Mond, und wie die Geschöpfe der Tiefe langsam und leuchtend ihre Bahnen über seine offenen Augen hinzogen. Ein dunkler, auf- und abschwellender Ton stand über dieser Tiefe, wie von einem anderen Atem oder einem anderen Herzen, ein Ton von unendlicher Ruhe und Seligkeit, und das Ganze war wie der Tod, von dem sie so viel gesprochen hatten, als er noch auf der Erde gewesen war, oder wie das ewige Leben, von dem in den Büchern geschrieben stand, in jenen fernen, versunkenen Reichen, in denen er sie gelesen hatte.

„Jons", sagte sie leise an seinem Ohr, „schläfst du, Jons?"

Aber er schüttelte den Kopf. „Ich wusste das nicht", sagte er nach einer Weile ebenso leise. „Ich habe das nicht gewusst …"

Er hörte den Vorhang hinter sich wehen und den warmen Wind in der Kastanie des Hofes rauschen. Ein Pferd ging langsam die ferne Straße hinunter. Wahrscheinlich zog es einen Wagen, aber er hörte den Wagen nicht. Er hörte nur die Hufeisen auf dem Pflaster, so regelmäßig wie den Schlag eines Herzens, und er dachte, dass es Kiewitts weißes Pferd sein könnte, das ausgegangen war, um ihn zu holen. ‚Wie machen sie das', dachte er, ‚dass sie von einer solchen Stunde aus in den Krieg gehen? Wie machen sie das? Wahrscheinlich ist es gar nicht der Tod, den sie fürchten, sondern dass dieses ihnen unter den Händen zerrinnt …'

Er nahm ihren Kopf in beide Hände und beugte sich so dicht über sie, dass er den feuchten Glanz in ihren Augen sah. „Wirst du ein Kind von mir haben?", fragte er.

Aber sie schüttelte den Kopf. „Das ist nichts für uns", sagte sie.

„Aber so ist es gemeint?", fragte er eindringlich. „So wie wir jetzt beide sind? Das ist der Sinn von dem, was wir tun, ja?"

Ja, das war der Sinn, und sie konnte es nicht leugnen.

Die Gesichter der beiden Brüder standen nacheinander in der Dunkelheit vor ihm auf und versanken wieder. Ein unendlicher Friede erfüllte sein Herz, so als sei der Tod nun nicht mehr eine dunkle Macht, die in einer Höhle auf ihn wartete, sondern als habe er seinen Vertrag mit ihm unterschrieben. Er war durch das Tor gegangen, und er fürchtete sich nicht mehr. Er hatte das letzte Geheimnis angerührt, und es hatte gesprochen. Von nun an war er aufgenommen in den letzten Grad. Das war es also, weshalb sie den Apfel nicht hatten essen sollen. Weil er ihnen Macht gab über den Tod und sie über alle Drohungen lächeln ließ, die hinter den Wolken oder hinter den Sternen waren.

Er legte seine Hand leise um die junge Brust des Mädchens und beugte sich noch einmal über sie. „Es gibt keinen Tod, Margreta", sagte er. „Hörst du? Es gibt keinen Tod."

Sie sah ihn unsicher an, aber dann lächelte sie, halb demütig und halb weise. „Denkst du immer noch, Jons?", fragte sie. „Du musst nicht denken, wenn du mir am Herzen liegst."

Was war es doch für ein Sommer, und wie war es möglich, dass er Tausende und Tausende erschlug, indes hier die weißen Wolken über den Strom zogen und die fernen Nachtgewitter ihr blaues Licht über das Gesicht des Mädchens warfen? Es war nicht der Sinn des Lebens, dass Menschen erschlagen wurden, weil einige von ihnen es wollten. Es war auch nicht der Sinn des Todes. Sein Sinn lag darin, dass er erschien, wenn die volle Scheibe im Gipfel stand und die dunkle schmale Sichel sich leise um ihren Glanz zu legen begann. Er war ein Vollender und kein Vernichter. Er war ein einfacher Schnitter mit einer einfachen Sense, und erst der Mensch hatte ihn verzehnfacht und vertausendfacht. Er war ein Knecht geworden, und wie ein Knecht kannte er kein Maß. Sie hatten ihn entheiligt, und es war müßig, dass sie ihn priesen und mit Kränzen behängten. Sein Schrift war so vertraut geworden wie der des Briefträgers auf der Straße, und sie scherzten über ihn, als sei er ihresgleichen.

Aber so wenig es erlaubt war, über Gott oder über das Leben zu scherzen, so wenig war dieses erlaubt. Es war ein falsches Heldentum, das Heldentum von Straßenjungen, die nach einer Wette einen Prinzen bei der Hand nahmen, um ihm einen schönen Tag zu wünschen.

Jons wusste, dass er so nicht hinausgehen würde. Auch Jumbo und sein Vater waren nicht so gegangen, aber ihre letzten Gedanken waren ihm verborgen geblieben. Man musste noch anders darüber denken können, als die Lehrer auf dem Pult in der Aula es taten, und man musste es wissen, bevor man antrat zu diesem Wege. Man ging nicht in der Masse in den Tod, so wie man in ein Theater oder auf den Jahrmarkt ging. Man wurde auch nicht in der Masse geboren, sondern ganz allein. Es gab keine Geburtsartikel, wie es Kriegsartikel gab.

Er fragte Margreta nach dem Kriege und erfuhr, dass sie ihn hasste. „Alle Frauen hassen den Krieg", sagte sie, „so wie wir als Kinder den bethlehemitischen Kindermord hassten. Und alle Armen hassen ihn. Auch diesmal. Du weißt nicht, wie viel Hass unter ihnen ist, allein in dieser Stadt. Euch allen kann man den Tod in ein süßes Blatt einwickeln, und ihr schluckt ihn. Aber bei uns kann man das nicht. Wir sind zu alt, so alt wie die Erde steht. Man hat uns die Armut in ein süßes Blatt gewickelt, und wir haben sie gegessen. Man hat uns hundert andre Dinge eingewickelt, und wir haben sie gegessen. Aber nun merken wir von Weitem, was unter den süßen Blättern verborgen ist. Nun wollen wir nicht mehr. Wir wollen Kinder haben, nicht tote Helden, verstehst du? Kinder, Jons, Kinder, denn dazu sind wir geboren." Sie drückte seinen Kopf an ihre Brust und weinte über ihm, als sei sie eine uralte Frau und er ihr Enkelkind, das zum Opfer bestimmt war.

Danach fragte er sie nicht mehr. Wie in einem schnell und lautlos sich drehenden Spiegel hatte er ein Gesicht gesehen, aufblitzend und wieder verlöschend, und von nun an sah er sie mit anderen Augen an. Er hatte nie eine Mutter gehabt und es nie anders gekannt, und manchmal hatte er gedacht, dass die Mutter in der Frau erst beginne, wenn die Liebe aufhöre. Aber nun sah er, dass sie immer da war, von Anfang an, dass sie still daneben stand und zusah und wartete. Lag sein Kopf in Margretas Schoß und fuhr sie schweigend mit ihren Fingern durch sein Haar, dann wusste er, dass sie nicht an die Liebe dachte, sondern an das Kind. Und solange das Kind nicht da war, war er das Kind. Sie nähte für ihn, sie sorgte für ihn, sie wachte für ihn. Sie war nur ein paar Monate älter als er, aber wenn er das Gesicht in ihrem Schoß wendete und zu ihr aufblickte, sah er, dass ihre Augen Jahre und Jahrzehnte älter waren als die seinigen.

Es ergriff ihn auf eine viel tiefere Weise, als ihre Hingabe ihn ergriff. Er wusste, dass er nicht der Erste war und dass er nicht der Letzte sein würde. Er hatte nie gefragt, aber einmal, bei einem Gespräch, das daran streifte, hatte sie gesagt: „Weißt du denn nicht, Jons, dass dies der Himmel der Armen ist? Einen anderen haben wir nicht …“ Manchmal, wenn er ihre Augen mit einem jähen Schmerz auf sich gerichtet sah, wusste er, dass sie an die Zukunft dachte. Alle Mütter denken an die Zukunft. Wie alle jungen Menschen, die zum ersten Mal liebten, war er ohne Zweifel, dass er sie heiraten würde, aber sie lächelte nur, als er einmal die Rede darauf brachte. „Das hast du aus deinen Büchern, Jons“, sagte sie nur. „In unsren Büchern steht es anders.“ Aber ob sie denn nicht die gleichen Bücher hätten? O nein, nicht die gleichen. Ein Mädchen, das sich verschenke, habe ein anderes Buch. Und sie zog seinen Kopf an ihre Brust und küsste ihn in sein helles Haar, als sei er ein Kind und sie müsse ihn trösten für einen Wunsch, den sie ihm abgeschlagen habe. Ein stiller, wehmütiger Kuss. Der Kuss einer alten Frau, die daran zurückdenkt, dass auch sie einmal jung gewesen ist, so jung wie das Kind, das sie im Arme hält.

Ein traumhafter, ein ganz und gar unwirklicher Sommer. Weit draußen dröhnt der Krieg an den Grenzen entlang und wirft seine fernen Feuer an den nächtlichen Himmel. Sie hören die Transportzüge über die Gleise gehen, während ihre Herzen aneinanderschlagen. Die Nacht ist still, und das Rollen der Räder dringt bis in ihre Kammer. Nach Osten, nach Westen und wieder zurück. Sie sehen die Verwundeten auf der Straße, die frischen Regimenter, die ausziehen, um in den blutigen Strudeln zu versinken, die verhärmten Gesichter der Frauen, über denen die Not langsam zusammenschlägt. Langsam aber unerbittlich wie die Zangen einer gewaltigen Maschine.

Sie drücken sich enger aneinander, damit sie den Tod vergessen, aber sie vergessen ihn nicht. Für Jons ist er immer da, eine stille, dunkle Gestalt, die die Schnur der Monate in den Händen hält und sie ruhig ablaufen lässt, Perle auf Perle, Tag auf Tag. Er weiß, dass dies nicht ewig dauern wird, und er will auch gar nicht, dass es ewig dauert. Er hat nichts vergessen, nicht den Vater, nicht Jumbo, nicht den Herrn von Balk. Sie warten, und er wird kommen. Er ist keiner von denen, die sich verlieren, wenn man auf sie wartet.

Und Margreta weiß, dass er gehen wird. Für sie ist er einer der armen Toren, die man nicht halten kann. Ein geliebter Tor, ach, so sehr geliebt, der in den Wäldern aufgewachsen ist, wo sie von Jehova reden, und wo jeder Tag mit ‚du sollst!' beginnt. Ein Kind ohne Falsch und Makel, so rein, als habe seine Mutter ihn eben gebadet, eine Stirn mit unendlichen Gedanken, ein Herz, das von Liebe für die Armen überfließt. Ein junger Gott in ihrem kleinen, dunklen Leben, und doch von ihr zum ersten Mal gesegnet und beschenkt. Aber doch nicht zu halten auf seiner tödlichen Bahn, eben weil er ein Gott ist, mit ehernen Flügeln an den jungen Füßen, nicht zur Liebe geschaffen, nicht für einen kleinen Herd, sondern für Arbeit und Pflicht, für Tröstung und Heilen, für einen großen, großen Plan, in dem die Liebe nur eine stille Morgenstunde ist, bevor die Lerche singt und das Kammerfenster sich rötlich färbt.

Und während er schläft, tief und glücklich, und der reine Atem seines Mundes über ihre Brust dahingeht, liegt sie mit offenen Augen, die Hände um sein Haar gefaltet, und sieht zu, wie die Morgendämmerung die kleine Kammer erhellt, die armseligen Wände, den kleinen, nun längst erkalteten Ofen, ihr helles, billiges Sommerkleid auf dem zerschlissenen Stuhl, die lächelnden, leeren Puppengesichter in dem großen Raum hinter der halbgeöffneten Tür. Sie sieht die Jahre lautlos ziehen, blutige, tödliche Jahre zuerst, und dann graue, müde und erschöpfte Jahre, einen wenig geliebten, fremden Mann, Kinder in Armut und Not, Arbeit und Schmerzen, und hinten, ganz weit hinten, am verdämmernden Anfang des Weges, unwirklich schon wie ein Traum, das Kind aus dem Walde, mit der Wange an ihre Brust geschmiegt, als ob es aus ihr trinken wollte, aber die rechte Hand fest geschlossen, wie um eine eherne Lanze gelegt, ein junger Gott im flüchtigen Schlaf, aber schon zu seinem Wege bereit, zu einem Wege, der im fernen Staub verdämmert, wo die Trommeln rufen und die große Sense mäht.

Und zwei schwere Tränen sammeln sich ganz allmählich in ihren Augen, füllen sich in den Winkeln der Lider und rollen langsam an den Wangen herab, auf das blaugewürfelte Kissen, wo sie in dem rauen Leinen in zwei dunklen Kreisen versiegen.

In den letzten Oktobertagen fiel Jakob Jeromin. In einem der dunklen Wälder fern im Osten, an einem der dunklen Ströme mit den seltsamen traurigen Namen. Er fiel, während er auf Horchposten stand. Eine verirrte Kugel hatte ihn ins Herz getroffen. Der Oberförster schrieb einen langen Brief an Marthe, den Brief eines einsamen Mannes, der seine letzte Freude verloren hatte, und ein paar Tage später kam Herr von Balk nach Sowirog, der es wusste, weil er in einem Nachbarabschnitt gelegen hatte. Er kannte den Oberförster, und ein paar Tage vor Jakobs Tod hatte er auch diesen gesehen. Er hatte nicht gewusst, dass sie so nahe beieinander waren.

Er saß vor dem Herdfeuer des neuen Hauses, ein müder Mann mit grauem Haar, und erzählte, was er wusste. Ja, Jakob hatte es erwartet, daran war kein Zweifel. Er war nur verwundert und fast leise ungeduldig gewesen, dass es sich noch nicht ereignet hatte. Er hatte einen schönen Tod gehabt, und es gebe eine Menge Leute, die ihn beneideten. Mehr, als sie ahne. Sie stand am Herd und rührte in der kochenden Milch. Ihr Gesicht war nun wie aus Stein. Er fremder brauner Marmor, über den ein Geflecht zarter bläulicher Adern lief. „Er hat es nicht allein gewusst", sagte sie nur.

Er trank eine Tasse von der heißen Milch und stand dann auf. „Ich fahre zu Jons", sagte er. „Muss sowieso in die Stadt."

Als er in der Tür stand, glitt ein Schimmer des alten spöttischen Lächelns um seinen schmalen Mund. „Jetzt ist es wohl zu spät, Marthe", sagte er.

„Es war immer zu spät", erwiderte sie. Sie spülte schon seine Tasse im heißen Wasser aus.

Aber sie schrieb es doch sofort an Jons, damit er es von ihr erfahre.

Diesmal saßen sie nicht in der Halle des Hotels, sondern vor Jumbos Ofen, in dem schon ein kleines Feuer brannte. Balk hatte seinen eigenen Wein mitgebracht und trank in kleinen Schlucken. „Man verlernt das draußen, Jons", sagte er, „Worte darüber zu machen. Es ist so selbstverständlich, wie dass jetzt die Blätter fallen. Nur Dichter und alte Mädchen klagen über den Blätterfall. Er war so etwas wie ein Heiliger in der Kompanie. Sie hatten längst verlernt, über ihn zu lachen. Wie sie überhaupt das Lachen verlernen werden. Eine gute Spur geht dir voran, Jons, eine gute und gerade Spur. Keine Richtung zu verfehlen."

Er werde sie nicht verfehlen, sagte Jons finster.

Balk zog die Augenbrauen hoch. „Keinen Hader, Jons. Mit dem Staat etwa. Ebenso gut kannst du mit dem Sternbild des Perseus hadern. Natürlich war er zu alt, und sie haben genug Schweine, die sich hier herumdrücken. Aber draußen brauchen sie eben Soldaten und keine Schweine. Und er war ein Soldat, verstehst du? Keiner von denen, die ihren Rock aufreißen, um Lanzen in ihre Brust zu bohren und nachher von einem Gedicht verewigt zu werden, das die Sextaner aufsagen. Weiß Gott, was er vom Krieg gedacht hat. Nichts Schmeichelhaftes wahrscheinlich. Aber er hat es für sich behalten. Die besten Soldaten, Jons, die ihre Meinung über den Krieg für sich behalten. Gibt auch solche, die an jedem Morgen ankündigen, dass sie ihr ‚Blut verströmen' wollen. Zum Kotzen, solche Burschen. Patriotische Blutspender. Er wollte es nicht verströmen. Wusste ganz genau, dass Blut nicht zum Verströmen da ist. Aber er hat es verströmt, verstanden? Eine ordentliche Ehrentafel haben die Jeromins, Jons. Sauberer als mancher regierende Herr. Schreibe deinen Namen dazu, Jons. Auf die weiße oder die schwarze Seite, das ist mir gleich. Aber schreibe ihn!"

Ob der Herr von Balk glaube, dass er nicht schreiben wolle, fragte Jons böse. Weshalb rede er so viel davon?

„Recht so, Jons. Gib es ihm! Schwatzhaft geworden im Urlaub. Kommt von den großen Wäldern da unten, wo du verlernst, auf zwei Beinen zu gehen. Kein Wort mehr davon. Zusehen, wie wir der Mutter helfen können. Eine große Frau, Jons. Eine Makkabäerin. Singt noch Lieder, wenn ihre Kinder im Feuerofen schmoren."

Er sprach allein, und er hatte es die ganze Zeit gemerkt. Es war ihm schwerer gefallen, als Jons annahm. Er trank seinen Wein aus, stand auf und glitt wie Jumbos Vater mit der Hand an den Bücherreihen entlang. „Da stehen sie nun und schweigen", sagte er endlich. Verfluchte Schweinerei …"

Jons fragte ihn nicht, was er meine. Er brachte ihn durch den dunklen Gang bis zur Tür und sah ihn die Treppe hinuntersteigen. „Das nächste Mal, Herr von Balk …", sagte er mühsam.

Die weißen Handschuhe winkten. „Schon gut, Jons, schon gut … war ein Esel. Vergessen, dass ihr am Meiler aufgewachsen seid. Auch Rittmeister können Esel sein. Berittene Esel sozusagen."

Die hellen Sporen verklangen, und die Tür fiel zu.

Zurück zu dem kleinen Feuer, wo noch die leere Flasche stand. Das Feuer war das Lebenselement der Jeromins. Der Großvater war in ihm gen Himmel gefahren, den Vater hatte es Tag und Nacht erfüllt, in seine eigenen frühesten Träume hatte es geschienen. Die Flamme verbrennt, die Kohle bleibt. Die Namen erlöschen, aber die Ehrentafel bewahrt sie auf. Weiße Seite und schwarze Seite. Kein Strohtod, sondern den Tod auf dem Moos. Ob er schreiben wollte … weshalb sollte er nicht schreiben? Sie hatten keine zittrigen Hände im Geschlecht, auch nicht, wenn sie hundert Jahre alt wurden. Weder Fischer noch Köhler, weder Knechte noch Ärzte. Und weshalb hadern? Da würde Gott viel zu tun haben, wenn alle Söhne und Mütter und Frauen mit ihm hadern wollten, auf der ganzen Erde. Für ein paar Jahre ließ er sich nicht sprechen. „Verreist." Aber wohin? Gleichviel. Zum Sternbild des Perseus etwa. Tausend oder hunderttausend Lichtjahre. Alles verjährt, bis er wiederkam. Tod und Verstümmelung, Marter und Pein. Wiederaufnahmeverfahren abgelehnt. Beweise verschwunden, Kreuze vermodert, Särge zerfallen. Neues Blut zum alten geflossen. Spuren verweht und versunken.

Die Glut im Ofen erstarb, das Gesicht aus Flamme, Kohle und Asche erlosch. Nur die beiden Augen blieben, leuchtende Augen, die von der Schwelle aus über das Dorf geblickt hatten. Zukunft war auch über den grauen Dächern, und in den Reihen der Zukunft stand sein Sohn. ‚Wasserbäche am dürren Ort, Schatten eines großen Felsen im trocknen Lande' … Wo waren Verheißung und Verkündigung? Lieber Vater … lieber Vater …

Erst unter Margretas Händen lösten sich Starre und Bitterkeit. „Du denkst nicht mehr, wie wir denken, Jons. Nur die Herren hadern, wir hadern nicht mehr. Weine ruhig, Jons, weine ruhig. Das dürfen wir noch. Lieben und weinen ist uns noch geblieben …" Noch einmal saß sie über ihm, die verarbeiteten Hände in seinem Haar, und fühlte seine Tränen durch ihr Kleid bis auf ihre Haut brennen, und während sich ihre Finger langsam und tröstend bewegten, immer hin und her, sah sie mit großen, stillen Augen über ihn hinweg, über seinen und ihren Schmerz. Die Straße der großen Schmerzen entlang, und zu beiden Seiten der Straße sah sie andere Frauen kauern, stumm wie sie, den Kopf eines Mannes im Schoß, eines Erschöpften oder Erschlagenen, eine neben der andern, kleiner und kleiner werdend, und am Ende der Straße, wo die beiden Reihen zusammenliefen, erglänzte kein schönes Symbol, keine aufgehende Sonne, kein erhobenes Kreuz, sondern sie verschmolzen mit der Dunkelheit, einer rötlich glühenden Dunkelheit, die wie über tiefen, feurigen Öfen stand.

# XX

Im Februar bestand Jons seine Reifeprüfung. Der Schulrat blickte eine Weile auf das Blatt, das vor ihm auf dem Tisch lag und das vermutlich Lebenslauf und Zensuren dieses jungen Menschen enthielt, einen unwahrscheinlichen Lebenslauf und noch unwahrscheinlichere Zensuren, und sah ihn dann an. Er hatte zwei Söhne im Kriege verloren, und er mochte an sie denken, als er seine traurigen Augen auf Jons richtete.

„Was wollen Sie werden, Jeromin?", fragte er.

„Zuerst Soldat und dann Armenarzt, Herr Schulrat."

„Soso … Armenarzt … und weshalb Armenarzt, Jeromin?"

„Ich denke, dass ich dort hingehöre, Herr Schulrat."

„Jaja … aber vergessen Sie nicht, Jeromin, dass es nicht viel helfen würde, die sogenannten Reichen alle totzuschlagen, nicht wahr? Auch sie sind nicht immer glücklich …"

Er ließ seine Augen noch eine Weile auf dem jungen Gesicht, aber es war zu sehen, dass seine Gedanken schon weit fort waren. Erst als der Direktor sich leise räusperte, nickte er Jons zu und nahm ein anderes Blatt in die Hand.

Jons schickte zum ersten Mal in seinem Leben ein Telegramm ab, und er hatte einige Mühe, damit zustande zu kommen. Aber da das junge Mädchen auf der Post ihm behilflich war, so bekam Herr Stilling sein Telegramm, und ehe er damit zu der Kammer der jungen Witwe hinaufstieg und dann zu dem Jerominschen Hause ging, stand er noch eine kleine Weile vor der kleinen Weltkugel in seinem Zimmer und drehte sie langsam so weit, bis der kleine rote Punkt erschien, mit dem er das Dorf Sowirog bezeichnet hatte. Er dachte zurück, einen langen Weg, Jahr auf Jahr, und er sah ein Kind mit hellem Haar und ernsten Augen in seiner kleinen Bank stehen und hörte eine ernste, klare Stimme sprechen: „Darum ist das Himmelreich gleich einem Könige, der mit seinen Knechten rechnen wollte …" Er nickte in Gedanken vor sich hin, und als er endlich die schmale Treppe hinaufstieg, dachte er, dass es nun eigentlich für einen alten Mann Zeit sei, sich still in seinen Sarg zu legen, und dass er das mit einem guten Gewissen tun könne, soweit Menschen in ihrem Hochmut das von sich sagen könnten.

Indessen packte Jons seine letzten Sachen in Jumbos Zimmer zusammen und wartete auf den Mann, der ihm helfen sollte, sie auf den Boden zu bringen. Fräulein Holstein, die älteste, hatte ihm das erlaubt, und sie stand nun wie ein abgeschiedener Schatten vor dem kleinen Ofen und blickte über die leeren Wände. Sie hielt das Bauer mit dem Buchfinken in der Hand, den Jons ihr geschenkt hatte, und sie sah nun aus, als hätte die große Schere den Faden zerschnitten und sie warte auf den Kahn, der die Toten übersetzte, voller Sorge, ob der Fährmann ihr erlauben werde, den kleinen Begleiter mit der hellen, sorglosen Stimme mitzunehmen.

„Nun wird es ganz dunkel, Jons", sagte sie.

Aber Jons tröstete sie. Es sei richtiger für ihn, nicht hier Soldat zu sein, sondern in der kleinen Stadt, wo er seinem Dorfe näher sei. Ein neues Leben dürfe man nicht im alten Hause beginnen, und wenn der Krieg zu Ende sei, werde er wiederkommen und wieder hier wohnen, viele Jahre lang, bis zu seinem Examen.

„Aber wird er einmal zu Ende sein?", fragte sie. „Und werden Sie einmal wiederkommen?"

Das Erste wisse er, und das Zweite glaube er, sagte Jons.

„Sie waren der Beste, den wir jemals gehabt haben, Jons", sagte sie. „Aber es trifft immer die Besten …"

Dann kam der Mann, den der Schuster ihm geschickt hatte, und sie trugen die Bücherkisten auf den Boden.

Und dann war nur noch Margreta. Er brauchte sie nicht zu trösten. Sie war aus einem Geschlecht, in dem die Frauen immer nur gegeben hatten, Männer, Söhne, Jugend, Gesundheit, Glück. Sie kannten es nicht anders, und sie benannten es auch nicht mit dem großen Wort „Tapferkeit". Sie liebten keine großen Worte. Und auch als sie ihm in der Morgendämmerung die dünne silberne Kette mit dem kleinen Medaillon umhing, die ihr einziger Schmuck war, geschah es ohne Anspruch auf eine besondere Bedeutung. Es sollte ihn nur beschützen, nichts weiter. Obwohl sie wusste, dass er wiederkommen werde. Gerade deshalb vielleicht.

Er ging allein zum Bahnhof. Es schneite, nur stiller als damals, als er neben Jumbo einhergegangen war. Die Straßen waren noch leer, die grauen Häuser sahen aus, als wohne niemand mehr in ihnen. Ein Schlepper brüllte auf dem vereisten Strom auf, und der dumpfe Ton ging schwer und drohend über die Dächer hinweg.

Als die Räder seines Zuges sich zu drehen begannen, sah er unter dem hohen, verrußten Glasdach eine kleine Gestalt stehen, im gewebten Mantel, den Griff einer Holzkiste in der Hand, und mit zornigen Augen auf einen großen Mann in einer blauen Bluse blicken, der seine Hand nach dieser Kiste ausstreckte. Daneben stand ein Herr mit einem Zylinder auf dem grauen Haar und einem seltsamen Mantel, mit Pelerinen behangen, und die Leute drehten sich nach ihm um, als sei er ein etwas heruntergekommener Theaterdirektor oder ein Zauberkünstler, der mit einem jungen Gehilfen und einem Vogelbauer von einer ländlichen Zauberreise zurückkomme.

Sie wurden kleiner und kleiner, je weiter der Zug aus der Halle hinausfuhr, aber Jons beugte sich immer noch hinaus, um ihnen zuzusehen, diesen Märchengestalten aus längst versunkener Zeit, mit einer tiefen Schwermut in seinen Augen und einer bitteren Verwunderung um seinen Mund, ob sie denn nicht wüssten, dass inzwischen der Krieg durch diese Halle und über diese Gleise gerollt sei? Ob sie denn nicht zurückkehren wollten in ihre arglosen Wälder, diese beiden Verirrten mit ihren seltsamen Mänteln und dem bunten Vogel in ihrer Hand?

Und erst als eine graue Häusermauer sie seinen Blicken entzog, schloss er das Fenster und blickte von seinem Sitz auf das verschneite Land hinaus. Aber wieder war ihm, als sehe er sie nun dort wandern, den verwehten Weg an den kahlen, gekappten Weiden entlang, zwei ungleiche Gestalten, um deren größere der Wind den Mantel wie eine zerfetzte Fahne trieb, zwei Pilger nach einem unbekannten Ziel, verlacht und verspottet, aber unangefochten in ihrem brennenden Glauben an ihr unsichtbares

Schicksal und ihren unsichtbaren Stern. Er ging den gleichen Weg zur gleichen Kaserne hinunter, den sein Vater damals unter dem hellen Mond gegangen war, und er wusste nun, dass er recht daran getan hatte, nicht in der großen Stadt geblieben zu sein. Zum Kriege, wie er ihn sich dachte, gehörte ein ganzes, ungeteiltes Herz.

Ob er ihn sich richtig gedacht hatte, wusste er am selben Abend noch nicht. Er war vorläufig mit einem jungen Theologen, den sie Tobias nannten, der einzige Freiwillige auf seiner Stube, und die anderen waren ältere Leute, die ihm in der Ausbildung um vierzehn Tage voraus waren. Es war wohl alles so, wie Jumbo es ihm erzählt hatte, nur dass sein Unteroffizier ihn nicht im Hemd das Gewehr übernehmen ließ. Unteroffizier Schneider war von solcher Auffassung der Macht weit entfernt. Er war groß und hager, und sein lang ausgezogener Schnurrbart bedeckte einen sorgenvollen Mund. Ein ungeheurer Sprachschatz der Reichshauptstadt stand ihm zur Verfügung, von dem er einen großzügigen und durch keine falsche Empfindlichkeit gehinderten Gebrauch machte, aber es geschah nur so, wie ein Musiker sein Instrument probt, ein Fagottspieler etwa, ob auch alle Klappen seines geheimnisvoll schimmernden Wesens leicht und gehorsam dem Fingerdruck gehorchten.

„Also det jibts nu nich, junger Mann", sagte er bei der ersten Begrüßung zu Jons, „von wejen Künstlermähne, nach hinten jejossen. Hier jibts nur Scheitel mit preußischem Linksdrall, lakonische Frisur gewissermaßen. Wat sind Se denn eijentlich, junger Mann?"

Er sei Abiturient, erwiderte Jons, und wolle später Arzt werden.

„Nu kieke mal einer an! So'n Professor für ausjejlittene Frauenseelen, wat? So Nerven streicheln quasi frei aus'n Orjanismus, hm?"

Nein, erwiderte Jons, er wolle Armenarzt werden, hier in den Wäldern, in seinem Heimatdorf.

Der Unteroffizier sah ihn noch länger an als vor ein paar Tagen der Schulrat bei der gleichen Antwort, aber er sagte nichts

von den Reichen, die man nicht totschlagen solle. „Name?",
fragte er nur.

„Jons Ehrenreich Jeromin, Herr Unteroffizier."

„Jons Ehrenreich … na, junger Mann … Vater?"

„Köhler und Fischer. Gefallen, Herr Unteroffizier."

„Köhler und Fischer …", wiederholte Schneider langsam.
„Jons Ehrenreich … Armenarzt … junger Mann", fuhr er nach
einer Weile fort, „wenn Sie Ihren Dienst nich machen, dann
kippen Se aus'n Jlied bei mir, verstanden? Aber wenn Se'n juter
Soldat sind, dann mach' ick Ihnen 'ne Oase hier, mit meinem
Herzen als artesischer Springbrunnen. Klar? Jons Ehrenreich …
Armenarzt … wat det für 'ne komische Welt is …"

Es schien Jons nicht der schlechteste Anfang, und er war es
auch nicht. Jumbo hatte schlechter anfangen müssen. In der
Stube fiel es ihm schwer. Er war zu lange allein gewesen. Aber
das gab es ja nun nicht mehr, dass einer allein auszog, um Krieg
zu führen. Auch Jung Rolands Zeiten gingen einmal vorüber.
Doch war er am Anfang so müde, dass er am Abend nur ihre
Gesichter sah, ohne selbst einen Namen mit ihnen zu verbinden,
und dass er von ihren Gesprächen nur Bruchstücke wie aus
einem Traum vernahm.

Langsam erst floss sein Leben mit den anderen zusammen,
und auch dann war es nicht eigentlich sein Leben, sondern nur
das, was der Dienst an Körper und Geist von ihm verlangte.
Dahinter aber blieb er selbst, das Unberührte und Unberührbare,
das, was ihm allein zu eigen war, sein Urteil, sein Gefühl, seine
Erinnerungen, seine Hoffnungen. Es war nicht so, wie er gedacht
und gewollt hatte, dass er sein ganzes, ungeteiltes Herz in diesen
Abschnitt seines Lebens hineintragen würde. Er konnte sich
nicht verwandeln. Der Köhlersohn Jons Ehrenreich hörte nicht
auf, dem Soldaten Jeromin zuzusehen, meistens verwundert,
manchmal lächelnd, manchmal beschämt. Er war kein Soldat.
Er fiel auf, durch gutes Schießen und durch eine ungewöhnliche
Beherrschtheit und Sammlung seines Körpers und seines Geistes.
Sehr angenehm auf, aber er war trotzdem kein Soldat. Er brannte
nicht von dem, was er tat. Er sah nur zu, wie etwas brannte, in

dem er seinen Namen, seinen Körper, seinen Gehorsam, seine Pflichterfüllung erkannte. Aber das war nicht er. Auch sein Vater hatte wahrscheinlich nicht gebrannt. Sicherlich nicht. Sein Vater war am Meiler geblieben, bei der Kohle und dem großen alten Buch, in dem sein Denken beschlossen war, und nur das Andere war hinausgegangen, das schweigend Gehorsame. So wie jemand aufstehen muss, um Holz für seinen Herd zu hacken, und so lange sein Buch beiseitelegt. Aber er ist kein Holzhacker. Er ist ein Bücherleser, und seine Gedanken bleiben bei dem Buch, indes die Axt auf und nieder geht.

Zuerst verwirrte es ihn, und manchmal betrübte es ihn auch. Er hatte kein geteiltes Dasein bis dahin gekannt. Aber als er dann sah, dass dieser flüchtige Teil seines Wesens, den man in eine Uniform entlassen und für sich selbst leben lassen konnte, ausreichte, um jenes Leben zu führen, es sogar ohne Tadel zu führen, gab er sich damit zufrieden. Wahrscheinlich konnte ein Mensch nicht zu zwei Ämtern berufen sein, nicht zu dem eines Arztes und gleichzeitig zu dem eines Soldaten. Der eine hatte zu heilen und der andere zu töten, und es war ja auch nicht so, dass man diejenigen gleich zu Beginn erschoss, die in ihrem Soldatenhandwerk nicht brannten. Weder der Kaiser noch die Kriegsartikel verlangten das von ihnen. Sie hatten ihre Pflicht zu tun, und Jons wollte das so gut wie jeder andere. Wahrscheinlich wollte er es sogar besser und ernsthafter als viele andere.

Am leichtesten war es mit seinem Unteroffizier. „Kommen Se mal hier lang, Jons Ehrenreich", sagte er bei einer der Pausen auf den Übungsmärschen. „Hier is 'ne stille Jejend, hier können se uns nich so bekieken. Hier woll'n wir mal eens roochen. Alles Ihr Wald, junger Mann?"

Es gehöre ihm kein Baum, erwiderte Jons, aber es sei trotzdem alles sein Wald.

Und da wolle er nun die Waldleute verarzten? Später, wenn sie aus diesem großen Weltkrieg zurückgekommen seien?

Ja, das wolle er.

Wieder schüttelte Schneider den Kopf. „Komisch", sagte er. „Ha'm Se denn so 'ne besonders jeneijte Seelenhaltung for de sojenannten Armen?" Er sei doch selbst einer von ihnen, erwiderte Jons. Und er wisse doch auch am besten, was ihnen fehle.

Das imponiere ihm mächtig, sagte Schneider. Habe ihm gleich damals imponiert. Er sei nämlich der Erste, den er in seinem Leben getroffen habe, der „auf die Armen pikant" sei. Sein Pastor sei das zwar auch, aber eigentlich mehr „mit'n Zungenschlag." Und wer eine Frau habe, die von Poliklinik zu Poliklinik wandere, der wisse, wie das so mit der Liebe für die Armen sei. Und ein guter Soldat sei er auch noch. „Na, dann woll'n wir wieder mal 'ne Ecke tippeln, junger Mann."

Aber Schneider war nicht immer da, und wenn er da war, war er meistens im Dienst. Es wäre besser gewesen, auch die anderen wären immer im Dienst gewesen, die Leute von seiner Stube etwa. Aber am Abend waren sie nicht im Dienst. Der Dienst fiel von ihnen ab wie eine gleichmachende Rüstung, und das andere kam hervor, das Ungleiche, das Friedensgesicht, und nicht immer sah Jons gerne hinein.

Da war der kleine Kaufmann Philipp, und da er dachte, Jons müsse schon jetzt ein großer Arzt sein, so wurde er nicht müde, ihn zu fragen, welche Schüsse am tödlichsten seien. Sein Kaninchengesicht verzog sich zu lauter Sorgenfalten, und er schien zu meinen, dass der Krieg nur ausgebrochen sei, um eine Sache zwischen dem Tod und ihm zu entscheiden. „Ja, aber Herzschüsse?", fragte er sorgenvoll. „Das kann doch nicht sein, dass man mit einer Kugel im Herzen leben kann?" Doch, das sei schon vorgekommen. „Komisch, sehr komisch … aber Bauchschüsse, Jeromin?" Er sah ihn flehend an, als werde er nun endlich die Bestätigung bekommen, dass wenigstens ein Bauchschuss das Ende bedeute. Wieder nichts. Auch mit einem Bauchschuss könne man leben. Er schüttelte den Kopf und blickte grübelnd auf seine Hände, die müde und leer zwischen seinen Knien hingen. „Es gibt nur einen Fall", sagte Jons endlich, „das ist ein Nabelschuss. Dann verlierst du alles, was du hier drin hast. Es läuft aus wie Wasser aus einem Topf, der ein Loch hat. Und dann ist es zu Ende."

„Du lieber Gott", stöhnte Philipp, „aber dass es nun gerade der

Nabel sein muss … kann man ihn nicht schützen, Jeromin?"
Natürlich, man könne eine kleine Stahlplatte tragen, und da
diese Stelle des Körpers winzig sei im Vergleich zu der übrigen
Körperfläche, so könne er nach der Wahrscheinlichkeitsberech-
nung seine Aussichten feststellen.

Und da war der große Bollmann, Bierkutscher von Beruf,
der nur aus Versehen zur Infanterie gekommen war und von
dem niemand wusste, ob außer Essen, Trinken und Schlafen
Dinge auf dieser Welt waren, die er begehrte, ja, ob er sie überhaupt sah. Er stand wie ein schweigender Stier im Glied, ein
Flügelmann, an den man eine ganze Division anhängen konnte,
und wie ein Stier tat er alles, was befohlen war: schießen, essen,
schlafen, marschieren. Er würde auch wie ein Stier töten. Wenn
sie am Abend auf der Stube sprachen, sah er mit kleinen Augen von einem zum andern wie ein Taubstummer, ohne seinen
Körper zu rühren. Nur seine Augen bewegten sich. Und wenn
jemand fragte: „Was denkst du davon, Bollmann?", so verzog
er den linken Mundwinkel und sagte langsam und deutlich:
„Scheißegal". Manchmal glaubte Jons, sein Sprachzentrum in
der Großhirnrinde sei gelähmt, und er könne nur dies eine Wort
aussprechen.

Und da war Paleikat, der „Gelegenheitsarbeiter", ein Windhund, der in den Nächten über die Mauer verschwand. Ein
„fixer" Soldat, aber niemand wusste von ihm, ob er Holz gehackt
oder Menschen erschlagen hatte. Ein lächelnder Stubengefährte
mit vielen Künsten, Taschenspieler und Komödiant, Flötenbläser
und Akrobat, aber sie sahen ihm alle nach, wenn er fortging,
und beim Gefechtsschießen waren sie nicht ganz sicher, ob er das
Gewehr nicht heimlich auf den Hauptmann richten würde.

Und da waren die anderen. Ein Arbeiter, der voller Sorgen
war, sie könnten in die Wüste Sahara kommen, wenn es einmal
mit ihnen losginge, und er hatte Anlass zu Sorgen, weil er am
Wasserwerk der Hauptstadt gearbeitet hatte. Ein kleiner Theo-
logiestudent, der in jeder freien Minute in seinem Testament las
und so schweigsam war wie Bollmann. Ein Waldarbeiterssohn,
der mit seinem Dienst viel Mühe hatte und nicht wusste, wie

sie ohne ihn das Bauholz aus den Schlägen rücken würden. Ein Uhrmacher, der aus winzigen Rädern und Schrauben kleine Maschinen baute, in deren Anblick er lange versank. „Gehen sie nun auch?", fragte Paleikat. Nein, sie gingen nicht, sie seien nur so da, weil sie so hübsch und schwierig aussähen.

Eine bunte Kameradschaft, und Jons saß manchmal auf seinem Schemel in der Ecke und sah sie nachdenklich an. Ein ausgebranntes Feuer, ein kalter Rauch. Noch nicht zwei Jahre vergangen, und das Vaterland war ihnen schon eine leere Hülse, ohne Samen oder Frucht. Es war nicht allein ihre Schuld, es musste auch Schuld des Vaterlandes sein. Sie hatten versäumt, einen Begriff mit Leben zu erfüllen. Sie hatten ihn mit Worten und Gesetzen erfüllt, und im Feuer des Krieges und der Not waren Worte und Begriffe ausgetrocknet und verbrannt. Nur das eigene kleine Leben war geblieben, und nun war es in Gefahr. Was sie lernten, Schießen, Fechten, Marschieren, lernten sie eigentlich nur um dieses Lebens willen. Ein Soldat vergaß sein Leben, wenn er an den Feind dachte, aber vor diesen stand es riesengroß auf als das von allen Seiten und mit allen Mitteln Verwundbare, und sie suchten nach einer Stahlplatte für ihre sterbliche Stelle.

Die anderen hatte der Krieg schon verzehrt, die Glühenden, Begeisterten, Todgeweihten. Er hatte sie viel rascher verzehrt, als man erwartet hatte, und sie hatten sich ihm achtlos und berauscht hingegeben. Die Soldaten waren dahin, und nun standen die Bürger auf. Noch waren sie durchsetzt von Trägern des Glaubens und des Mutes, oder wenigstens von denen der Pflicht, aber einmal würden sie unter sich sein, eine müde, kleinmütige, waffenbehängte Masse, in die der Tod wie in eine Schafherde fahren würde.

Etwas war falsch gewesen, dachte Jons. Das meiste sogar. Etwas war versäumt worden, und es ließ sich nicht mehr einholen. Schulen und Kanzeln hatten nicht ausgereicht, das Volk zu glühen, wie man Kohlen im Meiler glüht. Das Wort war zu mächtig geworden, ein klingendes Erz und eine tönende Schelle. Nun ließ man sie marschieren, schießen und gehorchen, und für den Exerzierplatz reichte es aus. Aber für den Tod würde es nicht ausreichen. Der Tod schlug nicht mit Worten zu. Die großen, schweren Mächte des Daseins waren stumm, aber es brauchte mehr, vor ihren ehernen Augen zu bestehen als die flüchtige Übung einiger Wochen. Es bedurfte eines Lebens, wie Jakob es gelebt hatte, oder einer schweigsamen, spöttischen, adligen Seele, wie Jumbo sie gehabt hatte. Der Krieg war mehr als ein kleiner Daseinskampf um Miete, Wasser und Brot.

Er dachte, wie es sein würde, wenn er so daliegen müsste wie Jumbo, und ob einer von diesen ihn forttragen würde. Er glaubte es nicht. Es würde ein einsamer Krieg für ihn sein, wie es ein einsames Leben gewesen war. Nur Schneider würde bei ihm bleiben, wenn er mit ihnen hinausginge. Er hatte keine hohe Schule besucht und wusste nichts von Leonidas oder sogenannten Idealen. Er war nichts als ein Metalldreher mit einer kranken Frau und zwei blassen Kindern, die zu wenig Sonne in ihrem Hinterhof bekamen. Aber er wusste eine ganze Menge von dem, was man Pflicht und Anständigkeit nannte. Das Vaterland hatte sich nicht viel um ihn bekümmert, aber das hatte ihn nicht verdrossen. Er dachte ziemlich gering von Pfarrern, Abgeordneten, jungen Leutnants und „Unabkömmlichen", und er drückte diese geringe Meinung in einer starken und blühenden Sprache aus. Aber Jons meinte, dass man mit ihm gut am Meiler würde sitzen können, oder fischen, oder ein abgebranntes Dorf aufbauen. Kein Mann, um mit dem Direktor über die Ideen des Perikles zu debattieren, aber ein Mann zum Helfen und Heilen, einer von den stillen Tagelöhnern am großen Bau der Zeiten.

Nein, es waren keine leichten Wochen für Jons. Manchmal stand er beim Gewehrreinigen, das Schloss in der Hand, und starrte auf das bläulich schimmernde Metall, in dessen nüchternen und sauber ineinandergefügten Teilen die Präzision des Tötens mit einer klaren Handschrift geschrieben stand. Aber er sah weder das Schloss noch den Tod. Er sah die kleine Kammer mit dem erloschenen Ofen und dem blaugewürfelten Bett, auf das die hochmütigen, missbilligenden Blicke der schönen Wachsbüsten gerichtet waren. Er sah Margreta mit den beiden schweren Handtaschen von den Kohlenlagern kommen und vor dem kleinen Feuer sitzen, die Hände im Schoß, die großen, schwermütigen Augen in die Flamme gerichtet. Vorbei die Sommerzeit, Glück und Verborgenheit. Eine drohende Zukunft hinter den Fensterscheiben, oder eine leere Zukunft, und das Leere war noch bedrückender als das Drohende. Nur die Erinnerung war, der Besitz der Besitzlosen.

„Ha'm Se 'ne Erscheinung, junger Mann?", fragte Schneider gutmütig und nickte ihm verstohlen zu, wenn der leere, abwesende Blick ihn traf. Ach, er selbst hatte mehr als nur eine Erscheinung.

Schwere Stunden auch, wenn er zu kurzem Urlaub ins Dorf kam. Die Mutter vor dem Herd, ungebeugt noch immer, den erloschenen Blick mitunter auf seine Uniform gerichtet, als sei er es gar nicht, der in ihr umhergehe, sondern ein anderer, ein Toter. Der Vater wahrscheinlich oder, wenn nicht er, dann alle die anderen Toten des Dorfes, aller Dörfer. Keine bestimmten Gesichtszüge, sondern eben der allgemeine Tod, der Räuber der Dörfer, der Schlächter der Jugend wie des Alters, der Erbfeind aller Mütter dieser Erde.

Und Maria immer noch auf ihrem Weg zum Walde hinter der „Armen Sünde", das Kind auf dem Schlitten, die verschneite Straße entlang. Kein Zweifel, keine Angst, aber in dem schönen jungen Gesicht nun die ersten, kaum sichtbaren Zeichen langer, einsamer Nächte, schwerer Gedanken, quälender Bilder, und auch hier die Zukunft wie Nebel über dem Moor.

Not im Dorf, Krankheit, manchmal Hunger. Und eine bittere Verachtung derer, die ein Beispiel geben sollten und das Beispiel lieber den Dörfern überlassen. Der liebe Gott verhüllt und verborgen, in unendliche Sternwelten entrückt, aber die Kanzeln noch immer tönend, als sei er noch da, unverändert wie immer, Brot und Gerechtigkeit in der ausgestreckten Hand. Die Gendarmen stiller und wachsamer als sonst, in den Ställen, in den Scheunen, an den Mieten, auf den Äckern. Korsanke grau und ohne Freude, widerwillig, und manchmal auf ein Schwein oder einen Sack mit Roggen starrend, als sehe er nichts, gar nichts, nur eine leere Stallwand oder eine von Rissen durchzogene Tenne. Stilling alt und müde, in tiefen Gedanken vor der Weltkugel, die sich so ruhig dreht, als lohten nicht überall die tödlichen Feuer aus den blauen Kontinenten, und nur hin und wieder mit einem Blick der Sorge seinen früheren Schüler streifend.

„Keine Angst, Herr Stilling!", sagte Jons zuversichtlich. „Nicht alle Fische gehen ins Netz."

„Ja, ja, Jons", erwiderte er still. „Ich möchte nur nicht, dass alles zerrinnt, was ich gehofft habe. Du weißt doch, dass ich nur noch von dir lebe, nicht wahr? Ein richtiger Vampyr. Sie sollten mit den Alten Krieg führen, weißt du. Mit den Sechzigjährigen und darüber, und die Kaiser und Staatsmänner sollten sie anführen. Um sie alle wäre es nicht so sehr schade, denn sie haben das Ihrige getan. Aber um die Jugend ist es schade, denn niemand kann sie ersetzen. Die Alten würden zuerst Reden halten, große Reden und mit ihren langen Pfeifen drohen, und dann würden sie aufeinander losgehen. Es wäre so viel schneller zu Ende, eine menschlichere Sache. Und die Testamentsvollstrecker würden so viel Arbeit bekommen. Aber nun nehmen sie uns alles weg, die jungen Ärzte, die jungen Dichter und Lehrer wie Gollimbeck. Überall, auch bei denen da drüben. So leer wird die Welt, Jons, so schrecklich leer. Und wenn sie sich zehn Jahre ausgeruht haben, fangen sie von vorne an."

„Ja, Herr Stilling, wir würden sie etwas besser gemacht haben, diese gute Mutter Erde."

„Ach, Jons, ich weiß nicht, ob besser. Alte Leute sollten ja nicht mehr zweifeln, aber manchmal denke ich doch, er hätte sie anders machen können. Ein bisschen anders. Wenn ich jetzt wach liege, und ich brauche ja jetzt wenig Schlaf, dann versuche ich zusammenzurechnen, wie viele Tote eigentlich zusammenkommen seit vier- oder fünftausend Jahren. Nicht die natürlichen Toten, sondern die anderen. Krieg, Seuchen, Gewalttat und so weiter. Ich nenne sie die Prüflinge, weil die Pfarrer das Ganze so gerne die großen Prüfungen nennen. Das meiste bleibt ja im Dunklen und lässt sich nur schätzen. Aber weißt du, dass ich auf ein paar Milliarden gekommen bin, Jons? Und weißt du, dass eine Milliarde gleich tausend Millionen ist?" Er schrieb die Zahl mit seiner zitternden Hand in die Luft und sah ihr nach, als schwebe sie dort mit glühenden Zeichen im leeren Raum.

„Zwei- oder drei- oder viertausend Millionen, Jons, und manchmal denke ich mir aus, wievielmal man sie um die Erde legen könnte, um den Äquator zum Beispiel. Weißt du es, Jons?"

Nein, er wusste es nicht.

Stilling drehte die Weltkugel langsam einmal um ihre Achse und sah zu, wie die dunkle Linie des Äquators sich abrollte. „Ich will es dir sagen, Jons", sagte er leise. „Wenn du auf jeden Meter zwei Tote nebeneinanderlegst, und so viel Platz brauchen sie schon, um einigermaßen ordentlich zu liegen, dann musst du sie fünfzigmal übereinanderlegen, verstehst du? Auf jeder Strecke von einem Meter musst du hundert Tote unterbringen … Manchmal, wenn die Nächte still sind und der Mond scheint, sehe ich sie ganz deutlich, so wie einen Kranz, den du um eine Kugel legst, und ich denke mir, dass Gott sie von ferne so wie den Ring des Saturn sieht, einen kalten, schweigsamen, erstarrten Ring. ‚Was mag er sich denken dabei?', frage ich mich. Denkt er nur, dass es unsre Schuld ist? Aber Seuchen zum Beispiel sind ja gar nicht unsre Schuld. Oder denkt er, dass die Erde nun bald reif sein wird für seine Gnade?"

„Ich weiß es nicht, Herr Stilling", sagte Jons leise.

„Ich auch nicht, Jons. Aber siehst du, mit fünfundsechzig Jahren willst du nicht gern glauben, dass du dein Leben lang ein Dummkopf gewesen bist, obwohl die Schwester es manchmal sagt. Siehst du, du ziehst einen Zaun um dein Grundstück, einen Eichenzaun, braun und wunderbar fest, und denkst, er hält nun für deine Kinder und Enkelkinder. Und wenn du an ihm entlanggehst und fährst mit einer dünnen Rute an den Sprossen und Pfählen entlang, wie die Kinder es gern machen, so fällt er um. Still und gehorsam, Pfähle und Riegel und Staket. Und dann siehst du, dass alles aus braunem Papier war. Du hast ordentlich bezahlt, viel Geld sogar, und sie haben dich betrogen, auf eine plumpe Weise betrogen, weil sie gemeint haben, du seist blind oder dümmer, als die Kinder sind." „Es ist einfacher, Herr Stilling, wenn wir den lieben Gott aus dem Spiel lassen und es allein auf unsre Schultern nehmen. Schöner sieht es auch nicht aus, aber es ist einfacher. Und es bleibt uns auch mehr für die Zukunft zu tun."

„Ja, ja, die Zukunft, Jons … hast du nicht gesehen, dass die Kinder schon andre Augen bekommen haben, Jons? Dunkle und müde Augen, wie Kinder sie nicht haben sollen? Nun lass es noch zwei Jahre so gehen oder fünf Jahre. Weshalb müssen es immer die Kinder sein, die die schwerste Last zu tragen haben? Viel Arbeit wirst du haben, Jons, wenn du einmal hier leben wirst."

„Überall sind sie auf der Erde, Herr Stilling, die auf diese Arbeit warten. So viel ernste, gute Augen habe ich gesehen, in den Vorlesungen, in denen ich war. Und in der ganzen Welt ist es so. Wenn diese Heere ihre Arbeit getan haben, dann fangen die andern an. Die stilleren Heere. Und einmal wird ihnen doch die Welt gehören."

„Glaubst du es, Jons?"

„Ja, ich glaube es … auch der Vater hat es geglaubt."

Aber wenn er sich dann am Abend auf den langen Heimweg machte und er vom Waldrand aus das Dorf noch einmal liegen sah, mit den grauen Dächern unter dem schneeverhangenen Himmel, mit den spärlichen Lichtern hinter den kleinen Fensterscheiben und dem toten Pfarrer, der von seinem Hügel schweigend über das alles hinsah, dann ermaß er doch, wie groß dieses stille Heer würde sein müssen, um in alle solche Dörfer das Wasser des Lebens zu bringen, wie groß, wie geduldig, wie entsagend, wie tapfer, und mit wie viel unendlicher Liebe begnadet.

Es machte ihm Freude, an einem der letzten Sonntage Schneider mitzunehmen. Sobald die großen Wälder sie aufnahmen, wurde der lange Korporal schweigsam, und er blieb es auch bis zum Schluss des Tages. „Ick rede so komisch", sagte er zu Jons, „und det vablüfft de Leute." Aber er stand lange am Ausgang des Waldes und blickte auf das kleine Dorf, das so still und verloren unter seinen weißen Dächern lag. „Wenn du nu denkst", sagte er, „det se nu hier eene Lage nach de andere ringeschickt haben, in de kleenen Dächer … is doch schade drum …" Er schüttelte nachdenklich den Kopf und sah Jons von der Seite an. „Student und Armenarzt", sagte er, „und alles aus so'n kleenen Kaff …"

Er sah mit runden Augen auf Frau Marthe und saß vor ihrem Herd, ließ sich von Christean seine Engel und Tiere zeigen und erzählte ein bisschen von den Schlachten, die er mitgemacht hatte. Aber er saß auf seinem Schemel wie auf einer Kiste Dynamit, und als sie wieder auf dem Hofplatz standen, atmete er tief auf. „Det is 'ne komplizierte Familie, junger Mann …", sagte er. „Mit dir ha'm se wat vor, de sojenannten Jötter."

Sie waren bei Stilling, bei Maria und in der „Armen Sünde", und über Mittag gingen sie über das Eis zur Insel hinüber. Der große weiße Hügel lag in unberührter Großartigkeit unter den kahlen Eichen. Schneider hörte zu, was Jons von ihm erzählte, und manchmal fuhr er sich mit den Handschuhen über die Augen, als träume er.

Abends, auf dem Heimweg, saßen sie noch eine Weile an der kalten Feuerstelle der Meilerhütte. Das große Buch lag aufgeschlagen auf der Tischplatte. Über der Zylinderöffnung der Lampe war ein Spinnennetz gesponnen. „Hier hat er gelebt", sagte Jons leise.

Gegen Ende des Monats kamen die ersten Nachrichten von der großen Schlacht im Westen zu ihnen, wo um Wälder, Schluchten und Panzerwerke gerungen wurde und der Name der großen Festung mit Blut an den verstörten Himmel geschrieben stand. „Ahnste wat, junger Mann?", sagte Schneider zu Jons, als sie vor dem Heeresbericht standen. „Ick ahne wat."

Zwei Wochen später wurden sie eingekleidet am späten Nachmittag, so schnell, dass der Kammerunteroffizier nur in den wildesten Flüchen sprach. Aber Schneider ging dreimal unerschütterlich mit Jons' Stiefeln zurück, bis er die richtigen gefunden hatte. „Zu 'ne Heldenpose, mein Lieber", sagte er zu dem Tobenden, „muss det Jangwerk prima sein."

Dann stand er voller Sorgen vor seiner Korporalschaft und betrachtete sie sich. „Wenn ick so denke", sagte er langsam,

„det ihr in acht Tagen nu feldjraue Helden sein sollt, dann kann ick mir nur wundern. So wundern, det ick mir über mir selbst wundere." Mit dieser tiefsinnigen Äußerung verließ er kopfschüttelnd die Stube.

In der Nacht wurden sie verladen. Der erste Frühlingssturm kam von den Wäldern her, und unter dem halben Mond hörte Jons die Gänse nach Norden ziehen. Er stand vor seinem Abteil, den Mantelkragen hochgeschlagen, und sah auf die dunkle Linie, die im Süden den matten Horizont begrenzte. Nicht viel war es, was ein Soldat mitnahm, nur so viel, wie er auf seinen Schultern und an seinen Hüften tragen konnte. Aber mit seinen Augen konnte er viel mitnehmen, alles, die ganze Welt, und sie drängte sich in jener dunklen, schweigenden Linie zusammen, über der die Vogelscharen aufzogen, und in ein paar Gesichter, die dazwischen in einem farbigen Nebel standen. Er nickte ihnen schweigend zu und stieg ein. Auch sprach er unterwegs nicht mehr als die nötigsten Worte.

Drei Tage später, in einer ebenso stürmischen und halb erhellten Nacht, wurden sie ausgeladen, am Rande einer Ebene, hinter der sie einen Kranz bewaldeter Hügel erblickten. Die Hügel lagen schwarz und stumm, aber hinter ihnen loderte der ganze Himmel in einer weißrötlichen Glut, und farbige Sterne stiegen und sanken unaufhörlich empor und hinab. Durch das Brausen des Sturmes hörten sie ein fernes, dumpfes Brodeln, als koche Metall in einem winddurchzogenen Ofen, und da sie es noch nie gehört hatten, ordneten sie sich wohl schweigend, wie die leisen Flüche es ihnen befahlen, aber ihre Ohren hörten die Flüche gar nicht, sondern lauschten wortlos jener fernen Brandung, und über ihre jungen und alten Gesichter glitt der Schein jener weißrötlichen Glut wie über eine Reihe von Masken, von denen niemand wusste, was sie bedeckten.

Die Straße war zerklüftet und zerfahren, und als sie aufhörte, empfing sie ein aufgewühltes Feld, Wasserlöcher, in denen ein kalter Mond sich spiegelte, Mauerreste, zu Staub gemahlen, Schluchten, in die sie blind von Schweiß und Dunkelheit hineinstolperten, und zersplitterte Baumstümpfe, die ehemals ein

Wald gewesen waren. Von Zeit zu Zeit, mit der Regelmäßigkeit einer stählernen Maschine, zog eine dumpf heulende, unsichtbare Bahn über sie hinweg, und weit hinten, unwahrscheinlich weit, zerriss ein Feuerschein die Nacht, und der Wind trug ihnen das Dröhnen des Einschlags zu, dumpf, von hellen Obertönen begleitet, als stürze Stahl, Glas und Mauerwerk über einem ungeheuren Krater zusammen.

„Koffer, ooch Brocken jenannt", sagte Schneider erklärend, aber niemand gab eine Antwort.

Der Führer drehte sich nicht ein einziges Mal um. Seine Augen gingen nur suchend und sorgenvoll über das Gewirr der Schluchten und Waldstücke, und manchmal blieb er stehen, wenn eine der näher gekommenen Leuchtkugeln einen matten Glanz über die Landschaft warf. Dann hob er wieder den Arm, und die dunkle gebeugte Linie folgte ihm weiter in die Nacht hinein.

„Jeht's noch, junger Mann?", fragte Schneider leise.

„Keine Sorge, Korporal", erwiderte Jons.

Im Morgengrauen stolperten sie in einen verschütteten Graben, auf dessen Rändern Tote lagen, und ein unrasierter Leutnant mit grauem Gesicht nahm sie schweigend in Empfang. Sie fielen hin, wo sie standen, auf eine nasse Erde, die nach Gift und Verwesung roch, und niemand hatte etwas dagegen.

Jons schlief sofort ein, noch während seine offenen Augen der Spur einer Leuchtkugel folgten. Er fühlte noch mit schwindendem Bewusstsein, dass Schneider eine Zeltbahn über ihn breitete, und er hörte die vertraute, sorgenvolle Stimme wie hinter einer fernen Wand: „Wenn ick mir det nu ansehe …"

Aber er wusste nicht mehr, was der Unteroffizier nun ansah.

# XXI

Wenn der Leutnant mit dem grauen Gesicht nun fragte, ob es schwer sei, etwa wenn er die wenigen Posten abging und Jons in den Lehm des Grabens gelehnt fand, das Auge am Sehschlitz des Schutzschildes, so war Jons um eine Antwort verlegen. Er wusste nicht, ob es schwer war. Und wichtiger war, dass der Leutnant wahrscheinlich unter diesem Wort etwas ganz anderes verstand als er selbst. Der Leutnant sah darin das niemals schweigende Feuer, den Hunger, den Durst, den Tod, die Verstümmelung. Aber für Jons war dies eigentlich nicht „schwer". Der Krieg legte es ihnen auf, wie das Leben ihnen Tage und Nächte auflegte. Man brauchte einige Zeit, um sich daran zu gewöhnen und die kalte Angst zu besiegen, die mit dem schweren, glühenden Eisen vom Himmel herunterheulte. Aber dann war es eigentlich überstanden, und das Leben ging weiter, in einer eigentümlichen Dumpfheit, als trage man nicht einen einzigen Stahlhelm auf der Stirn, sondern viele, unzählige, ja, als sei das ganze trübe, rauchige, feurige Himmelsgewölbe ein einziger schwer drückender Helm. Es ging weiter, hatte seine Pausen, seinen kümmerlichen Schlaf, seine noch kümmerlicheren Freuden, nur dass es gleichsam schwebender geworden war, als liege es auf einer Waage. Tag und Nacht flossen mehr ineinander als früher, und der Begriff des „Morgen", des „Übermorgen" hatte sich aufgelöst zu bloßen Worten, weil das Gefühl der Zeit erstorben war und Minuten oder Stunden oder die „Ewigkeit" nicht viel voneinander unterschieden waren.

Nein, „schwer" war etwas anderes. Das Bild einer verwüsteten, zerrissenen und ganz und gar ohnmächtigen Erde etwa, auf die der schräge Regen fiel, der die Toten langsam in sie hineinwusch. Keine ernste, fruchtbare Erde, wie er sie kannte, feierlich aufgetan, um feierlich gekleidete Tote zu empfangen, sondern Schmutz, Verwüstung, Gesetzlosigkeit, in der auch die Toten ebenso schmutzig, verwüstet und gesetzlos umherlagen. Die Zerstörung aller festen und geheiligten Bilder, die er aus seinem

Walde mitgebracht hatte, die Auflösung alles Hergebrachten, das ihn mit dem Vater und Großvater verband.

Schwer auch anzusehen, wie ganze Reihen junger, lebendiger Menschen aufstanden und fast im gleichen Augenblick niedersanken, verkrümmt, verbogen, zerstört. Nicht eigentlich der Tod, sondern das Wilde, Achtlose, fast Spielerische seiner Gebärde. Die Nichtachtung des einzelnen Lebens, der Fußtritt einer blinden Macht gegen das, was in dieser Hölle der Vernichtung doch eine Krone trug, und wenn es nur die Krone des Gehorsams und der Tapferkeit war. Die seelenlose, schmutzige Sicherheit eines Schmiedehammers, der in adlige Gesichter schlug.

Schwer auch der Wettlauf mit diesem grinsenden Tode, wenn man Munition oder Essen oder Trinkwasser von weit hinten holen musste. Nicht dass er darauf ausging, das eigene Leben zu zerstören, sondern Nahrung und Gnade für die anderen. Das verruchte Keuchen durch verpestete und weglose Schluchten, die Flammenblitze der Einschläge, niemals zu berechnen, das verlorene und heimatlose Stöhnen der Verwundeten, in die blutige Erde geworfen und mit blinden Augen in den Vorhang aus Feuer und Qualen starrend.

Aber am schwersten doch die Gedanken, wenn man um die Abendzeit hinter ein paar zerrissenen Sandsäcken lehnte und auf die rauchende Linie blickte, die Himmel und Erde voneinander schied. Eine leere Erde, auf der alle menschliche Spur erloschen war, ein verwüstetes Feld, über das ein eiserner Hagel gefallen war. Blaue und graue Flecken darüber hingestreut, wie von vergessenen Garben. Schwarze, zerrissene Bäume, aber lebendige Bäume, denn der leise Wind trieb sie langsam vor sich her, bis sie wie Nebel verwehten. Schluchten, über denen es wie weißliche Wolken hing, und am Horizont die Hügel mit den Namen, die dem Tod entlehnt waren.

Und darüber nun der Himmel. Ein riesiger, unverhüllter Himmel, mit grauen Regenwänden, die schräge und drohend über den Hügeln lehnten. Und hinter den Regenwänden oder in den tiefen Klüften zwischen ihnen die wildgetürmten Massen von brandigem Rot und schwefligem Gelb, mit denen eine erstickte Sonne versank. Glühende Schlacken, die wie auf den Halden des Jenseits lagen, als ständen auch dort drüben die Füße der Heiligen im Feuer. Ein ungeheurer, brennender Abendraum, bereit für die Aufnahme der Toten, ohne Segen, ohne Verheißung, ja selbst ohne Gewissheit des Morgens.

Und diese tote Linie hinauf und hinab wandern die Gedanken. Die sich langsam von der Klammer des Gehorsams und der Pflicht lösen und auf die Suche nach der Wahrheit gehen, nach dem Sinn dessen, was hier unter diesem Himmel geschah. Alles anders, als man es bisher gelernt oder erfahren hatte, anders als das überkommene Gut von Vätern und Ahnen. Anders als die Ethik der Katheder, die Religion der Kanzeln. Aber trotzdem mit denselben Worten verbrämt und geschmückt.

Und selbst wenn man Gott für einen Traum hielt, für einen Becher, den die Weisen oder Angstvollen für die Lippen der Sterbenden erfunden hatten, wenn man es als ein ausschließliches Werk des Menschen betrachtete, was hier blutig und grauenvoll vor sich ging: Was war der Mensch für ein Wesen, wenn er seine Hände dazu hergab, dieselben Hände, die nicht müde werden konnten, Trost und Barmherzigkeit auszugießen?

Er sah sich um und sah die grauen, erschöpften Gesichter, ohne Hass, ohne Blutdurst, nur müde, grenzenlos, unsagbar müde. Müde von ihrem eigenen Werk und doch diesem Werk unlöslich verbunden. Keiner von ihnen stand auf und ging davon, keiner blieb zurück, wenn der Befehl sie aus dem blutigen Graben in den nächsten trieb. Er selbst, Jons Ehrenreich Jeromin, aus den stillen Wäldern am anderen Ende der Erde, stand nicht auf und ging davon, kam nicht einmal auf den Gedanken, es zu tun, und hatte noch vor zwei Monaten über stillen Büchern gesessen, über Versen, über Krankheitsberichten, über den Lebensbeschreibungen der großen Todbesieger. Noch vor zwei Monaten hatte er ein anderes Leben an seinem Herzen gehalten, ein zu schützendes, zu bergendes, zu behütendes Leben, und nun war alles Leben wie ein Sandkorn, zu dem geringsten aller Güter erklärt, und derjenige der Strafe oder Verachtung preisgegeben, der in ihm den kostbarsten Edelstein der Schöpfung sah, das, woran sie Millionen und aber Millionen von Jahren gearbeitet hatten, mit einer unendlichen Geduld, über Sintfluten, Feuerströme und Eiswüsten hinweg.

Auch Schneider verstand es nicht. Er war noch hagerer geworden, und wenn sie einmal ein paar Stunden Ruhe hatten, stand er finster und alt bei seiner Gruppe, als müsste er auch die Schlafenden noch bewachen, damit sie ihm der Tod nicht noch im Schlafe stehle.

Ja, auch aus den kleinen Leuten der Garnison war mehr geworden, als Jons von ihnen gedacht hatte. Zwar, Paleikat war gleich am zweiten Tage verschwunden, in einer der feurigen Schluchten, und obwohl sie ihn als vermisst meldeten, hatten sie keinen Zweifel darüber, dass er sich in einem Feldlazarett oder noch weiter hinten eines verhältnismäßigen Wohlseins erfreute. Aber die anderen waren da, keine Helden, die den Augenblick des Sturmangriffs nicht erwarten konnten, aber doch Helden der Ausdauer, der Geduld, der Marterung. Winzige Bruchstücke des großen Heeres der Märtyrer, die kein Heeresbericht nannte, kein Orden schmückte, und ohne die diese Wälder, Hügel und Schluchten doch längst verloren gewesen wären.

Philipp hatte keine Stahlplatte gegen den Tod gefunden und es bald aufgegeben, sie zu suchen. Seine Vorstellung vom Tode als eines einsam und lautlos fliegenden, winzigen Stahlgeschosses war längst erweitert worden. Noch immer starrte er mit verstörten Augen auf die wandernden Fontänen des Todes, aber er machte keinen Versuch, ihnen zu entfliehen. Er drückte höchstens sein Gesicht in den nassen Lehm, und unter dem zu großen Stahlhelm sah dieses Gesicht immer wie das eines weinenden Kasperle aus, dem der Teufel über dem Rand der Kiste erscheint. Er weinte, aber er ging nicht fort. Er blieb da, halb verschüttet und betäubt, hungernd und frierend, schlaflos und gehetzt, aber er blieb da.

Und so blieben auch die anderen. Bollmann, finster und lehmbeschmiert, wie ein Stier, der aus einem Sumpfbad aufgestiegen ist. Der Waldarbeiterssohn, der längst vergessen hatte, sich um sein Bauholz Sorgen zu machen, und der kleine Theologe, noch

398

schweigsamer als sonst, der in seinem Testament las und der manchmal nachts, wenn die Geschütze einmal schwiegen und nur die kalten Sterne der Leuchtkugeln über ihnen hingen, auf dem Grabenrand stand, frei und ohne Deckung, und die Verse der alten Verheißungen über das verwüstete Feld sprach, das nun unter dem fahlen Licht der lautlos sinkenden weißen Kugeln wie eine Kraterlandschaft des Mondes dalag.

„Selig sind, die da Leid tragen", sprach er vor sich hin, so laut, dass man es bis in die kleinen Stollen hinein hören könnte. „Selig sind, die da Leid tragen, denn sie sollen getröstet werden", und die großen, feierlichen Worte der Seligpreisungen gingen über das schweigende Feld, über die verbogenen Drähte und die Trichter, in deren Kraterseen sich der kalte Mond spiegelte oder der ebenso kalte Glanz der Leuchtkugeln, hinüber bis zu der anderen Seite, wo die weißen, gelben oder schwarzen Gesichter sich lauschend hoben. Die großen Worte, die vor zweitausend Jahren über eine ebenso öde, schweigende Landschaft geklungen waren, die an allen Orten der Erde unzählige Male wiederholt worden waren, flehend, beschwörend, verheißend, und die doch von der Erfüllung der Verheißung so weit entfernt waren wie damals. In der schweigenden, toten Dämmerung zwischen den Gräben, in der doch in jedem Augenblick der Tod brüllend und ungeduldig aufspringen konnte, schien diese stille, sanfte Stimme von allem Menschlichen abgelöst zu sein, frei schwebend in einem erstorbenen Raum, als sei sie die abgeschiedene Stimme aller Toten dieser zerrissenen Erde. Etwas Hoffnungsloses, lange Vergangenes schwang in ihren Worten und doch auch eine sanfte, träumerische Besessenheit. Der Versuch, das Erbarmungslose aller gewesenen und kommenden Stunden mit dem Wort zu überwinden, mit dem Wort, das doch vielleicht stärker war als die Gewalt geschleuderten Stahles, weil es nicht aus toten Geschützrohren kam, sondern aus dem lebendigen Grunde eines Menschenherzens.

Als es das erste Mal geschah, lachten sie hier und da, oder sie fluchten, und ein paar erschrockene, verirrte Geschosse kamen von der anderen Seite, klirrten im Drahtverhau und hoben sich singend hoch über sie hinweg in den nächtlichen Raum. Aber dann war das Wort doch stärker als Lachen oder Flüche, durchdringender und siegreicher in seiner Sanftheit, und gerade das Unangemessene und fast Sinnlose der Handlung fiel wie ein geheimnisvoller Zauber über ihren Widerstand. Sie sahen die kleine, schmale Gestalt auf dem Rand des verfallenen Grabens stehen, ohne Gebärden, ohne Feierlichkeit, den Stahlhelm in den gefalteten Händen, ein Mann, der so allein war wie in der Wüste, ein Kind eigentlich erst, und das Rührende seines Versuches ergriff sie, das Kindliche, mit dem ein Kind vor einer stählernen Welt stand und mit einer Kinderstimme die stählernen Tore zu beschwören suchte.

Der Leutnant saß im Graben, dicht daneben, und man sah nur den kleinen roten Punkt seiner Zigarette glühen. Aber wenn eine neue Leuchtkugel stieg und ihr Licht langsam entfaltete, sah man sein ganzes Gesicht, wie es zu dem Sprechenden hingewendet war, ein Gesicht ohne Lächeln oder Flüche, ein stilles, etwas verwundertes Gesicht, als ständen die Tage der Kindheit vor seinen müden Augen wieder auf und er sähe ihnen zu wie ein alter Mann, der lange vergessen hatte, dass er einmal ein Kind gewesen war.

Und wenn es zu Ende war, stieg der kleine Soldat wieder in den Graben hinunter, wickelte sich in seine Zeltbahn und legte seinen Kopf in die nasse Erde wie die anderen. Es war ihm anzumerken, dass er nach seiner Meinung nichts Besonderes getan hatte oder auch nur hatte tun wollen. Außer dass es ihn vielleicht getrieben hatte, dieser Welt seine eigene entgegenzusetzen, damit er eine Nacht und einen Tag wieder gegen sie bestehen könne. Aber es erfüllte sie alle, auch die Wildesten, mit einer stillen Hochachtung vor ihm. Davor, dass aus einem verschütteten Brunnen wieder einmal das einfache Menschenbild aufgetaucht war, ohne Anspruch auf Tapferkeit oder besondere Taten. Und davor, dass jemand sich die Mühe machte, dieses verschüttete, verschlammte und verwundete Menschenbild wieder zu reinigen und zu trocknen, wo er doch wusste, dass die nächste Stunde und spätestens der nächste Morgen es wieder in die schmutzige Tiefe hinabschleudern würde. Auch Schneider, der eine so geringe Meinung von dem „Zungenschlag" der Theologen hatte, saß still da, in seine Zeltbahn gehüllt, und hörte zu. Er schüttelte zwar den Kopf, wenn der kleine „Tobias", wie er ihn nannte, wieder in den Graben gestiegen war, aber er zupfte Jons doch vorsichtig am Ärmel, um zu sehen, ob er schlafe. „Det erjreift mir, Ehrenreich", sagte er leise. Ein Schimmer seines alten spöttischen Lächelns erschien unter dem langen, nun traurig gewordenen Schnurrbart, eines Spottes, den er gegen sich selbst richtete, aber trotzdem wiederholte er nachdenklich: „Det erjreift mir, Jons ... so'n Steckkissenkind und steht so da, vis-à-vis de janze Atmosphäre, und redet von die Hinterbliebenen. Det erjreift mir wirklich, Jons."

Auch Jons ergriff es, und er machte gar keinen Versuch, es zu verbergen. Er hätte nur gern gewusst, wie es in der Seele dieses kleinen Kameraden aussehen mochte, wenn er auf die Grabenwand stieg. Aber Tobias, als er ihn am nächsten Morgen fragte, konnte es ihm nicht erklären. Ja, er verstand gar nicht, dass da etwas zu erklären sein sollte. „Ich lebe doch darin", sagte er nur. „Wie sollte man denn anders hier leben können? Und da ich darin lebe, so spreche ich davon, wie ihr euch Geschichten erzählt."

„Aber wie lebt man darin?", fragte Jons leise.

Tobias sah ihn an, und Jons bemerkte zum ersten Mal, was für schöne, sanfte Augen er hatte. Große, braune Kinderaugen, in denen selbst diese Erde sich als ein reines Bild spiegelte.

„Das kann man nicht erklären", sagte er. „Man glaubt, dass es das Größte ist, was jemals gesagt und auch gelebt worden ist. Man glaubt es so, dass man es weiß, und dann ist alles dieses hier nur ein großer Irrtum. Ein Fiebertraum. Und sobald ich die Worte spreche, legt sich seine kühle Hand auf meine Stirn, und das Fieber ist zu Ende. Die Klarheit ist wieder da, das, was bleiben wird, wenn hier schon längst wieder Wälder rauschen werden."

Und er habe auch keine Angst?

Wovor sollte er Angst haben? Man habe auch keine Angst vor

einer verschlossenen Tür, hinter der die Lichter des Weihnachtsbaumes brennten.

Und wenn man nun einmal eintrete und es sei kein Weihnachtsbaum da?

Tobias lächelte wie ein Kind, das von Erwachsenen getäuscht werden soll und die Täuschung durchschaut. „Selbst wenn das Nichts da wäre", sagte er, „so würde Gott dafür sorgen, dass es uns wie tausend Kerzen erschiene."

Jons fragte nicht, was nun sein würde, wenn Gott nicht da wäre. Es gab Fragen, die vor solchen Augen nicht gestellt werden durften.

„Wäre schön, Jeromin", sagte der Leutnant am Abend, „wenn wir das auch könnten, nicht wahr?"

Aber Jons schüttelte den Kopf. „Es würde leichter sein, Herr Leutnant", sagte er, „aber wir gehören zu denen, die nicht das Leichte und Schöne wollen, sondern das Wahre."

„Ja, ja …". meinte der Leutnant und grub mit seinen Fingern einen Eisensplitter aus dem Lehm. „Die Wahrheit ist eine schöne Sache, Jeromin …" Aber es klang, als habe er seine besonderen Gedanken darüber.

Er war der Erste, der sie verließ, und der Erste in einer langen Reihe. Bei einem der vielen blutigen und sinnlosen Versuche, eines von tausend Grabenstücken, einen von tausend Hügeln, eine von tausend Schluchten zu nehmen, Versuche, bei denen hundert Meter Gewinn mit hundert Toten bezahlt wurden, traf gleich beim Aufstehen eines der lautlosen, winzigen Geschosse den Leutnant in die Brust. Er lief noch ein paar Schritte, den rechten Arm mit einer merkwürdigen ungeordneten Bewegung hebend, und fiel dann langsam in die Knie. Jons blieb bei ihm stehen und beugte sich über ihn, aber Schneider nahm ihn mit seiner harten Hand beim Arm. „Vorwärts, junger Mann!", sagte er finster. „Hier wird allein gestorben."

Aber als sie das Grabenstück hatten, eine flache Mulde mit Toten und Sterbenden, und sich vorläufig eingerichtet hatten, winkte er Jons, und sie liefen zurück, wo sie den Leutnant verlassen hatten. Das Sperrfeuer stand noch immer wie eine brüllende

Wand vor ihnen, und sie zogen ihn langsam und vorsichtig in einen der tiefen Trichter, bis es verstummte. Der Leutnant war bei Bewusstsein, nicht viel grauer als sonst, und er nickte ihnen unmerklich zu, aber dann richtete er die Augen wieder in den grauen Himmel, über der den Wind den Qualm der Explosionen trieb. Schneider lief noch weiter zurück, um eine Bahre aufzutreiben. Die Dämmerung würde bald fallen, und dann konnte man versuchen, ihn zurückzubringen.

Jons kauerte auf dem Trichterrand und lauschte auf den Atem des Leutnants. Wieder kam das Gefühl einer schrecklichen Verlassenheit über ihn, wie über ein Kind auf einem leeren Feld, und dass sie nun ohne diesen noch verlorener sein würden als bisher. Er wollte sprechen, wie sehr sie ihn alle liebten in seiner Schweigsamkeit und seiner stillen Fürsorge, aber der lehmbeschmierte Helm des Verwundeten lag so still, als wolle das Gesicht darunter in Frieden gelassen werden.

Erst als die Sanitäter kamen, in der ersten Dämmerung, und die Bahre vorsichtig unter den Leutnant schoben, öffnete dieser die Augen, nickte Schneider zu und winkte Jons tiefer zu sich herab. Er konnte nur ganz leise sprechen. „Nun, Jeromin", sagte er, „wie ist es nun mit der Wahrheit, was?" Ein fernes, unwirkliches Lächeln erschien um seinen Mund, und mit diesem Lächeln verschwand er in der fallenden Nacht.

Schweigend gingen sie in ihren eroberten Graben zurück.

Der nächste war Bollmann, dem ein Schrapnellzünder das linke Knie zerschmetterte. Auch er nahm keinen wortreichen Abschied, nur als der Sanitäter meinte, dass das Bein wohl „futsch" sein werde, sah Bollmann ihn mit seinen kleinen, unruhigen Augen verächtlich an, wendete das Gesicht zur Seite und sagte: „Scheißegal!"

Philipp gruben sie aus der verschütteten Grabenwand aus, aber er war schon tot. Unter seiner linken Schulter ragte ein langer, gezackter Splitter aus seinem Rock heraus, und Jons dachte, wie verwerflich der Tod doch mit ihnen spiele, dass er dem kleinen, unansehnlichen und so bescheidenen Musketier zum Abschied das Aussehen des erschlagenen Siegfried gegeben hatte. Aber sein Gesicht war ganz friedlich. Er musste schon tot gewesen sein, ehe die Erde ihn verschüttete und begrub.

Eine Woche später verließ sie auch der Waldarbeiterssohn aus Jons' Heimat, und er verließ sie so, dass sie keine Spur mehr von ihm fanden. Eine schwere Mine hatte ihn zu Staub aufgelöst.

Als sie Ende Mai herausgezogen wurden, vorsichtig wie Verbrannte aus der glühenden Asche, waren sie nur noch drei, Schneider, der kleine Tobias und Jons. In der Morgendämmerung, in der ersten Marschpause, sahen sie einander an und dann von ihren fahlen, blutleeren Gesichtern fort in das rötliche Morgenlicht, das auf einen Waldrand mit blühendem Weißdorn fiel. Vielleicht hatte der General Freude an ihnen, der ihren Vorbeimarsch abnahm, aber Gott konnte wohl wenig Freude an ihnen haben, meinte Jons. Er wusste nicht, wie die beiden anderen darüber dachten, und wollte es auch nicht wissen, aber darin waren sie der gleichen Meinung, dass sie an dem General keine besondere Freude hatten. Nicht einmal Schneider, und er war doch der Ordentlichste und Älteste von ihnen, der einzige richtige Soldat.

„Nu kieke mal an!", sagte er. „Kommt hier rausgetanzt wie'n Birkhahn zur Balz und besieht sich seine Bescherung. Hätten dir jerne woanders gesehen, hoher Herr."

Aber schon nach einer Weile bedrückte ihn seine „Insubordination". „Kann ooch nischt dafür", sagte er und zeigte mit dem Daumen über seine Schulter zurück. Der Hammer treibe den Nagel und der Nagel das Holz.

Und an den Nägeln hängten sie nachher die Lorbeerkränze auf, meinte Jons gleichmütig.

„Ja, sollen se se denn an unsre Heldenbrust hängen?", fragte Schneider erstaunt.

„Lasst sein", sagte Tobias. „Möchtet ihr auf einem Sessel sitzen, eine Karte vor euch, und mit dem Druck eines Fingers ein Regiment in den Abgrund schicken? Sie sind ärmer als wir, und der Ärmste ist der Kaiser, weil er am weitesten vom Tode ab ist."

„Jarnich jewusst, wat for reiche Leute wir sind", murmelte

404

Schneider, aber sie wussten beide, dass er recht hatte. Man konnte auch so auf den Tod sehen, und ein bitterer Stolz war besser als ein falscher.

Sie marschierten nach Norden, wurden verladen und kamen in ein Waldlager, wo sie sechs Wochen blieben. Ersatz kam, alte und junge Leute, aber sie konnten sich nun niemandem mehr anschließen. Sie blieben für sich, nicht sehr redselig und nicht sehr fröhlich, aber doch von den anderen ohne Willen durch das abgesondert, was sie in diesen Monaten gewonnen und verloren hatten. Sie blickten mit Nachsicht auf den Friedensdienst, dem man sie wieder unterwarf, schüttelten zu manchem den Kopf und gingen am Abend aus dem Lärm des Lagers fort, an den Rand des Waldes oder bis auf die Felder hinaus, wo der Weizen blühte und die Luft warm und rein über die Halme ging.

Der Horizont war nun still, und wenn es in dunklen Nächten hier und da aufblitzte, wussten sie nicht, ob es das Mündungsfeuer ferner Geschütze oder ein Wetterleuchten war. Das Bewusstsein von Raum und Zeit kehrte wieder, das Bild der Heimat, Menschen und Schicksale. Christean und Stilling schrieben, und auch von Margreta kamen Briefe. Kurze Briefe, ohne Klagen, ohne Beteuerungen ihrer Liebe, aber von einer ergreifenden Verlassenheit. Sie bewachte immer noch den Laden mit den Wachspuppen, das Leben werde schwerer, aber wahrscheinlich sei es nichts gegen das, was er zu bestehen habe. Und ein einziges Mal möchte sie ihn wohl gern noch wiedersehen.

Jons empfing ihre Briefe und die anderen, las und beantwortete sie, hatte Freude und Kummer an ihnen, aber auf eine unerklärliche Weise war dies alles doch fern und einem unwirklichen Leben angehörig. Noch brannten die vergangenen Tage und Nächte zu tief in ihm, und zwar nicht das Gefährliche und Tödliche, das sie enthalten hatten, sondern das noch Unerklärte in ihnen, das zwischen Sinn und Sinnlosigkeit Schwankende. Sie waren über ihn hinweggegangen, aber er hatte sie noch nicht mit seinem Leben verbunden. Sie waren noch nicht ein Teil seines Wesens geworden.

Am meisten grübelte er über die letzten Worte des Leutnants

und sein stilles, nachsichtiges Lächeln, mit dem er sie verlassen hatte. „Was ist es nun mit der Wahrheit?" Ja, wie war es mit der Wahrheit? Jons hatte gesagt, dass sie mehr sei als Schönheit oder Frömmigkeit, und er war noch immer der gleichen Meinung, aber das Lächeln des Leutnants hatte dieser Meinung etwas von ihrer Sicherheit genommen, als wollte es ganz leise darauf hinweisen, dass zu den großen Illusionen der Menschheit die Wahrheit ebenso gehören könnte wie die Frömmigkeit des kleinen Tobias, das Wissen also ebenso wie das Glauben. Dass niemand ein Recht habe, ein Leben im Glauben für leichter zu halten als eines im Dienste der Wahrheit, zumal wenn dieses Lächeln und diese Überzeugung oder vielmehr dieser leise Zweifel von jemandem kämen, den der Tod berührt oder endgültig gezeichnet hatte und der vielleicht ein größeres Recht hatte als die Lebenden, über Sinn und Wert des sogenannten Lebens zu urteilen.

Sollte es wohl so sein, dass die Beschränkung, die er sich auferlegt hatte, noch nicht ausreichend war? Dass es nicht genügte, auf die „Gerechtigkeit auf dem Acker" zu verzichten, sondern dass es notwendig und weise war, sich auf die Kunst seiner beiden Hände zu beschränken, die er erwerben wollte, und auf ein Herz voller Liebe, um ihre Arbeit zu ernten? Hatte Jumbo schon vor seinem Tode das Letzte gewusst, als er ihn vor der „Spekulation" gewarnt hatte? Und hatte er selbst nicht schon in diesen Monaten erkannt, dass er außerstande war, eine Erscheinung wie den Krieg so zu begreifen, dass er wie ein Baustein in sein Leben eingesetzt werden konnte?

Er kam nicht sehr weit mit seinen Gedanken, und er wusste eigentlich nur eines: dass sein Leben vielfältig und an Kenntnissen reicher sein würde als das seines Vaters oder Großvaters, aber dass es sich in seiner Führung lange nicht so von ihnen unterscheiden würde, wie er früher gedacht hatte. Immer mehr würde es danach streben, Arbeit und Sorge zu sein, für diejenigen, die Arbeit und Sorge am nötigsten hatten, und langsam würde es in die einfachen Formen zurückkehren, in denen es bei seinen Vorfahren abgelaufen war. Es war kein sehr großer Unterschied, ob man am Meiler saß und Kohle für die Menschen brannte, ob man eine Nacht bei einem Totschläger saß und sein Herz bewegte oder ob man die Hand am erkrankten Leben hielt und den Tod veranlasste, noch einmal für eine Weile umzukehren. Aber diesen Formen war gemeinsam, dass man nichts für sich haben wollte, weder Ruhm noch Reichtum, weder Wahrheit noch Macht, sondern dass man dienen wollte, wie auch die Vorfahren gedient hatten, wenn auch der Herr, dem man diente, ein anderer geworden war. Ein unsichtbarer, großer Herr, und es war nicht von besonderer Bedeutung, ob man ihn Gott nannte, oder die Liebe, oder die Menschheit. Es gab eine Größe, die sich aller Namengebung widersetzte und entzog, und der wahre Diener verließ wohl auch nicht seine Stelle, wenn der Sohn oder Enkel dem Vater oder Großvater in der Herrschaft folgte.

Während der ganzen Wochen hatte er vermieden, mit Tobias über Religion oder Religionen zu sprechen. Er würde einer von den Pfarrern werden, denen man zusehen und nicht zuhören musste, so wie man Agricola hatte zusehen müssen. Es gab Täter und nicht nur Künder des Wortes. Und das Einzige, was er ihn gefragt hatte, war gewesen, ob er ihn nicht später einmal in seinem Walde aufsuchen möchte, um sich umzusehen, ob er nicht auf ihrem Hügel eine neue Kirche bauen und dort Pfarrer werden wolle. Er selbst wolle dort als ein stiller Landarzt leben.

Vielleicht, hatte Tobias erwidert, aber sie wüssten noch nicht, was Gott mit ihnen allen vorhabe. Wenn es so komme, wie er denke, dann werde er nicht dort am nötigsten sein, wo das Evangelium sich noch am längsten erhalten werde, sondern da, wo man alle Menschenkraft aufbieten werde, um es zu stürzen. Und das werde nicht in den großen Wäldern, sondern in den großen Städten sein. Und der Meinung werde Jons wohl auch sein, dass jeder von ihnen einmal dorthin gehen müsse, wo Gott am meisten geschlagen werde.

Das wollte Jons zugeben, und er setzte nach einer Weile hinzu, dass dies ihn am meisten mit allem Jammer versöhne, dass überall, bei allen Völkern wahrscheinlich, die wahren Sieger des Krieges so aussehen würden wie Tobias. Die wahren Sieger, nicht die vermeintlichen. Er spreche damit das gefährliche Lob aus, erwiderte Tobias still, dass er Gottes Ebenbild sei, denn der wahre und einzige Sieger in diesem Kriege werde immer Gott allein sein.

Inzwischen, während der Weizen auf den Feldern sich schon zu bräunen begann, häuften sich Wünsche und Vermutungen, dass sie für eine stille Stellung im Osten ausersehen seien, bis die ersten Nachrichten von einem Fluss mit einem ebenso stillen Namen, weit westlich von ihnen, sie in ihrem Lager erreichten. Mit demselben Tage erstarben zwar nicht die Wünsche, aber die Vermutungen, und Schneider nickte ihnen zu. „Ick ahne wat", sagte er.

In den ungeheuren Strudel an den Ufern des kleinen Flusses schoss das Blut der Regimenter und Divisionen mit solcher Schnelligkeit, dass alle lang bedachten Pläne zerstoben und Eisenbahnen und Lastwagen Tag und Nacht durch den Staub von Schienen und Straßen rasten, um neues, junges Blut in den erschöpften Körper zu tragen.

Aus einem dieser Züge wurden auch sie ausgeladen, auf freier Strecke, weil aus unsichtbaren, riesigen Rohren der Tod nach den Bahnhöfen suchte, und in Gewaltmärschen nach vorn geworfen, wo in kümmerlichen Geländefalten und dürren Waldstücken die Reserven auf ihren Einsatz warteten. „'n eindrucksvoller Horizont", sagte Schneider. „Hier brauchen se keene Führer, hier finden ooch die Blinden hin."

Es war richtig, dass es ihre Vorstellungen übertraf und dass die schluchtenreiche Erde der vergangenen Monate ihnen zunächst wie ein stilles, versunkenes Land erscheinen wollte. Aber dann sahen sie, dass hier kein schwererer Krieg war, sondern nur ein anderer. In den wenigen Wochen ihrer Ruhe hatte das Gesicht des Krieges sich verwandelt, sich weiterentwickelt zu dem Ziel, das er seit dem ersten Kampf zweier Höhlenhorden immer gehabt hatte: der völligen, möglichst verlustlosen und endgültigen Zerschmetterung möglichst vieler Leben. Wenn man Berge von Sand auf einen blühenden Garten wälzte, so erstarben Frucht, Blüte und Keim, und wenn man Berge von Stahl und Gift auf das Leben warf, so erstarb es ebenso. Es war eine einfache Rechnung, einfacher als die der vergangenen Monate, und es dauerte nur eine Weile, bis sie sie begriffen. Es war nun nichts als eine primitive Wahrscheinlichkeitsrechnung, ob sie aus den drei oder zehn Tagen des Trommelfeuers noch einmal aufstehen würden, um halb erblindet und betäubt nach ihren Waffen zu greifen, oder ob sie verschüttet, zerrissen oder vergiftet unter Schutt und Erde liegen bleiben würden.

Viele blieben liegen, die meisten sogar. Aber einige standen immer wieder auf, die scheinbar Unsterblichen, und zu ihnen gehörten auch sie. Sie standen nicht mit einem besonderen Gefühl des Glückes auf, eher mit einer matten Verwunderung, dass die alte Erde noch da war, dass sie noch Menschen trug und dass diese Menschen noch kämpften, lachten, Hunger und Durst hatten und etwas gerettet hatten, was sie Hoffnung nannten.

Tobias sprach nun keine Seligpreisungen mehr über ein schweigendes Feld. Es gab keine schweigenden Felder, und selbst wenn er Gottes Stimme gehabt hätte, würde sie untergegangen sein in Lärm und Feuer. Aber er las sie für sich, die großen und feierlichen Worte, in dem kleinen Erdloch, das sie sich gewühlt hatten, oder auf den Stufen eines Stollens, wenn sie das Glück gehabt hatten, einen zu finden. Sand fiel auf die Seiten seines Buches, Staub und Steine, und manchmal zogen sie einen Sterbenden vorüber, und seine Augen blieben auf der roten Bahn haften, die ihm folgte. Aber diese Augen behielten immer ihren sanften, stillen Ausdruck. Sie spiegelten nicht die schreiende Erde wider, sondern die stille Welt der Güte und Liebe, aus der sie emporgewachsen waren; und so weit sie beide, Jons und der Unteroffizier Schneider, auch von seinem Glauben entfernt sein mochten, so saßen sie doch still neben ihm, als falle ein schöner und sogar blühender Zauber aus seiner leisen Stimme über sie, und manchmal fuhr Schneider mit seiner groben und seit vielen Tagen nicht gewaschenen Hand vorsichtig über ein Blatt des kleinen Buches und wischte den Sand von den winzigen Zeichen.

Sie wussten, dass jeden Augenblick der Tod sie treffen konnte, ein wilder und gewaltsamer Tod, und doch schien es Jons schwerer als jede Form des Todes, dass Schneider sie verließ. Ein einfacher Metalldreher und ein einfacher Korporal, wie es Tausende im Heere geben mochte, aber für ihn ein Vater im Dunkel so vieler Tage und Nächte, ein Mann mit der rauen Sprache des Soldaten und Kriegers, aber mit der weichsten Hand, die er in diesen Zeiten gefunden hatte. Ein Mann, der mit ihm auf der Schwelle der Meilerhütte gesessen hatte und der wie ein Schild über seiner jungen Stirn gewesen war.

Krieg der Tod nur ein Spiel von Minuten und Sekunden? Hatte es ihm Freude gemacht, sie vier Wochen lang zu jagen, zu verschonen und plötzlich, als sie aufatmend stille standen, aus einem Hinterhalt zuzuschlagen? Törichte Fragen, die nur der Gram eingab. Kindliche Fragen, als steckte eine Seele mit Prüfungen und Entscheidungen hinter einer kalten, blinden Macht und der parabolischen Bahn, mit der sie auf ihre Opfer zufuhr.

Sie waren nach vier Wochen abgelöst worden, in der Morgendämmerung, und hatten schon die ersten stillen Waldstücke erreicht, weit hinter der brüllenden Brandung, die sie ausgespien hatte, als Tobias warnend die Hand hob und während des Marsches den Kopf lauschend erhob. Schon kam auch von der Seite, wo an neuen Stollen gearbeitet wurde, ein lauter Zuruf, von dem dumpfen Heulen schon übertönt, und noch während sie sich niederwarfen, wo sie gerade standen, fuhr das schwere Geschoss aus einem der Schiffsgeschütze, das weit hinter Wäldern, Tälern und Hügeln stand, mit einem betäubenden Donnerschlag in die längst zu Staub gemahlenen Trümmer der Ferme am Wege, riss das ganze zerbröckelte Haus noch einmal in die Luft, schickte die schweren, gezackten Splitter mit einem dröhnenden Brausen über sie hinweg und eines der kleinsten Atome, in die es den stählernen Mantel zersprengt hatte, lautlos an die Stelle, wo Schneider stand. Einen Augenblick lang war sein immer waches Gehirn müde gewesen, der Weg vom Ohr zum Körper zu weit, und dort, zwischen Mützenrand und Ohr, traf es ihn, als er sich eben noch niederwarf.

Sie legten ihn auf den Rücken und schoben ihm einen Mantel unter den Kopf. Sie blieben bei ihm, während die anderen sich zerstreuten, um sich erst weit hinter der Ferme wieder zu sammeln. Die meisten hatten gar nicht bemerkt, dass etwas geschehen war.

Er war noch bei Bewusstsein, aber um seine Nasenflügel breitete sich schon ein grauer Schein, und erst als seine Augen ihre beiden Gesichter gefunden hatten, stahl ein Schimmer des alten Spottes sich wieder unter seinem Schnurrbart hervor. „Nu hat es mir erjriffen", sagte er leise.

Sie knieten rechts und links von ihm, um ihm näher zu sein, und auch das bemerkte er mit seinen Augen, die hin und her gingen. „Wie ieber'n Steckkissen", sagte er, „'n langer Täufling …" Aber dann legte er die Hand auf Tobias' gefaltete Hände und nickte ihm zu, „Ick jloobe ja nich", sagte er, „aber det war doch 'ne richtije Vertröstijung, von wejen die da Leid tragen … wie jing det doch noch?"

Tobias wiederholte leise die Seligpreisung.

Er nickte und suchte mit der anderen Hand nach Jons. Seine Augen verdunkelten sich schon. „Jeh man hin nach dem kleenen Kaff", sagte er, „und bleibe da. Kümmere dir um uns kleene Leute … Wir sind dankbar, Jons, wir kleenen Leute, det haste vielleicht jeahnt an meinem jroßen Beispiel … sehr dankbar, kleener Ehrenreich … sehr …"

Der Tod fiel ganz schnell über sein Gesicht. Wie ein Vorhang über ein erblindetes Fenster.

Der junge Leutnant, der sie seit dem Morgen führte, war der Meinung, dass die Leute, die an den Stollen arbeiteten, den Toten begraben könnten, aber Jons und Tobias waren nicht dieser Meinung. Und sie blieben dabei, auch als die Worte schärfer wurden und vom Kriegsgericht gesprochen wurde. Bis es dem Leutnant unbehaglich unter ihren merkwürdigen Augen wurde und er sie allein ließ.

Sie begruben Schneider an einem der kleinen, blühenden Waldränder und machten ein schweres Kreuz aus zwei Stollenbrettern, die der Pionierunteroffizier ihnen heimlich gab. Sie schrieben seinen Namen auf das helle Holz, und Tobias sprach ein Gebet und den Segen. Dann legten sie ihre Sachen wieder

411

an und machten sich auf den Weg. Es war ein langer Weg, aber sie sprachen kein Wort über den Toten.

Nur in der Nacht, als sie die heiße Baracke verlassen hatten und unter den stillen Sternen lagen, in ihre Zeltbahnen gewickelt und das Sturmgepäck unter dem Kopf, sagte Tobias: „Ich wünsche Gott, dass er viele kleine Leute um sich hätte … es wäre dann leichter für uns alle, zu leben …"

# XXII

Noch einmal verwandelte sich für Jons das Gesicht des Krieges, Nicht dadurch, dass er nun keuchend und frierend durch die finsteren und eisigen Wälder der Karpaten marschierte oder im neuen Jahre an den Ufern des großen Donaustromes stand. Auch nicht dadurch, dass sie nun nicht mehr für Wochen an ein zerfallenes Grabenstück gekettet waren und der Tod jede Stelle dieses Grabens umwühlte, um sie zu suchen, wie man Maulwürfe sucht; sondern dass sie nun wieder marschierten, dass der Gegner sich stellte oder floh und dass statt des splitternden Eisens der Mensch wieder da war, der um sein Leben kämpfte wie sie um das ihrige.

Sondern dadurch, dass mit dem Tode Schneiders etwas Väterliches und trotz allem Geschehen leise Versöhnendes aus dem Kriege fortgenommen worden war. Von jetzt ab war es das schwere Tagwerk, das es abzuleisten galt, der Fluch, der auf die Menschen geworfen wurde, eine graue, schwere Unendlichkeit, die hinter jedem neuen Berge, hinter jedem neuen Strom immer wieder da war, immer gleich weit in die Ferne gerückt; und wenn das Ziel des Krieges der Friede war, dann war er wie ein Schatten, den sie um die ganze Erdkugel verfolgten und niemals einholen würden, weil sie die Sonne nicht einholen konnten, die diesen Schatten warf.

Er zählte die Tage und Monate nun nicht mehr, so wie er die Tropfen des Regens nicht mehr zählte, die über sein Gesicht fielen. Er behielt die Namen der Dörfer und Flüsse und Wälder nicht mehr und nicht die der neuen Kameraden und Vorgesetzten. Schatten trugen keine Namen mehr. Sie waren einmal mit Namen genannt worden, als man noch gedacht hatte, dass die Welt am Namen hing; aber nun waren sie abgefallen von ihnen, und nur ein graues, gespenstisches Heer war geblieben, das über die Erde zog, um mit anderen Schatten zu kämpfen und zu sehen, ob sie den Frieden unter ihren Mänteln verborgen hielten. Aber auch sie besaßen ihn nicht. Was war der Tod? Ein billiges

Los, das über sie geworfen wurde, als ob man um Körner würfele oder um bunte Kieselsteine, und das, um dessen Besiegung Jahrtausende mit glühenden Herzen gerungen und geforscht hatten, war nun nicht mehr als der Tau, der auf Grashalme fiel und den ihre Stiefel abstreiften auf ihren Wegen.

Was war das Leben, dem so viele von ihnen hatten dienen wollen? War es noch das große, wunderbare Geheimnis der ganzen Welt, das größte der Schöpfung, das Allerheiligste dieses flüchtigen Planeten? Das so groß war, dass alle Völker seinen Ursprung in die Hände eines Wesens legten, das sie Gott nannten. Es war nicht mehr als ein zerbrechliches Kleid, und jeder Windhauch aus den Wäldern konnte es abstreifen und verwehen, wie er den Staub der Straße verwehte.

Was war die Liebe? Ein Kindermärchen, zurückgelassen in bunten Tagen der Kindheit, wie man seine bunten Kinderschuhe zurücklässt. Eine Seifenblase an einem Halm von Stroh, in der die Welt sich farbig spiegelte; aber der Wind hob sie auf, und sie zerging, wie die Wolken am Abend zergehen.

Was waren Menschengesichter, in denen es geleuchtet hatte wie von einem neuen Morgen. Die des Vaters, Jumbos, des Leutnants, des großen Korporals? Formen aus Lehm, zersprungen im feurigen Ofen, Stückwerk gewesen, Stückwerk geworden, nicht benannt, nicht gezählt, Dünger für ein kommendes Feld, aber wo war die Saat für dieses Feld?

Ein finsteres, graues Gesicht unter einem grauen Helm, ein erschöpfter Körper, der einen Fuß vor den anderen setzte, zwei Hände, die luden und schossen: das war, was unter dem Namen Jons Ehrenreich Jeromin durch die östlichen Wälder marschierte. Hinten, am Rande einer früheren, versunkenen Welt, lag ein kleines Dorf, von den Vorfahren Sowirog genannt, das heißt der Eulenwinkel. Lag ein Hügel aus Asche und Erde, darunter der Großvater schlief. Lagen andere Hügel, darunter die Brüder und viele Kinder schliefen. Lag ein kleines Haus, darin die Mutter am erloschenen Feuer saß; eine Straße, auf der eine junge Frau zum Walde ging, um nach Osten zu sehen, ob der Verlorene wiederkäme. Lagen andere Häuser und Hütten mit Hunger,

Krankheit und Not, die auf zwei Hände warteten, die das alles heilen sollten. Und über allem, auf einem verwüsteten Hügel, stand ein toter Pfarrer, der Gott einen Mörder genannt hatte, und blickte über die grauen Dächer hin, ob nun nicht endlich ein Heiland zu ihnen kommen würde, ein wahrer Heiland, der die Tränen noch trocknete, solange sie aus lebendigen Augen flossen statt aus solchen, über denen schon die letzte Erde lag.

Und hinter den grauen Dächern, noch weiter zurück auf diesem blassen Felde der Erinnerung, saß ein Mädchen vor einem kleinen, erkalteten Ofen, die Hände im Schoß gefaltet, und blickte ohne eine Träne auf ihre leeren Hände herab. Verarbeitete Hände, die die Nadel durch Stoffe zog, die andere trugen, oder Bindfäden um bunte Kartons schnürte. Ein Mädchen, das nicht viele Freuden gehabt hatte außer denen ihres Leibes, und das auch diese Freuden begraben hatte, weil der Tod regierte und nicht die Freude.

Ein dunkles Jahr, das über der Erde heraufzog, nicht heller gemacht durch Siege oder Reden, durch Sonnenaufgänge über fremden Strömen wie über dem Donaustrom, durch Leuchtkugeln über verfallenen Gräbern mit verfallenen Toten. Viele sahen es kommen, der kleine Mann zuerst, wie er den Hunger zuerst kommen sieht, den Hagel, die Missernte. Und auch Jons sah es kommen, weil er von kleinen Leuten stammte, in deren Leben die dunklen Jahre an der Regel gewesen waren.

Aber er marschierte. Aus den verschneiten Bergen der Karpaten zu einer fremden Bahnstation, weil man ihm gesagt hatte, dass er zwölf Tage Urlaub habe. Er glaubte es nicht recht, und er tat gut daran, es nicht zu glauben, denn nach drei Tagen rief ein Telegramm ihn zurück. Die Mutter nickte nur, aber Margreta klagte weinend an seinem Herzen über den Krieg, den Kaiser, Gott und die Welt. Er strich ihr das feuchte Haar aus der Stirn und tröstete sie. Weder der Kaiser noch Gott seien schuld, sagte er, und es wäre ihm besser, er nähme nicht ihre Tränen als letzte Erinnerung mit. Tränen lägen schwer auf dem Herzen eines Soldaten.

Er marschierte aus den Bergen der Karpaten nach den frucht-

415

baren Ebenen Galiziens und von dort nach dem Dünastrom, den kleinen Theologiestudenten an seiner Seite, beide nun die einzig Übriggebliebenen aus ihrer Gruppe, beide schweigsam und ohne Lieder. Beide nun die ältesten Leute aus ihrer Kompanie, wenn auch nicht an Lebensjahren, die Verlässlichsten, die Unsterblichen. Beide mit Orden geschmückt, nach dem Spielen mit dem Tode, der eine unerschütterlich im Glauben als einer gewissen Zuversicht dessen, was man nicht sieht, der andere das letzte Wort ihres vor der Festung gefallenen Leutnants noch immer im Ohr: „Was ist es nun mit der Wahrheit, Jeromin?"

Auch von den Ufern der Düna marschierte Tobias weiter, immer weiter, den Küsten des Meeres zu, und Jons blieb allein zurück, nun ganz allein. Ein Granatsplitter hatte ihn in die rechte Hüfte getroffen, und Tobias hatte noch geholfen, mit seinen Verbandpäckchen das Blut zu stillen. Er war noch einmal umgekehrt, hatte sich zu Jons heruntergebeugt und gesagt: „Vergiss es nicht, Jons, dass es die rechte Hüfte war, die der Engel Jakob ausrenkte!" Dann war er gegangen, ein kleiner, schmaler, grauer Soldat, einen Sack mit Handgranaten an der Seite, und das Schilf des Stromes hatte sich über ihm geschlossen.

Schmerzen, wilde, bohrende Schmerzen, aber über den Schmerzen ein unendlicher, süßer Friede, der blaue Septemberhimmel mit einer schon blassen Sonne und die Fäden des Altweibersommers wie ein Seidengespinst vor dem blauen Raum. Und zur Rechten die hohen Wälder, schweigend, die dunklen Kreise eines Raubvogels über sich. Zur Linken der helle Klang, mit dem Geschosse gegen die Stahlwände der Pontons schlugen, schwarze Säulen mooriger Erde, die polternd und klatschend zusammenfielen, erschrecktes Geflügel, das schreiend über dem qualmenden Strom kreiste.

Aber alles weit wie in einem Traum, ohne Wirklichkeit und ohne Bedeutung. Das ganze Leben in dem schmalen Körper zusammengedrängt, die wunderbare Müdigkeit der Füße, die nicht mehr zu marschieren brauchten, der Augen, die sich halb schlossen, der Gedanken, die nicht mehr nach der Wahrheit fragten. Blaue Dämmerung wie am Meiler im Wald, Häherruf in den hohen Wipfeln, der Vater, der die Blätter des alten Buches umschlug. Noch einmal das Leben, das stille, begnadete Leben, schweigend wie das Korn in der Furche und den Regen erwartend, der es heben würde, zum Licht, zur Arbeit, zum Brot.

Er war traurig, dass die Sanitäter kamen und ihn aufhoben, dass das Morphium ihn betäubte, dass er im Fieber Wagenräder unter sich hörte und fühlte, zuerst hölzerne, dann eiserne, und dass er in einem weißen Bett erwachte, in einem kleinen Saal mit weißen Vorhängen vor den Fenstern, nicht mehr auf der stillen Erde mit der Bühne des Himmels und den dunklen Kulissen der Wälder.

Eine Schwester kam und lächelte. Ja, er sei schon operiert, und man hoffe, dass er nicht werde zu hinken brauchen, nur nachziehen werde er das Bein vielleicht ein bisschen, ganz unmerklich, und die Mädchen würden wissen, dass er ein Held sei.

Ob seine Hände heil seien?

Ja, natürlich, ganz heil. Weshalb?

Weil er einmal ein Arzt hatte werden wollen, ein kleiner Landarzt für arme Leute. Kein Held, dem die Mädchen nachsähen.

Sie lächelte verwirrt und sah prüfend in seine Augen, ob das Fieber wiederkäme.

Aber es kam erst später, ging wieder und kam noch einmal. Fast ein Jahr lang, und über ein Jahr lang blieb er nun in dieser Stadt an dem fremden Strom, dessen Mündung doch in seiner Heimatprovinz lag und deren Glocken aus den vielen Kirchen er Tag und Nacht vernahm, bis man sie abnahm und einschmolz und aus der Stimme Gottes die ultima ratio regis machte.

Er war nicht so leicht, dieser Rückweg ins Leben, wie der Stabsarzt es sich dachte. Man nahm die Knochensplitter heraus, so gut es ging, man nähte zusammen, was zerrissen war, auch so gut es ging, und dann hatte es eben zu heilen. Man war sauber gewesen bei der Operation wie immer, die Kleiderfetzen in der Wunde waren unangenehm, aber Granatsplitter waren nicht bekannt dafür, dass sie Ozon in den Wunden hinterließen. Und doch war die Wunde nicht in Ordnung, und, mehr als das, der Verwundete war nicht in Ordnung. Die Wunde eiterte, hörte

417

auf damit und begann wieder, das Fieber ging und war wieder da, neue Splitter kamen heraus ... weiß Gott, ob dieser Kerl nicht nur aus Splittern bestand. Und der Verwundete war noch schwieriger als seine Wunde. Keine Klage, keine Ungeduld, aber ein merkwürdiger, gleichgültiger Blick, mit dem er den Stabsarzt streifte, seine Hände in den Gummihandschuhen, den weißen oder böse riechenden Verband. Und das ganze ein zukünftiger Kollege!

„Sagen Sie mal, Jeromin, wollen Sie eigentlich nie gesund werden?"

Doch, das wollte er schon.

„Oder meinen Sie, dass ich hier etwas verkehrt mache an Ihrer verdammten Hüfte? Sie sehen immer so aus, als ob ich was vergessen hätte, eine Nadel oder ein Stück Gummischlauch oder sonst etwas?"

O nein, das nicht. Der Herr Stabsarzt sei nur kein Arzt für kleine Leute, wenn er ihm das zu sagen erlaube.

„Na, hören Sie mal", sagte der Stabsarzt verblüfft. „Was sind denn das für Spezialisten, die Ärzte für kleine Leute? Und gehören Sie denn zu den kleinen Leuten?"

Ja, daran sei kein Zweifel, erwiderte Jons. Und die kleinen Leute seien auch altmodische und kindliche Leute, denn sie wollten bei ihrem Arzt das Herz schlagen sehen, so wie Kinder bei einer Spieluhr die kleine Walze sehen wollten. Und manche würden nicht gesund, wenn sie das nicht sähen.

Die Operationsschwester kicherte, aber der Stabsarzt schrie sie an, sie möchte gefälligst ihre Bakterienschleuse schließen. Dann sah er Jeromin eine Weile an, mit einem merkwürdigen, ja zerstreuten Blick, legte den Zeigefinger seiner linken Hand in dem dünnen Handschuh auf die Stelle, wo Jons' Herz schlug und sagte langsam, es seien nicht die besten Ärzte, die die schnellsten Diagnosen stellten, und wenn der Soldat Jeromin sehen könnte, was er sich wünsche, wie nämlich nach drei Jahren Krieg das Herz seines Arztes schlage, dann könnte es sein, dass es kein allzu guter Anblick für die Freude an seinem künftigen Beruf wäre.

Er wolle nun gesund werden, sagte Jons nach einer Weile leise.

Aber es hing doch nicht ganz von seinem Willen ab, und schließlich fing er an, dieses Ganze als eine Zeit des Samenkorns zu betrachten, das tief in der Erde lag und das erst ans Licht kommen durfte, wenn der Wind warm über den Acker wehte. Er würde nicht mehr in den Krieg gehen, und wenn er hier durchkam, dann war dies wie eine stille Zeit, die seiner zweiten Geburt vorausging. Er musste die feurigen Monate vor sich auf der Bettdecke ausbreiten und zusehen, was sie bedeuteten. Ob man sie fallen lassen und vergessen konnte, oder ob man in ihnen nun das erkennen wollte, was sie wirklich waren. Man musste auch die Toten wieder ausgraben, die so schnell fortgegangen waren, und nun erst, nach ihrem Tode, das Bleibende in ihnen von ihrem Vergänglichen scheiden. Man musste so vieles tun, wozu keine Zeit gewesen war, und nicht zuletzt musste man auch sich selber zusehen, von dem Augenblick an, in dem der Korporal Schneider die „lakonische Frist" befohlen hatte, bis zu dem andern Augenblick, in dem, wie Tobias sagte, Gott seine Hüfte verrenkt hatte.

Er sah sich auch um in seinem kleinen Saal, sah den Ärzten, den Schwestern, den beiden Geistlichen zu, und schließlich auch dem Tode, der kein seltener Gast an ihren Betten war. Der Tod hatte einen langen Arm, und er reichte von den verschneiten Schlachtfeldern weit im Osten bis in diese glockenreiche Stadt, ja wahrscheinlich noch weit über sie hinaus. Er war der Stärkste von allen, die hier um das Leben versammelt waren.

Jons hatte viel Zeit, mehr als er jemals in seinem Leben gehabt hatte, und wenn das Fieber seine Augen nicht verdunkelte, ließ er sie von Bett zu Bett wandern. Da waren zuerst die Geistlichen, denen er aufmerksam zuhörte und deren Gesichter er aufmerksam betrachtete, am meisten, wenn sie zu einem Sterbenden kamen. Er hörte ihre leisen Stimmen, er sah die stille und feierliche Bewegung ihrer Hände, und er sah die Gesichter, die ihren Zuspruch empfingen, stiller werden und von einem inneren Licht sich erleuchten. Nicht immer, aber meistens. Es war dann ganz still in dem Raum, und auch die schwer Verwundeten bemühten sich, ihr Stöhnen zu dämpfen.

War es dann zu Ende und ging der Pfarrer hinaus, so folgte Jons ihm mit den Augen bis zur Tür, und wieder hörte er die lang vergangene Stimme fragen: „Wie ist es nun mit der Wahrheit, Jeromin?" Nein, er glaubte nicht, dass das, was eben geschehen war, mit der Wahrheit etwas zu tun hatte, und wenn die Sanitäter kamen, ein Laken über den Toten deckten und ihn hinaustrugen, so sah es nicht aus, als ob zwei Engel die erlöste Seele zu den Pforten des Paradieses trugen. Nein, es sah ganz anders aus.

Viel eher hatte es mit der Schönheit etwas zu tun, mit der Schönheit von Märchen, in denen Sterntaler vom Himmel fielen, um ein frierendes Menschenkind zu wärmen. Und weshalb sollte man den harten Gang der Natur nicht verschönen? Es starb sich wohl nicht leicht hier im fremden Land, nach so viel Jahren schwerer Tagwerke, in einem Bett, in dem viele gestorben waren, abgeschieden von allem, was man geliebt, gehofft und erstrebt hatte.

Aber sie halfen nicht das Leben bewahren, die beiden mit dem Kreuz auf der Brust. Sie waren so ohnmächtig zu diesem Werk wie die Kinder. Wahrscheinlich meinten sie, dass sie das Ewige Leben bewahrten, so wie Agricola es einmal gemeint hatte, aber mit diesem ewigen Leben konnte man weder den Krieg beenden noch das Unrecht noch die Gewalt. Mit ihm konnte man nur die Hände falten und hoffen, dass Gott einmal tun werde, was der Mensch nicht zu tun vermochte.

Dann kam die Schwester, nahm die Fiebertafel fort, zog die Betten ab und sammelte die wenigen Habseligkeiten des Toten. Auch den Schwestern sah Jons zu. Es waren nun nicht mehr die, die er im ersten Kriegsjahr auf den Bahnsteigen gesehen hatte. Wer hier arbeitete, inmitten des Leidens und Sterbens, tat es nicht immer aus Liebe, aber er tat es so, dass die Pflicht wie Liebe erscheinen konnte. Niemand wusste, was sie außerhalb des Lazaretts taten, und wenn auch Gerüchte umliefen, so nahm keiner der Verwundeten Anstoß daran. Sie wussten alle, dass das Leben am stärksten inmitten des Todes brannte.

Jons hatte ihre sanften Bewegungen gern und die flüchtige Berührung ihrer kühlen, sauberen Hände. Sie verstanden nicht sehr viel von dem, was ihn bedrückte und bewegte. Sie hielten ihn für etwas wunderlich, und der prüfende Blick seiner Augen verwirrte sie manchmal. Aber die junge Schwester Marianne blieb doch manchmal an seinem Bett stehen und blickte mit versteckter Sorge auf seine Fiebertafel. „Warten sie nicht in Ihrem Wald auf Sie?", fragte sie.

„Wenige warten, Schwester", erwiderte er. „Die Toten warten nicht mehr. Aber die Armen warten, das ist schon wahr."

Am aufmerksamsten aber sah Jons auf die Ärzte, und er hatte lange damit zu tun, zu erkennen, was sie nun eigentlich waren. Mit ihren weißen Mänteln und ohne sie. Vom Stabsarzt wusste er es immer noch nicht genau. Zuerst hatte er gedacht, es sei nur ein verkleideter Soldat, der in den Saal trete, als wollte er einen Appell abnehmen, einen Appell über gesunde und kranke Glieder. Sein Mund war streng, seine Stimme war streng, und die jungen Schwestern zitterten ebenso wie der große Pionier mit den drei Armschüssen. Aber seit Jons seinen Zeigefinger in dem dünnen Gummihandschuh auf seinem Herzen gespürt hatte, wusste er, dass auch das Herz eines Stabsarztes anders aussehen konnte als sein Gesicht.

Er hatte niemals viel Zeit. Der Tisch im Operationssaal war selten leer, aber er blieb nun doch jedes Mal eine Weile an Jons' Bett stehen und blickte mit gefalteter Stirn auf die Fiebertafel. „Schmerzen, kleiner Mann?"

„Ein bisschen, Herr Stabsarzt."

„Werden Sie fortschicken ins Reich, wo die großen Kanonen sind."

Nein, das wollte Jons nicht. Habe Gott ihm seine Hüfte verrenkt, so werde der Herr Stabsarzt sie schon wieder einrenken. In diesen Dingen seien Stabsärzte stärker als Gott. So meine er wenigstens.

Der Oberarzt grinste, aber der Stabsarzt fragte ihn, ob ihm etwas komisch vorkomme. Er hatte eine fatale Art zu fragen. „Nun, wir wollen sehen, Jeromin", sagte er zerstreut. „Wir wollen sehen …"
Und eines Tages kam er zu ungewöhnlicher Zeit allein in den

Saal, setzte sich zu Jons auf den Bettrand und sagte leise, dass er ihn noch einmal operieren möchte. Nicht ganz unbedenklich bei seiner Schwäche, aber so gehe es nicht weiter. Da müsse noch etwas sein, was er übersehen haben musste, und er möchte, dass die kleinen Leute nicht allzu lange auf Jons zu warten brauchten. Er sei nun nämlich der Meinung, dass das schade für die kleinen Leute sei, von Jons selbst zu schweigen.

Ganz langsam schob Jons seine dünn gewordene Hand auf der Bettdecke zur Seite und legte sie, entgegen allen militärischen Bräuchen, auf die Hand des Arztes. „Ich danke Ihnen", sagte er leise. „Auch mein Vater wartet. Er ist lange tot, aber ich denke, dass er wartet. Er hat wenig Freude in seinem Leben gehabt. Sie können mit mir tun, was Sie wollen."

Als der Arzt sich etwas tiefer über ihn beugte, sah Jons zum ersten Mal, dass seine Augen schön und voller Sorgen waren, und er wusste, dass er leben und gesund werden würde.

Als er nach der Operation erwachte, waren diese Augen das Erste, was er sah. Sie waren nun mit einem strengen Ausdruck auf ihn gerichtet, als lauschten sie zusammen mit der Hand, die seinen Puls hielt, auf dessen leise Schläge. Aber es leuchtete doch in ihnen auf, als er die rechte Hand aus der Tasche seines Mantels zog und sie vor Jons' Augen öffnete. „Was ist das, kleiner Mann?", fragte er mit seiner hellen Kommandostimme.

Jons sah nur eine grünliche runde Scheibe, und die Farbe schien ihm böse und giftig auszusehen, aber er schüttelte ratlos den Kopf. Der Arzt nahm am Fußende des Bettes den grauen Rock, den Jons getragen hatte, und hielt ihn an den Ärmeln ausgebreitet in die Höhe. „Was fehlt dort, Soldat Jeromin?", fragte er.

Ein Knopf fehle, murmelte Jons, an der Rückseite.

Er habe gefehlt, sagte der Arzt, aber nun fehle er nicht mehr. Er sei so freundlich gewesen, sich für eine Weile in dem Körper dieses jungen Mannes aufgehalten zu haben, an einer durchaus unpassenden Stelle, grün angelaufen vor Wut, und wenn dieser junge Mann nun nicht gesund werde, so wolle er, der Stabsarzt, seinen Rock ausziehen und Feldgeistlicher werden, verstanden?

Jons lächelte, aber die Augen fielen ihm schon wieder zu. Das Letzte, was er sah, war die hohe, gerade Gestalt des Arztes und die Gebärde des Triumphes, mit der er den Knopf wie eine Siegesmünze in die Höhe hielt, und er dachte noch in seinen schwerfälligen Gedanken, dass er das auch einmal wollte, so dastehen, ein Sieger über den Tod, und dass es besser sei, ihn in einem weißen Mantel zu besiegen als in einem schwarzen Gewand ihn als eine Schickung Gottes demütig hinzunehmen. „Der Schatten eines großen Felsen …", murmelte er, „im trockenen Land … eine Zuflucht …" Dann schlief er ein.

Es war die Wahrheit, dass der Stabsarzt den Tod besiegt hatte. Das Fieber kam nicht mehr wieder, die Wunde heilte, und die Schwestern sagten etwas von einem Streckverband und dass es noch ein langer Weg sei, bis er wieder werde tanzen können. Aber Jons hatte nicht die Absicht zu tanzen. Von allem, was die langen Tage und Nächte nun an Bildern, Hoffnungen und Sorgen vor ihm aufstellten, bedrückte ihn am meisten die Sorge, ob er werde gehen können. Einen Arzt an zwei Krücken hatte er noch nicht gesehen, und wer heilen wollte, konnte doch nicht gut selbst ein Krüppel sein. Auch würde es für die Mutter wohl nicht leicht sein, vier Krücken durch das stille Haus gehen zu hören.

Er fragte den Stabsarzt, aber dieser lachte ihn aus. „Sie werden mit Krücken anfangen und mit Flügeln aufhören, kleiner Mann", sagte er. „Und selbst wenn Sie Ihr Leben lang an Krücken gingen, was nicht der Fall sein wird, hat ein gewisser Jemand vergessen, dass die kleinen Leute bei ihrem Arzt das Herz schlagen sehen wollen? Und glaubt derselbe Jemand, dass sein Herz auf Krücken schlagen wird?"

Wenn der Herr Stabsarzt es sage, so sei er ganz ruhig, erwiderte Jons. Er wünschte, dass seine Kranken einmal so ruhig unter seinen Worten sein würden wie er selbst eben jetzt.

Auch ihn dürfe man nicht zu sehr verwöhnen, sagte der Arzt. Wer einen Knopf finde, habe noch nicht das Himmelreich gefunden. Aber er möchte gerne wissen, ob Jons sich erinnere, was er nach seiner zweiten Operation gesagt habe. Das habe ihn eine lange Zeit verfolgt wie alles, was halb bekannt und halb unbekannt sei. Von einem Schatten und einem Felsen sei darin die Rede gewesen.

„Als ich klein war", sagte Jons, „saß ich mit dem Vater am Meiler, und am Abend musste ich ihm aus dem großen Buch vorlesen. Er hatte kein anderes Buch als dieses. Es war das zweiunddreißigste Kapitel im Propheten Jesaja, und in ihm war von der ‚Gerechtigkeit auf dem Acker' die Rede, und solange der Vater noch jünger war, hat er gedacht, dass ich dazu ausersehen sei. ‚Und Fürsten werden herrschen', steht dort, ‚das Recht zu handhaben, dass ein jeglicher unter ihnen sein wird wie eine Zuflucht vor dem Wind, und wie ein Schirm vor dem Platzregen, wie die Wasserbäche am dürren Ort, wie der Schatten eines großen Felsen im trockenen Lande.' Das war es, und als ich Sie vor mir stehen sah, den Knopf in der erhobenen Hand, wusste ich, dass Sie den Tod besiegt hatten, und da dachte ich wohl an jene Stelle. Ich weiß gar nicht, dass ich es gesagt habe."

„Vielleicht wäre es nicht das Schlechteste", sagte der Arzt langsam, „wenn wir ein bisschen mehr in diesen alten Geschichten lesen wollten statt im ‚Jenseits von Gut und Böse' oder in der ‚Morgenröte'. Ich kann mir denken, dass die kleinen Leute in Ihren Walddörfern mit der ‚Morgenröte' nicht viel anfangen könnten, wenn Sie an ihren Betten sitzen."

„Nein", erwiderte Jons, „die ‚Flügel der Morgenröte' sind ihnen tröstlicher."

„Ja, vielleicht uns allen, kleiner Jeromin, denn die Wahrheit ist nicht immer tröstlich. Das wissen Sie wohl so gut wie ich. Nicht alle Leute sind so schneidig wie mein Oberarzt. Er würde selbst einem Erzengel ruhig den Blinddarm herausnehmen und nachher noch eine ordentliche Rechnung ausstellen … Ja, also morgen wird aufgestanden, kleiner Mann, und ein bisschen auf Krücken gehumpelt, nicht wahr?"

Ja, Mühe und Not, noch einmal gehen zu lernen, Schwindel und ein bisschen Scham, und die grüne Erde betäubend in ihrem so lange nicht gesehenen Glanz. Der große Garten reichte bis an den Strom, und hinter dem Strom standen schon die schweren Sommergewitter über den großen Wäldern. Noch gewaltiger als

zu Hause war hier der Horizont, in den zur Linken die vielen
Kirchen mit seltsamen Türmen ragten, und der Strom zu seinen
Füßen trug viele Flöße, auf denen zur Abendzeit kleine Feuer
brannten und fremde Lieder erklangen.

Kein Mangel an Elend in diesem schönen Garten. Auf allen
Bänken saß es und blickte gleich ihm mit stillen Augen über den
Strom. Ein ganzes Heer von Krüppeln, das der Krieg hinter sich
gelassen hatte, die meisten verbittert, viele stumpf, nur wenige
still ergeben oder von einem traurigen Stolz erfüllt. Ja, viel würde
zu tun sein auf den dreißig Morgen des künftigen Lebens, in den
kleinen Dörfern, in die sie nun heimkehren würden, geachtet
und geehrt zuerst, und dann eine Gewohnheit, und zuletzt eine
Last. Denn in den kleinen Dörfern ist der Körper mehr als in
den Städten, das erste und letzte Handwerkszeug, das nötigste
und auch das wohlfeilste. Kein Platz für Knechte, die auf der
Hausbank sitzen und von ihren Abenteuern erzählen. Zu wenig
Publikum für Drehorgel oder Ziehharmonika. Kein Brot fällt
mehr vom Himmel wie damals in der Wüste, und ein verlorener
Krieg nimmt den Lorbeer auch von der verstümmelten Stirn.

Hier auf den Bänken unter den blühenden Bäumen war
kein Zweifel mehr, dass der Krieg verloren werden würde. Jons
hatte niemals viel an Sieg oder Niederlage gedacht. Jeder Tag
hatte seine eigene Last getragen, einen Graben, der zu nehmen,
einen Feind im blauen oder braunen Kleid, der zu schlagen
oder aufzuhalten oder zu verfolgen war. Der Krieg war etwas
Abstraktes, ein Sammelbegriff, der über dem Ganzen schwebte,
aber keiner von ihnen konnte das Ganze sehen. Die Völker der
Welt waren nicht mehr das, was früher zwei Horden waren. Er
hatte an Nahrung und kleinen Dingen gemerkt, dass Armut und
Mangel kamen, aber nun hörte er zum ersten Mal, dass nicht
nur Armut und Mangel zum Ende drängten.

Er hielt sich nun ganz allein, saß auf seiner Bank über dem
Strom und versuchte noch einmal zu erkennen, ob das Schicksal nun nach Recht oder Unrecht gehe. Er sah die Möwen auf
das graue Wasser niederstoßen und ihre Beute aufblitzen im
flüchtigen Licht, sah sie einander verfolgen und lärmend um die

kleine Beute kämpfen, und es war ihm, als hätte die Menschheit noch einen langen Weg vor sich, um mehr zu sein als diese weißen Vögel. Keine Möwe, die den Fisch zuerst ergriffen hatte, setzte sich auf einen der grauen Ufersteine und sprach über das Recht, das ihr zustand. Keine der anderen saß lauschend um sie herum, verneigte sich dankend für die sittliche Belehrung und flog gehorsam davon. Die großen Illusionen hatten erst in der Menschenwelt begonnen, und jeder Hunger der Völker warf sie in das Nichts zurück. Was geblieben war, als das wahrhaft Unsterbliche in der Geschichte, war weder das Recht gewesen noch das Schicksal noch die Vorsehung, sondern allein die Macht, und die Macht war eine dünne Schminke über dem harten Gesicht der Gewalt. Und auch die, die hier zurückgeblieben und zerstört auf den stillen Gartenbänken saßen, würden aufstehen, wenn der Hunger kam, und ihre Krücken gegen diejenigen erheben, die weniger Hunger litten oder von denen sie es wenigstens glaubten oder gern glauben wollten: die Ärzte, die Schwestern, ja selbst die Sanitäter, die doch ihresgleichen waren und sie jeden Morgen an die Sonne hinaustrugen. Es mochte sein, dass der Sieg die Menschen besser machte, obwohl die Geschichte keine Beispiele dafür aufgeschrieben hatte, denn er sah wenige Gesichter, von denen er glauben konnte, dass die Niederlage sie adeln würde.

Er blickte auf seine dünnen und blutlos gewordenen Hände, die um die Krücken gefaltet waren, und wusste, dass sie ihm geblieben waren. Augen und Hände waren geblieben und wohl noch einiges dazu, was er nicht zu missen brauchte. Für sie waren Sieg oder Niederlage gleich. Sie wollten weder mehr Brot oder mehr Land, noch wollten sie ein abstraktes Recht.

Sie wollten nur das Rechte tun, heute ebenso wie an dem Tage, an dem er das graue Kleid zum ersten Mal angelegt hatte. Und das Rechte konnte man siegreich oder geschlagen tun. Das Recht konnte untergegangen sein in diesen vier Jahren, durch Lüge oder Gewalt, und am Boden gehalten werden für lange Zeit, aber das Recht war nicht untergegangen. Es war so unberührt geblieben von den Strömen des Blutes und des Hasses, als hätte es die ganze Zeit auf einem andern Stern gewohnt, und man braucht nur seine Hände zu heben, um wieder nach ihm zu greifen. Es entzog sich nicht und verhüllte sich nicht. Es war immer da, ohne Anspruch oder Verheißung. Es brauchte nur getan zu werden. Kein Sieger und kein Besiegter konnten es auslöschen oder aus der Welt hinausdrängen. Wenn Gott war, so war er darin, nicht im Sternbild des Perseus oder über Himmel und Hölle, sondern hier, vor den beiden Händen, die heute noch das helle Holz der Krücken hielten, aber morgen schon den Stock halten würden und übermorgen den geheimnisvollen Becher, mit dem man das Salz der Erde dämpfen sollte.

Er wollte nun fort, den grauen Rock auszuziehen und an die Arbeit gehen. Er wollte weder Urlaub noch Erholung. Es war ihm, als warte der Vater bei der Schwelle am Meiler auf ihn.

Aber der Stabsarzt schüttelte den Kopf. Nein, so schnell ginge es nicht. Was Gott ausgerenkt habe, nach seinem Wort, könnten alle Ärzte der Welt nicht so schnell wieder heilen. Und ein bisschen möchte er doch noch zusehen, wie der ehrenreiche Soldat Jeromin nun über diese gesegnete Erde sich fortbewegen werde. Einen Mann, in dem man einen Knopf gefunden habe, gebe man ungern in andere Hände.

Nun, er bewegte sich kümmerlich, der ehrenreiche Soldat, und der Herbst war gekommen, ehe der Stabsarzt sagte, dass man nun so gut wie gar nichts mehr merke und dass er auf diesen Gang so stolz sei wie eine Mutter auf den ersten Gang ihres Kindes. Also in Gottes Namen könne er sich nun auf und davon machen, um die Gerechtigkeit bei den Haaren zu ergreifen und sie auf den etwas beschädigten Acker zu schleifen. Er fürchte nur, es werde das sein, was die Menschen einen Gottesacker nennten. Der Vorhang sei im Fallen und das Stück sei aus, und vorn auf der Bühne, von allen Rampenlichtern angestrahlt, liege der Leichnam eben dieser Gerechtigkeit.

Es sei ihm, sagte Jons leise, als ob das nicht so wichtig sei, wie der Herr Stabsarzt es nehme, denn er sei der Meinung, dass das Rechte immer noch am Leben geblieben sei, und dieses zu tun, sei Anlass und Gelegenheit genug.

„Ich habe schon lange gedacht, Jons", sagte der Arzt, „dass das alte Buch der Bücher wieder einmal zu Ehren kommen sollte, wenn auch nicht gerade als ein Handbuch für Medizin. Und ich denke, wenn Sie so weit sind, dass der erste Kranke in Ihrem Eulenwinkel bei Ihnen anklopft, um das Wasser des Lebens zu verlangen, und Sie die erste richtige Diagnose gestellt und ihm das erste Rezept ausgeschrieben haben, dann sollten Sie Ihre Sprechstunde für diesen Tag schließen und ein bisschen zu Ihrem erloschenen Meiler hinausgehen und ein bisschen in dem Buch lesen, das Ihrem Vater das Leben leichter gemacht hat. Und es könnte schon sein, dass ich einmal nach vielen Jahren dort für ein paar Tage einkehre, um zu hören, was Sie von den Wasserbächen am dürren Ort zu erzählen haben."

Als Jons im Zuge saß, den Stock, den er immer noch brauchte, zwischen den Knien, und über den Strom nach dem großen Garten zurückblickte, zwischen dessen schon kahlen Bäumen der Nebel hing, musste er anders an seinen Krieg zurückdenken, als diejenigen es bitter und fluchend mit dem ihrigen taten, die bei ihm im Abteil saßen. Wer geglüht werden wollte, durfte auch dem Kriege nicht ausweichen, und es konnte wohl sein, dass auch die Liebe geglüht werden musste, wenn sie alle diejenigen einmal wärmen sollte, zu denen er einmal gehen würde. Der Krieg hatte ihm so viel genommen wie den andern auch und wahrscheinlich ein gut Teil mehr, aber er wollte nicht vergessen, dass er auch ein großer Geber gewesen war. Ein strenger und schmerzhafter Geber, aber die Geschenke der Strenge und des Schmerzes bewahrte man lange in der Hand. Und selbst die Leben, die er genommen hatte, waren nicht unwiederbringlich verloren. Ja selbst wenn sie wie Steine in ein unergründliches Wasser gesunken waren, so hatten die Wellenkreise der Steine ihn berührt, sie hatten sein Blut bewegt, und das Blut würde sie niemals mehr verlieren.

Noch einmal, während die nebligen, tropfenden Wälder zu beiden Seiten des Zuges vorüberglitten, sah er sie auftauchen und wieder versinken, die stillen Gesichter, die einen besseren Frieden gefunden hatten, als er nun die Lebenden erwartete. Eine lange Reihe, Gesicht an Gesicht, im Nebel zu Hause und leise wieder in ihn zurücktretend. Manche immer noch leuchtend wie das Gesicht des Vaters, manche sorgenvoll wie das Jumbos, manche lächelnd wie das des Leutnants, und manche mit dem kaum verhüllten Spott der großen Soldaten wie das des Korporals. Und neben ihnen alle die anderen, kaum gekannt, bloße Nebenmänner auf der großen Tenne, auf die der Tod die leeren Garben warf.

Und doch würde das Leben stärker sein als der Tod. In zehn, in zwanzig Jahren würde es das Blut getrocknet haben, und wie ein böser Traum würden die Jahre der Vernichtung immer weiter zurückweichen, wie nun die dunklen Wälder zurückwichen und die Äcker und Weiden sich vor seinen Blicken ausbreiteten. Hagel war den Wald hinabgegangen, aber noch war von keinem Hagel erzählt worden, der einen Wald vernichtet hätte.

„Dir haben sie wohl zum Generalstab versetzt, Kamerad, dass du so blanke Augen hast, was?", fragte der Soldat mit dem leeren Rockärmel, der ihm gegenübersaß.

Aber Jons schüttelte den Kopf. Er habe nur an die Wasserbäche am dürren Ort gedacht, erwiderte er, und die anderen sahen ihn mit verstohlenem Mitleid an.

# XXIII

Der Stabsarzt hatte dafür gesorgt, dass er einen Fahrschein über die große Stadt bekam, in der er zur Schule gegangen war, denn er hatte seit fast zwei Monaten nichts von Margreta gehört. Sie hatte niemals häufig geschrieben, und es machte ihm keine sehr schwere Sorge, aber er stand doch eine Weile vor dem Eckhaus, auf seinen Stock gestützt, frierend in seinem dünnen, vielmals geflickten Mantel, und sah die Puppen hinter der großen Glasscheibe leer und töricht lächeln, wie er sie in der Erinnerung hatte. An ihnen wenigstens war der Krieg ohne Spuren vorübergegangen.

Ein Mädchen, das er nicht kannte, kam aus der Ladentür, einen blauen Karton in der Hand, sah ihn auf der anderen Straßenseite stehen, drehte sich noch einmal um und ging dann weiter.

Er wartete, bis es verschwunden war und ging dann hinein. Die Besitzerin war wohl nicht da, denn die drei jungen Mädchen lehnten über den Ladentisch, hatten die Köpfe zusammengesteckt und betrachteten etwas, was ein Liebesbrief oder ein Andenken sein mochte.

Er hätte gern gewusst, sagte er, ob Fräulein Margreta noch da sei.

Es war doch an seinem Mantel nicht so viel zu sehen, dass sie ihn wie einen Geist anstarrten. Er war geflickt und hatte braune Flecken von Lehm und Blut, aber die Knöpfe waren alle geschlossen, und auch das Koppelschloss saß in der Mitte, wie es vorgeschrieben war. Ein leiser Frostschauer lief einmal seinen Rücken hinunter, obwohl der Raum warm war, beinahe so warm wie die Kammer, in der sie vor dem kleinen Eisenofen gesessen hatten.

Da hielt das kleinste Mädchen schon sein Tuch vor die Augen und weinte, und die anderen sahen ihn mit blassen Gesichtern an. Er wusste es nun, bevor sie es erzählt hatten, alle zusammen, und er nahm nur seine Mütze ab und stützte sich etwas fester auf seinen Stock. Ja, der Vater sei krank geworden und sie sei in die Munitionsfabrik gegangen, um mehr zu verdienen. Und vor einem Monat sei einer der Schuppen in die Luft geflogen und dann noch drei andere dazu. Keiner wisse, wie es gekommen sei, aber von ihr und vielen anderen habe man nichts mehr gefunden. Alle meinten, dass es ein schneller Tod sei.

Er sagte nichts, und es war nur, als ob alles Leben, das er mühsam heimgebracht hatte, nun aus seinem Gesicht fortgegangen wäre. Aber nach einer Weile ging er langsam, nur das rechte Bein etwas nachziehend, bis zur Schwelle, deren Tür halb offen stand, und blickte in den anderen kleinen Raum hinein. Er war so, wie er ihn damals verlassen hatte.

„Schläft da nun jemand anders?", fragte er abwesend und wies auf das alte Sofa.

Nein, sie hätten sich gefürchtet, und es sei ja auch nicht viel mehr zum Stehlen da.

Er nickte, sah noch einmal die Wachsbüsten an, eine nach der andern, setzte seine Mütze wieder auf, fühlte mit den Fingern, ob die Kokarden richtig säßen, grüßte und ging hinaus.

Es fror ihn noch immer, aber er konnte nicht schnell gehen, und es dauerte eine Weile, bis er die Stelle wiederfand, wo sie unter den kleinen Wellblechdächern gekauert hatten. Es waren nicht viel Kohlen da, die Berge waren zu kleinen Hügeln zusammengeschrumpft, und auch das Wellblech hatte man zu einer der vielen Fronten gefahren. Nur ein paar verrostete Bogen lagen da, nass vom Nebel, und dort setzte er sich eine Weile nieder und blickte durch die graue Luft nach dem Hafen zurück, wo die Masten der Schiffe mit dünnen Linien in den Himmel schnitten. Vielleicht mochte eines von ihnen den Namen „Margreta" tragen, nach dem sie getauft worden war.

Die alte Verlassenheit, mehr als die alte. Ein Abgrund von Leere und Einsamkeit, in den man alles werfen konnte, was er in zwanzig Jahren davon gesammelt hatte. Die Einsamkeit seiner Schuljahre und der Zeit, als Jumbo fortgegangen war, die des erloschenen Meilers und des verbrannten Dorfes, die der westlichen Schlachtfelder mit dem ungeheuren, brennenden

Himmel und die der östlichen Wälder und Ebenen, und auch die des großen Stromes, an dem er auf dem Rücken gelegen und gemeint hatte, dass der letzte Friede ihn erfülle. Er konnte alles in den Abgrund werfen, aber es war, als bedecke es kaum den Boden. Der übrige Raum aber war mit einem eisigen Dunkel erfüllt, wie ein Brunnenschacht, in den es von den Wänden hinabtropfte, Tropfen auf Tropfen, die unten aufschlugen mit einem leeren, dumpfen Klang.

Was waren denn Arbeit und Hingabe und Pflicht, wenn die Erde ohne Menschen war? Und da sie nun fort war, aufgelöst in ihre Atome, wo war der Mensch, an dessen Brust er seinen Kopf legen konnte? Er hätte nicht suchen sollen, der Stabsarzt. Er hätte das Gift nicht hinausnehmen sollen. Es wäre besser gewesen, dieses nicht zu wissen, und Tobias hatte ja gesagt, dass die kleinen Leute sich um Gott versammelten. Vielleicht dass Gott doch war und dass er sie wieder gefunden hätte, vor einem kleinen eisernen Ofen, in dem das ewige Feuer brannte.

„Ach nein", sagte er und stand auf. „So darf man hier wohl nicht sitzen …" Er sah sich um, Angst in seinen Augen, und ging zum Strom hinunter, der schwarz und lautlos zwischen gelben Rohrhalmen dahinfloss. Kinder hatten einen Kahn losgemacht und zogen ein altes, halb zerrissenes Netz hinter sich her. Nur ein Riesenfisch konnte sich darin fangen, aber sie hörten nicht auf, es mit halb erfrorenen Händen wieder in das Wasser zu lassen, wenn sie es leer heraufgezogen hatten. Sie hatten alte Tücher um ihren Hals gewickelt, und er sah den Hunger in ihren großen, brennenden Augen.

Die Strömung trieb sie langsam vorüber, einen traurigen, grauen Kahn, von dessen Wänden die Farbe abgefallen war, und Jons dachte, dass auch ihre Geschwister dabei sein könnten. Weshalb sollte es unmöglich sein, wenn der Vater krank war und der Tod sie nun mitsamt ihrem Lohn geholt hatte? Nichts war unmöglich, und wenn es nicht so war, nun, so waren es eben andere Kinder, fünf von Millionen, die hungerten und verdarben, weil ihre Väter und Brüder nicht den Sieg heimgebracht hatten, sondern die Niederlage. Jons ging weiter, aber der Kahn ging mit.

Er war längst hinter einer Biegung verschwunden, aber sein Bild war immer noch da. Kein Schiff mit drei Masten, einer goldenen Galionsfigur und dem Namen „Margreta", sondern ein kleines, graues, gebrechliches Fahrzeug mit fünf hungrigen Kindern und einem zerrissenen Netz. Der Kahn „Margreta", der Kahn der Armen, der Kahn eines ganzen hungrigen, verderbenden Volkes, das mit erfrorenen Fingern nach Speise suchte.

Nein, man hatte noch nicht alles bestanden, wenn man den Krieg und den Tod bestanden hatte, ehrenreicher Soldat. So einfache Züge trug das Schicksal nicht. Und auch mit zwanzig Jahren müsste man schon davon gehört haben, dass das Leben schwerer zu bestehen war als alle Kriege der Welt. Von seinem Vater zum Beispiel hätte man es hören können, und wenn er meistens stumm war, so hätte man es aus seinen Augen ablesen können und aus den Händen, die die Blätter des alten Buches umschlugen. Nicht nur das Leben als ein Acker, den man zu graben hatte, nicht nur seine Fülle, seine Schwere, seine Vielfalt, sondern auch seine Leere, wenn es sich gähnend auftat, der dunkle, eisige Abgrund, in den die Stunden wie Tropfen fielen, eintönig, schrecklich und stumm.

Er stand vor dem Haus, in dem er mit Jumbo gelebt hatte, aber er ging nicht hinauf. Er sah nur, dass es dastand und auf ihn wartete, die Bücherkisten auf dem Boden, der Ofen neben dem alten Sofa, die Lampe mit dem dünnen Sprung in der Glocke. Wer wiederkam, wurde erwartet, und wenn die Menschen ihn nicht erwarteten, dann erwarteten ihn die Dinge, und auch die Dinge waren nicht seelenlos. Das Salz der Erde wartete, dass man es dämpfte. Der Gastwirt wartete, der ein Trinker und Beter war, und Stilling wartete, der eine Nobelstiftung gegründet hatte. Vielleicht die Mutter, vielleicht der Herr von Balk, vielleicht das Dorf Sowirog und viele kleine Dörfer dieser verwüsteten Erde.

Und auch die Toten warteten, die zu den „kleinen Leuten" gehörten und immer darauf gewartet hatten, dass die Tore der Goldenen Stadt einmal aufsprängen. Der Korporal, der an dem Waldrand begraben lag, und das Mädchen, dessen jungen, liebevollen Leib der Tod der Zeit zerrissen hatte. Die anderen mochten nun von der Freiheit träumen oder der Rache oder dem ewigen Frieden, aber sie wurden nicht erwartet, weder von der Freiheit noch vom Frieden. Erwartet wurden weder Helden noch Träumer, sondern Helfende und Heilende. Und Helfen und Heilen war eine Sache des Dienens und der Arbeit. Sie war es immer gewesen und würde es immer sein. Man tat nicht das Rechte, wenn man dem Tode fluchte. Man tat es nur, wenn man ihn bezwang.

Er saß wieder im Zuge und fuhr nach seiner Garnison, und nun fragte ihn niemand mehr, ob er in den Generalstab berufen worden sei.

Sie entließen ihn nach ein paar Tagen, und als er um die Mittagszeit aufbrach, hatte der Waffenstillstand eben begonnen. Er hatte seinen Tornister mitnehmen dürfen und ging nun auf derselben Straße heim, auf der die Frauen von Sowirog seit hundert Jahren und länger noch ihre Körbe vom Markt zurückgetragen hatten. Es war nichts Auffälliges an ihm. Sein Mantel war grau und fleckig, der rote Streifen an seiner Mütze war ausgebleicht, und auch auf einen Stock stützten sich viele, die nun wie er in dem grauen Novembernebel über die Straßen des Landes zogen. Er traf ein paar Fuhrwerke, die auf dem Wege zur Stadt waren, aber niemand drehte sich nach ihm um. Für die meisten war der Heldenglanz von diesen grauen Gestalten abgefallen. Not hat ein kurzes Gedächtnis.

Er musste langsam gehen, weil sein Weg weit war und die Hüfte schmerzte. Schnee würde fallen, und er würde es nun immer ein paar Tage vorher wissen. Auch dazu war es gut, dass Gott seine Hüfte verrenkt hatte.

Er haderte nun nicht mehr. Nur die Herren haderten, hatte Margreta gesagt. Aber er sang leise vor sich hin. Sie hatten einen schlesischen Weber bei der Kompanie gehabt, einen stillen, frommen Mann, und von dem hatte er das Lied gelernt. „Wir weben und wir weben der armen Leute Kleid ..." Ein trauriges und frommes Lied, und danach marschierte er nun die Straße entlang. Die Birken waren schon ohne Blätter, die Vögel waren fort, und nur die grauen Krähen saßen auf den schiefen Zäunen.

Der Sand der Straße war feucht, Wasser stand in den tiefen Gleisen, und es war lange her, seit sie hier mit den beiden Särgen gefahren waren.

Als der Wald begann, stand er eine Weile an der Stelle, wo er mit dem Vater gesessen hatte, als die Feuer am Horizont gewesen waren. Dass die Erinnerung das Bild der Menschen bewahrte, war eine Gnade. Und nicht nur ihr Bild, sondern auch den Klang ihrer Worte, ja den Hauch ihres Atems. Den strengen Geruch von Harz und Rauch, der um den Vater gewesen war, und den reinen Duft von Jugend und Gesundheit, der aus der Haut Margretas aufgestiegen war. Nichts ging verloren, auch der Tod konnte es nicht mitnehmen.

Er sah an den hohen feuchten Stämmen hinauf, die jung gewesen waren, als der Großvater hier barfuß zur Stadt gelaufen war. Das Gefühl der Zeit kam ihm wieder, das er im Kriege verloren hatte, und auch die Erkenntnis, dass der Tod nicht bitter war. Bitter war er nur für diejenigen, die etwas von den Toten haben wollten, und wenn auch nur den stillen Glanz ihres Daseins. Der Schmerz um die Toten hatte seine Wurzeln tief in der Selbstsucht der Zurückgebliebenen. Die Toten hatten keinen Schmerz, der Vater nicht und Margreta auch nicht. Sie hatten ihn nicht einmal in dem Augenblick gehabt, als er zugeschlagen hatte. Sie waren so jäh erloschen wie eine Kerze, deren Docht man zwischen die nassen Finger nimmt. Und nun waren sie im Nichts, und sie wussten nicht, dass sie nicht waren. Sie wussten nicht einmal, dass er noch war und Schmerzen trug. Und wer heilen wollte, musste langsam aufhören, Schmerzen um sich zu tragen. Schmerzen machten müde. Schmerzen waren das Vorrecht derer, die Zeit hatten, aber Ärzte und arme Leute hatten keine Zeit. „Wir weben und wir weben … der armen Leute Kleid …" Er marschierte schon tief im Walde. Er nahm die Mütze ab und fühlte die Tropfen von den Kiefernnadeln in seinem Haar. Es würde ausreichen, wenn er eine Woche zu Hause bliebe. Dann kam er noch zur Zeit zum Semesterbeginn. Er würde an das alte Fräulein Holstein schreiben, und sie würde die Kisten vom Boden herunterbringen lassen. Er würde wieder Kohlen stehlen müssen, aber er würde der Erinnerung nicht ausweichen. Sie war das Einzige, was geblieben war von einem blühenden Leben, und vielleicht war nun eingetreten, was er zu Beginn seiner Soldatenzeit sich gewünscht hatte: mit einem ganzen, ungeteilten Herzen an sein Werk gehen zu können. Damals hatte es sich nicht erfüllt, aber nun brauchte er sein Herz nicht mehr zu teilen. Es war niemand da, der den andern Teil begehrt hätte.

Unter den hohen Wipfeln begann es schon zu dämmern, als er an Kiewitts Acker vorüberkam. Der Pflug stand noch in der schwarzen Erde, aber das Pferd war nicht da. Es stand vor der grauen Hütte, und Kiewitt war dabei, ihm ein Eisen aufzuschlagen, das er in seiner kleinen Schmiede erhitzt hatte. Er hatte keine Zeit, mit solchen Dingen in ein Dorf zu fahren.

Kiewitt war so klein geworden, als wollte er wieder ein Kind werden, aber seine Augen waren noch immer glänzend, Baptistenaugen, die noch einmal getauft worden waren. Tiefe, wunderliche Augen, die die ganze Offenbarung des heiligen Johannes erblickt haben mochten.

„Du könntest mir etwas helfen, Jons", sagte er, ohne sich zu wundern. „Es will niemals ruhig stehen und ist doch schon beinahe so alt wie ich."

Jons stieß seinen Stock in die Erde und hielt das Bein dicht über dem Huf. Es roch nach verbranntem Horn, und die Hammerschläge klangen hell durch den Abend.

„Pflügst du noch, Kiewitt?", fragte er.

Ja, er sei nicht fertig geworden. Er hätte sich den Fuß über einer Wurzel vertreten, und er hätte es eine Woche im fließenden Wasser stehen lassen müssen. Aber solange kein Frost komme, gehe es schon noch. Nur ein bisschen Schnee werde kommen.

Ja, das merke er an seiner Hüfte.

„Er renkt wieder ein, was er ausgerenkt hat", sagte Kiewitt. „Menschen und Reiche. Und was er nicht mehr einrenkt, das will er schneiden, weil es reif ist. Jakob war reif."

„Wusstest du es?" „Ich wusste es, als er fortging. Das erste Mal schon." „Und was wird nun sein, Kiewitt?"

Kiewitt schlug den letzten Nagel ein, und sie ließen den Fuß des Pferdes herab. Es schüttelte sich und ging langsam auf die braune Wiese, wo es zu weiden begann.

„Was sein wird? Was immer war, Jons. Samen und Ernte, Frost und Hitze, Sommer und Winter, Tag und Nacht. Oder dachtest du, dass Gott damit aufhören wird, weil er die Völker vier Jahre bewegt hat? Rühre deine Hände, Jons, und danke Gott, dass er nicht sie verrenkt hat."

Er trug seinen Hammer und die alten Eisen in den kleinen Schuppen, und Jons nahm seinen Stock und ging weiter. Er dachte nach, ob die Pferde der Apokalypse auch Eisen an den Hufen getragen hätten.

Die Meilerhütte war verschlossen, und er versuchte, durch das kleine Fenster hineinzusehen. Aber es war dunkel unter den hohen Bäumen, und er konnte nichts erkennen.

Das Dorf lag so da, wie es immer gelegen hatte. Jedes Haus war an seinem alten Platz aufgebaut worden, der Regen und Schnee hatte die Dächer schon grau gemacht, und wenn man nicht genau hinsah, konnte man meinen, es stehe schon hundert Jahre so da. Balken und Trümmer waren vom Kirchenhügel entfernt worden, und der tote Pfarrer war gewachsen. Er sah ihm entgegen, als wollte er sagen: „Nun versuche du es einmal, kleiner Jons! Wollen mal sehen, ob du weiterkommen wirst als ich." Aber es war ohne Spott gesagt, und der junge Baum stand dunkel und schön vor dem grauen Abendhimmel.

Er wartete, bis aus der Krugstube das erste Licht in den Abend fiel. Er öffnete leise die Haustür der Jeromins und trat in den Flur, aber die Tür zur Küche war auf, und er sah, dass das Feuer im Herd brannte. Sie hörten ihn kommen, aber sie wussten nicht, dass er es war. Sie saßen beide vor dem Feuer, die Mutter ohne eine Arbeit und Christean mit dem Schnitzmesser über einem hellen Stück Holz, das er zwischen den Knien hielt.

Er stand auf der Schwelle und wusste, dass er zu Hause war. Christean griff nach seinen Krücken, aber die Mutter blickte auf seinen Stock. Es werde wohl vielen Müttern so gehen, sagte sie, dass sie ihre Söhne mit einem Zepter erwarteten, und dann sei es nur ein Stock. Ja, erwiderte Jons, auch sei der Unterschied nicht so groß. Es liege nur in der Bedeutung. Aber sie hatte ohne Bitterkeit gesprochen, und ihre Stimme war nur müde gewesen wie in einem tiefen Schlaf.

Nein, Lorbeerkränze gab es nicht, nur dass Christean an dem Kopf eines sterbenden Soldaten schnitzte. Er sei für die neue Kirche bestimmt, von der der junge Pfarrer sage, dass sie gebaut werden würde.

Ein stilles Mahl, aber Jons sah, dass die Mutter nun das Brot in die Suppe brockte, wie der Vater es an sich gehabt hatte. Er hatte es noch niemals an ihr gesehen. Er erzählte ein wenig vom Lazarett und wie der Stabsarzt den Knopf in seinem Körper gefunden hatte. Vom Kriege sprach er nicht, und sie fragten auch nicht danach.

Als er aufstand, um zu Maria zu gehen, sagte die Mutter, dass sie nun an den Meiler ziehe, wie sie gesagt habe. Das Mädchen aus der „Armen Sünde" werde hier wohnen und für Christean sorgen. Sie sprach so, als seien sie beide so klein, dass sie ihr bis an die Knie reichten. Jons sagte nur, dass es wohl nicht nötig sei, damit zu eilen, und dass sie vielleicht besser bis zum Frühjahr warte.

Sie wollte wohl noch fortgehen, denn sie hatte das große schwarze Tuch umgelegt. Nun blieb sie in der Tür stehen und sah nach ihm zurück. „Bist du schon so klug", sagte sie, „dass du weißt, wann es für eine alte Frau Zeit ist?"

Sie ging in die „Arme Sünde", und es war ihr wohl kein Weg in ihrem Leben schwerer geworden als dieser. Sie bat auch nicht, sie sagte nur, dass Jakob es so gewollt habe, und gegen den Willen eines Toten werde ein junges Mädchen wohl nicht angehen wollen. Sie sagte nicht „eine junge Frau", und sie übersah auch die Hände, die der kleine Jons nach ihr ausstreckte.

Nebel um alle Zäune, als Jons nach dem Zwergenhaus ging. Vergangen die Brust, an die er seinen Kopf hatte legen wollen. Eines Reiches Herrlichkeit vergangen oder doch das, was sie so genannt hatten. In den kaum drei Jahren, seit er zuletzt hier gestanden hatte, mit der Liebe in seiner Brust zu allen armen Dörfern dieser Erde. Aber die Liebe war geblieben. Vielleicht hatte er nur belehrt werden sollen, dass man die Liebe nicht teilen dürfe. Dass man nicht auf eine Waagschale die Armut und auf die andre die Schönheit legen dürfte, oder auf die eine die Arbeit und auf die andere das Glück. Die kleinen Leute wollten ein ganzes Herz, sie waren lange genug mit halben Dingen abgespeist worden. Und wer in seiner Arbeit nicht sein Glück sah, und zwar das ganze Glück und nichts außer ihm, war dieser Arbeit nicht wert. Er war ein Bürger, der ein Amt hatte und Gehalt empfing und seinen Urlaub beanspruchte. Aber er war nicht davon besessen, das Salz der Erde zu dämpfen. Die Erde konnte vielleicht Urlaub geben, denn sie ruhte im Winter, aber das Salz nicht, denn die Tränen flossen auch im Winter. Es gab keine Jahre oder Jahreszeiten ohne Tränen.

Immer noch war es hell im Zwergenhaus, und auch wenn Herr Stilling nur seine kleine Lampe unter den Büchern angezündet hatte, war es heller als in einem festlichen Saal. Vielleicht kam es nur von seinem weißen Haar oder von dem hellen Lachen der kleinen Barbara, aber Jons schien es, als sei hier der ganze Trost von Sowirog zu Hause und als müsste er einmal, wenn Herr Stilling längst tot sei, auch dieses Erbe übernehmen, wie der Gastwirt ihn ermahnt hatte, Jumbos Erbe anzutreten. Und vielleicht trugen alle die dunklen Bücher, die hier an den Wänden standen, doch ein verborgenes Licht in sich, und selbst wenn die Wahrheit nicht in ihnen zu finden sein sollte, die letzte Wahrheit, von der der Leutnant gesprochen hatte, so war es doch wohl möglich, dass all das menschliche Bemühen, das in ihnen lag, wie ein unsichtbarer Glanz von ihnen ausstrahlte und das ganze Haus bis zu den Bodenkammern erhellte.

Maria küsste ihn – sie war nun wohl die Einzige, die ihn küssen würde –, und Herr Stilling legte Holz im Ofen nach, damit er es warm habe. „Sie werden euch nun wohl nicht mit Jubel begrüßen", sagte er, „aber du musst dir nichts daraus machen. Sie haben sich langsam daran gewöhnt, euch für so eine Art von Wach- und Schließgesellschaft anzusehen, und wenn es nun in ihrem Gebälk zu knacken beginnt, dann denken sie, dass ihr schuld seid. Das Ende von Kriegen war immer gefähr-

licher als der Anfang, Jons, auch für die sogenannten Sieger."
Ja, das eine hätte Jons gerne gewusst, und er frage es gleich am
Anfang: ob Herr Stilling ihm wohl noch ein paar Jahre helfen
könne, denn in acht Tagen wolle er fort und mit seiner Arbeit
anfangen.

Es könnten ruhig noch viele Jahre werden, erwiderte der
Lehrer, da solle er ohne Sorge sein. Und er habe sich nun wohl
entschieden, setzte er hinzu.

Ja, im Lazarett habe er sich entschieden und vielleicht schon,
als der Korporal gefallen sei, aber vielleicht auch erst vor ein paar
Tagen, als er zugesehen habe, wie ein paar Kinder mit einem
zerrissenen Netz Fische hätten fangen wollen. Und er wisse nun,
dass er hier Arzt werden wolle und nichts anderes.

„Ja, ja", sagte Stilling und sah ihn wieder mit demselben Sor-
genblick an wie damals, als er klein und tapfer in der kleinen
Bank gestanden, nachdem Christean erzählt hatte, dass das
Himmelreich gleich einem Könige sei, der mit seinen Knechten
rechnen wollte. „Ja, ja, Jons", sagte er, „das ist mir, als ob ich
noch einmal geboren würde. So ist es mir. Die Heimkehr vom
Mondgebirge … das ist es, Jons."

Sie verstanden ihn nicht, und er stand auf und holte das
Buch, das unter der Lampe lag und in dem er wohl gelesen hatte.
„Nimm dies mit, Jons", sagte er. „Für diese acht Tage ist es ein
gutes Buch und vielleicht auch für die kommende Zeit. Und
wir glauben ja auch nicht, dass Bücher nur für Friedenszeiten
da sind."

Jons schlug es auf, aber er las nicht weiter als bis zum Vor-
spruch auf der ersten Seite. ‚Wenn ihr wüsstet, was ich weiß‘,
stand dort, ‚so würdet ihr viel weinen und wenig lachen.‘ „Soll
ich deshalb lesen?", fragte er, und sein Mund war nun bitter wie
der seiner Mutter.

„O nein, Jons, das brauchen wir nicht zu lesen, das wissen
wir wohl auch so. Aber du musst die letzte Seite aufschlagen, da
steht es noch einmal. Und zwei Zeilen vorher steht etwas anderes,
nämlich: ‚Jetzt wollen wir wieder zu den Lebendigen gehen.‘ Und
wie jemand von dem ersten Wort bis zu diesem gekommen ist,

das kann man schon lesen. Denn auch er ist vom Mondgebirge heimgekommen wie ihr alle."

Das schien nun Jons ein gutes, wenn auch ein schweres Wort, das von den Lebendigen, und lange nachdem Christean eingeschlafen war, lag er oben in der Kammer, die so wiedergebaut worden war wie die aus ihrer Kinderzeit, und blickte auf den hellen Fleck des kleinen Fensters. Kein Stern wanderte über das dunkle Kreuz, keine Uhr schlug. Es war so wie in einem großen, dunklen Walde, in den durch eine kleine Lücke zwischen den Wipfeln der nächtliche Himmel hineinschien, und so mochte wohl Jumbo gelegen und den Tod erwartet haben. Ach, er war viel schwerer, als sie glaubten, der Gang zu den Lebendigen.

Danach war er drei Tage vom Morgen bis zum Abend am Meiler, um das Winterholz für seine Mutter zu spalten und aufzuschichten. Manchmal sah er ihr weißes Gesicht am Fenster, aber er wusste nicht, ob sie ihm zusah oder auf den erloschenen Meiler starrte. Niemals würde einer von ihnen wissen, ob er in ihrem Herzen lebte. Sie würde niemals vom Mondgebirge heimkehren.

Erdmuthe war in das Jeromin-Haus eingezogen, aber nicht eher, als bis Jons sie noch einmal gebeten hatte, und sie hatten alle gemeint, dass es besser für Maria sei, sie sitze wieder vor dem Feuer, vor dem noch ihr Vater gesessen habe. Und noch einmal, bevor Jons fortging, konnte er an den Abenden meinen, dass es so sei wie in ihrer Kinderzeit, als Maria am Herde gestanden und mit ihrer tiefen, schönen Stimme das Märchen vom Fischer und seiner Frau erzählt hatte.

Wenn man die Augen schloss und nur zuhörte, wie das Feuer im Birkenholz sang, konnte man meinen, es sei alles so, wie es einmal gewesen war. Aber wenn man sie öffnete, wusste man, dass alles Gewesene schon den dunklen Strom hinuntertrieb, den die Menschen die Zeit nannten. Die Mutter, die eine Königin hatte werden wollen, saß am Meiler, und keiner von ihnen wusste, was für Gesichter sie in ihrem Herdfeuer sah. Von Gina war ein Brief an Jons gekommen, dass von ihrem Grafen nun auch nicht mehr als ein kleines Kreuz in der Wüste übrig geblieben sei, dort wo eine Karawanenstraße zum Berge Sinai führe, und wenn Jons zu ihr kommen wolle, so würde sie sich freuen. Der „Phoenix" sei immer noch ihr stilles Eigentum, und sie denke, dass Zeiten kommen würden, in denen sie froh sein werde, ihn zu besitzen. Gotthold sei entlassen worden, und man sage, dass er in den Reichstag einziehen werde. Und wenn er etwas von Jumbo wüsste, der ein so guter Prophet gewesen sei, so möchte er es ihr schreiben.

Ja, alles trieb den Strom hinunter, Menschen und Völker, und selbst an der nebligen Straße von Sowirog konnte man die dunklen Wirbel hören, mit denen er sich dem Meere zuschob. Die ersten Männer kamen zurück, ganz wenige laut und lärmend, einige finster, die meisten still und geduldig, wie sie früher von der Waldarbeit zurückgekehrt waren. Der junge Pfarrer kam zurück und ging von Haus zu Haus, noch im grauen Rock, weil alles Seinige verbrannt war. Er hatte seinen Gott nicht verloren, aber es war nun ein schweigsamer Gott geworden, und wenn er die Lippen auftat, sprach er nicht von den Verheißungen, sondern von dem ersten Fluch, dem vom Schweiße des Angesichts, aber der Pfarrer hatte nun gelernt, dass es kein Fluch, sondern ein Segen war.

Nur die Gefangenen kamen nicht zurück, und wenn Maria nun an der „Armen Sünde" stand, die Nebeltropfen in ihrem hellen Haar, schien es ihr, als erstrecke sich der große, schweigende, tropfende Wald von ihren Füßen bis an die fernen Gebirge des Ural und noch weiter hinaus bis an die Küsten des Ozeans, den man den Stillen nannte. Wie sollte jemand heimfinden in ihm, der in seinen kindlichen Träumen und seiner Jugend oft nicht einmal seinen Rock gefunden hatte, wenn er in sein Amt hatte gehen wollen?

Manchmal sah der junge Pfarrer sie dort stehen, wenn er aus den anderen Dörfern zurückkam, nahm sie leise bei der Hand und brachte sie ins Dorf zurück. Wer an die ewige Heimat glaube, sagte er, verirre sich auch in den großen Wäldern nicht.

Und ob er denn an sie glaube nach diesen vier Jahren des Hasses und des Todes? Ja, er glaubte immer noch an sie, obwohl es für seinesgleichen nun schwerer war als für andere. Auch nachdem er in der Meilerhütte gewesen war. Die Frau hatte am Herd gesessen, die Hände im Schoß, und ihn nicht zum Sitzen eingeladen. „Sie glauben", hatte sie gesagt, „dass Gott mich geschlagen und gebeugt hat? Er kann den Flachs brechen und das Rohr, die Wälder und die Felder, wie Jakob geglaubt hat, aber mich wird er nicht zerbrechen. Er hat geschickt, was er schicken kann, und mich nicht zerbrochen. Er kann nur noch den Tod schicken, und ich werde die Tür weit aufmachen, wenn er kommt. So armselig ist euer Gott wie der Scherenschleifer, der mit der Eisenstange auf den Hof kam."

Er hatte nichts erwidert und war gegangen, denn er war ja nicht gekommen, um zu zerbrechen. Und doch glaubte er, dass auch für sie die ewige Heimat bereitet sei.

Unter den Ersten, die zurückkamen, war auch der Herr von Balk. Er kam aus dem Lazarett und trug den linken Arm noch in der Binde, aber er fuhr seinen Wagen mit den hohen Spinnenrädern selbst, und wenigstens seine Uniform und die schiefe Reitermütze mit dem Knick im vorderen Rand sahen so aus, als sei der dunkle Strom der Zeit nicht über sie hinweggegangen. Doch sahen sie, dass er grau geworden war und dass die Falten von seinen Nasenflügeln zu dem schmalen Mund sich noch tiefer in seine dunkle Haut eingegraben hatten.

Er saß am Feuer wie sonst, krumm und hager, und sah den beiden Kindern zu, die die Stirnen von Christeans hölzernen Drei Königen aus dem Morgenland mit Papierkronen schmückten. „Alles Vergängliche ist nur ein Gleichnis, nicht wahr, kleiner Jons?", sagte er, und sein Lächeln war ohne Bitterkeit, aber es sah fremd und traurig aus in seinem Gesicht. „Die Kronen fallen, und der Freiheitsbaum steigt, aber ich bin wohl neugierig, wer dafür sorgen wird, dass Brot wächst. Auch entthronte Könige und gekrönte Bettler müssen essen, und beider Hände sehen mir nicht sehr nach Arbeit aus."

„In Sowirog werden sie arbeiten, Herr von Balk", sagte Jons, „und in allen kleinen Dörfern der Erde. Und auch wir werden arbeiten." Ja, das wollten sie wohl, und wenn es auch nur dazu sei, dass diese beiden Kinder einmal mit Achtung von ihren Eltern sprächen. Mit der Achtung werde es nämlich im Allgemeinen dürftig aussehen, von der Hochachtung ganz zu schweigen. Und da sei es ganz gut, wenn sie alle an sich selbst wenigstens „mit vorzüglicher Hochachtung" schreiben oder wenigstens denken könnten.

Ja, heiße Milch trinke er immer noch gern, am liebsten mit Rum, aber es gehe auch so. Die letzte Tasse habe er noch gut in der Erinnerung. ‚In memoriam‘ habe darüber gestanden, und das heiße wohl ‚zum Gedächtnis‘. Und nun wolle er zum Meiler gehen, wenn sie erlaubten, und dann Jons für eine Nacht mit sich nehmen. Ein einsames Feuer sei voller Gespenster.

„Ich dachte schon", sagte er, als er wiederkam, „ihr hättet eure Mutter auf das Scheunendach gesetzt, aber ich weiß nicht, ob sie noch lebt. Sie gefriert nur noch, und einmal wird sie wie eine Königin in einem Glassarg sein." Er stieß mit der Stiefelspitze in die grauen Holzkohlen vor der Herdtür. „Sie hätte eine Herrin sein können über Lebendiges", sagte er finster, „aber nun ist sie nur eine Herrin über Totes … wollen fahren, Jons."

Das Schloss war unversehrt geblieben, und nur eine Scheune hatten sie neu aufbauen müssen. Auch über dem Park hing der Nebel, und Balk ließ gleich die Läden schließen und die Vorhänge zuziehen. „Kinder und alte Leute sitzen gern vor dem Feuer, Jons", sagte er und zog die erste Flasche auf. „Mit wem soll ich nun hier sitzen, wenn du fort bist?"

„Sitzen wir nicht immer mit uns selbst, Herr von Balk?"

„Da könntest du recht haben, Jons, aber wir kennen uns zu gut, wenn wir graue Haare haben … Bilanz gezogen?"

„Ich fange zu arbeiten an, Herr von Balk. Mehr brauche ich vorläufig nicht."

„Recht so. Und fängst du mit der großen oder der kleinen Gerechtigkeit an?"

„Mit keiner von beiden. Die Historiker werden darüber schreiben …"

„Richtig. Und die Staatsmänner und die Soldaten, vom General aufwärts. Und die Dichter und die Leute, die ihre Kronen verloren haben. Eine Masse Papier wird verbraucht werden, Jons, darauf kannst du dich verlassen, und der Acker wird wahrscheinlich, nicht nur ohne Gerechtigkeit, sondern auch ohne Saat bleiben … Schwer gehabt, Jons?"

„Nicht schwerer als die meisten."

„Zu jung, Jons, zu jung. Achtzehn Jahre sind zu jung für die Liebe und das Blut. Nehmen beides zu schwer. Gibt wenige Dinge, die schwergenommen werden müssen."

„Und das, was jetzt geschieht, muss das schwergenommen werden, Herr von Balk?"

„Wer den Sieg schwernehmen würde, muss auch die Niederlage schwernehmen. Sonst nicht. Schwer, mein junger Mann, ist erst, wenn dreitausend Morgen Roggenboden voll Disteln stehen, verstanden? Denn das geht gegen die Natur. Niederlagen gehen nicht gegen die Natur. Wenn du ohne Hände zurückgekommen wärst, das würde schwer sein. Es gibt keine Ärzte ohne Hände. Und Arzt willst du doch werden, nicht wahr? Na also. Pfarrer können ohne Hände sein, Dichter und Staatsmänner und alle möglichen anderen Leute. Aber kein Bauer, kein Arzt, kein Arbeiter. Der reine Geist ist immer verdächtig, mein Lieber. Froh, dass du mit dreißig Morgen zufrieden sein willst. Immer gefürchtet, dass du ein kleiner Jesaja werden wolltest oder wie die Scheiche sonst hießen."

„Aber wie ist es nun mit der Wahrheit, Herr von Balk?"

„Was? Wahrheit? Denke, du kennst die Geschichte von dem Mann, der seine Hände in Unschuld wusch, nicht? Er wusch sie zwar in Blut, aber das schadet nichts. Blut hat viele Namen. Auch heute werden sie ihre Hände waschen, junger Mann. Und wie sie sie waschen werden! Genug Blut geflossen, dass alle Staatsmänner der Erde sich ihre Hände drin waschen können. Mit der Wahrheit, junger Mann, ist es wie mit dem Regenbogen. Du siehst ihn, aber er ist nicht da. Nur Kinder laufen dahin, wo er auf der Erde aufliegt. Alte Leute falten die Hände und sagen: ‚Hübsch! Es regnet, aber irgendwo muss die Sonne scheinen.' Das ist es, junger Mann. Die Sonne scheint, aber wenn wir in die Höhe sehen, kriegen wir nur die Augen voll Regen."

445

„Aber irgendwo scheint sie doch wirklich, Herr von Balk?"
„Ja, das tut sie, und wenn dir das ein Trost ist, kannst du dich an
ihr trösten. Du musst nur nicht mit der großen Gerechtigkeit
auf sie losmarschieren, Gerechtigkeit gibt's nur bei den Ein-
undzwanzig-Zentimeter-Mörsern, und es wäre unbequem, mit
zwei Mörsern rechts und links in dein Kolleg zu gehen. Würde
Aufsehen erregen, und die meisten Straßen wären auch zu schmal
dazu."

Er stieß einen Birkenkloben ins Feuer, dass die Funken in die
schwarze Höhlung des Kamins hinaufstoben. „Arbeite, junger
Mann!", sagte er böse. „Arbeite, dass dir das Blut unter den
Nägeln herauskommt! Das ist doch die verfluchteste Schweinerei
dieser Weltgeschichte, dass alle Arbeit von Leuten befohlen wird,
die Schwielen auf dem Hintern statt auf den Händen haben.
Und zwar Samtschwielen, verstehst du? Hoffe, dass der Teufel
sie ihnen einmal mit glühendem Blumendraht ausbrennen wird,
damit es hübsch langsam geht. ‚Und hab' doch so manches liebe
Jahr auf meinen Schwielen gesessen …' Pistonsolo auf weiß-
glühendem Mundstück. Schönste Hoffnung, wenn ich einmal
abfahren werde."

„Aber Sie sind nicht verbittert, Herr von Balk? Das möchte
ich noch gerne wissen."

„Verbittert? Habe meines Wissens nie nach Sahnebonbons
geschmeckt, aber wüsste nicht, dass dieser Orlog mir eine Ex-
traportion Wermut ins Blut gegossen hätte. Krieg ist wie Hagel,
junger Mann. Alte Weiber heulen, wenn er ihren Roggen drischt,
der Weise weiß, dass es schon beim Propheten Jesaja Hagel gab.
Handwerk wie alles andre, nicht übermäßig sauber und nicht besonders fröhlich, aber auch Mist muss gestreut werden. Wird mir
übel, wenn ich die sogenannten Standesgenossen an der Klage-
mauer sehe. Schlechte Neigung in unserm Volk, anzuspucken, was
fällt, aber gibt auch bei den andern schlechte Neigungen. Immer
brav gewesen, wenn man ihn nicht mit der Reitpeitsche traktierte.
Verbittert? Nein. Ein bisschen müde. Zu viel Zinnober gesehen.
Acht Tage pflügen, junger Mann, vom Morgen bis zum Abend,
und der alte Vorhang geht wieder auf." „Über derselben Bühne?"

446

„Immer über derselben, mein Lieber. Die ‚Neue Zeit' ist nur für Leute da, die Frühlingsartikel über den ersten Maikäfer schreiben. Auf unserer Bühne wird immer noch Mist gestreut und Roggen gesät. Frauen und Mädchen bekommen immer noch Kinder, und es wird geliebt, gehasst, gelogen und totgeschlagen. Und auf der Galerie stehen immer noch ein paar Leute, die von der großen Gerechtigkeit träumen oder von der großen Liebe, wie sie es vor zweitausend Jahren getan haben und nach zweitausend Jahren immer noch tun werden. Hut ab vor diesen Leuten, Jons! Sie erinnern uns daran, dass der liebe Gott sich am siebenten Tage etwas geirrt hat und dass uns aufgetragen ist, seine Schreibfehler ein bisschen auszuradieren."

Er stand auf und goss aus der Flasche über dem Kamin eine helle Flüssigkeit in ein großes Glas. „Ich trinke wieder zu viel, Jons", sagte er heiter, „aber nach dem fünften Akt habe ich immer Bedürfnis nach einem Schnaps gehabt. Das sind die unpoetischen Naturen, denen immer leicht schwindlig wird, wenn sie den Geist über den Wassern schweben sehen. Nicht auf die Toten, Jons, und nicht auf die Totschläger. Aber auf die Todbezwinger, die nun an ihre Arbeit gehen wollen."

Er trank das Glas aus und warf es ins Feuer. Es zerbrach an der hinteren Kaminwand, und der Papagei rührte sich unter seinem Tuch, „Otto", sagte er heiser und verschlafen. „Sei doch nicht komisch, Otto …"

Herr von Balk lächelte. „Wenn er wüsste, was wir wissen, Jons", sagte er langsam, „was würde er dann wohl sagen?"

# XXIV

Es ist Bußtag, aber die Glocken läuten nicht. Die von Sowirog sind im Feuer geschmolzen, und die aus den anderen Dörfern hat der Krieg genommen. Es ist ein grauer Tag, und der erste Schnee fällt in kleinen Flocken auf die feuchte Erde. Auf dem kahlen Hügel steht der tote Pfarrer und blickt über sein Dorf. Es sieht wieder so aus, wie es hundert Jahre ausgesehen hat. Es hat Krieg, Hunger und Tod überstanden. Seine spärlichen Äcker sind gepflügt und bestellt, der See ist nicht niedriger geworden, die großen, dunklen Wälder stehen schweigend im Kreise herum. Es ist ein ewiges Dorf, so klein es ist.

Der älteste Sohn von Michael Gogun, der im Moor versank, kommt mit einem Korbwagen und einem kleinen Pferd aus dem Jerominschen Tor und bringt das Gepäck zur Bahn. Eine Holzkiste und ein großes, altes Buch, in graue Leinwand genäht. Es hat ein Leben lang auf dem Holztisch am Meiler gelegen und geht nun mit Jons mit. Er weiß nicht, wie oft er darin lesen wird, aber es ist ihm, als gehe der Vater mit ihm mit.

Er hat nicht mit dem Wagen mitfahren wollen, er will zu Fuß gehen, allein und ganz für sich. Es ist ein stiller, grauer Tag, und es ist schön zu sehen, wie der Schnee weiß über den Wald fällt. Er geht noch am Stock, und von seinem Gesicht ist abzulesen, dass manche ihn verlassen haben, die er gern bei sich behalten hätte. Sein Gesicht ist noch so jung, dass es seine Schmerzen nicht ganz verbergen kann.

Sie bringen ihn bis ans Tor und sehen ihm nach. Maria, Christean, Erdmuthe, der kleine Jons und die kleine Barbara. Ein junger Mensch aus ihrem Blut, der sein Leben den Armen hingeben und den Tod besiegen will.

Und auch die Leute von Sowirog sehen ihm nach. „Mit Gott, Jons!", sagen sie. „Geh mit Gott, Jons!" Er winkt mit der Hand, und ein tiefes, brennendes Glück erfüllt ihn. Er fühlt die dünne silberne Kette bei jedem Schritt auf seiner Brust, und die Erinnerungen bedrängen ihn wie Schatten, die um ein Stückchen Brot betteln, aber das Glück ist stärker als die Schatten. Das Glück eines jungen Menschen, der gehungert, gefroren, getötet und verloren hat, und der nun an seine Arbeit gehen darf. Auf den kleinen Bezirk von drei oder dreißig Morgen, die er mit seinen Händen bewegen und heilen wird. Fernab von der „großen" Gerechtigkeit, von den Wasserbächen und dem Schatten eines großen Felsen, ein kleiner, demütiger, fleißiger Arbeiter, ein getreuer Knecht.

Die Mutter steht auf der Schwelle und reicht ihm die Hand. Sie sieht ihn nun an, nicht durch ihn hindurch wie sonst, und es ist ihm, als sehe er die ganze Stätte Golgatha in ihren Augen. „Einmal schlug ich dich, Jons", sagte sie. „Schlage mich nun nicht wieder." Und bevor er ihre Knie umarmen kann, ist sie in die Hütte zurückgetreten, und er hört, wie der Schlüssel sich im Schlosse dreht.

Dann ist nur noch Kiewitt zu sehen, ehe der große, menschenleere Wald ihn aufnimmt. Es schneit, aber Kiewitt pflügt noch immer. Er ist nicht fertig geworden, und es gibt keinen Feiertag für ihn, ehe der Frost kommt. Das Pferd ist noch fahler und hagerer geworden, ein unheimliches, todüberdauerndes, wissendes Pferd, aber es geht gehorsam unter des kleinen, gebeugten Kiewitt Hand. Es ist ein langer, schmaler Streifen Erde, und wenn sie am anderen Ende angelangt sind, sieht es aus, als würden sie beide im Schnee und in den Wäldern verschwinden und eine unendliche Furche bis an den Rand der Ewigkeit ziehen. Aber sie kommen immer wieder. Die Hufe dröhnen dumpf auf dem moorigen Boden, die Erde rauscht wie dunkles Wasser an der blanken Schar. Kein Vogel singt in den leeren Wäldern, keine Frau steht vor dem kleinen, schiefen, grauen Haus. Sie sind ganz allein auf dieser winterlichen Erde, der Mann und sein Pferd. Der Krieg, der Hass, der Tod sind über die Welt dahingebraust, über das Dorf und seine Menschen, aber sie haben die Erde nicht mitgenommen, die er gerodet und umgebrochen hat. Er ist ein Wiedertäufer, und es ist, als habe die neue Taufe ihn unsterblich gemacht.

Lange stand Jons und sah ihm zu. Für lange Zeit würde er so

etwas nicht wiedersehen, und lange Zeit hatte er es nicht gesehen. Aber während sie draußen marschiert waren, von Land zu Land, von Schlachtfeld zu Schlachtfeld, war dieses ohne ihr Wissen immer still vor sich hingegangen, das Erhaltende, Bewahrende und Ewige dieser dunklen Erde. Der Pflug, der durch den Acker ging, das Pferd, das ihn zog, der Mann, der die Erde umbrach, um das Korn zu säen. Sie selbst mochten den Sieg gewonnen haben oder die Niederlage, aber für diesen Mann und unzählige seinesgleichen war das von geringer Bedeutung. Sie trachteten nicht nach Siegen, sondern nach Brot, und die Einfachsten unter ihnen vielleicht nicht einmal nach Brot, sondern nur nach dem Werk ihrer Hände. Der Schweiß der Stirn war ihnen Segen genug.

„Leb wohl, Kiewitt!", rief er über das Feld.

Der Pflügende erschrak und verneigte sich in den Schultern, aber dann erkannte er Jons und winkte mit der Hand.

„Er wird sie wieder einrenken", rief er mit seiner hellen Knabenstimme zurück. „Er wird sie wieder einrenken, Jons. Verlass dich nur darauf!"

Dann verbarg ein neuer Schauer treibenden Schnees ihn hinter einer weißen, wehenden Wand.

Unter dem Titel „Die Jeromin-Kinder" – Band II ist die
Fortsetzung des Romans „Die Jeromin-Kinder" – Band I
im Rautenberg Verlag erschienen:

Ernst Wiechert

# Die Jeromin-
# Kinder

Band II

RAUTENBERG

Dieser zweite Band der „Jeromin-Kinder" führt die Familienchronik der Jeromins und der zentralen Figur Jons Jeromin fort.

Nach dem Ende des Ersten Weltkriegs beginnt Jons sein Medizinstudium in der Stadt, das er mit großem Ehrgeiz und Erfolg absolviert. Sein Heimatdorf immer im Sinn, weiß er, dass er sich nur dort als Arzt niederlassen will.

Neben dem Studium arbeitet er in der kleinen Klinik des jüdischen Arztes Dr. Lawrenz, der auch arme Menschen behandelt und ihm viel an medizinischer, aber auch an Lebenserfahrung vermittelt. Mit fünfundzwanzig Jahren legt Jons das Examen ab und kehrt nach Sowirog zurück, wo er bald seine eigene Arztpraxis eröffnet und sich vielfach bewähren muss.

„Die Jeromin-Kinder" gilt als der bedeutendste und kraftvollste Roman Ernst Wiecherts. Er ist erfüllt vom Wissen und Leiden der Menschen, denn das verlorene Dorf Sowirog steht symbolisch für das Schicksal der Menschen in Masuren und Ostpreußen.

Wiecherts Gesamtwerk ist geprägt von diesem Verlust der Heimat, vom Erleben des Ersten Weltkriegs als Offizier und den Repressalien im NS-Regime, die er am eigenen Leib erfahren hat.

Ernst Wiechert
**Die Jeromin-Kinder**
Band II
402 Seiten
Format 12 x 19,5 cm
Gebunden mit Schutzumschlag
ISBN 978-3-8003-3156-7
€ 14,95 (D); SFr.* 21,90; €* 15,40 (A)
(*empfohlener Verkaufspreis)